庆祝中华人民共和国成立 70 周年

2018 年度青岛市社会科学规划研究项目

青岛文艺评论年鉴(2017—2018)

学术顾问　周海波

主　　编　温奉桥

编　　委　（姓氏笔画排列）

王静怡　马　达　刘宜庆　刘　新

孙　洁　宋文京　李慧斌　邱秉常

杨乃瑞　徐　妍　温奉桥　董成双

黎　权　臧　杰

中国海洋大学出版社

·青岛·

图书在版编目(CIP)数据

青岛文艺评论年鉴.2017—2018 / 温奉桥主编.——
青岛:中国海洋大学出版社,2019.7
ISBN 978-7-5670-2328-4

Ⅰ.①青… Ⅱ.①温… Ⅲ.①文艺评论－青岛－
2017－2018－年鉴 Ⅳ.①I209.952.3-54

中国版本图书馆 CIP 数据核字(2019)第 161761 号

出版发行	中国海洋大学出版社			
社　　址	青岛市香港东路 23 号	**邮政编码**	266071	
出 版 人	杨立敏			
网　　址	http://pub.ouc.edu.cn			
电子信箱	cbsebs@ouc.edu.cn			
订购电话	0532－82032573(传真)			
责任编辑	孙宇菲	**电　　话**	0532－85902469	
印　　制	北京虎彩文化传播有限公司			
版　　次	2019 年 9 月第 1 版			
印　　次	2019 年 9 月第 1 次印刷			
成品尺寸	170 mm×230 mm			
印　　张	30.5			
字　　数	520 千			
印　　数	1～1000			
定　　价	98.00 元			

发现印装质量问题,请致电 18600843040,由印刷厂负责调换。

目录

文学理论与批评

当代作家作品研究

艺术理论与批评

青萍·新势力

特　辑

评《中国现代文学文献学研究》

冯光廉

徐鹏绪教授的新著《中国现代文学文献学研究》（中国社会科学出版社 2013 年 12 月版）是中国现代文学学科第一部以"文献学"名称出版的厚重的学术专著。它的出版，不仅可以为进入中国现代文学学科的青年学者指明治学门径，而且对于正在从事这方面研究的同仁，亦有重要的参考价值；而在本学科的文献学建设方面，这部著作无疑具有开创性意义，应该给予高度的重视和历史的评价。

科学研究是以本学科的文献为基础的，任何一个学科的建立，都不能没有本学科的文献学。文献学承担着本学科文献资料的搜集、整理，并提供文献检索、利用的重任，是科学研究的前提和出发点。一个学科文献学的发达程度，是检验学科水平的重要尺度。

中国现代文学从发生至今，已近百年。以它为研究对象的学科的建立，从 20 世纪 50 年代初算起，也有 60 多年的历史。中国现代文学研究学科素有重视史料建设的优良传统。20 世纪 30 年代中期，以胡适、鲁迅、茅盾为代表的新文学的倡导者和创造者，就曾亲自参与选编《中国新文学大系》，这无疑是一次大规模的新文学文献的整理和建设工作。新时期开始后，由中国社会科学院文学研究所现代文学研究室发起，全国有关科研单位和高等院校分别承担编选任务的《中国现代文学史资料汇编（甲、乙、丙种）》，是一次调动整个学科力量投入文献整理的大行动。从选题看，涵盖了现代文学各分支学科的方方面面，凡作家作品、社团流派、文学运动、文学论争、报纸杂志等，几乎囊括其中。最后成稿 150 余种，其规模之大，在历来各学科的文献整理中，都是少见的。可以说，这次文献整理，已经奠定了本学科文献学建立的基础。

不过，此前的这些行动，都还属于具体文献整理操作层面的工作。它需要被纳入文献研究的科学理论体系，需要从理论、方法上对它进行认真总结，使现代文学文献的搜集、整理、研究、利用等各项工作更加规范，成为一门系统的科学。

该书命名为《中国现代文学文献学研究》，作者给自己规定的任务，也正是试图在已有的现代文学文献研究成果的基础上，从目前现代文学文献整理与研究的现状出发，汲取我国传统和西方现代文献学的理论方法，借鉴图书馆学、情报学的相关知识和经验，以构建中国现代文学文献学的理论体系；设计一个能够包容现代文学各级、各类文献的叙述结构和研究框架，并对现代文学重要文献的文学或学术价值、文献价值，予以评述。

自 20 世纪 20 年代文献学学科建立以来，由于在文献本质理解上存在差异，理论界对于文献学理论体系的建构有着各种不同的模式。从总体上看，已有的文献学理论体系模式，大都没有从文献本体存在以及文化传播的角度，对文献的本质以及文献学的理论体系做出哲学本体意义上的建构。该书作者所进行的中国现代文学文献学的理论建构，既立足于现代文学这一特定学科，充分考虑了该学科文献学的特点，又试图对文献学的一些基本理论问题进行新的探索，并将二者结合起来，建构中国现代文学文献学的理论体系。

任何一门学科的理论体系中都应包含一些该学科研究所要解答的基本范畴和基本理论问题，它们构成了该学科的理论基础。该书作者所建构的"现代人文文献学"，引入"文献活动"这一概念范畴来表征文献从生成、存贮、交流到消费利用的全部社会化过程。又将文献活动细分为"文献记录活动"和"文献交流活动"两个基本范畴，这两个范畴是辩证统一的，有机地构成文献活动的基础结构。这两个基本范畴是审视和研究现代文学文献学所有理论问题的历史起点与逻辑基点，是建构现代文学文献学理论体系的理论基础，也是现代文学文献学研究的两个基本内容。现代文学"文献记录活动"，主要是文献的生产过程，也就是作家作品的创作过程，它影响着现代文学文献的本体存在状态及规律，其结果是现代文学文献个体成品的完成，文献个体集合到一起，构成现代文学文献学研究的对象本体。现代文学"文献交流活动"，主要是文献的传播过程，对现代文学作品思想艺术价值的阐释和研究以及对作品难点的阐释等，是其交流传播的重要方式。它影响着现代文学文献功能的发挥，对它的分析和考察是对本体研究的拓展和深化。对现代文学文献记录活动和文献交流活动的研究共同完成了对现代文学文献活动的整体考察。现代文学"文献记录活动"和"文献交流活动"两个基本范畴，是作者在基本理论的基础上，分别从现代文学文献的本体存在和文化功能两个维度，进一步对基本理论所进行的分析和阐释，二者成为建构现代文学文献学的两大理论支柱。总之，传播学视野中的现代文学文献学理论体系建构由以下三个理论板块构成，即文献学基础理论研究、文献本体研究、文献生产与传播功能研究。其中,文献学基础理论研究是文献学学科建立的理论基础,文献本体研究是文献学的主体构成和静态研究,文献生产与传播功能研究是文献的文化功能和动态研究。作者所建构的现代文学文献学理论体系的完整框架是由"总论""本体论""功能论"三个板块构成的。"总论"解决的主要是现代文学文献的本质和现代文学文献学的基本理论问题;"本体论"是现代文学文献学的本体构成,它主要研究现代文学文献的本体存在状态及其规律;"功能论"是现代文学文献的功能阐释与分析,主要研究现代文学文献传播的过程模式、结构类型等。如果把"总论"视为现代文学文献学的理论基石,"本体论"和"功能论"则分别从静态微观和动态宏观两个维度上,拓展和支撑着现代文学文献学的理论体系,回答并进一步阐释"总论"中所提出的学科基本理论问题。这三个理论板块,三位一体,有机结合,共同构建起现代文学文献学理论体系的立体结构,体现出理论框架的完整性和系统性。

文献既是一种知识信息的物质载体,又是一种文化传播媒介,完整的文献学内涵是由文献考证、文献信息使用和文献传播媒介研究共同构成的。中国古典文献学和西方现代文献学研究多注重前二者,对于后者的揭示相对不足。麦克卢汉首创"媒介"一词,他把媒介视为人的延伸,认为文明史就是媒介演进和传播的历史。麦克卢汉把过去对传播媒介的物化理解为人文化,具有开创意义。文献是人类基本的传播媒介之一,随着西方现代印刷技术的传入,中国现代文学文献的生产、传播和接受方式都发生了极大的变化,从根本上改变了现代作家的文献生产意识和传播观念,也影响着现代文学文献本体存在的状态及规律。正因为如此,中国现代文学文献学确立了一种重视和强调文献传播的人文主义文献观,它突出了文献的人文内涵,认为文献的本质不是静止的、孤立的"物",也不是一种抽象的知识单元,而是一种具有丰富文化内涵的传播媒介。其文化内涵只有在传播与阐释过程中才能体现出来。建立在人文主义基础之上的现代文学文献观,突显文献长期以来被忽视的人文内涵,挖掘文献在文化传播中的人文价值,这是区别于中国传统文献学和西方文献学的重要标志。由于将中国现代文学文献纳入传播学视野,将文献的生成与传播视为一个动态的流动过程,因此,该书作者不仅十分重视中国现代文学原典文献在无尽的传播过程中,在丰富民族的思想,丰富民族的感情,丰富民族的语言,美化、净化人的心灵上所起的重要作用;而且充分注意到读者在对原典文献的解读、阐释、批评、研究等接受过程中所产生的二级文献即"研究文献",以及对"研究文献"进行再研究的"研究之研究文献"——三级文献。该书首次提出"学科文献"的概念,并对学科文献进行"三个级次"的划分,然后再对每个级次的文献进行分类研究。这样就自然形成了中国现代文学文献学的叙述、研究框架。

作者正是依据上述文献叙述、研究框架,对全书结构进行了周密细致的思考和妥善精当的安排。"绪论"是作者对建构中国现代文学专科文献学理论的思考;第一编"中国现代文学文献的整理",是对该学科原典文献进行整理的规则、程序和方法的说明和论述;第二编"中国现代文学作家生平文献"、第三编"中国现代文学原典文献的编辑出版类型"是对一级文献类型的研究;第四编、第五编分别是对二级文献(研究文献)和三级文献(研究之研究文献)的类型研究。这样,该书便将中国现代文学文献学理论,整理研究使用文献的方法,原典文献(包括现代文学作品和作家生平文献),"研究文献"和"研究之研究文献"等按照科学的逻辑层次和逻辑关系,构建成一个有机的开放的文学文献谱系。现代文学学科的重要文献,特别是重要的文献类型,便大体上都包括到这个文献学叙述研究的结构框架里来了。这种分类和选择及评价,其工作量是十分巨大的,没有宽阔的视野,没有精心的比较,没有深入的解析,是不容易做得好的。

该书取类型研究的思路和方法,对现有文献,按不同标准进行级次和类别的划分,一方面考虑到通过分类,对文献整理、出版、研究、检索、使用进行规范。因为科学研究的一项重要内容便是分类,通过分类才便于规律的总结,也才能使研究工作规范;另一方面任何一部文献著作都不可能穷尽本学科所有的文献,但不能有重大的遗漏,而"类"的遗漏,肯定是重大遗漏。作者采取按类评述的思路和方法,便是为了避免这样的遗漏,以达到"以少总多"的效果。

中国现代文学文献学的要务,是对本学科各级次、各类别中的重要文献进行价值评估,这种评估构成文献学内容的主体。作者认为每种文献的价值,一是该文献的文学史价值(指原典文献)或学术史价值(指二、三级文献);二是该文献的文献学价值。

文献评估工作的难点,首先是典型文献的遴选,也就是将那些在文学史(或学术史)和文献学史上具有经典意义的文献挑选出来。该书作者在遴选中遵循"经典化"原则,在各级次各类型文献中,一定不要遗漏其中"最早、最高、最新"的成果;其次是对遴选出的文献进行价值评估,作者遵循"辨章学术、考镜源流"的原则,在历史发展的大视野中精当地评述每种文献的文学价值(或学术价值)和文献学价值。作者在大量占有资料的基础上,精选出各级各类文献中那些具有代表性的成果,并将其置于文学史、学术史、文献学史中加以考察,故能在"辨章学术、考镜源流"中精当地确认其价值,表现出深厚的学术功力。

　　某一学科文献学的建立,实际上是对该学科学术传统的确认,也是学术规范的建立,其基本精神是务实求真,力斥空疏虚假。新时期以来,为了打破学术界以往由于思想禁锢而形成的沉默僵死局面,现代文学研究界和文艺学界率先引进了西方的新理论、新方法,使学科获得新的生机,促进了现代文学研究的发展。但这一时期成长起来的青年学者,相当普遍地存在着一种"重论轻史"、唯新方法是尚的倾向,以致忽略、轻视对本学科基本文献的学习和掌握,学风浮躁、游谈无根,成果单薄。这种风气如不加以纠正,势必影响学科的健康发展,影响学子们的坚实成长。可喜的是,如今有不少年轻学者对此问题已经有了比较清醒的认识,并且开始在学术实践中认真加以纠正。不过,总体观之,尚需作进一步的努力,方能有大的改观。而医治不良学风的根本措施之一,就是加强学科建设,使学科建设朝着健全的方向发展,既要加强本学科的理论方法研究,也要加强本学科的文献建设,二者不可偏废。因而,中国现代文学文献学的构建,对于促进本学科的健全发展无疑具有积极意义和重要价值。对于扭转浮薄无根的不良学风,倡导实事求是的优良学风,也是一种助力。所以,该书的出版,一方面是一项推进现代文学研究学科建设,使之更为健全的工作;另一方面也表明一种学术立场,倡导一种求实的学风。

　　该书虽然还有需要进一步充实、丰富、提高之处,但在理论体系、叙述框架、研究方法的探索等方面,无疑为中国现代文学文献学的建立奠定了坚实的基础。在今后的文献学学科建设中,人们不会忘记该书作者的开拓之功,在将来的现代文学文献学的历史上也应该记载该书的出版。

　　原载《东方论坛》2017 年第 1 期。

　　冯光廉:青岛大学文学院教授。

沉痛悼念朱德发先生

刘增人

2018 年 7 月 12 日 18 点 40 分,尊敬的朱德发老师因病医治无效,竟然撒手人寰,驾鹤西去！顿时中国现代文学界沸腾起一派悼念、回忆、致敬的浪潮:丁帆、萨支山先生代表中国现代文学研究会、李斌先生代表中国郭沫若研究会、黄乔生先生代表中国鲁迅研究会、刘勇先生代表北京师范大学、杨剑龙先生代表上海师范大学、何锡章先生代表华中科技大学、汤哲声先生代表苏州大学、陈子善先生代表华东师范大学、张全之先生代表重庆师范大学、杨洪承先生代表南京师范大学、王卫平先生代表辽宁师范大学、孙郁先生代表中国人民大学、吴晓东先生代表北京大学、黄健先生代表浙江大学、邵宁宁先生代表海南师范大学、李继凯先生代表陕西师范大学、郑春与马兵先生代表山东大学、周海波先生代表青岛大学、张光芒先生代表南京大学、贺仲明先生代表暨南大学、谢昭新先生代表安徽师范大学、高宏文先生代表天津师范大学、袁盛勇先生代表《延安文艺研究年鉴》、王泽龙先生代表华中师范大学、刘川鄂与阎浩岗先生代表湖北大学、秦弓先生代表上海交通大学、胡景敏先生代表河北师范大学、朱自强先生代表中国海洋大学……纷纷发来唁电,温儒敏先生从北京大学发来纪念的文章,刘玉凯、陈思广、宋遂良先生发来情深意长的祭文,怡然居士和张欣先生精心撰写了独具特色的挽联,魏建、李宗刚、贾振勇负责的"朱德发先生治丧委员会"迅疾成立,讣告正式公布……从北京上海,到南国北疆,朋友们、学生们以各种方式表达不尽的哀思。我和朱德发老师非常有限的交往片段,瞬间被激活,也变得无比灵动、鲜活起来。

2018 年 6 月 16 日早饭后,我徘徊在山东师范大学翰林大酒店中厅。刚刚和多年未见的解洪祥兄话说彼此的思念并且互嘱珍重,就看见朱德发老师在李宗刚老师搀扶下步入。我连忙前往问候。朱老师说:早上起来有点头晕,宗刚说不要来了。我觉得已经说好了,不来不大好吧？说着话头一转,问我:你的书,评奖结果如何？我答以恐怕还没有开始,结果殊难预料。朱老师笑笑说:放心吧，虽然评奖、评项目这些事，难免有非学术因素的干扰，但总体还是越来越透明，越来越公平。你的书还用担心吗？不需要看，只要摸摸，还不够重、不够大吗？还要怎么才算重、才算大？说着说着他为自己新鲜的说辞感动得"扑哧"一笑，我那颗悬着的心，也"扑哧"一下落地。说着，笑着，我们一前一后，走进会议室。他不让搀扶，自己手握扶梯，慢慢地沉重地踱上二楼。

开幕式后是合影。之后是第一场大会报告，我被安排为主持人。朱老师是第二位发言人。规定每人15分钟。我向吕周聚会长请示，问能不能通融一下，不要截断朱老师的发言？吕会长说可以，但为了一视同仁，计时的信号还是要按时响起的……朱老师此番发言，一反常态，极其按时。计时的信号一响，他就草草收兵，把想讲的许多话，统统压缩为一句结束语。我的"主持"任务完成后，就再也没有见到朱老师的身影。当时也没有多想，也许是被学生们"挟持"走了，也许是他需要休息……却万万没有想到那竟是我最后一次与朱老师的相会。

2018年4月中旬，朱老师与一众专家来青岛大学为周海波老师的国家社科重大项目开题会作指导。会议日程安排得很满，白天朱老师被他的学生们围得水泄不通，晚间还要看望多年不见的老朋友。我很想请朱老师到家里稍坐片刻，给他斟上一杯杭州的朋友寄来的明前龙井。但我知道自己的斤两，没有作这样的争取。一直到朱老师离别的饭桌上，杨立华书记安排我"陪陪朱先生"，我这才有机会。朱老师的饭量比我大得多，也能小饮。我祝他健康长寿，他居然把小半杯红酒一饮而尽。酒杯一放，就开始指点我们学科的症状：一言中的，直指要害，痛彻心扉！他比我们自己更了解这个学科，更热爱这个学科，因此也更心痛这个学科！他是作为中国现代文学学科在山东的"掌门人"来给我们把脉点穴的，焉能不句句切中要害？

2016年6月，中国现代文学研究会在中国海洋大学召开理事会。朱老师被正式邀请为嘉宾出席。我则是学会秘书长误把我作为"在岗"的理事发出了预备邀请函，我也就"将错就错"出席，向各地专家介绍青岛的现代作家故居。朱老师的主旨演讲超时一倍，我也超时五分钟。我一直在听报告，朱老师却常常不在会场。我知道又是被学生"绑架"去了，或者是哪家大学邀请去做报告了。晚间吃饭，中国海洋大学的朱自强先生要我和朱老师坐在一起。朱老师小声问我"老冯、老崔身体怎么样？"我说：还好，只是腿不能走远路，上下台阶也吃力。冯老师更厉害些，大夫说应该做手术，与其晚做不如早做，早做少受罪。不料朱老师很激动：大夫说大夫说，现在的大夫有几个是凭真本事看病？没听说老百姓总结吗,医院医院,远看像天堂,进去是银行。进了医院,净等着交钱就是了……我也附和着说:听说东北有一位老者,去世两天了,医嘱还在开药,一天吸了 70 多个小时的氧气……朱老师长叹一声说:大夫也好,学者也好,德,还是最重要的。没有医德,哪有医术? 人品有问题,学问也好不到哪里去! ——拐了一个小弯,他立马又回到他的生命的原点:学术、学术、还是学术!

2016 年 7 月,我和学生们编著的一套关于文学期刊的书,费尽周折,总算出版了,不料却深陷在一派令人惊异不止的冷漠之中。我是有思想准备的,但也没有想到是这样的结果。大约是 11 月,我的母校山东师范大学与我联系,准备联合几个单位,开一个研讨会,推介此书。我自然非常高兴,而且知道这一定也是朱老师的心意。12 月 3 日,是那个冬天最冷的日子。北京、天津、江苏、浙江、河南等地的三十几位专家济济一堂,来评价我这部命运多舛的书。朱老师作主旨讲话,既充分肯定该书的学术价值,又设身处地为编著者的难处多多设想。朱老师的发言,构成了会议的主旋律。会后,他又把发言扩充为万言雄文,在 C 刊《中国文学与文化研究》上正式刊布。文章把该书跨越时代的历史性价值剖析得鞭辟入里,对于编排的程序则提出了不同的设想。正是鲁迅所倡导的“好处说好,坏处说坏”的科学文艺批评的路数。朱老师的书评,引发了不少同人的一致共鸣。读完朱老师的长篇书评,我心里感慨万千! 我既不是朱老师的同乡、同学,也不是同事、学生,我至今不知道朱老师寓所的大门向何方开,朱老师也没有得到我奉献的一蔬一果一粥一饭,平常连电话也极少。他却认真地翻阅这部 500 万字的大书,从前言看到后记,然后屏神凝息,从大处立论,从细处切入。连我自己也未曾体悟到的一些益处,却往往被朱老师一言切中,令人不得不击节赞叹! 我和朱老师不过是学术研究道路上的同路人:他是长者,我是后学,我敬他思路清晰,观念超前,以“五四”文学研究开篇,以青春诗歌研究殿后,寓激情于理性深处,擎风旗于时代前沿,所以万人敬仰! 他看重我不言放弃,不骛高远,不求通达,愿意为他人作嫁衣裳……翻看朱老师的十卷本文集,感觉到这并不是我个人的幸运。举凡在学术的道路上愿意砥砺前行者,几乎无不得到朱老师的奖掖庇护,诱导鼓励。

2015 年 9 月,朱德发先生及山师学术团队与现代中国文学研究学术研讨会在山师大隆重举办。我从绍兴特地赶赴济南与会学习。会间听到许许多多专家对朱老师以及他率领的山师现代文学团队的高度肯定,听到朱老师在处于“逆生长”状态因而学术之树常青等发人深省的议论,获益匪浅。会间茶叙时,朱老师特地找到我,递来一杯咖啡,与我漫步到走廊另一头低语。他说:你能来，我特别高兴。你们那里现在怎么样啊？我略一沉吟，就开始汇报情况。说了没有几句，朱老师就笑笑打断了说：你们那里我西马不几道（什么不知道），专门报喜不报忧啊？看我有点尴尬，他又说：不过这种心态还是不错。不要管自己管不了的四儿（事儿），学术，才是我们这些人最后的主心骨，最后的评价标准、人生价值！……

都说是驾鹤西行，可有谁知道那条路有多漫长多崎岖，山几程水几程？知道者已经无言，能言者并不清楚。我们唯一明白的就是那里是人生的归结，大家迟早都要去报道，因此朱老师绝不孤独！鲁迅先生在《记念刘和珍君》中写道："长歌当哭，是必须在痛定之后的。"我写不出可以当歌的华章，权且以此不堪修葺的拙文，略代心香一瓣，祭悼我心中的长者！

朱老师，一路走好！呜呼哀哉，尚飨！

2018 年 7 月 12～13 日

原载《齐鲁晚报》2018 年 7 月 17 日。
刘增人：青岛大学文学院教授。

鲁迅与《中国新文学大系》的编辑出版

——兼论"大系"在中国现代文学出版史上的地位

徐鹏绪

由赵家璧主编、上海良友出版公司于 1935—1936 年出版的《中国新文学大系》,是由鲁迅、茅盾、胡适等新文学运动的倡导者、创建者亲自编选的,包括新文学第一个十年的理论、论争、创作和史料索引的文学"总集"。它在新文学编辑出版史和文学史修纂史上具有重要地位,它对于新文学的价值和影响,不亚于《昭明文选》之于中国古代文学。

一、《昭明文选》: 遥远的历史呼唤

中国文学发展到魏晋南北朝,进入自觉时代。各种文学体式趋于成熟,与文学作品数量和种类繁多相伴随,文学批评和文学理论的发展也空前繁荣,对文学概念的探讨和文学体制的辨析日益精密。与此相应,对文学作品进行品鉴别裁、芟繁剪芜的选录汇编工作也同时展开,一些汇录优秀文学作品的文学总集乃应运而生。挚虞《文章流别集》、李充《翰林论》、刘义庆《集论》便都是在这种情况下产生的。见于《隋书·经籍志》的隋代以前的文学总集就有 249 部之多,但可惜都已亡佚。现存最早、流传最广、影响最大的总集,是南朝梁武帝萧衍长子萧统(谥号昭明)编纂的《昭明文选》(以下简称《文选》)。

《昭明文选》30 卷,计收 130 家作品 514 题。选录文学名篇佳什,不录经、史、子部著作。但萧统在《文选·序》中指出,史书中"赞论之综辑辞采,序述之错比文华,事出于沉思,义归乎翰藻"①者亦可入选,这实际上也是《文选》全书区分"文"与"非文"的重要标尺。这部文学总集的诞生,反映了萧统本人及那个时代共同的文学观念。鲁迅说,魏晋文学进入了"为艺术而艺术的时代"。文学已从庞杂的著述中逐步分离出来,这种文学觉醒的时代精神,较为充分地体现在

---

① 萧统《文选·序》,郭绍虞主编《中国历代文论选》上册,中华书局 1962 年版,第 289~291 页。

《文选》之中。

《文选》包罗了先秦至梁初的重要文学作品，反映了七八百年各类文学体式发展的脉络和轮廓，以其选文之精当，不仅成为后世文学史研究的重要文献，而且成为士子学习诗文的最佳范本。从某种程度说，中国古典文学正是凭借像《文选》这样的文学总集，才让后学在阅读中了解何者为"典"，为何为"典"，从而使古代文学实现了自己的"经典化"。

《文选》因成为士子为文治学的必读书而受到广泛重视，众多学者倾其毕生精力研治《文选》，以致唐初形成了所谓的"文选学"，流传至今的研究《文选》的专著有90种左右。唐高宗时代学者李善的《〈文选〉注》是现存最早、影响最大的一种，李善以其渊博学识，引书近1700种，数易其稿而成。玄宗时代，在工部侍郎吕延祚主持下，由吕延济、刘良、张铣、吕向、李周翰五位大臣，对《文选》重新加以注释。与李善偏重说明语源和典故不同，他们的注释注重对《文选》文义旨趣的疏解，与李注互为补充，这就是至今流传的又一种《文选》研究专著《五臣注〈文选〉》。"文选学"历千余年而不衰，至近代，犹有高步瀛《〈文选〉李注义疏》和骆鸿凯《文选学》问世。近年更有以此项研究为博士论文者，如傅刚《〈昭明文选〉研究》和《〈文选〉版本研究》，是"文选学"的现代成果。"文选学"促进了《文选》的传播，也推动了《文选》中文学作品的流传及其经典化。

以一部文学作品的选集而能流传千年并形成一种专门的学问，而这一学问又能持续千年而不废，这反映了一种中国式的崇高的文化情怀与文化承传的使命意识，积淀于一代代知识分子的文化血脉中而生生不息，这在世界文化史上也是一种值得认真研究的文化现象。

《文选》编成1400多年后，《中国新文学大系》（以下简称"大系"）出版。如果说《文选》是魏晋文学意识觉醒时代的产物；那么"大系"所反映的，则是中国文学由古典向现代转变时期的文学风貌。新文学发展的第一个10年，也是中国文学史上的一个现代文学意识觉醒的时代，是一次新的文艺复兴运动。这两部文学总集的产生有着大体类似的历史文化背景。"大系"的成就及其对新文学发展的影响，完全可以比肩于《昭明文选》对于中国古代文学的影响。

"大系"的编辑出版，是中国近现代文学出版史上的奇迹，而它的选题却出自一名大学毕业不久刚刚步入出版界的年轻编辑赵家璧之手，它的出版则由一家很普通的出版社良友出版公司承担。虽然赵家璧在后来的回忆文章中说，这个选题是受了外国出版物的影响，但它实际上将要承担的却是与《昭明文选》类似的使命，正是深埋于这位年轻编辑灵魂深处的中国文化情怀，驱使他选定了这样一个重大课题。这就是为什么一个初出茅庐、名不见经传的青年编辑,却能将鲁迅、蔡元培、胡适、茅盾、周作人、郁达夫、朱自清、郑振铎、郑伯奇、洪深、阿英等大家凝聚在一起,共同完成编辑出版"大系"这项重大文化工程。因为在这些文化名人的血脉里,同样流贯着千年士子一以贯之的文化承传使命意识。与其说是赵家璧聚拢了大家,毋宁说是这个有重大价值和深远意义的选题吸引了这些文化界巨擘。

二、《中国新文学大系》:千年之后的辉煌重现

近年来,中国现代文学研究界越来越深切地认识到现代印刷出版业对中国文学现代转型的巨大推动作用。正是现代印刷出版业的出现,才逐渐形成了一个以出版机构为中心,连接着作家作品、报纸期刊、社团流派、编辑印刷、出版发行、广告宣传、受众消费、读者反馈等诸多环节以及相关的出版制度、出版理念、出版经济的完整产业链,从而形成了现代文学生成发展的内在运行机制。"大系"的策划编辑、出版发行,即是能够充分体现这种运行机制的典型案例。从这个角度考察这部中国现代文学总集,有助于我们避免将作家作品与产生它的大环境割裂开来,孤立地看待某一作家的培养和某部作品的生成,从而还原中国新文学发生发展的原生态风貌。

"大系"的编辑出版,是一个由编辑策划选题,出版家认可支持,编辑代表出版单位向作家邀稿组稿,再向国家图书检查机构送审,审查通过后即进行广告宣传征订,最后印刷出版发行的成功范例。它的最终成功,有赖于每个环节的成功运作。

(一)及时抓住历史机遇

"大系"成功的关键,是选题好。赵家璧在彼时彼地能够选中这样一个既吸引了文学巨擘积极参与,又赢得了图书市场受众欢迎的题目,是与当时的客观环境分不开的,是历史的发展为"大系"提供了成功的机遇和条件。

首先是新文学自身发展的逻辑使然。从1917年"文学革命"到1928年"革命文学"兴起之前的十年,已经成为一个相对完整的文学发展阶段,对文学革命的业绩进行全面系统梳理的条件已经具备,这是新文学阵营一项不容推卸的历史责任。特别是趁鲁迅等新文学的倡导者、创建者尚健在之时,由他们对亲身经历的新文学运动进行反思与总结,就更是迫在眉睫。从文学图书编辑出版的大环境来说,新文学图书的各种编辑出版类型已趋于完备,别集、总集、丛书、类书等的编辑出版,都已取得了丰硕的成果,积累了丰富的经验,赵家璧试图编辑

一套涵盖各种文体的现代文学总集的时机已然成熟，"大系"编辑设想的提出正当其时。

"大系"虽然以丛书的形式出版，但从其内部构成来看，它无疑是一部典型的文学总集。在中国传统的经史子集"四部"分类中，别集和总集是"集"部的主干。别集是汇集个别作家作品的著作集，总集是汇选多位作家一种或多种体裁作品的著作集。别集的大量出现，为总集的编纂提供了材料和基础。总集起源很早，春秋《诗经》是第一部诗歌总集，汉代刘向辑录的《楚辞》也是较早的一部诗歌总集。但因为《诗经》一直被奉为儒家经典被列入"经部"；《楚辞》又往往被人看作一种楚国地方特有的诗歌形式的名称，而且在古代书目中把它"别为一门"归入集部，与集部中的"总集""别集"并列。所以后人一般认为总集始于西晋挚虞的《文章流别集》。

从编辑体例看，古代文学总集可以分为选集性总集和全集性总集两种。选集类总集出现的原因是别集太多，读者难以遍读，且难以抓住要领。梁元帝萧绎《金楼子·立言》："诸子兴于战国，文集盛于两汉，至家家有制，人人有集。其美者足以叙情志、敦风俗。其弊者只以烦简牍、疲后生。"所以需要对众多的别集进行精选，"品藻异同，删整芜秽"。《四库提要》将这类编选工作称之为"删汰繁芜，使莠稗咸除，菁华毕出"。《昭明文选》《玉台新咏》均属此类。全集性总集的作用是"网罗放佚，使零章残什，并有所归"，《全上古三代秦汉三国六朝文》《先秦汉魏晋南北朝诗》均属此类。

以时代划分，总集可分为通代文学总集和断代文学总集。通代文学总集是反映几个相连的历史朝代的文学作品总集，如《文选》《全上古三代秦汉三国六朝文》。断代文学总集是单一朝代的文学作品总集，如《唐文粹》《宋文鉴》等。总集可单收一种文体，如《历代赋记》《全唐词》；也可兼收多种文体，如《昭明文选》；可以地域、家族为准，如《昆山杂咏》《窦氏联珠集》；亦可以某一流派为界，如《西昆酬唱集》《花间集》。

印刷技术的革新，使传统的出版观念发生了深刻的变化，打破了古典文学文献类型相对封闭的系统，形成了别具新质的现代文学文献类型，但别集和总集仍是其主要类型，只不过在内涵上已或多或少地发生了变化。

现代文学总集，在汇选多位作家的一种或多种文学体裁作品这一点上，与古代文学总集的含义是一致的。以文学体裁划分，现代文学总集也分为单一体裁的总集和多种体裁的总集。每种文体又可分为若干亚类型，如小说总集可分为长、中、短篇小说总集，话剧总集可分为独幕、多幕话剧总集。单一体裁的总集,诗歌总集如刘半农编《初期白话文诗稿》;小说总集如《中国创作小说选》(第一集)、《短篇小说年选》;散文总集如《白话文苑》《书信甲选》《模范小品文读本》《现代文艺书信》;戏剧总集如《剧本汇刊第二集》《现代中国戏剧选》。多种体裁的总集,如柳亚子编诗文合集《文艺园地》。

古典文学文献的总集,虽然也有按文学流派编选者,但为数较少。而现代文学在西方文学观念的催生影响之下,产生了真正现代意义上的文学社团和文学流派。各文学流派出版的合集,在现代文学总集中占有较大的比重,如湖畔诗社出版的《湖畔》诗集,收录潘谟华、冯雪峰、应修人、汪静之4人的诗;陈梦家编选的《新月诗选》,收录新月派诗人18家的作品。

上述现代文学总集的编纂,已为"大系"提供了不少可资借鉴的经验,如"大系"选取的是新文学第一个10年间的作品,即是一种断代文学总集的编辑方法;在选编小说时,按文学社团流派分集,都汲取了古代和新文学总集编辑的经验。

(二)具有远见卓识的编辑,是"大系"得以成功出版的关键

从个人主观条件来看,赵家璧是一位具备非凡才华和能力,对自己事业坚定执着的优秀编辑。

(1)赵家璧所受的早期教育及他的青少年经历,使他对编辑事业产生了浓厚的兴趣,并最终走向编辑之路。赵家璧是五四新文化哺育下成长起来的年轻一代。早在松江高小读书时,即开始阅读《新青年》《新潮》《学生杂志》《小说月报》等课外读物,参与编辑油印校刊《茸报》。在光华附中读书期间,担任学生自治会校刊《晨曦》编辑部书记,高二时任总编辑。1928年春,由大中学毕业班合编的《光华年鉴》,选赵家璧担任印刷主任,与成立不久的广东企业家伍联德创办的上海良友图书印刷公司(以下简称"良友公司")谈成出书协议,从此与伍联德及其良友公司产生了联系。1928年秋,赵家璧将创办专供大学生阅读的刊物《中国学生》的出版计划送交伍联德,伍不仅接受这份刊物且亲赴光华聘请赵出任主编。这些在读书期间业余从事的编辑出版工作,不仅使赵家璧积累了图书编辑出版的经验,而且使其找到了实现人生价值的方式。所以他大学毕业后,毅然应邀进入良友公司从事编辑工作。最初几年,赵家璧即成功编辑出版了《一角丛书》《良友文学丛书》等丛书。他大部分策划构想的图书基本上都如愿完成,在二十几岁的年龄就成为业内声名显赫的编辑。

(2)赵家璧具有创新的编辑理念和敏锐的学术眼光,并善于不断向国内外同行学习借鉴。他认为,编辑要有所创新,就不能被动地来什么稿子编什么书,而是要发挥自己的主观能动性,在编辑工作上变被动为主动。要先有自己的构想和选题,然后组织作家进行编选和写作,使作家适应和满足编辑的特殊要求。与这种编辑理念相辅相成的,是敏锐的学术眼光和精准的选题能力。编辑只有把握学术发展全局,学术发展趋势,才能选定那些既有学术价值,又广受读者欢迎,市场潜力巨大的课题。赵家璧能够选定"大系"这一课题,也正是基于他对新文学发展的了解和把握。他深切地认识到,编选一套能够全面准确反映新文学发展第一个 10 年理论建设和创作成就的文学总集的重大意义。正如他在《编辑〈中国新文学大系〉缘起》中所说的那样,如不趁早做,"后世研究初期新文学运动史的人,也许会无从捉摸的"。

赵家璧最终确定"大系"以丛书式总集这样一种编辑出版类型推出,也是得益于他注重吸收借鉴外国的编辑出版经验。"大系"的书名和套书的编辑思路,便是受到日本同类出版物的启发。最初,他想把中国新文学运动以来已有定评的文艺作品择优编选,统一规格印成一套"五四以来文学名著百种"。但选编这些版权已有归属的作品,会牵涉利益纠纷,如能编选单篇合成一集,便不存在侵权问题,最终确定了分集编选散见于当时文艺期刊或报纸副刊中的短篇小说、散文、诗歌、戏剧和理论文章的编辑方略。

选题确定之后,还须对全套书有一个总体设计,据赵家璧回忆,他最初设想,"这样一项大工程,我一定要去物色每一方面的权威人士来担任,由他择优拔萃,再由他在书前写一篇较长的序言,论述该部门的发展历史,对被选入的作家和作品进行评价。每个文艺团体有一篇历史,每个重要作家附一段小传,再把这一部门未入选作品编一详目附于书后,说明出处,好让读者去自己查阅,借此可了解这一部门十多年来的收获"[①]。这一构想经过阿英、郑伯奇、施蛰存、郑振铎等人的补充完善,最终形成具体可行的编辑方案。

(3)要实现这个编辑方案,首要的和关键的问题,是各集编选者的确定和落实。赵家璧出色的运作能力和组织平衡能力,使他得到了郑伯奇、阿英、施蛰存、郑振铎、茅盾等人的支持和帮助,最终圆满地解决了这一问题。

(三)出版人的认可和支持,是编辑施展抱负、发挥才干的前提和后盾

良友公司创办人伍联德对赵家璧的信任、提携和重用,是赵家璧事业成功的先决条件。伍联德与商务印书馆的王云五、张元济等,同属中国现代史上著名的文化实业家。赵家璧说,自己对中国的进步图书出版事业能有些微贡献,

---

① 赵家璧《编辑忆旧》,北京三联书店 1984 年版,第 163～164 页。

"饮水思源，首先应归功于伍联德先生"①。

伍联德具有知人善任、提携青年的胆识与胸怀。他对赵家璧在学生时期所表现出来的编辑才能十分赏识，在赵还是一名大一学生时，他的公司不仅接受了赵创意的《中国学生》月刊，他本人还亲自驾车去光华大学校舍请赵出任主编，并盛邀赵"毕业后全日去'良友'办公，名义是出版部主任，并在画报、画册之外，另辟一个文艺图书部"②，由赵一人负责。此后赵家璧即"在伍联德的放手信任下"③，在出版界闯出一片新天地，使素来较少出版文艺图书的良友公司，逐渐在文艺图书出版方面取得令业界瞩目的辉煌成就。当赵家璧编《中国学生》因请人写了一篇批评某女大学生下海当舞女的文章而涉讼法院，和他因编辑出版进步新文艺图书而使良友公司受到国民党文化特务的滋扰、恐吓时，伍联德均明确表示："一切法律和经济责任都由公司承担"，"你是一个刚自大学毕业的青年，家庭出身、社会关系，我们知道得一清二楚，是一个纯洁的青年编辑，根本与任何方面没有政治关系。如果他们提到这一点，我们可为你担保"④，从而打消了赵的顾虑。伍联德自己是美术爱好者，曾在商务印书馆做过儿童读物的美术编辑，故而对赵家璧所提出的"文艺书方面的装帧设计和用纸用料等较高要求，无不得到他的支持"⑤，故而当年良友文艺图书装帧精美、别具一格，至今仍为爱书人所津津乐道。⑥ 在"大系"的编辑出版过程中，伍联德也对赵家璧给予充分的信任和支持。这首先表现在伍联德对赵家璧所组建的"大系"编选队伍的认可。对于"大系"这样一个投资额巨大的项目，公司老板伍联德是极为谨慎的，但当他看到由鲁迅、郭沫若、茅盾、郑伯奇、阿英等左翼作家组成的编辑队伍名单时，虽然担心审查机构会不予通过，但他没有退却，也没有提出更换任何一位编选者的要求。他只是嘱咐赵家璧先将计划和名单送去让审查机构过目，以免将来被动。其次，在"大系"的具体印刷出版问题上，赵家璧策划设计的豪华装帧和规模宏大的广告宣传，都得到伍联德的认可和支持。

像这样一套牵涉面如此之广、印刷出版成本如此之高的大书的制作，如果没有出版人的远见卓识和过人魄力，以及对编辑的高度信任和全力支持，是绝不

①　赵家璧《回顾与展望》，山西人民出版社 1986 年版。

②　赵家璧《回顾与展望》，山西人民出版社 1986 年版。

③　赵家璧《编辑忆旧》，北京三联书店 1984 年版。

④　赵家璧《回顾与展望》，山西人民出版社 1986 年版，第 16 页。

⑤　赵家璧《回顾与展望》，山西人民出版社 1986 年版，第 20 页。

⑥　上海鲁迅纪念馆、上海文艺出版社编《赵家璧先生纪念集》，上海文艺出版社 1998 年版，第 232 页。

会成功的。伍联德正是这样一位具备所有成功素质和条件的现代优秀出版家。

(四)作家们的全力支持和积极参与,是"大系"成功的根本保障

出版单位及其编辑的成功策划和设计,最终还要落实到作家们的实际编选工作上。没有后者,前者便只能是一个美丽的空想。当赵家璧争取到了郑伯奇、阿英、施蛰存、郑振铎、茅盾等人的热情支持,"大系"的编辑出版才开始落到实处。

"一·二八"事变后,为了执行抗日民族统一战线政策,开展革命文化工作,"左联"成员各自向"中间地带"开拓阵地。1932年4月,郑伯奇化名郑君平进入赵家璧就职的《良友画报》编辑部,对赵家璧的工作给予多方面支持和帮助。当赵家璧开始酝酿编纂"大系"时,就找到郑伯奇商讨,郑伯奇参与策划了"大系"的整个编辑出版过程。他对"大系"的贡献,不仅亲自承担了《小说三集》的编选,且帮助赵家璧物色确定并亲自联系邀请"大系"各集的编者。

郭沫若是创造社的主要代表人物,"五四"时代对新诗贡献最大的诗人,应是编选《诗集》的最佳人选。郑伯奇给远在日本的郭沫若去信,很快得到了满意的答复。后来由于审查会的干预,诗集的编选者被迫换成了朱自清。其他几集的人选,也大都是赵家璧与郑伯奇反复磋商才确定的。

在确定由茅盾选编文学研究会作品、郑伯奇选编创造社作品后,其余文学社团,如北京新潮社、沉钟社、莽原社、未名社和《语丝》《晨报副刊》《京报副刊》《现代评论》等刊物,上海弥洒社、浅草社等,以及不属于任何团体的作家,有另编一集的必要。郑伯奇、郑振铎、茅盾都竭力主张请鲁迅编选此集,因为其中的几个团体实际上是他领导的,他个人在新文学运动方面的贡献更是超过任何人,"大系"编选者要组成一个强大的阵营就缺不了鲁迅。1934年11月,在与鲁迅交往比较密切的郑伯奇陪同下,赵家璧来到内山书店拜访并邀请鲁迅编选《小说二集》。1934年12月25日,赵家璧收到鲁迅一封信:

> 《新文学大系》的条件,大体并无异议,惟久病新愈,医生禁止劳作,开年忽然连日看起作品来,能否持久也很难定;又序文能否做至二万字,也难预知,因为我不会做长文章,意思完了而将文字拉长,更是无聊之至。所以倘使交稿期在不得已时,可以延长,而序文不限字数,可以照字计算稿费,那么,我是可以接受的。①

---

① 鲁迅《鲁迅书信集》下卷,人民文学出版社1976年版,第702页。

但赵当天又接到了鲁迅想退出的信：

早上寄奉一函，想已达览。我曾为《文学》明年第一号作随笔一篇，约六千字，所讲是明末故事，引些古书，其中感慨之词，自不能免。今晚才知道被检查官删去四分之三，只存开首一千余字。由此看来，我即使讲盘古开天辟地的神话，也必不能满他们之意，而我也确不能作使他们满意的文章。

我因此想到《中国新文学大系》。当送检所选小说时，因为不知何人所选，大约是决无问题的，但在送序论去时，便可发生问题。五四时代比明末近，我又不能做四平八稳，"今天天气，哈哈哈"到一万多字的文章，而且真也和群官的意见不能相同，那时想来就必要发生纠葛。我是不善于照他们的意见，改正文章，或另作一篇的，这时如另请他人，则小说系我所选，别人的意见，决不相同，一定要弄得无可措手。非书店白折费用，即我白费工夫，两者之中，必伤其一。所以我决计不干这事了，索性开初就由一个不被他们所憎恶者出手，实在稳妥得多。检查官们虽宣言不论作者，只看内容，但这种心口如一的君子，恐不常有，即有，亦必不在检查官之中，他们要开一点玩笑是极容易的，我不想来中他们的诡计，我仍然要用硬功对付他们。

这并非我三翻四覆，看实情实在也并不是杞忧，这是要请你谅察的。我还想，还有几个编辑者，恐怕那序文的通过也在可虑之列。①

这对于因鲁迅应允参编"大系"而踌躇满志的赵家璧来说，不啻晴天霹雳。但赵家璧从来信的语气中看出，鲁迅想退出是从关怀"大系"的出版前途出发的。这使他感觉到还存有一线希望，于是他又请郑伯奇同去内山书店拜谒鲁迅。赵郑二人把"大系"的编选进程向鲁迅做了汇报，恳请鲁迅体谅"大系"编选的艰难，并表示书店将尽最大努力保证《小说二集》导言不被删改。鲁迅经慎重考虑，最终决定继续编选，并交代选稿送审后如需删改，可由书店代为决定，不必再征求他的同意。

1935 年 1 月 4 日，鲁迅在致赵家璧、郑伯奇的信中说："先想看一看《新青年》及《新潮》，倘能借得，乞派人送至书店为感。"②表明鲁迅已决意着手《小说二集》的编选。1 月 8 日《鲁迅日记》载："得赵家璧信并编《新文学大系》约一纸"③，说明经过一番周折，"大系"的编辑出版合同业已签订。鲁迅的参编，进一步

---

① 鲁迅《鲁迅书信集》下卷，人民文学出版社 1976 年版，第 703～704 页。
② 鲁迅《鲁迅书信集》下卷，人民文学出版社 1976 年版，第 718 页。
③ 鲁迅《鲁迅日记》下卷，人民文学出版社 1976 年版，第 936 页。

显示了"大系"编选阵容的权威性,保证了这部新文学总集学术水准的高品位。

在编辑"大系"的过程中,郑伯奇向赵家璧推荐的阿英,也起了至关重要的作用。当赵家璧把"大系"的编辑出版设想与阿英商谈时,他表示赞成并予以鼓励。阿英不仅亲自担任了《史料·索引》集的编选工作,答应为编选者无条件地提供资料支持,而且对赵家璧最初的编辑思路进行了修正。

文献资料乃是保证"大系"编选质量的基础和前提,但由于社会动乱,战火频仍,现代文学文献资料的损毁比较严重,有些出版物已很难找到。赵家璧在此前的准备工作中,曾数次到上海有名的几所大图书馆熟悉编选对象,但它们的藏书也不完备。阿英的新文学藏书以其丰富珍贵闻名于当时与后世,赵家璧在参观了阿英的藏书后说:"我第一次感到,我为编这套大书所首要解决的资料来源问题,已找到了一个大宝库","有了阿英藏书作靠山,让我看到了希望,我可以起步了!"①在"大系"编选过程中,鲁迅、郑振铎等都曾向阿英借阅过书刊。事实证明,阿英的藏书确为编选"大系"提供了可靠的资料支撑。

另一位给予赵家璧支持和帮助的,是他的同乡《现代》杂志的主编施蛰存。他向赵家璧提出两项建议:①这样一套大书,只选作品是不全面的,还应有理论文章的结集;②原计划每集之后附加史料的做法,不如另出史料专集,史料集可请阿英担任。这就使"大系"全书格局发生了根本性改观。赵家璧最初计划以作品为主,史料只作为参考资料附于各集之后,且无理论专集;施蛰存建议将全部史料单列一集,并增理论专集,建构了"大系"理论、作品、史料三足鼎立的格局。此书采用日本出版套书常用的"大系"命名,也是与熟悉日本出版物的施蛰存一起商定的。因为这一称谓含义丰富:表示选稿范围、出版规模、动员人力之"大";而整套书的内部构成是一个"系统"的整体;与杂凑诸多单行本而成的"丛书""文库"之类有本质的区别。

郑振铎也是全力推动"大系"编辑出版的重要人物之一。他的作用具体表现在,一是建议理论部分分为《建设理论集》和《文学论争集》两册;二是亲自承担了《文学论争集》的编选工作,还建议由胡适担任《建设理论集》的编选,并帮助赵家璧邀请胡适;三是当诗集的编选者被迫改换成朱自清时,也是由郑振铎出面邀请,签订约稿合同的;四是邀请周作人编选《散文一集》,也是由郑振铎出面约请并签订合同的。

茅盾也是"大系"编辑出版的有力支持者和指导者。早在1934年4月号的

---

① 　赵家璧《编辑忆旧》,北京三联书店1984年版,第165~166页。

《文学》书评栏里,谈到他不满意于王哲甫的《中国新文学运动史》时,就产生了编辑一部系统的中国新文学史料的想法。所以当赵家璧把"大系"的编辑计划送他审阅,恳请他担任小说集的编选者时,茅盾对赵的编辑计划非常满意,不仅愉快地接受编选文学研究会小说集,并在此后"大系"的编辑出版工作中给予热心的指导和帮助:首先,解决了"大系"选稿的起讫年限问题,得到大家一致赞同。所以成书后的"大系"有一个副标题——"现代文学运动第一个十年(1917—1927)的再现",一则指定了"大系"的选稿范围限于新文学运动最初 10 年;二则称"大系"为第一辑,是希望"大系"以后还能续编第二辑、三辑。其次,解决了小说部分应按文学团体分编三集的问题,文学研究会和创造社各编一集,这两个团体以外的以《语丝》、未名社等为中心又编一集,分别由茅盾、郑伯奇、鲁迅编选,这个意见得到赵家璧、郑伯奇、阿英、施蛰存、郑振铎等人的一致赞同。再次,散文一、二集的编辑人选和分工问题,赵家璧与郑伯奇、郑振铎、阿英、施蛰存交换意见时,首先确定了郁达夫。另一集的编选者,赵家璧拟请周作人担任。茅盾也认为,既然请了胡适编选《建设理论集》,请周作人编选一卷散文集也无不可,这也是历史唯物主义的态度。关于分工,赵家璧认为应以地域分工,久居北方的周作人选北方散文家,郁达夫选南方散文家。茅盾认为,小说集可以按社团分工编选,而散文集的分工相对较难,不如由两位编选者自己商定。事实果如茅盾所料,郁、周二人经过反复协商,最后决定按作家进行分工编选。

　　青年编辑赵家璧以其敏锐的学术眼光在一个恰当的历史时刻提出了一个恰当的文学史课题,得到了当时几乎所有文坛大家的赞赏与支持。"大系"是当时新文学界集体努力的结晶。赵家璧的学术眼光和大手笔策划及其超强的组织协调能力,固然是完成这项浩大工程的一个重要前提,但更重要的是他及时地抓住了这个千载难逢的历史机遇——新文学运动的倡导者和创建者大都健在,而正是他们的全力支持和积极参与,才使"大系"编辑出版的理想得以完美实现。如果再晚一年,鲁迅的名字就不会与"大系"联系在一起。抗战爆发后,赵家璧屡屡想续编"大系"的第二、三辑,但终因客观条件制约而未能如愿。

(五)与审查机构的成功周旋,是"大系"得以出版的重要环节

　　20 世纪 30 年代左翼文艺运动正在遭受国民党反动派的文化围剿,无论是参与"大系"策划和论证的核心成员,还是最后落实的其他编选者,都是以左翼作家为主,其中鲁迅、郭沫若、茅盾、阿英的作品均遭到过查禁。为了顺利通过国民党图书出版审查机构的审查,良友公司的老板伍联德、编辑赵家璧进行了巧妙周旋和成功运作。

他们首先对参编队伍进行了适当的调整,在郑振铎帮助下,成功邀请到时任北大校长的胡适承担《建设理论集》的编选工作。因为胡适的名字"对一般读者既有号召力,对审查会也许能起掩护的作用",可使"大系"免受检查官的刁难干预。"这样一套规模大、投资多的'大系',完全找左翼作家编,不来一点平衡,肯定无法出版。"①后来经过咨询茅盾,也以同样的理由请周作人编选《散文一集》。其次,在具体送审时,与审查机构进行了巧妙成功的周旋。在伍联德授意下,赵家璧采取了先送审出版计划和编选者名单,后送审书稿的策略。在奉职于审查会且与审查会主管项德言关系甚笃的大学同学穆时英帮助下,赵家璧先将编辑计划书和编选者名单请穆转送项初审。在穆时英的周旋和建议下,良友公司拿出 500 大洋买下项德言一部书的版权,才得以将鲁迅的名字保留下来。后来,赵家璧在鲁迅提醒下,又将书稿的全部选文与各集序言分开送审,均获通过。

(六)成功的广告宣传,使"大系"获得社会效益和经济效益双赢

赵家璧具有非凡的企划宣传能力,他在书籍开本、装帧、用纸用料、广告宣传方面的创新突破,别树一帜,前所未有。为了配合征订活动,赵家璧编印了厚达 40 余页的《中国新文学大系样本》,首先在《编辑〈中国新文学大系〉缘起》中,阐述了编选新文学运动第一个 10 年的文学理论和文学创作的重要意义;其次,介绍各分卷的内容,以及由编选者撰写的各集长篇导言与蔡元培所写的全书万言总序,"使这部'大系'不单是旧材料的整理,而且成为历史上的评述工作";再次,申明"大系"的编辑宗旨是"希望能从这部'大系'的刊行里,使大家有机会去检查已往的成绩,再来开辟未来的天地";最后,用 2 个页面印制蔡元培《总序节要》手迹,10 位编选者的《编选感想》手迹各 1 页,上方印有近影一幅,下方简介该集内容。此外,还印有冰心、叶圣陶、林语堂等对"大系"编辑出版意义的评价,也用手迹制版,共占 2 页。

"大系"还采用预约订购的办法。为了借用读者的订书款作成本,预约款仅收取书价的 7 成,将发行折扣转让给读者。由于赵家璧的多方面努力,"大系"初版 2000 套布脊精装本全部订出。因预约户超过初版印数,精装本再版 2000套。为适应学生读者,又加印白报纸纸面精装普及本 2000 套。为配合普及本出版,赵家璧又编印了厚达 60 页的《"大系"三版本样本》,增加了《舆论界之好评摘录》,把当时《申报》《大公报》等全国各地 7 种大报的评语,摘编 4 页;还编印了除《史料·索引》卷之外的 9 卷的全部目录。这种在出书前编印宣传样本

---

① 　赵家璧《编辑忆旧》,北京三联书店 1984 年版,第 173 页。

的做法,成为现代出版史上的创举,其后也几成绝唱。

这部大书,从1935年5月茅盾编选的小说集最先出版,到1936年2月全书出齐,实际编辑和付梓出版,前后不到1年,足见"大系"从选题确立,到编辑印刷出版各个环节运作上的巨大成功。

三、"大系":烛照后世的璀璨星辰

在传播过程中,受众的反馈,也是检验一部书成功与否的重要指标。作为一部丛书式的新文学总集,"大系"不同于一般的文学读物,它具有较强的学术性;它的受众不是普通的读者,而大都是从事新文学史研究的学者和高校文学专业的学生。它的反馈效果,具体表现在它对当时和后世中国新文学总集的编纂与中国新文学史的撰写这两个方面的影响。

(一)"大系"对新文学总集编纂的影响

赵家璧把中国古代文学"总集"和"丛书"的体例加以融合,创造出一种全新的现代文学总集的编纂方法,并将这种囊括理论、作品、史料的套书,不用"丛书",而用日本常用的"大系"命名。"中国新文学大系"这一富于创意和新鲜感的书名,以及按照编辑出版人的编选意图,使整套书在内容上具有统一性与系统性,各单册之间彼此呼应、相互补充,成为一个有机整体的编辑理念和体例方法,在出版界和新文学界都引起了轰动,对其后近现代文学总集的编纂产生了深远的影响,陆续出现了一系列以"大系"命名的丛书式总集。

"大系"出版之后,蔡元培很满意,并对赵家璧提出两项建议,一是续编"大系"二辑;二是编选"五四"以来翻译作品的结集,并认为后者比前者更重要。因为"五四时代如果没有西洋优秀文学作品被大量介绍到中国来,新文学的创作事业就不会获得如此成就的。当时从事翻译工作的人,他们所留下的种子是同样值得后人珍视的"①。赵家璧与郑伯奇经过商讨,决定编选《世界短篇小说大系》,分为10卷,分别邀请10位卓有成就的翻译家和作家负责编译并撰写导言,仍请蔡元培写总序;从选题到实际操作,几乎都是复制《中国新文学大系》。

1945年抗日战争即将胜利之时,赵家璧在重庆又萌生了编辑《中国新文学大系》续集的想法。第二辑从1927年国内革命战争失败起到1937年全民抗战爆发止,正好是新文学发展的第二个10年,这一阶段的史料整理工作,只能待诸来日。但如果把抗战时期全国文艺界的理论和作品,在渝加以搜集整理,按

---

① 赵家璧《编辑忆旧》,北京三联书店1984年版,第413页。

"大系"体例,分为理论集、小说集、报告文学集、散文集、诗集、史料集各 1 卷,戏剧集 2 卷,共 8 卷,编为第三辑"抗战八年文学大系",是可行的。但因良友复兴图书公司股东内部纠纷而导致计划流产。

1968 年香港文学研究社出版了《中国新文学大系》续集,编选 1928—1938 年 10 年的新文学作品和理论,计分文学论争集、小说一、二、三集、散文一、二、三集、诗集、戏剧集、电影集共 10 集。全书严格按照"大系"的体例。由谭诗国作总序,艺莎、常君实、黄河、尚今、君实、嵩山、豫夫、南海、石桥分别作 2 万~6 万字的各集导言,详细介绍了各部门在第二个 10 年间的发展变化。

最终实现赵家璧的未竟之业的,是 1984—1990 年间上海文艺出版社续编印行的《中国新文学大系(1927—1937)》和《中国新文学大系(1937—1949)》。《中国新文学大系(1927—1937)》包括短篇小说 3 卷,文学理论、中篇小说、长篇小说、散文、戏剧、电影、史料·索引集各 2 卷,杂文集、报告文学集、诗集各 1 卷,共 9 集 20 卷。由丁景唐主持,赵家璧任顾问,周扬、巴金、吴组缃、聂绀弩、芦焚、艾青、于伶、夏衍为各集作序。1987—1990 年上海文艺出版社出版的《中国新文学大系(1937—1949)》,包括短篇小说、戏剧各 3 卷,文学理论、中篇小说、长篇小说、散文、电影各 2 卷,杂文、报告文学、诗、史料·索引各 1 卷,共 11 集 20 卷。由赵家璧、丁景唐担任顾问,王瑶、康濯、沙汀、荒煤、洁泯、柯灵、廖沫沙、刘白羽、臧克家、陈白尘、张骏祥为各集作序。

1997 年上海文艺出版社又出版了《中国新文学大系(1949—1976)》,包括长篇小说 3 卷,文学理论、短篇小说、散文、报告文学、戏剧、电影、史料·索引各 2 卷,中篇小说、杂文、诗各 1 卷,共 11 集 20 卷。由赵家璧、丁景唐担任顾问,冯牧、王蒙、袁鹰、罗竹风、徐迟、邹荻帆、谢冕、吴祖光、陈荒煤、丁景唐为各集作序。选文时限包括"十七年"和"文革"两个阶段。这一时期发表的台湾、香港、澳门作家的新文学作品,一并入选。根据新戏剧的发展,该辑戏剧卷除收入话剧剧本外,优秀的戏曲本也一并入选。

1982 年中国文联出版公司开始进行《中国新文艺大系》的编纂工作。《中国新文艺大系》由周扬担任总顾问,陈荒煤任总主编,冯牧、李庚任副总主编。计划按照历史分期分辑,由近及远地编纂。从五四运动前后到 1982 年底共分五辑:第一辑 1917—1927 年,第二辑 1927—1937 年,第三辑 1937—1949 年,第四辑 1949—1966 年,第五辑 1976—1982 年。每辑按不同的艺术门类和体裁分集,各辑的分集根据不同历史时期的实际情况有所不同,所有分集均有主编撰写的导言。1985—1987 年先出版了第五辑,即《中国新文艺大系(1976—

1982)》，计分理论一、二、三集，包括短篇小说集，中篇小说集，诗集，散文集，杂文集，报告文学集，儿童文学集，民间文学集，少数民族文学集，戏剧集，电影集，电视集，曲艺集，音乐集，美术集，摄影集，舞蹈集，书法集，杂技集，史料集，共23集，全面反映了改革开放初期中国文艺发展的概貌。优秀长篇小说不列分集，其目录由史料集收选。1988—1994年又出版了第四辑，即《中国新文艺大系（1949—1966）》，计分短篇小说集，中篇小说集，诗集，散文集，杂文集，报告文学集，儿童文学集，民间文学集，少数民族文学集，戏剧集，电影集，曲艺集，音乐集，美术集，摄影集，舞蹈集，书法集，评论集，理论史料集，共19集，全面反映新中国17年文艺的概貌。优秀长篇小说不列分集，其目录由理论史料集收选。该书的编纂，仍然聘请著名专家、学者担任分集的主编。

除了这些综合性的"大系"外，还出现了许多地域性的"大系"，如《解放区新文学大系》《沦陷区新文学大系》等。

"大系"的编辑，也影响了中国现代文学以外的学科，如近代文学。1991—1996年上海书店陆续出版了《中国近代文学大系（1840—1919）》，包括小说集7卷，散文集4卷，翻译文学集3卷，文学理论、诗词、戏剧、笔记文学、俗文学、书信日记、史料·索引集各2卷，民间文学和少数民族文学各1卷，共12集30卷。分别由徐中玉、吴组缃、端木蕻良、时萌、任访秋、钱仲联、张庚、柯灵、张海珊、范伯群、钟敬文、郑逸梅、陈左高、马学良、施蛰存、魏绍昌为各集作序，吴组缃、季镇淮、陈则光作总序。"大系"甚至影响到学科内具体的文学体式，如《近代小说大系》的编纂。

（二）"大系"对中国现代文学史写作的影响

"大系"是一部文学作品集，但其各集的导言又是对新文学第一个10年各文体发生发展脉络的梳理和评述，发挥了文学史的批评功能，所以"大系"具有文学史料和文学史的双重价值。"大系"全书各集的内容结构与编选者的文学史评述，对此后的中国现代文学史写作，产生了深远的影响。

1. "大系"所确立的新文学史书写内容的"三大板块"

"大系"对文学史写作最重要的影响，是它确立了新文学史书写内容的三大板块——文学理论、文学论争和文学作品。这三大板块实际上已经涵盖了新文学内容的各个方面，"大系"编选体例所规定的全书编选内容，包括反映文学理论建设的《建设理论集》、反映文学运动的《文学论争集》、反映文学创作的《小说集》《散文集》《诗集》《戏剧集》，正是从新文学发展实际出发的，也是鲁迅、茅盾、胡适、周作人、郑振铎等这些新文学运动的倡导者和创建者们共同的认识。因而，以这三大板块来搭建新文学史的基本构架，是最合乎文学史发展实际，也是最合理、最科学的文学史书写体例。

"大系"之前出版的新文学史著，如朱自清《中国新文学研究纲要》，吴启元《中国新文化运动概观》，王哲甫《中国新文学运动史》等，虽然大都涉及了这几方面的内容，但都还没有自觉、明确地按照这三大板块的体例进行文学史书写。王瑶的《中国新文学史稿》，是新中国成立后第一部现代文学史著，全书以文学创作为重心，以文学理论和文学论争为背景，在体例设置方面，深受"大系"影响而又有所深化。他将新文学30年划分为4个发展时期，每一个时期均设5章，分别评述文艺运动、诗歌、小说、戏剧、散文的发展情况。文学理论和文体理论建设，分别在文学论争和各体文学创作的论述中加以总结和概括。

唐弢主编的《中国现代文学史》，在论述现代文学各个发展阶段时，也都是首先论述该阶段的文学运动和文艺思想斗争。

钱理群、温儒敏、吴福辉的《中国现代文学三十年》（修订本），是新时期后在高校中影响最大、使用范围最广的新文学史著作。它对文学理论、文学运动给予充分的重视，并且注重论述文学思潮与运动的密切关联，在每一个10年中，先介绍文学思潮与运动，再评述作家与4种文体所取得的成就。可以说，该书的构架依然是根据"大系"所确立的三大板块的体例进行书写的。

2. "大系"所确立的新文学创作的四种文体

中国传统文学是以诗文为正宗的杂文学体系，小说、戏曲被视为不登大雅之堂的小道末技。自晚清文学改良运动以后，才逐渐接受了西方以小说、诗歌、戏剧、散文为文学主体的纯文学体系。"大系"对于新文学史书写的另一个重大影响，是按西方文体分类原则来选编文学作品的。在策划"大系"的初期，赵家璧和郑伯奇、阿英等人就已经决定文学创作部分只收短篇小说、诗歌、戏剧、散文，认为这4种文体才是构成中国新文学史的主体。这一认识和做法未经讨论就得到一致认可，说明西方文学观念及其纯文学体系早已为新文学界普遍接受。

在"大系"之前出版的新文学史，如朱自清《中国新文学研究纲要》，分为"总论""各论"两大部分，其中"各论"部分是按文体分类进行论述的。王哲甫《中国新文学运动史》已经把新文学划分为诗歌、散文、小说、戏剧四种类型，但却把它们和翻译文学、儿童文学、民间文学等并列。直到新中国成立以后的新文学史写作，才严格按照"大系"的体例，以4种文体分类论述文学创作，如王瑶《中国新文学史稿》，全书分为四编，每编均分五章，除第一章论述文艺运动外，其余四章分别论述诗歌、小说、戏剧、散文。唐弢《中国现代文学史》，以作家为本位，取代了以文体为本位的编辑体例，但在具体写作中却采取了"阳按作家，阴按文体"的做法。虽然表面上凸显作家，实质上还是按照"大系"的四分法进行论述。钱理群、温儒敏、吴福辉的《中国现代文学三十年》(修订本)，在评述文学创作这一板块时，在体例上将王瑶按文体论述和唐弢按作家论述的体例加以糅合，既保证了每个作家介绍的完整性，又凸显了每种文体创作的特征，清晰地勾画出每种文体发展的脉络。因为"大系"的作品选也是以各个作家系于文体之下，《大系·导言》也是按照作品体裁所系的作家一一品评的。

3. "大系"所确立的新文学史分期的三个 10 年

中国新文学史是从"大系"的编辑出版才厘清了它的断限与分期的。早期出版的新文学史著作，由于距离太近，还没有明确的"现代文学史"的概念，都把"五四"文学革命后的新文学与近代文学，特别是戊戌维新后的文学改良运动联系起来，将新文学视为文学改良运动的延续。陈子展《中国近代文学之变迁》即是从 1840 年鸦片战争写起，经戊戌维新，一直写到"十年以来的文学革命运动"。伍启元《中国新文化运动概观》与冯沅君、陆侃如《中国文学史简编》也都是将文学革命作为近代文学的一部分。王哲甫《中国新文学运动史》是最早以 1917 年胡适提倡文学改良为现代文学史上限的，并指出新文学与近代文学是完全不同质的两个文学发展阶段。

20 世纪 30 年代，新文学异于近代文学的特质逐渐显露，新文学的上限问题也随之提出，参编"大系"的茅盾等新文学界大家们，普遍认为现代文学的上限是 1917 年。胡适在《建设理论集·导言》中认定 1917 年为文学革命的上限。郑振铎在《五四以来文学上的论争》中认为，1917 年胡适的《文学改良刍议》是一个文学革命"发难"的信号。茅盾的《小说一集·导言》直接以《文学革命论》的发表为新文学诞生的标志。鲁迅则说："凡是关心现代中国文学的人，谁都知道《新青年》是提倡'文学改良'，后来进一步而号召'文学革命'的发难者。"①郑伯奇、郁达夫、洪深都认为胡适发表《文学改良刍议》的 1917 年是新文学运动的发端。在新文学史的上限问题上，"大系"编选者们取得了空前的一致。由于他们都是文坛巨擘，所以其观点在当时及后世影响巨大，新文学的上限，也就随着"大系"的编辑出版得到了确认。

---

① 鲁迅《且介亭杂文二集·〈中国新文学大系〉小说二集序》，《鲁迅全集》第 6 卷，人民文学出版社 1981 年版，第 238 页。

"大系"出版以后的新文学史写作，大都以 1917 年为新文学史的上限，如 1937 年李何林《近二十年中国文艺思潮论(1917—1937)》。但周扬写于延安的《新文学运动史讲义提纲》，却按照毛泽东《新民主主义论》的历史分期，认定新文学运动开始于 1919 年。他的这一说法也曾产生过一定影响。直到 1951 年教育部拟定的《〈中国新文学史〉教学大纲》明确规定新文学上限为 1917 年之后，才又回归到"大系"的界定上来。王瑶《中国新文学史稿》，蔡仪《中国新文学史讲话》，丁易《中国现代文学史略》，张毕来《新文学史纲》，刘绶松《中国新文学史初稿》，以及新时期以来出版的唐弢《中国现代文学史》，黄修己《中国现代文学简史》，钱理群等《中国现代文学三十年》等，都以 1917 年为新文学史的上限。

虽然"大系"编选的内容是新文学发展头 10 年的文学作品、文学理论和文学论争，但着手编选时已是 20 世纪 30 年代中期，新文学已从"文学革命"发展到"革命文学"，显示出前后两个不同的发展阶段，这就为新文学史的分期提供了可能。再者，编选要有一个统一的起止年限，这也为解决新文学的分期问题提供了契机。阿英在《中国新文学运动史资料·序言》中提出，以 1919 年 5 月 4 日和 1925 年 5 月 30 日作为新文学运动第一个时期的开端和结束。郑振铎和茅盾则作了不同的划分。茅盾在写给赵家璧的信中明确表示："从 1917 年到 1927 年，十年断代是并没有毛病的。"[1]茅盾的意见最终被采纳，良友公司为"大系"作的广告中有一个醒目的副标题——"现代文学运动第一个十年(1917—1927)的再现"。

"大系"不仅确立了新文学第一个 10 年的起讫时间，而且也为第二、三个 10 年的分期提供了依据。赵家璧在回忆他思考策划编辑出版"大系"续集时想到，"第二辑从 1927 国内革命战争失败起到 1937 年全民抗战爆发止，正好称为第二个 10 年。这 10 年是革命文学蓬勃发展的重要时期"。如果把抗战爆发到抗战胜利期间"全国文艺界的理论和作品，按'大系'体例编为第三辑，出套《抗战八年文学大系》"，也是切实可行的。可见，赵家璧至迟在 1945 年就有了将新文学划分为三个阶段(1917—1927 年、1927—1937 年、1937—1945 年)的想法。

在"大系"问世前后出版的新文学史，不可避免地都会涉及分期问题，但始终未见严格按三个 10 年进行分期论述的著作。直到 1951 年中央教育部组织的文法学院各系课程改革小组中的"中国语文系小组"，委托老舍、蔡仪、王瑶、李何林草拟了一份《中国新文学史教学大纲》，把现代文学划分为五个阶段：[1]

---

[1]   赵家璧《编辑忆旧》，《人民日报》1957 年 3 月 19 日，第 8 版。

"五四"前后——新文学的倡导时期（1917—1921）；②新文学的扩展时期（1921—1927）；③"左联"成立前后 10 年(1927—1937)；④"七·七"到延安文艺"座谈会讲话"（1937—1942）；⑤"座谈会讲话"到"全国文代大会"（1942—1949）。这个"大纲"的分期框架，实际上是依照"大系"三个 10 年的思路建构的，只是从第一个 10 年里将 1917—1921 年划分出来，作为新文学的发端期；又把第三个 10 年以 1942 年为界划分为两段，以突出延安文艺座谈会讲话。

"大纲"颁布以后出版的新文学史著，在分期问题上相互之间虽小有差异，但基本上都是在"大系"三个 10 年的大框架下有所变通。王瑶《中国新文学史稿》与唐弢《中国现代文学史》都把新文学的发展划分为四个阶段，将"大纲"的倡导期与扩展期合二为一。刘绶松《中国新文学史初稿》把现代文学史分为五期，但不以 1942 年的延安文艺座谈会划分前后期，而以 1945 年为界将第三个 10 年划分为"抗战时期的文学"和"第三次国内革命战争时期的文学"两个阶段。甚至连认为"大系"的分期"完全是为了时序上的方便，并没有严格的分期意义"①的司马长风，在他的《中国新文学史》中也未能摆脱"大系"的影响。他也将 1917—1949 年的现代文学划分为四个时期，除了从第一个 10 年中分出 1917—1921 年的"诞生期"外，第二、三个 10 年的划分均略同于"大系"。黄修己《中国现代文学简史》的分期与司马长风本大致相同，只是把"诞生期（1917—1921）"改为"发生期（1917—1920）"。钱理群、温儒敏、吴福辉《中国现代文学三十年》（修订本）也不再以 1942 年为界，而径将现代文学史分为三个 10 年，与"大系"的分期完全吻合。台湾出版的文学史著在分期时同样受到了"大系"的影响，周锦《中国新文学史》也是采用了三个 10 年的划分法。

历史在几经波折之后又回到了它的起点，实践证明，"大系"三个 10 年的历史分期法，是符合新文学史发展实际的，因而是最科学最合理的，它已经为当代学术界所普遍接受。20 世纪 80 年代中期上海文艺出版社出版的第二、三个 10 年的《中国新文学大系》各 20 卷，也是严格按照当初 1927—1937 年为第二个阶段、1937 年以后为第三个阶段的设想来编选的。这充分反映了"大系"分期法影响之深远。

无论是对新文学史，还是对新文学出版史的研究来说，《中国新文学大系》都是一个无法回避的巨大存在。"大系"的编辑出版，是"五四"文学革命以来所进行的第一次大规模的新文学史料文献整理活动，也是对文学革命业绩的第一

---

① 　司马长风《中国新文学史》上卷，香港昭明出版社 1975 年版，第 10 页。

次检阅,特别是由像鲁迅、胡适、茅盾等这样一些新文学倡导者和创建者来承担这项文化工程,其意义就更为重大。他们在自己的亲身经历和文学实践中,对新文学性质特点意义价值的认识,对新文学发生发展历程的整体把握,成为当时和后世新文学史研究的指针;他们亲自编选整理的新文学史料,为后世新文学史写作和研究奠定了坚实的基础。"大系"的编辑体例和方法,以及从选题到出版诸多环节的策划和运作,都已成为中国新文学出版史上的典范而影响深远。

原载《鲁迅研究月刊》2018 年第 6 期。
徐鹏绪:青岛大学文学院教授。

新媒体时代的文体新变及其意义

周海波

所谓新媒体是相对于传统媒体而言的新的传播方式和形态,是在网络技术支持下的新的数字传播媒体,它包括所有的以数字传播形式为主的媒体,它主要通过电脑、手机、数字电视等传播手段获得实现,主要形式则有网络媒体、数字终端媒体、数字电视媒体。新媒体的"新",主要是相对于传统媒体的新,诸如报纸、期刊、电视等,新媒体是一种"所有人对所有人的传播",任何人都可以是传播者,也都可以是接收者,而且传播者与接收者获得了真正意义上的对等交流,它既是一种载体,又是一种文化,是一种现代科学技术的表现,同时又包含美学观念在内的价值观念的变化。新媒体涵盖了所有数字化的媒体形式,包括网络媒体、移动端媒体、数字电视、数字报纸杂志等。新媒体的出现不仅带来了新的传播方式,而更重要的是带给了人们新的生活方式、新的文化观念以及新的价值尺度。

一

人们一般将那些以网络为平台的文学称之为新媒体文学或者网络文学,这种文学呈现出不同于传统文学的写作、传播特点。正如丁国旗在《对网络文学的传播学思考》一文中所说,网络文学是"一种在电脑上创作、在互联网上传播、供网络用户浏览或参与的新型文学样式"①。应当说,这个概括是有一定道理的,至少在目前人们对新媒体文学或"网络文学"没有更加明晰准确的定义之前,是可以接受这个定义的。但是,这个定义没有看到网络文学发展过程中的具体情况。例如,网络文学通过网络进行传播,这是网络文学快速化传播的主要载体。但是,网络文学在其传播过程中,同样也依靠纸媒的传播方式。南派三叔的《盗墓笔记》就分别由中国友谊出版公司、普天出版社、长江文艺出版社、新世界出版社等以不同方式出版过。可以说,《盗墓笔记》成于网络,而又借助于纸媒而得到更广泛持久的传播,从而能够为更多读者所接受。由此看来,一

---

① 丁国旗《对网络文学的传播学思考》,《江苏行政学院学报》2008 年第 2 期。

些网络名作同样需要线下出版为其带来必要的声誉和商业利益。因此,网络文学经由纸媒传播时,它的阅读者、参与者就不再仅仅是网络用户,而且会极大地扩大其读者对象。在这种情形下,网络文学批评所使用的基本概念就会发生本质性的变化,一是它的主体的变化,网络作家往往不再是作家,而是网络写手,这个写手的概念比较复杂,它既可能是某个具体的写作者,也可能是一个写作团队。而有些网络写手不再仅仅是一个写作者的身份,他们往往是文化传播公司的 CEO、合伙人。这样的写作者很难再称得上作家,他们的写作行为也很难再称之为创作。当用某个网名在短短的几天或者几十天内上传数十万字或者数万字的文字时,这种海量写作及其传播,无人能真正明晓写手们的写作方式及其写作态度。2006 年 4 月到 10 月,月关在起点中文网站上传了近百万字的武侠同人小说,而在同一年的 11 月,他又立刻上传了 370 多万字的《回到明朝当王爷》。到 2008 年,月关又上传了 108 万字的《狼神》、102 万字的《一路彩虹》等小说。而近年来,这种海量写作与上传的速度更加惊人。同样,网络文学不再是阅读,而是成为"刷屏",阅读或读屏者以参与者的身份完成了作品的最后的创造。所有这些特征,都说明新媒体时代的文学写作、文学传播等都发生了根本性改变。

邵燕君在其主编的《网络文学经典解读》一书中,提出了一个颇有意思的话题,她"从'网络性'出发",对网络文学做了一个"狭窄的定义":"网络文学,并不是指一切在网络发表、传播的文学,而在网络中生产的文学。也就是说,网络不只是一个发表平台,而同时是一个生产空间。"①这里不仅是对网络文学的定义,而更是对网络化时代文学特征的认同。邵燕君的观点强调了网络文学的"网络性",也就是说,网络文学并不是一个传统意义上的文学谱系中的概念,而是一个超越人类文学史的一切文学形态的新的文学类型。对此,邵燕君进行过更深入的阐释:"从文明形态来看,我们今天所说的传统文学其实是印刷文明时代的文学,它的文学形态背后有着特定的媒介形态。比如,西方现代意义上小说的诞生就是与古登堡印刷术的发展以及市民社会的形成有密切联系的。如果不从媒介的角度,而仅从文学的角度进入到网络文学研究,你会发觉走到一定时候你走不下去了。以那种眼光看,好像网络文学只是通俗小说的网络版。但即使我们把网络文学仅仅限定于网络类型小说,网络连载类型小说也与金庸时代的报刊连载类型产生了很重要的变化。"因而,邵燕君提出要"从媒介革命的角

---

① 邵燕君主编《网络文学经典解读》,北京大学出版社 2016 年版,第 3 页。

度来定义网络文学,网络文学是网络媒介下的一种文学形态"①,这也就告诉我们,在文学研究的领域里,媒体比之于文学自身更重要,媒体不仅仅是一个发表作品的平台,它更是文学审美的一种评价尺度,一种改变文学的新的美学原则。由此可见,新的媒体带来的是新的文学形态,也就是新的文学文体。

不过,如果仅仅这样理解新媒体时代的文学,显然不能完全了解、不能真正概括文学的全貌。文学的网络化和网络文学仅仅是文学的一个方面。当人们特意将网络文学单列出来的时候,恰恰说明网络文学的脆弱与不成熟。例如,在概括网络文学的基本特征时,人们往往看重了网络文学的技术好、传播快等方面,而在实际上,当人们过分看重网络文学的外在特征时,其实是把传统文学中的一些特征略加修改后使用到了网络文学上面。禹建湘在《网络文学关键词100》中就这样概括网络文学的"鲜明特征":"第一,技术性","第二,快捷传播性","第三,内容奇特性","第四,语言口语化"②。这四项内容可以作为网络文学的特征,它体现着网络文学与传统文学的一些区别。但是,如果我们宏观地而不是绝对地去看人类文学的发展,那么,我们可以这样说,任何一种形态的文学,都具有这几个特征。比如"技术性",这个特征不能说是文学的特征,而只能说文学生产与传播的特征。古代文学的生产技术与传播虽然不能与网络技术相比,但同样是一种技术,同样讲究技术性,或者说古代文学是在一定的古代所掌握技术的基础上进行的文学生产。比如在岩石上作画,在甲骨上刻字,那就是一种技术,而且在当时条件下是非常先进的技术,运用那种技术制作和传播的就是那个时代的美术与诗。再如"传播快捷性"也是一个相对的概念,古人骑马送信和20世纪60年代的邮局工人骑自行车送报以及当代人用飞机、高铁的运输,或者卫星传输,都只能是当时那个时代的速度,而不能以现在的网络传输与古代的骑马传送相提并论。古代的飞马奔跑与现在的高铁奔驰,从绝对速度上来说是不一样的,但从相对的观点来说则是一样的,文化传播都具有速度,都讲究速度。古代文学中文人的唱和赠送,与当下的微信传播,哪个速度更快,并不能以技术的高低而定,口头传播与网络也只能是在相对的情况下才能确定哪一种传播速度更迅速。第三条"内容奇特性"并不能认定是网络专属,任何时代的文学作品,都在追求新奇怪,追求艺术的陌生化,不能说网络文学《悟空传》的内容是奇特的,而《西游记》的内容就不是奇特的,不能说《步步惊心》的内容是

①　李敬泽、陈晓明、邵燕君《网络时代的文学》,《中国现代文学研究丛刊》2016年第8期。
②　禹建湘《网络文学关键词100》,中央编译出版社2014年版,第11页。

奇特的,而《东周列国志》就不是奇特的,不能说《盗墓笔记》是奇特的,而《水浒传》就不是奇特的。唯有第四条"语言口语化"与网络文学比较接近,可能没有哪个时代的文学比网络文学更具口语化,甚至比口语还通俗,还粗陋。当然,如果我们想到《诗经》中"国风"的诗篇也带有鲜明的口语特征,我们就不会对胡适的白话文学观念产生不必要的怀疑:他认为,一部中国文学史,就是俗文学史,就是国语文学史,而国语,就是白话,是人人能说的国语。如果把这一观点运用于网络时代的文学,同样是能够接受的。

综上所述,仅仅从这几个方面来概括和定义新媒体文学或网络文学是不准确的,没有真正对网络文学的特点给出一个确定的属于网络文学的特点。或者说,单纯定义网络文学,概括网络文学的特点,其本身意义并不是太大,因为网络文学也是文学,而且它首先是文学,是以网络为载体的文学,它应有与其他形态的文学大体相同的特点,在此基础上因为时代和载体的不同而形成一些属于自己的特点。

二

文学就是文学,不同时代有不同时代的文学,但它们都是文学,是不同时代、不同传播方式和不同美学特征的文学。在一个新的媒体出现并领导和控制了人类文化的前提下,文学就是文学,它不分为网络文学或者非网络文学,它只是运用网络为载体的一种文学,如同以报纸为载体的文学或者以墙壁为载体的文学,它们都是文学的一种存在方式。报纸文学、杂志文学、电视文学等等这些概念,主要是为了研究者的方便而定,或者出于某种需要而提出来的。无论是甲骨布帛,还是墙壁岩石,无论是报纸杂志还是网络,这些不同的载体既是为文学的记载与传播提供一定的物质形式,同时又带来一种新的美学观念。人类社会的发展在越来越先进的科学技术的带动下,总是以超越人们想象力带给人们以巨大的惊异,以新的文学形态刷新人们的审美经验。

一个显而易见的事实是,人类文学随着书写工具和传播媒体、传播方式的演进,表达情感思想的方式越来越复杂,作品规模越来越宏大。人类文明的初期,由于书写工具极为简陋,因而在简单的书写符号中所"创作"的作品的形式极为简单,在简单的结绳记事、岩刻的形象以及符号中,思想情感的表达方式也比较单一。当四言诗以及后来的诸子散文出现的时候,传播媒体也发生了本质的变化。五言诗甚至七言诗或者更多言的诗行出现时,竹简、布帛的书写已然向纸张书写的形式发展。唐代雕版印刷、宋代刻板印刷以及胶泥活字版印刷,在促进人类创作向更复杂的表达方式方面,具有革命性的意义,文学在特定的传播方式下,开始走向市民社会。唐传奇、话本、拟话本的出现,丰富了文学的表达方式。而当报纸期刊出现后,文学从语言、文体类型等方面开始真正走向"现代"。从这个角度来看,网络化时代的文学,不仅仅是传播媒体的平台变化,而且也是一种书写方式的变化,也就是邵燕君所说的网络文学的"网络性"问题,在网络状态下的写作,与此前任何一种书写方式都不相同。网络时代的写作甚至与纸质传媒时代的都市流行文学写作不是一个概念。面对新兴的报纸期刊,比较早地适应了这种新的传播媒体的一批文人,紧紧抓住了现代传媒与市民大众的关联,将自己的作品以一种"流行的"方式推向读者大众。不过,都市流行文学的作家们还是作家,是一种适应新媒体的传统意义上的作家,他们的写作仍然是一种传统的写作方式,是一种文学意义上的精神劳动,是一种孤独的精神生活的体验。李楠在研究晚清、民国时期的上海小报时,曾对上海小报文人做过精彩的论述,她认为,"小报文人是指那些站在市民立场上具有市民文化精神的、较深地参与小报动作的文人,包括兼具小报编者和作者双重身份的文人和一部分在报纸外专门供稿的小报作者"①,这些"世俗才子"生存于新旧文化、主流文化与边缘文化、高雅文化与世俗文化的夹缝中。这些小报文人的写作方式是孤独的,是精神性的,或者说,他们的写作首先是一种精神生活,在此基础上才是商业活动。郑逸梅曾这样叙述过自己的经历:"明知经商可以致富,但我不会经商,也不喜欢经商。觉得商人除了少数有学问的经外,什九是唯利是图,一副市侩面孔,真是令人欲呕,所以我虽然读书穷了一世,却仍不愿我儿子为市侩面孔的商人。"②此外,他还叙述了自己不愿做官而只愿读书的想法。郑逸梅是著名的小报文人、都市流行文学作家,从郑逸梅的叙述中可以看到,他并不是仅仅为了稿费而写作,不是把写作视为一种商业行为,而主要把写作视为与读书一样的精神生活,精神的活动比较于稿费、做官都让他感到快乐和幸福。但是,在网络语境中的写作,已经大不同于小报时代的写作了。网络文学首先考虑的就是商业利益,是在海量传播和迅速传播过程中,获得最大化的商业利益,以点击量、刷流量、打赏和夹带嵌入广告等方式,实现其经济收入的目的。当然,并不是说网络文学作家不注重文学写作的精神活动,他们也会注重文学写作与其精神世界的联结,注重将文学写作作为一种精神生活,注重通过

---

① 李楠《晚清、民国时期的上海小报研究》,人民文学出版社2005年版,第67页。
② 芮和师等编《鸳鸯蝴蝶派文学资料》(上),福建人民出版社1984年版,第361页。

一定的写作表现其精神世界的某些方面,但是,网络文学写作往往是将经济利益放在首位,而写作的精神生活是作为一种附带的文学功能,文学的精神生活是在商业利润基础上的体现,是一种满足经济生活条件下的文学附带物。从写作主体来说,大量的粉丝支撑着一个写作团队,满足了写作者的经济欲望;从传播主体来说,快捷迅速的传播使文学文本能够以最短的时间推送给读者,从而获得足够的商业利润;从接受主体来说,大量的网民以较低的价格在电脑或其他电脑终端上下载并浏览这些文本。因此,可以说网络文学让文学实现了在大众文化的社会背景下的文学大众化,让文学成为草根文化的代言者。

那么,新媒体时代的文学具有怎样的特征呢?我们认为,要研究新媒体时代文学的特征,必须回到新媒体的网络文化语境、网络技术的平台,在网络与文学的广泛联系中发现新媒体时代文学的特点。

第一,文学边界的突破。

所谓文学边界的突破,主要有以下几层意思,一是创作者的边界被突破了。王国维在《古雅之在美学上之位置》中认为:"美术者,天才之制作也。"①梁实秋等人也有类似的观点,作家都是那些社会精英式、天才式的人物,而不是谁都可以当作家的。但是,在新媒体面前,这个创作者的边界被突破了,任何人都可以从事文学写作,谁都可以是作家。因此,就出现了诸如"网络写手""脑残诗人""奇葩作家""大神作家""美女作家"等,这些写作者可能会在某个时候由于网络的传播而一时走红,成为社会关注的当红作家。他们可能每天都会码上万甚至几万字,甚至他们写作的作品并不是以他们自己的姓名在网络上传播,而是以其他种种网名进行传播。但目前要对这类作家做出定评,可能为时尚早。二是文学范畴发生了变化,传统的"文学"被新的媒体所突破,一些传统文学中不被承认为文学的作品已经毫无障碍地进入到文学的世界之中,真正的突破文学、历史、哲学或者其他门类的"大文学"成为网络的新品种,甚至出现了文字、图片、视频相结合的跨界作品。传统意义上的文学已经被解构,文学不再是严格意义上的小说、诗歌、散文、戏剧等。三是文学的文体形态和文体类型发生了变异,一些"非文学"的文体堂而皇之成为文学。如近年来颇受争议的"口语诗""两句话的口语诗",这是在传统的文学领域中无法接受的文体,却在新媒体时代成为一种诗歌文体而被奉为当下诗歌的新趋向,被认为是网络化时代的新宠儿。这个诗歌宠儿以世俗化、大众化的形象,走下文学的圣殿,放低身段,悄然

---

① 王国维《古雅之在美学上之位置》,《王国维集》(第1册),中国社会科学出版社2008年版,第184页。

打入文学的世界之中。再如小说中的"接龙小说""催更""网游小说""YY 小说""种马小说""同人小说"等,这些本来与文学不怎么沾边的作品,在网络环境中,成为文学的主力,从而改变着文学的边界。

第二,以丑为美的文学观念。

从来没有哪个时代的文学能像新媒体时代的文学这样,文学似乎并不是沿着一条审美的道路向前发展,而更多的是"以丑为美"。王国维以"古雅"作为文学的审美标准,认为只有美的,经过"第二形式"的艺术创造的才能是文学,"一切之美,皆形式之美也。就美之自身言之,则一切优美皆存于形式之对称变化及调和"①。但是,王国维的美学观点到了网络媒体时代遇到了空前的挑战。我们先看某诗歌网站上刊载的一首"口语诗":"在一个聚会场合/才子佳人们正高举杯盏/谈论人生和艺术/我忍不住/放了个响屁/这使他们脸红/兴致全无/看来/我是个庸俗的人/难登大雅之堂。"这首"口语诗"在客观上具有反讽的艺术效果,试图表达反崇高的人生态度。但以"放了个响屁"入诗,不以为丑,反以为美,或者以丑陋入诗,传达出对传统美学观念的反叛。就整个新媒体与文学的关系来说,一种新的审美价值的评价体系将新文学与传统文学区别开来,正如麦克卢汉在其《理解媒介》中所说:"所谓媒介即讯息只不过是说:任何媒介(即人的任何延伸)对个人和社会的任何影响,都是由于新的尺度产生的;我们的任何一种延伸(或曰任何一种新的技术),都要在我们的事务中引进一种新的尺度。"②新媒体所带来的这种新的审美评价尺度,并不是以人的意志为转移的,而是适应新媒体的技术需要和文化需要而形成的一种新的美学观念和评价机制,就像口语词作为"邪恶之花"被引入文学之后,改变的不仅是文学的写作方式,而是文学或者文化的评价体系,"口语词使人的一切感官卷入的程度富有戏剧性,虽然喜弄文墨的人讲话时趋于连贯成篇、悠然自在"③,从而改变着人们认知世界的尺度。

第三,与新媒体相适应的新文体。

我们知道,网络新媒体是新兴社会新科技的产物,它的出现带动了社会的发展,而这种发展则是以不断追逐新潮为其主要方式和基本特征的。新媒体如果不追求新潮,就会失去其存在的价值,新媒体正是以不断地追求新潮刺激人

---

① 王国维《古雅之在美学上之位置》,《王国维集》(第 1 册),中国社会科学出版社 2008 年版,第 184 页。

② 〔加〕马歇尔·麦克卢汉《理解媒介》,何道宽译,商务印书馆 2000 年版,第 33 页。

③ 〔加〕马歇尔·麦克卢汉《理解媒介》,何道宽译,商务印书馆 2000 年版,第 113 页。

们的欲望,引发社会的变化。新媒体对新潮的追逐主要表现在两个方面,一是媒质自身的变化趋新。媒质材料是随着科学以及物质技术的发展而发展的,当科学发现新的媒质材料时,就会以较快的速度覆盖以往曾经使用的材料,通常情况下,新的媒质出现之后,立刻就会淘汰过去的媒质,在这方面网络新媒体表现出了极强的"喜新厌旧"的特点。现代机器印刷新媒体是对雕版刻印新媒体的覆盖,电子新媒体则是对传统纸质新媒体的覆盖,而网络媒体又是对其他媒体的颠覆。版面的更新、书籍装帧的更新、纸张的更新,等等,都会影响到新媒体与人的生活的变化。二是媒体关注的内容的新潮。新媒体关注的社会文化的时尚,它总是通过制造新闻的方式制造影响社会的轰动性效应,引起社会的关注,并能够通过媒体途径发布时尚的东西,从而极大地激发人的各种欲望。从这个意义上说,媒体所关注的新潮,就是一种文化时尚。"所谓时尚,在20世纪,就意味着一种在话语幻象中制造出自身的存在的意义幻象。在时尚之中,信息传播的符号功能被蓄意突出出来。"①新媒体不断地炮制着并炒作着各种文化时尚,使社会处在不断趋新的亢奋状态中。可以说,网络新媒体时期,整个社会中的文化形态都被时尚新潮所刺激着,人们以流行为荣,以落后为耻,以"新"为荣,以"旧"为耻,因为,在一个网络新媒体的社会里,流行意味着进步,新的意味着时代的,"流行文化先锋派使用流行文化传统创造了新的风格。相应地,这些风格被支配大量受众的传播渠道以不太令人感到刺激的形式挑选出来,进行了广泛传播"②。

　　如同小说成为报刊为传播媒体时代最早发展起来的文体一样,最早成为网络时代的文体宠儿的,也是小说。小说并不是依托网络最先出现的文学文体,但却是网络上最为成功、最为引人关注的文体,也是影响最大的文体。1994年,方舟子在海外创办了网络文学刊物《新语丝》,1995年水木清华网站建立BBS,再到1997年12月全球中文原创作品网"榕树下",而后,"西祠胡同""金庸客栈""天涯社区"等纷纷出现,从散文随笔逐步向小说发展,网络几乎成为小说的天下,当论坛以各种日记、游记、随笔为主要文体时,小说还一时没有在网络上寻找到应有的位置,也少有真正的网络小说的出现。直到2000年,今何在通过"金庸客栈"发布网络小说《悟空传》,才一下子将人们的阅读兴趣引到小说上来,而后《悟空传》由光明日报出版社出版,销售量呈现出空前的预想不到的火

① 潘知常、林玮《大众新媒体与大众文化》,上海人民出版社2002年版,第282页。
② 〔美〕戴安娜·克兰《文化生产:媒体与都市艺术》,译林出版社2001年版,第8页。

爆,小说一下子成为网络文学的最重要的文体。此后,小说成为网络文学的主要文体,烟雨江南的《亵渎》、南派三叔的《盗墓笔记》、月关的《回到明朝当王爷》、辛夷坞的《致我们终将逝去的青春》等,为读者所追捧。网络小说以新的美学原则、新的书写方式和文体特征,颠覆了传统小说的叙事模式,也颠覆了传统小说的传播方式,从而也改变了传统小说的概念,形成了网络小说的独特文体。

与此同时,新的文学体式也随着网络技术和新媒体平台的出现而不断变化,诸如博客、微博、论坛以及手机文学、数字文学等,已经逐渐取代了传统的文学概念,由此而出现的所谓网络知音体、火星体、梨花体、淘宝体、纺纱体、咆哮体、羊羔体、装13体等,成为网络文学时代某个时期红极一时的文学体式,这些文体可能会遭到文学界一些作家、评论家的反对,但他们却顽强地存在着,尽管这些文体不一定长时间存在,但它们却以其独特的文体特征,冲击着人们的阅读经验。

毫无疑问,网络文学是以其网络技术为前提的,而又是以其商业性为其目的的。不过,就其网络文学的文学性特征来说,追求文学的经典性、长久的时间性,是作家追求的目标。每一位作家都具有文学的经典意识,都试图让自己的作品能够得到更多读者认可的同时,能够长久地存在于文学史。新媒体时代不得不重视的文学问题是,如何在商业化与经典性之间寻找到自己的位置,如何保持网络文化环境中的文学性,如何保持网络文学的文学性,这些问题必然会成为影响文学发展的因素。

三

当然,我们在研究新媒体时代的文学时,以较大的耐心关注新媒体文学,主要是关注网络文学,但又不止于网络文学,而需要关注的是新媒体时代的文学。

新媒体时代的文学并不一定完全是新媒体文学,网络化传播载体也不一定完全造就了网络文学。实际上,在网络文学迅猛发展的当下,一些坚持文学立场的作家,一方面在对网络文学、新媒体文学表达自己的不理解、不满意,甚至是反对的态度的同时,以悲悯的情怀面对迷恋于网络和网络文学的人们,以悲壮的精神对待他们挚爱着的文学,以顽强的姿态坚守在文学的世界中。因而,他们往往把自己坚持的文学立场视为"纯文学",而把网络文学或者新媒体文学视为通俗文学或者非文学。有意思的是,当各种新媒体扑面而来的时候,或者当新媒体进入到人们的日常生活中时,一些坚守文学的作家,一方面不得不,或者很不情愿地使用 QQ、微信、微博等新媒体,一方面却又在抵制着新媒体文学,他们也在不"情愿"中将自己的作品通过微信或微博发布出去,或者被动地通过新媒体发布出去。这种背反式的现象在新媒体阶段构成了成趣的现象。这不能不让人想起当年坚守"纯文学"、提倡格律诗的徐志摩。1925 年 10 月 1 日,向来不太看重报纸的徐志摩,接受了《晨报》的邀请,出任副刊主编。徐志摩接办《晨报副刊》,并不是他对报纸有多少热情,也不是借报刊有多么了不起的创造,而是要通过自己办报纸副刊把其他的副刊"杀死"。正如他在《我为什么来办我想怎么办》中所说:"我自问不是一个会投机的主笔,迎合群众心理,我是不来的;我来只是认识我自己,只对我自己负责任,我不愿意说的话你逼我求我都不能说的,我要说的话你逼我求我都不能不说,我来就是个全权的记者。"但是,要想在大众传媒的文化氛围中不迎合群众,不取媚社会,几乎是无法实现的。他要通过把自己的副刊办出高水平来掐死其他副刊,也只能是一种乌托邦式文化理想的表现而已。因此,徐志摩只能是通过努力改造副刊而实现自己的文化理想,增办《诗镌》和《剧刊》。《诗镌》促成了新月诗派的形成,却并没有真正促成报纸副刊得到更多读者的认可。在,而《剧刊》匆匆忙忙停刊,徐志摩甚至都没把停刊词写完,不仅是他即将大婚,时间紧张而不能写完,也有他对新媒体的失望与隔膜。徐志摩对待现代传媒的矛盾心态,反映了他对待文学的矛盾心态,既无法抗拒报纸的巨大诱惑,也不能不面对报纸对文学传播的力量。同样,在网络文化时代,一些作家也不得不面对这样的问题,甚至一些大牌的文学刊物也不能不面对同样的问题,一些在读者以上中享有很高声誉的刊物,在文学史上都有重要地位的文学刊物,也在试图通过新媒体诸如微信公众号等,适当进行文学作品的传播。《人民文学》《收获》《上海文学》《当代》等与中国当代文学密切联系在一起的文学期刊,也在适应新媒体的过程中,建立起了自己的微信公众号或者其他网络传播方式。这说明传统的文学媒体和新媒体之间已经打成了某种默契,或者在相互适应的过程中相互靠近,相互融合。

正是如此,当我们在考察新媒体时代的文学创作与文学发展的过程中,就需要在考察网络文学的同时,也要将在网络媒体时代的其他文学文体形态考虑在内,或者将传统的文学文体形态在新媒体时代的发展变化,作为新媒体时代文学文体美学的一个重要参照。实际上,任何时代的文学,都存在一个多种媒体融合的问题。首先,任何新媒体都不可能取代传统的媒体。人类社会发展的不同阶段,新媒体的出现必定会影响到传统媒体,如活字排版印刷取代了刻板印刷,而激光照排的出现又取代了活字排版印刷,但是,这些不同印刷技术并没有完全取代文学的传播方式,只不过印刷技术发生了变化,而传播方式并没有真正被取代。报纸、期刊、书籍,作为文学的载体并没有被完全代替,仍然是文学的主要传播方式。近年来,甚至有一些图书出版特意追求传统的、古典的图书印刷的样式,毛边书、线装书等频频出现。传统文学需要报纸、期刊和著作出版,网络文学也需要以传统媒体的方式进行出版传播。在这里,无论传统的文学还是网络文学,都必须要面对不同的传播媒体。于是,我们看到,网络时代的文学的多样性,既有以网络作为传播载体的文学,也有以传统媒体作为传播手段的文学。

其次,任何时代的作家都有一个适应新媒体的过程。新媒体是在新的技术支持下的传播形态,它既是新奇的,也是革命性的,报纸的出现曾引起过人们的惊慌,认为这种"野狐禅"是不会有长久存在的价值的。但是,报纸不但没有很快消失,反而成为社会发展的重要传播工具,即使那些反对报纸的文人,也不得不面对报纸、适应报纸,并且很快成为现代报刊的重要角色。报纸期刊这些"新媒体"成为不同人群的文化消费品,也成为不同作者的传播工具。新媒体人在适应着传统的文学,而传统的媒体人也在适应着报纸期刊。同样,在网络媒体出现之后,也存在一个如何适应和如何运用的问题,传统文学的作家们在适应着网络新媒体的传播方式,适应着文学与读者的新型关系,即如李敬泽所言:"进入网络时代,我们面临着'网络性'的考验。"①而网络文学的写手们也不能不考虑文学创作的文学性,让自己的作品在成为商品的同时能够为文学史所接受。

第三,因而,任何时代的任何文学都有其新媒体语境中的文学性追求问题。文学首先是文学,无论报纸、期刊还是网络,对文学而言都仅仅是一种传播载体,尽管不同的传播载体会带来不同的美学观念,带来不同的文学价值尺度,但只要被称之为文学或者自认为是文学者,不可能不考虑其文学创作的根本性问题。不少学者提出网络文学的"经典性"问题,实际上提出了网络文学作为一种文学形态的文学性问题。邵燕君认为,诸如类型小说等网络文学,其"商业性不排斥文学性",也"不排斥独创性""不排斥严肃性"②,也就是说,网络文学作为文学创作具有特定的文学性,是从一个特定的方面,在追求文学的商业利润的同时,也在追求着网络文学的文学性。

周海波:青岛大学文学院教授、博士生导师。

---

①　李敬泽、邵燕君、陈晓明《网络时代的文学》,《中国现代文学研究丛刊》2016 年第 8 期。
②　邵燕君主编《网络文学经典解读》,北京大学出版社 2016 年版,第 12～15 页。

战国至汉代齐地黄老之学的发展与传播

刘怀荣

一、关于黄老学起源的齐楚之争

近几十年来，黄老之学颇受关注，迄今为止已发表了不少研究成果。学者们一致认为黄老与老庄是先秦道家发展的两大分支，但对于黄老之学的发源地，则有两种截然不同的观点：一种观点认为黄老之学发源于楚地，而后传到齐地，形成南北并行的两支。如李学勤认为："汉初盛行一时的黄老道家，过去的学者多以为源于齐学，有人认为与齐稷下一些学者有关。现在由于马王堆帛书的发现，知道齐的道家尚非这一流派的主流，黄老道家的渊源实在楚地。"①胡孚琛、吕锡琛认为："道教在北方的继续发展，形成了稷下黄老之学。稷下黄老之学与南方黄老之学有着继承关系，而中介者即是范蠡这位道家色彩十分浓厚的人物，他的不少思想与《老子》和《黄帝四经》相合……我们认为，稷下黄老之学虽还可能有着多方的学术渊源，但范蠡和《黄帝四经》当为其重要渊源之一，因为稷下黄老之学的文集《管子》中有很多语言与《黄帝四经》一致，且后者语言较前者古朴，说明《管子》继承了南方黄老之学《黄帝四经》的思想。"②江林昌也说："当黄老道家思想于战国中期在楚国产生后，到了战国中后期大概分两支发展。其本支在楚国继续发展，另一支则传到北方在齐国稷下得到了大战，也一直延续到西汉初期。"③

另一种观点则以为黄老之学发源于齐地，是稷下学官中为各派学者所热衷的显学。如郭沫若指出："黄老之术，值得我们注意的是，事实上是培植于齐，发

---

①　李学勤《再论楚文化的传流》，《李学勤集》，黑龙江教育出版社 1989 年版，第 341～350 页。

②　胡孚琛、吕锡琛《道学通论——道家　道教　仙学》，社会科学文献出版社 1999 年版，第 132 页。

③　江林昌《中国上古文明考论》，上海世纪出版集团、上海教育出版社 2005 年版，第 508 页。

育于齐,昌盛于齐的。"①牟钟鉴等不仅认为:"稷下的各种学派多数染有黄老的色彩""黄老之学为稷下学主流",还进一步指出:"帛书黄帝书出于战国中期的齐国……这书的作者应是齐宣王时期或齐湣王初期的稷下先生。"②白奚也认为:"在道家思想的传播与发展的过程中,范蠡入齐是一个极为重要的事件。春秋战国之际,范蠡将老子的思想传播到齐国,开始了道家学派在北方列国流传发展的新时期。道家学派在北方流传发展的最重要结果,是稷下黄老之学的出现,其标志是帛书《黄帝四经》。"③其观点显然与胡孚琛、吕锡琛的不同。

就现有的各种文献,并结合历史实际来看,我们更倾向于上述后一种观点。理由有二:

其一,认定《黄帝四经》为楚国作品是前一种观点立论的主要依据,但与把《黄帝四经》作为齐国作品的观点相比,前者更缺乏证据。1973 年出土于湖南长沙马王堆汉墓的《老子》乙本,卷前有古佚书《经法》《十六经》《称》《道原》四篇,唐兰先生认为这四篇古佚书即是《汉书·艺文志》所载《黄帝四经》④,他的观点得到了多数学者的认可,本文即采用唐兰先生的观点,直接使用《黄帝四经》这一名称。对于《黄帝四经》是否为楚国作品,已有学者作过详细的考辨,以为"关于黄帝书出自楚人的论证虽很精致,却是难以成立的"⑤。还有的学者则从齐、楚两国的政治实际来探讨这个问题,认为黄老之学"这样的学说必然要伴随着吏治改革的实践而孕育和产生,如慎到之流'皆学黄老道德之术',背景就是田齐桓、威、宣之时的吏治改革,即'谨修法律而督奸吏'(《史记·田敬仲完世家》)的需要……然而,这种特定的历史背景,在楚国却一直没有出现过"。因此认为:"不论主张楚人所作还是主张齐人所作,目前看来,都没有直接的证据。但两相参较,后者似乎要更合乎情理。"⑥陈鼓应先生则说:"我这里推测帛书《黄帝四经》为稷下作品,是出于以下的几点考虑:第一,书中的一些观念与齐文化的特征相合","第二,《黄帝四经》则依托黄帝,同时又以老子思想为基础,而这两方面都和田氏齐国有特殊关系","第三,更重要的是,《黄帝四经》与《管子》在一系列基本观念上,都十分相同或相近,表明它们很可能是同一或接近的作者群

①　郭沫若《稷下黄老学派的批判》,见郭沫若《十批判书》,东方出版社 1996 年版,第 157 页。

②　牟钟鉴、胡孚琛、王葆玹《道教通论——兼论道家学说》,齐鲁书社 1991 年版,第 242、280 页。

③　白奚《先秦黄老之学源流述要》,《中州学刊》2003 年第 1 期。

④　唐兰《马王堆出土〈老子〉乙本卷前古佚书的研究》,《考古学报》1975 年第 1 期。

⑤　牟钟鉴、胡孚琛、王葆玹《道教通论——兼论道家学说》,齐鲁书社 1991 年版,第 278 页。

⑥　知水《黄老之学源于秦楚说质疑》,《管子学刊》1989 年第 4 期。

的作品。"①我们以为这种观点可从。

其二,从历史发展的实际来看,黄老之学在战国中后期成为显学,与稷下学宫的百家汇聚、自由争鸣是分不开的。黄老之学正式在这样的学术环境中,才逐渐融汇百家,自成体系,产生了重要的影响。而就齐地学术思想而言,在稷下黄老之学之外,不仅有《管子》中的《心术上》《心术下》《内业》《白心》等黄老学经典,还有民间的黄老之学传授体系,可谓彼此呼应,盛极一时。如果没有深厚的历史积淀,这是很难解释的。此外,齐地民间黄老之学到汉代依然保持着旺盛的生命力,居然能从民间学说一跃而成为官方主流意识,影响汉代朝廷政治达数十年之久。这也从另一个层面说明了齐地与黄老学的深厚渊源。而这些特点却是楚地及其他地域都不具备的(详后),这是我们肯定黄老之学发源于齐地的一个更重要的理由。

二、稷下学宫与齐地官方的黄老之学

稷下学宫创立于齐桓公田午时期,徐干《中论·亡国篇》曰:"昔齐桓公立稷下之宫,设大夫之号,招致贤人而尊宠之,自孟轲之徒皆游于齐。"②公元前 386 年,田和始列为诸侯,正式取代了姜齐政权。齐桓公是田齐第三代国君,于公元前 374 年即位,当时田氏刚刚代齐不久,亟须为自己的合法性寻找理论依据,稷下学宫的开设当与此不无关系。钱穆指出:"盖齐之稷下,始自桓公,历威、宣、湣、襄,前后五世,垂及王建,终齐之亡,逾百年外,可谓盛矣。"③学者们一般认为,稷下学宫历时约 150 年,经历了桓公、威王时期,宣王、湣王时期,襄王、王建时期三个阶段,其中第二个阶段是其黄金时期。④《史记》第四十六《田敬仲完世家》说:

宣王喜文学游说之士,自如驺衍、淳于髡、田骈、接予、慎到、环渊之徒七十六人,皆赐列第,为上大夫,不治而议论。是以齐稷下学士复盛,且数百千人。⑤

《史记》第七十四《孟子荀卿列传》也说:

① 陈鼓应《黄帝四经今注今译·序言》,商务印书馆 2007 年版,第 42～46 页;刘蔚华、苗润田《稷下学史》,中国广播电视出版社 1992 年版;胡家聪《稷下争鸣与黄老新学》,"第三章 帛书《黄帝四经》著于稷下考"也持同样的观点,中国社会科学出版社 1998 年版,第 103～142 页。

② [汉]徐干《中论》,[明]程荣纂辑《汉魏丛书》,吉林大学出版社 1992 年版,第 579 页。

③ 钱穆《先秦诸子系年》,商务印书馆 2001 年版,第 269 页。

④ 参王阁森、唐致卿主编《齐国史》,山东人民出版社 1992 年版,第 509～512 页。

⑤ 《史记》卷四十六《田敬仲完世家》,中华书局 1959 年版,第 1895 页。

自驺衍与齐之稷下先生，如淳于髡、慎到、环渊、接子、田骈、驺奭之徒，各著书言治乱之事，以干世主，岂可胜道哉！①

以驺衍、淳于髡为代表的这76人，来自不同的诸侯国，属于不同学派，但都被尊为稷下先生，其中有些学者还有自己的门徒。田齐朝廷给了他们很高的待遇：

于是齐王嘉之，自如淳于髡以下，皆命曰列大夫，为开第康庄之衢，高门大屋，尊宠之。览天下诸侯宾客，言齐能致天下贤士也。②

钱穆《稷下通考》所列《稷下学士名表》共计17人，除上面所引《史记》的两段话中提到的7位外，按钱先生原表次序，著名者尚有孟轲、彭蒙、宋钘、尹文、季真、王斗、兒说、荀况、田巴、鲁仲连等。按照《汉书·艺文志》及其他史料记载，他们属于不同的学派，其中只有淳于髡和王斗不详何派，其他如孟轲、荀况、鲁仲连为儒家；彭蒙、田骈、接子、季真、环渊为道家；慎到为法家；宋钘为墨家；尹文、田巴、兒说为名家；驺衍、驺奭为阴阳家。而各派稷下先生，大多与黄老之学有密切的关系，《史记》卷七十四《孟子荀卿列传》说：

慎到，赵人。田骈、接子，齐人。环渊，楚人。皆学黄老道德之术，因发明序其指意。故慎到著十二论，环渊著上下篇，而田骈、接子皆有所论焉。③

据《汉书·艺文志》，慎到，"先申、韩，申、韩称之"，有《慎子》42篇；田骈，"游稷下，号天口骈"，有《田子》25篇；接子，《汉书》卷三十《艺文志》和《汉书》卷二十《古今人表》均作"捷子"，有《捷子》2篇，《汉书·古今人表》列在尸子后，驺衍、田骈之前④；环渊，古籍中作"蜎子"，又作"涓子"⑤，有《蜎子》13篇。《汉书·艺文志》说他是老子弟子。这4人"皆学黄老道德之术，因发明序其指意"，对黄老之学均有深入的研究。

尹文和宋钘的学说中，黄老之学也非常明显。尹文，有《尹文子》一篇。《汉书·艺文志》颜师古注曰："刘向云与宋钘俱游稷下。"⑥容迈《容斋随笔》卷十四

---

① 《史记》卷七十四《孟子荀卿列传》，中华书局1959年版，第2346页。
② 《史记》卷七十四《孟子荀卿列传》，中华书局1959年版，第2347～2348页。
③ 《史记》卷七十四《孟子荀卿列传》，中华书局1959年版，第2347～2348页。
④ 《汉书》卷二十《古今人表》，中华书局1962年版，第948页。
⑤ 参见钱穆《先秦诸子系年考》，《老子杂辨》"五、环渊即关尹""六、涓子即环渊"，商务印书馆2001年版，第239～243页。或以为涓子为西汉人，参见朱越利《方仙道和黄老道的房中术》，《宗教学研究》2002年第1期。
⑥ 《汉书》卷二十《古今人表》，中华书局1962年版，第948页。

引刘歆评尹文说："其学本于黄老，居稷下。与宋钘、彭蒙、田骈等同学于公孙龙"①；宋钘，有《宋子》18 篇。《汉书·艺文志》说："孙卿道宋子，其言黄老意。"②可见，尹文、宋钘在黄老方面也很有修养。

儒家学者孟轲、荀况、鲁仲连，阴阳家学者驺衍、驺奭，也都受到黄老之学的影响。对此，学者们已作过认真的讨论，我们在此不拟展开。③ 此外，彭蒙为田骈之师，淳于髡有一些事迹流传，至于兒说、田巴、王斗、季真等，存世材料都很少，这些人是否也热衷黄老之学，难以确考，但稷下学者中学黄老之学而有所发明者，应当远不止这些人，对此已有学者指出：

> 稷下学黄老的人物，除司马迁列举的人名之外，还有一些人，钱穆《先秦诸子系年》列"稷下学士"17 名，大多与黄老之学有关，其中尤以宋钘、尹文为著。实际上当不止这些，还有些未留下姓名的人，不说那"数百千人"之中，就是"76 人"之中也还会有"学黄老道德之术"的。再说，著名大师们又有不少弟子，如《荀子·正论》篇云："今子宋子严然而好说，聚人徒，立师学，成文典"，又如《战国策·齐策四》云："齐人见田骈曰：……今先生设为不宦，赀养千钟，徒百人。"总之，仅就稷下而言，学黄老道德之术的人是很多的。这批人，无论是集中之当时，或是后来分散之后，即在各地以不同的方式发挥影响和作用。④

因此，黄老之学实为战国中期稷下百家争鸣中的显学，所谓"百家盛于战国，但后来却是黄老独盛，压倒百家"⑤。"它之渊源于齐或楚越固有争议，但黄老之学昌盛于齐，为稷下道家所倡导并在稷下学宫百家争鸣中取得主导地位，当无疑义。黄老思想经稷下道家的发扬而流传于全国各地，儒家的荀、孟和法家的申、韩，都受到黄老道家的重大影响。"⑥

三、战国晚期至汉初齐地民间黄老之学的上升

稷下黄老之学在当时以其特殊的魅力受到诸子的普遍关注，稷下学士以外的其他学者，受其影响者也不乏其人。如太史公就曾提到："申子之学本于黄老

---

① ［宋］洪迈著，孔凡礼点校《容斋随笔》，中华书局 2005 年版，第 386 页。
② 《汉书》，中华书局 1962 年版，第 1744 页。
③ 牟钟鉴、胡孚琛、王葆玹《道教通论——兼论道家学说》，齐鲁书社 1991 年版，第 242～268 页。
④ 熊铁基《秦汉新道家》，上海人民出版社 2001 年版，第 21 页。
⑤ 蒙文通《略论黄老学》，载《蒙文通文集》第一卷《古学甄微》，巴蜀书社 1987 年版，第 276 页。
⑥ 陈鼓应《黄帝四经今注今译·序言》，商务印书馆 2007 年版，第 9～10 页。

而主刑名。"又称韩非"喜刑名法术之学,而其归本于黄老"①。虽然史料所限,我们已难以弄清稷下以后黄老之学传播的详细情况,但从黄老之学在西汉的兴盛来看,除了官方的稷下黄老学外,齐地民间也有黄老学以另外的方式在传播,且在西汉惠帝年间由民间传授转而上升为官方意识形态,为朝廷所采用,发挥了其"君人南面之术"②的奇效,而盖公与曹参则是这一传播体系中的关键人物。《史记》卷五十四《曹相国世家》曰:

> 参之相齐,齐七十城。天下初定,悼惠王富于春秋,参尽召长老诸生,问所以安集百姓,如齐故诸儒以百数,言人人殊,参未知所定。闻胶西有盖公,善治黄老言,使人厚币请之。既见盖公,盖公为言治道贵清静而民自定,推此类具言之。参于是避正堂,舍盖公焉。其治要用黄老术,故相齐九年,齐国安集,大称贤相。③

楚汉战争结束于汉高祖五年(202)年末④,第二年即高祖六年(前 201),刘邦长子刘肥被立为齐王,所谓"悼惠王"即指刘肥。曹参为第一任齐相国⑤,上任之初,也就是"天下初定"的高祖六年(201),他召集"长老诸生",询问治齐策略,聘请到了"善治黄老言"的盖公,并采用他的黄老之术来治理齐国,从而使齐国获得大治。对于盖公黄老之学的师承情况,《史记》卷八十《乐毅列传》有较为详细的交代:

> 其后二十余年,高帝过赵,问:"乐毅有后世乎?"对曰:"有乐叔。"高帝封之乐卿,号曰华成君。华成君,乐毅之孙也。而乐氏之族有乐瑕公、乐臣公,赵且为秦所灭,亡之齐高密。乐臣公善修黄帝、老子之言,显闻于齐,称贤师。
>
> 太史公曰:始齐之蒯通及主父偃读乐毅之《报燕王书》,未尝不废书而泣也。乐臣公学黄帝、老子,其本师号曰河上丈人,不知其所出。河上丈人教安期生,

① 《史记》卷六十三《老子韩非列传》,中华书局 1959 年版,第 2146 页。
② 《汉书》卷三十《艺文志》,中华书局 1962 年版,第 1732 页。
③ 《史记》卷五十四《曹相国世家》,中华书局 1959 年版,第 2028～2029 页。
④ 《汉书》卷一下《高帝纪》:"(高祖五年)十二月,围羽垓下。……羽与数百骑走,是以兵大败。灌婴追斩羽东城。"中华书局 1962 年版,第 50 页。
⑤ 《史记》卷五十二《齐悼惠王世家》曰:"高祖六年(201),立肥为齐王",第 1999 页;《史记》卷五十四《曹相国世家》曰:"项籍已死,天下定,汉王为皇帝,韩信徙为楚王,齐为郡。参归汉相印。高帝以长子肥为齐王,而以参为齐相国。"中华书局 1959 年版,第 2028 页。

安期生教毛翕公，毛翕公教乐瑕公，乐瑕公教乐臣公，乐臣公①教盖公。盖公教于齐高密、胶西，为曹相国师。②

乐瑕公与乐巨公同为"乐氏之族"，且在秦灭赵时逃亡到齐之高密，而乐巨公能"显闻于齐"，在黄老故地赢得巨大声誉，可见其黄老之学不同凡响。因此胶西盖公拜他为师，也成为一代黄老大师。对于齐地黄老与赵地黄老的关系，学者们多以为与乐毅由齐入赵有关：

如果作理性的推测，乐毅在战国中期，是从齐国流亡入赵的，此前他作为燕军的统帅，在齐地驻扎多年，并有求索齐地贤士之举；极有可能是乐毅及其追随者，把在齐地流行的黄老之学带到了赵国。那么，黄老之学在战国后期经乐氏家族传入齐地，实际是重返故土。③

黄老学派不仅发展于齐、昌盛于齐，而且在齐一直未衰。入汉以后，还有毛翕公、乐瑕公、乐巨公（也作乐臣公）、盖公等人……汉时信黄老最笃的窦太后就是赵的观津人（今河北枣强境），而观津正是乐毅入赵后封为望诸君的封地。乐毅曾伐齐，乐瑕公、乐巨公又是乐毅的族人，黄老在齐赵的传播，尽管师承不甚清楚，也可想见其大概。④

特殊的因缘际会，齐地的黄老之学由乐毅带到赵国，再由其后人乐瑕公与乐巨公将在赵地得到进一步发展的黄老学重新带回了齐地。在秦灭赵国到曹参相齐这一时期，"二乐"与盖公均活动于高密、胶西一带。《史记》卷九十四《田儋列传》曰：

蒯通者，善为长短说，论战国之权变，为八十一首。通善齐人安期生，安期生尝干项羽，项羽不能用其策。已而项羽欲封此两人，两人终不肯受，亡去。⑤

又《汉书》卷四十五《蒯通传》曰：

至齐悼惠王立，曹参为相，礼下贤人，请通为客。……初，通善齐人安其生，

---

① 《史记集解》《史记索隐》均称臣公"一作巨公"，《史记》卷一百四《田叔列传》有"学黄老术于乐巨公所"，《汉书》卷三十七《季布栾布田叔传》作"钜公"，《太平御览》卷五百十引《道学传》亦作"钜公"，"臣"当为"巨"之误。

② 《史记》卷八十《乐毅列传》，中华书局1959年版，第2436页。

③ 孙家洲《论齐鲁文化在汉代学术复兴中的贡献》，《齐鲁文化研究》第三辑，山东文艺出版社2004年版，第28页。

④ 彭耀、孙波《论黄老之学的演变和道教的产生》，《孔子研究》1989年第2期。

⑤ 《史记》卷九十四《田儋列传》，中华书局1959年版，第2649页。

安其生尝干项羽，羽不能用其策。而项羽欲封此两人，两人卒不肯受。①

《史记》卷一百四《田叔列传》也记载：

田叔者，赵陉城人也。其先，齐田氏苗裔也。叔喜剑，学黄老术于乐巨公所。②

蒯通本是范阳人，生活于秦末汉初，先为韩信谋臣，后为曹参宾客，长期活动于齐地。《汉书》所谓安其生当即安期生。他既与蒯通相善，并曾同干项羽，其年岁相差当不会太远。另据《列仙传》秦始皇曾与安期生相见的记载，或安期生年龄更长于蒯通。田叔为赵人，但他又是田齐后裔。他虽与盖公虽同出乐巨公之门，却主要活动于汉高祖至景帝时期，年龄似乎要小很多。他是在齐地还是赵地师从乐巨公学习黄老之学，不得而知。不过我们由此推测，河上丈人或当在战国晚期。故盖公一系的黄老之学，当可溯自战国末年，其师承体系可简述如下：

河上丈人—安期生—毛翕公—乐瑕公—乐巨公—盖公（田叔）—曹参

其中除河上丈人与毛翕公出处不详外，安期生、盖公为齐人，田叔既是田齐后裔，与齐地也应有关。乐瑕公、乐巨公、曹参等则长期活动或任职于齐地，可以说这一体系中人大都与齐地有着非常紧密的关系。因此，司马迁所记载的这一黄老学传授体系，与稷下黄老学可谓相互表里，都可以说明齐地与黄老之学的深厚渊源。

曹参任齐相整整九年，汉惠帝二年（前193）萧何去世，他被任命为汉朝第二任丞相，遂将治齐的黄老之术作为管理汉王朝的方略加以运用，此后汉文帝、汉景帝、窦太后均将黄老之学奉为治理国家的最高指导思想。史家也多以为中国历史上著名的"文景之治"即是黄老之学在政治上结出的奇葩。

四、两汉时期黄老之学在全国的发展与传播

"文景之治"从根本上提升了黄老之学的地位，也为黄老之学在汉代的发展奠定了基础。从历史发展的实际来看，两汉的黄老之学大致可以窦太后去世为标志，分为两个阶段。从曹参为相到窦太后去世的50多年③是第一个阶段。因

---

① 《汉书》卷四十五《蒯通传》，中华书局1962年版，第2169～2170页。

② 《史记》卷一百四《田叔列传》，中华书局1959年版，第2649页。

③ 曹参为相在汉惠帝二年（前193），窦太后去世于汉武帝建元六年（前135）。

朝廷崇尚黄老之学,士人中有不少因好黄老而知名于时,或受到重用。这些士人的共性则是富于谋略和"奇计"。

　　陈丞相平少时,本好黄帝、老子之术。①

　　王生者,善为黄老言,处士也。②

　　郑当时者,字庄,陈人也。……庄好黄老之言,其慕长者如恐不见。

　　年少官薄,然其游知交皆其大父行,天下有名之士也。③

　　邓公,成固人也,多奇计。建元(前140—前133)中,上招贤良,公卿言邓公,时邓公免,起家为九卿。一年,复谢病免归。其子章,以修黄老言显于诸公间。④

　　陈平少好黄老之术,所以能"常出奇计,救纷纠之难,振国家之患"。他继曹参为丞相,对于汉王朝采用黄老之学治国自当有重要的影响;王生曾为张释之献计,成功地化解了他与汉景帝刘启之间的矛盾;郑庄生活于汉景帝和武帝年间,他能在"年少官薄"时结交天下名士,当与"好黄老之言"的修养密切相关;"多奇计"的邓公主要活动于汉景帝时,他的儿子邓章之所以能在武帝年间"以修黄老言"知名,也应与继承了黄老家学有关。

　　上述几人中,陈平、王生和邓公都具有"多奇计"的特点。将这种谋略应用于治理国家的实践中,在当时应当是极受重视的,而窦太后则在其中起到了非常关键的作用。

　　窦太后好黄帝、老子言,(景)帝及太子诸窦不得不读《黄帝》《老子》,尊其术。⑤

　　至武帝即位,进用英隽,议立明堂,制礼服,以兴太平。会窦太后好黄老言,不说儒术,其事又废。⑥

　　(窦)太后好黄老言,而婴、蚡、赵绾等务隆推儒术,贬道家言,是以窦太后滋不说。⑦

————————————

① 《史记》卷五十六《陈丞相世家》,中华书局1959年版,第2062页。

② 《史记》卷一百二《张释之传》,中华书局1959年版,第2756页。

③ 《史记》卷一百二《郑当时传》,中华书局1959年版,第3111~3112页。

④ 《史记》卷一百一《晁错传》附《邓公传》,中华书局1959年版,第2748页。

⑤ 《史记》卷四十九《外戚世家》,中华书局1959年版,第1975页。

⑥ 《汉书》卷二十二《礼乐志》,中华书局1962年版,第1031页。

⑦ 《汉书》卷五十二《田蚡传》,中华书局1962年版,第2379页。

（建元）元年（前140），汉兴已六十余岁矣，天下乂安，荐绅之属皆望天子封禅改正度也。而上乡儒术，招贤良，赵绾、王臧等以文学为公卿，欲议古立明堂城南，以朝诸侯。草巡狩封禅改历服色事未就。会窦太后治黄老言，不好儒术，使人微得赵绾等奸利事，召案绾、臧，绾、臧自杀，诸所兴为者皆废。①

可见，窦太后对黄老之学的态度，不仅影响了景帝、武帝和窦氏家族，也使汉武帝"独尊儒术"的国策人为地延后了数年。

建元六年（前135）窦太后去世之后，是汉代黄老之学发展的第二个阶段。《史记》卷一百二十一《儒林传》说：

及窦太后崩，武安侯田蚡为丞相，绌黄老、刑名百家之言，延文学儒者数百人，而公孙弘以《春秋》白衣为天子三公，封以平津侯。天下之学士靡然乡风矣。②

这一变化对黄老之学的影响是巨大的。但是，一方面，由于汉武帝从做太子时即受到黄老之学的熏陶；另一方面，黄老之学经过半个多世纪的传播，已经深入人心。因此，在汉武帝"独尊儒术"后，黄老之学虽然不再是治国的主导思想，但作为一种学说和思潮，在官方乃至民间的影响，并没有就此中断。汉武帝本人也依然对修黄老术者甚为看重。

汲黯字长孺，濮阳人也。……迁为东海太守。黯学黄老之言，治官理民，好清静，择丞史而任之。其治，责大指而已，不苛小。黯多病，卧闺阁内不出。岁余，东海大治。称之。上闻，召以为主爵都尉，列于九卿。③

（刘）德字路叔，修黄老术，有智略。少时数言事，召见甘泉宫，武帝谓之"千里驹"。④

杨王孙者，孝武时人也。学黄老之术，家业千余，厚自奉养生，亡所不致。⑤
其论术学，则崇黄老而薄《五经》。⑥

汲黯任东海太守在汉武帝时，他用黄老之学治理东海的方略及效果，武帝无疑是认可的，不然也不会提拔他。汉武帝对刘德的称赞，也意味着他在独尊

①　《史记》卷十二《孝武帝本纪》，中华书局1959年版，第452页。
②　《史记》卷一百二十一《儒林传》，中华书局1965年版，第3118页。
③　《史记》卷一百二《汲黯传》，中华书局1959年版，第3105页。
④　《汉书》卷三十六《楚元王传》，中华书局1962年版，第1927页。
⑤　《汉书》卷六十七《杨王孙传》，中华书局1962年版，第2907页。
⑥　《后汉书》卷四十上《班彪传》引班彪批评《史记》语，中华书局1965年版，第1325页。

儒术的同时,并没有否定黄老之学。后两条材料则显示了黄老之学在养生和学术领域的影响。不仅如此,即使在汉武帝之后,甚至东汉时期,黄老之学在政治、学术和养生等领域,依然有着旺盛的生命力。

蔡邕字伯喈,陈留圉人也。六世祖勋①,好黄老,平帝时为郿令。②

任光字伯卿,南阳宛人也……(子)隗字仲和,少好黄老,清静寡欲,所得奉秩,常以赈恤宗族,收养孤寡。显宗(汉明帝)闻之,擢奉朝请,迁羽林左监、虎贲中郎将,又迁长水校尉。肃宗(汉章帝)即位,雅相敬爱,数称其行,以为将作大匠。将作大匠自建武以来常谒者兼之,至隗乃置真焉。建初五年(80),迁太仆,八年(83),代窦固为光禄勋,所历皆有称。章和元年,拜司空。③

郑均字仲虞,东平任城人也。少好黄、老书……常称病家廷,不应州郡辟召……(章帝建初)六年(81),公车特征。再迁尚书,数纳忠言,肃宗敬重之。后以病乞骸骨,拜议郎,告归,因称病笃,帝赐以衣冠。④

樊晔字仲华,南阳新野人也。与光武少游旧……永平(58—75)中,显宗(汉明帝)追思晔在天水时政能,以为后人莫之及,诏赐家钱百万。子融,有俊才,好黄老,不肯为吏。⑤

折像字伯式,广汉雒人也……(父)国有资财二亿,家僮八百人。像幼有仁心,不杀昆虫,不折萌牙。能通《京氏易》,好黄老言。及国卒,感多藏厚亡之义,乃散金帛资产,周施亲疏。⑥

矫慎字仲彦,扶风茂陵人也。少好黄老,隐遁山谷,因穴为室,仰慕松、乔导引之术。与马融、苏章乡里并时,融以才博显名,章以廉直称,然皆推先于慎。⑦

樊宏字靡卿,南阳湖阳人也……准字幼陵,宏之族曾孙也。父瑞,好黄老言,清静少欲。准少励志行,修儒术,以先父产业数百万让孤兄子。⑧

杨厚字仲桓,广汉新都人也……(顺帝)时大将军梁冀威权倾朝,遣弟侍中不疑以车马、珍玩致遗于厚,欲与相见。厚不答,固称病求退。帝许之,赐车马

---

① 《后汉书》卷二十五《卓茂传》曰:"初,茂与同县孔休、陈留蔡勋、安众刘宣、楚国龚胜、上党鲍宣六人同志,不仕王莽时,并名重当时。"中华书局 1965 年版,第 872 页。
② 《后汉书》卷六十下《蔡邕传下》,中华书局 1965 年版,第 1979 页。
③ 《后汉书》卷二十一《任光传》,中华书局 1965 年版,第 751、753 页。
④ 《后汉书》卷二十七《郑均传》,中华书局 1965 年版,第 945 页。
⑤ 《后汉书》卷七十七《酷吏传·樊晔传》,中华书局 1965 年版,第 2491～2492 页。
⑥ 《后汉书》卷八十二上《方术传·折像传》,中华书局 1965 年版,第 2720 页。
⑦ 《后汉书》卷八十三《逸民传·矫慎传》,中华书局 1965 年版,第 2771 页。
⑧ 《后汉书》卷三十二《樊宏传》,中华书局 1965 年版,第 1119、1125 页。

钱帛归家。修黄老，教授门生，上名录者三千余人。①

上述八条，除第一条中的蔡勋生活于西汉末年，以不仕王莽著称外，其余七人均为东汉人。这些人可分为两种类型，第一类有任隗、郑均，他们生活于东汉初年，都是"少好黄老"，却位极人臣，与前述曹参、陈平等西汉诸人没有什么明显的不同；第二类有樊融、折像、矫慎、樊瑞、杨厚五位，其"好黄老言（言）""修黄老"与前人相似，但"不肯为吏""隐遁山谷""清静少欲""称病求退"的人生选择却大异于前人。尤其值得注意的是，直至顺帝时期，称病归乡的黄老学者杨厚，门下居然还有弟子 3000 余人。由此可见当时黄老之学发展盛况之一斑。

总的来看，主要源于齐地的黄老之学，经过官方和民间的双向发展，在汉初汇合成为朝廷的统治思想，著名的"文景之治"即是其结出硕果之一。汉武帝"黜黄老、刑名百家之言"②，独尊儒术，并未使黄老之学从此衰落不振。相反，源于齐地的黄老之学，不仅在全国各地得到了广泛的传播，还对扬雄、王充等大家产生了深刻的影响。黄老之学的另外一支，则与方仙道合流③，发展为黄老道，构成了中国民族宗教——道教发生源头中极为重要的一个环节。④

原载《传统经典与国学教育研究》，清华大学出版社 2017 年版。

刘怀荣：中国海洋大学文学与新闻传播学院教授、博士生导师。

---

① 《后汉书》卷三十上《杨厚传》，中华书局 1965 年版，第 1047、1049～1050 页。
② 《汉书》卷八十八《儒林传》，中华书局 1965 年版，第 3593 页。
③ 关于方仙道的发展，参见刘怀荣《齐地方仙道发展的三次高峰——兼谈齐地神仙文化的当代价值》，《齐鲁学刊》2014 年第 5 期。
④ 关于黄老之学向黄老道及道教的发展演变，限于篇幅，当另文详述。

文学批评需要的主体因素

薛永武

文学批评是联系和沟通文学与读者之间重要的中介和桥梁,在文学实践过程中具有特殊的重要作用。因此,文学批评的水平直接影响着文学创作、文学传播和文学的社会影响。为了提高文学批评的水平,我们应该从文学批评家的主体要素入手,根据文学批评对主体素质的需要,深入研究文学批评家需要具备的主体素质。本文拟从文学批评家主体性的角度出发,也是基于对文学批评的理论反思,进而对影响我国文学批评的主体性原因进行多维的阐释。

一、文学批评家需要融会贯通的知识结构

文学批评需要批评家具有宽广的学术视野,需要具备融会贯通的知识结构和能力结构,这是由文学的特点和性质决定的。

(一)文学批评需要理论的高度

文学批评需要具有理论的高度。高度决定我们是否具有开放性和前瞻性的视野。首先,文学不仅是作家心灵的创造,而且还是一种能够促进人生美化、推动社会发展进步的一种精神力量,如果说文学应该具有真善美的维度,那么文学批评则应该具有真与善相统一的维度;其次,要把文学批评视为一种文学文化学,把文学现象视为一种文化现象进行审美研究,把文学批评视为文化研究中的一种特殊研究。

不仅如此,文学批评还会涉及文学与经济的关系,比如从文化创意产业的角度来看,文学创作本身就是很好的文化创意,而文学作品发表或者出版,就转化为相应的文化产业形态,为影视艺术创造和戏剧表演、小品表演等提供原创性的创意元素。因此,也可以把文学批评纳入文化经济的范畴进行研究,要求文学批评家具备文化产业与文化经济学的知识背景。由此出发,把研究文学理论纳入文化学、文化经济的视野,纳入社会发展进步的轨道,纳入人性的全面发

展,纳入时代性与民族性的融合中加以审视,才能突破研究的局限性,对许多问题的论争就能够豁然开朗,比如对文学创作动因的分析,对文学价值的解读,文学的民族性与世界性的关系等,都可以做到宏微兼顾,达到主观与客观的和谐统一。

(二)文学批评需要理论的宽度

文学是一种特殊的审美文化,具有丰富的文化内涵,其内容涵盖古往今来、天上地下、科技与人文等,可谓包罗万象、多姿多彩。文学批评是一种审美文化学,或者是文学文化学(本文所使用的"文化"是指与物质文化相对的精神文化),涉及文学、政治、经济、哲学、社会学、教育学、心理学、美学、文化学、思维科学、脑科学、创意写作、文化创意产业等一系列的学科或领域。因此,文学批评家必须具有理论的宽度,才能驾驭文学深刻丰富的艺术内容,才能更好地把握文学作品异彩纷呈的艺术风格。

我们在进行具体的文学批评过程中,直接或间接涉及相关领域时,经常会涉及文学的上层建筑性质,涉及文学与政治的关系、文学与宗教的关系、文学与哲学的关系、文学与其他艺术的关系等。因此,文学批评家只有具备宽广的学术视野,具备融会贯通的知识结构和能力结构,才能够更好地研究文学作品和复杂的文学现象。但是,我们的文学批评家普遍缺乏哲学、文化学和社会学等学科的理论素养,缺乏知识结构与能力结构的优化组合,虽然经常讲要多角度、多层次、全方位看问题,但实际上远远没有全方位 360°视角的观察能力,因而进行文学批评时容易浮光掠影、就事论事或者顾此失彼,虽然见仁见智,但由于认识的片面性,未能既见仁又见智。

在实际的文学批评过程中,只有具备宽广的学术视野,才能够海纳百川,不拘一格,不拘小流,百川归海。宽广的学术视野有利于多角度、多层次与全方位地看问题,在学术包容中促进文学的健康发展。学术视野如果不够宽广,在研究文学与其他文化之间的关系时,就容易陷入捉襟见肘的困境,比如研究文学与哲学的关系、文学与经济的关系、文学与宗教的关系、文学与政治的关系等等。这些问题的研究都需要跨学科的知识结构,没有比较宽广的学术视野,就难以形成文学批评与理论聚焦的穿透力。

(三)从井底之观走向凌空俯视

人生视野和学术视野需要经历"三观"的过程。第一观:坐井观天的井底之观,"不识庐山真面目,只缘身在此山中"。视野处在井底之观的维度,永远看不见井口之外的天空和世界的精彩,更不可能窥见世界的特点和本质。第二观:井口之观。青蛙虽然爬出井口,眼前一亮,仿佛看到了井口之外世界的精彩,但仍然难免受到视野的遮蔽,周边的高楼大厦、树木森林,远处的重峦叠嶂,客观上都会造成视野的遮蔽性。第三观:高空之观,即凌空俯视。这时思维主体能够进入思维的澄明,产生豁然开朗的觉悟与心灵的敞亮。对于文学批评,批评主体也要经过这三个阶段,才能逐步达到辐射思维与辐集思维的融合,进入思维的澄明阶段。

对于文学批评的视野,狄德罗曾经有个"修士"的比喻。他认为,如果用"野蛮人"来比喻批评家有些过分的话,那么至少可以把批评家看作在"山谷里隐居的修士"。"这个有限的空间就是他的整个宇宙。他转了一个半身,环顾了一下狭窄的天地,就高声喊叫:我什么都知道,我什么都看到了。可是有一天他忽然想走动一下,去接触以前没有摆在他眼前的事物,就爬上了一座山峰。当他看到一片广大无垠的空间在他的头上和他的眼前展开的时候,他的惊讶是无比的。于是,他改变论调,说:我什么也不知道,我什么也没有看见。"①狄德罗的"修士"比喻类似中国成语所说的"井底之蛙"与"坐井观天"。修士从山谷爬上山峰,与井底之蛙爬到井口的感觉相类似,由茫然四顾、豁然开朗的惊讶,再反思"坐井观天"的狭隘、愚昧,就颇有些滑稽之感了。可是,在狄德罗看来,批评家实际上是那些没有爬上山峰的修士,"仍然蛰居在他们的巢穴里,始终不肯放弃对自己的高不可攀的评价"。也就是说,批评家仍然是"坐井观天",仍然是山谷里隐居的修士,被周围的山冈挡住了视线。狄德罗这一比喻很形象、生动,也很有说服力。它启示我们,研究文学理论,也不能夜郎自大,"坐井观天",而是应该走出"山谷",以宽广的视野,才能突破"修士"视野的封闭性。

杨守森指出了学者"视野窄狭,自我匡拘"的局限性,"对于某一具体学者而言,其研究空间、学术视野则不应该有边界。相反,只有具备开阔的学术视野、广博的知识结构,才有可能在某一学科或多学科中有所作为……但在我国的文艺学领域,一些自信是搞文艺学的学者,不仅相邻学科的知识贫乏,在学科边界的不良暗示下,甚至对原本应是构成文艺学研究基础的中国古代文学、现当代文学、西方文学也很少关注"②。事实确实如此,研究者的视野比较狭窄,必然造成思维的遮蔽性,难以研究出具有较大创见性的成果。

---

① 狄德罗《论戏剧艺术》(下),《文艺理论译丛》1958 年第 2 期。
② 杨守森《学术体制与学者素质》,《湛江师范学院学报》2008 年第 5 期。

(四)在思域融通中既见仁又见智

文学本质上是一种审美文化,因此,批评家只有具备思域融通的理论能力,才能把握文学丰富的文化意蕴。但是,一些研究者由于缺乏宽广的学术视野,没有形成比较优化的知识结构与能力结构,客观上很难对各种文学作品和文学现象进行整体性的系统研究,无法通过多种理论的融通渗透,形成文学批评的理论整合力。

首先,研究视角与研究方法的单一性是缺乏理论整合性的突出表现。从宏观上来看,文学批评确实出现了批评视角的丰富性与批评方法的多样性,但从微观来看,由于个人学术视野的局限性,每个具体的批评家往往只能从某个视角、运用比较单一的研究方法,对文学批评对象进行研究,因此难以进行有效的理论整合。文学批评固然允许仁者见仁,智者见智,但实际上每个人往往局限于具体的"仁者"或者"智者",难以做到"仁者"与"智者"的统一。

其次,各种理论拼盘的杂多性也是缺乏理论整合性的表现。如前所述,文学批评涉及文学、政治、经济、哲学、社会学、教育学、心理学、美学、文化学、思维科学、脑科学、创意写作等多种学科,研究者没有足够的学养,就很难达研究目的。但是,无论我们是否承认,都应该看到,在这 30 多年文学批评的发展变化过程中,许多学者试图对文学批评进行理论整合研究,但由于受到自身学术视野与知识结构、能力结构的制约,客观上欲速则不达,在追求理论的整合过程中,因为力不从心,虽然运用了多种理论、多种视角、多种方法,尝试对文学批评进行交叉渗透,但又存在囫囵吞枣、缺乏视域融合,也缺乏学科交叉与各种相关知识与能力的融会贯通,客观上类似理论的大拼盘,缺乏理论内在的融通性,难以达到理论整合的目的。

从思维的系统性来看,具体的批评家应该克服自身的局限性,通过思域融通,把文学批评的片面合理性转化为全面的合理性,兼顾"仁者"与"智者"的双重视界,既要"见仁",又要"见智",力求达到"仁者"与"智者"的全方位审视与掌控的和谐统一。

二、掌握正确的文学批评标准

标准是衡量事物的准则,因此,标准本身必须标准。根据国家标准化管理委员会的相关规定,所谓标准,是指为了在一定范围内获得最佳秩序,经协商一致制定并由公认机构批准,为各种活动或其结果提供规则、指南或特性,供共同使用和重复使用的一种文件。但是,这种标准主要是对生产技术领域若干指标的衡量和判断,而对于社会事物,尤其是对于文学艺术等文化活动而言,显然不能采取简单的标准化模式。

(一)文学批评标准的历史性

文学批评标准是指评判文学作品和文学活动的价值尺度。在文学发展史上,不同的历史时期,往往会有不同的批评标准,从而体现了文学批评标准的历史性。

在中国传统文化中,"中庸之道"是儒家的伦理思想和方法论,也是文学批评的一个重要标准,其实质上是注重适度、恰当,不偏不倚,无"过"与"不及",达到"中道""中行"的和谐境界。中国古代儒家注重"发乎情,止乎礼","思无邪","乐而不淫,哀而不伤",随心所欲不逾矩,追求一种中和之美。孔子对《诗经》的评判标准是"乐而不淫,哀而不伤",所蕴含的中和之美的美学思想在很大程度上深刻影响了中国古代的文学批评。《乐记》受孔子中庸思想的影响,把"中和"作为音乐的审美标准,认为"和"是音乐的本质,以"和"为美,"乐者,天地之和也",倡导"礼以导其志,乐以和其声",追求"安以乐"的治世之音。在儒家思想影响下,中国传统美学的"中和"之美成为中国古代艺术重要的价值取向和思维方式。关于文学与时代的关系,刘勰《文心雕龙·时序》:"文变染乎世情,兴废系乎时序。"白居易《与元九书》:"文章合为时而著,歌诗合为事而作。"二者都注意到了文学与时代兴衰的关系,客观上揭示了文学的历史性特征。翻开中国文学发展史,传统的诗、词、文、赋等抒情作品比较发达,即使抒情,大多也是符合人之常情、常理的,有所节制,合乎礼义。

与中国传统的中庸思维相比,西方古代也讲究中庸之美。关于对主观意图的调控,孔夫子讲"欲速则不达",古希腊的格劳孔也讲"欲速则不达"[1],二者都重视遵循事物发展规律,不能唯意志论。德谟克利特、苏格拉底和柏拉图还谈及节制和适度的问题,亚里士多德对中庸进行了深入研究。他认为,在一切连续而又可分的东西中,都存在着过度、不足和中庸,"有三种品质:两种恶——其中一种是过度,一种是不及——和一种作为它们的中间的适度的德性。这三种品质在某种意义上都彼此相反。两个极端都同适度相反,两个极端之间也彼此相反。适度也同两个极端想反"[2]。"过度和不及都属于恶,中庸才是德性","中

---

①   柏拉图《理想国》,商务印书馆 2002 年版,第 228 页。

②   亚里士多德《尼各马可伦理学》,商务印书馆 2005 年版,第 53 页。

庸是最高的善和极端的美。"①他认为"最好的生活方式就应该是行于中庸,行于每个人都能达到的中庸"②。"凡离中庸之道(最好形式)愈远的品种也一定是恶劣的政体。"③纵观亚氏的哲学观、社会观、伦理观和美学观,他自觉把中庸当作一把重要的钥匙,当作一种思维方式,用来开启他思想宝库的大门。亚里士多德作为中庸思想的发展和深化者,第一次提出了"中庸是最高的善和极端的美"这一重要美学观点,可谓是中庸思想的集大成者。

历史进入 20 世纪 30 年代到 80 年代,我国文学批评标准基本上是"政治标准第一,艺术标准第二",突出了政治标准的重要性。从文学批评的角度来看,文学由于受到各种"左倾"思潮的影响,特定时期占据主流话语的意识形态往往严重制约和束缚了文学的健康发展,即使优秀的文学作品也往往不符合极左时期的文学批评标准,因而被一棍子打死。

20 世纪 80 年代中期以后,文学批评的标准开始改为"思想标准第一,艺术标准第二",用"思想标准"取代了"政治标准",体现了文学批评的重大进步。这是因为思想标准的内涵比政治标准的内涵要更宽泛一些,也比较具有包容性。

历史进入 21 世纪,我们的文学批评标准需要进一步转变观念,应该把"思想标准第一,艺术标准第二"转换为"艺术形式与思想内容的统一"。当然,这并不意味着思想标准不重要,而是因为判断一部作品是否符合文学标准,首先,我们应该看它是否符合艺术标准,是否具有艺术性和审美性;如果该作品没有艺术性和审美性,就没有文学的基本内涵,那么,它本身就不属于文学的范畴,因此也就不需要用文学批评的标准去评判它了。其次,要看该作品表现了什么思想,所表现的思想是否健康,是否正确等;再次,还应该进一步审视该作品文学形式与文学内容和谐统一的程度,二者越是统一,作品的价值就越高。

(二)文学批评标准的客观性

文学本身具有意识形态的性质,也是一种审美化和艺术化了的审美意识形态,而文学批评标准或多或少必然要受到特定时期主流意识形态的影响和制约,客观上必然打上主观的烙印。文学批评标准虽然具有一定程度的主观性,但是,这种主观性应该而且必须尽最大可能表现出应有的客观规定性。

既然标准是衡量事物的准则,那么,标准本身必须标准。由此可见,文学批

---

① 苗力田主编《亚里士多德全集》第 8 卷,中国人民大学出版社 1991 年版,第 36 页。
② 亚里士多德《政治学》,商务印书馆 1996 年版,第 204 页。
③ 亚里士多德《政治学》,商务印书馆 1996 年版,第 209 页。

评标准作为评判文学作品和文学活动的尺度，理所当然也应该符合标准，应该具有标准的客观规定性。众所周知，各种磅秤是判断事物重量的标准，各种尺子则是衡量事物长度、宽度、高度和周长等各种距离的标准。我们不妨设想一下：如果磅秤不标准，或者直接用假称称货物的重量，或者用不合格的尺子去量体裁衣，去测量精密仪器，结果可想而知。由此可见，凡是标准，一定要标准。同理可证，文学批评标准必须符合文学批评应有的标准，否则，就不可能正确评判文学作品和文学活动。

文学批评标准的客观性要求批评家超越左和右各种错误意识形态的影响，以追求文学的本质规律为核心，按照文学的质的规定性来衡量和判断文学的性质和特点。因此，批评家一方面要站在社会发展进步的历史高度，运用美学和历史的观点，分析和判断文学作品的历史价值和审美价值，看其是否具有反映历史的本质真实，是否把生活真实上升到艺术真实，是否反映了深刻丰富而又健康的思想，是否能够为读者提供健康的精神食粮，是否能够让读者获得情感的审美愉悦；另一方面，主管文艺的相关部门应该制定符合文艺本质和文艺创作规律的文艺政策，从政策层面上体现出文学批评标准的客观规定性。因此，笔者强调文学批评标准的客观规定性，既是对文学本质规律的尊重，是对批评家主体意识、主体人格的肯定，也是对长官意志和主观主义的否定。

（三）文学批评标准的导向性

文学批评对于文学发展具有鲜明的导向性，批评家按照一定的标准来判断和衡量作品或者其他文学现象，其中文学批评标准正确与否，将会直接影响着批评家对于研究对象的评判。从文学批评对文学发展的影响来看，正确的文学批评标准有利于促进文学的健康发展，而错误的文学批评标准则只能阻碍文学的健康发展。

关于文学批评标准，黑格尔最早提出了文学批评中"历史和美学的观点"①。这一观点上承布瓦洛，下启恩格斯，标志着文学批评的重大进步。布瓦洛在《诗艺》中，要求作家创作前要了解各国各时期的习俗，对法国作家处理历史题材的主观方法进行了批评。黑格尔在探讨处理历史题材的方法论时，对法国作家"把古人的作品加以法国化"表示不满，从历史和美学的观点对法国人提出批评。

所谓"历史的观点"，黑格尔主要是指处理历史题材应见出"艺术作品的真正的客观性"。要求诗艺抓住历史最本质的核心和意义，即把历史的本质的真

---

① 　黑格尔《美学》第 2 卷，商务印书馆 1979 年版，第 381 页。

实与其现代意义结合起来。所谓"美学的观点"，就是要求以感性的艺术形象，即以美的方式显现艺术内容。黑格尔提出"历史和美学的观点"，蕴含着丰富的内容，其实质是要求艺术家在典型化中揭示出古与今的统一，反映与创造的统一，真实与虚构的统一，历史真实与审美理想的统一，客观与主观的统一，也是理念与感性显现的统一。

黑格尔"历史和美学的观点"直接影响了马克思主义文学观和文学标准。1859 年 5 月 18 日，恩格斯在给斐·拉萨尔的信中，用"美学观点和历史观点"对拉萨尔的作品进行了分析，并认为这是"非常高的，即最高的标准"。恩格斯在1891 年 11 月给康·斯米特的信中曾说："为消遣计，我劝你读一读黑格尔的《美学》，如果你对这部书进行一点深入的研究，你就会感到惊讶。"此信表明，恩格斯不仅读了黑格尔的《美学》，而且还进行了深入研究，并受到黑格尔美学的影响。对于恩格斯"美学观点和历史观点"，国内学者大都作了高度评价，认为恩格斯把"美学观点"放在"历史观点"前面，旨在突出艺术的审美特征，是对黑格尔"历史和美学的观点"的发展和超越。笔者认为，"美学观点"和"历史观点"孰先孰后，这并不意味着绝对的先后关系或主次关系。从语法角度来看，二者构成一个联合或并列词组。恩格斯非常推崇黑格尔美学思想，这是自觉不自觉地化用黑格尔"历史和美学的观点"。因此，在这一点上抬高恩格斯，贬低或无视黑格尔，是不科学的，也有失公允。

文学批评标准必然要涉及文学创作的社会目的，即文学是为什么人的问题。黑格尔在西方美学史上第一次明确提出了艺术"为全国的人民大众"的重要论断，认为艺术"属于我们的，属于我们的时代和我们的人民的"[①]，"是为一般听众"，"也就是为群众的艺术作品"[②]，不是为艺术而艺术，也不是为一小撮有文化修养的关在一个小圈子里的学者。

三、文学批评家需要文学创作的体验

阐释学认为，我们研究任何问题都是从已有的知识结构和能力结构为前提的，这种带着知识结构和能力结构的"前理解"直接影响我们的视野，也影响我们对问题的认识、分析和判断。文学是文学批评的出发点，文学批评家如果没有相应的文学创作体验，就必然影响对文学的认识、分析和判断。

---

① 　黑格尔《美学》第 1 卷，商务印书馆 1979 年版，第 347 页。
② 　黑格尔《美学》第 1 卷，商务印书馆 1979 年版，第 314 页。

众所周知,研究自然科学,需要在实验室进行具体的实验;离开了科学实验,就无法得出令人信服的结论。研究文化学、人类学、社会学等,都需要进行实际调研与考察。同样,文学批评也离不开对文学创作体验的积淀和感悟。批评家具备相应的创作体验,才能从创作的实际经验出发,更好地研究文学创作的特点、过程及其创作规律,通过举一反三和触类旁通,形成文学批评的理论穿透力和创新力。《乐记》说"乐由中出",而批评家只有通过具体的创作体验,感悟"文由中出"的审美感悟和创作体验,才能更好地理解创作的特性。在文论史上,许多批评家是集理论研究与创作于一身的"大家",陆机的《文赋》、刘勰的《文心雕龙》、司空图的《诗品》等,文本自身就是诗歌,蕴含了诗歌之美,但又都是文学理论;在西方文论史上,柏拉图、贺拉斯、布瓦洛、达·芬奇、狄德罗、莱辛、席勒、萨特等,其文学创作与文论研究的联系也都非常密切,其中,贺拉斯是诗人,布瓦洛的《诗艺》是以诗歌的形式撰写的文学理论著作,而达·芬奇是画家和艺术理论家,狄德罗是哲学家、批评家和作家,莱辛是戏剧家和戏剧理论家,席勒是诗人、哲学家、历史学家和剧作家,萨特是文学家、戏剧家和评论家。历史证明,文学批评家具有文学创作的经验,非常有利于文学研究。

姚文放认为,文学理论"说到底它还是从文学的创作实践和作品实际中结晶、升华出来的。它不是目的论的,而是经验论与目的论的结合;它采用的不仅是演绎法,而是归纳法与演绎法的结合。它必须得到文学经验的支撑并反过来接受文学经验的检验,而不是主题先行,从既定的理念出发去俯视文学、审判文学。"①但令人遗憾的是,我们大多数文学批评家并不进行具体的文学创作,眼高手低,缺乏文学创作体验,缺乏文学创作的灵感,没有进行过艺术构思,在研究作家作品时,往往纸上谈兵,夸夸其谈,老是喜欢高高在上的"形而上",不愿意"形而下",缺乏对文学的实证性研究。文学批评一旦缺少文学创作的审美体验,缺少文学创作鲜活的生命,就不可能有理论鲜活的生命力。

四、批评家需要丰富的文学阅读经验

作家、作品与读者共同构成了文学完整的实践系统。批评家作为特殊的读者,只有加强对文学作品的阅读和批评,才能在培养艺术感受力的同时,不断提高文学鉴赏和研究的能力。刘勰的《文心雕龙·知音》:"操千曲而后晓声,观千剑而后识器",这句话对于文学批评家的主体素质也很有启示。

---

① 姚文放《共和国 60 年文学理论的理想诉求》,《文学评论》2010 年第 1 期。

首先，文学批评家缺乏对文学作品的阅读经验，就会直接影响批评家的艺术感受力和鉴赏力。许多批评家虽然在大学里学的是汉语言文学专业，但除了大学期间匆忙地浏览一些文学作品以外，参加工作以后，平时忙于教学与科研，没有足够的时间来阅读文学作品。因此，许多专家既没有系统研读古代文学经典作品，也没有闲暇阅读当代的文学作品，久而久之，就会大大降低艺术感受力和鉴赏力。

其次，缺乏对作品的阅读在较大程度上也影响了批评家对作品的批评。文学批评是从感性的审美阅读出发，进而达到对作品的理性解读、认知和判断，是感性与理性的和谐统一，也是联系文学创作与文学理论的重要中介。张江先生的《理论中心论》一文对"不以文艺为对象，而是借助或利用文艺膨胀和证明自己，成为没有文学的'文学理论'"现象提出尖锐批评。① 李春青先生认为，"理论的这一特点一方面要求我们在言说一种理论话语时一定要有具体指向，不能为谈论理论而谈论理论。这就意味着，没有文学的文学理论是不可思议的；另一方面也要求我们在运用一种理论来研究具体文学现象时，必须根据这一现象的特殊性而对该理论进行调整与修正"②。因此，不仅作家重视批评家的批评，而且文学批评家也要关注文学创作，文学批评家如果很少对作品进行比较深入的具体研究，这不仅不能很好地发挥文学批评促进文学发展的积极作用，而且客观上也不利于促进文学理论的科学发展。

从文学批评的理论品格来看，批评家只有通过对文学作品的阅读与批评的"入乎其内"，才能够达到对文学作品"出乎其外"的超越、洒脱与凌空俯视，使文学批评具有真正的理论品格；如果没有这样的"入乎其内"，就不可能有真正理论意义上的"出乎其外"。

五、批评家需要加强与作家的交流

文学批评本身需要批评家加强与作家的联系、沟通和交流，了解作家的生平道路、成长环境、阅读经验、创作历程，了解与作家密切相关的地域文化、风情习俗等。文学批评家一方面需要通过研究作品来了解作家，另一方面也可以通过研究作家来了解文学作品。一般而言，了解古代的作家，可以通过相关的古典文献间接地了解；了解当代作家应该尽量与作家直接交流，获取最直接的材

---

① 张江《理论中心论》，《文学评论》2016 年第 5 期。
② 李春青《文学理论亟待突破的三个问题》，《中国文艺评论》2018 年第 5 期。

料。但在这方面,我们的批评家与作家的交流远远不够。

影响批评家与作家交流的一个重要原因是批评家对作家的重视程度不够。文人相轻也表现在批评家对作家的轻视上,批评家认为理性比感性重要,理论比创作重要,有一种凌驾于文学创作之上的优势感。狄德罗在《论戏剧艺术》中指出:"作家的任务是一种妄自尊大的任务,他自以为有资格教育群众。而批评家的任务呢,就更狂妄了,他自以为有资格教育那些自信能教育群众的人。""作家说:先生们,你们要听我的话,因为我是你们的老师。批评家说:先生们,你们应该听我的,因为我是你们的老师的老师。"在狄德罗看来,批评家比作家更狂妄,把自己看作群众老师的老师,而实际上意见是错讹的,像旅行家所说的,批评家就是那些向过路人喷射毒箭的"野蛮人",这就是批评家的形象。

狄德罗批评的是当时法国的批评家,但对于我们今天的文学批评家的主体素质依然具有参考价值。我们今天的批评家客观上也存在重理论、轻创作的现象,因此,就必然导致疏远作家及其创作的状况,而如此一来,也就意味着批评家疏远了当下鲜活的作品。

六、克服对后现代文论"消化不良"的现象

文学批评家除了上述因素以外,还需要走出"言必称后现代"的思维误区,不能唯西方现代文论马首是瞻,要克服对后现代文论"消化不良"的现象。在30年文学批评的发展变化过程中,学界通过借鉴吸收西方文论,有力地促进了我国文学理论的发展,但也存在盲目崇拜西方后现代文论的现象。

西方文论是一个源远流长的话语系统,我们研究文学理论,既不应该"言必称希腊",更不能"言必称后现代",对后现代文论俯首称臣。但是,有些批评家对西方文论缺乏历时性的学术视野,不了解西方文论的发展脉络,尤其是对古希腊文化以及德国古典美学缺乏足够的了解,而片面地对西方现代文论尤其是后现代文论情有独钟。实际上,作为西方文论话语系统的子系统,后现代文论尚需历史的检验,因为从历史哲学的观点来看,人们往往过分看重当下的历史价值,而真正的价值只有通过历史长河大浪淘沙的积淀,才能历久弥新,而从历史的观点来看,有些后现代文论很可能也是各领风骚三五年,有些甚至是昙花一现。

由于对后现代文论俯首称臣,就必然出现对后现代文论"消化不良"的现象。比如,合法性(legitimacy)与合法化(legitimation)是韦伯社会学理论的关键概念,在政治学和社会学中占有非常重要的地位。有些批评家把这些概念引入文化研究、文学理论研究,虽然有助于打开新的研究视角,但也出现了生搬硬

套的现象；失语症（aphasia）本来的含义是指由于神经中枢病损，导致抽象信号思维障碍而丧失口语、文字表达和领悟能力的病症，其障碍的形式取决于脑损害部位，一般分运动和感知两类，分别涉及言语生成和言语理解两方面。我们把失语症大量运用于文学理论研究，大多指文论研究者的"失语"，也不够准确，因为研究者之所以"失语"，并非是大脑的损害，而是研究视野、研究方法等方面的不足，才导致了某种所谓的"失语"，而不是科学意义上的"失语"。

　　20年来，我们研究西方文论不但"后现代"非常热，甚至还出现"后后现代"。这种思维方式似乎意味着"现代"已经终结了，人类社会于是从"现代"终结开始，又开始了"后现代"新的一页。但是，我们不得不由此进一步叩问：如果"后现代"之后是"后后现代"，那么，人类社会要"后"到何年何月？究其实质，这是以西方某些观点为坐标，体现了我们学术研究某些唯西方是瞻的自卑心理。实际上，简单地套用其他学科的理论和术语来研究文学理论，很可能牵强附会，生拉硬扯，难以有理论的创新。

　　综上可见，为了深入研究文学理论，从研究者的主体性角度来看，我们要保持沉潜的学术心态，进一步拓宽学术视野，丰富文学创作的体验，加强对文学作品的阅读与批评，与作家进行积极的沟通交流，避免纯粹的抽象思辨，通过视域融合对各种相关理论融会贯通，广泛吸取古今中外的文论营养，优化知识结构和能力结构，才能促进文学理论在文化融合中获得新的生命和足够的创新力。

薛永武：中国海洋大学文学与新闻传播学院教授、博士生导师。

"文化＋科技"产业融合机理探析

张胜冰　郑洋洋

一、"文化＋科技"产业融合的系统机制

系统机制是"文化＋科技"产业融合机理研究过程中的核心内容。"文化＋科技"产业融合的运作机制的研究遵循系统论的基本方法,主要研究子系统或要素之间的关系及相互作用。文化产业与科技产业融合过程中形成了全新的产业系统结构并有一套能够支撑系统运行的作用机制,这一机制包含着文化产业与科技发展之间的耦合、两者之间的相互作用以及作用于整个系统上的驱动要素,包括内部和外部的。

"文化＋科技"产业融合系统是一个以文化产业和科技产业两大子系统为核心的动态开放系统,通过系统内各子系统或要素之间的相互作用以及内外部动力机制维持和推进系统运行,达到产业融合的目的和效果。

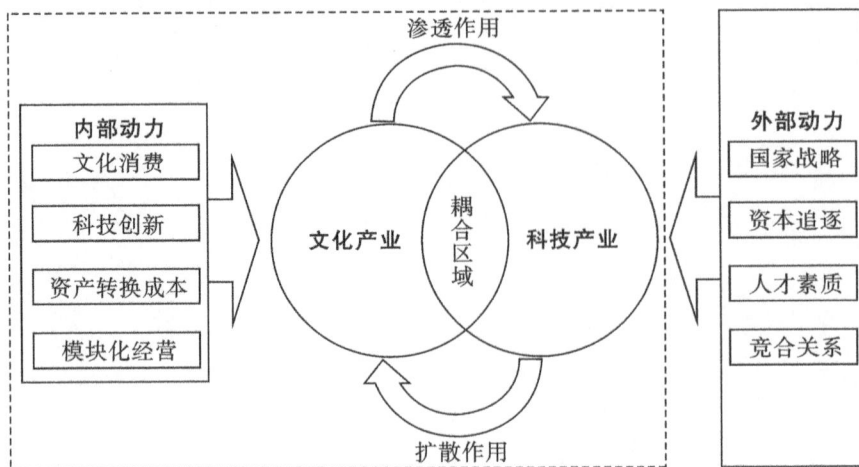

图1　"文化＋科技"产业融合系统结构

在"文化＋科技"产业融合系统中,文化产业和科技产业之间的耦合是系统运行的基础,文化产业与科技创新之间的相互作用是产业融合发生的重要前提,内、外部动力机制则是产业融合过程中的根本保障。

(一)文化产业和科技产业的耦合

耦合是指两个或两个以上的系统或运行方式之间,存在紧密配合和相互影响以至联合起来的现象。①

首先,文化产业与科技产业之间的耦合是在国家竞争战略统领之下的耦合。当今世界国家之间的竞争是"硬实力"和"软实力"相结合的综合实力的竞争,科技和文化分别承担了增强"硬实力"和"软实力"的重要功能并占据十分重要的战略地位,"科教兴国"和"文化强国"战略的提出正是突出的表现。在国家竞争战略的统领之下,文化产业和科技产业的耦合实则是国家软、硬实力的有机结合。文化产业充分利用科技成果,提升文化产业的经济竞争力,通过教育产业等具体形态促进科技的发展,让文化参与到硬实力的提升中来,科技产业的成果运用于文化的复制、传播或将文化元素植入到科技产品之中,促进文化软实力的构建和提升。

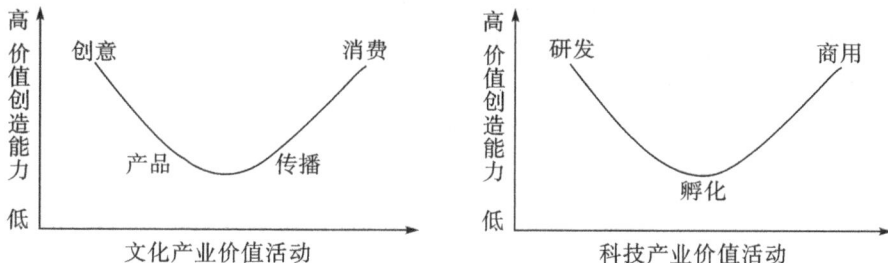

图2　文化产业和科技产业的价值曲线

其次,文化与科技在价值目标上的转变使二者有越来越相似的价值追求,文化产业与科技产业在价值目标上拥有耦合的可能。在文化产业出现之后,文化的功能从道德教化和政治统治延伸到经济发展,成为世界各国普遍接受和推崇的产业形态,在国民经济发展中的地位日益重要。科技的发展改变了我们的生活习惯,大大提高了我们的生活质量,但一系列社会问题的出现对科技发展的人文关怀提出了更高的要求。至此,文化与科技在价值目标上越发趋于一

---

① 　周宏等《现代汉语辞海》,光明日报出版社 2003 年版,第 820～821 页。

致,道不同不相为谋,文化产业与科技产业有了"相与谋"的契合空间和可能性。

得益于文化产业和科技产业价值链上的高度相似,创意成为"文化＋科技"的融合发展更深层次的耦合要素。

从文化产业和科技产业的价值曲线上我们可以看出,创意和研发分别占据二者的高附加值区域,并且,技术研发本身含有强烈的创意属性。创意要素的耦合使得文化产业与科技产业在人才、信息等创意所依赖的资源上能够相互流通,加速"文化＋科技"融合的进程,为价值链上其他价值活动的融合奠定了坚实的基础。

(二)文化产业与科技创新之间的相互作用

在文化产业与科技产业之间存在一定耦合区域的基础上,产业融合研究应该进一步关注文化产业与科技创新之间有什么样的相互作用,以及这些作用是如何产生效果的。通常来说,文化产业作为一种"软产业",文化作为一种"软资源",对于科技创新的作用往往是通过渗透机制实现的,而科技创新对文化产业施加影响的方式则与对传统产业施加影响的方式是一致的,即科技的扩散作用。

1. 文化产业的渗透作用

文化产业的向科技创新的渗透是无形的,这种渗透能够穿越产业边界,将文化产业的特有要素和内容注入科技创新的过程中,促进文化与科技的融合。

首先,是知识和内容的渗透,知识内容的生产和传播是文化产业中重要的组成部分,恰恰也是科技创新的前提,科技创新所需的科学理论和知识积累通过不断发展壮大的文化产业得到数量和速度上的满足,创意理念也通过文化传播的手段根植于科技工作者心中。

其二,是情感和价值的渗透,这个渗透过程是以人为中介而实现的,可以是科技产业从业人员,也可以是最普通的消费者。情感和精神消费是文化产业的基本特征,受文化消费影响的科技工作者和消费者会分别从供给和需求两个方向推动科技创新理念和产品在价值取向和人文关怀上的充分表达。

其三,是消费市场的渗透。消费市场的渗透主要表现为,在文化产业和科技产业分立的阶段,在消费需求的满足过程中分别扮演了内容提供和载体工具的角色,但是随着文化产业的蓬勃发展,科技企业会感受到来自文化消费市场的吸引力从而更加专注服务于文化产品和内容,消费市场趋于一致,从而拉近与文化产业的边界距离。

2. 科技创新的扩散作用

科技创新的扩散作用作用于文化产业领域是全方位的,从创意设计到传播消费都能感受到技术带来的便利与更多的可能。通过科技创新的扩散作用,增强了文化产业价值链上各价值活动的价值创造能力,缩短了主要价值活动之间的时间和空间距离,提升了产业链的整体效率。

科技创新扩散至创意设计阶段,利用计算机辅助设计,让创意工作者将更多的时间和精力放在有助于创意生发的脑力思考而不是机械性、重复性的物理工作上;将技术运用于文化产品的生产,准确还原文化创意的表达,提高文化产品的生产效率,在质量和数量上取得双方面的提升;技术扩散改变和拓宽文化内容的传播方式和渠道,有助于扩大文化产品的覆盖范围和消费市场;科技扩散并被运用于文化消费,通过大数据平台和工具,大量进行用户行为的收集和分析,有助于更加全面了解市场需求,进行更加科学的市场预测和客户关系管理。

科技创新在文化产业的扩散与运用,缩短了价值链上各价值活动的时空距离。缩短创意设计到产品生产之间的时间差,实现创意到产品的快速响应占据先发优势;缩短产品生产、传播和消费之间的时空距离,以内容为核心的文化产品借助互联网等工具实现即生产即传播即消费,起到节约成本、提升顾客满意度的作用;缩短消费市场反馈的时间,增强时效性和响应速度,实现价值链低成本、精细化的运营。

(三)"文化＋科技"产业融合的动力机制

如果说文化产业与科技产业的耦合、文化产业与科技创新之间的相互作用的存在是"文化＋科技"产业融合实现的基础和前提,那么动力机制则是该产业融合系统能够持续运转的重要保证,正是因为内、外部动力要素不断进行驱动,才使"文化＋科技"产业融合能够表现出升级与活力并成为广泛关注的产业现象。

1. 内部动力

"文化＋科技"产业融合的内部动力是指文化产业或者科技产业内部产业要素对二者之间的融合施加的作用力。文化消费、科技创新、资产转换成本和模块化经营是最具代表的驱动要素。

文化消费通过市场机制吸引企业参与到产业融合的进程中来,其内在驱动是根本性的。我国国民经济和社会快速发展,人们可支配收入持续上升,恩格尔系数逐渐下降,人们的消费层次不断提高,增强了文化消费的动机。在公共文化需求和一般文化产品消费趋于饱和,边际效益递减的情况下,更高层次的文化消费需求被提出来,推动文化产业与科技产业相融合从而满足消费市场对文化产品和服务的更高要求。

科技创新对文化产业与科技产业融合发展的推动主要是通过技术的扩散

作用而实现的,其中有两种扩散的形式。主动式的技术扩散在于体现技术的地位与作用,将技术创新运用于文化产品生产效率提高;被动式扩散是指由于传统产业越来越精细化的分工使技术创新及其运用空间缩小,而文化产业能打破这一壁垒,提供新的技术开发方向、提高科技创新成果的通用性,借此加强在文化产业内的布局,通常以文化科技标榜,体现出文化的主体地位,也是"文化+科技"产业融合的重要趋势。

资产转换成本①在生产要素完全自由流动且一产业与其他产业的资产转换成本为零的情况下,如果该企业与其他产业的企业之间存在成本弱增性,它们之间必有产业融合发生。② 文化产业与科技产业在诸多生产要素如信息、创意、人才、知识产权等方面有很大的契合,这些要素能够以极低的成本在二者之间转换、融通,带来重复应用和成本弱增的可能,从而推动"文化+科技"产业融合的进程并产生持续的吸引力。

得益于现代企业的模块化经营,文化产业与科技产业之间的融合可以在不影响产业整体利益的情况下,先从联系比较紧密的产业模块入手,建立初步的合作,而后逐渐提高融合的深度和广度。拿文化产业和科技产业来说,企业可以根据自身需要,将科技成果商用和文化内容传播融合起来,但在核心研发上保持独立性。研发模块化经营驱动产业融合的关键在于能够增加自身价值创造的基础上避免对产业整体造成未知或不利影响。

2. 外部动力

不同于内部驱动要素通过产业内部的安排和规律促进文化产业与科技产业的融合,外部动力来自于产业环境施加的作用力,来源于国家战略、资本追逐、人才素质以及竞合关系等方面的变化。

国家战略对"文化+科技"产业融合施加的动力表现在两个层面,从国内产业经济发展战略角度来看,文化产业和科技产业对国民经济的贡献巨大,因此在支持产业发展方面有财政税收等方面的支持,文化部《"十三五"时期文化发

---

① 资产转换成本指的是某一产业内的资产在跨越产业边界用于其他产业用途时需要付出的改造、交易、时间等方面的成本,用以衡量资产的通用性。

② 胡永佳在其博士学位论文《产业融合的经济学分析》中提出并证明了这一推论,该推论描述的是产业融合的发生条件,即在资产转换成本为零的情况下融合与非融合的界线问题。其中成本弱增性指的是由一个主体提供整个产业的产量的成本小于多个主体分别生产的成本之和,放在"文化+科技"产业融合的背景下则表明以融合的方式生产或提供特定的文化或科技产品相比单打独斗的方式更加具有优势,从而才有追求产业融合的成本动机。

展改革规划》《"十三五"时期国家科技创新规划》等规划文件更是对产业融合起到了直接的促进作用；从国际竞争的战略角度来看，"科技搭台，文化唱戏"是文化、科技共同走出去，增强国家综合竞争力的重要方式。

资本是产业融合过程中的催化剂，资本的追逐加速了"文化＋科技"产业融合的进程。对文化产业和科技产业来说，资本可能是最自由的流动要素之一，并且能够在二者之间自由穿梭，转换成本极低，大量的资本同时进入两大产业领域，并追求规模和集聚，客观上加速了产业融合的进程。同时，资本还有引导的作用，越来越多的竞争者前赴后继进入新的融合领域，蛋糕也就越做越大。

人才素质的提升和人才的输入为文化产业和科技产业的融合注入了强大的动力。人才素质的提高表现在技术研发人才在人文素养上的提高，文化创意人才能够灵活运用科技创新成果，市场营销人才能够以融合的眼光进行营销策划，企业经营管理人才能够准确把握产业融合的趋势等多个方面，正是这些拥有符合技能和前瞻眼光的产业人才的不断出现，"文化＋科技"产业融合有了日渐丰富的人才资源和日渐强大的人才驱动力。

文化市场与科技市场中竞合关系的变化是外部市场环境给文化、科技产业融合提供的又一动力。"文化＋科技"产业融合是企业在激烈的竞争中互动发展的结果，企业在进行技术创新和产品研发时，需要改变传统的竞争和行业观念，在不断变化的市场环境中谋求持续的竞争优势，"竞合"和"跨界"的思想应运而生，形成了相互渗透、相互融合的关系。全新的竞合观念拓展了企业竞争的战场，推动了"文化＋科技"新的融合竞争区域的形成。

二、"文化＋科技"产业融合的基本模式

根据"文化＋科技"产业融合系统的结构和运作方式可以得知，文化产业与科技产业之间的耦合度、文化产业与科技创新的相互作用以及动力机制是关系到"文化＋科技"产业融合模式选择和最终结果的三个主要变量，分别用 $r(0<r<1)$、u、v 表示，则"文化＋科技"产业融合的基本模式 M 可以表示为：

$$M=r*f(u,v)$$

则在 r 值一定的情况下，"文化＋科技"融合的基本模式由 u、v 决定，其中变量 u 决定差异化的程度，变量 v 决定内部性的程度。两变量相互组合，由追求低成本到追求差异化、由外部驱动为主到内部驱动为主，形成以下几种基本的融合模式。

(一)产业利益协同型

产业利益协同是最基本的产业融合模式,主要是通过空间集聚的形式打造文化科技产业园区,以空间融合减少生产要素跨产业流动的成本而提升产业利润空间。另外,在这种模式下,产业内部的融合是有限的,因此这个过程主要靠外部力量来驱动,其中最主要的就是各地区产业发展战略的需要,因此这类园区离不开政府在财政等方面的政策支持。

致力于建设文化产业与科技产业共同发展的产业园区是"文化＋科技"产业融合中的空间形态,重点考虑共享和互补两大理念,实现共享产业规划、共享基础设施、共享服务体系,实现要素互补、人才互补、产品互补,打造具有市场竞争力的区域化利益共同体,同时还承担着孵化"文化＋科技"产业融合的其他形态的重要功能。比如,上海张江文化产业园区就是在张江科技园区基础上建立起来的文化科技融合发展的文化产业园区,代表着目前国内文化产业园区建设的重要方向之一。

产业利益协同型的融合模式下,文化产业与科技产业之间的边界仍然很清晰,但是空间距离缩小,有了物理形态上的产业融合出现,共享和互补的形式也逐渐在拉近两产业之间的距离,初具产业融合的特征。

(二)价值链优化提升型

专注于价值链优化提升的"文化＋科技"产业融合模式改变了空间融合的物理形态,其内部的作用机理在于生产要素、产业模块的相互作用,充分体现文化产业的渗透作用和科技的扩散作用。这种模式在现有的产业发展框架下优化业务结构,增强关键性价值活动的价值创造能力,在利用科技成果获取成本优势的基础上提升价值链差异化水平,在红海中获取战略优势。

目前,很大一部分转型升级中的文化企业采用的就是这种模式,大量的传统媒体利用互联网新媒体技术补充、替代纸质媒介,提升信息传播速度,扩大受众范围,在新的技术环境下寻求转型升级。对文化企业而言,价值链优化提升型的融合模式关键在于以我为主、为我所用。价值链优化提升型融合模式说到底是生产要素的融合,得益于文化产业和科技产业之间部分生产要素较强的通用性,但从整体上来看,这种模式主要还是依靠于科技的扩散作用来促进文化产业的发展,文化产业对科技产业的渗透作用还不明显,应在增强企业竞争力的同时充分发挥文化的渗透作用,引导更多科技创新成果应用范围向文化产业扩展,促进更深层次的融合。

(三)有机整合一体化型

有机整合一体化型的融合模式在要素融合的基础上更进一步,这种模式下的文化产业与科技产业的边界会得到扩展并更加模糊,这种状态下的生产要素、产业模块之间的融合更加全面而丰富,文化产业和科技产业的价值链衔接、融合,主体性特征消失。

有机整合体现了较强的产业整合能力,譬如迪士尼除了用技术打造内容外还会为了打造内容而去开发技术,是文化创意与科技研发的有机互动;腾讯的《王者荣耀》是游戏开发技术和传统文化元素的有机结合;优酷、爱奇艺等是文化内容与技术平台的共生体;3D 电影是文化消费和技术商用的融合。这一切还有赖于消费市场的支持。随着人们消费水平的提升,当前人们追求更加丰富、精彩的文化内容和更加先进、便捷的技术手段的消费欲望是一致的,因此这种有机的整合有坚实的消费基础的支撑。

从文化与科技的相互作用来看,有机整合一体化的模式充分调动了文化的渗透作用和科技的扩散作用,深度融合前提完备;从动力机制来看,文化消费和科技创新两大核心要素的驱动效应得到了较为充分的利用,具有较强的内生驱动性。有机整合一体化本质上是产品的融合、价值链的融合。

(四)新业态创新发展型

新业态的出现与发展可以视为产业融合的高级形态,如果说有机整合让文化科技已经紧密连接在一起,那么新业态已经无法将文化和科技两种元素做出明确的区分了,这种模式的融合可以认为是商业模式的融合,其关键在于既立足于文化与科技成果,但又游离于产业边界之外,甚至与其他产业又产生密切的联系,使得文化与科技融合的产业边界近乎消失并且有无限延展的可能。

科技不但可以作为支撑文化产业发展的工具和手段,其本身也是重要的文化内容。[①] "文化+科技"催生的新业态意味着文化产业和科技产业在融合的过程中会超出文化或科技产品和服务的一般范畴,科技作为文化内容部分的属性会被放大,从而出现新的产业形态和新的特征。比如众创、众包以及创客运动的诞生就是比较典型的代表,通过 C2B、C2C、B2B 等多样的形式来实现创意的流通,而创意,既是文化的也是科技的。

新业态的出现是多种因素共同驱动的结果,产业间深入的融合交流,外部

———————

① 姜念云《从科技对文化产业发展的促进作用看文化科技发展的特点》,《中国科技资源导刊》2017 年第 4 期,第 4 页。

资本的涌入和消费市场的发育使得这种模式的融合创新更具前瞻性和创新性，是文化产业和科技产业融合的理想状态。

三、"文化＋科技"产业融合的效果分析

在了解了"文化＋科技"产业融合的系统机制和集中基本的模式之后，需要简单地分析以下产业融合带来的效果。从微观角度，"文化＋科技"产业融合会提升文化产业与科技产业的产业绩效；从中观层面，会改变产业边界和市场竞争态势；从宏观角度，对于文化产业升级和文化产业国民经济贡献力的提升有显著效果。

（一）全方位提升产业绩效

"文化＋科技"产业融合对产业绩效提升的效果反映在以下三个方面。

首先，是资源利用效率的提升。得益于文化产业与科技产业之间较高的资产通用性，在产业融合的情况下能够自由流通并存在成本弱增性，那么在文化产业和科技产业存在资源过剩的时候可以避免为消耗过剩资源而扩大规模带来的不经济或产生的闲置和浪费。其中有一部分通用资产如创意、人才、IP等是不遵循边际效益递减规律，可以重复利用的，产业的融合能充分发挥资源利用的潜力。

其二，来自于文化产业与科技产业融合能够带来的交易成本降低的作用。降低产业间的交易成本是通过园区、企业对外部市场的替代作用实现的，在不同层次的产业融合模式中，园区、企业充当了产业融合过程中的交易中介，视为内部交易，在成本上是优于外部市场的。

其三，产业绩效的提升还表现在企业竞争力的构建上。文化产业与科技产业的融合能够改变产业内企业的竞争力结构，不同的产业融合模式下科技对文化产业的竞争力提升遵循从低成本到差异化的路径，而文化要素对科技企业的渗透则着重引导科技产品的差异化道路，但从整体上看都是达到了企业竞争力提升的效果的。

（二）消除产业边界，改变市场竞争态势

从结构上来看，产业边界的模糊化以致最终消除产业边界是产业融合最直观的效果并以此改变产业市场的竞争态势，这种改变既是对竞合关系的改变，也是对产业集中度的改变。

就文化产业与科技产业融合的效果而言，这种跨产业的合作让更多的中小

文化企业通过与科技企业在资本、人才、技术等方面进行合作来增强自身的竞争力,更好参与文化市场的竞争,科技资本特别是高速膨胀的互联网资本也能借此进入到文化领域,让竞争更加激烈和残酷。文化企业则通过提升科技产品的差异化水平在一定程度上突破技术垄断和知识产权限制。

文化产业与科技产业的融合很大程度上以跨产业合作的方式来补充或替代纯粹的产业内竞争,改善了文化产业领域的竞合效益。但也因为科技产业与文化产业之间相互进入的门槛降低加之文化资源的丰富性和差异性,这种竞争会在合作的基础上更加激烈,降低产业集中度,垄断难以产生,市场竞争更加有效。

(三)促进文化产业创新升级

产业升级就是产业由低技术水平、低附加价值状态向高新技术、高附加价值状态的演变趋势。[1] "文化+科技"产业融合对于文化产业创新升级的作用在于:

首先,产业结构的优化。"文化+科技"融合带来的产业结构优化主要表现在产业分立状态下科技水平较低的文化产业发展模式会逐渐被前面提到的四种基本融合模式所替代,更多的要素向产业融合区域流动从而带动产业结构的整体优化,落后的文化产能会被淘汰,文化产业资源配置更加合理,通用性较强的创意、人才等要素成为文化产业发展的主要动力。

其次,文化产业的创新效应。与科技产业相融合带来的文化产业的创新效应是多个方面的,最基本的是文化产业领域的技术创新,这意味着在融合的基础上再创新,以更好地将技术融入文化产业发展过程;与科技产业相融合还会促使文化产业在组织上进行创新以适应融合发展的需要,包括企业组织、社会组织和政府组织;此外,文化产业管理理念也需要根据"文化+科技"融合的需要持续探索、持续创新,最终实现整个文化产业的创新升级与持续发展。

(四)增强文化产业国民经济贡献度

从更加宏观的角度来看,文化产业与科技产业的融合能够增强文化产业的国民经济贡献度,成为国民经济的支柱性产业。

"文化+科技"产业融合能够增加文化产业产值。文化产业与科技产业融合能够更好地满足消费者对于融合产品的需求,一些优秀的融合产品更能够引领文化消费,以此刺激文化消费的增长;与科技产业相融合能够吸引到更多的

---

[1]　刘志彪《产业升级的发展效应及其动因分析》,《南京师大学报》(社会科学版)2000 年第 2 期,第 3 页。

投资,包括来自于科技产业的投资和其他产业的过剩投资;与科技产业相结合能够增强文化产业的海外竞争力,借助科技载体以及其他融合形式实现文化产业的净出口增长。"文化＋科技"产业融合能够有效增加文化产业产值在"消费""投资""净出口"三驾马车中的比重,从而增强对国民经济的贡献度。

除此之外,文化产业与科技产业相结合带来的产业结构升级的效果能够有效增强国民经济增长的稳定性和可持续性。在国民经济面临产业结构升级和发展速度放缓的新常态下,科技产业与文化产业共同作为增长势头良好的产业部门,二者融合能够增强新常态下国民经济增长的稳定性和良好的未来预期。

原载《中国文化创新蓝皮书:中国文化创新报告》(2017),社会科学文献出版社 2018 年版。

张胜冰:中国海洋大学文学与新闻传播学院教授、博士生导师。郑洋洋:中国海洋大学文化产业管理专业硕士研究生。

百年经典：鲁迅与"五四"文学传统

姜振昌　徐　硕　张平青

自 1917 年《新青年》迁至北京、1918 年鲁迅在《新青年》发表《狂人日记》揭开了"五四文学革命"的序幕，中国新文学的发展至今走过了真正意义的百年。认真梳理总结作为百年经典的"鲁迅与五四文学传统"，对于认识中国新文学的昨天、今天的经验甚至明天的发展，都是大有裨益的。

由于五四新文学运动在中国几千年的文学史上具有划时代的意义以及本身所呈现的复杂性，使得怎样认识和评价鲁迅与这场运动的精神实质，就成为一个古老而又常新的课题，也是容易引发争议的问题。譬如，究竟什么是"五四"文学传统，就可以作出诸如"科学与民主""反敌爱国""冲击和改造自己民族的古老文化""选择和引进西方的近代文化，建设多元的、开放的新文学"等多种结论。这些确实都是值得后人认真研究和发扬的优秀传统，但其中最重要的，则是以人文精神以及与之相伴相生的启蒙主义所构成的价值取向和创作风范，这是实现上述所有一切目标的根本保证，也是五彩缤纷的"五四"文学的本质所在。

一

人文精神（或人文主义）最初是伴随文艺复兴而诞生的，也是 18 世纪欧洲启蒙运动的思想理论旗帜，其内涵概而言之，是一种以人为中心的思想态度，认为人、人的价值具有十分神圣的意义。它尽管也强调世俗生活和积极行乐，但更关注人与信仰、人与自然的关系以及人的尊严和自由意志，关注民主与个人价值。从哲学层面讲，人文主义即以"人"为衡量一切事物的标准。启蒙运动（西文为 enlightenment），其词根是启发、照亮、摆脱愚昧与偏见的意思。无论从理论意义抑或是实践意义上说，人文精神与启蒙主义都有着相生相伴、不可分割的血缘关系。人文精神离开广泛的启蒙运动，就无法深入到广大民众；而启蒙运动若不以人文精神去照亮蒙昧者，用知识、科学、理性使之摆脱愚昧和偏见，就会变得虚泛和肤浅。正是在二者的契合关系上，中国五四新文学运动与欧洲启蒙运动表现出惊人的一致性。

无论在"五四"前期还是"五四"时期,在鲁迅身上一直流淌和激荡着的最浓郁的,就是人文精神的血液。早在 1907 年他就断定,欧美之强的原因"根柢在人",认为中国"将生存两间,角逐列国是务,其首在立人,人立后而凡事举;故其道术,乃必尊个性而张精神"①。鲁迅在对物质与精神、众数与个人等的反复探寻中,最终看清了健全、积极、独立的精神个体对民族振兴的根本性意义。这就已经在预示和传播着五四新文学运动的主题——个性解放思想。因而当五四新文学运动以《文学革命论》(陈独秀)、《文学改良刍议》(胡适)为先声倡导展开的时候,鲁迅在这方面的"实绩"劳作是十分自觉和不遗余力的,《狂人日记》《孔乙己》等对几千年封建社会制度"吃人"本质的揭示和"救救孩子"的呐喊,《阿 Q 正传》《药》等对国民性劣点的高度概括,以及《坟》《热风》中大量反封建的声音,都表现出对人的价值、尊严、"人性的解放"的热切追求。鲁迅比任何作家都感受并深刻认识到一个事实:长期的封建统治所造成的广大民众的精神麻木萎缩和不觉悟状态,无论对于他们自身的觉醒解放还是对中国的社会前景,都是最严重的危机。所以他在塑造的一系列生动的国民形象里,集中揭示的是旧式农民的愚昧麻木状态和知识分子的封建士大夫气息。在这些作品中,鲁迅并不只是简单地为人物状态和命运的不幸深表怜悯同情,由于鲁迅把对封建制度的激愤、对民众麻木愚昧的痛心、对人物觉醒及中国前途的焦虑和理想期盼汇于一体,使他无论对孔乙己、闰土、华老栓,抑或是魏连殳、吕纬甫,都是在主体"生气灌注"的叙述中,感同身受地关切,血肉相依地亲近,骨子里几乎都是以童真、真情、正义为发酵素,力图把愚昧、刁滑、虚伪、卑怯的国民引渡到觉悟、正直、真诚、勇敢的人性轨道,把超然、麻木的看客引渡到自责、清醒的精神境界,让狂傲、颓唐、玩世不恭的少数先觉者在反省中重整……这是鲁迅的人文精神在写人中的最深层表现。在人格构成上,鲁迅对那种以"不撄"、中和、顺从为主要特征的传统民族性十分反感,强调:"惟有意力轶众,所当希求,能于情意一端,处现实之世,而有勇猛奋斗之才,虽屡踬屡僵;其为人格,如是焉耳"②,企盼在中国出现思想自由和人格独立的"精神界之战士"。他在创作的小说和杂文中不仅塑造了狂人、疯子一类的反封建斗士,而且无不渗透着作家主体的一种独立不倚、奋然前行的抗争精神和无私、无畏、韧性、执着、反省等的现代人格力量。胡

---

① 《文化偏至论》,《鲁迅全集》第 1 卷,人民文学出版社 1981 年版,第 57 页。
② 《文化偏至论》,《鲁迅全集》第 1 卷,人民文学出版社 1981 年版,第 54 页。

适在《胡适的自传》中曾指出：中西双方（两个"文艺复兴"运动）"有一项极其相似之点，那便是一种对人类（男人和女人）一种解放的要求。把个人从传统的旧风俗、旧思想和旧行为的束缚中解放出来。欧洲'文艺复兴'是个真正的大解放时代。个人开始抬起头来，主宰了他自己的独立自由的人格，维护了他自己的权力和自由"。鲁迅的追求正是如此。这是相当值得称颂的建树，因为在贬抑个性的传统已经像上帝的影子一样主宰和制约着我们民族的文化心理的情况下，能够真正高扬人的自主意识和独立精神，努力冲破封建专制主义文化禁锢所造成的奴性意识，无疑是整个民族建设现代文化、现代文明的重要标志。

　　鲁迅以"人性的解放"和个性意识为核心的人文精神的自觉，固然受到西方近代文化思潮的影响，其中施蒂纳、尼采、基尔凯郭尔等在对启蒙主义以来的物质发展、政治体制和理性原则的抨击中所建立起来的"个体人"的观念，对鲁迅影响尤大；但根本原因还是由民族解放的社会历史要求所决定的，从抗拒外侮、反躬自责到叫醒"铁屋子"里"熟睡的人们"，鲁迅无时不把"国民性"问题看作影响和制约民族自强自立的焦点，并执着地要为人的觉醒与解放作不懈的斗争。这就使他的人文精神从一开始就建立在"为人生"的基础上，具有深广的社会意义和崇高的历史价值。他因此与西方某些人文知识分子的"唯我主义"和反理性趋势以及后来某些中国作家陷入与外界隔绝的孤立个体、以咀嚼小小悲欢为满足的狭隘性，划开了明显的界限。胡适把这种"担干系，负责任"的人文精神看作一种"社会化的新宗教与新道德"①。它不仅仅出于校正"唯我主义"所产生的弊端的善良愿望，更是反映了被压迫民族觉醒的知识分子的一种内在要求。他既不能容忍封建主义对人性的长期压抑，也为被压迫民族的屈辱感与使命感搅动得骚动不宁。这是真正的人文精神，虽说并非只有成仁取义才算得上有人文精神，但人文精神的确往往要牺牲一己利益才能成全。在这意义上，人文精神的要求具有康德所讲的"绝对命令"的性质，它不仅要求高尚的道德操守，也要有一种殉道精神。鲁迅正是如此。

　　正是从强调社会责任感和历史使命感出发，鲁迅的"人文精神"必然走向"启蒙主义"，这是十分自然的。鲁迅的"启蒙主义"文学观念几乎是根深蒂固的，直到 20 世纪 30 年代他还说："说到为什么作小说罢，我仍抱着十多年前的'启蒙主义'"②。启蒙就是以一种新的、进步的文化价值体系否定乃至取代另一

① 《易卜生主义》，载 1918 年 6 月《新青年》第 4 卷第 6 号。
② 《我怎么做起小说来》，《鲁迅全集》第 4 卷，人民文学出版社 1981 年版，第 512 页。

种垂死的、保守的文化价值体系。具体到鲁迅和"五四"时期，就是以人类现代的"科学"与"民主"的文化价值观取代愚昧保守的封建主义的文化价值观，以深刻的理性精神去开启蒙昧的中国心智，以现代健全的人格向失却生机活力的民族"硬化"精神展开强有力的挑战。这就使鲁迅的文学创作与传统文学相比，产生了许多根本性的变化。

第一，由于启蒙主义文学观注重文学的反映性、社会性，尤其是注重文学作用于人的情感和灵魂的特殊功能，因而它首先强调作为启蒙者的主体——作家自身精神、人格力量的建构，并让这些像"血管"流淌生命之源一样在作品中"灌注"传播。因之，鲁迅一向"严于解剖自己"，唯恐将自己灵魂深处的"古老的鬼魂"传染给读者。这也成为陈独秀、李大钊、刘半农、钱玄同、叶圣陶等一代"五四"作家的共同追求。

第二，重视作为启蒙对象的普通民众在文学作品中的地位与对文学作品的接受。鲁迅率先在创作中把农民和下层知识分子推到小说表现的中心位置，即包含着对审美表现对象的"人"的发现的意义。鲁迅之外以胡适的《终生大事》、杨振声的《贞女》、叶圣陶的《一生》、冰心的《斯人独憔悴》、王统照的《湖畔儿语》等共同构成的"问题文学"，也都是从人的发现，特别是人生和人的命运等"人性解放"的核心点上提出问题展开针砭的。而白话文的提倡，也同样包含着对审美接受主体在文学作品价值实现程度上的关注，鲁迅尽管不是"五四"白话文的首倡者，但却是最早、最有力的创作实践者。

第三，不拘一格改造和选择文体。"五四"文学于中国旧文学说，又是文体形式的大换班，鲁迅在几种主要文体上都开风气在先，为创造"有意味的形式"树立了不朽的风范。

首先是小说。《呐喊》和《彷徨》写"病态社会中的不幸的人们"意在揭出病苦，引起疗救的注意，因而其叙事方式主要是改造中国旧小说的说书人的全知全能外视角叙述和"大团圆"的故事中心结构，以第一人称和第三人称"限定"叙事的亲历性内视角、以人物的性格性情和命运为中心构成小说文体的基本结构形态，使最具受众群体的小说摆脱了因无限制的"全能"叙述所容易产生的虚假和幻灭感，在艺术"真实"和深广的层面上写人、关注人生和人的命运尤其是画出"沉默的国民的魂灵"上体现出全新的艺术价值。

其次是杂文。鲁迅在写小说的同时，也以大量的精力和心血撰写了《坟》《热风》等大量杂文，把写这种社会解剖刀式的小品，看得比去创造可以流芳百世的鸿篇巨制重要得多，也主要是出于改造国人"灵魂"、提高人的素质的启蒙需求。因为杂文的议论特性和社会批判功能,使它在沟通读者与作者、生活与艺术的联系中,可以省却形象感知过程中若干繁缛、拖沓的中介环节,迅即对思想文化的种种现实问题、种种弊端作出针砭,用鲁迅的话说,它是"感应的神经,攻守的手足",与立人立国宏愿实现而扫除一切精神障碍的强烈使命感紧密关联。

另外是散文诗。在"五四"诗体大解放的浪潮中,鲁迅在 1919 年 8~9 月发表了一组散文诗《自言自语》,不久又于 20 世纪 20 年代初在《语丝》连续发表了《秋夜》《影的告别》等(后结集《野草》出版)。作为"要须作诗如作文"的直接体现,鲁迅的散文诗不仅以意象和情感的自然律动打破旧诗的严格格律束缚,使作品以内在的韵律美取胜,又每每把象征和寓意入诗,以意象和意境的深幽创造出至善至美的艺术境界,那些"奇怪而高"的秋夜"天空"(《秋夜》)、孤独的"影子"(《影的告别》)、颤动的"颓败线"(《颓败线的颤动》)、旷野上男女生命极致飞扬既不拥抱也不杀戮的"复仇"(《复仇》),等等,都在与主体的心灵感应和生命对话、在与生活真实的"似与不似"之间透递出浓郁的诗情画意和哲学况味。虽然鲁迅不是白话诗和散文诗的最早倡导者,但草创时期的"五四"散文诗却因鲁迅的作品而显得相当精美成熟。它从一开始就受到开拓者的关注并越来越为读者所喜爱,显然不仅仅是因其思想感情的新进和命意的高远,也在于这一艺术形式足以成为诗歌打破旧体束缚、扩大启蒙文学艺术领域的又一楷模。正如刘半农所说:"能自造、或输入他种文体,并于有韵之诗外,别增无韵之诗",将是新诗"发达之望"所在。①

二

不消说,人文精神与启蒙主义是一种全新的现代文艺思潮,这就必然要遇到传统文化的强有力的挑战。中国古文化系统从半封闭的大陆性地理环境、长期的小农经济和封建专制统治中,获得了一种较为完备的隔绝机制,长期保持着自身的风格和体系,这虽然得以使华夏文化"不受影响于异邦,自具特异之光采"(鲁迅语),但诸多"封建性的糟粕"(毛泽东语)却又形成了根深蒂固的惰性,这就严重禁锢和扼杀了全民族的精神活力,在思想上形成了愚顽、保守、盲从、排他的根性。鲁迅说:"老大的国民尽钻在僵硬的传统里,不肯变革",已经"衰朽到毫无精力了"②。在"重新估价一切价值"(胡适语)这一理性的批判旗帜下,

① 《我之文学改良观》,1917 年 5 月《新青年》第 3 卷第 3 号。
② 《忽然想到(5 至 6)》,《鲁迅全集》第 3 卷,人民文学出版社 1981 年版,第 44 页。

"五四"先驱者们对被视为天经地义的传统礼教、伦理道德、价值观念等进行了根本的质疑和深刻的清算,这不仅是人文精神和启蒙主义得以生存和发展的必要前提,而且也是它自身的重要一环,因为非人道的社会、人性普遍受压抑和精神饱受奴役之苦又不肯觉醒的状态不仅直接构成对人文精神的敌对和排斥,而且也为封建传统的继续生存和发展提供了最坚实的基础和温床。这样的传统倘若不加改造,则人文精神和启蒙主义终究要撞碎在封建势力的厚壁上。二者就是这样彼此消长、水火不容。在这方面,鲁迅的认识和追求仍然是最自觉的。被看作是"五四"文学第一个创作实绩的《狂人日记》,即发出了"从来如此,便对吗?"的质问,这是最深沉激越的时代强音。

就同时期的全部文学作品而言,鲁迅的杂文和小说仍然足以代表新文化运动中"反传统"的思想倾向。在《灯下漫笔》里,鲁迅把几千年的中国历史,称作"想做奴隶而不得的时代"和"暂时作稳了奴隶的时代",亦即一"治"一"乱"的时代,在这样的循环交替中,中国人向来没有挣到过"人"的价格。鲁迅的结论根本上是出于对广大普通人的地位、价值的考虑。这可以看作他"反传统"思想的全部根据、本质所在:他反的是"君主专制""将人不当人"的文化传统,并非一切传统文化(鲁迅何尝不知也不曾肯定中国传统文化中的"光耀")。在鲁迅看来,这种传统由政体的运行和文化的流变已形成为影响和制约中国人觉醒解放的顽固的精神"结石"。鲁迅的一系列作品,都是这一总体认识的具体化。《狂人日记》猛烈攻击的是"仁义道德"的吃人的旧礼教,这种礼教犹如《春末闲谈》中所说的"细腰蜂",实则是封建君主的一种统治术。《孔乙己》深刻揭示了科举制度的弊端,是它把读书人引上了邪路。《故乡》中的闰土,《祝福》中的祥林嫂,《孤独者》中的魏连殳,原来都曾有着充满光辉的人格,然而经过后天的重重打击,终于都变成了奴隶中的一员,他们一再受压迫、受剥削的过程,就是奴隶根性逐渐形成的过程,在他们的生命力和生命沉沦的悲剧的背后所潮涌发酵的,是对造成这种现象的封建统治的悲愤的批判的激情。鲁迅写于"五四"时期的大量杂文,从对"国粹主义"的无情嘲弄,到对"我们现在怎样做父亲"的议论,从对妇女所受"三从四德"束缚的批判,到对"生命的路"的指示,也无不围绕着这个中心,并有着不同层面的深广度:既从传统文化对中华民族的精神之养成的历史底蕴上来否定中国固有的"文明";也从社会现象、社会问题中深深隐藏着的中国人的劣根性来揭示现实人生的病苦;更有像《阿Q正传》那样的集对国民性的批判于一身的作品;同时,由于鲁迅在对文化传统的深层反省和批判中全面发现了自己的行为模式、思想方法、情感态度等与文化传统之间均有割不断的血肉联系,因而其批判从来不隔岸观火,而是始终带着一种"原罪"式的自我意识,把自己也摆进去,或者干脆"更多的是更无情地解剖自己",《狂人日记》和《写在〈坟〉的后面》就对作为"历史的中间物"的自我作了无情的否定。尤其是在《狂人日记》中,鲁迅借狂人之口震惊地说,"我也吃过人",以至于使他"不能想了"。如此极度强烈的内省之声,非感受深刻的主体所不能喊出。这就使鲁迅的"反传统"行为具有了社会性和"自我救赎"的双重意义:他把个人亲身体验的无视人权、压抑个性的非人道问题当作全民族的问题来思考,放大为社会民族的普遍"厄运"来处理,又把本来属于国民、社会、文化的各种传统弊端体察升华为自我罪恶的感受,浓缩为个人问题来解剖和改造。因为种种罪与恶终究都带有自我和社会的双重属性,因而除了告别传统、企求新生外,别无出路。

这种崇高强烈的道德责任和义愤所形成的难以分解的网结,就酿成了"五四"文学的创作基调:浓重的悲剧意识和建立在悲剧意识上的"哀其不幸,怒其不争"。期间虽然也产生了《女神》那样的理想化的激昂,冰心《寄小读者》般的母爱、童真和大海的诗情画意,但《呐喊》《彷徨》那种由"看透了造化的把戏"、洞察了世事又洞察了自身而生发出的冷嘲以及冷嘲包裹着的火一样的忧愤,毕竟是无法取代的主导。当然,我们所能举出的优秀作品基本就是鲁迅的,大部分"五四"文学的创作水准没有达到这样的深度和广度,然而不管是吴虞的"只手打倒孔家店",还是胡适的把文言文定为死文学,抑或是陈独秀的期盼"国粹之消亡","五四"先驱者的追求却是一致的。尤其是"问题文学"揭示的制约人的觉醒解放的种种社会问题——婚姻的(欧阳玉倩《泼妇》)、礼教的(尖庵《一个贞烈的女孩子》)、下层民众"被侮辱与被损害"的(庐隐《一封信》、汪敬熙《雪夜》),等等,其批判的锋芒所向也几乎都是封建专制制度和封建文化传统的病根。他们激荡出的是整整一个时代对国民性的文化上的自我批判运动,使得"五四"文学中的小说、杂感、政论等几乎都带上了文化反思的特点,共同构成了强有力的合唱,震动了一向迷恋旧传统的中国。

鲁迅和"五四"作家对文化传统的这种深刻激烈的批判态度,首先是由强烈的文化和文学变革愿望决定的。《诗经·大雅》的《文王》篇曰:"周虽旧邦,其命维新。"这句话能够传达出"五四"作家对文化传统认知与对抗的合理性,如果求新与变革还背负重重的古老的历史与传统的包袱,在"旧邦"中进行,不抗拒传统的"黑暗闸门","其命维新"就很难有备实的意义。同时,这也是应对当时的处境和批判对象本身的强势所必需。"五四"作为一场文化运动,是不可能依仗政治之权势获得成功的,只能靠一群势单力薄的文化人作艰苦卓绝的奋斗,期间又面对着复古势力的激烈反对，形势所迫，必欲"费厄泼赖"也不可得；"五四"作家又深感传统的过分强大，无力的中庸、全面之论根本不能撼动封建"铁屋子"的一片瓦砾、一根毫毛，不得已而必须实行"矫枉过正"，鲁迅说这是"物反于极"，也可以说是一种"深刻的片面"。这其中表现出的是一种彻底的反省精神，一种知耻而后勇的气度。正是这种姿态，才在引进异质文明中冲击了中国文化的顽固防线，克服了传统的巨大惰性力而实现着人的觉醒和文化改革，本质地推进了中国文学的现代化进程。历史的进步就是在这偏激里孕育萌发出来的。

三

但是，必须正视这样的事实：五四新文学运动尽管一度很有声势，却是在较为短暂、也较有限的范围内进行的，在人文精神和启蒙主义的追求远没有深化，也没有被全社会普遍认同的情况下，历史就匆忙地进入了新的时期。这场最具现代性和历史意义的文学革命，其精神未能为后来几十年的文学创作和理论批评所自觉发扬，甚至还在很大程度上被一度曲解、中断。个中原因，绝不是"救亡压倒启蒙"（李泽厚语）的结论所能完全回答的，其中还有更深层、更复杂的社会原因和文学自身的原因。

五四新文学是在中国近代社会思想文化的发展很不充分的情况下，借助外力的推动而产生的，缺乏由元明清文学的变异因素自然发育成熟的过程，因而首先表现出的是不十分景气的创作"实绩"与轰轰烈烈的大革命运动的不相适应。这与西方文艺复兴时期那种巨著林立的创作盛况形成了鲜明的对照。西方文艺复兴从产生但丁的《神曲》、彼特拉克的《歌集》、薄伽丘的《十日谈》到拉伯雷的《巨人传》、塞万提斯的《唐·吉诃德》，以及莎士比亚的戏剧等，都反映出那个时代的文化巨人们创造经典的追求是十分自觉的，他们的作品每每都有恢宏的气势和文化里程碑的意义；它们又不是孤零零的，而是鳞次栉比，相映生辉，共同反映了一个伟大的文化时代。而有影响的"五四"文学作品充其量就是鲁迅的小说杂文和散文诗、郭沫若的《女神》和一批其他作家的杂文、"问题小说"等，经典性的鸿篇巨制是不多见的。直到1921年"五四"运动落潮，才相继出现了专门的文学社团"文学研究会"和"创造社"。这是两个以迥然不同的艺术风格取得相对可观的创作成就的文学团体。"文学研究会"以茅盾、叶圣陶、郑振铎、王统照、庐隐、许地山等为代表，秉承"为人生"和"改良人生"的宗旨，在《命命鸟》（许地山）、《缀网劳蛛》（许地山）、《隔膜》（叶圣陶）、《潘先生在难中》（叶圣陶）、《饿乡纪程》（瞿秋白）、《赤都心史》（瞿秋白）、《海滨故人》（庐隐）、《孤雁》(王以仁)等作品中，也把"启蒙"文学的现实主义功利观发挥得淋漓尽致；以郭沫若、郁达夫、田汉、成仿吾、张资平为代表的"创造社"，则在"为自我表现而艺术"的浪漫主义艺术世界里高扬破坏、创造精神，其一批作品如《沉沦》(郁达夫)、《海上的悲歌》(成仿吾)、《漂流三部曲》(郭沫若)、《林中》(周全平)等尽显建立在反封建和人道主义之上的个性主义。尽管从本质上说，"文学研究会"和"创造社"仍然是"五四"文学的余脉(其整体创作成就似乎不亚于"五四"文学)，但仍然不足以与"五四"时期的创作一起构成庞大的规模和恢宏的气势。我们当然不能苛求"五四"先驱者，由于社会现实和文化传统的不同，特别是中国缺乏资本主义生产方式在封建社会内孕育形成的过程，缺乏欧洲文艺复兴时的那种坚实的物质文明基础、充沛的理性精神的底气，因而他们所面临的文化和文学改革任务，远比西方文艺复兴要艰难得多。然而这不应当成为放弃创造经典的理由，整个"五四"文坛那种"提倡有心，创作无力"(胡适语)的状态，说明他们在实践上对创造经典的追求和努力是远远不够的。不仅经典少见，而且整个"五四"文学作品除鲁迅的以"格式的特别"和"表现的深切"显示出感人的艺术魅力外，大多还未能把作者新颖的思想融化为鲜活深刻的艺术形象。在冰心、叶圣陶、许地山、庐隐、王鲁彦等一批小说作者的笔下，意蕴清浅的人物形象大都负荷不起深厚的思想容量。胡适、刘半农、沈伊默、俞平伯、康白情的白话诗，陈独秀、李大钊、钱玄同等的散文，也大都带着草创时期艺术上肤浅和直白的特点。正如郑振铎所指出的："缺乏个性，与思想单纯，这是现在作者的通病。"[①]这就难以真正向旧文学宣战：启蒙对旧传统的冲击和破坏是如此强劲，却不能真正实现基于理性所作出的种种文学许诺，当人们真的要与曾经那样引为自豪的文化和文学告别之际，并不能心悦诚服地找到自己的精神归宿，这就必然会在惯性中重新唤起对本土传统的留恋。"五四"后文化和文学的复古思潮，正是在这种情况下乘势而起的。中国封建文化传统束缚和禁锢人们的心理的强大压力，就很难被真正冲破、消解；再加上社会政治生活中各种复杂因素的制约和影响，最终势必造成"五四"以后整个新文学发展道路的曲折和坎坷。

从"五四文学革命"演化为"革命文学"，再到 20 世纪 30 年代"左联"领导的无产阶级文学运动的兴起，从历史的表层现象看，"五四"以后的中国新文学仍然是在不断变革、演进，然而由于受到国际国内"左"倾教条主义的影响和"救亡图存"的现实的冲击，"五四"文学中个性解放(人性的解放)的传统，就逐渐受到

---

① 《平心与纤巧》，1921 年《小说月报》第 12 卷第 7 期。

质疑和挑战。瞿秋白认为,五四运动完全是资产阶级知识分子的运动,并不能真正担负起唤起广大民众的任务,它"对于民众仿佛是白费了似的"①,因而他要求有一个"无产阶级的五四"。瞿秋白代表了30年代"左翼"文学运动兴起后包括茅盾、彭康在内的相当一部分人的观点。这里有一个看似"合理"的逻辑程序:对于救亡图存的中国来说,集体的梦想大于个人的梦想;对于意识形态的"军队"来说,文艺应当服务于阶级斗争和政治斗争,而阶级斗争和政治斗争是最讲究整齐划一的。这样,"五四"文学传统便必然橘生于淮北,水土不服了。郭沫若这样表述他(们)的"转变"过程以及在"转变"后获得的新观念:"五四"时期创造社"主张个性,要有内在的要求,他们貌视传统,要有自由的组织,无形之间便是他们的两个标语。……然而天大的巨浪冲荡了来,在五卅工潮的前后,他们中的一个:郭沫若,把方向转变了。同样的社会条件作用于他们,于是创造社的行动自行划了一个时期,便是《洪水》时期";"我们要要求从经济的压迫之下解放,我们要要求人类的生存权,我们要要求分配的均等,所以我们对于个人主义和自由主义要根本铲除"②。这就是从"个体自由"的追求向社会平等的理想,从个体意识向阶级的、社会的群体意识的根本转变。这是颇有代表性的。如果说,鲁迅小说《伤逝》中的主人公所喊的"我是我自己的,他们谁也没有干涉我的权力"堪称那个时代的最强音,显示出巨大的神圣性;那么,这种神圣性到20年代末就被另一种声音取代了:"我融入一个声音的洪流,我们是伟大的一个心灵。"(殷夫《一九二九年的五月一日》)蒋光慈在《十月革命与俄罗斯文学》一文中指出,无产阶级文学的最大特点就是集体主义:"在他们的作品里,我们只看见'我们'而很少看见这个'我'来,他们是集体主义的歌者。""我们无论在哪一个无产阶级诗人的作品里中,都可以看见资产阶级诗人以'我'为中心的个人主义差不多是绝迹了。"③在残酷的阶级斗争和民族矛盾的血与火的斗争中,在国家千疮百孔、几乎一切都面临毁灭与更生的废墟上,这个与政治秩序、体制紧密相连的"我们",就成为无所依傍的个体生命"我"的精神归宿,其中既有必须服从的政治要求,又有自觉选择的内在动力,好像只有这样才无愧于新的时代、才能获得一种安全感。这样,"五四"传统中"救出你自己"的个体自由原则和个性文学的观念,便像扔掉一双旧袜子一样被轻易地抛弃了。与之相应的"启蒙

---

① 《大众文艺的问题》,《瞿秋白文集》第2卷,人民文学出版社1953年版,第885页。
② 分别见《文学革命之回顾》,载1930年4月10日《文艺讲座》第1册;《革命与文学》,载1926年5月《创造月刊》第1卷第3期。
③ 《蒋光慈文集》第4卷,上海文艺出版社1988年版,第124页。

主义"文学,也随之而悄然冰释,"化大众"变成了"大众化"。应当说,强调阶级意识和集体主义无疑是大有必要的,然而如果离开了人的自由意识和独立精神这个前提,使"人之自我""泯于大群"(鲁迅语),这样的群体是不可能具有蓬勃的生机和旺盛的生命力的,其生存和发展必然要受到严重的影响。因之,马克思主义从来认为:"每个人的自由发展是一切人的自由发展的条件"①,同时,"只有在集体中才可能有个人自由"②。只有个性解放和社会群体解放完满结合,只有在社会群体中"每个人的自由发展"得到充分实现,整个社会才在真正意义上获得自由,这就是马克思主义的辩证法。尽管鲁迅前期偏重倡导的是个性解放和独立意识,强调对"庸众"宣战,但绝不是对集体主义的简单化否定,他否定的是对"独特者"极尽扼杀之能事的"庸众"社会:"同是者是,独是者非,以多数临天下而暴独特者。"③他之强调"人各有己",最终还是立足于实现"群之大觉"。他从"五四"开始遵奉"革命的前驱者的命令"进行创作并将眼光注视着如何实现社会群体的思想文化素质的提高,已经包含着集体主义的成分。事实上,在中国历史上,还没有哪个时代的文人能像一代"五四"先驱者那样在团体和个人之间鲜明地保持着各自独立的个性,也没有哪个时代的文人能像他们那样在分明的独立性和区别中保持着如此的"同志感"和同一性。后期的鲁迅更是自觉地沿着这样的思想轨迹不断前进的。只可惜在庸俗社会学和封建专制主义面前,这座完整的思想"金字塔"越来越严重地遭到歪曲、割裂,被抽掉了"个性解放"这个坚实的底部,剩下的只有阶级斗争和集体主义。其消极的后果必然要在对待"五四"文学传统上充分反映出来。

从 20 世纪三四十年代直至十年"文革","五四"文学的宝贵传统,大致说来确实是趋于逐渐消失的状态,这就从总体上决定了当时的革命文学创作以及全国解放以后的文学面貌,虽然不否认也产生过个别优秀的作品,但大多显示出色彩的单调和个性的贫瘠,甚至被虚假的阶级斗争的公式化和概念化所困扰,这就根本无法走向丰富和深刻,难以产生能够震撼人心的美学力量。

四

然而,五四新文学运动毕竟是影响巨大其义深远的。在付出了沉重的代

---

① 《共产党宣言》,《马克思恩格斯选集》第 1 卷,人民出版社 1972 年版,第 273 页。
② 《德意志意识形态》,《马克思恩格斯选集》第 1 卷(上),人民出版社 1976 年版,第 82 页。
③ 《文化偏至论》,《鲁迅全集》第 1 卷,人民文学出版社 1981 年版,第 48 页。

价、吃过了历史的苦果之后，走到新时代的人们终于自觉不自觉地重新认识了"五四"文学传统的不朽价值。"文化大革命"结束后复兴的新时期文学，无论在话语方式还是精神印痕上，几乎都是从回归人文精神和"启蒙主义"传统开始的。在刘心武的《班主任》中，好学生谢慧敏和坏孩子宋宝琦虽然在许多方面都有明显的差异，但在"蒙昧"一点上却是一致的。班主任张俊石老师引导他们阅读中外文学名著，就是当时开始的文化启蒙活动的反映。更有典范意味的是，张老师作为优秀教师的形象，始终处于作品的中心位置，为"救救孩子"付出了极大的精力和心血，这恰好表现了人文知识分子在启蒙活动中的特殊重要性。"五四"以来，几乎所有的人文知识分子都在启蒙中扮演过先行者的角色，他们既有殉道者的悲壮与执着，也有教师的循循诱导，更有思想家的深沉、睿智与特立独行。因之，这篇新时期文学的发端之作，也是新启蒙文学开始的标志，是它接通了与"五四"传统的血脉联系。紧接着，王蒙、李国文、从维熙、张贤亮、韩少功、冯骥才、卢新华等大批作家纷纷涌现，他们几乎都是在借着鲁迅的话语，述说着对人的尊严和健康人性的期待。这是一些久违的声音了：以《灵与肉》为代表，张贤亮关于中国知识分子在大动荡的时代求生存和追求人格独立的心灵透视，在几近宗教式的谶语里，明显留有魏连殳、子君等鲁迅笔下知识者的精神痛苦。鲁彦周的《天云山传奇》所关注的，不仅仅是对20世纪50年代中期以来20多年畸形生活的梳理，更从社会意识形态的层面来思索那一代人的悲剧，呼唤从政治生活中还原人性的自由。而一些反思"文革"伤痕的作品，则较多从人性中的缺陷和国民心理痼疾方面展开思考。由于中国长期的封建宗法制的统治，使人性中产生了浓重的"主奴根性"，即鲁迅所说的"对于羊显凶兽相，而对于凶兽则显羊相"，所以天然地具有欺侮弱者和整人的文化心理。在这方面，冯骥才的《啊》揭示得最深刻。

《啊》用标本取样的方式，探讨了隐藏在群众中的搞这种运动的内在动力。小说中的贾大真是某科研单位的政工组长，平素本来是个很不起眼的角色，但"文革"开始后，他却成了单位里左右一切的要人。在吴仲义因丢失一封重要信件而失魂落魄的时候，贾大真用尽欺诈和恐吓的办法，力图将吴仲义置于死地。贾大真无疑就是宗法制传统造就的怪物，他在正常生活中总感到寂寞无聊，而一有运动，立刻就像吸了鸦片一样地兴奋起来，不分昼夜地制订计划，发动群众，寻找目标，收集证据，"一连串整垮、整倒、征服别人，构成他生活的主要内容"。他以整人为目的，就在被整人的极度痛苦中获得快乐和满足。小说中的另一个重要人物赵昌则是一个帮凶的形象。赵昌和吴仲义本来是一对好朋友，但"文革"开始后为了自保,他竟两次下手搞吴仲义,将吴仲义推向深渊。赵昌本是一个弱者,但是面对强权,他不是奋起抗恶,而是将自己可能承受的灾难转嫁给同类,甚至是正在挨整的更弱的弱者,这是国民性中一种十分可怕的阴暗心理。这显然都是旧文化传统的积淀在人性中造成的精神创伤。在这样的国民中,即使没有来自上头的启动,也存在着产生像"文革"这种政治运动的潜能。

同时产生的《伤痕》《布礼》《蝴蝶》《月食》《大墙下的红玉兰》《犯人李铜钟的故事》《剪辑错了的故事》《李顺达造屋》《人到中年》《爱,是不能忘记的》等一大批产生轰动效应的佳作,无不在血与泪凝铸的艺术形象中蕴藉着人文精神的力量。就主导倾向而言,虽然作品大多还只是停留在对"左"倾思想"伤痕"的清算上,不大注意像《啊》那样从文化的深层结构中揭示生活的原色,但它们要求发现人、把人当人、从神崇拜和精神昏聩蒙昧的桎梏中解放出来的强烈愿望,却无疑是鲁迅"五四"文学传统的延续。这是这些作品具有震撼人心的美学力量的根本所在。

"五四"传统在新时期文学中的延续,最明显的还是20世纪80年代中期伴随着"文化热"而兴起的"寻根"文学。"寻根"文学主要来自于拉美作家关于印第安文化阐扬的启示,但当不少作家开始从长长的历史传统中去寻找中国人生存的深层文化问题时,却又自觉不自觉地把鲁迅当作灵魂的先导。韩少功《爸爸爸》中以大写意的方式塑造的丙崽,许多人一眼就看出了他与阿Q的历史联系,丙崽混世处世的两句格言"爸爸爸,爸爸爸"和"×妈妈,×妈妈",正是集中地反映了像阿Q一样的具有奴性和专制性的精神实质。丙崽赶不尽也杀不绝,即使拿他的脑袋祭了神,其幽灵仍然会在山林间徘徊。丙崽生活的鸡头寨,也像一块活化石一样凝聚着民族文化中"惰性"的沉积:时间似乎在这山林的深处滞止了,从古到今,尽管无尽的天灾人祸曾逼迫着人们不断地迁徙,然而代代相传的生活方式,观念情感,民风俚俗,包括极其低下的耕作方式、鬼神崇拜、禁忌法规以及寨子与寨子之间无休无止的打冤家等,好像毫无变化。丙崽和鸡头寨是"纯种"的民族文化遗迹,它超越了时间的风化,在"文化隔离"中悄无声息地存留了下来,它早已失掉了生机和活力,只能是可供鉴赏的"活古董"。王安忆《小鲍庄》中的小鲍庄人,仍然受着封建意识的严重制约,主人公捞渣是个"仁义"的化身,他长相仁义,举止仁义,为仁义献出了年轻的生命。而他的仁义之心与仁义之举,竟被新时代的人们视为"共产主义思想"而广泛宣扬,并在身后受到了迁坟立碑的礼遇。封建意识夹杂着愚昧无知,说不清是一种怎样的浑浑噩噩。尤其发人深省的是,在小鲍庄内温情脉脉的血亲宗族关系背后,隐藏着许多令人胆寒的劣行，像鲍秉德的妻子因为一再生死胎，就不见容入家庭和宗亲，被折磨得由疯癫而致死；鲍彦山的妻子对童养媳十分尖酸刻薄；小鲍庄的许多人都欺辱倒插门的拾来，以及对"文疯子"鲍仁文的鄙夷与排斥，等等，都显示了这种"仁"文化的虚伪和残忍。《小鲍庄》的内涵尽管十分丰富，但其主旨无疑是要在中国正统儒家文化的基础上阐释民族的根性与特质，即考察儒学的核心命题"仁"在国民无意识心理中内化的程度，以及它的正面和负面，特别是负面的影响。写于"寻根文学"呼声最高时期的王蒙的《活动变人形》，把审美批判精神贯穿到了那酱缸般的封建文化的最深层：对生命力的压抑和生命的扼杀。主人公倪吾诚虽然是西学归国的知识分子，但由于已经开始瓦解的封建文化仍然紧紧地束缚和吞噬着他——犹如还在少年时母亲对他所进行的吸鸦片和手淫的教唆，使他的生命力从精神和肉体两个方面都受到扼杀，变得不能选择、不能应变、不能发展、缺乏自信心和自决能力。在现代东西方文化和生活的撞击中，他自然找不到自己的位置，只能成为孔乙己式的悲剧人物。

当然，"寻根"文学的美学意蕴绝非这样单一，有的作品则不乏爱国主义的礼赞，不乏儒、道文化强大生命力的阐扬，不乏底层民风的讴歌，不乏对敦厚、善良、吃苦、耐劳等民族文化精神的诗一般的肯定与传达；也有的注重以现代人的感受去领略古代文化遗风，诸如考察原始大自然，考释民族文化资料等。然而对当代生活，特别是民族心理中所存在的旧文化因素的挖掘与批判，无疑是其创作的重要部分。"寻根文学"的最初动因，原本是想以"寻根"的文本来弘扬民族的地域文化，弥合由五四新文学运动形成的"文化断裂带"①。写作者曾经相信，他们对祖先历史文化的发掘和寻找可以直接服务于当代中国人的精神启蒙与文化重建。然而，十分有趣的是，当相当一批作家把审美的目光投向某些积存了古老民俗与风情的"文化板块"和生活在这里的那些"先祖遗民"时，却无法不感到心虚和困惑。韩少功在《归去来》中面对传统文化说过一句意味深长的话："乘兴而去，败兴而归"，这就再恰当不过地揭示了"寻根"作家的难堪而又矛盾的心境，无论是贾平凹的"商州系列"与李杭育的"最后一个"系列流露出的失落感，还是阿城《孩子王》关于渴望文明的叙述和作为"寻根小说"殿军的莫言的"种的退化"的悲哀，均是其内在矛盾的形象化表现。可见，不少作家对鲁迅的重复是不十分情愿和自觉的，但又是无可奈何无法绕过的。这又一次反映出"五四"传统的可贵和历史发展的必然。

① 郑义《跨越文化的断裂带》，载《文艺报》1985 年 7 月 13 日。

　　但是，"伤痕文学"与"寻根文学"（本质上都是以人文精神为支点的启蒙活动）的发展都是不彻底的，尤其是后者，它方兴未艾正值读者作更深的期待时，就迅速烟消云散了。究其原因，除了政治生活中种种复杂因素的制约外，商品经济对它产生的影响也是至关重要的。商品经济为中国的发展注入了强大的活力，但也确实给文化、时尚等带来了不少负面影响，过分膨胀的物质欲已经导致了不同程度的人性的异化和社会道德的沦丧。反映在文学领域，俗化、商品化和人文精神的淡化，便成为一种潮流，至少在表面上，不少作家已失去了对人文价值的关注，表现出一种"躲避崇高"、放弃责任、存在迷失的精神状态。这就导致了20世纪80年代末90年代初整个高雅文学创作的不景气。

　　面对这一状况，鲁迅和人文精神的话题，便又不断地被人们提及。1993年6月，由《上海文学》开始，在全国展开了关于人文精神的大讨论，历时两三年之久的讨论尽管议锋驳杂、争异颇多，但意欲重振鲁迅精神，在商业主义浸迷中倡导崇高和人文关怀的价值理想，却是一致的。孙郁说：鲁迅精神"这份遗产的最大价值在于，他对人类僵硬的文化惰性核心，是一个异端，它的意义就是消解惰性的核心，把人从物化和非人道的文化程序中拯救出来"①。这就把鲁迅精神的当代性的话题明确化和深入化了。如果说，前两次的"文学启蒙"活动是在反"左"和声讨"文革"罪行结成的"契约情势"基础上的"集体无意识"行为，那么，这一次的大讨论则十分理性化并逐渐化解为文人个体对当前文学位置及其作用的独立思考和重新审定，进而清醒地意识到了20世纪人文启蒙所应关注生存危机和生存价值的最基本的命题。从张炜的《家族》、格非的《欲望的旗帜》、余华的《许三观卖血记》、周大新的《向上的台阶》、张欣的《岁月无敌》、蒋子龙的《水中的黄昏》、陈建功的《放生》等优秀小说中，可以看出它所导致的创作精神面貌的变化是显而易见的：第一，文学由流俗和消解、拒绝批判而重振理性批判的伟力，这当然不是对表层生活现象的指手画脚，而是以人之生存意义及终极价值为坐标，对现实与现世的种种生活状态，展开纵横捭阖的评说和历史的、哲学的批判；第二，在这种评判中，他们已不再过于苛求人的生存环境、现实变迁以及政治话语所辐射的权威意识形态，而是侧重关注支撑人的存在的精神支点，其中既有对颓废的、无望的、带着世纪末悲观情调的绝望的呐喊与战栗，更

---

① 《当代文学与鲁迅传统》，载《当代作家评论》1996年第5期。作家有关这方面的言论还很多，例如，张承志说，当下文坛最需要的是树起鲁迅精神的旗帜，"使耻者有所忌惮"（《新华文摘》1994年第11期）。童庆炳说，"鲁迅二三十年代所说的话并没有过时"，通过文艺来"改良这人生""仍然是鲁迅对当代文艺家的恳切呼唤"（《文艺研究》1994年第1期）。

拥有浓郁的人文关怀,闪耀着人类引以为自豪的生命向力;第三,追求人与自然的新型关系,表达对日趋严重的生态环境危机的忧虑。统而观之,虽然很难说明这些作品与"五四"文学之间的具体联系(其中新时期关于环境意识和人与自然关系的启蒙则是"五四"文学所不具备的),但作家在内在精神上的对启蒙主义的执着追求和张扬文学的人文本质,却无疑受到"五四"传统的"照彻"。正如张炜在"人文精神"的讨论中所说:"五四是有光芒的,光芒照彻了愚昧。当时的中国文化界需要这种光芒。如果今天有人说在这光芒下还应作点什么,寻找点什么,这是正常的。如果要从根本上遮去这光芒,就未免有点意气用事和昏聩。"①这就清楚地揭示了他们与"五四"文学传统的关系:既受"五四"润泽,又有新的、服务于现阶段时代要求的独特贡献。中国新文学的未来发展前途,也即在这里。

原载《鲁迅研究月刊》2018年第7期。

姜振昌:青岛大学文学院教授、博士生导师。徐硕:青岛大学文学院硕士研究生。张平青:烟台南山学院教授。

---

① 转引自《新华文摘》1995年第8期,第116页。

青岛文艺
创作研究

诗意、世俗或哲思的抵达
——高建刚诗歌创作简论

温奉桥　姜　尚

当代诗歌在经历了轰轰烈烈的"新诗潮"运动之后,终于褪去了变革的激情,多元性、多向度和多层面书写成为当代诗歌创作的常态。诗歌的群体代言性质逐渐被消解,取而代之的是诗人更多通过个性化的方式来书写复杂的人生境遇和独特的生命体验,新一代诗人通过对世俗生活的细致感受和现代汉语审美质素的挖掘,实现了对现代生存境遇的个体性总结。① 然而,无论是基于诗人自我意识的标新之作,还是日常书写,对于诗歌的核心——诗意的探索和坚守一直是处于时代颠簸之中的优秀诗人的坚守,诗人高建刚就是其中之一。

高建刚对诗歌创作有自己的独特认知。复杂的时代印记使得他的诗歌在写作与语境、伦理与审美、历史关怀与人文自由之间重建了一种互文张力关系。② 仅从时代层面分析高建刚诗歌所具有的时代共性显然不够,因为在他的诗歌中还有许多值得探索的个体特性:对诗意的坚守和理念的不断探索;对个人生活和时代生活的叙写体悟;对基于自然之物和生活之物的探寻追问和与之相关的生命哲思。由此构建出以诗意为核心,以生活为场域,以哲思书写为脉络的高建刚诗歌美学。

一

何为诗意? 在高建刚看来,诗的本质就是诗意。③ 它是抽象的,存在于个体内心的。他将诗歌的存在视为全人类共同的存在,并以诗人的身份自发地承担"生产"诗意,传递诗意的责任。这就使得他对诗意的坚守成了理想主义的烛

---

① 洪子诚《学习对诗说话》,北京大学出版社 2010 年版,第 263 页。
② 王家新《为凤凰找寻栖所——现代诗歌论集》,北京大学出版社 2008 年版,第 31 页。
③ 高建刚《诗是什么》,《山东文学》2016 年第 9 期。

照。其诗因质朴、克制、精准的语言风格而被认为是哲理诗的代表,但其诗中真实与梦幻的奇妙相融,词与物的变化组构,超现实的情绪和画面,还有贯穿其中的、熟练而简洁的语言叙述方式都令读者有种似真似幻的置身其间之感。身为海的儿子,海的隐忍深沉与浪漫多情在高建刚的身上实现了统一。故而他更可被视为一位抒情诗人。喜爱海德格尔的高建刚曾多次提到他对于《林中路》一书的独到见解,值得注意的是,该书中《诗人何为?》一章也是海德格尔对于诗人荷尔德林的认识与评价。坚持用诗意来抵挡人类永不满足的欲望的高建刚,有着超越狭隘抒情诗人队伍的使命意识,更有着诗意书写的具体实践。

能够用诗性的语言,艺术地表现人类共通的情感并引起读者的共鸣和震撼才是好诗应有的品质。[①] 为了实现"诗意书写",高建刚在具体的创作中进行了很多美学艺术上的探索和实践。这主要表现为在美学领域的思维意象的认知与探索和在诗学领域进行的诗歌语言的转喻及接续性运用这两方面的内容。在美学领域,无论是个体的诗意感知还是诗人对物、对生活、对生命的诗意探索,视觉思维都是一个绕不开的要素。视觉思维借助视觉意象这个合适的媒介,通过语言来实现表达。但是,视觉意象并非是简单的所见之物的筛选表达,而是一种感性与理性的融合,是一种哲理揭示的可能。作为媒介的视觉意象为物体、事件和关系的全部特征提供一种整体性的维系感。以《失眠》为例,失眠为诗人与世界、诗人与自己进行一场深度的对话创造了一种可能。但诗的精妙之处是对于感觉的精准刻画,诗人用丰富的现实主义创作经验将这些感觉辅以必要的意象加以整合,构成了一个深夜诗人辗转反侧的逼真图景,通过对失眠而引发的心灵深处的联觉经验的准确把握,诗人在极度焦灼的主观氛围与黑暗的外物氛围的共同作用下,对白日里的视觉意象进行创造性重述,并以之为切入点,在对声音、气味、触觉和自己源于心境的想象中进行思维意象的深度阐发,从而在某种程度上激发了阅读主体的深度共鸣。这种视觉思维的表达并非是对现实生活的机械复刻,也不仅仅是制造客观世界的主体幻象,它更多的是思维意象的深度阐释。在《停电》中,诗人在对黑暗中的空间进行观察的同时,也不忘对夜空中的星和身边的灯光对自己的视觉冲击进行叙写,从而突出了空间的变化和反常规性,并发出了"说不清是黑暗拉近了人与人的距离,还是灯光改变了人与人的距离"的感叹和深思。在《看见和听见的雨》中,诗人通过色彩("五颜六色的伞开了,绿叶和红瓦亮了")和光线("在房顶暗处我看清了雨的表

① 熊辉《中国当代新诗批评的维度》,北京大学出版社 2017 年版,第 85 页。

情"）的对比和捕捉，诗化了人与自然的关系，表达了主体的独特体验，类似的诗歌还有《深夜一点钟的男人》和《一幅水彩画——看望著名画家晏文正》等。

视觉思维对于画面感的营造和诗人的思维世界的刻画有着重要的作用，但实现视觉思维的传递同样需要精妙的诗歌语言。作为构成诗歌语言的重要因素，转喻是根据意象在文本中所处位置的相似性以及其语意的接续性而相互组合，最终产生的。这种基于文本语境的连续性本身就有着潜在的对于时空界限的混淆性。在高建刚的诗歌创作中，常常出现借助转喻来进行意象的转换嫁接，从而构建异质诗境的情况。在《威尼斯的雾》中，诗人通过"水""桥""飞狮""教堂""钟楼""月牙船""海鸥""圣马可广场""长廊"等等意象，实现了对于叙述对象的转换。他并不直叙威尼斯的雾，而是着笔勾勒威尼斯的雾中风景，威尼斯"藏起来了"，自然是因为威尼斯的雾出现了。将雾的遮蔽作用转换为威尼斯万物的自主自发的藏匿行为，这种转换中有着诗人灵动的诗性。对于转喻的活用和深度挖掘，使得诗人不仅可以实现时空的接续，还能实现现实与想象的联合。在《阅读》中，他通过对书本世界的意象描摹（"孩子，在亚麻色札记里奔跑"）打破了时空界限、现实与虚拟的界限、个体阅读感受与思维空间的界限。"阅读"成了被赋予独特意义的实践活动，诗人在对阅读客体——书本的描写中，使静态生命实现了动态的刻画和展现；对于阅读主体的——"我"的感受的抒写又创造了一个新的想象场域，并与书本世界达成了奇异的融合。《在瑞士边境》《去红海》等诗中，都有着对于转喻的灵活运用，前者通过意象的串联将异域游客在时空转移间的陌生感借由一双观察微缩情境的眼睛来囊括展现；后者则在意象交替中凸显空间的变更，并将空间的沙漠意象与时间进行意象接续，在个体面对自然力量心生敬畏的同时，也引发了哲理深思：吞没我们的不仅仅是自然状态下的日益猖獗的沙漠，更是永不停息的时间。高建刚在诗歌中对于转喻手法的创造性运用，使得意象的接续性进一步发挥，在蔓延的语意氛围中有着哲理空间内的诗意内核，这就使得他的诗歌不会沦为文字游戏的代码和场域，而是包含哲思的诗意之境。

诗意书写不仅仅是一种诗歌创作的追求，更是传递诗意的必要条件，当直观的视觉感受转换为极富美感的个人思维世界的展示时，读者将不由自主地被这美感所吸引，这种接受本身就是对诗歌中诗意美感的肯定。但高建刚并不满足，他将诗意的内涵借用诗意的手段进行表达的同时，还运用蕴含无限可能的诗歌转喻，在极富戏剧性和延展性的意象接续中，为诗意地思考提供了可能。

二

高建刚对于生活的叙写是以自己为中心进行多向度辐射的,他以生活为场域进行写作,在共时性和历时性两条线索的指引下,一面层层铺开,依次展示着家庭、社会、城市、自然的多元诗情;另一面则纵向深探,在个人成长与时代变迁的感慨描摹背后,隐含着对于个体生存与生命内涵的深思。耿林莽认为高建刚的诗有"生活中的诗情",基于对生活的叙写而产生的超越生活的感觉捕捉、情感宣泄以及对生命的深度探寻是诗歌创作的一条新路。尽管在多元化格局下诗歌写作的平民化、生活化已经并不罕见,但高建刚叙写的生活无论是广度还是深度,都值得研究者分析。

在展现共时性生活时,高建刚先从与自己联系最为密切的家庭写起,从中我们可以直观把握诗人的成长历程,更能在感同身受中萌生出对亲情、爱情的诗意向往。诗人的创作中,藏着他走过的路。在展示父亲一生的长诗叙写中,诗人也写了自己的前半生(《父亲》),母亲已经隐隐感觉到生命的流逝之快,她攒了很多孩子们儿时的手套、袜子、线衣拆的线绳:"家里不能没有绳子",绳子成了母亲心中生命和生活的传承(《母亲攒了一些绳子》);历经灾难备受烧伤折磨的二哥,虽然失去了萨克斯与小提琴,但仍然"依着寂静的黄昏将口琴吹得色彩缤纷"(《二哥》);即使是冬日清晨里令人难过的上班时分,也因"我"为妻子煮的烫手的鸡蛋,而令人体会到温暖(《煮鸡蛋》)。这些饱含深情的诗歌在诗人身处的家庭之中,有着细腻而动人的展现。

诗人对于家庭生活的叙写令人赞叹,他针对社会生活的抒写更为全面,更为复杂,也有着独属于高建刚的色彩。使高建刚的诗歌创作更为个性化和本土化的活动场域,是海。尽管诗人没有将"海"作为个性化符号进行专题创作,但无意识地化用海、书写海,都彰显着他"海之子"的独特身份。海是爱情的见证者(《涨潮》),是书写亲情的背景(《在厦门海边——结婚十五周年纪念》),是哲思的素材(《在沙滩上》),甚至为时地界限的突破提供了可能(《山坡上的海》)。无论是作为典型意象还是诗歌元素,源于生活的海洋叙写都是高建刚诗歌的一大特色。

此外,对于生活在城市中的高建刚来说,城市生活为他的诗歌写作提供了素材,更提供了感知的背景。当代诗人中,像高建刚一样在诗歌创作中不仅不回避对城市生活的描摹,反而视其为资源的作家,不在多数,这与其诗歌创作理念密不可分。诗人如果试图将诗情传递给浮躁社会中失去诗意的个体,就理应在现代个体生存的实际环境中发掘诗意。所以,高建刚关于城市生活的诗歌不仅没有碎片化、阴暗化的特点,反而有着世俗的诗情。《在游泳馆》一诗中,诗人将跃入水中之后人所感受到的一瞬间的失重感和抽水马桶的急速旋转进行类比,这借用现代意象精准表达感观的妙语,可谓精妙。而在《风筝随想》中,诗人将飞机、火箭、宇宙飞船与风筝类比,用以突出人类在欲望驱使下进行的实践和努力。此外,《飞行和降落》《在火车上长谈》等诗中,都有不少城市元素的书写。高建刚深知"在很多人看来,一些东西,比如科技,是很难入诗的"①,但是,这些事物如果不书写,就无法贴近我们的生活现实,他也极富担当性地表示:"随着生活面的拓展,会有更多的新事物变成我们日常生活的一部分,诗人要敢于迎头去写。"

对自然生活的向往和诗意体悟也是诗人共时性生活体验叙写的一个重要方面。在《热爱棉花》中,诗人实现了对棉花意象的传递性运用:棉花生成衣物,成了生活和情感的见证者,棉花自身又有着自然的属性。它也就成了自然和个体相联系的媒介,对于大多数城市人来说,人们熟悉衣物自然大过熟悉棉花,但诗人在棉质衣物的触感回味中,敏锐地捕捉到它们身上蕴含的自然气息,不可谓不妙。此外,在《喜鹊把家安在我家窗前的树上》中,诗人也在对喜鹊一家的日常生活的描述中,映射都市人的生活状态,动物的自然本真的生活方式与成人在俗世中追名逐利、钩心斗角的生存竞逐有着截然的不同,在诗中不仅有着诗人的处事原则和生活态度,还有诗人内心对于人与自然的和谐愿景的勾勒。

冷峻、克制的笔调,极其精炼的语句,情节关窍的把控得当,对诗意的执着坚守使得诗人对于日常事物有着敏锐的感知力和极强的发散性思维,这就为高建刚进行历时性书写提供了可能。即使是在时间向度的回溯和历史跨度的叙写,高建刚也有着独特的个性体验。在《儿童乐园》中,诗人借由儿童公园这个特殊的场域,展开意象的参照,这种直观的意象书写并不简单,因为这需要诗人在自己的回忆中寻找最能激发自己情感波动的意象并在建构诗境和历史情境时借此实现一种兼容,当兼容出现裂缝的时候,诗人就流露出了对于回不去的精神原乡的迷失感,还有若隐若现的面对时代发展而生发的个体焦虑,但诗人没有拘于窠臼,而是试图在秋日寻找春日的蓬勃和生机,寻找昔日的自己,寻找今日的儿子,在时间的流逝中发现自己的成长,捕捉儿子的成长,最终阐发出逝者不可溯,来者不可追的生命感叹。

---

① 《"一带一路"背景下的当代诗歌——第六届青春回眸诗会侧记》,《诗刊》2015 年第 9 期。

　　历时性的生活展现是离不开宏大的历史背景的，这一点在高建刚的诗歌创作中也不例外。其诗由个体出发，在对特定的生活环境和发展的时代背景的感知中，回溯到人之主体的内在探寻。高建刚进行诗歌创作的时代是发展迅速、变化驳杂的，但他却并不随着时代的潮流直白单一地展示新变，而是以某一生活事件或者触动诗人敏感神经的某一物件为切入点，继而进行联想和回溯性意象的联结，从而用极简的语句展现出历史的流变性，以及随着时代发展而引发的现代生活的快速更迭和城市化建设的主体观照。《薛家岛》是这方面的代表作。诗人在重回薛家岛的路途中有感于交通方式和沿途风景的变化，既有对于现代化发展带来的便利和时尚的肯定，也对城市化和现代化建设中逝去的风景有着感慨与惆怅。此外，诗人还将目光投到了常人未能关注的城市角落中，《1995年生下的烂尾建筑》《荒岛——寻访旧地》《拆迁的胡同》等诗歌中，诗人在对城市化进程中的牺牲品和"遗迹"进行描写的同时，并不似寻常诗人那般将城市化进程的弊端进行片面的、夸张的表达。虽然诗人并不避讳展现城市化对个体和社会生活造成的多面影响，但其书写的目的是以"诗意"的目光寻找这种冲突内部的和解的可能。在高建刚的眼中和笔下，常人眼中被忽视的城市隐晦的角落，与生活获得了一种微妙的融合，营造出一种奇异的美感。另一方面，高建刚极富超越性地意识到，个体与现代化虽然有着寻求和解的可能，但更为严峻的是自然与人类城市化和现代化的矛盾有着潜在激化的趋势。反映在诗歌中，就有了《电脑和麻雀》《垃圾桶边的一只狗》《猫和出租车》这一部分作品。当诗人在键盘上的打字声和麻雀的叫声实现一种和谐的共鸣时，震天的汽车声却压过了一切的声音，而后归于死寂。而垃圾桶边一只冬日里注定不得善终的流浪狗和被出租车无情碾压的流浪猫同样令诗人的内心倍感沉重。诗人不禁深思：当"人"为努力融入现代化进程中而奋力追赶时，当被经济和科技引发的欲望日益膨胀时，人身上的"自然性"正在被慢慢消磨，这种对于人性的深刻认知使得诗性的呼唤越发重要。

　　同时，共时性的展现深思和历时性的追溯超越并不是截然分离的，这一点我们可以从他的一首代表作《傍晚去酒店的路上》中得到佐证，"我"在去酒店的路上，体会到了现在的自己，也找到了历史中那个曾经的自己。诗人在针对"路"创造出的场域中，实现了与自己的超越时空的对话，唤醒了一代人时代的记忆和城市的记忆，为城市化建设中的人和生活的诗意展现提供了可能。这首诗值得注意的还有高建刚对于散文语言的恰到好处的运用，在现代诗歌史上，语言的"混杂性"为诗歌表现力的提升和现代生活的延伸提供了可能。高建刚在书写日常的同时将日常的体验应用于诗意的获取和表达之中,从而实现了超越生活之上的诗意表达和理性探索,这不仅与现代诗的特点不谋而合,更在诗歌语言上为现代诗的探索做出了贡献。

三

中国诗歌发展到 20 世纪 90 年代,对于个体的展现和个体意识的深度探寻成了诗人的核心命题。事实上,在高建刚的诗歌中,主体也是一个绕不开的因素。但他对于主体所进行的自我探寻并不仅仅是碎片化的直觉记录,而是由浅入深,由表及里的关于生命的哲思和领悟。

高建刚的诗歌中,有着对自我感觉的精准刻画,有时是基于某个微小事物(《蛋糕屑》《我的秋天是蟋蟀做的》),有时则是书写处在特定情境下的瞬间直觉(《修路》),这些诗作以纯诗的形式出现在诗人的笔下,诗人怀着赤子之心,用诗意的眼睛观察世界,在现代派美学技法的指引下,简单纯粹之中有着与浮躁时代和欲望都市的"悬空感"。《坐在窗前》在主体的多元感知间,实现了海陆与时空的交错映照,诗人对于"窗前"这一特定地点的哲思,是基于自己作为个体的感觉出发的,描绘的意象距离个体由近及远,由小及大,在囊括宇宙的"大"视野中,有着"小"主体的隐性内核。换言之,从窗边,到海边,到天边,从地球上的诸多事物,到夜空与星空中不同的星球,这一切的宏大,都来自于"我"的想象,来自于"我"的"内宇宙"。这个内在世界,有着外在的客观世界的一切因素,却因为"我"与众不同的感知体悟,而被赋予了主体色彩鲜明的全新组合形式。窗前的随想,蕴含着诗人内宇宙的蓬勃生发。这一类表现诗人个体探寻的诗歌零散地分布在高建刚的创作历程中,有着较高的美学价值。

作为一个富有社会责任感的诗人,高建刚笔下的个体并不仅仅指他自己,也不仅仅围绕他个人的生活进行展开,相反,针对不同社会身份的个体进行书写成了他对社会的别样介入方式,他的诗歌也因此有了"底层书写"的特点。《冬日新居》中,诗人由新家的白墙引发了对于活跃在高楼大厦间的建筑工人的社会身份的思考("总是在陌生的工地 建筑一天天庞大 躯体一天天渺小"),这种思考不是悲观的,更不是批判城市化的手段。诗人一方面想象着这群"走向另一个城市"的"白的红的黄的安全帽"们极富烟火气的小日子("听见他们与女人在脚手架和工棚留下的嬉戏"),怀念这群异乡人身上隐含的诗情("那支寂寞的曾使月夜泛起涟漪的竹笛 或许就是在这房里收起余韵的");另一方面对这群在常人眼中游走在城市边缘,并未获得应有尊重的农民工们,报以尊敬,为

"他们在死亡的高度上凝结的言语"而感动,为他们留下的建筑和隐藏的足迹而铭记("窗外的雪　把许多未及珍惜的东西覆盖")。诗人在对底层人物进行书写时,并未隐去自己的立场,在诗人隐含的对话关系中,读者可以自发自觉地带入到其间,从而亲身体味发觉自己忽视已久的底层人物身上的人性之光和生命力量。《家门口最便宜的理发店》常为人忽视,诗人在接受服务的同时,并没有以悲悯的目光俯视着这些穿梭在城市间、漂泊不定的年轻人,而是在他们身上嗅到了被劳累、焦灼困扰的都市人所没有的活力和激情。在《喝酒记》中客观冷静的描述中却令人不由自主地注意到服务人员的艰辛不易。在这之外,还通过对比的叙述让我们无法忽视"自己":"天寒地冻　我们围着饭桌喝酒""啤酒到处都是""一桌菜没动几筷子""我们却心不在焉　继续挥霍这个下午"。诗人对于"我们"的情感和心绪的展现是在客观叙述的基础上进行的,他状似无意地书写自己的"心不在焉",可是,能被感知到的"心不在焉"却别有深意。高建刚的个体探索,跨越了个体和群体的界限,以自己的生活作为切入点,完成对个体生存境遇的拷问和反思。

诗人对于城市底层人群的书写有着将个体感受扩大化的倾向,他并不试图对这些人群施以情感抚慰,而是从自己的角度,叙写自己视线中的、自己想象中的不同人的城市生存境遇。当大多人认为个体书写和主体探寻势必与感性经验密不可分时,高建刚却用他清醒、理智、简洁的笔触实现了反差,这种尝试是可喜的,因为它用日常场域下的现实主义叙事风格打破了对于诗歌的传统认识,但却不失诗歌的精神内核——诗意的人文哲思。

个体探寻是认识生命的最为直接而深刻的手段,当我们在高建刚的诗歌中看到对于个体的深度探索和对于生活的多维认知时,不难发现,这些诗篇的深层精神内涵,是在表达一种生命意识与使命意识结合的时代精神。[①] 当基于经济基础之上的时代转型在倏忽间萌发并持续蔓延更替时,高建刚的个人感觉表达和社会主体群像描摹都与生活有着密不可分的联系,更有着主体对于社会的介入精神和对于生命的发现意蕴。这种生命意蕴是一种大境界的展现,它来源于诗人独特的生命哲学,它体现在诗人诗歌的字里行间,最终构成一种属于高建刚个人的诗歌气象。诗歌以生命感受为出发点,也以对生命的意蕴解释为归宿。在社会的反映和折射之外,诗人从自身的体验出发,凭借生命对人的神秘感,通过诗人对自身的凝思,进行与生命的直接对话。他们从内部洞察生命现

---

① 　熊辉《中国当代新诗批评的维度》,北京大学出版社 2017 年版,第 41 页。

象,从而对无法言传的生命之流以及生命的自有状态予以把握和传达。① 《在列宁红场墓地》就是这方面的力作,墓地是死亡的象征,也是生命的终结,诗人将墓地之行视为从生到死再到生的循环体验,当诗人在墓地与真正的死者擦肩而过时,心中的凉意冲垮了盛夏的暑意,而日落时分离开阴暗之所,重见天日后,诗人又与死者的装扮者合影,此时,诗人是笑着的。历史的缝隙在生死之距面前显得微不足道。生死转换是通过温度变化来呈现的,更是通过作者的心绪来表达的,而贯穿这一体验之外的,还有一日之内的时间变换,三重距离浓缩于一首诗歌之中,却不显违和,足见诗人的时空架构能力。当诗人捕捉到墓地这一生死之媒介的跨越性特点时,已经暗含了对生命意蕴的品悟和对生命之存在与消亡的特殊状态的体悟和品评。

个体探寻和生命意识的彰显未必有明确的目的性的指引,未知可以说是生命内宇宙的迷人之所在,把握生命流动的哲思,瞬息中隐含的哲语更有启迪的意味。无论是人(《我等候的人没来》)还是物(《红苹果》),在关照品评这类诗作时,我们都能够看出诗人对生命内宇宙的书写冲动,这些诗歌对于生命的固有状态的把握和超越更富神秘和哲理的色彩。前者令读者在诗人的等待中引出无尽的遐想:诗人等候的究竟是生者还是逝者？未至之人、未竟之事无一不具有神秘的色彩,诗歌描绘的虽然是传统的、极富地方色彩的上坟仪式,但纸钱燃起的冰冷的火焰却暗示着生死的鸿沟。这平凡的等待我们每个人都在经历,有的等待有果,有的等待无望,浓浓的生命意识蕴藉在其间。对于后者,则因其哲理诗的形式而引发人们的多元解读,当人们被诗人大胆运用的词句而吸引时,往往忽视其本身具有的意蕴,诗人并没有对一只苹果进行什么高深的哲理阐发,而是从不同的角度描述了这只"削了皮的"有着"洁白的胴体"的处于"时间和空间都相互占有"的独特场域下的红苹果。苹果消逝于人的唇齿间,留下的是核,是心,是种子,是生命的延续。身处于高速奔跑的火车之上,诗人感到,人的生命正在以同样的速度流逝,但对于生命的意义,除了迷茫外,还有活在当下的庆幸,因为,火车抵达的不是生命和旅途的终点,而是"另一个起点"。事实上,类似的哲理书写在高建刚的诗歌中并非少数,但能够达到书写生命哲思,探索生命意蕴的高度还是富有挑战性的。这种书写不仅需要时地条件,更需要诗人准确把握流动的生命之流,对于高建刚来说,这是一个挑战,更是一个飞跃的可能。

---

① 谢冕《谢冕论诗歌》,江西高校出版社 2002 年版,第 177 页。

　　诗意是高建刚的诗歌理念,更是他的精神力量的来源,他用诗意创建了一座"悬空的花园",这是他在现实生活之外为精神营造的理想居所,暗含了他"诗意地栖居"的生活愿景。但属于知识分子的责任感和关照现实的使命意识使他并不能追寻纯粹的理想王国,所以在生活这个场域中,他在共时性的角度分别对家庭生活、社会生活和自然生活进行层层书写,在历时性的角度对个体生活与时代生活进行层层剖析,并最终在二者的交互间构建出属于高建刚的诗意的生活体系。而在这个体系中,他由最为直接的个体探寻深化到对生命意义的哲理思索,并不断为之努力。正如谢冕先生所说,我们需要这种诗人,因为他使我们在冰冷的物质世界里看到了生活的暖色和人类本质的精神需求。①

　　温奉桥:中国海洋大学文学与新闻传播学院教授、博士生导师。姜尚:中国海洋大学中国现当代文学专业硕士研究生。

---

①　谢冕《谢冕论诗歌》,江西高校出版社 2002 年版,第 118 页。

试论《布伦迪巴》的文学价值与历史意义

王小环

近些年来,儿童文学因其作品数量之多、读者之众早已引起社会的强烈关注,迎合市场的作品层出不穷。冒险、校园等主题一度长盛不衰,成为儿童文学创作的主流。然而,2015年刘耀辉出版的童话《布伦迪巴》,令读者眼前一亮,选题的创新性、故事的隐喻性与附记中的历史叙述的真实性,成为该书最大的看点。

一、《布伦迪巴》选题的创新性

2015年,在全世界反法西斯战争胜利70周年的过程中,中国作家提交了很多优秀的文本,揭示战争的残酷和中华民族的历史创痛,作品往往立足本土,抗战的背景多发生在中华大地上。而第二次世界大战的主战场,除了中国战场外,还有亚太战场、欧非战场和苏德战场。《布伦迪巴》原本是一部歌剧,由捷克音乐家汉斯·克拉萨创作,曾在"二战"时期的德国特莱津集中营上演55场。在每天面对杀戮的恐怖气氛里,《布伦迪巴》的上演为犹太人带去了难能可贵的自由之光,因而有着非凡的意义。1992年,《布伦迪巴》被整理出版之后,儿童歌剧被重新搬上舞台,已陆续在多个国家上演上百场,打动成千上万的观众。2003年,美国出现了《布伦迪巴》绘本和改编后的歌剧版本,并公开出版了根据演出录制的CD,引起强烈的社会反响。

正是深受这部儿童歌剧的触动,刘耀辉先生遂以童话故事的形式重塑这部作品,让更多的人知道"布伦迪巴",以及在与"布伦迪巴"相伴的时期纳粹集中营的人们和他们的苦难经历,由此向全世界宣扬自由与和平的精神。《布伦迪巴》一书是由长篇童话和附记两部分组成。在童话中,"布伦迪巴"被赋予恶霸的性质,代表了"二战"时期纳粹集中营的残暴统治者。在附记中,作品通过大量史料、文学回忆录和影视作品来叙述历史,认真审视"二战"时期德国纳粹党推行的反犹政策所带给犹太民族的毁灭性打击,淋漓尽致地展现了人类本性中残忍冷血的一面。

图书出版的最高境界是承担使命,一个具有新意的选题便是文化传承中不可或缺的链条。"二战"是《布伦迪巴》创作的缘起，作品却没有仅仅停留在战争的层面。从艺术技巧上讲，作品如果要表现正面战场的血腥屠杀，必然会涉及暴力美学，也许会超过读者的心理接受极限，难以唤醒孩子们对战争的思考。所以，它超越了战争本身带来的血泪，意在唤醒孩子们铭记历史，反抗暴虐，争取自由。

二、《布伦迪巴》故事的隐喻性

童话故事嵌入了纳粹和集中营的元素，充满深刻的隐喻性，与历史真实遥相呼应。"很久很久以前"是虚化的时间，"很远很远的波西米亚"是虚化的欧洲小镇，时空虽非确指，已经为事件的发生提供了真实的场景。贫穷善良的派柴克和阿宁库兄妹为了给妈妈治病，去小镇买牛奶。为了赚钱，他们打算卖唱，但是恶霸布伦迪巴不允许他们卖唱，这个风琴手的名字"布伦迪巴"，让读者很自然地将残暴专制的形象与儿童歌剧《布伦迪巴》中的纳粹党联系起来。童话中的希姆尔那么善良，他不遗余力地帮助兄妹俩，他给迷路的兄妹俩指路，给饥饿的他们分吃面包，告诉他们在哪里能打到干净的饮用水；然而，他却不能为兄妹俩提供一顿饱餐、一个温暖的住处还有他们梦寐以求的牛奶。这就像被关押在集中营的犹太人，他们尽管善良、无辜，甚至那么多人都有着非凡的艺术天赋，竭尽所能为孩子们提供教育和庇护，然而却不能掌控自己的命运，无法得到他们最想要的自由。这个叫希姆尔的男孩一出场就穿着蓝色条纹睡衣，这与纳粹集中营的"囚徒"们的穿着是一致的。小兄妹的行为得到了麻雀、白猫和大黄狗等小伙伴的支持，它们发动镇上 300 名小学生帮助兄妹俩放声歌唱，最后市民纷纷转变态度把钱投给兄妹俩，并赶走了恶霸布伦迪巴。童话中的市民和警长影射了"二战"期间麻木的人们。当小学生们占领广场唱起优美的旋律之时，那些市民才猛然惊醒，纷纷向兄妹俩伸出援手，这正如"二战"期间部分麻木的人群，直到"二战"结束德国宣布失败，才似乎真正唤醒起那些民众心底的良知。这些隐喻比正面描写战争对人性的摧残和压抑更具有艺术效果。童话中的金色大钟和蓝色拱窗，是一抹温暖的颜色，他们的美好结局是作者给予阅读中阴冷感受的一点补偿。就连村里的医生马兹特普的名字都是犹太人使用的语言系统中"祝你好运"的意思，可见童话故事的构思里凝聚着作者对这个世界多少期许和善意。

当然，或许，任何悲惨的语言都不足以形容集中营恶劣的环境和严酷的制度，然而被关押起来的犹太艺术家们却无视这种恶劣的环境，而得以在囚笼之中让自由开出灿烂的花朵。如果该书就此结束，我们就仅仅读到一个正义善良战胜邪恶残暴的老套故事，觉得意犹未尽。如果没有长达占三分之二篇幅的附记,读者很难体会作者倾注心血潜心钻研的良苦用心所在。

三、附记中历史叙述的真实性

《布伦迪巴》一书最大的贡献在于,附记是童话故事的密码,是最扣人心弦的注解,附记的内容为读者逐一解开童话故事的真正内涵。以史实为创作依据,历史叙述中充满真实。附记涵盖了史学、艺术、影视、哲学等不同学科的内容。附记的主题为"囚笼里的自由之花",这些史料包括当年集中营幸存者的回忆录(最真实直接的体验和记录),大屠杀研究者的数据(大屠杀死亡人数众多,即使是官方数据统计可能也并不完全),表现大屠杀题材的电影(从各个角度表现大屠杀主题,数量之多不胜枚举)。如此庞大翔实的数据搜集和整理,其工作难度可想而知。同时,这份资料和数据又不仅仅是单一累积的数字,而是分门别类地整理,并且有温度有力量,让读者通过这些触目惊心的数据反思"二战"历史。正是叙述中自始至终表现出的人道主义情怀,使这个令人望而生畏的沉重题材变得能够为读者所接受。

我们有理由相信,作者在附记中为读者呈现的数据和资料可能只是作者本人所接触资料中的凤毛麟角。在整理这些数据的过程中,作者一定查阅了大量触目惊心的文字资料和图片,可能有毒气室和行刑场,可能有死难者的尸体,可能有大屠杀过后不忍直视的残骸,所以我们才能在附记中看到作者的悲悯情怀和写作中艰难挣扎的心路历程。

附记的内容让读者们有幸看到了残酷的集中营的另外一个世界。读过此书的读者,一定会对附记中那个叫彼得·金兹的男孩记忆犹新。小彼得从小便深受法国科幻大师儒勒·凡尔纳影响,写过《从布拉格到中国》等5部小说;1941年9月19日,在犹太人不得不佩戴黄色大卫星的时候,彼得开始写日记;1942年10月22日,14岁的彼得被送到特莱津集中营,两年后的1944年9月28日,彼得被转送到奥斯维辛集中营,接着被驱赶进毒气室。我们之所以能想起彼得,主要得益于他的那本日记,这个爱好文字和写作的男孩真实地记录了自己的"二战"期间的经历,想象力让他飞向太空。而今天,我们只能通过一部动画纪录片——《彼得·金兹的最后一次飞行》来纪念他。而其实,集中营里,像彼得这样爱好创作的孩子多得数不胜数。提到那些富有天赋的孩子,就不得不提到那些为孩子们提供艺术源泉的音乐家和绘画家,在那样艰苦而恶劣的环境下,他们甘愿冒着被纳粹发现并处死的危险也要教孩子们学习和创作,后来,他们中的大多数最后都被送到了奥斯维辛集中营,令读者无比痛惜,那些闪耀的艺术家们的逝去岂止是民族之痛，更是世界之痛。作者通过这一题材的创作，让人们认识到珍视和平的重要性。

"二战"的历史已经无法改写，我们唯一能做的就是铭记历史，不让历史重演。联邦德国总理勃兰特曾说过，"谁忘记历史，谁的灵魂就会生病"。世界人民能否因此而彻底原谅德国人所犯下的错？也未可知。毕竟大屠杀过后犹太人大幅度锐减也是不争的事实，现在德国几乎已经见不到犹太人。但是，在德国的中心，那些刻有死难者名单的雕塑，不仅会时时刻刻提醒着人们德国过去所犯下的错，也会让人们于痛惜之中深刻地反省，同样的苦难再也不要重现。附记中提及"二战"中的中国战场，惨绝人寰的南京大屠杀，是中国人民永远不该忘记的同样屈辱苦难的历史。"国家兴亡，匹夫有责"，否则，若战争卷土重来，谁又能在战乱中幸免于难呢？这种忧虑值得每一位读者深思。

2015 年，《人民日报》开设"繁荣儿童文学大家谈"专栏，中国作家协会副主席高洪波将儿童文学作家的素养与品格归结为"三心二意"，"三心"即童心、诗心和爱心；"二意"为感恩意识和敬畏意识，在《布伦迪巴》的字里行间，我们完全能够感受得到作者满满的童心、诗心、爱心和感恩、敬畏，它突破了自身情感的局限，展开的是对全人类命运的可贵思考。在艺术表现上，小兄妹与妈妈之间相依为命的亲情，小兄妹与小伙伴之间的友情，以及小兄妹与坏蛋恶霸之间的斗争，在作品中体现为一首首充满童趣的诗歌。对于人物的描绘，作者多使用白描手法，比如恶霸布伦迪巴脸上的一抹小胡子，充满反讽的味道，与战争恶魔希特勒的形象有异曲同工之妙。对于"二战"时期纳粹集中营的反抗精神和人类的命运，作者是充满敬畏的，正是这样的敬畏意识和真诚的写作态度，也使得作者在向经典致敬的过程中，过于拘谨，心怀敬畏之时也在一定程度上束缚叙事的张力。在塑造典型人物的过程中，像警长这个形象由最初的蛮横势利向最后的热心仗义转变中，欠缺合理的过渡，情节稍微显得突兀，人物性格发展的逻辑缺少一点必然性。

儿童文学常常主动回避了生活的苦难话题，朝轻松愉快甚至搞笑的方向发展。然而儿童在价值观的建立过程中，恰恰需要一点冷静的思考。儿童会慢慢成长，文学是面向全人类的，用儿童文学的笔触巧妙表现悲剧的成分，将成为儿童文学写作面临的崭新课题。

原载《出版广角》2017 年第 3 期。

王小环：博士，青岛科技大学传播与动漫学院副教授。

为了让灵魂更丰满

——读刘耀辉新作《布伦迪巴》

王艳玲

刘耀辉先生的《布伦迪巴》是一本既能够劈开我们心中冻结的海洋，也能够丰盈我们灵魂的佳作。他在书中写道：这是一部四不像的书。的确，倘若非要给此书归类，实属困难。整本书共分为两个部分：第一部分是童话《布伦迪巴》，第二部分是附记《囚笼里的自由之花》。两个部分从文体上说不属于同类，因而放在一起并不搭配。但从整本书的内容与意义来看，这两部分密不可分。童话《布伦迪巴》是以捷克音乐家汉斯·克拉萨创作的同名儿童歌剧为母本的二度创作。此剧曾在"二战"时期的特莱津集中营上演过 55 场，讲述了一个正义最终战胜邪恶的故事。《囚笼里的自由之花》则以散记的形式为《布伦迪巴》提供了翔实的背景资料。作者不辞辛劳地对反映"二战"大屠杀及集中营生活的史料与文艺作品进行了梳理，为读者系统地展示了创作该书的起因与背景。

很多读者对"二战"和纳粹的了解仅限于历史叙述，永远站在历史过来人的角度，虽有感慨或反思，却不曾真正地走进去。只有真切地进入历史场景，体验具体场景中人的遭际，才可能感受有深度的人性关照。在上海译文版《罪与罚》的译序中，译者对陀思妥耶夫斯基的写作有透彻的理解："正因为作者对社会下层贫苦人民寄予了深切的同情，他才能对人们的悲痛、苦难和屈辱做出如此深刻、逼真的描写，使读者处于千万人受苦受难的悲怆凄恻的气氛中，从而激起对资本主义制度的愤怒和憎恨。"①刘耀辉先生就具有这样的视野和胸怀，他不但让读者走进了历史、走进了集中营，更带着读者去触摸犹太人坚毅的脸庞，去感受他们沉重的呼吸，去聆听他们痛苦的低吟。

如果不曾走进历史，不曾走进集中营，读者就会永远隔岸观火，感受不到苦难的真实，看不到孩子们头顶的灰色天空，看不到孩子们在灰色调下极力描绘

---

① 〔俄〕陀思妥耶夫斯基《罪与罚》序言，岳麟译，上海译文出版社 1995 年版，第 3 页。

的彩条,也看不到孩子们在枪口下的勇气。虽然这是一部结构特异的书,但仔细揣摩,《布伦迪巴》就像一朵小花,绽放在《囚笼里的自由之花》这块贫瘠土地上。没有小花点缀,土地永远贫瘠荒凉;没有贫瘠的土地衬托,小花便单薄无力。

合上《布伦迪巴》,闭眼喟叹:生命怎可承受如此之重?白居易说"感人心者,莫先乎情"。毫无疑问,袭击读者灵魂的首先是凝聚在《布伦迪巴》中悲天悯人的情感。刘耀辉先生对孩子苦难的关注,早在其处女作长篇小说《山有扶苏》中有所体现。这次他仍然把笔墨集中在那些未满15岁的儿童身上。在书中,作者满怀爱心地展现了一群犹太族的孩子,他们善良可爱、聪慧博学、才华横溢,本该自由快乐地成长,却被无情地推进了囚笼、黑暗与死亡!作者用日记、档案、小说、绘本等不同方式,交错重现集中营中的孩子们时时面对纳粹、背临枪口的艰难处境,以及长期面对亲人朋友死亡,甚至自己死亡的痛楚。这些经历,对成人而言都实属残酷,更何况是年幼的孩子。书中展示的这一切,对于生活在和平年代的读者来说,可谓惊心动魄。

作者的目的不在于让读者体会"二战"的苦难,而在于使其体悟面对苦难的态度与精神。"超越日常生活的残酷境遇把人类的兽性和神性以极端的方式展示在作品中,而作为人类生存主体的大多数人则是在无法逃避的日常生活中面对个体的价值选择"。① 一个民族的坚韧之处,不仅在于成人如何面对苦难,更在于孩子们的态度与精神,因为他们是星星之火,是未来的希望。

作为历史的见证,《布伦迪巴》曾吸引了上万名犹太难童的目光,并深深地打动了他们。对于那些曾被关押在特莱津集中营的儿童来说,当时无论是参与演出还是观看演出,《布伦迪巴》都为他们带来了慰藉,为他们灰暗的童年增添了一抹奇特的亮色。它是绽放在囚牢里的自由之花,是犹太民族的孩子们在"二战"罹难时所展示的态度与精神。

《囚笼里的自由之花》的问世,使得《布伦迪巴》的意义远不止于此。它不仅给集中营孩子们的灰暗生活带来一丝丝光亮,也给集中营的成人提供了暂时的心灵避难所。这对于他们,可谓生命中的稻草、黎明之前的曙光。孩子们通过勇敢演出,毅然向纳粹呐喊:"你可以打死我,但你永远打不败我!"这是何等的勇气! 而这种勇气,来自民族的记忆与传承。作者在书中列举了汉斯·克拉萨、雅各布·爱德斯坦、凡特·艾辛格、弗里德尔·蒂柯等一大批犹太艺术家的资料。这些艺术家虽然置身于水深火热之中,但他们无惧死亡的威胁,用心辅

---

① 丛鑫《金陵十三钗:残酷境遇中的人性审视》,《名作欣赏》2009 年第 21 期。

导孩子们，以传递星星之火。正因为有来自民族骨子里的勇气，才使得犹太民族虽历尽沧桑，仍坚强地走到了今天。

刘耀辉先生通过此书不仅想让读者见证苦难，感受面对苦难的勇气，更想剖析相关的人和族群的反思。首先是犹太民族自身的反思。"二战"中，面对纳粹残暴的践踏和蹂躏，智慧的犹太人为什么选择了沉默和隐忍？小说中的孩子们不乏勇气、善良和智慧，但最终打败布伦迪巴的是团结一致的反抗精神。其次是纳粹分子的反思。比如鲁道夫·赫斯，他在给妻子的诀别信中写道："我曾深信的整个思想、整个世界完全基于错误的前提，因此它们不可避免地崩溃。不幸的是，这样的觉醒对现在的奥斯维辛惨遭杀害的数百万人来说，来得太迟了。"再次，德国政府的战后反思。德国立碑纪念亡灵，德国首脑甚至下跪道歉，但这一切不能让600多万犹太人起死回生，不能让150多万的犹太儿童重回父母的怀抱。作者在书中不断地发出警示：警惕将来有一天布伦迪巴会重新回来！"战争对生命的摧残，不仅是对整体人类的沉重打击，同时也是对个体人生的无情伤害。在人类的记忆中，战争是一道永难抹去的心理印痕。战争苦难的承受者是每一个鲜活的生命，无论是生命的毁灭，还是身体的伤残，无论带来的是光辉的荣耀，还是无尽的伤痛，战争留给生命的，永远都是挥之不去的身心苦痛。"①这是我们面对历史的必要警醒，战争给我们带来的伤痛已经成为巨大的历史伤疤，是人类发展时刻不能忘记的历史记忆。由此及彼，对于1937年南京大屠杀，刘耀辉先生在书中借用何建明先生的话做出反思："人们并不关心历史，我觉得这是相关作品缺失的一个很重要的原因"，"中国人喜欢说自己宽容，但没有一个伟大民族会漠视自身经历的苦难"。只有正视历史，反思苦难，屈辱的时代才不会重新回来。

虽然该书的情感异常沉重，但作者尽力以诗意化的方式表达。刘勰有云："夫缀文者情动而辞发，观文者披文以入情。""情"是文学作品诗意化的主体，是作者与读者产生共鸣的纽带，是审美感悟的基础。刘耀辉先生在书中以两种姿态来表达他的情感。一种是隐身术，借代言人传情。在童话《布伦迪巴》中，作者借金大钟、蓝拱窗、黑水牛等人物表达了对派柴克兄妹的关爱；以派柴克兄妹的角度描写了卖牛奶人、警察和布伦迪巴等恶人的嘴脸、言行；借大黄狗、白猫和小麻雀之口喊出了与邪恶斗争的口号。另一种是直接现身术。作者在附记《囚笼里的自由之花》中直抒胸臆，从内容上说，这部分主要是为《布伦迪巴》提

---

① 黄健《战争与人生苦难的审视——从人学视阈看民国作家的战争书写》，《西部学刊》2014年第4期。

供相关档案、背景史料等,需要作者持客观的态度。但字里行间,读者却能深切体会到刘耀辉先生压制不住的一触即发的情感。"我很快进入了书中的世界,为特莱津集中营的孩子们揪心不已。""要知道,这些孩子可不是作家笔下虚构的人物,而是活蹦乱跳的生命啊。""这个被轻易抹去生命的少年得以永远活在我们的记忆之中,时时提醒着我们珍惜和平、珍视自由。""相信《布伦迪巴》将会成为一根钢针,长长地嵌入我们的记忆,时时刺痛我们的心灵。"……这样渗透作者情感的话在文中比比皆是,让情感力透纸背。

诗意化的表达需要诗意化的氛围。用诗意抵抗粗鄙,是知识分子的责任和使命。作者为童话《布伦迪巴》营造了童话般的氛围,透过孩子们的眼睛,读者看到美丽纯净的小镇;通过孩子们的想象,读者听到金大钟、蓝拱窗和黑水牛等一切生灵的心声;随着孩子们的歌声,读者感受到了生活中的浪漫;透过孩子们纯洁的心灵,读者坚信正义战胜邪恶。在附记《囚笼里的自由之花》中,刘耀辉先生尽力践行诗意化的表述。"家人都已睡下,窗外飘着冬雨,越发衬出夜的寂静。""随着整个人迅速消瘦下去,灵魂却渐渐变得丰满起来——我感觉自己仿佛变成了一把火把……"这些表述让读者置身于一个有血有肉、有情有爱、有喜有悲的文本氛围中。作品以充盈的情感去激发读者的想象,点燃深埋在读者心中的火花。这种诗意化的表达既符合儿童文本的特点,也展现了一个知识分子的见识与深度。

美国著名剧作家托尼·库什纳认为:"在现代社会,只写作是不够的,你必须同时是一个作家,并且还要在某个说教故事里扮作主人公。在这个故事里,你要么成功,要么失败。你的作品要么流行,要么过时;要么受欢迎,要么被冷落。奖励是非常丰厚的,惩罚也是极其悲惨的。它是个零和游戏:你要么赢,要么输。"①刘耀辉先生披荆斩棘,最终孕育出一朵奇葩,它不仅让作者的灵魂更为丰满,也使得读者的灵魂更为丰满。

原载《出版广角》2017 年第 1 期。

王艳玲:博士,山东外贸职业学院教授。

---

① 〔美〕于尔根·沃尔夫《创意写作大师课》,史凤晓、刁克利译,中国人民大学出版社 2013 年版,第 264 页。

落花无言　人淡如菊

——画家张朋的淡墨人生

张风塘

一

2009年6月23日，一代花鸟画大家张朋先生于青岛辞世。他没有像黄宾虹留下"何物羡人？二月杏花八月桂；有谁催我？三更灯火五更鸡"那样令人动容的遗言，也没有像齐白石先生那样留下令人震撼的绝笔葫芦。他很平淡地走完了自己极其不平凡的一生。

二

说起张朋，在圈内的名气和社会上的知名度反差极大，很多人对他都不甚了解，而知道他的人也大多仅限于知道他猴子画得好，可究竟好在哪里基本也说不出个一二来。然而齐白石的高足李苦禅先生曾有评价："得齐白石形神似与不似者，张朋是一人"；魏启后先生更是高评张朋的花鸟画"齐白石之后一人而已"；当代的著名评论家陈传席先生将他与陈子庄、陶博吾和黄秋园并称为"在野四大家"；更有人评价他为"二十世纪最后的中国画大师"……

在艺术品市场火爆的年代，许多艺术家们恨不得如演员般粉墨登场，一夜成名，而自封大师者也比比皆是。张朋先生的生前与身后之名却似乎都与这些显得格格不入，至于原因，张仃先生的《它山画跋》里有如此一段文字："山东张朋不求闻达，不慕荣利，攻花鸟数十年，亦偶作山水小品，逸笔草草，颇有意趣。庚甲十月略仿其笔。"这段跋语透露了许多信息，读者可以仔细体会，从中可以略窥一二。那么我们再结合张朋先生大略的人生轨迹以及一些轶事便更加直观。

张朋先生1918年出生于潍坊高密，祖母是"扬州八怪"之一高凤翰的后裔，受家庭影响自幼喜爱绘画；17岁离开家乡只身来到青岛，于青岛铁路中学初中毕业后，便一直担任小学教员几十年，以教授图画课为主，兼授旁课，其大半生都在与孩童为伍；直至1978年袁运甫、祝大年、李苦禅先后入青偶然发现其画作后惊叹不已，其作遂传至京城，李可染、张仃、吴作人、黄胄、崔子范等人皆对其评价极高，十年辛苦，一朝成名。时任文化部长的黄镇就张朋工作一事专作批示致函，张朋遂于1979年调至青岛工业纺织学院（今青岛大学）任教授，生活及绘画条件才得以改善，其时已过花甲之年。

"时运不济，命运多舛，冯唐易老，李广难封"，貌似终于得到人生转机的张朋，其实有诸多难言之苦楚——其母年迈且身体一直欠安，其妻儿一直久病不愈，且自己心脏有恙，名气大了后面子里子应酬不暇。张朋本是不善交际之人，又是至情至性极其认真之人，1980年春节前夕，其母病危，张朋先生不堪压力抽了一宿烟后突发心梗，住院三个月期间病危通知便下了三次，幸运的是张朋先生从死神手里逃了出来，此后张朋先生便对自己身体格外注意，更加深居简出。然而"修身苦被浮名累"，名气大了有时会成为一种负担，在20世纪90年代中期，张朋先生把绘画工具及书籍分赠弟子，宣布因身体原因封笔，并谢绝了一切社会活动，据拜访者言，先生房间已无文房用具，桌上仅有一个空空的笔架，墙上只挂了自己80年代初的两幅书法和几张生活照，而其中一幅书法的内容是："继承传统，以古开今，求新尚意，悦目爽心"，基本概括了张朋先生的艺术追求，然而却无一张画。

关于张朋先生的封笔，还有一说法："都京一权重人物隆重招待先生，先生为答谢知遇之恩，作画一幅相赠，然该人又提出其为京城高端人士作画，一列清单洋洋百人，先生掷笔于桌，自言此后不再作画，随后封笔。"

另外几件事情，也能体现张朋先生的处世态度。其一是调任大学后张朋先生境遇虽有所好转，然而由于家庭的特殊原因，生活依然清苦拮据，其时他的画在市场上已经流通开来并且价位相对较高了，然而张朋本人却是岛城少数不卖画的画家之一，其画大多送给了亲朋好友；其二，有两次调任入京的机会：第一次是1980年调任他去中国画研究院（今中国国家画院），另一次是1986年李苦禅先生去世后，调任他去中央美院担任中国画教授，两次都被张朋以照顾母亲、妻儿为由拒绝了；其三，张朋在担任小学教员期间，市里通知其参加画展，他总是认真备好画作按时呈上，而当时工作人员因其无甚名气而随意弃置纸篓，先生不怒不悲，下次展览依然参加，只为切磋，不为扬名；还有一事便是市政府、校领导为改善先生的居住条件，两次给它分配了"名人公寓""文化公寓"高档海边豪宅，他两次谢绝，一直住在80年代初分的小房子里，直到去世。因而，说其不识时务者有之；说其太过清高者有之；说其愚钝不开窍者亦有之！然而这些对张朋来讲一如清风拂山冈，依然淡泊依旧，超逸依旧，乃至他封笔谢绝一切社会活动多年后，在岛城绘画收藏的圈子里除了流传着他的一些传奇外，很多人都问张朋这个人还在吗？

三

潘天寿先生在《论画残稿》中云："艺术之高下，终在境界。境界层上，一步一重天，虽咫尺之隔，往往辛苦一事，未必梦见"，而中国艺术讲求的最高境界，无疑是天人合一，继而人画合一、人书合一，也就是你写的字画的画能直指内心，在艺术作品中能明显地展现出一个精神层面的人；一个艺术家的精、气、神、学养、抱负、对生命的体验、对美的理解全在艺术作品里体现，历观古今中外大师之代表作，无不如此。反过来说，一个境界很高的艺术家，也必然会让自己的作品和自己的心相合，如果不逮，会想方设法去克服，或临摹或写生或研习画理，或博观约取以达触类旁通。

张朋在绘画上可以说是天纵之才，首先体现在他的笔性上，笔性换句话说就是神经的敏感度，也就是含墨浓淡干湿不同状态下的毛笔，接触吸水程度不同宣纸的一刹那的感知度。虽然陆俨少先生说笔性通过后天的肌肉训练也能改善，然而这只是鼓励学生的话语，笔性基本靠天生，如同对色彩的敏感度一样，色弱者通过训练只能改善，而从根本上解决不了问题。对把笔墨作为血脉的中国画来讲，笔性很大程度上决定着一幅画的气韵。郭若虚在《图画见闻志》中讲到气韵是不可学的，"气韵必在生知，不可以巧密得，复不可以岁月到，默契神会，不知然而然也"，后天的训练只是在先天的基础上作为熟练和强化的一个手段罢了。笔性关乎用笔，有人天生手重，书者如颜真卿，画者如吴昌硕；有人天生手轻，书者如褚遂良，画者如恽南田。重者以朴胜，轻者以巧胜，二者并无好坏，外在风格不同而已。黄宾虹论用笔时说"粗而不犷，细而不纤"便是对这两种笔性的中庸要求，张朋近乎二者之间，因而表现空间很大。张朋壮年时为追求绘画风格转变，仅齐白石的荷花便临摹了 1000 多张，能达到乱真的程度，说明他的用笔的轻重空间是非常大的，这点上和李可染很相似，李可染后来选择了把笔放重放慢，追求沉郁雄浑之风格，而张朋最终定位到了潇洒清健之风，两人学齐皆理性地进行了取舍。张朋追求用笔时弱化了齐白石用笔里的碑味，加入了金文线条的元素，对于金与石的区别，在黄宾虹和吴昌硕二人的篆书用笔的对比中便能明显地感受到——一为沉雄一为清刚。黄宾虹在论五笔之

"重"时，有语云："金至重也，而取其柔；铁至重也，而取其秀"，这也是张朋区别于多数学齐白石的人的高妙之处。故张朋画中用笔也少有潘天寿的古拙悍霸，更无李苦禅的拗笔孤峭，每每逸笔而出，以白计黑，以虚当实，极显空灵妙境。其笔下之物都出笔爽利而又力透纸背，姿态优雅而韵致尽显。所以，有人评论说"齐白石用笔取法于碑，而张朋取法于帖"是不确切的，王雪涛、溥心畬二位的用笔才是取法于帖学，张朋先生绘画中线条的金石味道还是很足的，只是他有所取舍，减弱了里面的重朴之气取而代之以清刚之气罢了，而那些批评张朋先生用笔太弱画面单薄的人，以为粗就是强，黑就是厚重，实在是眼界未开，不足道也。

　　笔墨很难用直观语言表达，不是很专业的人很难理解，这也是黄宾虹先生早先沉寂的重要原因。相对笔墨来讲，造型很直观，不受中西文化审美的限制。而在圈内，张朋先生被称赞最多的是其造型能力。如果说齐白石先生早年追求石涛、"八大山人"冷逸的画风，入京后不受待见，受陈师曾建议参考吴昌硕作墨叶红花，从而雅俗共赏，终成一代大师，那么张朋参考齐白石造型的时候，也是非常理性而有所取舍的，他保留了齐白石画面中常用到的长直的线条，长直线条交搭的时候就会出现方角，画面会显得硬朗，另外也会有现代构成的因素体现出来，画面就会显得有现代感；保留了齐白石作画的简——能一笔而成，绝不用两笔，很少像吴昌硕、黄宾虹画中经常出现的复笔，即便是很多复杂的动物，他都力求在造型准确的基础上，力求最简；齐白石画翎毛草虫，也主张写生，"写生而复写意，写意而复写生"，此处的写生和后来西方的描摹对象是两个概念，中国古代写生是要求在格物的基础之上饱游沃看，然后抓住其最主要的形态特征，融合作者的自我感受继而进行创作。张朋先生对动物的写生也是如此，据其子回忆，小时候张朋带他去动物园观察动物，都是先聚精会神看，然后再拿出小本来背诵着速写，回去创作前再反复提炼到最简，所以张朋先生笔下的动物多是动态的，且十分传神，这种造型意识上是接近于刘奎领父子及黄胄先生的，但笔墨形态却比他们还要简。他既吸取了造型中透视解剖等西方元素，因而其笔下动物瞬间的神态把握得极为精准，又用最传统的中国写意笔墨表现出来，因而东方味道又十足，且十分有古意，这和黄胄用速写法来创作国画是不同的。笔者以为张朋先生的造型意识暗合了齐白石绘画中尚简的审美趣味，常年教授孩童图画课也要求张朋对画面的推敲上达到最简，这些因素共同形成了张朋画面的个人风格，而这种风格的特点和中国文人画中"萧散简远""平淡天真"的审美旨趣是相合的。

　　张朋成长启蒙的年代恰逢"五四"时期,这是一个古今中外各种思想开放与碰撞的时代。张朋作为一个靠自学而成的画家,好处是没有受到传统的门派约束,也无须因政治因素在激进与保守两者之间站队,学画的过程中不管高凤翰、张书旂、齐白石等一批传统的画家,还是后来学习西画的过程中接触到的西方印象派大师,张朋凭借自己的思辨能力对其中的有益的营养尽情汲取——包括中国画的笔墨观,西方造型中的解剖学以及构成关系,并对中国文人画发展到后来重笔墨轻造型的特点表达了自己的观点:"笔墨文人多计较,经营位置最辛劳。不求形似无神似,意境融遍意格高",张朋关注到了之前文人画中的缺陷,进而对构图和造型(相互对应"六法"里的经营位置和应物象形)提出了自己的见解,并一直身体力行,从而形成了自己既有根脉可寻,又不同前贤,笔墨、造型、构图并进的独特风格。

　　对待传统的守成与创新问题上,石涛在《一画论》的"变化章"里曾说:"纵逼似某家,亦食某家残羹耳,于我何有哉! ⋯⋯我之为我,自有我在。古之须眉,不能生在我之面目;古之肺腑,不能安入我之腹肠。我自发我之肺腑,揭我之须眉。"石涛作为中国画论的集大成者,直接影响后世几乎所有的中国画大家,石涛的伟大之处不是传下来了某种技法或者图式,而是直接从哲学辩证的角度来探讨绘画的本质,齐白石、傅抱石、石鲁等人受其泽被尤深,他们的许多理论几乎全脱胎于石涛,张朋是善学者,在学习齐白石的过程中一直保持极为清醒的头脑。学习大师起点高,会少走偏路,所谓大树底下好乘凉,然而一棵大树周围很难再长起别的大树,这是自然规律,也是艺术的规律,学习传统就是面对一个一个大师的过程,如何对待传统,在张朋先生的题画诗中也有所表现:"何必绳以古,墨守自封步。面目要自新,笔耕自己路";"莫拘拘于常法,勿掌掌于某家遗风,要立于前人之外";"作画以变为常,以不变为暂,具古以化,勿泥而不化"⋯⋯这些都和齐白石先生的"学我者生,似我者死"以及李可染先生的"最大的胆识打出来"相暗合。所以张朋在学齐白石基础上,用笔变逆锋为顺锋,用墨变浓重为清淡,变点垜为勾勒;题材选择上,极少画虾、马、牛、驴等都有代表性画家画过的题材;图式上也很少画吴昌硕、齐白石等人创建的经典图式,而是结合写生以及西画构成的因素努力创立自己的图式,努力地在画面上表达"我"的存在,吴昌硕学任伯年和蒲华,齐白石和潘天寿学吴昌硕,李可染学齐白石和黄宾虹,傅抱石和石鲁学石涛,莫不如是,"羚羊挂角,无迹可求",此善学者不假于物也,是故张朋最终成为脱蹄之兔,透网之鳞。这些无不显示出张朋在绘画取舍过程中的理性、冷静与智慧! 也在如何学习发展中国画的道路上,提供了非常有意义的参考。李苦禅先生评价张朋能得白石老人形神之似与不似,并非过誉之词。

四

客观地讲,从诗书画印、史论著述、美术教育、社会影响力等因素综合而言,在野四家与近代四大家(吴昌硕、齐白石、黄宾虹、潘天寿)相比,还是有所距离,厚重度不够。然而单就画而言,张朋的花鸟画已然卓尔成家,是当前许多所谓的大师难望向背的!而张朋先生伟大之处,并非是画得好这么简单,笔者总结了以下三点。

首先,是先生的人品高洁。著名理论家宋文京先生对张朋的绘画评价用了"干净"二字,笔者以为极为恰当。古人讲"人品不高,落墨无法",郭若虚在《图画见闻志》中讲到人品和气韵生动的关系时说"人品既高矣,气韵不得不高;气韵既高矣,生动不得不至",张朋先生虽不善交际,但他对人极为真诚,做事也极为认真,故此张朋先生每幅绘画都会推敲备至,惨淡经营,在先生看来,随意应酬的画是对别人和自己的极大不尊重,宁愿深居简出,也不会随意应酬,"十纸难一遂,忘情得失中",故先生之作几乎张张是精品。

其次,是先生的心胸宽广。但凡伟大的艺术家都是至情至性之人,"世界以痛吻我,我回报以歌",我们从张朋的绘画作品中看不到颓败,看不到消沉,看不到一点怨气,最多就是一句"多少烦纡事,磨于水墨中"。张朋平淡地面对命运的多舛,家庭的不幸,用一生的行动诠释了一个男人为人子、为人夫、为人父该尽的责任,同时还守住了自己毕生的追求,并有极高的建树,这得需要多大的胸怀和付出才能做到?仅凭这一点就足以让人震撼!

最后,我想谈一下张朋先生的最伟大之处——风骨。"富贵不能淫,贫贱不能移,威武不能屈,此之谓大丈夫",这是孟子对君子的定义。张朋先生未成名之时,靠微薄工资养活老母、患病妻儿以及年幼次子,然"穷且益坚,不坠青云之志",依然坚持自己的挚爱丹青,殚精竭虑,笔耕不辍终成一代大家,此为贫贱不移也;不惧命运捉弄淡然处之,不畏强权逼迫宁可封笔——"你可以杀死我,但打不败我",此为威武不屈也;成名后不骄傲自满,对进京求名或分房得利毫不关心,此为富贵不淫也!做到其中一点,或许是别无选择,然而三者都能做到是难之又难的,在张朋先生的风骨面前,是让许多人汗颜的!

五

著名画家赵建成先生对张朋有段论述,十分精彩:"张朋先生的画淡墨、清墨用得特别好,就像他的为人,淡泊自守,他这一生都可谓是淡墨人生。"

落花无言,人淡如菊,张朋先生平淡而不平凡的一生虽然结束了,然而他留给世间的精神瑰宝会伴随他的名字和传奇一直流传不朽,当然,这是他不关心的。

原载《中华书画家》2018 年第 11 期。
张风塘:青岛画院院长。

把姿彩留在世间

——献给吕品先生百年诞辰

臧 杰

曾在济南为吕品先生做过八年助教的朱铭在一篇文章里写道：每接一个新班的课，吕先生总要先到班上去了解学生的情况，对偶有哀色的学生，必垂询其疾苦……

师道与人道

在青岛，得益于先生最多的，恐是后来以油画《夯歌》闻名的中央美术学院教授王文彬。王文彬是吕品先生琴岛画会时期的学生。作为天主教会印刷所印刷工人的儿子，他是在1940年观看了"青岛咖啡"里琴岛画会的展览之后，勃发了对艺术的兴趣。当时触动他的作品，就有吕品的油画《酒徒》——呈现了墙角边一个痛苦而愤怒的醉酒者形象。

是年12月，王经市立中学教师赫保真介绍入琴岛画会夜校班学习。因家境困顿，而无钱购买纸笔，得到了会长赵仲玉和副会长吕品的接济。在琴岛画会，王的色彩老师是吕品，素描老师是赵仲玉和郭梦家。有关三位老师对自己的影响，他在《琴岛画会——我的回忆与怀念》（未刊稿）中有详记：赵仲玉教我最基本的素描步骤与方法，而郭梦家则纠正了我素描上出现的抓细节和光影"小趣味"的毛病，让我认真抓结构（动态）树立整体的观念，这培养了我较扎实的造型基本功而受益终身；吕品的色彩教学，尤其通过风景写生，使我较好地理解了光、色的规律，更主要的是对自然美的感悟，打开了一个取之不尽的艺术宝藏。

琴岛画会时期，吕品常和学生们带着一天的干粮、水壶和画具，徒步到山野和海滩作旅行写生。一路上，吕品还会讲解所见的景物和写生方法，但从不去画"名胜"。吕品强调要从人们不注意的地方去发现独特的美……

后来王文彬感染了肺结核，也是吕品安排他到自己的私人医生处看病，并将诊费记在了自己的账上。1948年琴岛画会的"八人画展"，王已偷跑到山东解放区,是吕品帮助他出品并代售画作,这也使得当局对他去向的追问有了缓和。

不只王文彬,后来接续吕品担任山东水彩画会会长的宋守宏则打开了另外一段师生因缘。他曾在口述中说,1961年,给"右派"摘帽后,吕品受邀到北京画"十大建筑"。适宋守宏从山东艺术专科学校休学在家,吕品就通知宋守宏坐火车到北京,并特意安排他在济南下车,从爱人处捎上钱。宋守宏说:"那是在帮助我,(他知道)我那时候的经济状况不行。"到北京后,宋守宏还没睡醒就被吕品叫起来画画,说早晨的光线特别好,空气也湿润。就这样,在北京的那些日子,宋守宏每天跟着吕品早早地出门画画,感受早晨的清透和空旷的城市空间,以及因旭阳初升而形成的受光背光、冷暖关系、补色关系。画完了吃饭,吃完饭再选景再画。在作画的过程中,吕品还不时地给予指点。

吕品对学生如此,对同道大抵也是如此。王文彬记得,20世纪40年代初,他曾跟随吕品去看望一个叫瓦格纳的犹太青年画家。那人住在一个汽车库房里,画的都是抽象主义的画。王说看不懂,吕品就说:"你从他的画中看不出他内心的痛苦吗?"后瓦格纳染重疾,吕品亦曾给予过帮助,并在临终时去看望了他。有"中国水彩第一人"之誉的徐咏青晚年寄身青岛,和开委托商店的次子住在了一起。50年代初,委托商店不能再开了,老画家卧病在家。儿子徐梓良就带着几幅水彩画去找吕品,说老先生生活困难,想换一点儿钱。吕品就收藏了徐咏青十几张画。

1999年,吕品已然去世九年。亦是残病之身的王文彬开始为恩师的"离休"身份"正名"奔走。始终抱持"革命情志"的他,或也是想化解掉自己在1959年后,和恩师长期"划清界限"的心结。他觉得自己毕竟见证过吕品的"进步"诉求。吕品家中看到过有关"一二·九"运动的游行主题油画让他印象很深,他也知道吕品和后来担任北京市副市长的苏展(于道平)是京华美术学院时的同学,二人曾一起从事过学生运动。

而琴岛画会的教师郭梦家,则是中共山东分局城市工作委员会安排在青岛金融界作潜伏的"地下工作者";琴岛画会的会长赵仲玉,则与郭美珍一起在1949年成功策反了中纺公司总经理范澄川,使得青岛的纺织业得以保全并顺利为新政权所接收;在琴岛画会首展有11幅出品的学员侯英民,更是曾因为传递情报而被军统捕获……

为证明恩师的"进步",王文彬在获知苏展过世后,曾联系到郭梦家的上级、后任化工部北京化工研究所党委书记的陈超,以及郭梦家、赵仲玉、郭美珍作书面证明。陈超复信中的一段话后来使得这件事被放置了下来,陈说:可惜郭吕二人在青岛时并没有"说真话",只是"心照不宣"……但王文彬未必知道,在此之前,吕品就曾因为另一桩"心照不宣"的帮忙,化解了有家难回之困。

这个受助的人叫刘世伦,后曾追随杨得志多年,1988 年被授予少将军衔时任总参谋部管理局局长。在 40 年代末期,作为进步青年的刘世伦曾到青岛"避难",受到烟台老乡吕品的掩护帮助。70 年代末期,刘世伦接待了到北京出差的青岛人杜慧敏,遂向杜慧敏打听青岛"吕克占"。在得到确切答复后,刘世伦请杜慧敏捎回茶叶和两瓶洋酒致意。

而其时,吕家正处于有家难回的困境。位于观海一路 29 号的旧宅,除了吕品的妹妹吕淑德还住在里面外,吕品一家已经在 1967 年被"清扫出门",在青岛的一双子女,次子吕锦昌被安排进益都路一间终日不见阳光的小房,长女吕蕙莎则被安置到了湖北路。院子里混住着"革命群众"和两家军官,尽管"文革"已经结束,但疏散居民却是件极其困难的事。这件事后来被刘世伦知道后,迅速联系了青岛驻军安排腾退。吕锦昌的爱人整日信访无果,杜慧敏则找到了时任青岛市委副书记的郭士毅,由此,其他"革命群众"也陆续清退而出。1983 年,观海一路 29 号终于"迎"回了吕品一家。

暮年的杜慧敏犹记得吕品对这件事情的感念,有段时间回青岛,吕品两次送杜慧敏回家,沿着海边边走边聊,虽未及旧事,但杜慧敏明白吕品那时的心意。

家世与济世

像王文彬后来所做的努力,吕品假若在世未必会认同。1987 年退休时,他的"参加革命"时间被学院人事部门从 1956 年算起,而几乎同时工作的叶又新与石可,都是"离休",吕品不解过,他写信给郭梦家。郭梦家大吃一惊,说自己曾给叶又新写过证明材料,并在离开青岛前,向市委组织部交代过吕品与叶又新的情况,万没想到吕品的境遇。

吕品后来去了省委组织部一趟,看着各种落实政策的喧闹,吕品在一间屋子里等了一阵,没有人来,就起身走了。从此,这事儿也就不存在了。但一如陈超的措辞,吕品对"进步"的态度,向来是"心照不宣"的。这既符合于他的出身,也符合于在大时代,他作为一名钟爱艺术的热血青年所能拥有的情怀。

生于 1918 年 4 月 29 日(农历三月十九)的吕品祖籍烟台牟平县后七夼,原名吕克占。其父吕传朗,字月塘,后在青岛商界以"字"行。据后人回忆,吕月塘幼年时家境平平,未及成年即来青岛学徒、打工。经多年打拼,吕月塘于 1918 年与成兰圃、刘子山其同筹组东莱银行,并成为"总理",后来也曾位担任过青岛市总商会的副会长。现存的青岛档案史料中,仍有吕传朗与宋润霖(雨亭)共同被聘为中华铁路商务协进会总会顾问的函件。

而投身银行业的刘子山,后有"刘半城"之称,吕月塘也以地产置业并不奇怪。有资料证实,吕月塘在 1925 年 11 月 7 日,即以 9800 元的时价,从山口平次郎手中购买了观海一路 29 号的地块,面积为 335 方步。在四十几岁时,吕月塘便淡出商界,原因大抵是不太适应商界的利来利往和应酬算计。吕月塘育有一子二女,儿子即是吕品,长女吕淑德,次女吕淑惠。吕品八岁后来青岛,其美术启蒙受到了父亲的下属、东莱银行庶务史大法的影响。入崇德中学后,则让吕品有了正常的美术教育训练。美术教师赵鹤青,原名赵翀,系河北清苑人,毕业于辅仁大学,是胡佩衡的入室弟子,其《习画随笔》也曾连续刊载于 1929 年至 1930 年的《湖社月刊》。赵鹤青 1933 年初秋来青岛,成为崇德中学的美术教师,也指点了爱好艺术的吕品。

在殖民文化和新文化运动混杂的语境之下,吕品并没有对传统绘画生发出多少兴趣。他接触水彩是在 1931 年之后,已经记得可以看到王济远、倪贻德和陆尔强的范本了,这些范本的内容主要是就画论画,并介绍一点着色方法。陆尔强的本子上介绍过英国里脱强森的水彩,文字也不多,但这是吕品和英式水彩结缘的最初。此外,当时商务印书馆刊行的《东方杂志》中常有水彩画插页,也是他能够看到的。

而一位日侨邻居的画家亲戚则意外为他打开了油画创作的视域。这名日本画家来青岛探亲,间或的街头写生让少年吕品领略了油彩的世界。1934 年,吕品到北平补习高中课程,次年考入京华美术学院,西画教师有卫天霖、王曼硕、张剑锷等。1936 年刊行的京华美术学院年刊中,刊有多张师生合影,其中就不乏吕品西装革履的身影。有一段时间,他甚至还参加了学校的课余日文补习班。次年,赵仲玉入校,与于道平同班。女性喜欢花卉静物自是天性使然,故赵仲玉受精擅画卉的卫天霖影响尤多,吕品此后的油画花卉也一样带有卫氏的风格印迹。

1937 年七七事变后,吕品和赵仲玉回到青岛。赵仲玉的父亲赵琪出任青岛治安维持会的会长(后任特别市市长),一帮儿学艺术的年轻人意欲寻求自我表达的路径,遂于 1938 年 11 月发起成立了琴岛画会,以赵仲玉为会长,吕品为副会长。1939 年 1 月 1 日至 3 日,琴岛画会在河南路 15 号银行同业公会大楼三楼举行了"第一届成绩展览会"。这次展览会也是青岛本土西洋绘画第一次有规模的集结,参展画家计有 10 人,出品 144 幅,涉及油画、粉画、水彩、木炭素描等多种创作形式,题材以风景、人物、静物为主,其中赵仲玉出品 37 幅、吕品 52

幅，吕品的出品中仅油画即有《酒徒》《雪》《向火》《观海路》《纪念亭》《缝衣》《秋意》《肖像》等。至 1943 年消散前，琴岛画会连续四年都举办了展览会，或以成绩展示的名义，或以赈灾的名义。其消散的根本原因，一方面是赵琪为姚作宾所取代，改任华北政务委员会的委员，使得画会失去支持；另一方面则是在文化统治下，表达的空间极其有限，而襄助进步活动也备受质疑，缘此，赵仲玉还写过"关于琴岛画会缘起及内容致警察局特务科的呈文"。但此间琴岛画会以美术研修班的方式涉足美术教育，也使得后来吕品同意创办私立青岛美术专科学校有了因承。

私立青岛美术专科学校，是新政权在确立之初团结美术界、稳定美术教育的重要举措。它是在知识分子座谈会上，由军管会文教部部长王哲提议兴办的，由吕品和叶又新负责筹组，以民办公助为基础，以政府接办为承诺。校址就设在观海一路 29 号吕品的私宅，办学的宗旨是培养美术干部。设绘画科 1 个，学制 2 年；另设先修班 1 个，学制 1 年，合格后再升入绘画科；夜班 1 个，主要针对业余美术培养。首期招收学员 53 人，包括先修班 9 人，绘画科 27 人，夜班 17 人。绘画科西画教师有吕品、张鹤云、陈宗向，先修班西画教师为陶天恩。课程分设素描、水彩、解剖、图案、创作透视、美术史等。

对吕品来说，这也是他融入新社会，投身到美术教育领域的全新开始。在临近 6 月 2 日的日子里，他用汽车接走了已被怀疑的赵仲玉与郭美珍，后接到朋友的通知，告知他已经被列在秘密"处置"的范围内。终日忐忑躲在阁楼上的他，果不然听到有人上门搜查，他遂跳墙逃跑，化名"王德三"在福柏医院的病房里听到了炮声的迫近与停止……

崭新的社会气氛显然鼓舞了他。在这一时期，他甚至把青岛市美术工作者协会的"牌子"也挂到了自家的大门前。他被选为协会的首任会长，此后也被山东省美术工作者协会选为首任会长。青岛市美术工作者协会在 1950 年组织了青岛市美术创作评奖展览，是次展览在山东省民主青年联合会驻青岛办事处驻地——湖北路 17 号的青年俱乐部举行，陈宗向、周人俊、母振元、陶田恩、晏文正、靳涛、赵培忠等一大批新老画家均有出品，对于促动包括水彩在内的美术创作"新生"起到了助力作用。两年后，美术工作者协会又发起了第二届青岛市美术评奖展览会，新的美术工作渐渐有了新的热闹。

1952 年，是吕品的无奈之年。这一年全国范围的院校调整启动，改造与限制私立大学的方针趋于明晰，私立青岛美专连同师生被整建制地并入了山东师范学院。而刚刚在青岛有些起色的山东大学艺术系美术科也被调往了无锡，成为华东艺专的前身。在调整之前,吕品曾通过私立青岛美专校董、山东大学副校长陆侃如,与原华东大学副校长张勃川,以及调任山东省文教厅副厅长的王哲议及私立青岛美专与山东大学艺术系合并之事,但最终没有结果。

私立青岛美专播下了艺术教育的种子,留在青岛的毕业生多分布于群众艺术工作的战线,比如群众艺术馆的于秀卿、张矢,博物馆的王集钦,文联的陈辅,四方文化馆的赵培桴,沧口文化馆的历兆铭,青岛日报社的高平、高原、王玉华,海产博物馆的梁育平,以及青岛工艺美术学校的隋成林、杜耘田、符仕柱等;而后毕业于山东师范学院的孙吉昌、李连一、李忠民,以及韩湘浦、夏树芝、吴大鹏、翟延纯等人也先后投身青岛教育界,这些人在教学的实践中,均成为吕品水彩精神的传承者。

画家与教师

1953年,吕品改任青岛文联筹委会美术创作组的副组长,组长是石可。对吕品而言,他不仅要融入多样的新生活中,还要成为新时代的劳动者。这时候,他的家庭人口开始不断壮大,后来落定的九名子女中,已有三子四女出世。生于1939年的吕銮昌业已14岁。虽然殷实的家底不至于有生活之虞,但对前景的隐忧也一定是有的。

为了响应新社会的号召,在公私合营的进程中,吕品将位于大鲍岛的华侨里等房产统统交给了政府,甚至将观海一路29号的一楼也奉献了出来,街道在此办起了泳装厂。

而此前私立美专开办的三年,学校的经费并不宽裕,校长吕品和教务长叶又新都执行供给制,没有工资。直至1951年,经费才由青岛市文教局包干,吕品和叶又新才领到了接近中学教师水平的工资。美专第二届学生会主席王集钦回忆说,1950年元宵节,郭梦家曾有私意聘请陈大羽任副校长,月薪十袋面粉。陈大羽觉得"美专的经费也怪可怜,自己也拿不定主意",遂找好友张子石商量,张则劝他到上海,陈大羽就此离开了青岛。美专结束后,工作也是吕品不得不面对的问题,进入文联是最自然不过的选择。这段时间,文联筹委会组织画家们参与了多题材创作,以宣传画和连环画为主,吕品个人水彩和油画创作并不算多,但还是有水彩作品《青岛海滨》获选了首届全国美展,《青岛风景》参加了全国水彩速写展并刊于《美术》杂志;《渔港一角》刊于《连环画报》1954年第四期的封底。

连环画和宣传画则多为合作,与母振元、陈贵富合作的宣传画《走向农业合作社》也入选了全国美展；而集体合作的连环画《二珍与小马》(1953)、《在选举的日子里》(1953)、《军事地图》(1954)、《翡翠城的魔术师》(1955)，也陆续得以出版。1954 年，涵括山东片区的华东美协开成立大会，吕品名列候补理事。是年《美术》杂志 9 月号中刊载的一篇文章，更是令吕品在国内水彩画界的声誉为之一振。这篇文章系倪贻德先生为《全国水彩、速写展览会》所写，文中称赞了吕品的《青岛风景》——"以简洁的手法描绘了在阳光中波动的海水和海波中簸荡着的两只小艇。整个色调清新透明，表现出海滨轻快的情调。"而"清新""透明""轻快"，和海滨的味道，由此也成了青岛水彩美学的一段"基调"。

在此前后，吕品的作品陆续得以画片的形式出版，计有《青岛海水浴场》《崂山疗养院》(华东人民美术出版社《风景画片》1954 年 3 月版)；《青岛崂山风景》(天津美术出版社 1956 年 12 月版)；《雨后天坛》(上海人民美术出版社 1957 年2 月版)，《青岛水族馆》《青岛海滨(一)》《青岛海滨(二)》(上海人民美术出版社1957 年 3 月版)等。在多年以后，吕品书写个人简历时，也愿意把这些作品和宣传画《走向农业合作社》作为自己的代表作。而在创作《雨后天坛》时，吕品已经离开了青岛。这幅作品，是他在 1956 年北京艺术师范学院任教时所作。

自 1954 年后，青岛文联筹委会即开始动员美术组成员"自主创业，为社会主义服务"，率先离开的是房绍青。据房的回忆文字中说，吕品还曾做他的思想工作，让他留下。后来陶田恩也去了青岛日报社。1955 年继起的肃反运动，让吕品感到沉闷。夏秋之交，初中毕业的长子吕銮昌要到北京艺术师范学院上学，吕品要请假去送，也被以配合运动之名不予准假。吕品坚持去了，后来也成为他在"整风补课"时的"罪状"之一。

1956 年 5 月，吕品的老师卫天霖，着手与吴冠中等人筹备北京师范艺术学院，以一舒与中央美术学院分庭抗礼的襟抱，吕品在 1954 年的展览出品得到了吴冠中的激赏，按照教育部明确的"教学人员、教辅人员自己解决"的原则，吕品亦被召唤进京，并立即投入到工作中。原青岛市文教局局长彭畏三此时已出任山东师范学院的院长，他闻悉后，立即安排艺术系党总支书记迟宾到北京延请吕品回山东执教。吕品推脱不过，遂落户到济南。据说，当年为欢迎吕品归来，学校特意组织学生在火车站夹道欢迎。

1958 年，山师艺术系划转成立山东艺术专科学校后，吕品则一直执教于此，曾一度任彩画教研室主任、美术系副主任。1959 年的"整风补课"，使吕品命运彻底逆转，他被补划为"右派"，从此背上沉重的负担。次年，他被发配到学校的养猪场喂猪，也曾因为"文艺八条"的下达而迎来一个创作的"小阳春"，这一两年间,他在北京和上海等地,创作了一批街景写生,有几分分明的舒张与畅达。但他并不知道这也只是短暂舒一口气。青岛观海一路 29 号和济南山师北宿舍二号楼 206 室的两处寓所均遭查抄,青岛寓所约 200 幅画作和数万册藏书、济南寓所的三四百幅新作,被分别抄没、烧毁。

青岛的家中,因为东西太多,先后被三个造反组织查抄,一些图书资料因为不好搬,就被从三楼扔到院子,然后放到院子门口烧毁。次子吕锦昌被安排站在火堆边观看。"文革"中的吕品,艺术趣味无处可去,他就开始醉心于盆景。青岛话剧团的"右派"舞美沈凡,那一段时间也沉迷于此。他说,把盆景弄出名堂的要数吕品,为迎接西哈努克访问济南,大明湖、趵突泉公园和中山公园搞盆景、建温室,都是请吕品去作指导。杜慧敏犹记得,她在山东省轻工研究所安顿好避难至济南的石可后,作为石可老朋友的吕品曾送给她一盆"六月雪"致谢,但她不久就给养死了,吕品责怪了她几句,说这盆花,他已经养了八年。但其间的辛酸远没有盆景那么好看。吕品在此间面对的苦痛,不仅苦于自身,而且波及儿女。除长子吕銮昌在厄运来临前入读了北京艺术师范学院之外,其余几个儿女升学、就业都受到影响,有的散至滨州、文登等地,妻子更是在困厄中时常苦对漫漫长夜。有一日,吕品把手表和零钱全部放在家中就出门了。一家人备受惊吓,分头出门寻找,凌晨一点,四女吕爱莎终于在黑虎泉高高的台阶下面看到了父亲……回到家里,吕品说,他想了想,如果他走了,这个家就塌了。吕品的发妻王翠兰出自福山商人之家。吕品成为"右派"后,工资曾一度骤减至 60元,若不是王翠兰精打细算、费心力撑,日常开支都难以抵挡。幼女吕莎莎至今都还记得爬 20 楼刷油漆的情形,一个月几块钱的"营养费",也拿回来交给母亲作家庭开销。其干粉尘工的四姐吕爱莎也是如此。

1971 年,山东艺专以"五七艺术学校"的名义恢复办学。四年后,吕品才得以重执教鞭。1979 年 3 月 10 日,省革委会文化局党组的平反决定终于等来了。但由于"艺术学校"调整为山东艺术学院,直到 1984 年 12 月,他才真正被"改正结论""恢复政治名誉,恢复原工资级别"。

回到旧的岗位上,他曾经绘制的《水彩画教学图谱》(1956 年开始编绘,计62 幅),《水粉画教学图谱》(1961 年开始编绘,计 40 余幅),《水彩画讲义》(1950年开始编写),早已不存,无论水彩画课、色彩学课,还是舞台美术的绘景课,一切都要重新开始。他也想重新开始写生创作。1981 年,他和靳涛,联合晏文正和陶田恩发起成立的山东水彩画会,是他发动艺术的又一次致力,也为山东水彩的后续发展奠下了基石。他也设想着像 1962 年南下上海一样灵感迭发,他和老友靳涛、陶田恩、宋守宏等结伴重游,三下江南,但一路描述却如物是人非,成绩在别人眼中的"斐然",在他那里却是不够满意。

1984 年,人民美术出版社和山东人民美术出版社分别邀约为吕品出版画集时,他似已心情黯淡。而这一年,他率壁画二年级学生作完崂山写生后,眼疾困扰加剧,从此退出了讲台。对于一名油彩画家而言,眼睛是色彩之源。吕品一定明白,他要和艺术生涯道别了。从视网膜脱落症到 1987 年脑血栓住院,吕品的暮年之路极其艰难。有文章说,他常常在阳台上张望,看风景,看路人。只有折身房间,面对他贴的壁纸,自己动手设计铺设的地板,用菲林做的灯罩,反复以油彩敷涂的踢脚线,以及那些纤巧可爱的盆景,或许才会生发出些许对生机的热爱。

从他手书的简传中,可以看出,他对自己的艺术生涯回顾甚为低调,但也许彼时的吕品,正在回望与对照青年时代的自己。不知道他是否还记得初到济南时,学校曾给他组织过水彩展览,自比利时皇家美术学院留学归国的戴秉心先生,担任美术系主任,他在看过作品后说:"吕品先生的作品像宝石般的晶莹剔透、闪闪发光……"

1990 年 10 月 15 日凌晨,72 岁的吕品先生在济南辞世。

尽管人生的后半程坎坷历尽,但在后人的眼中,他们却常为先生的积极乐观所感染,为他对艺术的执着和热爱所惊叹,有的难以忘却为每个孩子叠好衣服的大手,有的感叹于用多种材料制成的摆设与家具,有的则说他即使被发配去喂猪也能把给猪打针的故事讲得趣味盎然,还有的则认为花匠才是先生最好的朋友……

臧杰:青岛文学馆馆长。

笔墨纵横　高标逸致

——论张朋先生的艺术

亓文平

> 谁终将声震人间，必长久深自缄默；谁终将点燃闪电，必长久如云漂泊。
>
> ——尼采《尼采诗集》
>
> 没有什么不朽的，包括艺术本身。唯一不朽的是艺术传递出来的对人和世界的理解。
>
> ——梵高
>
> 应使文艺以人传，不可人以文艺传。
>
> ——弘一法师《潘天寿论画》

英国艺术史家哈斯克尔在关注时尚和趣味交织的过程中，发现一些有趣的现象：某些在以前被人们忽视或者默默无闻的艺术家，突然在现在某个时间开始被大家赞赏，或者过去名骚一时的画家在今天逐渐被人们淡忘。回望中国艺术史，这样的现象屡见不鲜，山水大家黄宾虹声誉的起伏算是近代典型的例子。① 无疑在很长一段时间内，青岛的张朋先生也是一位被忽视的花鸟画大家，随着 20 世纪 70 年代一些名家的推介和在北京、济南等地为其举办的一系列展览，张朋先生才声名鹊起，但是我认为当前对于张朋先生的艺术贡献认识和研究还远没有达到其应有的高度，尤其是在张朋先生作品的鉴定、收藏，以及年谱、艺术思想等方面有待整理挖掘。本文试图从时代背景、艺术特色，以及精神

---

① 吴镇跟当时有名的画家盛懋住对门，盛懋家每天门庭若市，登门求画的人来往不绝，而对门默默无名的吴镇家则是门可罗雀。吴镇的老婆就说，你看看你，每天画画，什么时候能画出盛懋的名堂来？吴镇却回答说，你看 20 年之后，谁还知道什么盛懋！近代山水大家黄宾虹在当时也不被认可，黄宾虹说"我的画要 50 年后才为世人所知"，正如其所预言，20 世纪 90 年代兴起了黄宾虹热，直到今天变为市场上的天价画家。或许有些艺术与当时的趣味、时尚不符，不被当时大众所理解，但真正有价值的艺术从不会被埋没。

品格等方面对于张朋先生的艺术成就做一个简要解析。

一、一生心事花鸟中

在能见到的张朋先生有限的照片中,有两张让我印象深刻。一张拍于室内,大约是晚年的光景,头戴线织帽子,目光略显凝滞,眼袋和颧骨上微微松弛的皮肤形成的线条使眼睛更醒目,那目光的后面似乎隐藏了无数的心事和话语,欲言又止。岁月的沧桑变化都在那一刻短暂地停留,没有愤世嫉俗的夸张,而是充满了平静,如同静水流深的海面,唯有那微微紧闭上翘的嘴唇在告诉观者,一个人孤独地张扬生命力的倔强,冷笑一切凡间的艳俗。他曾有一句题画诗"孤鹤仪容静,苍松骨似龙",正如画中的白鹤,即使把头深深低下,仍旧保持一种平静的姿容,这或许就是先生的一种倔强。另一张貌似是秋日午后,像是老房前的一次抓拍,先生面带微笑,目光祥和,微微张开的嘴边爬满了白花胡须,一种脉脉的温情伴着清澈的阳光洒在脸上。我觉得这两张照片代表了张朋先生的两种不同人生状态,古人讲"画由心生",实际上,我们也能在他的绘画里体味到这两种心绪的折射。

哪一种更接近真实的画家?我却更愿意相信那张被他称之为戏笔的自画像①。这幅画创作于1973年,画中先生右手握笔,歪头略有所思,纸上挥洒着数道任意东西的纵横笔墨,这张自画像所传递的神情与前面第一张照片略相似,只是在额头上加了几道深深的皱纹,画面背后歪歪扭扭写了一句诗"多少心烦事,磨于水墨中"。从某种程度上说,艺术家的自画像往往是自我内心最真实的流露。张朋先生的一生历经沧桑,经历过几次社会大变革,19岁当小学美术教员②,直到1978年为外界所知后,调入青岛纺织工学院,当教授,他画画没有师承,成名之前知音稀少,一生清贫,晚年功成名就却隐身而退,在他身上有别人无法理解的孤独和艰辛。③ 画笔才是他内心的独白,他把一生的喜怒哀乐都倾诉在画面的一花一木、一鱼一虫里。清代王昱在《东庄论画》中说"学画可以养

---

① 关于张朋先生的自画像有多幅,真伪难辨,多题款癸丑年,其中还有一幅题诗"斗室寂寥无人语,窗间淅沥如秋雨。笔酣墨饱足精神,写出奇葩夜将午",此诗也隐隐透露画家在艺术上的寂寞心境。

② 关于张朋当小学美术教员的时间,有19岁,20和22岁多种说法。张朋1918年生于山东高密,1935年移居到青岛,本文采用杜大恺的说法"19岁始任小学老师"。

③ 成名前,据说每次市里办画展,张朋总是非常认真地把自己的画作呈上。但因其人微言轻,又没有什么大名气,常为势利之人冷眼所待,认为他的画没有什么价值,随意丢之纸篓。张朋却不恼不怒,下次通知展览,照常送画,一如既往地画自己的画,走自己的路。

性情,且可涤烦襟、破孤闷、释躁心、应静气……"①张朋先生能够在各种环境中宠辱不惊,从容面对生活中的一切,也可以说这与他在绘画所获得启迪和修悟不无关系,换句话说,在张朋先生的作品中我们能看到的是人格,看到的是一个艺术家面对人间冷暖的一种坦然和自我性情的表露。

张朋先生(1918—2009)是所谓"在野四大家"中较为长寿的一位画家,很大程度上,这得益于他的乐观谦逊的心态。这也不难理解当晚年他获得社会声誉时,拒绝了很多旁人羡慕的待遇②,我觉得这种处理的方式是那个时代特有的社会心理,也是一种明哲保身的思维,更是一种处事的智慧。"饭疏食饮水,曲肱而枕之,乐亦在其中矣。不义而富且贵于我如浮云",先生奉行的是儒家知足常乐的思想。③ 因此,他的晚年或许只是为了寻求一种平静生活,才把名利看得如此之淡,如同他简洁清爽的画面,在纷繁复杂的生活面前,他也是大取大舍地选择,这是一种超人的智慧。

从以上一个简短的勾勒中,我们大致看到这样的一个形象,在张朋的时代,他既不是桀骜不驯、放浪形骸的"竹林七贤"式的愤青,也不是意气风发、满怀新锐思想的出国留学的游子,他只是教书、画画,过着最平凡生活的一位敏感的艺术家,他用他的眼睛和内心丈量着人生和世界,我们却发现愈是平凡却愈有感人至深的力量。生活艰辛反而愈加彰显君子品格,即使是"斗室北向暗无光,书几狭小纸难张",但先生依然能有"寡欲清心自长寿,甜来苦去乐无穷"的从容态度,依然能有"极目霜天高"④的豪情。正如马蒂斯所说"您想画画?那就先割掉您的舌头,因为从此您只能用笔来表达",张朋先生正是把内心的张扬、平淡、艰

---

① 周积寅《中国画论辑要》,江苏美术出版社 2005 年版,第 83 页。

② 据说先生的画作在中央引起重视后,上级领导两次调张朋入京工作,这种千载难逢的好机遇,别人求之不得,而先生却两次以照顾家庭为由婉拒。另外,市政府、校领导为改善先生的居住条件,两次给它分配了"名人公寓""文化公寓"高档豪宅,他两次谢绝了。他的这种在别人看来是反常的行为,我觉得是那个时代艺术家存在的一种集体意识,那就是知足常乐,另外也是一种明哲保身的办法,因为他们身上始终有一种不安定感,在那样的一种环境中中国传统文化中往往会采用一种隐忍的办法来解决。正如晚年搁笔的沈从文先生说"将一切的情感挫折,肉体的痛苦,一例沉默接受,回报它以悲悯的爱。……"《沈从文全集》第 15 卷,第 214～236 页,转自刘红庆编《沈从文家书[1966—1976]》,新星出版社 2012 年版。

③ 这种谦卑、知足常乐的思想在他的画中随处可见,例如,他曾在一幅《得寿图》中,题上"得寿"之后,觉得意犹未尽,又题写"不可多得",在另一幅表现盘中之鱼、筷子、酒杯、酒壶日常所见之物的画中,他题写"所欲不求大,得欢常有余",这些都能反映出他的人生哲学"盛极而衰,盈满则亏",因此他崇尚的是大巧若拙,谦虚行事的原则。

④ 以上三句诗句皆来自张朋先生的题画诗。

辛、快乐任意抒发在绘画中。所以今天如果想真正理解张朋先生，还要到他的绘画中寻找答案。

二、难得功才兼备者

"有才无功笔墨松，有功无才辙雷同，难得功才兼备者，近代喜见白石翁"这是张朋先生赞誉齐白石的一句诗，我觉得用在其身上也非常合适。张朋先生倾心于白石老人，却能跳出大师窠臼，这与其功、才兼具分不开。杜大恺曾评价说"以花卉言，白石者天下第一人，百年内敢言无出其右者。故学白石如人无路之路，步步险绝，而张朋终得绝处逢生，化浓艳为淡逸、以巧取拙，形、色、线、润色相济，酣畅淋漓，与白石势或不及然清峻有之，天下之举白石者众，得其形神似与不似者，张朋是一人的。"①

相较于齐白石，张朋先生用笔更加迅疾而变化相对较少，给人一种率意朴拙的味道，他喜欢用直来直去的笔触搭建画面结构，然后用饱满鲜润的浓墨或者淡墨调和节奏，最后在画眼处略施粉彩，在笔墨纵横交错地过程中，往往出现很多偶然的渗化效果，从而使物象带有某种意象趣味。张朋先生的笔墨技巧离不开长年累月的实践，也与他艺术修养全面不无关系。青岛是一个水彩氛围浓郁的城市，先生早年就有学习水彩的经历，这一定对他用水用墨产生了重要的影响。他的书法初学柳体，后学赵、米、张迁碑、《淳化阁》行草书，又得力于金石篆刻，结体开合夸张、自然有趣，最终形成行楷与篆隶结合、朴拙高古的面貌，有白石老人"画字"风范。正是这样一种对于用笔用墨的独特理解，他的画做到了像石涛所说的"用情于笔墨中，放怀于笔墨之外"。

张朋先生的这种智慧，使他的画放在任何地方都有一种独特的气质。如果说齐白石在绘画中融入民间元素摆脱了传统的文人画阳春白雪的局面，形成雅俗共赏的风格，那么张朋先生又把齐白石的画面向传统文人画拉回一步。具体来说，把喜闻乐见更多展现为文人品性地流露。与齐白石绘画相比较，尽管缺少齐白石先生广博深邃、千变万化的东西，但是在某些题材上，张朋先生做了更大拓展，甚至在单个题材的艺术表现力上超过了齐白石先生。② 其画概括起来有以下几点鲜明特征。

---

① 杜大恺《日暖春花发 物来纸上香——观抚鹤堂藏张朋画展》，《美术》1998 年第 2 期。
② 笔者认为张朋先生所画的猴子可以在美术史上占有一席之地，这种大写意风格，不仅传递了猴子的神态，描绘出猴子在林间的灵性，更为重要的是，他在这个题材上，寓物寄情，充分表达了画家的情怀和个性。

首先,就是对笔法的拓展,张朋先生擅长用散锋,如同刷子画出的笔痕,带有大量的飞白,起笔和收笔之处带有毛涩的感觉,这样的笔法本是略显柔弱,原本在花鸟画中不太提倡的笔法,但是张朋先生用这种笔法来表现动物的皮毛质感,刷笔轻盈松弛和粗笔中锋所呈现的浑厚结合起来,相得益彰,在他以猴、猫头鹰等为题材的作品中,我们时常见到这种笔法的运用。

其次,擅长破墨,充分利用不同墨色重叠所形成水墨分离效果——这种现代水墨中经常使用的技法早被先生运用得得心应手,但是与炫技者不同,张朋先生巧妙利用这种水墨效果既表现物体的质感,又形成了独特的笔墨趣味。例如,他在作品《舐犊之情》中利用不同层次水墨的分离效果,很好地表现了梅花鹿身上的花纹感受。在《三鲜图》这幅画中,利用分离效果来表现鱼鳞,鱼肚留白,整幅画全用水墨,却让人感觉光彩淋漓,真有"墨分五色"的效果。另外,他还喜欢用此技法表现远山的层叠等效果,这些水墨肌理既有强烈的现代感,又能表达画家的细腻情感。

第三,众所周知,齐白石先生的大写意花鸟在题材上较之古代有极大拓展,从日常花卉到劳作农具,从生活琐物到文房器物,可以说包罗万象。同样,张朋先生继承了齐白石先生观察生活和自然的习惯,对于一些传统绘画中并未关注或者表现不充分的题材进行探索。例如1973年创作的《丰收图》,是他在崂山的写生作品,满树的鸭黄梨子点缀于繁枝茂叶间,这些题材很少出现在前人的作品中。但是张朋先生不管是写生还是临摹传统,都有很强的转化能力,我认为这是个人绘画天赋所致。正如董玄宰说"气韵生动不可学,此生而知之"。尤其是张朋先生对于猴这一题材的发展,即使放入整个中国花鸟画艺术史中也能占有一席之地。[①] 他笔下的猴完全脱开旧有程式,情态各异,个性十足,或独坐山巅,抬头远望,或于松间嬉戏、逍遥自由,或怀抱硕大寿桃,惊恐而望,凝想而思。大笔淡墨勾出四肢动态,浓墨点醒手指、脚趾,散锋勾写胸前毛发,再用胭脂或赭石染色突出眼神。他笔下的猴子既是"江山不倦登临眼,天地无遥一线涵"高瞻远瞩的英雄,又是"嗜果贪无足,攀援与依附"唯利是图的小人,画家借助这一载体来表达对社会的认知,同时也表达出画家的情怀和胸襟。

最后,是张朋先生全面的艺术修养,他的画无论构图还是意境不落俗套。

---

① 在宋代有著名的画猴名家易元吉,画论中记载了易元吉为了摆脱旧习,超轶古人之所未到:"遂游于荆湖间,搜奇访古,名山大川,没遇胜丽佳处,辄留其意,几与猿狄鹿同游,故心传目击之妙,一写于毫端间,则是世俗之所不得窥其藩也"。张朋先生的猴之所以能够达到这样的程度也与他长期的观察是分不开的。

张朋先生一生用心于花鸟画,但是他数量相对较少的山水、人物画也精彩异常,有些在构思和笔墨的抒发上甚至超过一般的花鸟画。在《水清三五鸭》这幅山水画中,画家利用了几笔便勾勒出了一派田园诗意,三个山丘、五株小树、三只戏鸭和一个汲水人——或许是那个时代人人皆能见到场景,除了面积较大走向不一的几个墨团和点睛物象外,其他都留给空白,极强的剪影效果和构成意识传递出一种浓郁的诗情,此种气氛的营造会让人联想到齐白石先生《十里蛙声出山泉》的意境,我们不禁叹服张朋先生的敏锐和智慧,如果没有熟练的笔墨技巧和过人的才华和天赋绝不会得此绝妙的创造。张朋先生曾画《大寿图》,画面中一鹤、一石、一灵芝,石头由浓而淡,直至飞白,几乎占据二分之一的空间,仙鹤曲颈引行,整个头埋在石头之中。整个画面如同达摩面壁,给人一种压抑之感,但是在这种氛围中,鹤的眼神显地更加坚定、深邃。画家的处理可谓巧妙而又富有创造性,此非大才不可以得此佳思。

张朋先生的每张画皆是惨淡经营,因此极少有重复、草率之作。与山水大师傅抱石相似,尽管作品数量少,但耐读。他曾自作诗"年华十二留丹青,六五衰翁太瘦生。墨迹三千儿永宝,一生心血笔中情",可见先生对自己的作品是十分看重的,把这些倾洒了情感的画作看作一生的心血。

三、居高声自远

近代画家陈师曾在《文人画之价值》中说"所贵乎艺术者,即在陶写性灵,发表个性与其感想。而文人又其个性优美,感想高尚者也,其平日所修养品格,迥出于庸众之上,故其于艺术也,所发表抒写者,自能引人入胜,悠然起淡远幽微之思,而脱离一切尘垢之念。"①他所强调的文人品格是文人最为看重的东西,从陶渊明表达"倚南窗以寄傲"开始,能进入文化核心的文人墨客,无不是在精神表达上,淡泊名利、高标逸致的岩穴上人,因为文人画本质在于以艺载道。徐渭、"八大山人"所开创的大写意的价值意义就在充分表达人的个性和思想,因此我们在欣赏他们的艺术的时候,也可以说是和一个高贵的灵魂在对话。

对于生活中的矛盾心理,张朋先生的选择是不争,但是内心的孤傲却是通过艺术作品来宣泄的。他画的鹰、鹤大多是引颈向天,我们能够从中联想到梁楷所描绘的《太白行吟》的形象,自由洒脱、曲高和寡、不愿流俗,李白把内心孤傲转化为诗句便是一种舍我其谁的豪气,在张朋先生心中也隐藏着这样一种不

① 陈师曾《中国文人画之研究》,浙江人民出版社2016年版。

羁之气。"拔地冲天干,居高声自远"是先生的一句题画诗,他曾多次以此题句创作,可见对于此句的喜爱。张朋先生通过入云巨木和居高之蝉,宣扬和抒发了是一种积极向上的人生大境界。

选择隐逸,往往是中国文人内心的最终归宿,或者说越是往文化深处走,越会有孤芳自赏的情结,直到变成一株空谷幽兰、雪中红梅。正如虚谷在自己喜爱的一方砚台上的赋诗"但愿终生伴此石,何愁迟暮老风尘。茫茫本是知音少,自赏孤芳自写真",生活的艰辛并不能消磨君子的品格。

从某种意义上讲,张朋先生就如同一朵开在岛城的孤独之花,他的精神品格一直激励着后来者。张朋先生最大的贡献就在于实践了一个文人的精神理想,甘于寂寞,淡于名利,忠于内心,而他的绘画正是这种意识思想下结出的果实,他对精神品格崇尚既是中国传统文化所强调的核心内容,也是弘一法师所说的"画以人传,而非人以画传"的价值体现。

结　语

张朋先生是 20 世纪下半叶继承传统并有所独创的艺术大家之一,他的一生淡泊名利,潜心研究书画,在晚年,他为岛城的书画赢得巨大的声誉,并至今不衰。他的绘画理念影响了一大批岛城画家,诸如隋易夫、孙增弟等等。他修养全面,在山水、人物等题材上皆有造诣,他的花鸟画遥承沈周、"八大山人"以来的文人画传统,近师吴昌硕、齐白石,并吸收了岭南画派的一些精髓,主张金石入画,画简意远,尤其是对齐白石所形成的大写意风貌既有继承又有拓展。从某种程度上说,他是近代后期北方大写意花鸟画的一位集大成者,与同时期的花鸟画家相比,他的画大气生动,又不乏个人面貌,诗、书、画、印有机熔为一炉。近代几位绘画大家李可染、李苦禅、吴作人等都对其有很高的评价[1],著名的评论家陈传席先生把张朋、陈子庄、黄秋园、陶博吾称为"近代在野四大家"。但是我觉得由于时代环境的原因,这些评价尚不能完全概括张朋先生的艺术成就,随着时间的推移,我们会发现张朋先生身上有很多艺术现象值得我们重新思考和研究,比如他的学习模式,他是如何把传统、写生转化为个人的风格?他既没有通过学院教育,也没有明确地拜师学习,他似乎就在岛城这样一个非中心城市的地方默默探索着自己的艺术之路,并达到了很多人难以企及的高度。

---

[1]　李可染先生说"张朋先生太不平凡了",吴作人先生说"历史不会淹没张朋先生的绘画",李苦禅先生说"白石之后,一人而已"。

当一个人离群索居,默默探索和践行一种价值原则时,似乎跟眼前的时尚没有关系,有时候社会只会把你看成猛兽而不是神灵,但是历史就像一个凹凸镜,多少年以后,真正的价值开始重新浮现,人们往往才会认识到这种价值的光辉。张朋先生的画凝练概括,能直指人心,直抒胸臆。他一生甘于寂寞,甘于平淡,将绘画和人生有机地结合在一起,进入了传统文化的至高境界。正如赵朴初赞扬弘一法师的话"无数珍奇供世眼,一轮圆月照天心",张朋先生便如同海上升起的一轮明月,任凭风吹浪打,平静地照耀着海面,不管历史曾给予他什么样的评价,他将永远给其他的艺术航海者指引方向。

亓文平:博士,青岛大学美术学院讲师。

青岛名山文化旅游产业开发途径探究 *

宫爱玲

青岛名山文化是青岛文化的重要组成部分。青岛文化具有极其丰富的文化内涵,如蓝色海洋文化、啤酒文化、影视文化等。在笔者看来,青岛名山文化是在上述诸多青岛文化成员的基础之上,增加的新文化内涵与文化品牌。青岛名山文化具有极其丰富的内涵,既包括综合性的青岛名山民俗文化、节庆文化、革命文化等,也包括具体的崂山文化、大泽山文化、珠山文化等。名山文化对所在城市具有极其重要的意义和价值,乃至成为整个城市文化的标志性文化,如黄山之于黄山市、泰山之于泰安市、崂山之于青岛市。青岛除拥有中外驰名的海上名山崂山之外,还拥有大泽山、珠山、马山等知名山体,对青岛名山文化进行科学合理的旅游产业开发,将对青岛地域文化品牌建构具有重要意义。

一、依托青岛名山节庆文化,打造青岛名山节庆旅游品牌

1. 依托青岛名山独特美景,构建名山赏景节庆文化活动

青岛名山林立,秀姿各异,号称"海上第一名山"的崂山更是外地游客来青旅游必经之地。千百年来,崂山秀美奇绝的自然景观吸引了无数游客前往,更有文人墨客驻足留诗,为崂山留下宝贵的人文景观。崂山美景除拥有北九水这一常年性景观外,还有季节性景观。以青岛崂山的樱桃花会为例,盛产樱桃的崂山地区如崂山第一樱桃山谷城阳岈峪,号称"齐鲁第一樱桃谷",每年三四月份,山谷漫山遍野开满绚烂的樱花,花海如同仙境①,"河道两侧的樱桃花一望无际,漫山遍野汇成白色的花海;穿行在其中,犹如在画中行走,淡淡的花香随风拂来,沁人心脾,让人陶醉;远处的小村落则被樱桃花包围,'包裹'着精致的民

---

* 本文系 2017 年青岛市社科规划项目青岛名山文化研究(QDSKL1701096)资助成果、2015 年山东省高等学校科研项目齐鲁名山文化产业开发研究(J15WD33)资助成果。

① 宋新华《俯瞰樱桃谷 花海如仙境》,《青岛晚报》2016 年 3 月 31 日。

宅,再加上崂山郁郁葱葱的'背景',岈峪瞬间让人找到了世外桃源的感觉"①。因这盛况空前的樱花美景,很多外地游客每年在樱桃盛开时便携亲朋好友踏春赏花②,除了崂山樱花盛会外,每年春天,九上沟风景区也有大片的樱花盛开,九上沟的九条山谷,漫山遍野都是樱桃树,樱桃花过后,杏花、桃花次第开放,整个山谷沐浴在花的海洋中,行走其间仿入仙境。游客无不被九上沟世外桃源般的美丽深深震撼。

青岛的春天,除了赏樱花外,影响较大的还有大珠山的杜鹃花会。每年三四月份,大珠山珠山秀谷的万亩野生杜鹃花竞相开放,"红"动山谷,蔚为壮观③,吸引着成千上万游客前往赏花踏春,场面盛极一时。除了大珠山景区外,崂山景区巨峰景区、浮山北麓、小珠山、大泽山、二龙山等较高的山头也有杜鹃花开放。杜鹃花会影响越来越大,日益成为青岛地区规模盛大的赏花盛会。

2. 依托青岛名山土特产品,构建名山美食节庆文化活动

青岛名山以其独特的自然环境孕育了仙境般的美丽景色,还奉献了味道鲜美的土特产品,如崂山樱桃、大泽山葡萄、鹤山柿子。以樱桃、葡萄、柿子为节庆文化核心的崂山樱桃节、大泽山葡萄节、鹤山柿子节,成为青岛地区影响较大的名山美食节庆文化活动。

先说崂山樱桃节,每逢崂山樱桃节,人们携亲朋好友,入樱桃园,现场采摘品尝,购买樱桃,馈赠亲朋好友,成为崂山独特的风景。樱桃节也成为崂山地区乃至整个青岛地区重大的节庆活动,与此同时,樱桃节期间,青岛各大媒体都会有大幅度的相关报道,使得这一节庆活动真正成为人民的美食狂欢盛会。大泽山葡萄节更是近几年青岛节庆文化的新秀。大泽山葡萄节原为大泽山区的民间传统节日财神节,后经政府改名为葡萄节。每年葡萄节期间,八方游客云集大泽山,品尝购买大泽山葡萄,成为大泽山乃至青岛地区的一大盛事。再看鹤山柿子节,较之樱桃节和葡萄节,鹤山柿子节的名气虽不及前两者,但也是鹤山周边地区重要的节庆活动。每年秋季,柿子成熟,火红的柿子垂挂枝头,百姓前来采摘、品尝、购买,异常热闹,同时可以欣赏到千亩柿子园的美景,鹤山每年秋天金柿红遍,美景美柿令人流连忘返,被誉为"杏林飞霞"。除了柿子采摘外,还有山楂、苹果等水果供游人采摘,柿子节成为百姓品尝美食、登山赏景、休闲放

---

① 宋新华《俯瞰樱桃谷 花海如仙境》,《青岛晚报》2016 年 3 月 31 日。

② 宋新华《俯瞰樱桃谷 花海如仙境》,《青岛晚报》2016 年 3 月 31 日。

③ 傅春晓《相约四月天,满山红杜鹃》,《青岛晚报》2016 年 3 月 31 日。

松的好去处。

除了上述重大节庆活动期间外,在非重大节庆期间,青岛名山因其独特的水质而培育了诸多优质的水果蔬菜采摘园,如莲花山水果采摘园、天柱山茶叶采摘园,它们为当地百姓提供安全绿色的有机蔬菜水果。

3. 依托青岛名山优越地理环境,构建登山健身节庆文化活动

依托名山举办健身主题活动,也是青岛名山节庆文化开发的重要举措。2017年国庆节期间,青岛西海岸在三大景区(大珠山、小珠山、琅琊台)联合举办了西海岸首届绚秋花样跑山节,活动要求跑山选手身着卡通或古装服饰,吸引众多游客参与,三个景区主题不同,分别为:古风祈福——寻历史留痕(琅琊台风景名胜区会场);海誓山盟——爱的仪式感(大珠山风景名胜区会场);有氧趣味——健康欢乐行(珠山国家森林公园会场),与之对应的则是:琅琊台风景区——古风祈福跑;大珠山风景区——海誓山盟跑;小珠山风景区——有氧趣味跑,花样跑山节成为集体育健身、趣味游戏、旅游休闲为一体的狂欢活动。

而作为杜鹃花会的预热活动,2017年3月份的大珠山跑山节也一派喜庆。除了花样跑山节,2016年在马山成功举办了中国—东盟山地(马山站)马拉松比赛活动,吸引了众多游客参与。

二、依托青岛名山地理环境,构建名山游乐文化品牌

1. 依托青岛名山山体条件,开发滑雪、滑草、攀岩、跑马等游乐项目

纵观青岛名山,目前在山上建构滑雪、滑草旅游、跑马御马等项目成为不错的游乐项目,如藏马山的滑雪场、跑马场,小珠山的滑雪滑草场,莲花山的滑雪、滑草场,除滑雪滑草游乐项目外,各大名山还多设有冒险攀岩等项目,这些项目冬季滑雪、春秋滑草,一年四季不间断,融健身、冒险、旅游、娱乐为一体,深受游客喜爱。

除了较为传统的滑雪滑草、跑马攀岩项目外,莲花山于2017年国庆节开发了大型的卡丁车跑道,供游客玩耍。莲花山卡丁车赛车场是目前青岛地区最大的赛车场。起源于20世界50年代末的美国的卡丁车运动成为市民减压、健身、娱乐的运动,也是青岛名山游乐项目开发的新生事物。

2. 依托青岛名山天然森林公园,构建大型动植物公园

名山优越的自然环境非常适宜建设动植物园,国内已经有非常成功的案例,威海的神雕山动物园便是依托神雕山优越的自然地貌,建成的野生动物园,成为威海旅游的标志性文化名牌,极大拉动了当地经济旅游的发展。目前青岛

小珠山、藏马山都已建成动物园,分别为青岛森林野生动物园、青岛藏马山野生动物园,在这两座动物园中,游客除了可以欣赏动物外,还可观赏到精彩的动物马戏表演,如小珠山的狮虎表演、藏马山的山羊走钢丝等;与此同时,两座名山还建有跑马场,成为游客策马扬鞭必经之地,深受游客喜爱。

另外,藏马山还建有诗经·动植物园,园区内种植有《诗经》中所描述的荇菜、萱草、白茅、木槿等植物 60 余种,诗经·动植物园成为"集新优观赏植物品种展示、植物造景、休闲度假、科普宣传、健身养生于一体的清新自然、天人合一的植物王国"①。园中看似普通的动植物,因为有了《诗经》这部古老诗集的文化底蕴依托,白鹅、黑天鹅乃至牛、马、猪、驴等动物便不再是普通家常的动物,而是有着千年的文化气息。而那些看似极为常见的植物,也因为在《诗经》中的现身与吟咏,而成为诗意满身的花花草草。因此,《诗经》极大提升了诗经·动植物园里动植物的文化内涵。

三、以青岛名山文学为依托,打造名山文学旅游品牌

除了优美的景色、动人的美食外,文学资源也是青岛名山文化产业开发的重要基石和文化依托,深挖名山民间文学资源,开发文学旅游产业,也是青岛名山文化产业开发的重要途径。

1. 开发文学资源,打造文学旅游品牌

文学资源包含名人文学资源和民间文学资源,就名人文学资源而言,目前国内名人文学旅游开发的成功案例较多,如高密莫言家乡依托莫言文学资源,大力开发莫言旧居、莫言文学馆、红高粱影视基地等旅游项目。自莫言获诺贝尔文学奖以来,游客数量逐渐增加,目前已成为高密文化旅游的重要产业支柱和文化名片。再如淄博依托蒲松龄的《聊斋志异》,打造聊斋城,成为淄博旅游的重要文化品牌,更是山东省五大旅游景区之一。除依托名人文学资源外,依托富有地域特色的地方民间文学资源打造旅游品牌也是重要举措。比如湖北宜昌依托王昭君传说,打造王昭君传说相关的旅游景点及旅游文化,使原本名不见经传的小山村成为远近闻名的旅游胜地。广西宜州则紧紧围绕刘三姐故乡和歌圩品牌,极力打造刘三姐文化旅游品牌,取得文化、经济、旅游的巨大成功。上述文学资源旅游产业开发的成功案例无疑将为青岛文学产业开发提供良好借鉴。

2. 依托青岛名山民间文学资源,打造名山文学旅游品牌

---

① 殷萍《藏马山建诗经植物园　种荇菜萱草等诗经里植物》,《齐鲁晚报》2014 年 11 月 6 日。

青岛名山孕育了极其丰富的名山文学,名山文学包含名山文人文学和名山民间文学,尤以名山民间文学最为繁荣,名山民间文学以民间故事和传说最具代表性:

(1)崂山民间故事及传说。崂山民间故事已被列为国家级非物质文化遗产保护名录,代表作有《崂山历代名人故事》《崂山民间故事集》《崂山故事选》。另有青岛浮山的相关传说《浮山的故事》《百花仙篮变浮山》《浮山带帽的传说》等。①

(2)平度名山民间故事及传说。平度名山以大泽山最为著名,与大泽山相关的神话故事、民间传说、民间故事非常多,比如神话《女娲长眠大泽山》《五龙埠的传说》;民间传说《李世民射泉汇大泽》《范蠡洞与西施洞》讲述了大泽山名字的由来;另有动人的《玉皇顶上飞砖瓦》《金蛤蟆》《干哥鸟》等民间故事。与大泽山相邻的茶山也是一座有着悠久历史的名山,相关故事也非常丰富,如《茶山日出》《神茶的传说》《双龙池》。

(3)胶南名山民间故事及传说。胶南地区名山众多,以琅琊台(山)、大珠山、小珠山、藏马山、铁橛山等为代表。与大珠山相关的民间传说有《龟儿石和鹰儿石》《朱朝洞的传说》《冰臼、聚宝盆的传说》等,与小珠山有关的民间传说有《姜公背姜婆的传说》《釜台筒的传说》《为什么渔家出海先祭女海神》。胶南琅琊台有《琅琊台的来历》《琅琊台棒槌参的传说》《秦始皇三上琅琊台》等。藏马山的传说则清晰地刻在藏马山风景区的石碑上,向游客交代了山名的由来:秦始皇苦苦寻来长生不老仙药,刚要食用,却被白马抢走,秦始皇派兵追赶,不料白马跑进山里,难觅其踪,该山由此得名藏马山。

(4)即墨名山与民间故事传说。即墨名山较多,如马山、灵山、鹤山、龙山、驯虎山、华山、凤凰山、高山、鹰嘴山、天柱山、四舍山等,尤以马山、龙山、灵山、鹤山最为著名。以马山为代表的即墨名山大都有与之相关的民间传说。这些民间传说在即墨文化、青岛文化乃至全国范围内都具有较为重要的影响。马山传说是千百年来流传在即墨及周边人民群众中间的一组极具神话色彩的民间故事。它兴于唐宋时期,盛于明清及现当代。马山传说主要由《刘仙姑的传说》《仙丹的故事》《黄嘉善与马山狐仙》《狐仙送药》《狐仙治贪》《丽娘择婿》等一组相互联系又相对独立的故事组成。与马山有关的民间故事有《马山别传》《马山金大王》《黄嘉善与马山狐狸》等。马山传说已被列为即墨区和青岛市非物质文化遗产保护名录。灵山素以"钟灵毓秀"而闻名遐迩。与灵山有关的民间故事

---

① 张崇纲编《崂山民间故事全集》,中国海洋大学出版社 1993 年版,第 4、12、14、19 页。

有《灵山狐狸》《灵山清霄元君》《灵山老母的传说》,其中以《灵山老母的传说》最为著名,故事讲述了灵山老母的由来和百姓对其的敬奉。作为崂山的余脉,鹤山孕育了悠久的民间故事与传说,鹤山的传说包含了《求雨》《八仙显灵》《将军观海石》《鹤山》等子故事,故事讲述了鹤山百姓旱情求雨、明末抗倭、鹤山名字的由来,对我们了解鹤山的自然风貌、风土人情、人文历史等具有重要价值。鹤山传说已被列为即墨区级非物质文化遗产保护名录。龙山则有国家级非物质文化遗产"没尾巴老李"的传说,尤以龙山的传说系列最具代表性,包含《没尾巴老李祭母除孽龙》《没尾巴老李惩治德、日军》《龙山的钥匙》《没尾巴老李杀白龙为民除害》《没尾巴老李行云布雨》《没尾巴老李擒凶申民冤》《没尾巴老李率众战沙俄》七个故事系列。"没尾巴老李"的传说已成为即墨区的重要文化品牌。

(5)胶州名山民间故事及传说。在青岛辖区当中,胶州名山较少,较为著名的当属艾山。与艾山相关的民间传说有《石耳争奇》《艾山顶上石老人》。传说讲述了太阳神和二郎神争斗不休,因百姓求情,二郎神放过太阳神,放下手中大山,此山即为艾山,他靴子中掉的两块石头便是东石和西石。①　除了艾山传说外,胶州民间故事中还有关于百埠山、鸡冠山、石马山、遥望山的民间传说。北邻艾山的九顶莲花山是近年来旅游产业开发的"后起之秀",九顶莲花山建有生态旅游示范园、滑雪滑草场、卡丁车赛车项目等。与莲花山美丽名字相对应的是美丽的传说:观音路过此地,恰逢此地瘟疫横行,观音化身卖药老翁,根除瘟疫,百姓感恩戴德,观音深受感动,走时步步生莲,连走九步,走过的九个地方变成九座山头,即为九顶莲花山。

(6)城阳名山民间故事及传说。城阳境内有三标山、毛公山、女姑山、驯虎山、凤凰山、铁骑山。和马山相似,三标山的民间故事多与狐狸有关,具有浓郁的狐仙文化,如《报大恩狐狸做红媒》《大勇猎狐结良缘》《狐狸闺女剪媳妇》;铁骑山则有《铁骑山唐王插铁旗》《铁骑山的传说》等;女姑山则有《女姑山传说》②,故事中的姑姑子教会男孩为百姓治好瘟疫,被百姓奉为仙姑,仙姑所在的山为女姑山。

综上所述,名山民间文学为青岛旅游产业开发提供良好的文化资源,而对资源的转化可以通过多条途径完成,如以名山民间故事为依托建造主题景观、主题雕塑;以名山民间文学为依托构建主题庙会、主题节庆等。

---

① 胶州市文化馆《来自胶州的传说:胶州民间故事》,胶州文化馆编印 1986 年版,第 148～149 页。
② 张崇纲编《崂山民间故事全集》,中国海洋大学出版社 1993 年版,第 30 页。

四、依托青岛名山庙会文化，打造青岛名山庙会旅游品牌

青岛名山孕育了丰富的庙会文化，每逢庙会，当地百姓云集参与，烧香祈福，祈福家和事兴、国泰民安。目前青岛地区较为著名的名山庙会有东京山庙会、藏马山庙会、马山庙会。

东京山庙会据传自明朝开始，迄今已有数百年的历史，每年的正月初一、正月二十、三月初三、六月初六、九月初九是逢庙会的日子。以正月二十的庙会为最盛，当地百姓和外地游客上山烧香祈福，人数最多的一天可达五万之多，是当地影响较大的庙会。

马山庙会自明朝时期开始，迄今也已有数百年的历史，改革开放后，当地政府将马山庙会改名为"青岛马山文化旅游山会"。庙会以旅游观光为主，突出马山的地质科学文化和宗教文化特色，在聚仙宫、白云庵举行道教活动，并且有精彩的文艺演出。

藏马山每逢正月初一至十五举办超级大庙会，庙会"将民俗演艺、炫彩花灯、特色美食、激情滑雪、国际马戏、古装马战、新春大戏台等汇聚于此，耗资百万元打造的大型花灯，还有百场民俗表演、民间绝活、国际马戏等"[1]。庙会还有各种中外美食和超级滑雪场，是百姓春节休闲的好去处。

五、依托青岛名山革命文化，打造青岛名山红色旅游品牌

青岛九上沟、大泽山、藏马山都孕育有丰富的红色革命文化。以藏马山为例，藏马山的红色革命文化较突出体现在军事展出和唱红歌活动，2017 年国庆节期间，藏马山景区举办军旅文化音乐节和藏马山军旅文化展。音乐节邀请国内知名军旅歌唱家演唱战歌、军歌，曲调激昂向上；军旅文化展则展出了一架架最新的仿真模型，飞机、坦克、大炮，无不栩栩如生，展现给游客壮美的军事画卷。军旅音乐与展出营造了藏马山浓郁的军事文化和红色文化。

大珠山则有万人同唱映山红等红色革命歌曲活动，吸引大批社会艺术团体和游客参与。大泽山也孕育了丰富的革命文化，抗日期间大泽山人民发明的石雷战让日军闻风丧胆。九上沟更是青岛知名革命老区，是胶南抗日战争和解放战争时期的"红色根据地"，"九上沟所在的铁山办事处所辖属的杨家山里是抗战时期著名的抗日根据地，杨家山里的百姓和地下党组织联防，政治上不受日

---

[1]　于波《藏马山"收藏"千亩野生动物园》，《青岛晚报》2016 年 1 月 27 日。

伪管制,经济上不向日伪纳捐交粮,即使在抗战最艰苦的岁月,这里的红旗仍在飘扬,成为周边地区抗日的'领头雁'"①。为了抵御日军侵略,"胶南党组织广泛发动群众,以杨家山里抗日自卫武装——'团练'为基础,建立了以杨家山里为中心的48个村的抗日联防,开辟了方圆百余里的红色抗日根据地"②。当年的抗战老区现在已成为远近闻名的生态旅游胜地,风景优美,林深谷秀,游客在欣赏上万棵野生樱桃、苹果、杏子所带来的自然美景和美食外,还会前往参观"杨家山里抗日战争纪念馆",感受抗战文化,了解革命历史,瞻仰革命英雄的丰功伟绩。

城阳铁骑山历史悠久,不仅有唐王插铁旗的传说,更有近代著名战役发生于此。③ 1949年5月28日,我军与国民党军队曾在铁骑山上展开激烈的拉锯战。我军将士英勇奋战,最终粉碎国民党的战略阴谋,成功占领铁骑山。

六、依托青岛名山民俗文化,打造青岛名山民俗旅游品牌

青岛名山文化孕育丰富的民俗文化,以即墨龙山为例,自明朝时期,每年都在龙山举行祭龙大典。祭龙大典依托已被列为国家级非物质文化遗产保护名录、发源于龙山的"没尾巴老李"的传说而举办。祭龙大典规模盛大,丰富多样的民俗活动吸引众多游客前往,是青岛地区知名的民俗文化活动。再看琅琊台,琅琊台依托琅琊山建造而成,每年正月,琅琊台景区都要举行祈福法会暨祭海仪式,"祈福国泰民安、风调雨顺;祈福人民生活吉祥如意、家兴业隆;祈福学子们学业有成、功成名就。法会现场热闹非凡,游客信士络绎不绝,为当地群众和游客打造了一道独特的饕餮视觉盛宴"④。琅琊台度假区的龙王殿则是根据史料记载和民间传说,重新恢复建设而成,为当地群众和游客提供了一个祈求风调雨顺、幸福平安的好地方。⑤

七、依托青岛名山养生文化,构建青岛名山养生旅游品牌

青岛名山蕴藏着丰富的养生文化资源,以藏马山的丹溪温泉为例,丹溪温泉"以全新的森林温泉沐浴,龙马文化、秦始皇寻找长生药、秦母沐浴典故传说为主题,融合自然山水和养生文化于一体,从视觉、功能、意境等精神层面,以完

---

① 赵玉勋、张建华《革命老区成远近闻名的风景区》,《青岛早报》2017年5月2日。
② 赵玉勋、张建华《革命老区成远近闻名的风景区》,《青岛早报》2017年5月2日。
③ 陈博州《拉锯战血染铁骑山》,《惜福恒言——惜福镇民间故事集》,青岛出版社2008年版,第182页。
④ 刘涵哲《琅琊台风景区祈福法会暨祭海仪式隆重举行》,青岛新闻网,2016年2月20日。
⑤ 刘涵哲《琅琊台风景区祈福法会暨祭海仪式隆重举行》,青岛新闻网,2016年2月20日。

善的吃、住、游、购、娱、行、养生、养老、教育、文化体验、商务洽谈等项目相配套的独具特色的全新温泉度假景区"①。丹溪温泉成为游客冬天泡温泉、夏天戏水的绝佳场所。藏马山养心谷项目则"以中国传统文化的琴棋书画诗酒花茶禅药医等元素构建不同主题的院落,作为养生度假综合体的重要项目,目的是探索养生的最高境界"②。另外,藏马山、大小珠山、铁橛山等山地适宜于生长药草,山中的药草多达几百种,是研究中医草药的最佳地带。③ 依靠琅琊山建造而成的琅琊台则在帝王名人文化、山海和谐文化、历法祭祀文化之外,还具有浓郁的方士养生文化,"琅琊台是齐、秦方士聚集的地方。以安期生、徐福为代表人物的方士们,经常活动在琅琊台地域和沿海一带,他们崇尚易经八卦,信仰阴阳五行说,潜心研究养生福寿文化。安期生以种海枣延年益寿而著名,徐福则以求仙药觅长生而传为佳话"④。

八、依托青岛山海资源,打造山海国际度假旅游品牌

青岛拥有世界级山海岛资源,旅游度假产业将成为未来发展的十大新兴产业之一。作为滨海城市,青岛诸多名山坐拥天然海湾美景,具备发展旅游度假产业的绝佳资源,依托青岛名山山海资源,打造国际旅游度假区或世界级滨海度假目的地,将成为未来青岛名山文化资源开发的重要举措。以藏马山为例,作为近年来旅游文化产业开发的新秀,藏马山的旅游文化产业开发日新月异,取得了骄人的成绩,从蓝莓小镇、丹溪温泉,到诗经·动植物园、千禧谷·恐龙谷,藏马山正迈步进入集养生文化、休闲娱乐、文化创意、商务会议和绿色居住等功能于一体的国际级旅游度假区。再看琅琊国际旅游度假区,作为山东省十五个省级旅游度假区之一的琅琊台正着力打造世界级旅游度假目的地,宜人的气候与世外桃源般山海美景的融合,使得琅琊台成为不折不扣的"风水宝地",将成为世界各地游客度假旅游的"宝地"。

原载《中共青岛市委党校、青岛行政学院学报》2018年第2期。
宫爱玲:博士,山东科技大学文法学院副教授。

---

① 藏马山丹溪温泉景区石碑解说辞。
② 于波《藏马山"收藏"千亩野生动物园》,《青岛晚报》2016年1月27日。
③ 《琅琊文化的含义和特点》,青岛琅琊台风景名胜区,2015年12月18日。
④ 《琅琊文化的含义和特点》,青岛琅琊台风景名胜区,2015年12月18日。

文学理论
与批评

鲁迅《野草》研究存在的三个问题 *

李玉明

本文尝试以"问题意识"切入《野草》研究的内面,力图探讨这一研究背后更内在的比如在观念层面和方法论层面上的问题,虽然这种考察只能以《野草》研究本身为基础或出发点,然而并非关于《野草》研究历史与现状的描述,不是在"观点层面"的整理和概括,所以在行文中较少涉及对具体论著的介绍和批评。①《野草》研究不仅之于鲁迅研究,而且对于整个文学研究均有特殊性,这种特殊性尤其表现在,它总是对研究者的文学观念和研究方法提出特别要求,它拒绝局狭和单一,拒绝机械和割裂的生搬硬套,日本学者竹内好在谈到《野草》中的一首散文诗《聪明人和傻子和奴才》时曾说,"不过,我感觉到解释这篇寓言恐怕需要解释者在主观上具备某种条件,而这条件是由作为阅读对象的鲁迅那一方面反过来规定着的"②。这也是《野草》研究历来争议巨大的原因之一,也因此,诸学者总是隔三岔五地对《野草》研究现状发表看法,进行反思。③

在今天,《野草》成为鲁迅研究的"重镇"之一,这一格局的形成也经历了一个发展过程,如果从章衣萍转述鲁迅自称的"《野草》哲学说"始④,这一研究已近90年。田建民、李美琼在《〈野草〉研究史略》一文中对此作了较深入的梳理与总

* 本文系国家社科基金项目"中国意识的重建"(15BZW131)的阶段性研究成果。

① 这方面可参见田建民等的相关研究。如田建民、李美琼等《〈野草〉研究史略》、《近年来〈野草〉的情感解读与比较研究》《新世纪〈野草〉研究综论》等;文学武《地火依旧在奔突运行——论新时期的〈野草〉研究(1981—2001)》;崔绍怀以此为题获国家社会科学基金立项并出版专著《多维视野中的〈野草〉研究概论》。

② 竹内好《近代的超克》,孙歌编,北京三联书店 2005 年版,第 205 页。

③ 参见孙玉石《鲁迅阐释的空间与限度——以〈野草〉为例谈鲁迅研究方法的科学化问题》;孙郁《〈野草〉研究的经脉》;刘进才《文本阐释的有效性及其限度——近年来〈野草〉研究的偏至》;古大勇"过度阐释"与"偏离鲁迅"——对新时期"鲁迅研究"的反思(二)》;汪卫东《"诗心"、客观性与整体性:〈野草〉研究反思兼及当下鲁迅研究中存在的问题》;赵学勇《新世纪以来〈野草〉比较研究的三种倾向》。

④ 章衣萍《古庙杂谈(五)》,《京报副刊》1925 年 3 月 31 日。

结。除了传统的思想艺术研究以外,20 世纪 80 年代以后,从最初的引入心理学角度,到从人生哲学、生命意识、宗教等哲学层面展开《野草》研究,可谓不断深入深化。此后,比较影响研究作为一个有力的维度得到研究者的青睐,随着西方文化和文艺理论的介绍、更新,研究者不断尝试各种理论和方法,首先是存在主义学说(如彭小燕的研究),此后是比较文化学和原型理论在《野草》研究中的运用均有扎实的成果和创获,这类尝试不仅开拓了研究者的视野,而且使《野草》研究面貌为之一新。还有一个情况就是,《野草》研究一直沿袭了争鸣的传统,比如 21 世纪前后,所谓婚恋情感维度研究的泛滥,一批批评文章随之出现,李今、刘进才、裴春芳等的文章要求对《野草》研究的这一"过度阐释"倾向保持警惕,尖锐批评。① 在我看来,这类研究已经不是"过度阐释"等学术层面所可囊括的范围,它将《野草》和鲁迅研究彻底庸俗化,使之变成世俗层面的颇具刺激性的"小道消息"之类,早已不是"乏学理可陈"的问题了,因为它与学理无涉。此外,国外学者的有关《野草》的研究从研究视角、方法到意识精神方面的考察均令人耳目一新,因为这方面成果的介绍,也出现了国外国内互动的局面。国外《野草》研究的重镇在日本,据我所接触的,竹内好没有关于《野草》研究的专著,某一首散文诗的系统的解读或论文也不多见,但是《野草》之于"竹内鲁迅"的形成不啻背景式的存在,毋宁说是它的基础或根底;丸山昇、伊藤虎丸也属于这种情况。片山智行、木山英雄、丸尾常喜等则有《野草》研究的专论,对这一研究国内也有学者梳理、反思。② 以上述《野草》研究背景为基础,我提出以下三个问题。

一、以现实主义的社会学艺术原则解读《野草》

在早期《野草》研究中,发掘鲁迅的战斗性精神和现实性态度即成为《野草》研究的一大主题,这在聂绀弩、邵荃麟、冯雪峰的相关论文中均有体现。田建民、李美琼在考察了邵荃麟《鲁迅的〈野草〉》长文后,这样评论道:文章把 20 世纪 20 年代沈雁冰(茅盾)提出的"不妥协"的战斗精神和"严格地自己批评自己分析"明确为反封建的社会批判和灵魂的自我解剖。此文是新中国成立前站在马克思主义社会发展学说的立场对《野草》进行系统研究的一篇有代表性的文

① 参见李今的《研究者的想象和叙事——读〈鲁迅:为爱情作证——破解〈野草〉世纪之谜〉想到的》、刘进才的《文本阐释的有效性及其限度——近年来〈野草〉研究的偏至》、裴春芳的《"私密探典"的独创与偏至》、王莹整理的《〈野草〉能确证是爱情散文诗集吗?》等。
② 刘颖异《日本的鲁迅〈野草〉研究》,吉林大学 2013 年。

章,为新中国成立后直至新时期的《野草》研究定下了基调。① 这是一种在意识形态统领下,着重在社会历史批评的社会学化的研究模式,其要点在把《野草》看成对某种外在社会现实的反映,是鲁迅战斗精神的体现,因而这种研究往往从鲁迅的生平经历、斗争实践和其他文本中寻找材料,以为"佐证",这实质上向《野草》文本提出了现实主义的现实性、真实性和客观性要求。而且即使在这一研究模式中,他们也敏锐地发现了《野草》神秘的象征气息和阴冷的艺术氛围,力图加以解释,但囿于现实主义"反映论",他们只能在"事实层面"上把这种倾向视为鲁迅在获得马克思主义之前的思想局限,在鲁迅那里是一时的而非主流的、鲁迅正努力克服的东西。到今天,几乎没有研究者不认为《野草》是象征主义的,但是在解读的过程中,却不能将象征主义一以贯之,而且往往因为对象征主义局狭而表面的理解,总是自觉不自觉回到现实主义的框架内,以现实主义的文学观念和艺术原则来评判,似乎现实主义具有无形的修复力。这与通常说的把鲁迅作为某种意识形态权威的"论据"等政治正确无甚关联。《野草》研究在多数情况下是这样的,总是往某种既成的定性的意识形态,比如革命叙事和文化批判叙事上靠拢,似乎有一种高度统一的、本质性的"时代精神",即使在新时期意识形态权威弱化的某些情况下,因为研究者自身的思维定式,《野草》往往沦为某些现实、历史和思想权威的"注脚"或补充,《野草》本身的创造性和独特性面貌越来越模糊了。这形成了《野草》研究的一个学术传统或解读系统,就是以具体的现实事件、政治事件和历史事件,甚或鲁迅生平的个人事件与《野草》一一印证比照,在鲁迅的文本中来回穿梭,检索实证。有代表性的,比如进入《野草》研究甚早、取得丰硕成果的闵抗生先生的专著《地狱边沿的小花——鲁迅散文诗初探》及系列论文,往往采用穿梭于各文体之间的文本互证的方式,大量联系鲁迅的杂文,逐篇分析论证作品的主题,将《野草》看作某种客观性的东西,是可以与现实生活"对号入座"的。这些事件、文本与《野草》对照、考索、诠释、发挥,追求一种客观性和科学性的结果。这些被摘取、运用的事件往往能与文本一一对应起来,然而从另一个角度考察,事件与文本之间即使有关联也往往是片面的,这种客观性和科学性还是流于表面化,陷入一种简单机械的非科学性类比;而且,由于鲁迅杂文具有时代的"感应的手足"的特点(鲁迅语),要摘取这方面的材料是很丰富的,因为各研究者选用材料的不同,因而观点也迥异,甚至互相抵牾,其结果是,《野草》内在的规定性和自足性反而被抛弃了。王

---

① 田建民、李美琼《〈野草〉研究史略》,《河北大学学报》(哲学社会科学版)2015 年第 2 期。

乾坤认为,这是一个阶段以来人文研究的某种定式,"文学、哲学等人文领域的泛社会科学倾向,其突出的特点是思维模式的经验性和实用性"①。在常识一般的现实关系(经验)的层面描述《野草》,使《野草》有用,成为鲁迅批判现实的"工具",《野草》本身也随之丧失。《野草》研究在今天很多方面有所突破,但是这一类研究文章虽已非主流,社会学化仍然是一个强大的解释系统。原因很多,比如出于某种发扬鲁迅战斗精神的良好愿望——这一研究动机在今天已然成为鲁迅研究的一个传统;现实主义主流论的影响,等等;主要的是,《野草》文本晦涩难懂和多义性歧义性的特点,即文本内在的诗体特点和艺术风格对于诸多研究者形成了某种陌生化障碍。然而,"与其说在作者的晦涩造成,不如说一个多世纪以来的社会学眼光遮蔽了读者。它造成了一个大同小异的学术共同体(interpretive community)"。

这一研究模式,其极端的结果就是"情爱说"滥调的出现。第一,它号称对"现实的哲学的"解读不满;第二,它要开辟一个所谓新的,即从"情感的和生命的维度"解读《野草》,所谓另辟蹊径,别开生面。但是,虽然与上述现实主义框架内的社会学解读在观点上不同,甚至结论迥异,然而这貌似相反的两种解读维度在思维方法和基本事实的把握上却呈现出一致性的倾向,只是在价值判断上互相抵牾。即都把《野草》看作客观的真实的,是可以置于某种现实关系中的,只不过现实主义视角取了一个现实性的维度,"情爱说"要突破它,反其道而行之,取了一个"个人化"/"私人化"的维度,将鲁迅个人的生平、经历,有的没的,捕风捉影,随心所欲地硬套在《野草》和鲁迅身上;其思维方式还是视《野草》为某种客观外在"事物"的反映,索隐比照,在两者之间寻求某种对等或吻合,吻合不上,附会不了,就有什么鬼扯的鲁迅使用了"障眼法"之说——"障眼法"说是所有现实主义社会学研究方法的最夸饰的注脚。于是乎,在这一解读维度下,《野草》中的 24 首散文诗或全部或部分是"爱情诗",鲁迅俨然一个"情圣"。《死火》表面上看去,在整部《野草》最像一首"情诗",于是被他们用来大做文章。"死火"指向鲁迅,还是"我"暗示了鲁迅,这些研究者之间就起了很大的冲突,互相抵牾。据说,鲁迅与许广平的爱情经历了相识、初恋、热恋和同居四个阶段,《野草》正好契合了这四个阶段。又根据鲁迅日记和《两地书》,《死火》被"确定"在初恋阶段。诗中有一个意象——"大石车",据说指向对鲁迅的"爱情"说三道四、窃窃私语的封建观念和封建势力,是他们"碾死"了"我"(鲁迅)。鲁迅是一

① 王乾坤《"我不过一个影"——兼论"避实就虚"读〈野草〉》,《中国现代文学研究丛刊》2007 年第 1 期。

个那么在乎别人的窃窃私语和看法的人吗?！20 世纪 30 年代,"第三种人"的苏汶因为左翼作家的批评而"不敢创作",鲁迅讥讽说,其对文学的"拥抱力","又何其弱呢？两个爱人,有因为豫防将来的社会上的斥责而不敢拥抱的么?"——鲁迅文学有一个特点:射向鲁迅的箭,总是会反弹回来,射向研究者本人,此一例也。是否可以这样说,这种论调也受到了光谈个人,光谈前期,不谈革命的政治的,不谈后期甚至贬低后期鲁迅的思潮影响(如李天明受到李欧梵的影响)。总之,这种框架下的《野草》解读不仅鲁迅的"战斗精神"不能得以彰显,所谓开掘鲁迅的"心理深度"也成了空泛之论,所以这种研究背后的现实主义观念也是局狭的肢解的,本质上是"反现实主义"/"现实主义庸俗化"的。

二、对象征主义的无能为力

在现实主义框架内的《野草》解读,其重要贡献之一就是厘清了并构筑了一个巨大的关于鲁迅写作《野草》前后的创作背景,这方面的材料被深入挖掘。必须指出,研究者并非作为"背景"来看待的,借助于这种梳理,他们力图走进《野草》并对其阐释,或干脆在他们看来这就是《野草》研究本身。然而,这仍然是外在的历史层面的东西,还属于《野草》的外部研究,不能因此进入《野草》文本。毋宁说,《野草》所显现的鲁迅的写作姿态,就是"避实就虚",它是非现实或反现实的,也是非客观非逻辑的,它自觉地力避现实主义的现实性客观性,而采用了象征主义的隐喻和暗示,换言之,对于《野草》象征主义属于本体论范畴的特征,是其内在规定性和自足性的显现。《野草》这一避实就虚的艺术面貌,除了"写作动机"的知识性考据以外,我们无法将文本本身实证化和社会学化。① 因此,《野草》拒绝现实主义艺术原则的解读,因为它本身就偏离了。这并非故意的,而是因为我们习惯于现实主义,相应地,对象征主义则有些陌生与隔膜,表现于《野草》研究中就是我们对象征主义无能为力。

如上所述,几乎没有研究者不认为《野草》是象征主义的,并且认为《野草》传达出鲁迅某种彷徨苦闷的心绪。但是,这一观点与其说是基于《野草》文本分析的结果,而毋宁说是结合鲁迅生平经历,尤其是参考了鲁迅自述得出的一个结论或判断。即这一判断并非完全从对《野草》的解读中得出的,大多数情况下仍然属于外加上的。有这样的心绪或心境,不一定结出(创作)这样的果实,不然,如何解释出现于同一时期的《野草》《彷徨》和大量鲁迅杂文之间的差异,现实主

① 王乾坤《"我不过一个影"——兼论"避实就虚"读〈野草〉》,《中国现代文学研究丛刊》2007 年第 1 期。

义与象征主义的差别。所以,解读的落脚点是:《野草》中诗人这一心灵世界是如何呈现并揭示的? 而并非套上一个笼统的"彷徨苦闷"即可随意演绎的,其具体的情绪的和精神的特征是什么,有哪些方面——例如,"阴冷""死亡""牺牲""复仇"和"恶的力量"等等"方面"? 而且,在我看来,就是析出这些"方面"还是显得太大太空,因为更多的时候这些"方面"在文本中只是某种趋向或暗示,朦胧模糊,暧昧不明,而且大多数情况下还处于某种萌芽状态,甚至就是一闪而过的一个念头,或转瞬即逝的某种感觉——是的,《野草》最小的单元就是此起彼伏的某种感觉,是这诸种感觉纠葛在一起,处于神秘朦胧的左冲右突的"感觉状态",在《野草》中诗人所暗示(象征)并力图传达的就是这种"感觉状态"。这种感觉状态是混沌的,不清晰的,因而是无以名状的,而要呈现之传达之,诗人只能——也只有借助于某种变形的超验的意象(比如梦境),将其暗示出来,这就是象征主义的隐喻或波特莱尔的"应和"。诗人无法将其逻辑地现实地"描写"出来,而只能以此物"应和"彼物,即是一种"间接关系"。《野草》之形上玄思,不是某个时刻的认知状态或心理现象,这种象征主义本质上是无法还原为现实的,因为它非日常认知经验。那么,研究者所要做的就是紧扣文本,从文本出发,敏锐地捕捉这种超验的感觉状态,并循着这一感觉,将其层层剖析并揭示出来。这种解读就是象征主义的,也是契合文本的,它有效地避免了将《野草》与其他外在"事件""对号入座",以现实的现成的"事件"来套解《野草》的倾向,所谓坐实坐死,这不是客观性和科学性(客观性是研究对象自身的和固有的属性),它只能造成《野草》的"支离破碎"。

"生命力受了压抑而生的苦闷懊恼乃是文艺的根柢,而其表现法乃是广义的象征主义",即厨川白村所谓"苦闷的象征"[1]。《野草》是散文诗,在诗的艺术形态上其基本单元是"意象",从象征主义的角度看其基本单元也是意象,《野草》中的散文诗其意象包含了从本义、引申义到隐喻义三个层面(有些意象缺少"引申义"的过渡),它们构成了一种层层递进的、互相联系的关系。这是象征主义最基本的艺术特征,然而索之《野草》研究,很少从此展开分析的,换言之,《野草》虽被冠以象征主义,却并未以象征主义对待。

以《求乞者》为例加以分析。在诸多研究者看来,《求乞者》的主旨是:鲁迅批判某种屈服于奴隶命运而向黑暗社会乞怜的人生态度,它由两个意义相联系的层次构成:①"孩子求乞"这一意象,流露出鲁迅憎恶这种乞怜哀呼的、"怒其

① 王世家《苦闷的象征·引言》,《鲁迅著译编年全集》,人民出版社 2009 年版,第 392 页。

不争"式的愤激情绪;②而"我"的"求乞",则显示出鲁迅不肯向黑暗冷漠的社会低头的刚直倔强的心声。结论是:《求乞者》是一种社会批判,虽然有阴冷甚或虚无的情绪,但是鲁迅并未耽溺于悲观主义或虚无主义。显然,在这些研究者看来,《求乞者》文本的前半部分是揭露现实,而后半部分则"象征了"(指向了)鲁迅。但是,如何象征的?又为什么不是虚无主义?《求乞者》的非虚无主义其具体内涵是什么,又如何与其他散文诗如《墓碣文》《过客》《复仇》等《野草》诸篇的虚无主义区分开来?(对于《野草》和鲁迅而言,虚无主义不是什么"一方面""另一方面"的二元论式的东西,在本体论的哲学意义上毋宁说它是鲁迅意识特征的"根底",是其全部或本身;所以,要求研究者具有整体性思维,不是将其割裂或为鲁迅辩护,而是要辨析鲁迅的"虚无主义面目"以及鲁迅如何从虚无中走出。这即是所谓《野草》在意蕴层面上的内在规定性。)对于这些问题,似是而非,究竟什么是"象征主义",还是一头雾水。"我"与"两个求乞的孩子"及其关系,构成了《求乞者》的第一个意象。孩子向"我"乞讨,"我"的态度是烦腻,疑心,憎恶,是"不布施",这是一种批判性态度和否定性评价。那么"求乞行为"揭示了什么呢?在本义上,这仅是(一类人的)一种消极的行为。而在引申义的层面,它指向某种生活情态,显现为(或一种)人的生存方式——"求乞式的生存方式",指向人的或人类的存在状态。这时候,引申义已然作为象征机制的有机组成部分而展开。而在隐喻义的层面上,这个意象的关键点是:"我"面对"孩子求乞"时的态度,因此,散文诗不是什么对于现实(孩子求乞)的外在批判,而是指向了诗人自身,它揭示的是诗人与现实之间的某种冲突和对立关系。这种冲突表明,"我"已经从"赋予我的现实"中脱离了出来,这往往暗示着人的一种觉醒:"我"觉醒了,其标志是"我"获得了先进(与落后相对)的思想和意识,被先进的思想"占有";并在其指导下获得了一个新的态度和立场——一种批判性的态度和立场,凭借着它,考察、审判曾经"赋予我的现实"(孩子求乞——诗人眼中的"人"的某种当下生存状态),于是,在这种审判中现实其落后的一面被凸显出来。所以,这个意象的隐喻义(象征着)指向一个觉醒的自我("我"即诗人);而这个从现实中觉醒的自我,实质上是一个先觉者的角色,因为与"现实"的差异、因为自身的先进,这个先觉者对现实作了那样的"判断"。这是《求乞者》第一层面(意象)的自我,他是一个从现实中觉醒的先觉者。

　　研究者往往把象征主义混同于一般的象征手法,并且与古典的赋比兴相联系,使之变成一种表现手段,很多文章开展了这方面的比较研究。并且引述周作人的观点以作说明,周作人认为所谓"象征",就是古典的赋比兴中的"兴",

"用新的名词来讲或可以说是象征","这是外国的新潮流,也是中国的旧手法"①,他是在表现手法这个层面加以运用的。因此有研究者认为周作人关于"兴"与"象征"的联系,不仅是对象征的误读,也是对"兴"的误解。至于作为创作方法层面上的象征主义其更内在的内涵或特征,是无法在这种研究中被辨析并揭示出来的。这在《野草》研究中属于观念上的错位。通过上面对《求乞者》的解读,我们发现,这"三义"实乃三个层面,这样,象征主义的多层次性特征被揭示出来;多层次性必然产生认识上的歧义,歧义性与多层次性是象征主义互相联系的、二而一的一个特征。此外,象征主义的多层次性特征还有一层内涵。《求乞者》实质上揭示了处在三个不同层面的自我(存在):第一个意象暗示了一个先觉者的自我。第二个意象是:"我"也成了一个"求乞者",显然,这个求乞者暗示了一个现实生存者的自我,一个深深地陷在现实中、被历史和现实所塑造所束缚(被赠予)的一个人。这是第二个层面的自我。对这一现实生存者身份的不满,反抗这一角色及其生存状态(当下),于是出现了第三个层面的自我:一个挑战者的自我。这是不甘于"求乞者"(生存者)地位,"我"反抗这一"求乞者"身份所"得到"的结果,即暗示着在反抗中把握到了自我(存在)的实有,并走向了对于个体生命的肯定。这也是象征主义多层次性特征的表现形式。这三个自我是互相联系的,它是一个心灵世界爆裂了(后)的产物,是这一灵魂审视自身的结果,所以这三个不同层面的自我共同指向了一个完整的灵魂——他发现了自我的不同面目,即自我的不同的存在状态,是对"存在"的不同角色及其归宿的究诘。这样,又抽绎出象征主义的另一个特征:整体性特征。上面提及的,混沌的无以名状的感觉或感觉状态,既是一种感觉性特征,也是一种整体性特征,所以整体性/感觉性是象征主义的第一个特征。也就是说,象征主义是一个"结构",象征主义文本因其自身的感觉性、整体性、多层次性(歧义性)特点,它从来都是一个"结构"——一个具有层次性特征的结构。在《求乞者》中,它体现为三个不同层面上的自我,因为处在同一结构中,因此三个不同层面的自我又形成一个"张力":消解,颠覆;构成,均衡;再消解,再颠覆,是一个矛盾、冲突和对立的结构,互为关系又互相否定,互相依存又互相转化,总是处在某种运动和变化当中,总是处在某种可能性当中。象征主义还有其他诸多特征,诸如神秘性、超验性即非现实性、非理性即情绪化,不同特征之间也是互相依存的,从上面的分析可以见出,整体性与多层次性是一种辩证统一的关系。也就是说,借

① 周作人《〈扬鞭集〉序》,《语丝》第82期。

助于《野草》至少可以梳理象征主义互相联系的以上几个方面的特征,即"《野草》的象征主义",以与"鲁迅的虚无主义"相呼应。

三、缺乏整体性思维和整体性视野

整体性观念、整体性思维和整体性视野的缺失,是《野草》研究中的一个突出倾向。2014年,汪卫东的专著《探寻"诗心":〈野草〉整体研究》出版,受到学界关注:"与以往研究的不同之处在于,其不是孤立的文本透视,而是对鲁迅思维方式与词语方式的探索。汪卫东从具体文本出发,描述作为战士与思想者的鲁迅的内心变化过程。前后期有所照应,连带着杂文、小说、译文,可谓对鲁迅思想与诗学的全景透视。"①自1982年孙玉石先生的《〈野草〉研究》出版,《野草》研究即开始了体系化的系统研究的尝试,汪卫东沿此全面展开对《野草》的整体性考察,它表明《野草》研究的整体性视野已然成为研究者的自觉。但是,是否完全贯彻了呢?

(一)缺乏对具体文本的整体性特征的把握

一部《野草》呈现了作为个体生命的鲁迅其完整的心灵世界,而其中每一首散文诗又是一个完整的"小宇宙",是这一灵魂的不同形态,是一个完整的心灵爆裂为(飞向)四面八方的"碎片";而《野草》的写作是诗人企图把这些"碎片"重新组合,并在更高的层次上重铸而成一个新的完整的灵魂(存在)。笔者认为,我们的研究尚无法重现这些"碎片",因而尚无法接近这一灵魂的内部并将其整体性地"矗立"起来,而总是在外围转悠,因为"无言以对",只好求助于外在的事件之类比附《野草》,其结果是《野草》文本只能更碎片化了。《野草》研究有一个特殊的状况:在关于鲁迅小说和思想等其他方面的研究中,《野草》往往起着一个"论据"的论证作用被反复引用、阐释,这种泛泛的阐释似乎是"正确"/"准确"的,且大同小异(诸如《野草》的绝望啊孤独啊,等等),然而一涉及《野草》具体的文本尤其是意象则往往显得不得要领,不能深入,至于其中某些关键诗句的解读更是似是而非,失掉了具体性、准确性,这在一些鲁迅研究名家那里也是如此。为什么出现这种情况? 其中对具体的意象与文本的整体性倾向之间关系的把握造成割裂,是一个原因。《求乞者》的整体性是什么,除上面剖析的整体性特征外,它同时还揭示出一个完整的"人的观念",是对"人"的复杂性、丰富性、当下性的审视。它是如何被诗人揭示出来的呢? 在诗中凭借象征主义所具

---

① 孙郁《序二:在词语的迷宫里》,汪卫东《探寻"诗心":〈野草〉整体研究》,北京大学出版社2014年版。

有的整体性、抽象性的艺术表达能力，诗人揭示了自我的至少三个互相依存的层面，并由此三个层面构成了一个完整的"结构"（存在），而在其内面所显现的是对于"人"的理解，一个关于"人"的整体性观念——一个关于"存在"的鲁迅式诘问。

（二）缺乏关于象征主义的整体性理解

具体到《野草》研究，应该解决两个方面的问题。一是借助于文本细读，辨析《野草》象征主义的具体形态和基本倾向。通过这一研究，充实、丰富我们关于象征主义的认识和观念。换言之，不能如很多研究者所做的那样，用一个现成的象征主义理论硬套《野草》，削足适履，而是从文本解读中析出《野草》的象征主义及其面貌，作为或一种特殊形态的象征主义其具体特征是什么？又在哪些方面加深了我们对世界范围内的象征主义的认识，即为文艺学中的象征主义作了哪些开拓？等等。这仍然要求从文本本身出发，把握文本具体而内在的规定性。二是在世界文学的视域下，考察《野草》与其他象征主义的关系。象征主义也有其具体而特殊的形态。象征主义作为一个创作方法，总是与作家的世界观和人生观相联系，尤其体现的是诗人对于宇宙和生命的整体性感受和探索，所以同为象征主义，其对现实、世界、生命和人生的感受和把握是不同的，即关于"存在之思"这一整体性问题的把握是繁复多样的，这一情况表明象征主义既是具体的，也是多样性的；但是，将这种感受以某种感觉性的变形的超验的方式揭示、传达出来，则又是象征主义其共同点——虽然在意象形态的具体呈现上同样是千姿百态：有些追求纯粹的象征主义；有些则是夹杂了现实性的象征主义，如勃洛克的《十二个》，等等。目前这种比较研究仍然是重要选题，研究文章有一些，如关于《野草》与波特莱尔等法国象征主义的研究，厨川白村《苦闷的象征》与《野草》的影响研究，《野草》与屠格涅夫、夏目漱石的研究等等，大大丰富了我们对于《野草》和鲁迅的认识。然而这些研究还有不足，即往往缺乏整体性的视野，缺少对二者内在联系的把握，大多陷入机械地类比。

除了上述两个方面外，从"形成鲁迅"这一整体性角度考察《野草》在今天也尤为重要——这应该是整体性视野的内在之义。因为鲁迅文本之间的互文性特征，《野草》在鲁迅整个创作中，在鲁迅的"精神结构"及其思想转变中地位特殊。这方面的研究要求研究者必须从整体性角度加以把握，既对《野草》有一个基本定位，又要在一种辨证联系中考察它与其他文体类型之间的文本关系，尤其要考察它在鲁迅思想从前期到后期的转变过程中，以及在整个鲁迅精神结构中所发挥的作用。已有的成果不多，总给人一种游离之感，谈鲁迅思想，《野草》

扮演着一个"举例说"的佐证角色，还是两张皮，而实质上《野草》就是"鲁迅思想"的内核。再者，在鲁迅与中外各种精神遗产的复杂关联的整体性视野中考察《野草》，也是一个重大课题，相关题目有《野草》与佛教，《野草》（鲁迅）与尼采等等，这类课题饶有兴味，已有的研究大多仍然避免不了浅尝辄止、流于表面的倾向。《野草》是鲁迅"看清自己"、调整自己的产物，最充分地诠释了作为一个个体生命的鲁迅的"挣扎"，在鲁迅这一极具个人性的挣扎中同时又体现着中华民族生存与发展的痛苦面影，及其寻求振拨突破的艰难之路；正是借助于鲁迅这一"媒介"，我们得以谛听历史车轮滚滚向前的轰鸣，正如竹内好所言，"近代中国，不经过鲁迅这样一个否定的媒介者，是不可能在自身的传统中实行自我变革的。新的价值不是从外部附加进来的，而是作为旧的价值的更新而产生的，在这个过程中，是要付出某种牺牲的；而背负这牺牲于一身的，是鲁迅"[①]。这又是一个近代史和"东亚"的整体性视角了。

李玉明：青岛大学文学院教授。

---

① 竹内好《近代的超克》，孙歌编，北京三联书店 2005 年版，第 151 页。

"自由"与"责任"的循环变奏*

——试论《野棕榈》中的"符像"矩阵及意义

李萌羽　赵婉婷

福克纳于 1939 年出版长篇小说《野棕榈》。该小说由"野棕榈"与"老人河"两个相对独立的故事构成,作者在行文中采取交叉叙述的方式将两个完整的故事拆开,以一段"野棕榈"、一段"老人河"的叙述顺序呈现出来,使整部小说具有明显的"对位"特征。或许也是在这种"对位"下,两故事中的人物凸显出更多的"符像"①性,成为象征着"自由"与"责任"的对立双方。

"野棕榈"部分讲述的是生活优渥、已为人妇的夏洛特为追求自由与实习医生哈里私奔,并在此过程中怀孕、堕胎,最终因哈里手术操作不当不治身亡的故事。此段故事中两个人物的所有感情、行动均围绕"自由"展开,在一定程度上被符号化为"自由"的象征。而与之对应的"老人河"部分,则讲述"高个子犯人"在密西西比河发洪水时领受任务②,并在随洪水漂流的整个过程中坚守责任,最终完成任务回到监狱的故事。此故事的主人公体现出更为鲜明的"符像"性,他始终没有姓名,被叙述者以"高个子犯人"代称,成为一个缺乏个人性格特点的"责任"符号。

由于人物所带有的"符像"性及其相互间呈现出的复杂关系,笔者运用格雷马斯的"矩形方阵"理论对其进行分析,探讨《野棕榈》的循环对位结构,并进一步探寻此种结构背后所包蕴的对人"存在"问题的深刻思考。

---

* 本文为国家社科基金规划项目"威廉·福克纳对中国新时期小说的影响研究"(13BWW007)、"中国新时期小说隐喻叙事研究"(15BZW035)阶段性成果。

① 〔法〕A·J·格雷马斯《结构语义学:方法研究》,吴泓缈译,生活·读书·新知三联书店 1999 年版,第 84 页。

② 〔美〕威廉·福克纳《野棕榈》,蓝仁哲译,上海译文出版社 2009 年版,第 62 页。

一

在《论意义》中，格雷马斯对索绪尔语言学中二元对立的基本概念做出引申，提出一种包含反义、矛盾、蕴含三种相互关系的符号矩阵结构。在基本的反义"符像"S_1 vs S_2 基础上，又加入$\overline{S_1}$与S_2的矛盾项$\overline{S_1}$（非S_1）与$\overline{S_2}$（非S_2），由此构成第二组反义"符像"，并根据四对"符像"呈现出的复杂关系，构造其矩形方阵：

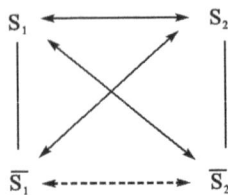

$$
\begin{array}{ccc}
S_1 & \longleftrightarrow & S_2 \\
 & \times & \\
\overline{S_1} & \dashleftarrow\dashrightarrow & \overline{S_2}
\end{array}
$$

图标：◄----►反义关系◄——►矛盾关系 ——— 蕴含关系

在以上矩阵所形成的关系网中，水平相对的两项均为反义关系，交叉的双箭头直线连接的为 S 与非 S 的矛盾项；而在垂直相对的两组"符像"中，最初两"符像"（$\overline{S_1}$与$\overline{S_2}$）是其所生发的"符像"（S_2 与 S_1）产生所指意义的前提，二者构成蕴含关系。若以此矩阵分析《野棕榈》中的人物关系，则可得出五组"符像"（人物）矩阵。也是在矩阵所形成的循环变奏中，"责任"与"自由"的"对位"被凸显出来。

按《野棕榈》的"故事时序"①分析，两故事在开始处首先构造了两组具有相互蕴含关系的"符像"。"野棕榈"故事中的夏洛特是"自由"的象征，在与哈里相识以前她的人生完全由父亲、哥哥以及丈夫掌控，从没拥有过"一间自己的房间"②；为获得一次"自由选择"③的权利，她与哈里私奔，并开始积极地谋划二人的生活。④ 然而，此时的哈里却始终无法摆脱"罪恶意识"，他受夏洛特的"引诱"犯下私奔罪，同时也违背了对姐姐应尽的义务，遭受着内心伦理道德的谴责。在"自由"的同时，他又将自己定义为"非责任"的一方。

与此对应，"老人河"部分的"高个子犯人"在故事的开始领受警察下达的任务，开始了自己的"责任"之旅；而与"高个子犯人"具有蕴含关系的，则是此故事

① 〔法〕热拉尔·热奈特《叙事话语 新叙事话语》，中国社会科学出版社1990年版，第13页。
② 〔美〕威廉·福克纳《野棕榈》，蓝仁哲译，上海译文出版社2009年版，第70页。
③ 〔法〕让-保罗·萨特《存在与虚无》，陈宣良等译，生活·读书·新知三联书店1987年版，第622页。
④ 〔美〕威廉·福克纳《野棕榈》，蓝仁哲译，上海译文出版社2009年版，第69～80页。

中除作者外的另一叙述者——"讲故事的犯人"。这位已完成使命回到监狱的犯人，作为自身经历的追忆者出现，与正在履行"责任"的犯人形成对照，时刻彰显着坚守"责任"的结果——"非自由"。具体分析如下图：

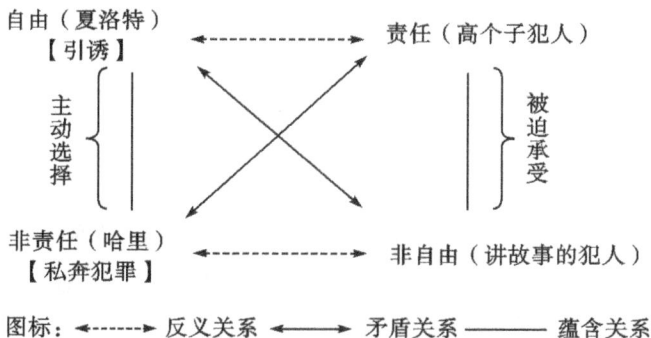

自由（夏洛特）　　　　　　　　责任（高个子犯人）
【引诱】

主动选择　　　　　　　　　　　　　　　　被迫承受

非责任（哈里）　　　　　　　　非自由（讲故事的犯人）
【私奔犯罪】

图标：┅┅┅ 反义关系　◄─► 矛盾关系　─── 蕴含关系

　　据此，两故事的对位关系形成，处于"自由"方的夏洛特与哈里在寻求"自由选择"权利的过程中放弃了"责任"；而被动承受"责任"的犯人，则既无选择权，也无任何身心"自由"可言。对行动主体来说，"自由"与"责任"分别被赋予"自由选择"和"被迫承受"的蕴含，最终不可通约。

　　在故事发展的过程中，"野棕榈"中的夏洛特为了让两人摆脱"非责任"的"罪恶意识"，主动承担起"责任"。她积极寻找工作，并要求哈里"按时寄钱给姐姐"①，也补齐之前因与她约会而没有寄出的钱数；然而，这种积极主动的负责行为，似乎随着他们工作的不断变换逐渐变质，让他们丧失"自由选择"的权利。夏洛特的负责举措从主动赚钱开始，最终却以被迫接受束缚身心的工作告终，面临再次失去选择权的危机。而哈里更是从开始带着"罪恶意识"的"非责任"状态彻底陷入无意志的"非自由"中，被关进城市的"地牢"而"不明白干活为了什么"。

　　与之相对，"老人河"部分的"高个子犯人"因自然力量（洪水）而被迫"自由"，也是在远离监狱、身体"自由"的情况下，他实现了从无意志地承担"责任"，到"自我"意识逐渐觉醒的转变，在为求生而主动工作的过程中，感受到真正的"自由"。也因此，他在一定程度上背离了警察交予他的"责任"，选择留在克京人住处以捕鳄鱼为生。而与这个逐渐"自由"的人物对照，回到监狱中"讲故事的犯人"却将这个"自由"的"自我"打上"非责任"的标签，在叙述中也有意隐瞒

────────────

① 〔美〕威廉·福克纳《野棕榈》，蓝仁哲译，上海译文出版社 2009 年版，第 73 页。

自己对"自由选择"的渴望，让这段关于"自由"的回忆仅成为"责任"外的无意义插曲。由此，原初矩阵中具蕴含关系的两对"符像"完成置换，新的矩阵形成：

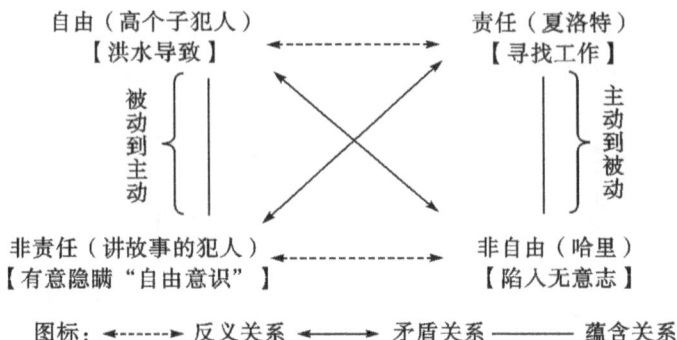

图标：◄------► 反义关系 ◄----► 矛盾关系 ——— 蕴含关系

新的矩阵再次验证了"自由"包蕴的主动性与"责任"背负的被动性。犯人因身体"自由"而逐渐由被动承受"责任"转变为主动选择生活；但夏洛特与哈里，却在为履行"责任"而变换工作的过程中逐渐丧失主动权。"自由"与"责任"再次证明了他们的对立，或许也是在此对立中，人物"符像"被迫回归原位，陷入循环困境。

故事因怀孕与人工炸堤事件走向高潮，小说中的所有"符像"再次归位。在"野棕榈"中，夏洛特因怀孕的"精神痛苦"①最终放弃一切"道德责任"，她怂恿哈里为其堕胎，最终因手术后遗症不治身亡；而哈里也因此背上堕胎、杀人的罪名，回归到"非责任"的位置上。与此同时，"老人河"中的"高个子犯人"自然也无法永远留守在克京人住处，在实施炸堤的社会群体催促下，他被迫走上归程回到监狱，成为带着"自由"回忆讲故事的"非自由"犯人。矩阵再次发生变化：

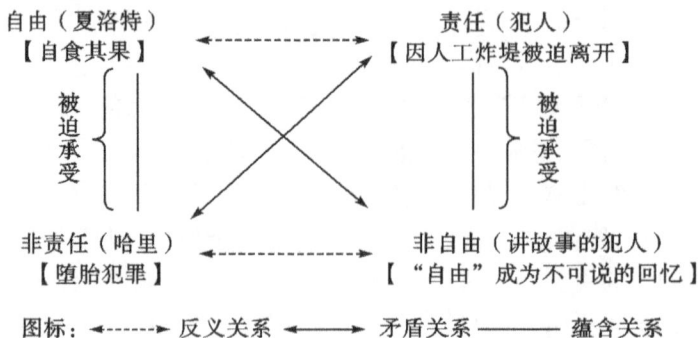

图标：◄------► 反义关系 ◄----► 矛盾关系 ——— 蕴含关系

① 〔美〕威廉·福克纳《野棕榈》，蓝仁哲译，上海译文出版社 2009 年版，第 185 页。

　　到此,小说中的两条循环线索形成。"野棕榈"故事中的人物"符像"经历了"自由—非责任—选择责任—非自由—无奈回归自由"的循环;而与之对应的"老人河"故事,则呈现出"非自由—被迫自由(自然)—非责任—被迫负责(人为)—非自由"的循环模式。也正是在这两条线索重复循环,并产生变奏的过程中,人类无法"自为"的生存困境被凸显出来。

　　萨特在《存在与虚无》中指出,人本真的"自为存在"是通过"自由选择"实现的,但同时这个"自为"的主体又必须对其选择负责。[①]　在《存在主义是一种人道主义》中他又进一步补充,阐明主体不仅要"对自己的个性负责",更要"对所有人负责",为"他者"提供一种既被"自我"认可,又合乎社会道德的价值选择。[②]然而,这种对"自由选择"与"道德责任"的双重要求,对《野棕榈》中陷入"自由"与"责任"对立的人物"符像"来说,似乎是无法实现的。

　　夏洛特与哈里在"自由选择"后主动为自己的行为负责,然而"责任"中似乎蕴含着一种阻碍"自由"的"神秘"力量,使他们在盲目工作中逐渐丧失选择权。也正因为"责任"的这种阻碍,让哈里被迫回归"非责任",而夏洛特则无可奈何地带着"自由"走向"不存在"。由此,在"野棕榈"的循环线索中,"责任"的荒诞性被凸显出来,人也因此陷入无法"自为"的困境。而与之对应,"老人河"故事在重复上述循环的同时,又将原本隐含在"自由"与"责任"背后的"自然"与"社会"因素彰显出来,形成自己的变奏。也是在这种变奏中,"责任"阻碍"自由"的"神秘"力量最终被揭秘。

　　对"高个子犯人"这一"符像"化人物来说,"责任"的桎梏同样是其无法"自为"的原因;他从一开始就没有"自由选择"的权利,甚至也从根本上丧失了"自由"意识。或许正因此,他成为"自然"与"社会"博弈的棋子,从被"自然"(洪水)赋予"自由"的可能,到最终被"社会"因素(人工炸堤)剥夺可能,永远陷入履行"责任"的"非自由"中。由此,"自然"与"自由","社会"与"责任"被紧密联系在一起;或许也是这种联系,让"社会责任"获得了庞大社会群体的支持,形成阻碍个体"自由"、战胜"自然"的强大力量。"社会责任"最终显露出其异己存在的真面。

　　由于社会中无数个体的认可与遵循,"社会责任"得以获得强大的力量;然

[①]　〔法〕让-保罗·萨特《存在与虚无》,陈宣良等译,生活·读书·新知三联书店1987年版,第708页。

[②]　〔法〕让-保罗·萨特《存在主义是一种人道主义》,周煦良、汤永宽译,上海译文出版社1988年版,第8～9页。

而这一力量在为人制定道德准则的过程中，却异化为一种阻碍人"自为"的荒诞话语。它让人在无条件地服从中丧失了"自由选择"权，甚至也切断了个体与"自然"的原初联系，使他们终生被禁锢在荒诞的社会中，无我亦无根。

二

在小说的结尾处，"社会责任"将其异己力量发挥到极致，把所有人物甚至"自由"本身都置于其掌控中；然而也是在此时，始终带有"非责任"意识的哈里终于意识到"社会责任"的荒诞性，在夏洛特已死的情况下，开始真正掌握选择权，并呼唤本真"责任"与"自由"的重现。

在经历了循环与变奏之后，两条对位线索部分地重合，哈里与高个子犯人在帕奇曼劳教所中"汇合"，而"社会责任"也完成了对本真"责任"与"自由"的颠覆。将人物"符像"困在其所构造的矩阵中：

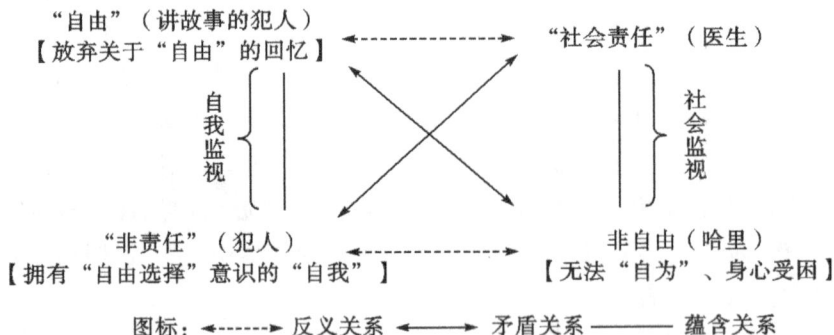

"自由"（讲故事的犯人）   "社会责任"（医生）
【放弃关于"自由"的回忆】 ← - - - - →

自我监视 }   { 社会监视

"非责任"（犯人）   ← - - - - →   非自由（哈里）
【拥有"自由选择"意识的"自我"】   【无法"自为"、身心受困】

图标：← - - - - → 反义关系　←——→ 矛盾关系　——— 蕴含关系

如矩阵所示，"野棕榈"故事中的医生是"社会责任"的化身，在夏洛特生命垂危之际，他没有履行治病救人的职责，而是首先打电话举报哈里，揭露二人的"不道德"行为。此时的"社会责任"，似乎已无任何人性与道德可言，它彻底异化为一种惩罚与规训"自由"人的"权力话语"，将所有社会人均变为严守"道德"规范的工具。于是，在医生这个"责任"工具的监视下，哈里无处遁逃，只能被投入监狱，失去精神与肉体的双重自由。

而在"老人河"故事中，那个已被"社会责任"惩罚、规训过的"讲故事的犯人"，甚至成了自我的监视者。如前所述，他将拥有"自由选择"意识的"自我"打上"非责任"的烙印，对这段"自由"的回忆刻意隐瞒、无法言说；而当故事讲到了结尾，他也终于在自我监视与规训下，丢弃了那段记忆，重获所谓的"安全"与

"自由"①。由此，"自由"也成了"责任"对自我监视个体的褒奖，它已非"自由选择"，更不是身体的"自由"，而仅仅是无意志的一片混沌与盲从。

"社会责任"的异己本质彻底显露出来；或许也是这种显露，从根本上颠覆了它自身的权威与真理性。而颠覆之后，一个原初本真的"责任"正等待被重构。

在被"社会责任"操控的"符像"矩阵中，"讲故事的犯人"与哈里形成矛盾关系，分别成为"自由"与"非自由"的象征。然而如上所述，此时的"自由"已无任何主动选择、身心自由可言；或许也因此，"非自由"的哈里终于觉醒，在爱人已逝、身体被困的情况下，独立完成了"自由选择"。由此，相互矛盾的两"符像"实现了最终的相互转化：

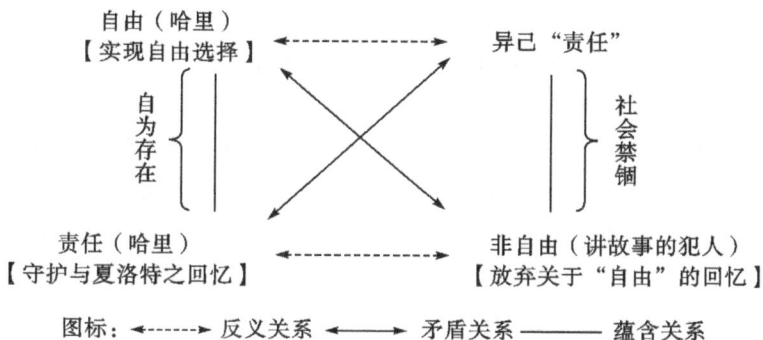

图标：◄┅┅┅► 反义关系　◄────► 矛盾关系　──── 蕴含关系

"讲故事的犯人"因为"社会责任"的禁锢最终放弃了关于"自由"的回忆，获得了一份虚假的"自由"。然而与之相对的哈里，却在"在悲痛的存在与不存在之间"，选择"悲痛的存在"，让那段关于爱与自由的记忆，能够在一个"老态衰败"的肉体中长久存留。②

他做出了"自由选择"，同时也担负起了对自己、对夏洛特的责任；也是在此过程中，"责任"被重新赋予"自由和爱"的蕴含，成为真正饱含了"人道"的本真"责任"。于是，"自由"与"责任"融合，而他实现了真正的"自为"。

在"野棕榈"故事发展的过程中，哈里与夏洛特始终处在一种"蕴含关系"中，哈里在"符像"矩阵中的所有位置变换均是由夏洛特主导的：在故事的开始，他因夏洛特的"引诱"而私奔，继而因自身的罪恶意识沦为"非责任"一方；在第二次矩阵变换中，是夏洛特的负责行为催促着他不断地寻找工作，在盲目无意志的生活中陷入"非自由"中；而当故事发展到高潮，也是夏洛特诱导着哈里实

---

① 〔美〕威廉·福克纳《野棕榈》，蓝仁哲译，上海译文出版社 2009 年版，第 285 页。
② 〔美〕威廉·福克纳《野棕榈》，蓝仁哲译，上海译文出版社 2009 年版，第 278 页。

施堕胎手术,让他因"犯罪"而自责,并最终被投入监狱,丧失选择权,被彻底剥夺了身心的"自由"。可正是这个始终追随着夏洛特的人物,在最后的矩阵变换中,独立完成了自己的"自由选择",也实现了本真的"自为存在"。

三

在《野棕榈》正式出版以前,福克纳将其定名为《我若忘记你,耶路撒冷》,题目源于《旧约·诗篇》中的一句:"耶路撒冷啊,我若忘记你,情愿我的右手忘记技巧。"或许,福克纳用独特的叙述"技巧"写作此部小说,也正是为了要铭记一个"耶路撒冷"。

在福克纳出生成长的那个美国旧南方,加尔文清教主义浸润到宗教、政治,甚至社会生活的各个方面。南方由是被称为"圣经地带",可彼时的"圣经"似乎已丢弃了"爱"的基督教原旨,在"禁欲"教义的宣扬中异化为"毁弃激情"的"死亡之音"。正是这种带着"宗教圣洁"面具的清教主义,以其"道德"要求灭绝人欲,将哈里与夏洛特的自由恋爱视为犯罪,使哈里因私自实施堕胎手术而陷入"罪恶意识",也让"高个子犯人"因情欲的萌芽而自我否定,认定自己的"非责任"、不"安全"。"宗教道德"就这样与"社会责任"密切地联系起来,在所有社会个体的尊崇与相互监视下异化为一种剥夺人"自由"的"权利话语"。

福克纳信仰基督教,将《圣经》作为自己阅读、创作中的重要读物,但对此种带着浓重宗教色彩的"道德责任",他大概是怀疑的。正是这种"道德",让昆丁在凯蒂失贞后陷入绝境(《喧哗与骚动》),把克里斯默斯的出生打上罪恶的标签(《八月之光》),也彻底剥夺了爱米丽追求幸福的权利(《献给爱米丽的一朵玫瑰花》)……他在写作中一次次地揭露此种"道德责任"的荒诞性,更是将社会群体对它的崇拜,定义为"一种与上帝毫无关系的感情状态"。或许正因此,他要在《野棕榈》中重新找回与人类切断了联系的"上帝",以及他那种被扭曲、淹没在"禁欲"感情中的"人道"的"爱"。而这种真正与神相通的"爱",以及包含在其中的本真的"自由"与"责任",或许才是福克纳要记住的"耶路撒冷";也是在对此种价值观的铭记与坚守中,哈里、旧南方人乃至全人类才能够寻回失落的"上帝",也实现真正的"自为存在"。

在福克纳的作品中,《野棕榈》似乎是较为特别的一部。它不属于"约克纳帕塔法世系"小说,似乎也没有涉及南方问题。但是这部带着象征意义的小说却深入探讨了"自由"与"责任"的问题;而这一点,对于渴求着"古老的真理和人类内心真理"①的福克纳来说，或许也是极为重要的。旧南方不能维系下去，或许并不仅因为它无法忘记"过去"，而是由于仍然坚守着那些本该被遗忘的所谓"荣誉"与"美德"。也正是这些，戕害了具有黑人血统的克里斯默斯(《八月之光》)，禁锢了必须保守清教传统的爱米丽(《献给爱米丽的一朵玫瑰花》)，也僵化为昆丁(《喧哗与骚动》)无法挣脱的"光辉过去"。

诚然，"过去"的回忆中保存着"古老的真理"，但那不是已被异化为"权力话语"的"社会责任""宗教道德"、清教主义以及贵族荣誉观；而是更为原始本真的爱、自由，以及真正对自己与他人负责的"人道"责任观，这正是哈里在"悲痛"中坚守的"真理"，或许也是无数南方人应该寻回的"过去"。在这种原初本真的"自由"与"责任"中，拥有着一系列异化法则的旧南方社会成为不必追回的"过去"，而重现了"古老真理"的"现在"，将迎来一个本真的"未来"。

在诺贝尔颁奖词中，福克纳曾提到，他的写作非为名利，而是为了寻求"古老的真理和人类内心真理"；这种"古老的真理"，或许就掩埋在昆丁、克里斯默斯、哈里，甚至"高个子犯人"对"过去"的记忆中。而这种记忆，绝非已被异化为"权力话语"的"社会责任""宗教道德"、清教主义以及贵族荣誉观；而是哈里与福克纳的"耶路撒冷"，是更为原始本真的"爱""自由"，以及真正对自己与他人负责的"人道"责任观。

李萌羽：博士，中国海洋大学文学与新闻传播学院教授。赵婉婷：中国海洋大学比较文学与世界文学专业硕士研究生。

---

① Meriwether, James B., ed. *Essays, Speeches & Public Letters by William Faulkner*. New York: Random House, 1965. (ESPL). Print, p. 120.

鲁迅 1927：革命与复辟

韩　琛

自 1926 年 8 月 26 日起，鲁迅由北京南下，中间一年有余，先后任职于厦门大学、中山大学，最后于 1927 年 10 月 3 日抵达上海，并在此度过余生。忆及这一年的辗转飘零，鲁迅颇为感慨："回想起我这一年的境遇来，有时实在觉得有味。在厦门，是到时静悄悄，后来大热闹；在广东，是到时大热闹，后来静悄悄。肚大两头尖，像一个橄榄。"①南下漂流两省制造的热闹与静寂，乃是鲁迅与国民革命交织碰撞的结果，而个人之"橄榄式"的跌宕体验，其实也正是革命之起落无常的惯常历史样态。大革命的 1927 年是一个转折的年代，并决定了整个现代中国的日后走向。鲁迅如此描述彼时的中国："在我自己，觉得中国现在是一个进向大时代的时代。但这所谓大，并不一定指由此得生，而也可以由此得死。"②值此生死未明的历史关节，民国知识者如何因应国民革命的兴衰起落，非但关系到个人之荣辱，亦与整个国族的现代性进程休戚相关。鲁迅在革命大潮中的空间漂流与文化回应，敞开了一个介入这个时代的别样视野，让人们在反思知识精英与现代革命之复杂关系的同时，也能够批判性地理解至今仍在影响着现实世界及其思想生产的"漫长的中国革命"。

一、革命、革革命：从北京到广州

民国建制未久，鲁迅便"觉得仿佛久没有所谓中华民国"："我觉得革命以前，我是做奴隶；革命以后不多久，就受了奴隶的骗，变成他们的奴隶了。"③冲决奴隶时代的循环，创造前所未有的"第三样时代"，被鲁迅寄望于以青年为主体的革命。

---

① 鲁迅《通信》，《鲁迅全集》第 3 卷，人民文学出版社 2005 年版，第 466 页。
② 鲁迅《〈尘影〉题辞》，《鲁迅全集》第 3 卷，人民文学出版社 2005 年版，第 571 页。
③ 鲁迅《忽然想到》，《鲁迅全集》第 3 卷，人民文学出版社 2005 年版，第 16 页。

自与周作人失和,被迫逃离八道湾居所,鲁迅即被屈辱和失落包围。极端抑郁的状况中,鲁迅亦试图展开新生活,而与许广平的恋爱,便是一个积极的信号。自1925年3月11日进入鲁迅生活始,许广平即给他带来了巨大冲击,二人日后出版的《两地书》,即再现了一场个人情感革命酝酿、爆发的全过程。1926年8月,鲁迅与许广平从北京南下,于上海分手,鲁迅去厦门,许广平到广州。然而,在厦门不过4月有余,鲁迅便赶往广州。去广州之前,鲁迅在信中倾诉衷肠,意思概括有二。一要反抗过去;二为憧憬爱情,"我可以爱","我对于名声,地位,什么都不要,只要枭蛇鬼怪够了"①。抵达广州的鲁迅,与许广平几乎朝夕相处,枯木逢春般的感受,被他隐隐透露于《朝花夕拾·小引》中:"书桌上的一盆'水横枝',是我先前没有见过的:就是一段树,只要浸在水中,枝叶便青葱的可爱。"②

恋爱小革命的爆发,是源于许广平的刺激。不过,许广平进入鲁迅生活,却是因为女师大风潮的困境,并希望从鲁迅那里获得支持。③ 之后,鲁迅介入风潮,他一方面以创造新社会的使命来赋予学生运动以合法性:"这人肉的筵宴现在还排着,有许多人还想一直排下去。扫荡这些食人者,掀掉这筵席,毁坏这厨房,则是现在青年的使命!"④另一方面,鲁迅直接走上学潮前台:1925年5月12日,鲁迅参加女师大学生自治会召开的师生联席会议,并代拟递交教育部呈文;5月27日,鲁迅与周作人等7名教员,在《京报》联署发表《对于北京女子师范大学风潮的宣言》;同年8月的日记中,鲁迅记载去"女师大维持会"13次。⑤ 女师大风潮以学生胜利告终,校长杨荫榆、教育总长章士钊先后去职,1925年11月,女师大复校。与"五四"时期通过文艺创作间接进行社会启蒙不同,女师大风潮中的鲁迅直接介入学生运动之中,并成为这场社会运动的中心人物。一年之后,在1927年1月11日致许广平的信中,鲁迅兴奋地写道:"不过这回厦大风潮,我又成了中心,正如去年之女师大一样。"⑥

这一时期的鲁迅,像一枚革命火种,所到之处,总是暗流涌动,风潮不断。实际上,经由女师大学潮的广为传播,鲁迅已经奠定起在青年学生中的地位,他

---

①　鲁迅《两地书·原信》(一二四),1926年1月11日,中国青年出版社2005年版,第277页。

②　鲁迅《朝花夕拾》,《鲁迅全集》第2卷,人民文学出版社2005年版,第350页。

③　许广平《两地书·原信》(一),1925年11月7日,第1~3页。

④　鲁迅《灯下漫笔》,《鲁迅全集》第1卷,人民文学出版社2005年版,第229页。

⑤　鲁迅《日记十四》,《鲁迅全集》第15卷,人民文学出版社2005年版,第575~578页。

⑥　鲁迅《两地书·原信》(一二四),1927年1月11日,中国青年出版社2005年版,第278页。

对此也心知肚明："我处常有学生来，也不大能看书，有几个还要转学广州，他们总是迷信我，真是无法可想。"①虽然觉得此地学生幼稚且无"特出者"，"但为鼓动空气计"，依然要怂恿他们或办刊物②，或做好事之徒③。有意无意间，鲁迅又鼓舞起厦大学潮。学潮酝酿之际，鲁迅便预感山雨欲来："校内似乎要有风潮，现在正在酝酿，两三日内怕要爆发，但已由挽留运动转为改革厦大运动，与我不相干。不过我早走，则学生们少一刺激，或者不再举动，现在是不行了。但我却又成为放火者，然而也只得听其自然，放火者就放火者罢。"④鲁迅为此得意不已："这里是死海，经这一搅，居然也有小乱子，总算还不愧为'挑剔风潮'的学匪。"⑤又一次成为学潮中心的鲁迅踌躇满志，以为"是可以暂以我为偶像，而做改革运动"⑥，并期待到广州去大显身手，"中大的职务，我似乎并不轻，我倒想再暂时肩着'名人'的招牌，好好的做一做试试看"⑦。

相对于自由恋爱的个人小革命，以及反帝反封建的国民大革命，志在改造大学体制的学生风潮，无疑就是一场鲁迅可介入、掌控的革命。不过，诸般学潮却非孤立运动，而是在国民革命的大背景下形成的。"三一八"事件之后，鲁迅与许广平的南下既为个人境遇所迫，也有南投革命的动因存在。其时，作为国民革命发源地的广州，吸引了很多知识者，以至于鲁迅在1927年给友人的信中感慨："而且去年想捉我的'正人君子'们，现已大抵南下革命了。"⑧由此可知，国民革命得以迅速展开，乃是大势所趋，国家各个层面的人事，都不能不受其影响。鲁迅南下初衷本来是"一，专门讲书，少问别事"，"二，弄几文钱，以助家用"⑨。然而刚到厦门，鲁迅即欣喜于此地人民思想"其实是'国民党的'，并不老旧"⑩，而且非常关注北伐进展，并在与许广平的通信中屡屡言及⑪。暂居厦门的鲁迅，俨然已与民党结成一条战线，不但指认顾颉刚系"反民党"的"研究系学

① 鲁迅《两地书·原信》（一一四），1926年12月24日，中国青年出版社2005年版，第257页。
② 鲁迅《两地书·原信》（七十一），1926年10月23日，中国青年出版社2005年版，第160页。
③ 鲁迅《两地书·原信》（六十五），1926年10月16日，中国青年出版社2005年版，第147页。
④ 鲁迅《两地书·原信》（一二二），1927年1月6日，中国青年出版社2005年版，第273～274页。
⑤ 鲁迅《两地书·原信》（一二一），1927年1月5日，中国青年出版社2005年版，第271页。
⑥ 鲁迅《两地书·原信》（一二四），1927年1月5日，中国青年出版社2005年版，第277页。
⑦ 鲁迅《两地书·原信》（一二一），1927年1月5日，中国青年出版社2005年版，第272页。
⑧ 鲁迅《270919致翟永坤》，《鲁迅全集》第12卷，人民文学出版社2005年版，第68页。
⑨ 鲁迅《260617致李秉中》，《鲁迅全集》第11卷，人民文学出版社2005年版，第528页。
⑩ 鲁迅《两地书·原信》（六十一），1926年10月10日，中国青年出版社2005年版，第136页。
⑪ 鲁迅《两地书·原信》（六十四），1926年10月15日，中国青年出版社2005年版，第145页。

者"①,而且极力鼓吹党同伐异的革命精神②。

　　至于到广州中山大学去的缘由,也被鲁迅提升到国民革命的高度。"其实我也还有一点野心,也想到广州后,对于研究系加以打击,至于无非我不能到北京去,并不在意;第二是同创造社连络,造一条战线,更向旧社会进攻,我再勉力做一点文章,也不在意。"③怀抱革命梦想,鲁迅就任中山大学职务。在此期间,鲁迅在忙于中山大学教务改革的同时,又以"五四"名人身份四处演讲,鼓吹革命、赞颂北伐,激励"青年们先可以将中国变成一个有声的中国"④。与此同时,鲁迅发展出一种绝对主义的"永远革命观":"革命无止境,倘使世上真有什么'止于至善',这人间世便同时变了凝固的东西了。"⑤而且在关于文学与革命的关系问题上,他认为革命先于革命文学,唯有改天换地之大革命,才能彻底改变文学的色彩,并形成崭新的文学。⑥

　　实际上,早在 1926 年 3 月完成的一篇文章中,鲁迅曾经表达过这种"永远革命观"。他认为,"中山先生的一生历史具在,站出世间来就是革命,失败了还是革命;中华民国成立之后,也没有满足过,没有安逸过,仍然继续着进向近乎完全的革命的工作。"他是一个全体,永远的革命者。无论所做的那一件,全都是革命。无论后人如何吹求他,冷落他,他终于全都是革命"⑦。毋庸讳言,国民革命中的鲁迅,为历史洪流所裹挟,完全陷落于革命狂热之中,认为革命精神"则如日光,永永放射,无远弗到"⑧。在国民革命的大潮中,革命俨然就是新的人伦、礼教和天道。

　　南下广州的鲁迅,近乎是一个三位一体的革命者。与许广平自由恋爱、南投私奔,是事关个人解放的小革命;辗转数地鼓舞青年、挑动学潮,是反抗政教制度的中革命;而落脚广州响应北伐、鼓吹革命,则是颠覆社会体制的大革命。如果革命精神确如鲁迅所言,真的能够"永永放射、无远弗到",当然最好不过,于是人人无须烦恼,只管革命、革革命。然而问题是,革命及其亢奋总是转瞬即逝,包括鲁迅在内的每一个革命者,都必然要面临革命终结的危机,以及"革命

---

① 鲁迅《两地书・原信》(七十七),1926 年 11 月 6 日,中国青年出版社 2005 年版,第 171 页。
② 鲁迅《两地书・原信》(六十七),1926 年 3 月 11 日,中国青年出版社 2005 年版,第 151 页。
③ 鲁迅《两地书・原信》(八十),1926 年 11 月 8 日,中国青年出版社 2005 年版,第 179 页。
④ 鲁迅《无声的中国》,《鲁迅全集》第 4 卷,人民文学出版社 2005 年版,第 15 页。
⑤ 鲁迅《黄花节杂感》,《鲁迅全集》第 3 卷,人民文学出版社 2005 年版,第 428 页。
⑥ 鲁迅《革命时代的文学》,《鲁迅全集》第 3 卷,人民文学出版社 2005 年版,第 437 页。
⑦ 鲁迅《中山先生逝世后一周年》,《鲁迅全集》第 7 卷,人民文学出版社 2005 年版,第 305～306 页。
⑧ 鲁迅《中山大学开学致语》,《鲁迅全集》第 7 卷,人民文学出版社 2005 年版,第 305～306 页。

后第二天"的抉择。

二、革命后第二天：从广州到上海

革命的幽暗总是显现于成功之际。1927 年 4 月 8 日，鲁迅在黄埔军校发表演讲，除却称颂革命外，他还畅想了革命成功后的文学，以为先是会有"讴歌革命的文学"与"凭吊旧社会的挽歌"，然后"大约是平民文学罢，因为平民的世界，是革命的结果"①。不过，革命的现实后果却是"只剩下一条'革命文学'的独木桥"②。而伫立独木桥前的鲁迅，不得不选择沉默，至于原因，即如他自言，"是我恐怖了。而且这种恐怖，我觉得从来没有经验过"③。从来没有经历过的恐惧，或者就来自于革命后第二天的状况：革命变成复辟，解放变成压抑，战士被"劈劈拍拍的拍手拍死"④。

鲁迅在黄埔军校畅言革命之后未及数日，4 月 12 日，蒋介石即在上海发动清党，4 月 15 日，广州国民党政权跟进反共政变。反革命运动让鲁迅极为震惊，并意识到了革命的代价："我因为谨避'学者'搬出中山大学之后，那边的《工商报》上登出来了，说是因为'清党'，已经逃走。后来，则在《循环日报》上，以讲文学为名，提起我的事，说我原是'《晨报副刊》的特约撰述员'，现在则'到了汉口'。我知道这种宣传有点危险，意在说我先是研究系的好友，现是共产党的同道，虽不至于'枪终路寝'，益处大概总不会有的，晦气点还可以因此被关起来。"⑤不久之前还畅言革命的鲁迅，如今却担心自己本身也有可能被革命的反动所吞噬。⑥

本来怀抱革命梦去到广州，然而不过数月功夫，鲁迅就被血吓得"目瞪口呆"⑦，于是"便被从梦境放逐了"⑧。实际上，鲁迅并不意外革命的暴力，而是惊讶于革命似乎不过是吃人筵宴的再一次循环上演，并由此彻底崩毁其进化论的思路。⑨ 革命失败并不仅是鲁迅的观点，而是那个时代的共识。胡适认为，清党

① 鲁迅《革命时代的文学》，《鲁迅全集》第 3 卷，人民文学出版社 2005 年版，第 440 页。

② 鲁迅《扣丝杂感》，《鲁迅全集》第 3 卷，人民文学出版社 2005 年版，第 507 页。

③ 鲁迅《答有恒先生》，《鲁迅全集》第 3 卷，人民文学出版社 2005 年版，第 473 页。

④ 鲁迅《通信》，《鲁迅全集》第 3 卷，人民文学出版社 2005 年版，第 465 页。

⑤ 鲁迅《略谈香港》，《鲁迅全集》第 3 卷，人民文学出版社 2005 年版，第 448 页。

⑥ 鲁迅《怎么写——夜记之一》，《鲁迅全集》第 4 卷，人民文学出版社 2005 年版，第 21 页。

⑦ 鲁迅《三闲集序言》，《鲁迅全集》第 4 卷，人民文学出版社 2005 年版，第 4 页。

⑧ 鲁迅《在钟楼上——夜记之二》，《鲁迅全集》第 4 卷，人民文学出版社 2005 年版，第 33 页。

⑨ 鲁迅《三闲集序言》，《鲁迅全集》第 4 卷，人民文学出版社 2005 年版，第 5 页。

固然导致"国民党中的暴烈分子固然被淘汰了,而稍有革新倾向的人也就渐渐被这沙汰的运动赶出党外,于是国民党中潜伏着的守旧势力一一活动起来,造成今日反动的局面"①。然而,反革命形势的形成,恰恰始于革命的开端:1924年1月召开的国民党一大上,孙中山按照苏共模式改组国民党,以民主集权制的形式建立了从中央到基层的党组织②,这个党治政治模型具有强烈的排他性,其内在之自我纯化的组织建构与外在之党同伐异的一体化社会建构,导致其必须不断进行清党、专政,并最后形成"一个领袖、一个政党、一个国家"的党治国家。即便国民革命再从头做起,注定还是将以平庸的反革命告终,因为"从强权政治的角度来看,清洗的出发点也许无可指摘"③。

国民革命失败带来的最致命伤害,主要在于让鲁迅丧失了对青年的期望,并幻灭于自己作为青年导师的意义。追溯来看,鲁迅真正奠定其在青年学生中的地位,是来自于他1925年对于女师大学潮的介入。然而女师大风潮并不单纯,其背后有党派力量的深刻介入,并极力将风潮推向激进的方向。"1925年11月28日,由国民党领导,合左右两派加上青年党,以推翻段祺瑞政权,建立国民政府为目的的'首都革命'在北京爆发。"④政党对于学潮的操弄,让学潮性质发生根本变化,使之不再是一个学生主导的自发运动,而变成了政党夺取学校领导权的工具。及至夺权之后,曾经的学生领袖也为学潮所困扰,进而反对学潮。1926年,许广平出任广东女子师范学校训育主任一职,并很快卷入了一场新的学潮。然而令人唏嘘的是,许广平这一次是以当权者的身份,依仗党政权威来弹压学生,全面践行党化教育的各项措施,整日与学生钩心斗角,极尽周旋。在致鲁迅的信中,许广平道尽自己反学潮的党派性。⑤

思不出其位。许广平的革命身份的遽然转换并非偶然,因为以主张公理、改革校务的革命开始,却以"学校成为党部,学生变为工具,读书求学遂成为反革命"⑥告终,几乎是其时学潮的共同命运。厦门大学风潮经由国民党党部及海军警备司令部调解得以解决,结果之一就是全面实行党化教育。⑦ 至于要实行

---

① 胡适《新文化运动与国民党》,《胡适文集5》,北京大学出版社1998年版,第585页。
② 高华《革命年代》,广东人民出版社2012年版,第22页。
③ 〔美〕易劳逸《流产的革命:1927—1937国民党统治下的中国》,陈谦平等译,中国青年出版社1992年版,第17页。
④ 吕芳上《从学生运动到运动学生》,"中央研究院"近代史研究所1995年版,第242页。
⑤ 许广平《两地书・原信》(七十九),1925年11月7日,第177页。
⑥ 《今日之学风》,《晨报》社论,民国十七年4月9日。
⑦ 吕芳上《从学生运动到运动学生》,"中央研究院"近代史研究所1995年版,第319页。

教授治校的中山大学,亦同样致力于党化教育。鲁迅也未想到,自己"竟做了一个大傀儡",使他觉得"教界这东西,我实在有点怕了,并不比政界干净"①。非但党化教育在各级学校普遍展开,而且随着北伐的胜利,国民党对学生运动的态度也发生极大转变。1928 年举行的国民党二届五中全会上,蔡元培的《取消青年运动》提案虽未获得通过,但次年的国民党第三届全国代表大会关于青年运动的决议要求学生活动应限于校内,"五四"之后蓬勃发展的学潮至此已走到末路。② 到上海的鲁迅,从此疏离学院,除却要坚持独立批判立场之外,应该亦关联于学潮失败及教育党化的后果。

国民大革命以"清共"告终,学潮中革命以实行党治教育结束,社会各个层面的革命居然都终结于复辟。革命幻梦破碎的鲁迅,离开广州到上海去。在 1927 年 9 月 19 日致翟永坤的信中,鲁迅表达了自己对于政教两界的失望:"我先到上海,无非想寻一点饭,但政、教两界,我想不涉足,因为实在外行,莫名其妙。"③不过,更为让人困惑的是,即便是追求恋爱自由的个人小革命,同样也走向反动,并形成了一种莫名所以的局面。抵达上海的鲁迅和许广平开始同居生活,然而却并没有与朱安女士离婚,终其一生便维持着这种诡异的旧式的婚姻。如果这个不得已的局面,就是追求个性自由的五四运动在家庭方面的结果,那么也可以说,至少从鲁迅来看,其恋爱自由的个人解放小革命,同样也以失败告终。

鲁迅南下革命游走一圈,最后在让自己回来的同时,也让许广平回来,并组织起一个核心家庭。许广平因此而有所抱怨:"他的工作是伟大的,然而我不过做了个家庭主妇,有时因此悲不自胜。"④而不得已的顺从,同样也是朱安的命运:"过去大先生和我不好,我想好好地服侍他,一切顺着他,将来总会好——我好比是一只蜗牛,从墙底一点儿一点儿往上爬,爬得虽慢,总有一天会爬到墙顶的。可是,现在我没有办法了,我没有力气爬了。我待他再好,也是无用。"⑤鲁迅对家庭婚姻小革命的失败体会至深,然而却无法将自身从父权主体降解为异

① 《270515 致章廷谦》,《鲁迅全集》第 12 卷,人民文学出版社 2005 年版,第 32～33 页。
② 吕芳上《从学生运动到运动学生》,"中央研究院"近代史研究所 1995 年版,第 414 页。
③ 鲁迅《致翟永坤》,《鲁迅全集》第 12 卷,人民文学出版社 2005 年版,第 68 页。
④ 许广平《从女性的立场说"新女性"》,《许广平文集》第 1 卷,江苏文艺出版社 1998 年版,第 110～111 页。
⑤ 俞芳《封建婚姻的牺牲者——鲁迅先生和朱夫人》,《我记忆中的鲁迅先生:女性笔下的鲁迅》俞芳等著,河北教育出版社 2000 年版,第 255 页。

别他者,于是只好把父权核心家庭的性别阶差政治,草草消解于甘苦与共的诗意想象中。1934 年 12 月,鲁迅赠给许广平一套《芥子园画谱》,并在扉页上题诗一首:"十年携手共艰危,以沫相濡亦可哀。聊借画图怡倦眼,此中甘苦两心知。"①

鲁迅带着革命梦想南下,最后却以仓皇逃离革命策源地广州告终,历时一年有余、三位一体的完全革命,当然也近乎完全失败。鲁迅在"革命后第二天"所面临的不是希望,而是革命终结于复辟的虚妄:国民革命流产于血与火的"清党",学生运动导致党治教育的全面贯彻,至于恋爱自由的结果,则是一个核心家庭的再现。诸种革命,各自以复辟结束。幻灭于革命之末路,梦醒了不少的鲁迅,竟有些想念北洋政府统治下的北京,且"觉得也并不坏"②,两厢比较的对象,自然是革命圣地广州。

三、恋爱与革命：被压抑者的归来

革命意味着全新的历史开端,其不仅带来政经制度、观念价值的重构,也涉及日用常行的剧烈变化。现代革命既是国家社会革命,也是家庭人伦革命。家庭革命因其切身性,往往比社会革命更为艰难痛楚,而其欲得善终,却完全依赖于社会革命的秩序安排。五四运动的一个重要内容就是家庭婚姻革命,恋爱自由不仅是新观念,而且也是以"个人本位主义"取代"家族本位主义"③的新价值范式的重要建构之一。

不过,"虽然'自由恋爱'在二十年代的中国,已是多数知识分子的共识,但从观念的提倡到行动的落实,却也不是想象中的简单和容易"④。鲁迅也不例外,新旧过渡时代的他,总是呈现为一种自我抑制状态。然而,作为后"五四"时代的许广平,却没有这样的顾忌,其会毫不犹豫地将观念付诸行动。鲁迅和许广平对婚姻伦理的不同认识,早就体现于他们各自在 1923 年发表的关于"爱情定则"的言论中。在致孙伏园的信中,鲁迅大体同意张竞生之"爱情定则"的理性原则⑤;而许广平在与《晨报副镌》的投书中却以为,在爱情婚姻上设置理性定

①　鲁迅《题〈芥子园画谱三集〉赠许广平》,《鲁迅全集》第 4 卷,人民文学出版社 2005 年版,第 422 页。

②　鲁迅《致翟永坤》,《鲁迅全集》第 12 卷,人民文学出版社 2005 年版,第 68 页。

③　陈独秀《东西民族根本思想之差异》,《新青年》第 1 卷,第 4 号,第 2 页。

④　吕芳上《1920 年代中国知识分子有关恋爱问题的抉择与讨论》,吕芳上主编《无声之声(Ⅰ):近代中国的妇女与国家》,"中央研究院"近代史研究所,中国台北 2003 年版,第 73 页。

⑤　鲁迅《230612　致孙伏园》,《鲁迅全集》第 11 卷,人民文学出版社 2005 年版,第 434～435 页。

则,完全是精英男性的一厢情愿,并坚持一种"不屈于一切的"理想主义爱情观。① 鲁迅与许广平之间的差异,显示了"五四"知识精英与后"五四"知识青年之间的代际冲突。前者试图建立新的家庭伦理秩序,而后者则要求继续冲决一切罗网,甚至包括前者建立的新婚恋意识形态。

后来的事实说明,恰恰就是许广平炽热的情感攻势,将鲁迅从自我压抑的苦闷中拯救出来。极端点说,许广平就是一个潘多拉,打开了"鲁迅"这只魔盒,在释放出解放、希望的同时,也带来绝望与复仇的种子,"归来的被压抑者的鲁迅",将满腔愤怒化作语言的子弹,射向所有假想敌。这导致了一种令人费解的状况,一方面是与许广平的恋爱渐入佳境;另一方面则是对杨荫榆的近乎疯狂的攻击。用鲁迅向来的彻底批判精神,并不能解释这种极端倾向。或者只能说,经由许广平释放出的历史压抑,被化作话语暴力,尽意投射到杨荫榆身上。然而,这同时又暴露了鲁迅自己的个体无意识。意即当鲁迅试图揭露杨荫榆权威之下的脆弱而阴郁的内在世界时,亦将自己作为被压抑者的历史状况披露了出来。故此他会在自己给许广平的信中,以杨荫榆为玩笑对象,来揶揄自己的醉态:"我的言行,毫无错处,殊不亚于杨荫榆姊姊也。"②

"压抑是一种历史现象,而使本能有效地屈从于压抑性控制的,不是自然而是人。"③压抑在导致反抗的同时,也通过反抗的失落将压抑内化,主体最终通过抑制欲望,而接受现实原则的支配。个体承受的历史压抑首先来自于宏观层面,鲁迅在《呐喊·自序》中再现的三重现代霸权,即是建构现代中国身份认同的压抑性力量,个体时刻面临着无物之阵般的现代体制的询唤,并在抵抗与臣服中形成新的主体认同。不过,更为极端的压抑却并非来自现行体制,而恰恰是来自于反体制、反霸权的革命。来自革命的压抑体验令鲁迅刻骨铭心。日本留学期间,因日本政府颁布"取缔清国留学生规则",陈天华蹈海自杀,部分中国留学生提议集体回国以抗议,鲁迅等人表示反对,在陈天华的追悼会上,秋瑾宣布判处鲁迅等人死刑。④ 又据增田涉回忆,鲁迅说过光复会曾让他去刺杀某要人,自己同意后又以母孝为名拒绝。⑤ 其实,在鲁迅笔下的范爱农身上,未必没

① 维心(许广平)《爱情定则的讨论(十)》,《晨报副镌》1923 年 5 月 25 日。

② 鲁迅《两地书·原信》(三十二),1926 年 6 月 28 日,中国青年出版社 2005 年版,第 76 页。

③ 〔德〕赫伯特·马尔库塞《爱欲与文明——对弗洛伊德思想的哲学探讨》,黄勇、薛民译,上海译文出版社 1987 年版,第 7 页。

④ 〔日〕永田圭介《竞雄女侠传:秋瑾》,闻立鼎译,群言出版社 2007 年版,第 207 页。

⑤ 〔日〕增田涉《鲁迅的印象》,钟敬文译,湖南人民出版社 1981 年版,第 30 页。

有他自己之压抑意识的投射，因为激进的"我"以为，这冷眼旁观革命的范爱农，实在比满人还坏，"中国不革命则已，要革命，首先就必须将范爱农除去"①。追求自由、正义的革命在其伊始，即已显示出构成压抑的专制倾向。

遭遇革命的强制与压抑，是现代中国的普遍状况，个体必须将革命内化为自我意识，才能成为一个自觉的革命人。而在个人微观历史层面上，成长过程中的创伤体验，则造成个体的自我抑制。就鲁迅来说，这主要体现在由于父亲早逝、家道中落，作为长子的鲁迅，被早早地推上代父的位置，他不得不克制一己欲望，以家庭作为生命活动的中心。因此，他必须接受母亲安排的婚姻，完成成长为父（夫）的仪式，也必须维持不得已的婚姻，以表示尊重家族秩序。同时，鲁迅始终为重建一个核心家庭而努力，因为只有在家族秩序的重构中，他才能证明自己是合法的代父，家庭是鲁迅作为一个代父的终极价值的体现，他将在其中补偿自己被压抑的欲望。然而，在一场"兄弟失和"的戏码之后，作为代父的他，在一场家庭造反中被罢黜。这是一个难堪的局面，鲁迅的自我抑制非但没有得到补偿，而且成为大家族重建后的牺牲。

作为家国两个层面的被放逐者，屈辱性经验带来难以磨灭的创伤记忆，鲁迅不得不进行一场个人与社会的双轮革命来拯救自己，因为只有如此，才能冲决现实原则的抑制，让个人欲望得到补偿。对于鲁迅来说，与许广平的恋爱就是一场迟到的个人革命，只有在被他一手建立的大家庭放逐之后，这场恋爱才有可能发生。因为他在此刻急需证明自己作为一个父/夫主体之存在的意义，而许广平恰恰带来了重构身份认同的可能性。不过，从历史压抑中挣脱出来的鲁迅，被力比多驱力推动着参与到社会革命中，他在感受重新成为人群中心的快感的同时，也恢复了前历史和潜意识中的毁灭性力量，以及造成这种毁灭性力量的精神创伤。也就是说，突如其来的爱欲的释放导致了强烈的爱与恨，爱让鲁迅体会到作为一个主体的空前完整性，恨则需要通过革命的驱魔来转移精神创伤。

恋爱激情与革命洪流在最初时刻的交织，令一种浪漫主义的积极想象，遮蔽了"归来的被压抑者"之永远不能抚平的精神创伤。鲁迅和许广平的离开北京南下，就其恋爱本身来说，其实具有在他乡建构二人恋爱乌托邦的意图，而许广平去往的广州又恰恰是革命圣地，二者最后辗转相逢于广州，因此具有十分重要的象征意义：个人恋爱的小革命与国族统一的大革命，最终在这里二位一

---

① 　鲁迅《范爱农》，《鲁迅全集》第 2 卷，人民文学出版社 2005 年版，第 322 页。

体。奇怪的是,在这交织恋爱与革命的热闹广州,鲁迅却显露出某种不安:"我想,恋爱成功的时候,一个爱人死掉了,只能给生存的那一个以悲哀。然而革命成功的时候,革命家死掉了,却能每年给生存的大家以热闹,甚而欢欣鼓舞。唯独革命家,无论他生或死,都能给大家以幸福。同是爱,结果却有这样的不同,正无怪现在的青年,很有许多感到恋爱和革命冲突的苦闷。"①这当然不是恋爱与革命的冲突带来的苦闷,而是在恋爱和革命成功之后,恋爱和革命再向何处去的苦闷。无论是恋爱还是革命,它们都起始于被压抑者的激情回归,而终结于重构现实秩序的压抑性暴力。

1929 年 4 月,在与韦素园的信中,鲁迅谈及正在兴起的"革命加恋爱"小说,他以为其不过是挂着革命家招牌的商业消遣文学,并断然否认恋爱与革命之间的联系。"我认为所谓恋爱,是只有不革命的恋爱的。"②当恋爱的高潮过后,爱情对于鲁迅来说,不再是革命的,而是不革命的,甚至在 1932 年出版的《两地书》序言中,他居然声称自己这书"其中并无革命气息"③。鲁迅自然不是在否定新崛起的无产阶级革命,而是在告别那个让他辗转飘零的国民革命时代。

四、时势转移: 走向革命的"五四"精英

在 20 世纪的中国,革命与恋爱是非常重要的两个话语。恋爱自由涉及私领域的个人解放,社会革命牵扯公领域的大众福祉。两种话语间的纠结互动,显示的是私与公、个人与社会,在中国现代化过程中的对立统一。与许广平的恋爱,是鲁迅走向革命的个人契机,而一个革命氛围的成形,则是更具决定性的公共因素。在此一时代,"五四"知识者面临着共同的问题:后"五四"运动的中国向何处去? 公共问题和社会脉动连带着个人抉择,无论个人如何举动,总是密切相关于一个大时代的时势转移。

五四新文化运动之发生,乃是源于"民国初年政教反动的空气"④。现实政治反动是指 1915 年的"袁世凯称帝"和 1917 年的"张勋复辟",而意识形态反动,则是指士绅阶层的提倡尊孔的"国教请愿运动"。从民初国家建构来说,提倡尊孔、建立国教的运动,是为应对民国建立后的宪政共和危机,意在以儒教为

① 鲁迅《黄花节杂感》,《鲁迅全集》第 3 卷,人民文学出版社 2005 年版,第 428 页。
② 鲁迅《290407 致韦素园》,《鲁迅全集》第 12 卷,人民文学出版社 2005 年版,第 160 页。
③ 鲁迅《两地书序言》,《鲁迅全集》第 11 卷,人民文学出版社 2005 年版,第 5 页。
④ 周作人《钱玄同的复古与反复古》,《周作人文类编(10)·八十心情》,钟叔河编,湖南文艺出版社 1998 年版,第 475 页。

机轴来统摄家国政治。不过，接受现代思想的新知识阶层，已经不可能认同儒教为现代国家的政教机轴，他们在用科学、民主等新思想反传统的同时，也要通过建构新意识形态来夺取文化领导权。志在社会启蒙的新文化运动，即是一场夺取文化领导权的运动，其试图重构一种新的统摄家国天下的普遍价值体系。这里需要指出的是，就建构一体化政教意识形态这个基本目的来看，新文化运动与"国教请愿运动"其实具有内在一致性。

在"五四"知识者看来，由文学革命而及思想革命，最后走向社会政治革命，乃是大势所趋。① 周作人认为，"文学革命上，文字改革是第一步，思想改革是第二步，却比第一步更重要"②。胡适则提倡"最要紧的是人心的大革命"③。至于鲁迅，早年便强调立人是立国的基础④，后来谈及民元以来的国家危机时，同样认为最初的排满建国容易，"其次的改革是要国民改革自己的坏根性，于是就不肯了。所以此后最要紧的是改革国民性"⑤。五四运动试图"籍思想文化以解决社会根本问题"⑥，但是新思想的形成并不能自动改变社会体制，因此势必由思想革命走向社会革命。新文化运动最终以五四学生运动的高潮结束，也许就是这个内在逻辑的应然结果。1927 年，鲁迅谈到五四运动时以为，"单是文学革新是不够的，因为腐败思想，能用古文做，也能用白话做。所以后来就有人提倡思想革新。思想革新的结果，是发生社会革新运动。这运动一发生，自然一年就发生反动，于是酝酿成战斗……"⑦

关于五四运动的始与终，众说纷纭。⑧ 但大体上来说，五四运动是从一个从文化运动导向政治运动，从新知识精英主体过渡到青年学生主体的运动，走向中国问题的政治解决和社会革命，是五四运动的最后归宿。鲁迅在"五四"之后的人生轨迹，就是一个从家庭到社会，从象牙塔到十字街头，从"文化革命"到社会革命的历程，正契合于五四运动的政治化转向。1925 年，鲁迅主动介入学生

---

① 　罗志田《乱世潜流：民族主义与民国政治》，中国人民大学出版社 2013 年版，第 96～105 页。
② 　周作人《思想革命》，《周作人文类编（1）·中国气味》，钟叔河编，湖南文艺出版社 1998 年版，第 172～173 页。
③ 　胡适《易卜生主义》，《胡适文集 2》，欧阳哲生编，北京大学出版社 1998 年版，第 485 页。
④ 　鲁迅《文化偏至论》，《鲁迅全集》第 1 卷，第 57 页。
⑤ 　鲁迅《两地书·原信》（八），1926 年 3 月 31 日，第 19 页。
⑥ 　林毓生《中国意识的危机——五四时期激烈的反传统主义》，穆善培译，贵州人民出版社 1986 年版，第 45～93 页。
⑦ 　鲁迅《无声的中国》，《鲁迅全集》第 4 卷，人民文学出版社 2005 年版，第 13 页。
⑧ 　〔美〕周策纵《五四运动史》，陈永明等译，岳麓书社 1999 年版，第 6～8 页。

运动,除却个人方面的因缘际会之外,也因为青年学生已是这个时代的政治运动主体。而伴随国民革命的发生,鲁迅表示需搁置文学革命主张,要提倡文明批评和社会批评,甚至夸张地说,"中国现在的社会情况,止有实地的革命战争,一首诗吓不走孙传芳,一炮就把孙传芳轰走了。"我呢,自然倒愿意听听大炮的声音,仿佛觉得大炮的声音或者比文学的声音要好听得多似的"①。至于鲁迅晚年倾向左翼革命,依然是内在于政治化解决中国问题的历史脉络。

虽然五四新文化运动最终解体,知识者分裂成不同的政治集团,但是此后的中国社会却形成了另外一种同一性:不同政治集团皆以大同世界为许诺进行社会整合,并建立列宁主义政党进行组织建设、群众动员与政治革命。1925 年4 月,鲁迅在与许广平的一封信中谈到,中国若要走进大同世界,便须改革,而改革最快的就是革命,而要革命成功,则必须要有"党军"②。鲁迅非常明了现实中国政治的走向:首先就是大同愿景的意识形态询唤,然后是党政军一体的组织建设,最后就是"火与剑"的暴力革命,而"充实党人实力"则是此后的第一要图③。1921 年,中国共产党成立。1924 年,中国国民党改组。"五四"时期成长起来的青年学生的大量加入,让国共两党在这一时期迅速崛起。鲁迅本人一直采取不党策略,但是他在女师大风潮中所处的阵营,多由浙籍国民党人④构成,而他一路南下广州的言论立场,也一直站在民党一方。鲁迅虽然坚持"无治的个人主义",但此一时期倾向民党的立场,其实也较为明确。

胡适日后曾感慨:"民十五六年之间,全国大多数人心的倾向国民党,真是六七十年来所没有的新气象。"⑤其根本原因倒不是因为"五四"精英完全认同于国民党,而是在于渴望结束军阀割据、再造国家统一。在 1925 年初发表的《忽然想到》中,鲁迅认为"现在的中华民国也还是五代,是宋末,是明季"⑥。而周作人则在 1925 年第一天感慨:"现在须得实事求是,从民族主义做起才好。"⑦"五代式的民国"应是"五四"知识者对于北洋民国的共同观感,而结束内乱外辱的

---

① 鲁迅《革命时代的文学》,《鲁迅全集》第 3 卷,人民文学出版社 2005 年版,第 442 页。
② 鲁迅《两地书·原信》(二),1926 年 4 月 8 日,第 27 页。
③ 鲁迅《两地书·原信》(二),1926 年 4 月 14 日,第 33 页。
④ 吕云章《吕云章回忆录》,龙文出版社 1990 年版,第 379~380 页。
⑤ 胡适《惨痛的回忆与反省》,《胡适文集 5》,欧阳哲生编,北京大学出版社 1998 年版,第 381~382 页。
⑥ 鲁迅《忽然想到》,《鲁迅全集》第 3 卷,人民文学出版社 2005 年版,第 16~17 页。
⑦ 周作人《元旦试笔》,《周作人文类编(9)·夜读的境界》,钟叔河编,湖南文艺出版社 1998 年版,第 41页。

国族乱象，"向往统一应是社会各阶层与各政治流派都能认同的时代愿望"①，至于在政治立场上的具体分歧，都一时为这民族主义共识所遮蔽，从而使"五四"知识者能够弥合彼此之间的立场差异，一致认同于国民革命。人人倒向革命未必是投机，而是国家能力崩溃的现实危机，让人们不得不暂时顺应国民革命运动，以期结束北洋乱象，再造民族国家。

不过，基于民族主义的政治联合是不稳定的，国共两党在革命终极目标上的对立，让二者间的合作最后只能以破裂告终。当国民革命接近胜利的时候，就必须明确下一步革命的方向，国民党以国家重建为目的，共产党要继续进行阶级革命。在 1927 年 10 月发表的《怎么写》一文中，鲁迅曾谈及有关郁达夫文章《在方向转换的途中》的争论，郁达夫主张国民革命是阶级斗争理论的实践，反对者则主张是民族革命理论的实现，这其实就是两党之间关于革命根本目的之分歧所在。国民党集团的权益能够实现于胜利的当下，而共产党则寄托于继续革命的未来，前者对于后者的清党势在必行，否则就会变成被革命对象。国共分裂也是"五四"精英在达成短暂的民族主义共识之后，又迅速再分裂成不同的政治、思想集团的标志。对于鲁迅来说，他或者偏于共产左翼，但是却并不明了，而且终其一生，也一直处于这种不明了的状态。

中国问题趋向政治解决、国民革命的民族主义共识、"五四"精英的思想分野、党治国家的确立、革命的自我悖反等历史因素，都在鲁迅 1927 年的生命漂流中留下痕迹。他一方面为大时代的权势转移所左右，不得不经受"火与剑"的考验；另一方面则更为明了历史的诡计，终不愿削足适履于革命，而牺牲"抒写的自由"②。鲁迅最后选择定居的上海，也是一个灰色暧昧的权力场域，从而让他可以稍有自由的可能。

五、道成肉身：鲁迅与漫长的革命

一生之中，鲁迅身历三场革命：辛亥革命、国民革命与左翼革命。辛亥革命后，鲁迅先是作为地方精英，介入绍兴的权力重构，继而进入国家中枢，成为教育部佥士。国民革命后，鲁迅从权力中心走向边缘，放弃公职，成为一名自由文人。左翼革命政党则在他身后，将鲁迅奉为民族魂，其声名也在"文革"达到顶峰。与孔子是儒教的道成肉身一样，左翼革命场域中的鲁迅，俨然也是革命的

---

① 罗志田《乱世潜流：民族主义与民国政治》，中国人民大学出版社 2013 年版，第 127～162 页。
② 鲁迅《怎么办——夜记之一》，《鲁迅全集》第 4 卷，人民文学出版社 2005 年版，第 21 页。

道成肉身。在前两场革命中,导致鲁迅因应策略改变的主因或者在于:与辛亥革命相比较,国民革命已经是形式、内容、后果完全不同的另一种革命,并与之后崛起的左翼革命关联甚深。①

辛亥革命不是现代革命观念影响下的革命,"乃是由绅士空间扩张而颠覆王权造成,它是立宪改革必然导致的结果。故从绅士公共空间的形成、扩张到以共和为目的的政治实践,均可视为改革的延续"②。故此,鲁迅笔下绍兴光复的戏剧,俨然新瓶旧酒:"我们便到街上去走了一通,满眼都是白旗。然而貌虽如此,内骨子是依旧的,因为还是几个旧乡绅所组织的军政府。"③简而言之,辛亥革命建立起一个新国家、旧社会和新政治的中国,新国家是指共和国体,新政治则指宪政民主,旧社会意味着中国中下层组织依然是士绅阶层主导的传统秩序。小说《阿Q正传》正反映了建立于旧社会之上的新国家、新政治的悖论:阿Q革命是要求改变个体命运和社会结构的造反革命,士绅革命则是维系既有利益格局的共和革命,并试图通过压抑阿Q们造反,来建立一个稳定的政治体制。故此,"未庄"世界虽然为共和革命冲击,却依旧保持着旧秩序与旧伦理。

即便民初中国被称为共和幻象,但辛亥革命依然是一次真正的革命,因为其实现了缔结自由宪法、建立共和国的初衷。然而,宪法政治的危机、国家能力的丧失、价值体系的瓦解等状况的出现,让新生的共和国危机四伏。而解决这些危机的诸多举措,都接连以失败告终,从而导致国家趋于解体。这就让以五四运动为思想前奏,而以大众动员、军事暴力为解决手段的国民革命登上舞台。国民革命首先是一场反帝、反封建的民族革命,其不为缔造民主共和政体,而是要建构一个中央集权国家——其拥有作为不可分割之核心权力象征的国家主权。此外,国民革命也是一次动员底层工农、重组社会结构的社会革命,因此又被称为工农大革命。国民革命的结果是创造出新国家、新社会和新政治:新国家即党治国家;新社会瓦解了地方自治;新政治就是一党专政。大致上,国民革命以列宁主义政党为基本组织方式,通过推动新意识形态自上而下的传播,对中国基层社会大众进行政治动员,进而将党政官僚系统深入到社会各层面,重新建构起一个意识形态主导的一体化社会,其与传统中国的社会组织方式几乎一脉相承。④ 从颠覆辛亥革命的视角考量,国民革命是不同于洪宪复辟、张勋复

---

① 〔澳〕费约翰《唤醒中国:国民革命中的政治、文化与阶级》,李恭忠等译,三联书店 2004 年版,第 5 页。

② 金观涛、刘青峰《观念史研究——中国现代重要政治术语的形成》,法律出版社 2012 年版,第 384 页。

③ 鲁迅《范爱农》,《鲁迅全集》第 2 卷,人民文学出版社 2005 年版,第 324 页。

④ 金观涛、刘青峰《开放中的变迁——再论中国社会超稳定结构》,法律出版社 2011 年版,第 275 页。

辟的另一种"复辟"。当然,自由倒退、专制复辟在 20 世纪 20 年代是一个世界性现象。

经由新文化运动的思想过渡,现代中国完成了从辛亥革命到国民革命的转换。这也是一个在西方思想冲击之下形成的新意识形态完成其中国化,并用之来进一步整合中国社会的过程,国民革命即是用新意识形态重构民族国家的历史实践。而其中最为关键的问题是意识形态的内容虽然发生变化,但是整合社会的形式机制却是本土传统的,因此无论是三民主义还是毛泽东思想,都内在着一个中国化也即儒家化的倾向。① 这种意识形态机制致力于将天道公理落实到个人身上,一方面从天理推出人伦,强调个人对天理的绝对服从;另一方面从人伦推出天理,要在个人身上全面体现天理。因此,有必要发明一个圣王般的革命典范,作为天道公理社会的开端。在传统中国,孔子是儒家意识形态的道成肉身,现代中国的圣王崇拜则始于对孙中山的造神运动。国父崇拜在国民政府建立后,被渗透到社会生活的各个层面,"国父中山"是三民主义意识形态的道成肉身。② 鲁迅也曾在文章中谈及孙文革命精神的无远弗届,但鲁迅恐怕未料到的是,他在身后亦被塑造为现代中国圣人。③ 一言以蔽之,作为现代中国圣人的左翼鲁迅想象,就是中国式马克思主义的道成肉身之一。首先是一些现实因素造成了这个状况,譬如鲁迅是 20 世纪 30 年代左翼作家的领袖,鲁迅和毛泽东之间的精神关联等等。但最关键的不是鲁迅,而是鲁迅占据的位置,即那个被认为可以表征新民主主义革命的代表之名。如果不是鲁迅,也会是其他人,来占据其位。

鲁迅身后被推崇为现代中国圣人,最大程度上体现出一种文学政治的巨大力量。"五四"之后的两场革命,都具有托克维尔谓之文学政治的特点,它们都非常重视文学化地唤醒大众的宣传,其是对于五四运动之文学/文化政治传统的接续:"政治生活被强烈地推入文学之中,文人控制了舆论的导向,一时间占据了在自由国家中由政党领袖占有的位置。"④而在古典中国,文人本来就肩负维系道统的责任。鲁迅在《魏晋风度及文章与药及酒之关系》中指出,礼教真理对于统治者来说不过是操弄权力的工具,而对于文人嵇康之流来说,"恐怕倒是

---

① 金观涛、刘青峰《开放中的变迁——再论中国社会超稳定结构》,法律出版社 2011 年版,第 279~339 页。
② 陈蕴茜《崇拜与记忆:孙中山符号的建构与传播》,南京大学出版社 2009 年版。
③ 毛泽东《新民主主义论》,《毛泽东选集》,东北书店 1948 年版,第 264 页。
④ 〔法〕托克维尔《旧制度与大革命》,冯棠译,商务印书馆 1997 年版,第 178 页。

相信礼教,当做宝贝"①。这里的一个核心关系就是,现实礼教政治是虚伪的,只有嵇康等文人才能够认识礼教真理,并建立一个真实的礼教世界。对鲁迅而言,文学者不是要建立一个虚构世界,而是试图通过语言表征出一个真理世界,文学者的革命性不体现于行动,而在于他的真理世界想象对立于现实世界,这个想象的真理世界,则是现实的应然本质。故此,"20世纪中国文学与政治之间的关系,与其说是一个指示另外一个,毋宁说二者都认同一个关于代表/表现的权力的理想,即把想象的世界变为现实,这个关于'代表的权力'的一致性让二者走到了一起,以确保两个领域之间一系列的永恒相遇和相互介入"②。

以五四新文化运动为开端,中国开始了意识形态主导下的暴力革命进程,一种作为历史必然性表征的文学结构的现代性规划,贯穿了从国民大革命到文化大革命的历史。在这个堪称惨烈的革命历史进程中,文人气质的政治家举足轻重。他们为实践提供思想,为大众提供教育,为革命塑造个性,为历史指明方向,深刻影响了中国革命的内容与形式。其实,革命天理的道成肉身也是一种文学政治表述,无论是国父孙文,还是民族魂鲁迅,乃至君亲师一体的毛泽东,都是在文学话语的编织中居于其位,他们的降临不是一个偶然性事件,而是某种至高历史必然性的显现。不过,一旦鲁迅被塑造成神,对他人来说则是一个灾难,因为绝对性神位的奠定,必将带来压抑。从此只有两条出路,要么通过自我改造抵达鲁迅,要么臣服于作为人之神的鲁迅,前者根本无法做到,于是只剩下臣服。这就造成了一个极其矛盾的状况,本来是要用鲁迅来照亮通往自由的革命道路,而还未走上这条革命道路之前,个体需要首先拜倒在鲁迅的神位前。其表征的即是现代革命意识形态的历史必然性论述:自由只能实现于对必然性神话的臣服。

余   论

鲁迅说,真正的文学家,在什么时候,都是站不住脚。革命之前站不住,革命之后也站不住。③ 他自己亦不例外,在反革命的北京,站不住脚,在革命的广州,也站不住脚,只好跑到上海租界边上住下来,一直"横站"到死。鲁迅曾追随革命,也为目的论蛊惑,但就其个人本位思想来说,他并不愿意为任何革命牺牲

---

① 鲁迅《魏晋风度及文章与药及酒之关系》,《鲁迅全集》第3卷,人民文学出版社2005年版,第535页。

② 〔澳〕费约翰《唤醒中国:国民革命中的政治、文化与阶级》,李恭忠等译,三联书店2004年版,第478页。

③ 鲁迅《文艺与政治的歧途》,《鲁迅全集》第7卷,人民文学出版社2005年版,第121页。

自由,故而在革命后第二天,毅然疏离革命。1929 年,鲁迅为柔石小说集《二月》做短引,其中关于"萧君"的一些感慨,或者正可以为他立此存照:

> 他其实并不能成为一小齿轮,跟着大齿轮转动,他仅是外来的一粒石子,所以轧了几下,发几声响,便被挤到女佛山——上海去了。①

原载《鲁迅研究月刊》2018 年第 8 期。
韩琛:博士,青岛大学文学院教授。

---

① 鲁迅《柔石作〈二月〉小引》,《鲁迅全集》第 4 卷,人民文学出版社 2005 年版,第 153 页。

一曲新词酒一杯

——曲学大师吴梅的生平与学术

刘宜庆

吴梅(1884—1939),字瞿安,号霜厓,江苏长洲(今苏州)人。吴梅是一代曲学大师,在民国学林享有盛誉。他对曲律、曲史包括词学理论造诣极深,以一本《顾曲麈谈》深得蔡元培赞赏,1917 年礼聘他为北大教授,讲授古乐曲。自吴梅开始,不登大雅之堂而曾被鲁迅概括为"咿咿呀呀"的戏曲首次进入最高学府,得占一席之地。

吴梅在世时与王国维齐名,并称戏剧研究领域的"南吴北王"。昆曲因吴梅等人得到传承并发扬。吴梅一生,就像一台波澜起伏、动人心弦的大戏,曲终人散,余音袅袅,回响于历史与现实之间……

科举不第,失意之中谱传奇

1884 年,吴梅出生于苏州大井头一个官宦家庭。父亲去世时,吴梅才 3 岁,显赫一时的官宦之家,已经衰落。孤儿寡母相依为命,没有了经济来源,家里竟然到了断炊的地步。为了求得一餐,吴梅的母亲不得不把丈夫生前读的书籍卖掉换饼。吴梅 10 岁的时候,母亲与世长辞。小小年纪就遭遇双亲之故,身世之悲,乱世之伤,生存之难,日后,都成为他词曲创作的源泉。

承担着家族复兴重任的吴梅,两次参加科举考试,两次乡试落榜,吴梅意兴阑珊,但他对切合自己性情的古典文学感兴趣。姜夔、辛弃疾的词作和关汉卿、王实甫的曲作更让他喜爱有加。他从名师俞粟庐等人学唱昆曲,并且尝试填词、作曲。他与苏州盛霞飞交往甚密,古文得力于盛霞飞。从晚清著名诗人陈三立(陈寅恪之父)学诗,从晚清四大词家之一朱祖谋学词。诗、文、词、曲皆师从大师,犹如四条奔腾的河流汇入,吴梅从科举学业的小湖泊,一跃成为浩瀚的汪洋。全方位的古典文学功底,为他成为词曲大师奠定了坚实的基础。

吴梅参加科举考试的这几年,晚清处于多事之秋,甲午战争,戊戌变法,庚子事变,清末新政……吴梅绝不是只为科举一心只读圣贤书的"冬烘先生",他关注时局,关心新思潮和维新变法,并寄情于词曲创作,其作品包含着晚清波谲云诡的万千气象。

戊戌变法失败,六君子喋血菜市口。吴梅感佩戊戌六君子的杀身成仁,在悲痛之中谱写一曲传奇《血飞花》,抨击朝廷腐败无能,言辞激烈,"吊六君子之非命,明清廷之不足与有为,一时士林传颂"。吴梅的大伯父害怕"文字贾祸",将其稿一把火烧掉。尽管稿子被焚毁,"而文章传播天下久矣"。

这是吴梅改良传统戏曲的积极有益的尝试,到吴梅这里,一改传奇的传统,用戏曲的形式针砭时事,鼓舞革命。此后,他便一发不可收。

光绪三十年(1904),吴梅的代表作《风洞山传奇》在《中国白话报》的第四、六期刊出。这本传奇歌颂了瞿式耜的抗清高节,也给当时期冀革命的人们以"驱除鞑虏,恢复中华"的信念。吴梅塑造了像文天祥一样的民族英雄,在革命运动风起云涌的清末,起到了唤醒民众的作用。1906年他写了《暖香楼》,借明代历史影射清廷腐败的现实。1907年,他写了歌颂烈士秋瑾的杂剧《轩亭秋》。

吴梅创作的充满了爱国热忱的戏曲作品,堪称反清革命运动之中的几曲高歌,在当时引领潮流,起到振聋发聩的作用。吴梅被国内海外的革命志士视为同道中人。

在时人眼中,吴梅是一位有情有义的名士,一位狂狷孤傲的斗士。王文濡回忆和吴梅见面的情景写道:"犹忆三十年前,余在吴门办学,与黄子摩西订忘形交,休沐之暇,借茗寮为谈话所。黄子广交游,庄士狎友,不介自来,团坐放言,间及时事。一少年手拍案,足踏地,时而笑骂,时而痛哭,寮之人金目为狂。询诸黄子,则吴其姓,瞿安其字,菲枕经史外,癖嗜词曲,英雄肝胆,儿女心肠,往往流露于文字间。"

满腹诗书经史为时事所激荡,情动于中而形于言,歌哭言笑,皆是性情。这样的一位奇人,会将酣畅淋漓的情感、孤崛奇特的人生经历赋成怎样的风流文章?

名士风流,今日听君歌一曲

1914年,吴梅在上海民立中学任教。他的代表作《顾曲麈谈》在《小说月报》连载。这一段的词曲创作和民国初年的政治风云紧密相连。

最具传奇色彩的则是吴梅作《双调玉娇娘·题傅屯艮(熊湘)〈红薇感旧图〉》套曲。这套曲之中蕴藏着一个动人的故事。

吴梅和傅熊湘、柳亚子同为南社成员,是情谊契合的金兰之交。武昌起义后，傅熊湘主办《长沙日报》。时袁世凯权势逼人，一时间，国内舆论皆附和袁世凯。唯独傅熊湘在《长沙日报》独持异议，以此为阵地，著檄文，讨袁氏。宋教仁被刺杀后，革命党人进行"二次革命"，湖南宣布独立，但讨袁的志士仁人，终抵不过袁世凯的虎狼之师，以孙中山逃亡日本宣告失败。袁世凯势力长驱直入，进入湖南。

外号"屠户"的汤芗铭督湘后，大肆抓捕革命党人和反袁势力。在友人的帮助下，傅熊湘乔装打扮逃出长沙，回到故乡醴陵。可是，醴陵遍布汤芗铭派出的爪牙和侦探。傅熊湘有家不能回，陷入走投无路的绝境。无奈之下，傅熊湘求救于好友熟识的玲珑馆妓女黄玉娇。傅熊湘在黄玉娇家中暂避风浪十天，躲过了"汤屠户"派出的侦探的搜查缉拿。次年，黄玉娇嫁人，傅熊湘闻讯后，不胜惆怅，撰写《红薇感旧记》，寄给柳亚子，以此铭记一段化险为夷的遭际。后来，黄玉娇所嫁之人的正室乃一悍妇，后被逐出家门。傅熊湘又冒险入城，与黄玉娇作三日之会，并作《玲珑馆词十首》。

傅熊湘与黄玉娇的传奇经历，不亚于蔡锷与小凤仙，在南社成员的诗词中广为传播。落魄的革命志士被归隐的青楼女子收留避难，自古就是绝佳的戏剧题材。吴梅用戏曲的形式记载了这段美人救英雄的佳话，其他南社诸友则用诗词、图画为黄玉娇留影。吴梅用文人的手笔记载了南社社友的事迹，为风尘侠女作传，虽是古代文人的传统，但它反映的绝不是才子佳人的风流韵事，而是当时"民主革命夭折，北洋军阀横行的史实"。

1914年吴梅作《南昌懒画眉·赠蕙娘》。这套曲同样也藏着一段温柔缱绻的故事。吴梅年少时，爱上了多才多艺的苏州金阊妓女蕙娘。两人情感浓时，一日不见，如隔三秋，在吴梅眼中，蕙娘才艺姿色可以和明末名妓李香君相媲美。蕙娘拿到套曲后喜出望外，吴梅又亲自教她演唱，半个月后，《懒画眉》《金络索》就大体能够上口了。后来，蕙娘嫁给常熟的富人，吴梅黯然神伤。晚年编自己的散曲集子时，特地关照弟子将这支套曲也编入，以不忘年轻时的这段感情。

北大执教，新潮之中听昆曲

1917年1月4日，蔡元培赴北京大学正式就任校长一职。他提出了"思想自由，兼容并包"的办学方针。他认为："大学者，'囊括大典、网罗众家'之学府也。"北大气象为之一新。蔡元培提出"以美育代宗教"，注重艺术教育，改革陈腐的课程。这一切，都为吴梅执教北京大学带来转机。

这年8月，蔡元培在一家旧书店发现一本《顾曲麈谈》，他看到封面上署名吴梅著。拿起这本不厚的小册子，读了几页，就感觉到这本书的分量。这是吴梅研究昆曲（南北昆）的创作、制谱和演唱规律的学术著作，此书与《曲学通论》一起，奠定了现代曲学的基础。蔡元培对新聘任的文科掌门人陈独秀谈起吴梅的这本书，打算聘请吴梅来北大教曲学。于是，在上海民立中学执教的吴梅，被北大聘为教授，开设古乐曲研究课程。

在报纸的冷嘲热讽与学生的议论讥笑中，吴梅走上北大讲坛。他不仅口说指画，而且"运用直观教具进行教学，公然携笛到课堂上说明曲律，说明今传的十七宫调分隶于笛色的七调之中"。当争议被教学效果平息之后，吴梅在北大站稳了脚跟。

1917 年 9 月，吴梅担任北大音乐研究会昆曲组导师。由于学昆曲者甚众，又请寓居于北京的昆曲名家赵子敬（时任袁克文的曲师）、北大校医陈万里一起教曲，并常在音乐演奏大会中演唱。

1917 年考入北大预科的蒋复璁，当年即参加了音乐研究会。晚年的他在回忆录中说："我当时加入了昆曲组，和赵子敬学昆曲之后，我就不再唱皮黄，觉得它不是文学，没有味道。我也跟吴梅先生学过，他唱得很好，曾戴着胡子唱旦。"

北京大学音乐研究会昆曲组可以说是中国大学里最早的曲社。与此同时，吴梅还担任文科中国文学系教授兼国文研究所教员，讲授"文学史"和"曲"的课程。后来"曲"易名为"戏曲"。据上过吴梅课的学生回忆，吴梅边讲词曲，边撅笛解说，北大课堂上笛声悠扬，唱腔曼妙，使听者神往。"高等学府中文系开设词曲课程，以唱曲为教学手段，盖由吴先生首倡之。"

吴梅在北京大学开始戏曲课程，培养大批高足，对传承和发扬昆曲起到了决定性的作用。吴梅在北大的入室弟子有钱南扬、任中敏、俞平伯等。吴梅在北大教授昆曲，被新潮的海归派蔑视，被坚守国学的传统派轻视，但北大学子重视。任中敏回忆说："一时同学乐受熏陶者，相率而拍曲、唱曲"，"初不以事同优伶为忤；风气之开，自此始矣！"

1917 年俞平伯 17 岁，家中为他办了婚事。夫妻琴瑟相和，伉俪鹣鲽情深。很大程度上在于，夫妻爱好相同。新娘许宝驯唱昆曲，能戏良多，俞平伯随之，但曲韵方面略差。为此，他还专门向业师吴梅学曲。俞平伯写道："偶闻音奏，摹其曲折，终不似也。后得问曲学于吴师瞿安。"

吴梅来到北大任教，住在北城二道桥，俞平伯可能住在附近，时相过从，受到熏染。俞平伯说，"此余日后习曲因缘之一也"。在北大红楼，俞平伯跟随吴梅学得《南吕宫》《绣带儿》两支曲子。后，俞平伯执教清华大学，与昆曲同好结社，"谷音社"闻名遐迩。从吴梅到俞平伯,从北大到清华,昆曲"空谷传声,其音不绝"。

桃李满园,曲学研究之巨擘

吴梅除了在北大、北京高等师范授课外,还参与诸多戏剧活动,推动戏曲的发展。

当时北大的教授在教学之余,喜欢到天乐园听高阳班昆曲名家韩世昌的戏。北大校长蔡元培就是其中之一,他痴迷韩世昌演唱的《思凡》。

蔡元培、顾君义、王小隐等迷恋韩世昌唱昆曲的6位北大师生,被戏谑地称为"北大韩党六君子"。顾君义还力请老师吴梅观看了韩世昌的演出,吴梅对韩也颇为赏识。

1918年夏,韩世昌拜吴梅为师,在大栅栏杏花村饭馆举行拜师礼,请了两桌客,除了昆弋班伶人外,还有赵子敬等曲家。此后,韩世昌向吴梅学戏,第一出学的是《拷红》,学会以后,就在天乐园演唱。吴梅为韩世昌订正过《牡丹亭》的《游园惊梦》,又指导他唱《桃花扇》和《吴刚修月》。

韩世昌跟随吴梅学的戏不是很多,但受益匪浅,他满怀感激地说:"南北昆曲专家们认为我唱曲子的吞音吐字还合乎规范,有根有据,和吴先生的指点校正分不开的。"后来,韩世昌到南京演出,吴梅已转任中央大学教授,师弟相见,曾在一起宴饮。谈及北京的前尘旧事。

民国初年,京剧在北京风头甚健。梅兰芳改革京剧,渐臻完善。刘喜奎、梅兰芳辈一时妙绝,风头无两。梅兰芳于1917年11月在北京主演《木兰从军》,十分成功。梅本男旦,角色偏又女扮男装,表演难度颇大,但梅的表演分寸恰到好处,备受赞赏。究其原因,实受益于吴梅。据吴梅的弟子词曲家卢前《奢摩他室逸话》载,"梅兰芳演《四声猿》中《雌木兰》剧,即今所谓《木兰从军》者,先生实指导之"。

吴梅,这位严谨的学者,还与名伶有过深厚的友谊,如鲜灵芝。她在"奎德社"演梆子戏时,深受观众欢迎。鲜灵芝请吴梅作新曲,他欣然同意,为她写了《南吕绣驾别家园·拟西施辞越歌》,文辞典雅优美。

有一次,吴梅为鲜灵芝排演《博望访星》剧制谱并操鼓板。后吴梅在中央大学执教,吴梅阅《集成曲谱》中《访星》一折,他想起昔日在北京为鲜灵芝制谱并操鼓板之事。"追忆春明,恍如梦寐。鲜灵芝、杨玉锡饰女、牛。玉笑花飞,如在目前,不觉十年一觉矣。"

正是在北京大学执教时期,吴梅成为现代曲学的奠基人,当时与王国维并称为曲学研究的两大巨擘。钱锺书之父钱基博认为:"特是曲学之兴,国维治之三年，未若吴梅之劬以毕生；国维限于元曲，未若吴梅之集大成；国维详其历史，未若吴梅之发其条例；国维赏其文学，未若吴梅之析其声律。而论曲学者，并世要推吴梅为大师云！"

随着吴梅在北京戏剧界、文化圈声名日隆，一些附庸风雅的军阀慕名求交往。道不同，不相与谋也，吴梅一概拒绝。

喜爱昆曲的皖系军阀徐树铮，1921 年被段祺瑞任命为西北筹边使兼西北军总司令，徐很仰慕吴梅，拟聘请他担任秘书长。秘书长，官虽不高，但在很多人看来，足以飞黄腾达。俸禄许得十分丰厚，比北大教授薪水高出很多。吴梅对权贵敬而远之，他写了一首词，表达心志，坦言谢绝：

鹧鸪天·答徐又铮（树铮）

辛苦蜗牛占一庐，倚檐妨帽足轩渠。依然浊酒供狂逸，那有名花奉起居？

三尺剑，万言书，近来弹铗无出车。西园雅集南皮会，懒向王门再曳踞。

这首词的大意是，我像一只小小的蜗牛，有一个小小的房子。这寒舍低矮，即使出入屋檐都刮到帽子，那又怎样，我心中的天地，足够宽广。我在北大教书，薪水虽然不是非常丰厚，但足够我买几杯浊酒，几卷古籍。哪能让一个名士去侍候一个将军的起居？目前我如同孟尝君门下客冯谖一样不受重视，但参加谱曲唱曲的雅集，我心里觉得特别自由自在。我这个人很懒，不愿意拉着达官贵人的衣襟往上爬。

事实上，徐树铮并不是一介武夫。徐树铮一家皆癖好昆曲，他喜唱净角和贴旦的曲子，尤其擅唱关公戏《单刀会》，一开口就声如洪钟。他又能吹笛，兼通鼓板。虽然是戎马倥偬，但依然不忘度曲。

徐树铮聘请吴梅是一种礼遇，吴梅谢绝徐树铮，是一种佳话。而吴梅的谢绝，对徐树铮无碍，不减其对昆曲雅兴。徐树铮戎马倥偬之际吹笛度曲，同样是一种佳话。吴梅和徐树铮，对昆曲的痴迷与发扬，可见民国学人和军人的风度。

南京弦歌，秦淮河上笛声越

1922 年，夏天过后，吴梅客居京师已五年，这位京华倦客，因为北京政坛多变，军阀混战，思乡情切，举家南归。在好友陈中凡的邀请下，执教东南大学，时郭秉文任东南大学校长。吴梅在南京大石桥赁屋而居。1928 年 5 月，东南大学更名为国立中央大学。

吴梅在东南大学执教时，发起词社，名为"潜社"，取"潜心学术"之意。弟子如唐圭璋、王季思、卢前、张世禄、段熙仲等都云集"潜社"。这一个小小的学术团体，静水流深。因为这些弟子们日后皆成为大师，当年唱和之时，可称为"潜龙在渊"了。

潜社前后持续十余年。每月一雅集，在春秋佳日的周日下午，师生一同游览南京名胜。明故宫、鸡鸣寺、灵谷寺、玄武湖、扫叶楼等名胜古迹，都留下了吴梅和弟子的身影。

吴梅和潜社成员常去之所是夫子庙秦淮河畔的万全酒家。唐圭璋回忆说："先生即席订谱，撷笛歌唱，极一时之乐；席散以后，先生酒意醺醺，往往由学生扶送回寓。"这酒家有河厅，河厅有榜，榜上题有"停艇听笛"四字。酒楼之上，吴梅取长笛吹奏，笛声悠悠，声越云烟，余音袅袅。在秦淮河画舫游览的游客，被吸引了，果真"停艇听笛"。

学者王季思回忆，有一次，众人集社，是在秦淮河的一只画舫上，画舫名叫"多丽"，船名恰好也就是词牌名，深得吴梅喜爱。船在秦淮河上一路摇到大中桥，他拿出洞箫，吹起一曲《九转弹词》来，"箫声的凄清激越，引得两岸河房上多少人出来看"。到了大中桥畔，吴梅又取出清初某名画家画的李香君小像，叫大家各填一首《蓦山溪》的词。

"直到暮色苍茫，才移船秦淮水榭，从老万全酒家叫了两桌菜来聚餐，飞花行令，直到深夜才散。"王季思追忆当年盛景，思绪回到当年的秦淮河，灯影桨声笛韵，恩师吴梅的吹奏时沉醉的表情，如在目前。

弟子唐圭璋深得吴梅的词曲真传。在他的记忆之中，吴梅教书育人，不仅仅靠课堂吹笛、示范昆曲唱做，也不单单靠课下雅集作词唱曲。这只是南京弦歌的一部分。唐圭璋说，先生教学认真，诲人不倦，讲课从不迟到，不早退，不请假。每学期课程都有教学计划，并能完成任务。最重要的是，吴梅每授一课，都有讲稿。商务印书馆出版的吴梅《曲学通论》《词学通论》和《曲选》，都是平日教学的讲稿。学生一学期有几次作业，吴梅都精心批改。吴梅的作业批得又快又好，有时，文思泉涌，会在学生的作业上批注、阐发。这种严谨的教学深得学生敬佩。

吴梅的板书也是他的一绝。写得纯熟、自然、匀称、秀美，和在格纸上写的一样，一黑板笔记写完了，就是一件艺术品，令学生不忍心擦掉。

吴梅在国立中央大学任教期间，和国学大师黄侃是国文系同事。两人从北京大学到中央大学，交往颇多。在学校里，吴讲词曲，黄论训诂。二人上课，教室内外，人头攒动，这是两门绝学，学生们都想一聆妙谛。课后，吴、黄二人互相调侃，黄称呼吴梅为"曲子相公"，吴称黄侃为"测字先生"。吴对黄解释说："训诂者，训导古代文化，借古以推测未来"；黄则说"相公者，为委曲进言，作人民宰相。"语皆幽默，妙趣横生。

20 世纪 30 年代，虽然日本帝国主义频频制造事端，国内各大学，学潮汹涌。但这一段时间，大师频出，中国的高校处于思想活跃、学术自由的飞速发展期。随着七七事变的爆发，北平、南京的高校南渡西迁，学者踏上风雨飘摇的长途。南京的风流烟消云散，在战争隆隆的炮声之中，吴梅避寇内地。

曲终人散，一代宗师归道山

"余以七月十二日避处香溪，八月初八日，挈家西迈，始居汉上，旋移湘潭"，吴梅在《避寇杂吟·序》中这样写道。这样简单的一句话，已是穿越三千里地云和月，山河破碎，举家南渡，蕴含着一代宗师多少悲苦和愁绪。

七七事变爆发后，和所有爱国的知识分子一样，吴梅密切地关注着战事的变化，他无心安坐书斋之中研究学术，也无心再记日记。1937 年 8 月 13 日，日本侵略军进犯上海，淞沪会战打响。16 日，敌机向苏州投下炸弹。吴梅到苏州附近的木渎避难，在弟子家的药铺中暂时躲避。此时，吴梅的三子吴翰青来信，请求父亲带着全家男女老少到湖南避难，吴梅决定举家南下。9 月 24 日，几经辗转，一家十口人乘坐火车，换乘轮船，到达汉口。在汉口的街头，犀利的警报声响起，武汉面临着日寇飞机的空袭。大片的国土沦丧，吴梅此刻深切地感受到南宋词人金瓯残缺的悲凉。

七七事变这一年，吴梅 53 岁，心忧国难，再加上长途跋涉，吴梅诸多疾病缠身。他到达湘潭后，暂时安定下来。南京中央大学国文系主任胡小石、中央大学校长罗家伦，以及国文系的学生，殷切希望他能回到迁移之中的中央大学，再度站在讲坛，为学子讲曲学。可是，吴梅此时喉咙生病，不能说话。喑哑的嗓子再也唱不出婉转的昆曲，说不出高昂激越的话语，这对吴梅本人而言，又是多么大的打击啊。但吴梅没有消沉，尽管听到多是关于战事不利的消息，但他仍然每天整理《霜崖词录》《霜崖诗录》。

在湘潭柚园住了九个月后，武汉告急，吴梅一家又迁往桂林。不久，桂林亦受到战争的影响，每当紧急的空袭警报响起，吴梅一家互相搀扶，一路疾跑，钻进石洞躲避。有时，一躲就是一天。在潮湿的石洞中，吴梅的病情加重，相继得了肿症、哮喘、小便失禁。当时门生常任侠去探望他，交谈时吴梅"喉哑不能成声，非附耳则不可辨"。即使这样，吴梅仍然争分夺秒，在飘摇的旅途、疾病的痛苦之中，坚持把《霜崖诗录》四卷整理完毕，并誊写得一笔不苟。

1938年12月，吴梅应门生李一平之约，决定奔赴云南避难。12月上旬，他从桂林乘坐飞机至昆明。在昆明治病月余，又开始了一段旅途。1939年1月10日，在昆明启程，目的地是400多里远的大姚县李旗屯。到了目的地，吴梅全家暂时居住李氏宗祠。山村民风淳朴，环境清幽，气候宜人，与动辄日寇飞机轰鸣的内地大城市相比，这里简直就是一个桃花源。

饱经流离之苦的吴梅，在这个生机勃勃的春天，病情渐渐有所好转。但是，病魔的阴影没有远去。他抱病依枕为弟子卢前校订《楚凤烈》传奇并题《羽调四季花》一首。此后，便写下遗嘱，交代后事。3月17日上午，吴梅的病情急剧恶化，气喘甚烈，他瘦削的身体里仿佛有肆虐的风暴在起伏。服药之后，中午喘息渐渐平静下来。下午3时，与世长辞。

吴梅的弟子唐圭璋获悉噩耗，悲痛万分。他写了一篇《吴先生哀词》。其中有这样一段："生平博览群书，诗文词曲俱工。大抵怀古伤今，辄多扬善疾邪之思；登山临水，尽是悲壮苍凉之音。或当筵制曲，即订谱撷笛，豪情胜慨，一时无匹。鲁殿灵光，四方拱揖，盖以文学兼音乐戏剧之长，融合明临川吴江、清南洪北孔为一炉，征之近代，未之有也。"

国民政府专门发了一个褒扬令，署名是"国民政府主席：林森；行政院院长：孔祥熙；教育部部长：陈立夫"。在中央大学只有两位教授去世之后得到了这样的褒扬令。一位是王伯沆先生，一位就是吴梅先生：

国立中央大学教授吴梅，持身耿介，志行高洁，早岁即精研音律，得其深奥。时以革命思想寓于文字，播为声乐。嗣膺各大学教席，著述不辍，于倡声之学多所阐发，匪独有功艺苑，抑且超轶前贤。兹闻溘逝，悼惜殊深。应予命令褒扬，并特给抚恤金三千元，以彰宿学而励来兹。此令。

1986年4月，吴梅的遗骨迁葬回苏州穹隆东小王山，谢孝思先生题写了"吴梅先生之墓"的墓碑。小王山又名琴台山，高台之上，琴韵曲声，吴梅一定不会寂寞，他的好友吴湖帆、周瘦鹃亦长眠在这里。

昆曲早在元朝末期（14世纪中叶）发源于苏州昆山一带，是中国最精美雅致的传统艺术之一，被誉为"百戏之祖"。2001年，昆曲被联合国教科文组织列为"人类口述和非物质文化遗产代表作"。曲学大师吴梅，终其一生，致力于传承和发扬昆曲艺术。闻听佳讯，吴梅当含笑于九泉。

《新华文摘》2018年第2期。

刘宜庆：《半岛都市报》文艺部。

英美新马克思主义文论研究的困境及启示 *

柴 焰

近 40 年来,以伊格尔顿和詹姆逊等为代表的英美新马克思主义文论在中国学术界广为传播,以敏锐犀利的思想锋芒和独特的话语体系刺激着中国学者的理论神经,影响着中国文艺理论尤其是中国马克思主义文论的发展进程,也影响着中国文艺理论研究进程中所隐含的文学观念的变革和研究范式的变更。中国学人对英美新马克思主义文论的使用与选择在一定程度上获得了破解理论难题、拓展思想空间的理论启示,但同时必须清醒地认识到其中所隐含的一些问题与隐患。及时有效地解决这些问题与隐患,有助于中国马克思主义文论的学术话语创新和健康发展,更是中国马克思主义文论研究努力的方向。

摆脱选题重复方法封闭的桎梏

21 世纪以来,英美新马克思主义文论在传播过程中所集聚的学术热度引起中国研究者尤其是青年学人的关注,大家对各种前沿问题充满热情,却难免出现诸如选题重复、论证材料重复、结论重复的不良结果。例如,对伊格尔顿"意识形态理论""文化理论""后现代批判"以及詹姆逊"文学阐释学""文化乌托邦思想"等等的研究"年年花相似,岁岁景相同"。大量基础理论薄弱、思想固化、方法封闭的重复性和同质化研究不仅导致学术资源的浪费和研究的无效性,而且会以其传播数量遮蔽相关研究的诸多盲点,比如说从思想史、现实、研究范式等维度对代表性文本深度耕犁不够,对全球化和资本主义经济危机背景下的新问题关注度不够等等。

另外,研究方法也存在着局限性,主要表现在:一是脱离从 20 世纪及 21 世纪 10 年间西方历史变迁和社会、文化转型这一宏观背景进行研究,二是脱离国

* 本文系国家社科基金项目"英美新马克思主义文学伦理学思想研究"(14BZW003)和山东社科规划项目"中国马克思主义文论新形态建构研究"(13DWXJ05)阶段性成果。

外马克思主义文论发展的整体面貌进行研究。这两个脱离造成国内研究在文本解读或人物研究上虽然较为具体和细致,但难以清晰地展现出英美新马克思主义文论的思想内在逻辑线索,难以对其准确定位与价值评判,只见树木、不见森林。即便新词迭出,花样流转,却缺乏对相关重要理论问题的系统整理和阐述。

近十年来,英美新马克思主义文论值得重点关注的重要问题有以下方面:一是重返马克思经典文本问题;二是超越民族国家界限的新文化霸权问题;三是消费文化带来的伦理困境问题;四是科技与大众传媒时代的文学阅读和文学身份问题;五是全球格局变化与多元文化冲突;六是全球生态文化政治问题。因此,走出重复性研究的遮蔽,拓展中国马克思主义文论的研究视域和理论空间,深入探讨马克思主义文论中有创见且具现实意义的关键性问题,解读中国当代文化实践、文学实践,有效指导中国文艺理论研究的现代转型,建设具有中国气派和世界影响的中国马克思主义文论体系,具有重要的理论和现实意义。

跳出选择理解和被动接受的藩篱

在英美新马克思主义文论的传播过程中,国内很多研究者常常在还没有真正理解和把握其理论观念的思想要义、理论精髓和研究指向的时候,就急切地依据自己既有的知识结构和理论诉求对其进行选择性阐释。这种"选择性理解"也容易造成研究的误解和误读。

例如,伊格尔顿的《理论之后》一书出版不久就被拿来与西方学界的"理论终结论"联系在一起,发出"后理论时代"已经到来、"后理论时代"唱响了"理论挽歌"的惊人之论。事实上,伊格尔顿的《理论之后》一书中根本没有出现"后理论"一词,其本人也从未使用过该词。伊格尔顿一再重申不主张理论终结,他是以一个马克思主义者的立场为陷入困境的西方文化理论研究寻找发展的可能趋向。"后理论时代"这个基于英美新马克思主义文论的变异术语,很大程度上是对《理论之后》一书断章取义的误读和误解,该词在中国语境中的接受、理解和应用非常含糊,所指的究竟是"后现代"视域之中的理论形态还是"后现代"之后的理论走向,曾引发争议和质疑。这种现象不仅暴露出中国学者对西方理论命题在移植、接受、改造过程中选择性理解造成的偏误,也透露出中国学人渴望与国际学术理论接轨的不安和彷徨。在借助西方文论思想形态与思维观念的过程中,这种选择性理解不仅违背理论的原义和主旨,更容易造成范畴术语的使用混乱和理论的畸形生长。

英美新马克思主义文论研究中的一个热点是对最新发展动态和最新理论成果的追踪研究。这十分必要和重要,但如果绕过了对经典马克思主义文论和国外马克思主义文论总体趋势的研究和把握,仅仅满足于新作和新人的引进,将跟踪研究成了新概念、新名词的堆砌和游戏,这种被动"接受式"解读看似光鲜热闹,实际上没有取得实质上的理论成果。"世界上伟大的哲学社会科学成果都是在回答和解决人与社会面临的重大问题中创造出来的。"当代中国文艺理论,特别是中国马克思主义文论应当跳出"选择性理解"与被动"接受式"解读的藩篱,以服务于中国马克思主义文论建设为目的,借鉴英美新马克思主义文论的理论资源以及其所具有的"时代容涵性""实践性和批判性""思想开放性"的品格,对接当代中国文学和文化现实,站在时代和实践的前沿,不断提升回应解决文艺领域重大问题和现实问题的效力。

打破中西传播的不平衡

英美新马克思主义在中国传播近 40 年来,理论影响力有增无减,与之相比,中国马克思主义文论的对外影响力,无论是从思想理念、精神旨趣还是到理论特色,都还存在较为严重的"传播逆差"。传播的不平衡状态既折射出中国马克思主义文论在世界舞台上还没有拥有强大的话语权,无法成为世界范围内马克思主义文论研究的"舆论领袖",也显示出包括英美在内的国外马克思主义文论界存在着明显的欧洲中心主义偏见和地域局限。

佩里·安德森就认为西方对待中国崛起的态度是基于一种想象的立场,没有从根本上认识和理解中国的真实状况。例如伊格尔顿虽然参加了中国学术界的一些会议,中国学者也专程赴英国对他进行了访谈,但伊格尔顿并未在自己的学术研究中认真考虑过中国问题,对中国所发生的巨大变化也并不关心,对中国的当代马克思主义文论话语一无所知。

当前中国的崛起和发展,为中国马克思主义文论打破西方的单向传播提供了难得的契机。中国学界非常注重在对话和理论交往中提升中国马克思主义文论的世界影响力,一些学者从马克思主义和本土立场出发,积极回应当代中国与国际上的前沿文学、文化和社会问题,在国际论坛上频频发声,为纠正西方对中国理论和现实的误读和偏见发挥出很大作用。比如美国杜克大学、上海交通大学的刘康教授在《马克思主义与美学》(北京大学出版社 2012 年 1 月版)一书中考察了中国马克思主义尤其是毛泽东思想对西方的影响,并在西方的理论语境中,对中国马克思主义美学的思想方面、价值观方面进行了重新认识和深度挖掘。王杰教授总编的《马克思主义美学研究》辑刊专设"海外专稿"一栏中发表国外马克思主义文论家的文章,就马克思主义美学基本问题与中国学者展开对话,并将一些中国学者优秀研究成果翻译成英文,以促进国际学术界中国马克思主义文论研究的了解和理解。因此,中国学者在"中国崛起"的语境下,以马克思主义的立场、方法和价值取向,与国外同行进行理论交锋和对话,在多样思想的相互碰撞、相互比堪的过程之中,立足于中国问题,从世界与本土双重视域找准和把握中国与世界的相互关联、相互渗透、相互影响的问题域,及时将中国马克思主义文论研究在马克思经典文论的重新阐释和再发现中所取得的理论成果、将立足本土文艺实践、汲取中国传统文化精粹和哲学智慧,借鉴西方文论理论资源,实现综合创建的中国马克思主义文论话语体系以及对中国和世界文化、文艺现实经验皆具有解释有效性的原创文论话语在国际论坛上进行传播,打破西方的学术话语垄断,是中国马克思主义文论建设的一个努力方向。

近年来,文艺创作、文艺消费等领域出现的种种突破底线的反道德反伦理现象不仅在西方社会四处蔓延,而且在中国也屡见不鲜。文学伦理问题成为中西方文论界回应现实所共同面对的不容忽视的重要理论问题。英美新马克思主义文论家在多部新著中都致力于伦理问题研究。文学伦理学思想研究也成为中国马克思主义文论研究的一个重要议题。中国古代文论蕴含着丰富的文学伦理学思想,马克思主义文论中国化的发展进程中则产生了独具特色的社会主义文学伦理学思想。建构基于中国传统、探寻马克思主义与中国传统伦理思想的契合点,激活中国传统伦理学思想在现时代的生命力,实现二者的理论对接和融通,构建既适应中国的文艺发展需求,又发挥对各种文艺思潮价值引领作用的当代马克思主义文学伦理观,不仅会丰富和拓展中国马克思主义文论研究的场域,也将会对世界产生积极作用,向国外马克思主义文论提供有借鉴价值和启示意义的中国原创性的理论资源和思想武器。

原载《中国社会科学报》2018 年 3 月 26 日。

柴焰:博士,中国海洋大学文学与新闻传播学院教授。

从单声宣泄到多声犹疑

——郭沫若历史剧中的声音分析

王小强

历史剧,是贯穿郭沫若一生的文学创作形式。郭沫若历史剧的创作分期,一般分为"五四"时期、抗战时期和新中国成立后20世纪五六十年代三个时期。虽然在每个阶段,郭沫若历史剧在形式呈现上都主要为对话体的形式,但是,从郭沫若历史剧创作情感及思想的呈现上来看,他的历史剧所发出的声音,在三个阶段却表现为一条"单声宣泄—合声抗争—多声犹疑"的历史轨迹。基于长期以来艺术内部发生的理性认知①,郭沫若历史剧这条声音呈现独特的历史轨迹的背后,暗含着一条极为复杂的,渗透着郭沫若个体文化与身份焦灼的灵魂挣扎与救赎之路。作为一代积极"入世"型知识分子的代表,郭沫若这种个体文化与身份焦灼,使他历史剧中的"声音"变化,成了"五四"以后半个世纪里我国民族社会历史文化变迁的一种隐喻和象征。

一、"自我"救赎与"五四"时期历史剧中的单声宣泄

郭沫若的历史剧探索,是从"五四"时期开始的。他最早的一部历史剧,是1920年9月23日完成的诗剧《棠棣之花》,之后一直到1925年6月,他相继完成了《湘累》《女神之再生》《苏武和李陵》《广寒宫》《孤竹君之二子》《三个叛逆的女性》(《卓文君》《王昭君》《聂嫈》)这八个历史剧。② 在这些历史剧的形式探索

① "五四"时期,郭沫若文艺思想的基础是他的艺术"内部发生"论(核心看法见1923年发表的《艺术的生产过程》,最初发表于上海《创造周报》9月第19号);20世纪40年代,他坚持了并发展了20年代的文艺发生论,认为文学必须要"本着内心的要求"(1942年《今天的创作道路》,最初发表于1942年3月桂林《创作月刊》第1卷第1期),在此基础上,他强调了"意识"及革命的功利性等问题。

② 郭沫若认为历史剧,即使"不属于真正的史实,如古代的神话、或民间传说之类,把它们拿来做题材,似乎都可以称为历史剧"(《关于历史剧》,最早发表于《风下》1948年5月22日第227期)。他早期的历史剧即是如此。抗战时期和新中国成立后的历史剧则属于注重史实的历史剧。

过程中,郭沫若走了一条缘诗入剧的道路,从《棠棣之花》到《孤竹君之二子》,诗式独白占据着这些剧作内容和篇幅的主体,《三个叛逆的女性》则有了独立的场景、分幕,通过对话推动剧情,故事内容完整,有了较为完备的戏剧文体形式。在诗剧形式中,青年郭沫若所依托的抒情主人公作为诗剧的主角,其单声独白构建了诗剧的情绪内容,而其他角色则用来辅助抒情主人公来抒发情绪;但在戏剧形式较为完备的《三个叛逆女性》中,虽然居中人物个性化角色不再单一,但是,在情绪和思想的呈现上,郭沫若并没有改变那种单声独白的声音主导趋向。对于《三个叛逆的女性》,当时的剧评人向培良曾经批评道:

> 一切剧中人的嘴,都被他占据了,用以说他个人的话,宣传他个人的主张去了。而这种态度是如此明显,如此偏颇,所以我们绝不能在他的剧本里看见他所创造的人物,有生命的,有个性的,只看见一些机械的偶像,被作者指挥着走作者索要他们走的路;一些机械的嘴,代替作者说他要说的话。①

向培良是从戏剧形式的角度批评《三个叛逆女性》的,他的批评是严厉的。向培良的批评,向读者明白地指出郭沫若早期历史剧的声音特点:单声独白。

那么,郭沫若早期历史剧中的声音为何会是单声独白呢?这种单声独白有着怎样的时代文化意蕴呢?回答这些问题,我们就必须从郭沫若个体遭遇与大时代巨变的关系入手去寻找答案。

从郭沫若自传中,我们可以看到,童年到少年的郭沫若,一直凭借着良好的家境和天才好学,养成了一种超越一般同龄人的优越性生命体验。当求知欲望越来越不能得到满足,对异性的向往受到封建伦理不断压抑的情况下,郭沫若的叛逆心理也就不断在滋长。从小学到中学,他都是"叛逆学生"的代表。更使问题严重的是,郭沫若通过外出读书的大哥和学校西式课程的引进,接触到了一些西方现代思想,并且接受了维新派革新思想的洗礼。凡此种种,造成了郭沫若文化人格分裂的倾向。尽管如此,早期郭沫若文化人格中显示出更多的,是对传统文化的某种皈依,在自传中,很清楚地表明了少年郭沫若向往的是传统名士的风流。不过,郭沫若的初婚打破了他传统名士的自我建构之路。和张琼华的包办婚姻,沉重打击了他的优越性心理体验,这不是他向往的传统"才子佳人"模式,新娘的长相与传闻之间的巨大落差,使他内心难以承受。于是,郭沫若选择了逃离,他考天津的军校,继而逃离国外,去了日本。在日本,郭沫若

---

① 向培良《所谓历史剧》,《郭沫若评传》(李霖编),上海现代书局1932年版,第208页。

实现了自己爱情的梦想,和日本妻子安娜自由恋爱。郭沫若的这种自由恋爱,在传统封建伦理中是不能被容纳的。于是,传统封建伦理开始反噬郭沫若自由恋爱带来的幸福和喜悦。学业的不顺、生计的艰辛、弱国子民受到的歧视、国内文坛的恶斗等等,一起袭来,很快使得郭沫若陷入了"内部"世界的严重分裂。郭沫若感到自己的人格"确是太坏透了"①,他开始忏悔并进而绝望,他在给宗白华的信中说:"我可怜的灵魂终究困顿在泪海里,莫有超脱的一日",解决方法"只觑定一个'死'"②。对于这种分裂性情绪,郭沫若在 1916 年的《寻死》、1917年的《夜哭》、1919 年的《春寒》等诗歌中均有体现。1919 年五四运动的爆发,挽救了郭沫若。五四运动中,"科学""民主",以及宣扬自由恋爱,反对包办婚姻,减缓了封建伦理意识对郭沫若分裂文化人格的压迫。而诗集《女神》带来的巨大社会声誉,加上创造社的正常运转,都释放了郭沫若"内部"世界的多重压迫,郭沫若"内部"世界逐渐弥合。郭沫若早期历史剧的创作,正是在一个"内部"世界严重分裂为主导的主体状态下展开的,因此,他早期历史剧的单声独白,是他"内部"世界的一种自我表现和宣泄。

对文学作品中的声音研究有杰出贡献的苏联著名批评家巴赫金,在他的研究中认为,一名作家,他内部思想的分裂很容易形成文学作品中声音的"复调"形式。然而,郭沫若早期历史剧的形式却依然是"独白"式的。为什么会如此呢?弄清其中缘由,我们必须从郭沫若早期历史剧中的思想入手加以分析。

郭沫若早期历史剧创作时期,是他分裂的"内部"世界的写照。造成郭沫若"内部"世界紧张关系的种种压力——诸如婚姻家庭伦理的压力、生计的压力、文坛社交的压力……使他感受到了作为个体的"自我"的孱弱,于是,他要反抗。为了反抗,郭沫若寻找到了"泛神论"思想武器。关于"泛神论",郭沫若指出:

泛神便是无神。一切的自然只是神的表现,自我也只是神的表现。我即是神,一切自然都是自我的表现。人到无我的时候,与神合体,超绝时空,而等齐生死。……以狮子搏兔之力,以全身全灵以谋刹那之充实,自我之扩张,以全部精神以倾倒于一切!③

---

① 郭沫若《郭沫若致宗白华》(1 月 18 日),《三叶集》,《郭沫若全集》(文学编)第 15 卷,人民文学出版社 1990 年版,第 16 页。

② 郭沫若《郭沫若致宗白华》(2 月 16 日),《三叶集》,《郭沫若全集》(文学编)第 15 卷,人民文学出版社 1990 年版,第 46 页。

③ 郭沫若《〈少年维特之烦恼〉序引》,最初发表于 1922 年 5 月《创造》季刊创刊号。

郭沫若的"泛神论"以自然神性反抗封建伦理，以强力个体对抗个体孱弱，以"动"的扩张而有所作为。"泛神论"在哲学上，属于个体生命哲学；在社会学上，诉诸无政府主义；在文学上，主张"生命的文学"和"情绪表现的文学"。从思想来源上看，郭沫若的"泛神论"博采中西个体解放色彩的思想资源，但是，在"内"修之路上，郭沫若更多地展现出老庄、孟子、王阳明式的路线。特别是王阳明的"内"修之路，从1914年就开始影响他，引导他走进泛神论思想。① 如果从社会问思潮演变来说，郭沫若的"泛神论"思想具有"五四"狂飙突进的个体解放意味。因此，青年郭沫若文化人格的分裂，主要体现为对民族深层思想文化资源（特别是先秦儒家思想文化资源）的基本认同与他生活时期业已僵化的封建伦理规范之间的矛盾与抵牾，附带有国家民族身份的落差、经济活动的身份落差、阶级身份的落差等等。当他在"泛神论"思想中吸收大量民族传统的思想文化资源去反抗压迫他精神世界的封建伦理规范时，我们就可以看出郭沫若早期思想立场的鲜明性。在这一点上，青年郭沫若"内部"世界的分裂和陀思妥耶夫斯基内在思想的分裂性是完全不同的。

基于以上"内部"世界的分裂情形，郭沫若早期历史剧作为他情绪世界的表现，就形成了单声宣泄（独白）的声音模式。在此，分裂的"内部"世界，导致他早期历史剧表现出的情绪，主要以孱弱悲苦以至于趋于死亡的情绪、生命能量强力爆发的反抗情绪，以及过度于两者间较为和缓平静的悲凉情绪等三种情绪为主。在此，我们首先看一段郭沫若较早的作品《湘累》中的一段情绪表现：

屈原　姐姐，你却怪不得我，你只怪的我们所处的这个混浊的世界！我并不曾疯，他们偏要说我是疯子。他们见了凤凰要说是鸡，见了麒麟要说是驴马，我也把他们莫可奈何。他们见了圣人要说是疯子，我也把他们莫可奈何。他们既不是疯子，我又不是圣人，我也只好疯了，疯了，哈哈哈哈哈哈，疯了！疯了！……

……啊，但是，我这深心中海一样的哀愁，到头能有破灭的一天吗？哦，破灭！破灭！我欢迎你！我欢迎你！我如今什么希望也莫有，我立在破灭底门前只待着死神来开门。啊啊！我，我要想到那"无"底世界里去！（做欲跳水势）②

---

① 在《王阳明礼赞》中，郭沫若展现了王阳明的这种引导作用。他说，自己通过王阳明感到自己知道了庄子之"道"与"化"的含义，然后他又由庄子而"被导引到老子，导引到孔门哲学，导引到印度哲学，导引到近世初期欧洲大陆唯心派哲学家，尤其是斯皮诺若（Spinoza）（现译作斯宾诺莎）"，见《郭沫若全集》（历史卷）第3卷，人民出版社1984年版，第290页。

② 郭沫若《湘累》，《郭沫若剧作全集》第1卷，中国戏剧出版社1982年版，第19～21页。

　　在这一段落中,郭沫若借屈原之口展开的情绪表现完全是孱弱悲苦而趋于死亡的。这种情绪,正是郭沫若个体受困于封建伦理为核心的各种人生困境而"内部"严重分裂无助的时期。随着"五四"新文化运动在情感伦理上的救疗,郭沫若"内部"世界逐渐和缓,在《广寒宫》《孤竹君之二子》等历史剧中,郭沫若展现出的自我宣泄式表现性情绪,已经有了所谓的"构成情绪素材的再现"[①]的性质,也即情绪型场景的建构性质。特别是在大约 1922 年底,他受到爱尔兰作家约翰沁孤的影响,创作了《聂嫈》,作品中的情绪和缓深湛,充满了慈悲的情怀,特别是里面盲叟的台词,对此,郭沫若在《创造十年续编》中写道:

　　爱尔兰文学里面,尤其约翰沁孤的戏曲里面,有一种普遍的情调,很平淡而又很深湛,颇像秋天的黄昏时在洁净的山崖下静静地流泻者的清泉。日本的旧文艺里面,有一种"物之哀"(Mono no aware)颇为接近。这是有点近于虚无的哀愁,然而在那哀愁的底层却又含蓄又那么深湛的慈爱。……

　　我自己在这样感觉着,只有真正地了解得深切的慈悲的人,才能有真切的救世的情绪。[②]

　　"只有真正地了解得深切的慈悲的人,才能有真切的救世的情绪",郭沫若终究是一个积极"入世"的儒者,那种"泛神论"中作为目的的"动"的精神,很快就化作了力量,使他历史剧中情绪的表现含有了反抗和斗争的精神。《聂嫈》里深湛含蓄的慈悲情怀与聂嫈姐弟的反抗斗争精神互相转化,成为他们行动的力量。郭沫若早期最后两个历史剧中,《卓文君》中有和缓深湛充满慈悲情怀的琴声;《王昭君》喜剧一开幕,也有毛淑姬朗读《九歌·东君》的清凉、悠远,与慈悲情怀。但是,这两个剧中深湛含蓄的慈悲情怀,也都转化为了女性主人公坚定的反抗与斗争的动力,这也使得他的这三部历史剧被合称《三个叛逆的女性》。这三部作品中,由于郭沫若"内部"世界的和缓稳定,他"内部""泛神论"思想中"动"的精神的极度张扬,使他长久以来压抑性情绪的宣泄,形成了向培良先生所谓"一些机械的嘴,代替作者说他要说的话"的独白特征。这种宣泄性的情绪的表现性建构,以及背后的思想支撑,回应的是郭沫若压抑已久的孱弱的"内部"世界,其功用在于救赎个体心灵。当郭沫若度过个体心灵的严重危机以后,

---

①　郭沫若在讲文学的情感本质的时候,认为"诗是情绪的直写,小说和戏剧是构成情绪的素材的再现"。见《文学的本质》,最初发表于 1925 年 8 月 15 日上海《学艺》杂志第 7 卷第 1 号。

②　郭沫若《创造十年续篇》,《郭沫若全集》(文学编)第 12 卷,人民文学出版社 1992 年版,第 234～235页。

当他真正走向"救世"的道路后,这种面向自我心灵的情绪宣泄就再也不合时宜了,在抗战时期的历史剧中,我们听到的将是与早期完全不同的另一种声音:一种扬弃个体小我,面向社会,救亡社会的和声抗争声音。

二、文化英雄想象与抗战史剧中的和声抗争

随着"内部"世界的和缓和"泛神论""动"的精神的向外扩张,郭沫若很快转向了对社会革命的关注。他先是看了一些马克思主义的书籍,然后,于1926年7月南下广州参加了北伐革命。自此,他"从前在意识边沿上的马克思、列宁不知道几时把斯宾诺莎、歌德挤掉了,占据了意识的中心"①。郭沫若逐渐转变为一名马克思主义者。在流亡日本十年期间,郭沫若展开了中国马克思主义历史学的研究。在这种思想转向的背景下,从1937年回国参加抗日起,郭沫若在抗战期间,又陆续创作了《棠棣之花》(1937年11月)、《屈原》(1942年1月)、《虎符》(1942年2月)、《高渐离》(1942年6月)、《孔雀胆》(1942年9月)、《南冠草》(1943年3月)六部历史剧。在这六部历史剧中,郭沫若通过历史剧中文化英雄形象的塑造,弘扬他理想中的无产阶级文化,使他历史剧中的声音展现出和声抗争的特征。

郭沫若抗战时期历史剧中的和声抗争,有着独特的思想建构基础。这种独特的思想建构基础,就是郭沫若独特的马克思主义思想儒学化建构之路。

早在1925年的《马克思进文庙》一文中,郭沫若就通过马克思和孔子的跨时空对话,让马克思发出"两千年前,在远远的东方,已经有了你这样一位老同志"这样的感慨②。其后,在对该文的讨论中,郭沫若直接认为:"孔子是王道的国家主义者,也就是共产主义者,大同主义者。"③随后,在《中国古代社会研究》中,批判儒家折中、改良和机会主义思想的同时,大力推崇儒家的哲人政治。在20世纪40年代的《青铜时代》《十批判书》等著作中,他进一步推崇儒家的民本思想,认为"孔、孟之徒是以人民为本位的"④。这样,郭沫若用"人民本位"在儒家的"民本"思想和马克思主义人本思想之间实现了对接和转换。在这样的对接与转换中,郭沫若"五四"时期思想中的个体主义不知不觉中已经转换为传统

① 郭沫若《创造十年》,《郭沫若全集》(文学编)第12卷,人民文学出版社1992年版,第184页。

② 郭沫若《马克思进文庙》,原载1925年12月16日上海《洪水》第1卷第7期。

③ 郭沫若《讨论〈马克思进文庙〉·(二)我的答复》,原载1926年1月《洪水》半月刊第1卷第9期。

④ 郭沫若《青铜时代·后记》,《郭沫若全集·历史编》第1卷,人民出版社1984年版,第615页。在《十批判书·后记》,在1945年发表的《战时中国历史研究》也表达了同样的思想。

的集体主义思想。而这一点，则和抗战时期呼吁民族、家国大义的集体主义思想相契合。

在文学的情感本质论上，这一时期，郭沫若这一时期的文学情感论主张一种"团体感情"，也就是阶级性感情。早在在 1926 年的《革命与文学》中，他就指出：

革命时代的希求革命的感情是最强烈、最普遍的一种团体感情，由这种感情表现而为文学，来源不穷，表现的方法万殊……①

为此，作家要注意"阶级意识"的培养，在 1944 年《诗歌的创作》中，他指出：

你的生活范围愈大，你的灵感的强度也就愈大，你如能以人民大众的生活为生活，人民大众的感情为感情，那你的灵感便是代表人民大众的。②

这里，文学的感情，和集体主义、阶级感情结合在了一起，在思想上则以"人民本位"的思想为基本内涵。郭沫若这一时期的文学情感论形成了自己独特的马克思主义文学情感观。

在以上思想立场和文学情感论的基础上，郭沫若进入了抗战时期的历史剧创作。对于创作历史剧动机，郭沫若在 1928 年《英雄树》中说的这段话，或许能说明问题：

文艺是应该领导着时代走的，然而中国的文艺落在时代后边尚不知道有好几万万里。③

显然，郭沫若认为在 20 世纪三四十年代，改造社会和团结抗敌，都需要先进的文化和观念作为引导，而文艺则是创造先进文化的重要方式。与此相一致，在抗战时期，郭沫若创作历史剧的过程中，他同样认为历史剧可以创造新的进步文化，并进而关怀现实，烛照现实。对于历史剧的现实关怀和烛照作用，郭沫若从两个方面做出了归纳。一方面，就短期效果而言，郭沫若认为历史剧可以直接影射现实。在 1946 年的《抗战八年的历史剧》一文中，郭沫若指出：

在抗战中，团结是最重要的问题。团结抗战能保障胜利，分裂则招致失败。在剧本中，自己有过这样的用意，别人也有过这样的用意。

历史剧可以"以历史上和现代相似的时代来影射现代"，通过映射，来"鼓励

---

① 郭沫若《革命与文学》，最初发表于 1926 年 5 月上海《创造月刊》第 1 卷第 3 期。
② 郭沫若《诗歌的创作》，原载 1944 年 4 月《文学》第 2 卷第 3、4 期。
③ 郭沫若《英雄树》，最初发表于 1928 年 1 月上海《创造月刊》第 1 卷第 8 期，署名麦克昂。

现代人的抗战情绪","讽刺现代不努力抗战的人",进而加强团结,进行抗战。①
另一方面,就长远效果而言,郭沫若认为历史剧可以"发展历史精神"。在 1943
年的《历史·史剧·现实》一文中,郭沫若指出:

> 历史研究是"实事求是",史剧创作是"失事求似"。
> 史学家是发掘历史精神,史剧家是发展历史精神。
> 史学家是凸面镜,汇聚无数的光线,凝结起来,制造一个实的焦点。剧作家
> 是凹面镜,汇集无数的光线,扩展开去,制造一个虚的焦点。②

这里"失事求似"与"实事求是"相对,"实事求是"求取的是历史文化发展规
律,"失事求似"则是在史剧中发展"古今共通的东西",据此"我们可以据今推
古,亦可以借古鉴今"③,所谓"历史精神",也就是历史学家通过研究制造的"实
的焦点",是历史发展规律中的文化价值,"发展历史精神",则是史剧家创造的
"虚的焦点",也就是结合在社会时代发展的具体文化语境,继承"历史精神",进
而在创新中继承并发扬新的时代文化价值。

在抗战时期,上述史剧观念贯穿了郭沫若的历史剧的创作。比如在历史剧
《屈原》的创作中,他发表了十余篇历史研究论文专门研究屈原。他特别从"社
会史"的角度发掘了屈原身上进步的文化精神:

> 屈原在思想上便是受了儒家的影响,尧舜等一系统的幻想人物以及由那些
> 幻想人物所演化出来的哲人政治的理想,他是完全接受了。

郭沫若在研究中还认为,在文学创作方面,屈原"文字变革方面尤为接受得
彻底",屈原引领了诗域的革命,创造了楚辞体。但在社会革命领域,郭沫若认
为时代和自身资质终究限制了屈原:

> 实际家能够领导民众,组织民众;诗人,其进步者如屈原,竟只能感受着民
> 众的气势而呼号,在实践上则在时代的边际上彷徨。④

这样,在这种"历史精神"发掘的基础上,郭沫若在历史剧创作中,把屈原在
诗域的革命精神,发展到了社会领域,从而使屈原称为一个社会文化领域整体

---

① 郭沫若《抗战八年的历史剧》,原载 1946 年 5 月 22 日重庆《新华日报》。
② 郭沫若《历史·史剧·现实》,最初发表于 1943 年 4 月重庆《戏剧月报》第 1 卷第 4 期。
③ 郭沫若《我怎样写〈棠棣之花〉》,《郭沫若全集》(文学编)第 6 卷,人民文学出版社 1992 年版,第 277
页。最初发表于 1941 年 12 月 14 日重庆《新华日报》。
④ 郭沫若《屈原时代》,最初发表于 1936 年 2 月上海《文学》月刊第 6 卷第 2 期。

上一个文化英雄。在历史剧创作中,郭沫若对屈原身上进步文化因子显然进行了"夸张"扩大,并进而成为屈原文化性格的核心内容。在其他五部历史剧中,郭沫若同样把"泛神论"时期的个体性强力英雄,改造成了文化英雄。并且在文化英雄的内质规定性上,更加具体,更加讲求学理逻辑。

　　基于以上思想建构逻辑,郭沫若要用历史剧创造新的现代性民族文化价值,并用新文化引领时代文化前进,用新的现代性家国伦理观念来团结抗敌。这样,在他的作品中,思想和观念的构建是明晰的,毫无价值上的含混和迟疑。这就使得他的历史剧中的声音,必然地成为一种合乎时代民族呼求的独白性的抗争性声音。这种独白性声音,不再是个人的郁闷、哀叹、低吟,或者反抗性情绪爆发。在"历史精神"中,这种声音是代表民众的"哲人"的声音,是一种群体的和声。在"发展历史精神"的历史剧中,这种声音代表的是时代历史发展中最先进的阶级的声音。在这种声音性质的呼求下,郭沫若抗战时期历史剧中的声音,就形成了一种和声抗争的独白性特征。比如历史剧《屈原》第一幕中屈原教导宋玉的一段台词:

　　屈原　在这战乱的年代,一个人的气节很要紧。太平时代的人容易做,在和平里生在和平里死,没有什么波澜,没有什么曲折。但在大波大澜的时代。要做一个人实在是不容易的事,重要的原因也就是每一个人都是贪生怕死。在应该生的时候,只是糊里糊涂地生。到了应该死的时候,又不能慷慷慨慨地死。一个人就这样被糟蹋了。(稍停)我们目前所处的时代也正是大波大澜的时代,所以我特别把伯夷提了出来,希望你,也希望我自己,拿来做榜样。我们生要生得光明,死要死得磊落。你懂得我的话么?①

　　这一段台词文字较长,它不是用来交代事情,也不是回答和解释问题,而是用来阐发做人的伦理节操——"气节"。这段台词对话对象是宋玉,而宋玉在剧作中一开始就不是一个讲正气走正道的年轻人,他是作为婵娟的对立面而设置的。所以,这段台词与其说屈原在教导宋玉,毋宁说他在自我独白,通过独白阐发自己正道直行的伦理节操。而这种伦理节操又不仅仅是屈原个体所应遵循的道德律,它还是"大波大澜"时代爱民救国的所有进步人士都应该遵循的道德律;在"古今共通"的"历史代精神"的继承和发扬方面,这一道德律又是抗战时期所有积极抗战的进步人士和人民群众应该遵循的基本道德律。因此,在抗战

---

① 郭沫若《屈原》,《郭沫若全集》(文学编)第 6 卷,人民文学出版社 1992 年版,第 299 页。

的语境中,屈原的这段台词它的本质上是独白性的,它背后是文化抗低语境中最广大的民众团结抗战的心声,这是一种集体的声音,一种民族救亡语境中舍生取义以死抗争的声音。

在郭沫若抗战时期的里史剧中,这种打上时代民众集体文化吁求的独白性台词段落很多(其中包括为读者所熟知的《雷电颂》),这种台词的设置,成为郭沫若抗战时期历史剧的显著特色。

三、"角色"位移与解放后史剧中的多声犹疑

随着新中国的成立,郭沫若在文化身份上发生了一次根本性变化,那就是从旧中国社会文化和政治意识形态的掘墓者,转变为新中国社会政治和社会文化的建设者。作为旧社会颠覆性力量,各种力量可以站在相近或者相似的文化、政治立场进行多角度的颠覆活动;但是,作为新社会的建设性力量,维护新政权合法性的政治正确性,则成为第一标准和要求。在文化身份的转换中,郭沫若惊喜于自己的无产阶级文化追求,在依靠无产阶级政权的保障下,即将获得认同;然而,现实政治标准的他律性,则要求郭沫若按照新中国政治预设的路线展开文化建设,而不是像过去那样,按照自己内心马克思主义文化信仰的自律展开建构。为此,郭沫若在庆幸过去"幸得还没有把我自己造成为一个'杨雄'"的同时,话锋一转,表示"我假如做人民大众的杨雄,又有什么不可? 我是应该歌人民大众的功,颂人民大众的德的"[①]。在这种对新中国无产阶级文化的自觉体认和歌颂的整体语境中,郭沫若从 1959 年 2 月到 1962 年 6 月创作了《蔡文姬》和《武则天》两个历史剧。

基于上述政治与文化立场的转换,在郭沫若这两个历史剧中,政治立场的正确性,成为一种优先预设的存在,为全剧思想和情感的表现设定方向。与之相应,郭沫若的主体情思,则从统摄全剧的地位退到了政治立场预设所规定的语境当中。这样,优先预设的政治立场、创作主体的情思、与展现政治正确设置的其他思想等,成为剧作角色设置的基本依据。当这些具体的依据元素在剧作中转化为"角色"实体身份的时候,郭沫若历史剧中的"角色"设置,与以往相比,就发生了巨大的"位移":代表郭沫若主体情思的"角色",丧失了(甚或不再担任)剧作唯一主角的位置;代表政治正确性的开明君主,分享了(或者独享了)主角位置;代表其他思想的"角色",在与主角产生关联的过程中,有着自己文化身

---

① 　郭沫若《新缪斯九神礼赞》,最初发表于 1947 年 1 月上海《文萃》周刊第 2 年第 14 期。

份的独立性。在这样的"角色"位移中,代表创作主体情思的"自我"声音,与"自我"之外的"他者"声音产生了距离,形成了对话;而"他者"声音之间,也因思想的差异甚至对立,形成了对话关系。在这些对话中,几种声音的地位不是平等的,代表政治正确性的开明君主的声音,往往占据着压倒性的核心话语权力位置;代表创作主体情思的声音或强或弱,在《蔡文姬》中,蔡文姬的声音仍然与曹操的声音分享了部分话语权,但是,在《武则天》中,与主体情思最为接近的上官婉儿的声音,则属于从属性声音,是弱势的声音;其他声音,在这两个剧作中,都处在话语结构中辅助或者次要的位置上,或者是被批判的位置上,如《蔡文姬》里的匈奴左贤王的声音属于前者,是倡导民族团结与和谐的声音,是作品话语结构中次要的声音;副使周近的声音,则属于后者,是破坏民族团结的声音,是被否定和批判的声音。

在郭沫若解放后历史剧的上述声音关系中,代表政治正确性的开明君主的声音和代表其他思想的声音,是郭沫若通过创作意图设置的声音,这些声音主要是现代政治观念经过与历史人物(包括虚拟的历史人物)的结合,进而产生出角色意象,因此,这些声音都属于他者声音。在此,我们不能否认这些声音对现实生活中某些类型人物声音的隐喻性折射关系,比如开明君主与无产阶级领袖之间的隐喻关系,或者是历史文人与现实知识分子在"原罪"与被"救赎"方面的隐喻关系;我们也不能去否定郭沫若在创作这些历史剧过程中,对这些发出声音的"角色"从历史原型到现实隐射人物的某种情感体验关联;但是,比起"蔡文姬就是我! ——是照着我写的"①这种郭沫若创作主体情思的旗帜鲜明的习惯性突入,这些他者声音在情感体验性方面的疏离感,依然是明显的。

另外,从郭沫若创作主体情思与相应历史人物意象化而发出的声音来看,郭沫若解放后历史剧中代表创作主体情思的声音,与他早期史剧、抗战史剧中的同类声音相比,明显变成了一种倾诉性话语,这种倾诉性话语在面对代表政治正确性的开明君主的声音时,显然是弱势的。在两种声音的对话中,代表创作主体情思的声音在自我倾诉中,渴望得到代表政治正确性的开明君主的理解,从而在身份认同方面获得救赎。在《蔡文姬》中,蔡文姬的声音,稍稍保持了文人的独立价值取向,在决定是否归汉的过程中,蔡文姬把胡汉和好、正义之师作为评判是否回归汉的文化标准:

文姬 （向左贤王）……说本心话,我很想回去,但又不愿意离开你们。我

---

①　郭沫若《蔡文姬·序》,《郭沫若全集》(文学编第 8 卷),人民文学出版社 1987 年版,第 3 页。

已经踌躇了三天三夜,就到目前我也依然在踌躇。你知道,我是愿意匈奴和汉朝长远和好的。曹丞相派遣使臣来迎接我,如果还有大兵随后,那就是不义之师。我要向汉朝的使者问个明白;如果真是那样,我要当面告诉他:我决不回去,死也要死在匈奴!……①

这里,蔡文姬归汉很重要的一个立场就是追求与开明君主曹操在文化上的同向一致性。当这一点实现之后,蔡文姬归汉的台词里更多表现出了被开明君主曹操救赎后的个体性倾诉。比如在剧中反复吟唱的《胡笳十八拍》,倾诉了为了国家需求而别儿归故乡的亲情伤痛,这一方面固然是真情的流露;另一方面也含有向开明君主倾诉衷肠的意味。到了历史剧《武则天》中,郭沫若主体情思急剧内敛,众多"角色"中,上官婉儿的声音是最接近郭沫若创作主体身份的声音,她的声音,是以被明君武则天所救赎的"原罪"者的身份发出,是一种更加弱势的声音。

在解放后历史剧中,代表郭沫若创作主体情思的声音的这种变化,与抗战史剧同类型声音中顶天立地的自信相比,显示出解放后历史剧创作主体身份的某种自我边缘化。同时,这种自我边缘化从《蔡文姬》中的激情倾诉,发展到《武则天》中自我声音的若隐若现,显示出郭沫若主体创作情思在复杂现实创作语境中的某种无奈。

综合以上种种情况,我们会发现郭沫若解放后历史剧中的声音,呈现出多声对话的态势,在多声对话中,代表郭沫若创作主体情思的声音显示出一种对自我的不肯定和犹疑状态。郭沫若这种解放后历史剧声音的多声犹疑,显示出在历经连续不断的文艺斗争,以及知识分子接受工农兵改造的社会政治文化潮流中,郭沫若创作主体情思的微妙变化。

四、儒家文化精神与郭沫若历史剧中的"声音"轨迹

从"五四"时期,到抗战时期,再到新中国成立后,郭沫若历史剧中的声音经历了单声宣泄—和声抗争—多声犹疑三种不同的形式。从情感和思想的表现来看,早期史剧单声宣泄声音和抗战史剧中的和声抗争声音,都属于单声部的独白型的声音;解放后史剧中的多声犹疑,属于多声部的对话。从单声部的独白型声音到多声部的对话声音转换,显示出郭沫若历史剧探索过程中情感与思想的复杂变迁过程。但是,虽然这种声音变迁在形式上显示出明显的差异性,但

---

① 　郭沫若《蔡文姬》,《郭沫若全集》(文学编第8卷),人民文学出版社1987年版,第24页。

是，在声音的结构组合模式上，却仍然是统一的：一种趋向独白的声音结构模式。

在独白型的声音中，郭沫若主体情思意象化的历史人物，其一元性的文化建构意味非常突出，"五四"时期历史剧的"泛神论"与抗战时期历史剧马克思主义儒学化文化建构，文化思想的一元性态度鲜明。

在解放后历史剧多声部对话声音中，各种声音的地位不平等，各种声音之间形成了一个权威与非权威的关系，在这种关系中，声音间的主辅、正反等多条关系线索，使多声部对话构成了一个金字塔式的声音结构，最顶层的声音，是代表政治正确性的明君的声音，它可以包容或裁决一切其他的声音，而其他的声音则依据与明君声音的远近，由近及远地在这一声音金字塔结构中各安其位。郭沫若解放后历史剧中声音的金字塔结构，与陀思妥耶夫斯基小说中教堂式的"复调"声音，有着本质的差异。郭沫若解放后历史剧中的声音金字塔结构背后，孜孜以求的，仍然是一种文化的伦常和秩序建构。这种文化的伦常和秩序的性质是中国传统型的，尽管在性质上，郭沫若把这种文化伦常确立在"人民本位"的基础上，但是它的结构，依然是儒家"礼乐"式的，是孟子理想中的"哲人政治"式的。为此，郭沫若曾多次为这一文化结构辩护。在 1947 年，他为无产阶级领袖做现代文化阐释时认为："领袖是人民中最能干的人，因此他能获得人民的长远的信赖，而使他长远地为人民服务。这倒接近于古代所说的'哲人政治'，和个人独裁的极权政治是全不相符的。"①在 1948 年的一篇文章中，他曾激情宣称"就是两千多年前的孟子，假如生在今天他们也可能是共产党员"②。显然，郭沫若支持这一文化伦常和秩序依然是传统的，是儒家趣味的。

郭沫若的一生，经历了国家和民族由积贫积弱转向新生的过程。在历史剧中，他借由古人古事，用这种趋向独白的声音结构模式，为国家和民族的这一新生过程进行着文化建构与实践。他剧作中"强力英雄""文化英雄"的自我期许，打上了"杀身成仁，舍生取义"的儒家"兼济"情怀，而对"明君"（无产阶级领袖）的期盼，则显示出他儒家式伦理精神的烙印。

原载赵笑洁主编《戏里戏外：郭沫若与老舍戏剧艺术创作交往学术论文集暨展览纪实》，当代中国出版社 2017 年版。

王小强：博士，中国海洋大学文学与新闻传播学院副教授。

---

① 郭沫若《世界和平的柱石》，最初收入 1947 年 12 月上海大弗出版公司版《天玄地黄》。
② 郭沫若《迎接新中国——郭老在香港战斗时期的佚文》，《复旦学报丛书》1979 年版，第 53 页。

钱锺书的佛典笔记及其修辞比较研究[*]

张　治

在讨论钱锺书的学术成就时，对其著作中体现出的博览通识、融汇东西的文化视野，以及他专注于辞章上立意、拟象等文学功能这样一种相对狭窄的研究趣旨，须并重两端才能获得更为准确的认知。一般看来，钱锺书论学以修辞上的中西比较为主，兼顾心理学和社会学因素的考察。虽则读书范围极为宽阔，却是始终围绕固定的视角而展开。所谓"锥指管窥"（limited views），也就并非只是谦逊的话了。① 于此而言，钱锺书读史传之书，也读宗教哲学著作，并非一种"跨学科"的研究路数，而是企图扩大"文学"的范围，将一切人类精神思想活动均视为文学研究理应关照的对象。他早年欲撰写一部中国文学史，曾说：

> 鄙见以为不如以文学之风格、思想之型式，与夫政治制度、社会状态，皆视为某种时代精神之表现，平行四出，异辙同源，彼此之间，初无先因后果之连谊，而相为映射阐发，正可由以窥见此种时代精神之特征……②

"政治制度"云云，假如指的是惯常所说的范畴，实则在钱锺书后来的学术论著中少有问津，但与所谓"社会状态"并列，可能指的是政治、宗教等一切社会习俗。而"思想之型式"方面，则令人想起他还有个未曾实现的计划："我有时梦想着写一本讲哲学家的文学史"③，也类似从修辞角度解读思想文献。

这种解读尤其可贵之处，在于完全建立在对中西文化传统里不同时代的经

＊　本文系教育部人文社会科学研究青年基金项目"钱锺书中西文读书笔记手稿的整理与研究"（16YJC751039）阶段性成果。

① 钱锺书《管锥编》1972 年"序"，三联书店 2007 年版，第 1 页。Also cf. Ronald Egan's Introduction to his selected translation, Limited Views, Cambridge: HUP, 1998, pp. 14-16.
② 钱锺书《〈中国文学小史〉序论》，《国风半月刊》1933 年第 3 卷第 11 期，第 9 页。
③ 钱锺书《作者五人》，《写在人生边上/人生边上的边上/石语》，三联书店 2007 年版，第 228 页。

典著作的细致认知上面。修辞比较的认知研究,展示关联、相通或是分歧、相异之处,自有其重要意义。如徐复观所说:"中国的文学史学,在什么地方站得住脚,在什么地方有问题,是要在大的较量之下才能开口的。"①中国自古以来与外界文化交流最重要的对象先后出现了两个,《谈艺录》开篇已经声称"颇采'二西'之书"②。除了"耶稣之'西'"(欧美),钱锺书对于"释迦之'西'"(印度)也是下过很多功夫的③。这个话题,30 年前已有人论述,如张文江在为钱锺书作传时即指出,《管锥编》里作为枢纽的 10 部要籍,其中《太平广记》的小说和《全上古三代秦汉三国六朝文》的文章……包含了先秦以下乃至唐前千年间的思想内容,其中有西域佛教输入后引起的种种变化"④。而黄宝生也曾有这一话题的论文,对《管锥编》里涉及佛经与中国古典文学之关系的各种意见进行总结,从影响研究、平行研究和科际研究三方面进行了分述。⑤

　　钱锺书钻研宗教书籍,并不是深究于义理,而是着眼于文辞上的构思和表现,关注的是表达手法上的高明独特之处。深入佛道二藏之学的潘雨廷,曾在与学生谈话时指出,钱读佛经有很大的局限性。在深研精神哲学的人看来,大经大法的文字里有对人可以产生力量的高妙思想,但这些信息未必为几度通读大藏经的钱锺书所接受:

　　问:钱锺书先生佛经等全读过,《管锥编》也引过《悟真篇》的句子,为什么不注意实际指的内容呢,是否有意不谈?

　　先生言:读一遍句子和仔细研究是不同的。⑥

　　诗篇可作卜辞,占卜之辞也"不害为诗"⑦。同理,佛教讲经用诗文小说形

---

① 徐复观《我的读书生活》,《徐复观文集》第 1 卷,湖北人民出版社 2009 年版,第 234 页。

② 钱锺书《谈艺录》,中华书局 1984 年版,第 1 页;参看《管锥编》,第 1054 页。

③ 钱锺书《管锥编》"《太平广记》三八"(第 1054 页):"近世学者不察,或致张冠李戴;至有读魏源记龚自珍'好西方之书,自谓造微',乃昌言龚通晓欧西新学"。按,盖指侯外庐《中国思想通史》卷 5"中国早期启蒙思想史"一书末章所言。参看刘世南《记默存先生与我的书信交往》(牟晓朋、范旭仑《记钱锺书先生》,大连出版社 1995 年版,第 27~28 页)、《晚尤好西方之书》(《中华读书报》2002 年 3 月 20日)二文。

④ 张文江《营造巴比塔的智者:钱锺书传》,复旦大学出版社 2011 年版,第 85~89 页。

⑤ 黄宝生《〈管锥编〉与佛经》,《文学评论》1988 年第 1 期。

⑥ 张文江《潘雨廷先生谈话录》,复旦大学出版社 2012 年版,第 20 页。参见熊十力语:"读佛家书,尤须沉潜往复,从容含玩。否则必难悟入。吾尝言学人所以少深造者,即由读书喜为涉猎不务精深之故",见氏著《佛家名相通释》,上海书店出版社 2007 年版,第 13 页。

⑦ 钱锺书《管锥编》,三联书店 2007 年版,第 816 页。

式,反之则佛经也可从文学角度进行审视。此前日本学者最先提起"佛教文学"这个说法时,定义为"以佛教精神为内容,有意识创作的文学作品"①,实则陈义不高,所取范围既有限亦不足为重。能以文学之眼光看视佛经文献价值的,则有陈允吉、常任侠等学者勉力为之。② 钱锺书虽无专书进行讨论,却时时亲入"铜山",披露了不少有用的资料。而近年刊布于世的《钱锺书手稿集》,尤其是《容安馆札记》和《中文笔记》部分,涉及内典范围甚广,从中可见已刊著作中涉及相关材料是如何逐渐积累的,另外,值得一提的还有未曾发表过的若干相关论说。钱锺书晚年本来存有《管锥》之"续编"及"外编"的写作计划,惜皆未成书,正可从这些笔记资料中看出一些有价值的线索。

——

商务印书馆陆续影印出版的《钱锺书手稿集》(2003—2016),共 71 册,分成《容安馆札记》3 册(以下简称《札记》)、《中文笔记》20 册和《外文笔记》48 册(另附《外文笔记·总索引》1 册)三个部分,《札记》记录的是钱锺书在 1949—1974年间的日常论学心得,而后两者则包含了自 20 世纪 30 年代中期留学英国至1994 年病危住院前的中外文读书笔记。③ 学界或以钱锺书著述及笔记中使用过的外语种类称述其治学的"多维度",实则读佛经的笔记里多处都以拉丁字母转写的方式,大量附记重要概念的梵语原文,尤以《法苑珠林》《法华经》《中论》、阿含部诸经为多④,出现频度远超过《外文笔记》读古希腊作家所附的希腊文字。

在此,先从《钱锺书手稿集》的《中文笔记》20 册中考察他读佛典的基础情况。从篇目来看,钱锺书是通读过大藏经的,这主要是指日本《大正新修大藏经》(以下简称《大正藏》)。根据《大正藏》的部册次第,将《中文笔记》具体抄录经目列表如下:

---

① 〔日〕加地哲定《中国佛教文学》,刘卫星译,今日中国出版社 1990 年版,第 22 页。

② 常任侠《佛经文学故事选》,上海古籍出版社 1982 年;陈允吉《佛经文学粹编》,上海古籍出版社 1999年版。

③ 杨绛《〈钱锺书手稿集〉序》(2001 年),《杨绛全集》第 2 卷,人民文学出版社 2014 年版,第 315～318页;张治《钱锺书手稿中的年代信息》,《上海书评》2012 年 11 月。

④ 黄宝生曾回忆钱锺书在 1976 年聊天时多谈佛经,"还能说出一些佛经用词的梵文原词",其中谈到了《法苑珠林》。见氏撰《温暖的回忆》,丁伟志《钱锺书先生百年诞辰纪念文集》,三联书店 2010 年版,第 157 页。

部次	册次及所抄经目	所在《中文笔记》册次	备注
01 阿含部	01:《长阿含经》22 卷、《中阿含经》60 卷	04	
	02:《杂阿含经》50 卷、《增壹阿含经》51 卷	04	
02 本缘部	03:《六度集经》8 卷、《菩萨本缘经》3 卷、《生经》5 卷、《菩萨本行经》3 卷、《大乘本生心地观经》8 卷、《方广大庄严经》12 卷、《过去现在因果经》4 卷、《佛本行集经》60 卷	04	
	03:《狮子素驮娑王断肉经》1 卷、《生经》5 卷、《六度集经》8 卷	12	
	04:《佛所行赞》5 卷、《兴起行经》2 卷、《大庄严论经》15 卷、《杂宝藏经》10 卷、《杂譬喻经》2 卷(失译人名)、《旧杂譬喻经》2 卷、《杂譬喻经》3 卷(道略集)、《百喻经》4 卷、《法句经》2 卷、《出曜经》30 卷	03	
	04:《法句譬喻经》4 卷、《百喻经》4 卷、《杂譬喻经》3 卷(道略集)*、《众经撰杂譬喻》2 卷(道略集,鸠摩罗什译)、《旧杂譬喻经》2 卷、《杂譬喻经》2 卷(失译人名)**、《杂譬喻经》1 卷(支娄迦谶译)***、《出曜经》30 卷	12	* 编目误作支娄迦谶译本。 ** 编目误作道略集三卷本。 *** 编目失收
03 般若部	05~07:《大般若波罗蜜多经》600 卷*	11	* 编目误作"《大般若波罗蜜多心经》一卷"
	08:无	/	
04 法华部	09:《妙法莲华经》7 卷	03	
05 华严部	09~10:无	/	
06 宝积部	11~12:无	/	
07 涅槃部	12:《大般涅槃经》40 卷	02、16	
08 大集部	13:无	/	

（续表）

部次	册次及所抄经目	所在《中文笔记》册次	备注
09 经集部	14:《贤劫经》8 卷、《称扬诸佛功德经》3 卷、《诸佛经》1 卷、《弥勒下生经》1 卷、《大方广宝箧经》3 卷、《文殊师利问菩提经》1 卷、《文殊师利问经》2 卷、《说无垢称经》6 卷、《月上女经》2 卷、《不思议光菩萨所说经》1 卷、《阿难七梦经》1 卷、《末罗王经》1 卷、《普达王经》1 卷、《五王经》1 卷、《卢至长者因缘经》1 卷、《树提伽经》1 卷、《佛大僧大经》1 卷、《摩邓女经》1 卷、《摩登女解形中六事经》1 卷、《㮈女祇域因缘经》1 卷	04	
	15:《观佛三昧海经》10 卷	14	
	16:《楞伽经》4 卷	14	
	17:《四十二章经》1 卷	03	
	17:《圆觉经》1 卷	09	
10 密教部	18:无	/	
	19:《大佛顶首楞严经》10 卷	13	
	20:无	/	
	21:《大方等陀罗尼经》4 卷	09	
11 律部	22～24:无	/	
12 释经论部	25:《分别功德论》5 卷、《大智度论》100 卷、《金刚仙论》10 卷	04	
	25:《大智度论》100 卷*	20	*注"补前记"，未见
	26:无	/	
13 毗昙部	26～29:无	/	
14 中论部	30:《中论》4 卷	03	
15 瑜伽部	30:《瑜伽师地论》100 卷	03	
	31:《成唯识论》10 卷	14	
16 论集部	32:《那先比丘经》2 卷	12	

（续表）

部次	册次及所抄经目	所在《中文笔记》册次	备注
17 经疏部	33:《法华玄义释签》20 卷	10	
	34～39:无	/	
18 律疏部	40:无	/	
19 论疏部	40:《佛遗教经论疏节要》1 卷	03	
	41～44:无	/	
20 诸宗部	44:无	/	
	45:《鸠摩罗什法师大义》3 卷、《宝藏论》1 卷、《肇论》1 卷	03	
	45:《三论玄义》1 卷	11	
	46:《摩诃止观》10 卷	10	
	47:无	/	
	48:《人天眼目》6 卷、《惠能大师施法坛经》1 卷、《六祖大师法宝坛经》1 卷、《禅源诸诠集都序》2 卷	03	
	48:《宗镜录》100 卷	16	
21 史传部	49:《佛祖统纪》54 卷	09	
	49:《迦叶结经》1 卷	12	
	50:无	/	
	51:《景德传灯录》30 卷、《续传灯录》36 卷	01	
	51:《大唐西域记》12 卷	07	
	52:无	/	
22 事汇部	53:《法苑珠林》100 卷	01	
	53:《法苑珠林》100 卷	09	
	53:《法苑珠林》100 卷	15	
	54:《翻译名义集》7 卷	15	
23 外教部	54:无	/	
24 目录部	55:无	/	

尚需说明几点：

其一，根据笔记的具体内容，有的经籍虽看似出现多遍笔记，但要么是断续的几段合为一遍，要么是第一遍笔记太简略，后来详读一遍，大体可认为存有笔记的，是翻阅两遍所下的功夫。

其二，有些部册笔记空白，并不代表钱锺书未曾涉猎，比如律部经籍见引于《管锥编》者，有《四分律》《五分律》等。而第52册的《弘明集》《广弘明集》，在《管锥编》勘订《全上古三代秦汉三国六朝文》时经常用到；《镡津文集》也见于书中。外教部经籍，在《管锥编》《札记》中也找得到一些引文。

其三，钱锺书读某些佛典要籍，用的是另外的单行刻本。比如《中文笔记》第2册读《四十二章经》的笔记，用的就是湘潭叶氏观古堂汇刻宋真宗御注本（1902年）。作为最早的汉译佛经之一，《四十二章经》版本繁多，屡经改窜，有明以来佛藏用宋真宗注本，此本又以观古堂刻本最为完整，不同于流于俗间、多有失真的宋守遂注本。① 再如《中文笔记》第10册《妙法莲华经文句记》30卷，署"智顗说、湛然述、灌顶记"，也不是《大正藏》本，但涵盖了经疏部第34册里的重要内容，根据1961年钱锺书致巨赞法师信，可知他曾托朋友向达向其借阅"天台三大部"，即《摩诃止观》《法华文句》《法华玄义》，《法华文句》正是湛然注《文句记》②。同属《中文笔记》第10册里的《维摩诘所说经》笔记，用的是僧肇注本，也不是《大正藏》里的10卷本形式。此外，史传部第50册里最重要的几种高僧传，《中文笔记》存有其他版本的笔记③，于是也不用此册。

《中文笔记》里抄过的佛典或佛学要籍也有超出《大正藏》范围的，比如第2册《大佛顶首楞严经正脉疏》，为明交光真鉴所作，后世以为是截断众流的《楞严》新注。钱锺书眉批云："首数卷判析六根与外物关系最微妙"，赞其善辩。有意思的是，这番读书感受与他的人生经验发生契合。他读此书甚早，笔记写于1940年，当时方至湖南蓝田侍亲，心头又牵挂远在上海的妻女老小。读书笔记上录《遣闷》（《遣愁》，《槐聚诗存》定为1940年作）一诗。其中谈到"口不能言"的愁闷情绪，又言喋喋多言的诗歌无法触及真实心境，正是从《楞严经》中所谓

① 汤用彤《汉魏两晋南北朝佛教史》，北京大学出版社2011年版，第23~24页。

② 朱哲编《巨赞法师文集》，团结出版社2001年版，第1338页及图版171、172。参看高山杉《〈巨赞法师全集〉新收信札录文订误》，《东方早报·上海书评》2009年10月25日。

③ 《中文笔记》第5册单读《高僧传》，第12册有读《高僧传二集》《高僧传四集》的笔记。《札记》和《管锥编》还都多次征引《高僧传三集》。

"但有言说，都无实义"而感发的。

此外，《中文笔记》第 3 册抄读的晁迥《法藏碎金录》、惠洪《石门文字禅》，第 8 册的《牧牛图颂》，第 15 册的《释氏蒙求》《华严经疏钞悬谈》（唐释澄观撰）等，也不见于《大正藏》中。其中《石门文字禅》于释家撰述中以文章见长，日后钱锺书对此方面有更高明和更系统的评论。而澄观《悬谈》从实叉难陀《疏钞》化出，将最大部头的《华严经》删繁就简，故能与禅宗相应。① 当然，在《大正藏》范围之外，所见最被钱锺书重视的佛典是《五灯会元》一书。《中文笔记》第 14、15 册有合之不足一过的摘录，其中言尚有某册笔记补充，并不见此 20 册中。

由上可知，钱锺书读大藏经，应该也不止于像潘雨廷所言，只是"读一遍句子"。既不止读过一次，也不止于《大正藏》。20 世纪 80 年代中期，时任中华书局编辑的张世林，曾受钱锺书嘱托，两次登门送新刊《中华大藏经》前 10 册供阅览："不到两个礼拜，先生又通知我再将六至十册送去一阅。送去后，他指着前五册说，这些我已看完了，你拿回去吧。"并记钱锺书言，说他这是第四遍读佛藏了。②

《中文笔记》未涉及《大正藏》55 册，"目录部"。《管锥编》论释道安《摩诃钵罗若波罗蜜经钞》时有一段文字勘校上的见解：

> 严氏辑自释藏"迹"③，凡琮引此《序》中作"胡"字者，都已潜易为"梵"，如"译胡""胡言"，今为"译梵""梵语"，琮明云："旧唤彼方，总名胡国，安虽远识，未变常语"也。又如"圣必因时，时俗有易"，今为"圣必因时俗有易"，严氏案："此二语有脱字"；盖未参补。至琮引："正当以不關异言，传令知会通耳"，今为："正当以不聞异言"云云，殊失义理。安力非削"胡"适"秦"、饰"文"灭"质"、求"巧"而"失实"；若曰："正因人不通异域之言，当达之使晓会而已"；"關"如"交关"之"關"，"通"也，"传"如"传命"之"传"，达也。④

文中"严氏"指严可均，"今为"云云，即《全晋文》所录释藏《出三藏记集》中的该篇；而"琮引"，则是指《高僧传》二集"彦琮传载《辩正论》所引文字。严可均用《出三藏记集》辑南北朝时期的佛教文章极多，钱锺书的札记和读佛藏的笔

① 张文江《管锥编读解》，上海古籍出版社 2005 年版，第 456 页。
② 张世林《编辑的乐趣》，《光明日报》2015 年 7 月 21 日。
③ 原书将"释藏迹"三字置于一书名号内，非是。此系佛藏传统惯用的《千字文》帙号（或函号）。按严氏前后录若干经序，皆出此处，可知系指《出三藏记集》一书。根据蔡运辰《二十五种藏经目录对照考释》（新文丰出版公司 1983 年版，第 246 页），《出三藏记集》位置见于"迹"函的只有"永乐南藏"。
④ 钱锺书《管锥编》，三联书店 2007 年版，第 1982 页。

记中均只用严氏《全文》，而不提《出三藏记集》一书，但他显然是翻阅过《大正藏》第 55 册的，《札记》第 743 则读《全唐文》卷 916 景净《景教流行中国碑》时曾引过圆照《大唐贞元续开元释教录》。① 他通常不理会版本校勘之业，此处因道安此文关系重大，必须进行说明，才细加辨证。《管锥编》"《焦氏易林》二"谈及禅宗话头里的"胡言汉语"一词时，指出胡汉的对呼如同今日之言"中外"，再次引述了彦琮《辩正论》关于"胡本杂戎之胤，梵唯真圣之苗"的严格区别。接下来他根据历代正史和辟佛言论中并未遵从彦琮之分辩的情况，推翻了王国维在《西胡考》一文中认为唐人著书皆祖彦琮的观点。这都可以和上面的那段勘校意见相互发明。②

前揭黄宝生文中已列举了《管锥编》曾揭示的中国古典小说受佛经影响的例子，包括《大唐西域记》卷 7 记救命池节，经过《太平广记》几则故事，后启《绿野仙踪》第 73 回《守仙炉六友烧丹药》③；《太平广记》卷 445《杨叟》（出《宣室志》），"似本竺法护译《生经》第 10《鳖、猕猴经》而为孙行者比邱国剖心一节所自出"④；还有《三宝太监西洋记》"描叙稠叠排比，全似佛经笔法，捣鬼吊诡诸事亦每出彼法经教典籍"⑤。有意思的是，钱锺书读佛典时趣味盎然，思维活跃，时时拈出各种不同性质书籍中的段落来"参话头"。《五灯会元》笔记的批注上多次提及"Catch 22"，指美国小说家约瑟夫·海勒（Joseph Heller）所著小说《第二十二条军规》（1961 年），这尚可猜想是"语语打破后壁"的禅宗公案和荒诞派小说家所暴露的日常世界秩序的危机能够互文（美国当代文学本就煞有介事地崇尚禅宗）。有时颇能引譬连类，如《出曜经》述鼠入酥瓶，饱不能出，批注上下大功夫，不仅引述同部典籍里的类似故事，还引了寒山诗"老鼠入饭瓮，虽饱难出头"，接着又是古罗马诗人贺拉斯，又是法国古典主义作家拉封丹的寓言诗，又是文艺复兴时期意大利大诗人阿里奥斯托的讽刺诗，又是格林兄弟的"狼与狐"童话。⑥ 他读《生经》时想到了意大利文艺复兴时期模仿薄伽丘《十日谈》非常成功的班戴洛（Matteo Bandello），其篇幅庞大的短篇故事集里有一篇和"舅甥经

① 钱锺书《容安馆札记》，商务印书馆 2003 年版，第 2091 页。
② 钱锺书《管锥编》，三联书店 2007 年版，第 823 页。
③ "《太平广记》一〇"，钱锺书《管锥编》，三联书店 2007 年版，第 1001 页。
④ "《太平广记》七四"，钱锺书《管锥编》，三联书店 2007 年版，第 1108 页。
⑤ 钱锺书《管锥编》，三联书店 2007 年版，第 2130～2131 页。其中言小说用"普明颂"一事，亦见《中文笔记》，第 8 册，第 156 页读《牧牛图颂》眉批。
⑥ 钱锺书《中文笔记》第 12 册，商务印书馆 2001 年版，第 333 页。

第十二"所记有很多雷同之处,此后又记起古希腊历史学之父希罗多德笔下还有另外一个版本,将洛布古典丛书本相关章节的英译文抄了几页。这些材料使他后来写成了那篇著名的比较文学论文,《一节历史掌故、一个宗教寓言、一篇小说》。①

读书笔记批注中时有活泼的或真实的人生感受。读《观佛三昧海经》时,"自有众生乐视如来"云云,批注居然是"余少时戏画《许眼变化图》略同此意",指的是钱锺书读书时给同学所作漫画,绘其见心爱女生屡送秋波之状。②

而在读《楞严》时,见经文云:

> 波斯匿王起立白佛……感言此身,死后断灭……我今此身,终从变灭……我观现前,念念迁谢,新新不住,如火成灰,渐渐消殒,殒亡不息,决知此身当从灭尽……我年二十虽号年少,颜貌已老初十岁时;三十之年又衰二十;于今六十又过于二;观五十时宛然强壮……其变宁唯一纪二纪,实为年变;岂唯年变,亦兼月化;何直月化,兼又日迁;沈思谛观刹那刹那,念念之间不得停住……

批注非常简略:"余今年亦 62(明港,1972 年 1 月 12 日)。"③然而联系此时境遇,当能体会其中有极深之感慨。④

二

《札记》编号至 802 则,实则存留了 792 则,多由专门的某部书而展开;另有一些属于杂篇,分成若干互不关联的小节。还有少数几篇以某个话题进行议论,可能是某个文章初步构思的计划。比如第 17 则,开篇先说:

> 哲理玄微,说到无言,"如鸟飞虚空,无有足迹"(《大智度论》卷四十四《释句[义]品第十二》),则取譬于近,"如深渊驶水,得船可渡"(卷五十四《释天主品第二十七》)。⑤

就是从佛典里的阐说入手,提出取譬立喻对于哲理玄奥之处进行讨论的意义,下文比较不同文献里对于"立喻之道"的见解。这是一个比较简略的设想,

① 钱锺书《七缀集》,三联书店 2002 年版,第 164~183 页。
② 杨绛《记钱锺书与〈围城〉》(1985),《杨绛全集》第 2 卷,人民文学出版社 2014 年版,第 188 页。
③ 钱锺书《中文笔记》第 13 册,商务印书馆 2001 年版,第 402 页。
④ 根据《杨绛全集》第 9 卷的《杨绛生平与创作大事记》,1971 年 4 月 4 日,干校迁明港"师部"。1972 年,钱瑗与父母在干校同过元旦,1 月 4 日回北京;3 月 12 日,钱、杨回北京。
⑤ 钱锺书《容安馆札记》,商务印书馆 2003 年版,第 16 页。

后来《管锥编》言称"穷理析义，须资象喻"时，使用了这则札记的主要思路，材料大加剪裁，扩充论据，使得立论更为周全。①

通过《札记》和《管锥编》的对照，也可以看出钱锺书在使用这些佛教文献资料的一个认识过程。依据前引张文江意见，《管锥编》经由《太平广记》《全上古三代秦汉三国六朝文》二书关，注意到了佛教传入中国后引起思想文化上的种种变化。《太平广记》收的是"小说家言"，《全上古三代秦汉三国六朝文》则多为思想学术文献。卷帙繁多，梳理起来颇为不易。例如，《札记》第335则续读《全三国文》时，75处只评了康僧会《安般守意经序》的"弹指之间，心九百六十转，一日一夕十三亿意"这句话；而在《管锥编》中，该卷被单独拈出的材料因作者僧俗不同而分为两节：前一节是阙名《曹瞒传》，后一节包括了支谦《法句经序》和康僧会《法镜经序》。《安般守意经序》的引文和相关比较被移到了"《列子张湛注》二"中。② 钱锺书对《法句经序》可发挥之处产生兴趣③，该条目的内容也在《札记》出现过，不过是第417则论《全晋文》卷160僧叡《思益经序》处所附，进入著作中地位得到提升。这个变化涉及对于翻译思想的认识过程，颇为重要，故在此联系相关几处内容略加论述。《管锥编》引《法句经序》的段落是：

仆初嫌其为词不雅。维祇难曰："佛言依其义不用饰，取其法不以严，其传经者，令易晓勿失厥义，是则为善。"座中咸曰：老氏称"美言不信，信言不美"……"今传梵义，实宜径达。"因顺本旨，不加文饰。

随即指出，"严"当训作"庄严"之"严"，与"饰"变文同意。并以严复"信达雅"说与上文进行比较，指出"三字皆已见此"，进一步认为"信"（钱锺书解释为"依义旨以传，而能如风格以出"）本身就包含了"达"和"雅"。大多人都能理解"雅"并不是靠增饰润色来完成的，却未必认识到"信"与"达"的关系。钱锺书心目中的"达而不信"者，类如林译小说；而言"未有不达而能信者"，则矛头指向的是所谓"直译本"（la traduzione letterale），背后则是对鲁迅为代表的翻译思想的否定。④ 钱锺书欣赏翻译中的"化"境，又赞同"十九世纪末德国最大的希腊学

---

① "《周易正义》二"，钱锺书《管锥编》，三联书店2007年版，第21～23页。

② 钱锺书《管锥编》，三联书店2007年版，第734页。

③ 钱锺书《管锥编》，三联书店2007年版，第1748页。

④ 参看钱锺书《林纾的翻译》，《七缀集》，第77～80页。《容安馆札记》第84则，录岳珂《桯史》卷12记金熙宗时译者译汉臣视草事，其中将"顾兹寡昧""眇予小子"译释作"寡者，孤独不亲；昧者，不晓人事；眇为瞎眼；小子为小孩儿"，又引诰命用"昆命元龟"，译云"明明说向大乌龟"（《癸巳存稿》卷12《诗文用字》条引），钱锺书评价说："按此鲁迅直译之祖也"。（第146页）

家"维拉莫维茨—默伦多夫(Ulrich von Wilamowitz-Moellendorff)的名言"真正的翻译是灵魂转生"①,皆可与此互相发明。历来论者涉及钱锺书由佛教文献阐发其翻译观时必引上面这段内容,但钱锺书还有一处更重要的意见,就是在"《全晋文》卷一五八"篇论释道安《摩诃钵罗若波罗蜜经钞序》提出的"五失本""三不易"②。

目前检索《札记》各则,似不见钱锺书对这篇文字的注意。在《管锥编》中,这节讨论竟长达 8 页篇幅。其中特别强调:

> 按论"译梵为秦",有"五失本""三不易",吾国翻译术开宗明义,首推此篇;《全三国文》卷七五支谦《法句经序》仅发头角,《学记》所谓"开而弗达"。《高僧传》二集卷二《彦琮传》载琮"著《辩正论》,以垂翻译之式",所定"十条""八备",远不如安之扼要中肯也。

可谓是极高的评价。按支谦《法句经序》标示"信言不美,美言不信"的主"信"原则,具有时代意义。因为东汉末年佛教经籍系统入华,存在安世高、支娄迦谶译经的小乘、大乘两系,其中安世高再传而至康僧会,支娄迦谶再传而至支谦。支谦译经,由后世竺法护、鸠摩罗什等重译、补译而影响中国本土佛教流派的形成。康僧会的各篇《序》中则可看出重视大乘的转向。由此足见《管锥编》并论支谦、康僧会的意义。③ 故而《法句经序》虽然是"仅发头角",却是源头所在。至于彦琮的"十条""八备",在此之前也曾为钱锺书所重视,1965 年,他寄赠厦门大学教授郑朝宗的诗中,有"好与严林争出手,十条八备策新功"句,就用此

---

① 钱锺书《〈围城〉日译本序》,《写在人生边上/人生边上的边上/石语》,第 142 页。这句话原出自维拉莫维茨编订欧里庇得斯《希波吕托斯》的初版前言(*Euripides Hippolytos*, p. 7, Berlin: Weidmannsche Buchhandlung, 1891),副题为"何为翻译?(Was ist Übersetzen?)"。后经修改,以副题为正题,收入 1925 年刊布的氏著《演说与讲录集》(Reden und Vorträge)第 1 卷。原文作:Noch schärfer gesprochen, es bleibt die Seele, aber sie wechselt den Leib; die wahre Übersetzung ist Metempsychose."质言之,存其魂灵,而易其肉身;翻译之精义乃灵魂转注"。Metempsychose 原是古希腊文中 μετεμψύχωσιι 一词,指灵魂的转移,原与毕达哥拉斯的学说有关;在 19 世纪后期多用于翻译佛教术语的"灵魂转生""灵魂转世"。《管锥编》中曾言"东汉迎佛以前,吾国早信'人灭而为鬼',却不知'鬼灭而为人'之轮回,基督教不道轮回,而未尝不坚持'灵魂不灭'、有地狱天堂之报。谈者又每葫芦提而欠分雪也"(第 2213 页),参看第 728 ~ 730 页,其中结尾处对"形体变化(metamorphosis)"与"转世轮回(metempsychosis)"进行辨别。

② 钱锺书《管锥编》,三联书店 2007 年版,第 1982~1989 页。

③ 张文江《管锥编读解》,上海古籍出版社 2005 年版,第 404~406 页。

典。①

释道安一生重视般若诸经，《摩诃钵罗若波罗蜜经钞》乃大品《般若》之补译，同样是具有重要意义的。②《管锥编》论"五失本"其一，"梵语尽倒，而使似秦"，指的是梵文语序和汉语不同。引道安另外几篇经序，说明"此'本'不失，便不成翻译"，又记《高僧传》二集卷5《玄奘传之馀》所载前代译经起初服从梵文习惯而"倒写本文"、后来不得不"顺向此俗"③。"失本"之二："梵经尚质，秦人好文，传可众心，非文不合"，钱锺书连续引用八九种佛教文献，证明梵经本来也兼有文质，译者将梵文的质加以润色成文，或是将原作的文藻减损当作是质，都算"失本"。其中以鸠摩罗什《为僧叡论西方辞体》的"嚼饭与人"之喻最能道出翻译之难，这段引文也见于《札记》论僧叡《思益经序》处，尚有些重点不明；至《管锥编》则层次分明，且成为后文引用多种西学著作进行发挥的焦点。

而本来被简略处理的"五失本"的后三义，钱锺书认为"皆指译者之削繁删冗，求简明易了"，似并无太多需要表述之处，唯引释道安《比丘大戒序》的"约不烦"一说。但《管锥编》在20世纪80年代的两度增订，这里都增加了不少内容，比较佛经与先秦子书的说理繁简之分别。"约不烦"的尚简原则，让我们联想到钱锺书夫人杨绛后来提出的"点烦"的翻译观，后者虽说是取自《史通》，但与此处也是相通的。④

又，《管锥编》论《全晋文》卷164僧肇《答刘遗民》《般若无知论》等：

吾国释子阐明彼法，义理密察而文词雅驯，当自肇始；慧远《明报应论》（辑入卷一六二）、《鸠摩罗什法师大乘大义》（未收）等尚举止生涩，后来如智顗、宗密，所撰亦未章妥句适。僧号能诗，代不乏人，僧文而工，余仅睹惠洪《石门文字禅》与圆至《牧潜集》；契嵩《镡津集》虽负盛名，殊苦犷率，强与洪、至成三参离耳。然此皆俗间世法文字，非宣析教义之作，《憨山老人梦游集》颇能横说竖说，

---

① 钱锺书《槐聚诗存》，三联书店2002年版，第128页，题"喜得海夫书并言译书事"；参看《札记》第728则。又见郑朝宗《怀旧》（1986），《海滨感旧集》，厦门大学出版社2014年版，第97页。

② 张文江《管锥编读解》，上海古籍出版社2005年版，第452页。

③ 参看鲁迅《关于翻译的通信》（1932）："中国的文或话，法子实在太不精密了……我以为只好陆续吃一点苦，装进异样的句法去，古的，外省外府的，外国的，后来便可以据为己有。"《鲁迅全集》第4卷，人民文学出版社2005年版，第391页。

④ 杨绛《翻译的技巧》（2002），《杨绛全集》第2卷，人民文学出版社2014年版，第284～285页。按杨绛此文显然参考了《管锥编》此处对于佛教译经的讨论，其中还采用了释道安"胡语尽倒"（"梵语尽倒"的另一版本，详见下文）一语。而"点烦"之说，实也屡见于《管锥编》中。杨绛舍近而求远，不用译经话语里的"约不烦"，改用史家讲求文章做法的"点烦"，可能是故意要掩饰来源。

顾又笔舌伧咨,不足以言文事。清辩滔滔,质文彬彬,远嗣僧肇者,《宗镜录》撰人释延寿其殆庶乎?

　　强调自僧肇开始,在阐释佛理方面有文学的讲求了,这是从上一代的翻译事业开展出自家论述的新局面。此卷及下卷将《肇论》各篇悉数收入,钱锺书引《太平御览》所收《洛阳伽蓝记》佚文,言僧肇将四论合为一卷,呈慧远阅,"大师叹仰不已",又呈刘遗民,叹曰"不意方袍,复有叔平"。钱锺书言"叔平"当作"平叔",是将其比作三国时期谈玄的领袖何晏,足见其文理深湛。"盖结合般若与老庄,亦佛教中国化之始也",而此后玄学不敌般若之学,渐趋消亡,佛学则进一步发展起来。①

　　钱锺书还以《全隋文》卷6炀帝《与释智顗书》35首为例,举出前后卷中炀帝还有致释氏书19首,传世数量上超过了梁武帝(但后者有"浩汗巨篇")。智顗即智者大师,是天台宗"五时八教"之判教的创始人,亦可见中国佛教之兴,其中也得益于政治力量上的支持。② 钱锺书称"佞佛帝王之富文采者,梁武、隋炀、南唐后主鼎足而三,胥亡国之君",而史家和小说家均未曾以此责炀帝。推究原因,或许正是台宗得隋王室之助而大盛后世所造成的。

　　此外,《管锥编》于严氏《全文》中对于刘勰《灭惑论》、甄鸾《笑道论》、僧勔《难道论》以及徐陵《天台山馆徐则法师碑》、阙名《中岳嵩阳寺碑》等也均有所留意,注重其中的释、道二教势力消长,与《札记》中存在的对《全唐文》相关内容的评说互相呼应(详见下文)。

　　《太平广记》自卷87至134为佛教故事,或实或幻,反映了宋初时候释教思想在中国被传播和被认知的整体情况。《管锥编》对这部分内容是从卷88"异僧二"《佛图澄》、卷89"异僧三"《鸠摩罗什》论起的。这两篇都见于《高僧传》,故而在《札记》第724则中只字未提。这里分别拈出,颇有深意。研究者曾谓佛图澄(及弟子道安)、鸠摩罗什(及弟子僧肇)在东晋十六国时期佛教入华过程中作用最大,而前者以神通、后者以传经,确立了后世佛教发展的两个基本途径。③ 因而钱锺书记图澄噀酒成雨的故事,将之与"道家自诩优为"者比较。④ 在《鸠摩罗什》一篇,钱锺书先指出《太平广记》删去《高僧传》所载什来华以前事,补录早年

---

① 张文江《管锥编读解》,上海古籍出版社2005年版,第455页。
② 张文江《管锥编读解》,上海古籍出版社2005年版,第510～511页。
③ 张文江《管锥编读解》,上海古籍出版社2005年版,第269页。
④ 钱锺书《管锥编》,三联书店2007年版,第1052页。

教师盘头达多所言"绩师空织"的譬喻,参照家喻户晓的安徒生童话《皇帝新衣》,谓结尾小儿的一语道破"转笔冷隽,释书所不办也"。按这篇讨论出自《札记》第 691 则杂篇"读牛津版安徒生童话集",页边补充了明末陈际泰自称"读西氏记"听来的"遮须国王之织"故事①,钱锺书评论说:

> 所谓"西氏",当指耶稣教士,惜不得天主教旧译书一检之,此又安徒生所自出耳。

但到《管锥编》里就改口了:"'西氏记'疑即指《鸠摩罗什传》,陈氏加以渲染耳。"其下就发了那番"近世学者"时常张冠李戴、混淆"二西"的论说。② 但安徒生这篇童话的确另有所本,出自西班牙文艺复兴的前驱作家堂胡安·曼努埃尔(Don Juan Manuel,1282—1348)的《卢卡诺伯爵》第 32 篇,民国时期即为中国读书界所知。③ 钱锺书的改口有失察之处,但这也未必证明陈际泰所闻见于耶稣会士译书。而《卢卡诺伯爵》本是辑自中古流传于波斯希腊等地的传说故事,因此这与《高僧传》所记罽宾国人所述必然还存在着更为古老的关联。

而被《札记》以专篇进行讨论的佛典,只有《五灯会元》,见于第 669、783 两则。然而这两则篇幅都较短,实则与杂篇中的单条无异。前一则,仅就卷 1"世尊拈花"的出处加以考证,指出西人好用此典而不明所本,进而由眼神手势交流胜过语言之迅速谈到男女相悦无须言说。④ 这番前后两个层次间跳跃式的论调并未进入钱锺书的著作中,前面所云传法不落言荃,义理举世皆知⑤;后面的这种眉语传情的诗句中西文学里的例子不胜枚举,《管锥编》讨论陶潜《闲情赋》"瞬美目以流眄,含言笑而不分"处即已蔚为大观。⑥《札记》第 783 则,仅论卷20 弥光禅师的"只为分明极,翻令所得迟"⑦,赞为"妙于立譬",并引申至歌德、圣伯夫、斯宾诺莎等人处。《管锥编》中则颠倒主客,从萨缪尔·约翰生博士的"目穷千里而失之眉睫之前"起,经诺瓦利斯再绕到《五灯会元》这一句(同时一

---

① 钱锺书《容安馆札记》,商务印书馆 2003 年版,第 1489~1490 页。

② 钱锺书《管锥编》,三联书店 2007 年版,第 1054 页。

③ 安徒生自述《安徒生童话的来源和系统》,张友松译,《小说月报》1925 年第 16 卷第 9 号"安徒生号下"。

④ 钱锺书《容安馆札记》,商务印书馆 2003 年版,第 1375~1378 页。

⑤ 钱锺书《谈艺录》,中华书局 1984 年版,第 233 页,"附说十七"。

⑥ 钱锺书《管锥编》,三联书店 2007 年版,第 1924~1926 页;参看第 968~969、1162~1163 页。

⑦ 钱锺书《容安馆札记》,商务印书馆 2003 年版,第 2478 页。误作大慧禅师语。

并引据同卷开善道谦所云）。① 深究内学者会提示"此关涉禅家大戒，盖必待自悟而不能说破"②，钱锺书则似乎津津乐道于微观与宏观难以兼具的文学描述，举证愈加繁复了。钱锺书的友人苏渊雷后来校点了《五灯会元》一书（1982 年），钱锺书在 1953 年答其诗，开篇就是"只为分明却得迟"，《札记》第 401 则录此诗，题目中有比后来《槐聚诗存》版多出的内容，谓"渊雷好谈禅，比闻尽弃所学，改名曰翻，以示从前种种之意，故诗语云然"③。按，苏曾改名作苏翻。虽然不明其究竟详情，但从此处互相影响以至于后来有感应的现象颇令人印象深刻。虽然钱锺书似只重修辞（公案话头），然文字上的感受（成为典故，进入诗作）仍可进一步影响人的精神面貌（察觉"尽弃所学"为非），继而使文本得以改观（校点文献）。

《札记》尚有几处杂篇收入读佛典的专节。第 631 则，读《百喻经》之十：愚人命木匠造楼语："不用下二重屋，为我造最上者"④，参看的是《格列佛游记》中的"飞岛"（Laputa）等等。第 725 则，读《楞严经》论"指月示人"之喻，发挥平平，查钱著拈此只作寻常语，并不多加阐释。⑤ 而第 750 则，读《华严经》卷 9"初发心菩萨功德品"中"一切解即是一解，一解即是一切解故"，连篇比类，花样层出不穷。《管锥编》"《左传正义》三"谈到"观辞（text）必究其终始（context）"处采用了此节札记，化繁复为简要，注释里只提到文艺复兴时期意大利哲学家布鲁诺以及 17 世纪英国哲学家乔治·赫伯特（George Herbert），其他如韦勒克、狄尔泰、克罗齐等人若干文献全部略去。⑥

此外，钱锺书对于世俗作家的诗文涉及释教经籍者也有所评骘。《宋诗选注》就把范成大称为"也许是黄庭坚以后、钱谦益以前用佛典最多、最内行的名诗人"⑦。而《札记》第 635 则杂篇，就又有一节论范石湖以后诗家用佛典最夥者为钱牧斋。⑧ 这与《谈艺录》第 69、84 两篇讨论以诗参禅理、说佛法，与《中国诗与中国画》里总结禅宗"单刀直入"的观念影响中国诗画艺术，均有相关呼应之处。神韵派重视"从简"，要摆脱经籍学问的束缚；而诗文里的用事繁复，则考验

---

① 钱锺书《管锥编》，三联书店 2007 年版，第 1447～1448 页。
② 张文江《管锥编读解》，上海古籍出版社 2005 年版，第 351 页。
③ 钱锺书《容安馆札记》，商务印书馆 2003 年版，第 949 页。
④ 钱锺书《容安馆札记》，商务印书馆 2003 年版，第 1207～1208 页；原文先后作"我不欲下二重之屋，先可为我作最上屋""我今不用下二重屋，必可为我作最上者"。
⑤ 钱锺书《容安馆札记》，商务印书馆 2003 年版，第 1841 页。
⑥ 钱锺书《管锥编》，三联书店 2007 年版，第 283 页。
⑦ 钱锺书《宋诗选注》，人民文学出版社 1963 年版，第 218 页。
⑧ 钱锺书《容安馆札记》，商务印书馆 2003 年版，第 1233～1234 页。

的是广泛取材的能力。钱锺书认为耶律楚材"用禅语连篇累牍,然不出公案语录,不似范、钱之博及经论也",又批评钱曾得到钱谦益极高赞誉的《秋夜宿破山寺绝句》12 首用佛典的方式过于"下劣",可谓持论甚高。《管锥编》还曾发现王巾《头陀寺碑文》的价值:"余所见六朝及初唐人为释氏所撰文字,驱遣佛典禅藻,无如此碑之妥适莹洁者。"①

钱锺书曾言欲为《管锥》之续编,已刊之《编》中屡见其"别详""别见""参观"《全唐文》卷论某篇云云的字样。② 从《札记》读《全唐文》的条目来看③,也有追踪佛教文献的思路。比如第 729 则涉及《全唐文》卷 260 姚崇《谏造寺度僧奏》《遗令诫子孙文》中的辟佛之语,指出其思想在有唐一代的前后传统。但钱锺书又指出,姚崇虽然力非沙门度人、造寺、写经、铸像等业,但自己也写了一篇《造像记》,"是未能免俗耳"④。第 743 则,读卷 917 清昼《能秀二祖赞》,指出"二祖契合无间,初不分门立户也";把卷 920 宗密《金刚般若经疏论纂要序》中的"牛毛麟角"之喻放在历代佛道典籍和世俗诗文中进行品评;又如读卷 922 延寿《宗镜录序》,大为称赏,说"可谓滔滔汩汩者矣! 释子文气机流畅莫过于此",由此可见钱锺书对《宗镜录》在文学价值上的高度肯定,与前引所谓"质文彬彬,远嗣僧肇"的赞语相合。⑤

结　语

《管锥编》"周易正义"篇论"圣人以神道设教,而天下服矣",引爱德华·吉本名言:"众人(the people)视各教皆真(equally true),哲人(the philosopher)视各教皆妄(equally false),官人(the magistrate)视各教皆有用(equally useful)。"⑥钱锺书自己就是以哲人眼光视宗教的,这自然是冷静清醒之处,尤其是论及"神道设教"背后有秉政者对于民人的利用,其中"损益依傍,约定俗成",终致迷信僵化,"末派失开宗之本真"。能够察觉民人迷信之"皆真"中果然

① 钱锺书《管锥编》,三联书店 2007 年版,第 2242 页。

② 钱锺书《管锥编》,三联书店 2007 年版,第 284、669、1140、1405、1413、1488、1516、1517、1610、1711、2017、2018、2024、2055、2209、2360;1978 年"序";"初计此辑尚有论《全唐文》等书五种……已写定各卷中偶道及'参观'语,存而未削。"(第 1 页)

③ 第 729、731、733、735、737、739、741、743 则论《全唐文》,第 745 则论《唐文拾遗》。

④ 钱锺书《容安馆札记》,商务印书馆 2003 年版,第 1908 页。

⑤ 钱锺书《中文笔记》第 16 册,商务印书馆 2001 年版,第 34 页批注:"宋以后推尊此录者,惠洪、冯开之皆是也。"

⑥ 钱锺书《管锥编》,三联书店 2007 年版,第 31 页。

也有"本真"可存①,而非一味斥责其妄,这在论说上是颇为周全的。而若尤其考虑到《管锥编》成书之时代,此番论说也是极有勇气并且切中现实问题的。

不难看出,抛开宗教的因素来说,钱锺书涉猎佛典,最可贵之处在于读书勤奋、持之以恒,因此大多数卷帙庞大、义理纷披、文辞深奥的著作,都能为他所通览,都能为他所巧用。在佛藏文献方面,若真如他所说,完完整整读过三四遍以上的话,应该于其中大有收获的。《札记》第 727 则曾录王世懋《艺圃撷馀》所云:"善为故事者,勿为故事所使。如禅家云转法华者,勿为法华转"云云②,可移用在此评述钱锺书以佛书论艺文时的境界。《管锥编》从《广记》《全文》二书着手,于佛教文化入中国过程中涉及信仰、传布和经籍翻译的若干信息颇能识其要旨,再和《容安馆札记》里《全唐文》乃至宋元以后思想学术接通,从大处说都是很有价值的。他心思有时过多在辞藻修饰的才能方面下功夫,还是受其文学趣味的左右。从钱锺书读书笔记手稿中的丰富内容看来,他早年所称"颇采'二西'之书"绝非空言。假如可以将更多精力去集中在文字背后的拟象、立意之思维基础以及文化和社会背景上,那么再以佛典与各国诗文小说互证,或与西洋哲学相参,这样的论说也许更有意义。

原载《中山大学学报》2017 年第 5 期。

张治:博士,中国海洋大学文学与新闻传播学院副教授。

---

① 参看鲁迅所谓"伪士当去,迷信可存"之说,见《破恶声论》(1908),《鲁迅全集》第 8 卷,人民文学出版社 2005 年版,第 30 页。并见〔日〕伊藤虎丸《早期鲁迅的宗教观——"迷信"与"科学"的关系》,孙猛译,《鲁迅研究月刊》1989 年第 11 期。

② 钱锺书《容安馆札记》,商务印书馆 2003 年版,第 1864 页。《五灯会元》卷 2,六祖示洪州法达偈:"心迷《法华》转,心悟转《法华》。诵久不明已,与义作仇家。"《管锥编》第 927 页亦引之。

李安电影文化空间研究

章　妮

中国传统美学和艺术注重人的空间性构成,或者说注重空间的主体性,"传统中国对于人的理解建立在自我的焦点——场域概念之上:如同一幅风景画中的人物,一个人只不过是由定义着他或他的社会互动所构成的大环境中的焦点"①。人始终处在与空间的互动中,被空间建构,又反抗、解构、寻找和重构空间。作为活跃于多重文化空间中的电影人,李安坚持在虚拟的影像空间中思考、表达人与空间的互动。

李安栖居的现实空间主要是中国台湾与美国两个地理空间,而其教育、家庭、影视制作等栖居的"现实"文化空间则是中国与欧美两大文化空间。文化空间的内在裂变、体验转换与外在冲突让李安从小体会到"文化震撼"和"文化冲击","身处文化冲击及调适的夹缝中,在双方的拉扯下试图寻求平衡"②。这促使李安形成立体、多向度的身份建构与认同,在电影创作中注重撷取空间及其中呈现的文化矛盾和冲突,尤其是电影人物在空间文化包孕下的身份建构的痛苦和挣扎历程,以抵达超越地域、种族和阶层的人性共通。李安电影中,承载电影叙事、富有隐喻性的文化空间主要有四种表现形态,即景观空间、伦理空间、精神空间、他者空间。

一、景观空间

空间是与时间相对的一种客观存在形式。在空间批评理论中,空间首先是景观的抽象概念,蕴含了社会、历史、文化等因素,"是一个社会价值观念和意识

---

① 〔美〕罗伯特·阿普,亚当·巴克曼等《李安哲学》,邵文实译,黑龙江教育出版社 2015 年版,第 9～10 页。
② 张靓蓓《十年一觉电影梦:李安传》,中信出版社 2013 年版,第 6、8 页。

形态的象征系统"①,具有社会属性、文化属性和身份属性。李安巧妙运用多种景观空间——自然景观和文化景观,推动电影叙事细腻推演和曲折发展、展现人物内心冲突和自我建构,隐喻性地、象征性地展示文化精神思考。

李安电影中的自然景观具有双重作用,既构成电影叙事的空间制约性因素,推动故事发展,又隐喻局部或整体社会文化环境。如电影《冰风暴》中,美丽而危险的自然景观"冰风暴"是人物命运发展的转折"场",更是家庭和社会文化环境的隐喻体。在片中,冰风暴象征着表面美好、暗藏危机的性自由意识,隐喻了稳固表象内里随时会崩塌的家庭结构和暗潮涌动、价值观念冲突的时代文化环境——旧的家庭观、自我观在动摇、瓦解,新的家庭观、自我观尚不足以支撑人们走出固有的家庭人伦关系。固有的家庭人伦关系和观念犹如冰风暴,片中人物尤其是女性人物被困于其中而无所逃遁。《卧虎藏龙》是最能体现李安电影自然景观空间意识的影片,从宏观的江南风景、肃穆京城、广袤大漠,到微观的凉亭、竹林等空间,都是"和日常生活经验大不相同的渗透着剧中人物和艺术家之双重主观性的风景"②。而在《少年派的奇幻漂流》中,景观(动物园中的动物、暴风雨、大海、海岛等)不仅是少年派成长历程得以丰满的不可缺少的叙事空间构成,更是文化塑造的人性深处的隐喻景观——在文化的规训下,人性如何由"自然"与规则的"懵懂相处"(动物园),渐渐发展为突变情境(暴风雨)下的搏杀与牵制(大海、老虎等),直至在神性(闪电)启示下的和谐相处(海岛、海岸)。

当自然景观最终指向文化时,也就具有了文化景观的意味。但从呈现形态看,自然景观是"自然"的、原生的,文化景观是人为的、符号化的。相对于自然景观隐喻性地传达文化,文化景观是价值观念、生活方式、意识形态、宗教信仰等文化形态的直接产物、载体与表征。

李安电影的文化景观首推早期"家庭三部曲"的太极拳、中式婚礼、中国菜。这三种景观将中国文化、家庭伦理与结构、文化冲突等符号化,传达了具有封闭性的家庭空间中的文化冲突、隔膜与妥协,尤其是"中国传统的家庭在中西文化冲撞和现代生存背景下的解构与重组,以及在此过程中人物感情的变化和人生追求目标的调整"③。

在2016年公映的《比利·林恩的中场战事》中,文化景观由历史文化传承

---

① 赵炎秋《文学批评实践教程》(修订版),中南大学出版社2015年版,第418页。
② 裴亚莉《风景与李安电影的欲望呈现》,《文艺研究》2012年第7期。
③ 周斌《在中西文化冲撞中开掘人性》,《华文文学》2005年第5期。

与断裂的当下呈现转向流行性的文化消费与集体性的文化氛围,更具有介入感与锐利度。比利·林恩和他的战友们参加的球赛中场表演是一场消费主义之下的"狂欢",完全"阉割"了他们的"军人"身份,令其成为盛大表演的一环。影片采用绚丽多姿的色彩、奔放且富有喧腾感的音乐、庞大的表演阵容、动感十足的女性身体与肢体语言等,极力强化了"中场"表演的消费性、观看者欲望的满足与释放。而经过设定的军人们的僵硬姿态、无言的表演时态、比利固定的站位、战友们后置的构图等,都与之形成绝大的反差,传达出他们在狂欢中的"布景"似的存在与意义。尤其是两位表演者对比利·林恩几番言辞上的侮辱和运作层面的挑衅,更体现了军人和战事在"被消费"潮流中的无言、无措与无助。由资本、表演、观看、经纪等多重力量导演的消费狂欢,直接消费军人们的悲伤、绝望、死亡与生命等,解构了比利·林恩因忆起伊拉克战场而流下的痛楚之泪,更消解了军人们的存在价值、美国的战争定义、英雄情结等。前景中比利的仰拍镜头和后镜中比利的荧幕平视镜头互为注释,又互相消释,绝佳地诠释了英雄崇拜表象背后的消费视野与虚拟心态。

二、伦理空间

李安电影中恒常性存在的伦理空间是家庭。作为当下文明的基本存在形态和最基础的构成单位,电影中的家庭给予人物一定先赋地位和先天文化性格,是镜像故事的发生地点,也是众多家庭人伦关系和社会伦理关系的空间组合和承载体,更是文化冲突的演练场。伦理空间一方面显示了文化生命的无力/强力突围,另一方面又负载了社会伦理的权力关系。

"父亲三部曲"分别在纽约和台北两大都市的快节奏生活中,讲述了家庭生活中两代人生活方式的冲突、较量、妥协与融合,从而阐释了家庭伦理关系中文化的错位和断裂。李安处理这些关系时,又将关注点集中于"家庭"的某个小空间,精心烹制其中的空间元素和文化意味。

《推手》中,父辈和子辈的冲突有很多层次和场地,如住房内外、朋友圈内外等,但住房的客厅无疑是最重要和最剑拔弩张的伦理空间。尤其是朱父和儿媳的冲突,主要在客厅展开。相对于卧室和书房,客厅是家庭的"前台"空间,一个需要"化妆"的处所。但在不同文化观念熏陶中成长的两人,在现实物质条件的限制下,不约而同地将其作为个人的"后台"、随性的空间。两人生活习惯的差异是文化,尤其是家庭文化差异所致,两人不断互换的前后景空间造型则是两种家庭伦理观念的并置、互相"监视"与互为主体,也是两种文化背景中的个体生命在异质文化冲击下的无力挣扎。父亲的出走是其文化生命的无力突围与妥协，反衬出儿媳文化生命的强力突围。两人/三人冲突的升级与解决是典型商业片的思路，符合观众的凝视欲望，但也体现了李安早期对文化生命困境的再定位——如果不能与异质文化融合，接纳与和解是最佳的文化姿态。这种伦理空间思路同样体现在《喜宴》和《饮食男女》中，子辈和父辈在家庭中的每一次和解都是文化与生命的和解。

　　随着现实栖居空间的拓展与文化融入，李安对伦理空间的文化思考逐渐走出中西对峙的二元状态，借家庭深入文化内部的多样构成。在《冰风暴》《理智与情感》《断背山》等影片中，家庭就是文化内部裂变的空间和确立自我的空间。如《断背山》中，抽象的同性家庭与具象的异性家庭是文化的裂变，家庭成员对家庭的不同定义也是文化的裂变——恩尼斯以家庭抵御性取向，竭力扼杀同性情欲；恩尼斯的妻子则在维护家庭的观念束缚下，屡次包容丈夫。但家庭更是恩尼斯妻子逐渐发现自我、找回自我的存在意义的空间，她借家庭的重建成功突围、完成对生命的重塑。

　　但是李安并未深陷家庭伦理关系而不自拔，他的家庭伦理关系最终也会指向社会伦理关系。同时，他的部分电影越过家庭，直接展示社会空间及其中蕴含的社会伦理关系。

　　《色·戒》和《比利·林恩的中场战事》有着明确的社会关怀，故事的展开仍集中于几个独特的小空间中。《色·戒》中的凯司令咖啡馆、印度珠宝店、平安大戏院等传统老场景，铺展了多种文化交织的殖民空间文化。王佳芝"出生入死"的戏剧舞台是她个人生命舞台的象征，更是当时错综复杂的社会舞台的演习版。相对于学生们在戏剧舞台上的稚嫩演习，逼仄的麻将室则是官太太们钩心斗角的场所，是男性雄武社会关系的女性阴柔演习。一张牌决定整个格局，是李安在片中架构这些空间的意义所在。《比利·林恩的中场战事》首先设置了一个充满歧异与冲突的家庭空间，浓缩了美国社会对伊拉克战争的多元认识。其次，影片主要设置了战场、豪车和赛场三个空间。战场组构了战友情、美国的国家形象，更是调整并塑造了比利·林恩的自我确认。豪车是自我认同焦虑放和治疗的空间，具有轻度消费与重度建构的双重功效。当大家初次进入豪车而处于轻度消费的亢奋状态时，背对镜头与特写镜头中的比利·林恩与他们保持了疏离的姿态——他倦怠地闭上眼睛。但当大家再次进入豪车准备重返战场时，豪车与战车的叠化宣告了比利·林恩的自我重建，他与班长的虚拟交流、与战友的真实视线与语言交流象征着他们在班长精神的感召下重新凝聚成一个整体。赛场是雄性力量的展示空间，与战场具有同样强烈的本能冲动。但影片有意忽略赛事，集中渲染了后场和中场表演，消解了赛场与战场的互通性。赛场的中场表演既是消费性的现实表演，也是战士们"战士"身份认同的"中场休息"与再出发的前奏。正是中场表演中强大的消费、资本力量促使军人们重塑自我，摒弃了身份认同过程中的犹疑、焦虑与鄙弃。赛场的"卸货区"是具有强烈隐喻意义的具象空间——这里是货物行程的结束或开始之地，更是比利·林恩和战友们复杂心路历程的结束之地和坚毅军人身份认同的启程之地。相对于舞台的"前台性"，卸货区是"后台"。他们在这里结束了身份认同的焦虑"战事"，比供人观赏的前台表演更具心理真实性，也是对前台表演时诸多社会力量的反抗与鄙弃。

三、精神空间

在李安的影像表达中，不论自然景观还是文化景观，不论伦理空间还是他者空间，最终都能超越现实地理、物理或人文空间，指向人物的精神归属地。在世俗空间外，李安电影中始终存在着类似于"精神家园"的空间——人的精神和灵魂栖息的地方，可能是具象的，也可能是抽象的，但在绝对意义上，都是抽象的存在。

此类具象的"精神空间"以家庭为主。当实体的家庭存在经过冲突、解构后，家庭成员遭遇貌合神离、破裂、重修旧好之后，形成的"新家"就具有了救赎、解脱、皈依等意义。"家庭三部曲"中，随着家庭重建经历的三个阶段——表面和谐的结构状态、和谐结构的完全破裂、新和谐模式的塑造，家庭成员也经历了三个精神阶段——与传统家庭模式的冲突、寻找新模式、精神回归。在《推手》中，朱父虽然搬了出去，但是答应了朱晓生一个星期之中会有一两天去他的家里住，重温天伦之乐的初愿。《喜宴》中得知事实真相的高父，用成全和妥协换得和睦相处，既尊重了儿子的同性爱情，又满足了传宗接代的愿望。《饮食男女》中家珍、家宁和父亲的离去打破了表面的和谐，但各自新家庭的成立让父亲和女儿们的精神更相通了。在这三部电影中，实体的家庭经历分崩离析后，重建后的状态虽是分裂的，但在精神上更接近"家庭"的文化内核，更符合人物对"家庭"的文化理解与设定——爱与共处。

相对于"家庭三部曲"对精神家庭的追寻与塑造，《冰风暴》《绿巨人》《理智与情感》和《比利·林恩的中场战事》更强调"家庭"作为一种结构，帮助人物战胜困境的精神力量。《冰风暴》中迈克·卡弗的死亡激起了本一家人早已淡漠的亲情。《绿巨人》中布鲁斯经历了母亲的死亡、父亲的疯狂,内心深处总有一个梦魇存在,女朋友的怀抱最终拯救了他。《理智与情感》中玛丽安的濒临死亡让爱琳娜看到很多以前从未注意过的世界,冰风暴、死亡等不可知的外力摧毁了本来存在的事物,并助她重建精神和谐,重拾家人之间的关心和爱,完成经历死亡之后的自我重建。《比利·林恩的中场战事》的伦理家庭是比利·林恩参军的动因所在,而 B 班这个抽象意义上的家庭更具有精神抚慰意义。这几部电影中的"家庭"已经不是伦理层面的家庭,而带有精神家园的意味。众多故事在家庭内发生,而后又在家庭内得到解决。不管是以何种方式得到解决,家庭的精神力量都能促进人物重新认识自我、观察环境、了解他人。

李安电影中的"精神空间"不仅是进行时态的家庭,还是在远方的乌托邦式存在。在《断背山》中,李安曾借人物之口断言"每个人心中都有一座断背山"。与其说断背山是一座具象的山、是故事行进的空间场所,不如说断背山是每个人心中的向往。断背山超越世俗歧视与性取向固化,接纳了杰克和恩尼斯的爱情和期望。它的乌托邦意义就在于它是人物身体与精神摆脱世俗桎梏的空间,是自由、生命自然的灵魂之地。超越于断背山的空间性,《制造伍德斯托克》中乌托邦式的精神空间则被定位为具有仪式感和符号性的音乐节,它是生活在这个镇子上的人们重获生命力和活力的救赎。

不论是具象而抽象的家庭,还是乌托邦式的断背山和音乐节,都是李安在影像世界里构想的精神空间。它们依附于景观空间、伦理空间和文化空间,又超越于这些空间的社会属性和文化属性,富有精神意义与生存哲理。相对于他者空间的非世俗性,精神空间的建构始于世俗空间,即人物通过与世俗空间的互动,最终寻觅到的更符合情感需要的生存空间、精神和灵魂的归属地。

四、他者空间

除世俗性的故事空间和富有超越意义的精神空间外,李安电影里还有一系列超越世俗文化眼光"监视"与控制的他者空间。

深渊(或称悬崖)是自然塑形力量的完美呈现,能够夺去生命,也会使人新生。在电影《卧虎藏龙》中,武当山的悬崖深渊是玉娇龙最后选择的归处。在罗小虎的口吻中,此悬崖是玉娇龙前半生的不羁放纵、快意恩仇,李慕白的死让她重新审视自己的人生。与罗小虎一夜缠绵后跳下悬崖是一个开放式的结局,死去或者新生,都是玉娇龙对俗世的背叛、对自我的坚持。

山洞是孕育人类的神圣之地,是人最初存在的地方。从精神分析的意义上说,山洞是子宫的具象符号与象征。它给人提供营养和保护,让人安全、放松,感受到爱的力量。《卧虎藏龙》中有两个山洞。第一个山洞是玉娇龙在大漠之中与罗小虎的栖身之处。在这出戏中,玉娇龙被罗小虎所救,在这里养伤。在这个山洞里,玉娇龙摒弃了俗世的所有束缚,安全地释放了人性的所有可能。她在这里犹如人在母体中,温暖、舒适和无所顾忌地经历并感受了人生的许多第一次。第二个山洞是碧眼狐狸擒获玉娇龙之后的藏身之处。首先,它是碧眼狐狸母性的象征,传达了她希望召回自己与玉娇龙的师徒关系、母女之情的意愿。其次,它是俞秀莲母性的象征,是李慕白魂归命丧之地,更是李慕白向俞秀莲一吐衷肠之地。

相较于精神空间,深渊和山洞这类他者空间位于真实与想象之外,又存于真实与想象之中。它们不是人类共通的精神存放之地与灵魂寄托之所,却是个体情感的投射与"差异空间"。

本文原载《现代视听》2017 年 12 期。
章妮:博士,青岛科技大学传媒学院教授。

柔弱思想

——理查德·罗蒂与反讽概念当代释义 *

殷振文

一、言意之辨

在英语及其他欧洲国家语言中,反讽(irony)是一个极为普通和日常性的词语,不仅含义复杂,且历史悠久。作为一种言语辞格(Figure of Speech),萨缪尔·约翰逊《英语语言词典》里的释义最为常见:反讽是"意义(meaning)和词语(word)相反的一种言说方式"[①],即言与意之间有间距、差异、不一致或恰好相反。

反讽也是西方人文学传统中的一个重要哲学或诗学概念。概念是哲学的开端、是思想的诗意时刻,"每个概念和个体一样有其生平和历史"[②]。反讽源自于古希腊文化,和苏格拉底密切联系在一起,最著名的是苏格拉底式反讽(Socratic Irony)。近代以来,维柯提出反讽是人类意识的成熟状态。黑格尔将反讽界定为无限否定性的哲学范畴。反讽是德国浪漫派哲学的"修辞格",施莱格尔强调哲学是反讽的真正故乡,且交谈之处皆有反讽。克尔凯郭尔在《论反讽的概念》中提出"反讽是主体性最飘忽不定、最虚弱无力的显示",且"现代的反讽首先归属伦理学","恰如哲学起始于疑问,一种真正的、名副其实的人的生活起始于反讽"[③]。这些论点的影响颇为深远。"反讽已经从修辞手法跃升为诗

---

* 2016年度青岛市社会科学规划项目"反讽概念的当代释义研究"(QDSKL1601030)、2016年度中国海洋大学青年教师科研专项基金"交谈与教化:理查德·罗蒂反讽概念释义研究"(201613009)的阶段性成果。

① Samuel Johnson, *A Dictionary of the English Language: an Anthology*, ed., David Crystal, London: Penguin Books, 2006, p.332.

② 索伦·克尔凯郭尔《论反讽概念:以苏格拉底为主线》,汤晨溪译,中国社会科学出版社2005年版,第3页。

③ 索伦·克尔凯郭尔《论反讽概念:以苏格拉底为主线》,汤晨溪译,中国社会科学出版社2005年版,第1~2页。

学的结构原则，以及诗学阐释、意义生成的基本动力"①；20世纪上半叶，卢卡奇和"新批评"诸学者都认为，反讽是小说或诗歌，甚至所有文类的根本特质。20世纪后半叶，雅克·德里达、海登·怀特、约翰·塞尔、理查德·罗蒂、亚历山大·内哈马斯、赫大维等众多不同领域和流派的哲人均参与反讽概念之讨论。反讽堪称当代哲学及文化的基本要素与样式之一。

在哲学领域里如何谈论反讽，究竟何谓反讽，或反讽之于当代哲学的意义，是当下反讽研究的核心关切。米克曾在《反讽指南》书中全面地梳理了反讽的各种类型：喜剧或悲剧式反讽、戏剧反讽（dramatic irony）、命运反讽（irony of fate）、浪漫派反讽、言语反讽（verbal irony）、处境反讽（situational irony）、宇宙论反讽（cosmic irony）、性情反讽（irony of character）、哲理反讽（philosophical irony）等。米克认为言语反讽和处境反讽则是最根本的两种反讽类型。

本文所要关注和探讨的是反思当代哲学与思想处境的哲理反讽，而不是那种作为修辞格的言语反讽。通过聚焦于理查德·罗蒂的反讽概念之重新解读，本文探讨一种当代思维逻辑和新范式，即反讽作为柔弱之思在当代哲学领域的新内涵和新特征。在语言、意义与解释的论题域中，反讽概念不仅关涉意义与言说、语言的字面（直白）与含混性、哲学诠释的复原论与怀疑论，也直接构成对形而上学的普遍主义和基础主义的批判与反思。

二、苏格拉底的反讽

在古希腊语里，反讽大意是"掩饰"或"撒谎"②。追溯起来，反讽最早出现于阿里斯托芬喜剧中，反讽者多指负面性的"伪装、假装、欺骗"③或戴面具的表演者。反讽之所以成为西方哲学的重要概念，自然归功于柏拉图的苏格拉底。苏格拉底则是柏拉图对话的"概念性人物"。克尔凯郭尔认为，柏拉图在其哲学对话中充满诗意地"创造"苏格拉底，而"苏格拉底的生存是反讽"④。反讽是作为交谈者的苏格拉底之根本品质。

---

① 胡继华《爱欲升华的叙事：略论F·施莱格尔的〈卢德琴〉》，《上海文化》2014年第11期，第97～110页。

② 罗念生《古希腊汉语词典》，商务印书馆2005年版，第241页。

③ Alexander Nehamas, *The Art of Living: Socratic Reflections from Plato to Foucault*, Berkeley & Los Angeles & London: University of California Press, 1998, p.20.

④ 索伦·克尔凯郭尔《论反讽概念：以苏格拉底为主线》，汤晨溪译，中国社会科学出版社2005年版，第100页。

在柏拉图对话里,苏格拉底屡屡被称作一个反讽者。《会饮》里,阿尔基弼亚德醉酒坦言:"我跟你们说,他(苏格拉底)把我们看得不值一文,做出愤世嫉俗的样子,一辈子都在讥嘲世人"①,苏格拉底一整辈子都陷于一个反讽的大游戏;言下之意,这是在"讨伐"苏格拉底的反讽实在令人难堪和讨厌。在《理想国》中,当苏格拉底和伙伴们围绕何谓正义的主题,彼此问答并交换着意见;智者色拉叙马霍斯不堪忍受苏格拉底的"纠缠":

"苏格拉底,你们见了什么鬼,你吹我捧,搅的什么玩意儿? 如果你真是要晓得什么是正义,就不该光提问题,再以驳倒人家的回答来逞能。你才精哩! 你知道提问题总比回答容易,你应该自己来回答,你认为什么是正义。"……我(苏格拉底)战战兢兢地说:"亲爱的色拉叙马霍斯啊,你别让我们下不了台呀。如果我跟玻勒马霍斯在来回讨论之中出了差错,那可绝对不是我们故意的。……我们哪能这么傻,只管彼此讨好而不使劲搜寻它? 朋友啊! 我们是在实心实意地干,但是力不从心。你们这些聪明的人应该同情我们,可不能苛责我们呀!"他(色)听了我(苏)的话,一阵大笑,接着笑呵呵地说:"赫拉克勒斯作证! 你使的是有名的苏格拉底式的反语法(反讽)。我早就领教过了,也跟这儿的人打过招呼了——人家问你问题,你总是不愿答复,而宁愿使用讥讽或其他藏拙的办法,回避正面回答人家的问题。"②

根据"苏格拉底式反讽"的具体出处和语境,人们似乎指责苏格拉底的不诚实、说谎连篇和爱耍花招,或哄骗并刁难听众、质问他人而故意不说出真相。若循字面读解,反讽在此仍流露着负面意义,然而意义反转就"奇妙"地发生于反讽一词自身。在柏拉图对话中,热衷交谈、制造麻烦的苏格拉底形象,却使反讽本身被赋予了深刻的哲理意味。

作为智慧的朋友和追求者,苏格拉底在各种场合的交谈当中,总假装无知,表现得软弱和谦卑,"因此他无话可说、也无论题辩护,苏格拉底所做的就是发问"③,不间断地发问、质疑、反驳。围绕某论题,苏格拉底邀伙伴一起"探索"、通过重重发问、层层引导,尽可能探寻多重的视角,戏剧性地揭示自己与伙伴的无知与矛盾。反讽多被视为促使真理实现的交谈技巧,实则在谈话中,反讽总使

① 柏拉图《柏拉图对话集》,王太庆译,商务印书馆 2007 年版,第 345 页。
② 柏拉图《理想国》,郭斌和、张竹明译,商务印书馆 2010 年版,第 16～17 页。
③ Pierre Hadot, *Philosophy as a Way of Life*, trans., Michael Chase, Oxford: Blackwell Publisher Ltd, 1995, p.152.

交谈变得异常"艰难",并让交谈不曾间断并持续深入;反讽总是接连性地显现难题和谜语、临近绝境(aporia),而从未给出明确解答和定论。苏格拉底坚称自己既不知道何为德性,亦不能够传授德性,这样的苏式反讽是"一种规劝策略和途径,以促动那些不够热心的弟子"①。阿多认为苏格拉底式反讽是一种疑难和"一种幽默,不愿意完全一本正经地看待自己或者他人;因为人的一切事情,甚至哲学的一切事情都是非常不确定的,我们没有权利为之骄傲"②。苏格拉底承认自己无知,并使得谈话者也意识到自己的无知与局限;谈话者借此可能开始学会自我质疑和反思,进而摆脱教条和俗见、完成自我的改变和重塑。

毋庸置疑,亚里士多德是第一位系统阐释反讽概念的古典哲人。在《修辞学》中,亚里士多德强调反讽比滑稽更符合有教养者的身份,因为反讽"是为了自己开心,而后一种(滑稽)是为了逗别人开心"③。在辩论当中,有教养的人应该以笑声去破坏对手之严肃(正经),或以真诚去破解对手之自负。在《尼各马科伦理学》中,反讽概念则具有明显的伦理性质。反讽者被释为自谦或自贬的人,跟虚夸自负、爱自夸者构成鲜明反差。在此,反讽已显示正面意义。相对于自夸者的无知与好笑,反讽者处处表现出含蓄、谦逊和机敏。"吹嘘者(爱自夸)宣称有公认的名声,但实际上却没有,或言过其实。自谦的人则相反,否认他所有的名声,或把它减弱"④。而求实者则是自夸者和自谦者的中道,诚实即真实,相对于自负乃求实之过度,自谦只是缘于求实之不及。相对于自负者之过度,亚里士多德认为,自贬者之"不及也许更接近真理"。亚里士多德明显认同并肯定反讽者的智慧和德性,"那些爱调侃的人贬低自身的优点,他们的性格看来很为可爱,他们所以这样做,不是想占什么便宜,而是不愿夸耀"⑤。亚里士多德的反讽者其实就是"师祖"苏格拉底。正是反讽式的自谦和自知无知,使苏格拉底赢得了智慧与友谊。

---

① Alexander Nehamas, *The Art of Living*: *Socratic Reflections from Plato to Foucault*, Berkeley & Los Angeles & London: University of California Press, 1998, p.64.
② 皮埃尔·阿多《古代哲学的智慧》,张宪译,上海译文出版社 2012 年版,第 20 页。
③ 亚里士多德《修辞术·亚历山大修辞学·论诗》,颜一、崔延强译,中国人民大学出版社 2003 年版,第 216～217 页。参阅 Aristotle, *on Rhetoric*: *a Theory of Civic Discourse*, trans. George A. Kennedy, Oxford: Oxford University Press, 2007, p.248.
④ 亚里士多德《亚里士多德选集·伦理学卷》,苗力田译注,中国人民大学出版社 1999 年版,第 95 页。引文翻译稍有改动。
⑤ 亚里士多德《亚里士多德选集·伦理学卷》,苗力田译注,中国人民大学出版社 1999 年版,第 97 页。

三、怀疑、宽容与交谈：理查德·罗蒂的反讽释义

克尔凯郭尔曾批黑格尔诠释反讽时"仅着眼于现代，而未以同样的方式论及古代"①。本文试图勾勒当代哲人对古典概念的重新诠释过程，并阐明当代理论对古典概念的延续和创新。西方学界的反讽概念研究大致有三种类型：第一是将反讽限定为话语实践与策略、言说的辞格，比如诺斯若普·弗莱、海登·怀特等②；第二是将反讽理解为一种阅读方式、理论批评范式，如韦恩·布斯、琳达·哈钦或德里达等；第三则引申为一种态度、哲学或生活方式③，如克尔凯郭尔、德曼等。德·曼认为反讽是转变（绕弯）（turn away），并包含一切比喻；因此，反讽被视为"转义的转义"（trope of tropes）。反讽是理解活动本身的反讽，反讽始终关涉理解是否可能的问题，反讽关涉"阅读的可能性，文本的可读性，判定单一意义或多重意义的可能性，或判定一个可控的意义歧义性的可能性"④。反讽还具有述行性，对批评家而言，反讽既是挑衅和风险、又是承诺和鼓励。通过对《偶然、反讽与团结》的研读，罗蒂的反讽概念释义明显倾向于第三种。

罗蒂哲学中的反讽，是哲理意义上的怀疑论、多元论者。首先，反讽指向"一种姿态、一种自我省察的道路、一种生活形式（form of life）"⑤。反讽者"秉持历史主义和唯名论的信仰，不再相信核心信条和愿望之外还存在一个超越时间与机缘的基础"⑥或本质。在罗蒂哲学中，反讽体现为反本质和反基础主义的柔弱思想，换言之，反讽意味着人们对自我、语言及共通体之偶然性的洞察和接受。如何成为反讽者，罗蒂在《偶然、反讽与团结》中作出如此说明："反讽主义者满足以下三个条件：首先，她对自己当前使用的终极词汇（final vocabulary）秉持着根本的和持续不断的怀疑，因为她深受其他词汇的影响，这些词汇或被她

① 索伦·克尔凯郭尔《论反讽概念》，汤晨溪译，中国社会科学出版社 2005 年版，第 1 页。
② 反讽与隐喻、转喻、提喻并列为修辞学中四大基本修辞格，它们又分别作为意义转换与生成的：相反（否定式）、相似（表现式）、邻近（还原式）、整体与部分（综合式）的四种范式。作为基本辞格，反讽的解释线索非常清晰，从维柯到肯尼思·伯克、诺斯若普·弗莱和海登·怀特。参阅：Joseph A. Dane, *The Critical Mythology of Irony*, Athens and London：The University of Georgia Press，1991，p. 159-171.
③ Stephen H. Webb, *Re-Figuring Theology：the Rhetoric of Karl Barth*, Albany：State University of New York，1991，p.118.
④ Paul de Man, *Aesthetic Ideology*, Minneapolis & London：University of Minnesota Press，1996，167.
⑤ Richard Rorty, *Take Care of Freedom and Truth will Take Care of Itself：Interview with Richard Rorty*, ed., Eduardo Mendieta, Stanford：Stanford University Press，2006，p.44.
⑥ 理查德·罗蒂《偶然、反讽与团结》，徐文瑞译，商务印书馆 2006 年版，第 6 页。引文翻译稍有改动。

所碰到的人或书当作终极的词汇。第二,她意识到借助她的现有词汇措辞表达的论证(argument),既不能支持也无法消解这些怀疑。第三,当她哲学化(philosophize)她的处境(situation)时,她不承认自己的词汇比其他人的词汇更靠近实在。"①罗蒂理解的反讽者,其含义包括怀疑、宽容、谦逊等,而这些也是苏格拉底反讽的精髓所在。反讽指向或引入驳难、质疑、使人陷于困境,反讽促动着形而上学或哲学的自我批判。首先,反讽者是持续的怀疑论者,不断质疑自己惯用的语言词汇和约定俗成的哲学"语法",且深知自己无力消解这种怀疑。其次,反讽者时刻保持宽容与开放,坦陈不断受到他人词汇的影响和塑造,承认自我、语言、思想与意见的偶然性。第三,反讽者充分体现了哲人的谦卑,她不认为自己的词汇会更优越于其他词汇,或更能接近实在;反讽者强调在不同语言或词汇之间发生的是自由平等的游戏、竞赛和交谈。

罗兰·巴特认为,反讽是语言通过对语言自身所察觉的问题。② 海登·怀特声明反讽是感伤的和怀疑论的语言反思模型:"在其中语言本身那种成问题的性质已经被认识到了。"③反讽是对语言自身的不信任、对言语表达不充分和意义不确定的慎思。反讽"倾向于成为语言的语言,以便使语言自身造成的意识符咒得以化解。……反讽乐于揭示每一种用语言来表述经验的企图中存在的矛盾"④。罗蒂也密切关注语言问题,他认为反讽者永无止息地怀疑自己所持的术语与词汇。反讽者察觉到自己不断与其他词汇发生碰撞和影响,惶惶不可终日,不断怀疑自己的词汇或语言,"担心她是不是可能加入了错误的部落,被教了错误的语言游戏。她担心,给她一个语言并使她变成人类的社会化过程,也许已经给了她错误的语言,从而使她变成了错误的人类"⑤。韦尔南对《俄狄浦斯王》悲剧反讽的探讨在此可从具体言语行动角度来说明罗蒂反讽者的思想处境:"每个人的话语相互对立着,同时又相互渗透,它们都是一个唯一整体的一部分,在这整体中,存在着从一种语言到另一种语言的交叉、浮动和转向,它们使得每一种语言都拥有了跟原先说话者赋予它的意义不同的一种意义。……总之,当人们说话时……一人说话,而另一人则理解为别的,而不是原话的意思,当他

---

① 理查德·罗蒂《偶然、反讽与团结》,徐文瑞译,商务印书馆2006年版,第105～106页。
② 罗兰·巴特《神话修辞术·批评与真实》,屠友祥、温晋仪译,上海人民出版社2012年版,第278～279页。
③ 海登·怀特《元史学:十九世纪欧洲的历史想像》,陈新译,译林出版社2004年版,第48页。
④ 海登·怀特《元史学:十九世纪欧洲的历史想像》,陈新译,译林出版社2004年版,第318页。
⑤ 理查德·罗蒂《偶然、反讽与团结》,徐文瑞译,商务印书馆2006年版,第107页。

来回答时，人们才明白，原来他说的，不是他以为说的东西。"①反讽者意识到语言"包围着我并且侵入到我所有的经验、理解、判断、决定和行动中来"，并且意识到自己从属于语言，而语言从未"顺服"于自己。② 反讽者发现以自身现有词汇无法平息这些担忧和质疑，因为她无法置于自己和语言之外，因为一切关于语言的质疑都无疑被置于语言中开展，"她愈是被迫利用哲学词语来陈述自己的处境，就持续不断地使用诸如……'概念架构'、'历史时代'、'语言游戏'、'再描述'、'词汇'和'反讽'等词语，来提醒自己的无根性（rootlessness）"③。无法解除的迟疑令反讽者觉悟"思想同语言一样可塑，而语言是无限可塑的，任何语言描述都不过是一个暂时的栖息地，不过是某种暂时可以相处的东西"④。而所谓平息质疑的终极词汇恐只徒增一种俗见（platitude）。在此意义上，反讽者是承认自己所携和使用的语言之偶然性的怀疑论者。

罗蒂认为，反讽的对立面是常识，哲学是一种苏格拉底式的能力，即揭示思想的风险与危机、挑战常识与超越俗见，"对习以为常的事情提出疑问，并对这样的事情喜剧化地加以悖论式的颠倒"⑤。根据罗蒂的读解，反讽者拒绝单一和教条，呼吁更大的包容和开放性、更多的言说与思考空间。这种包容意识体现在对哲学论证的怀疑和对重新描绘（re-describe）的肯定。反讽者提倡通过对既定意见和观念进行重新描绘，进而从既定俗见中超脱或释放。反讽主义起源于"意识到重新描述的力量，但是大多数的人都不愿意被重新描述，他们希望别人按照他们的措辞（术语）来了解他们：对他们所是的他们所言的，都能严肃对待"⑥。反讽者基本立场则是任何事物透过重新描绘都可能更好或更坏，重新描绘"并不是对道德本身表达一种轻率的态度"⑦。罗蒂认为，反讽者质疑形而上学的由上而下的垂直俯瞰式隐喻，而更愿意"换成一种在水平线上回顾过往的历史性隐喻"⑧，或"把真理、善和美看作对我们的前辈对他们前辈的重新诠释进

① 让·皮埃尔·韦尔南《神话与政治之间》，余中先译，生活·读书·新知三联书店 2001 年版，第 448～449 页。
② 特雷西《诠释学·宗教·希望——多元性与含混性》，冯川译，上海三联书店 1998 年版，第 81 页。
③ 理查德·罗蒂《偶然、反讽与团结》，徐文瑞译，商务印书馆 2006 年版，第 107～108 页。
④ 理查德·罗蒂《后哲学文化》，黄勇译，上海译文出版社 2007 年版，第 122 页。
⑤ 理查德·罗蒂《后哲学文化》，黄勇译，上海译文出版社 2007 年版，第 122 页。
⑥ 理查德·罗蒂《偶然、反讽与团结》，徐文瑞译，商务印书馆 2006 年版，第 127 页。引文翻译稍有改动。
⑦ Brad Frazier, *Rorty and Kierkegaard on Irony and Moral Commitment*：*Philosophical and Theological Connections*, New York：Palgrave Macmillan, 2006, p.37.
⑧ 理查德·罗蒂《偶然、反讽与团结》，徐文瑞译，商务印书馆 2006 年版，第 138 页。

行的重新诠释的终极再诠释"①,并尽可能扩大各种诠释与描绘的搜集、并置于对谈。反讽者试图遵循的思维方式是重新描绘;"通过重新描述来重新安排一些微不足道的无常事物"或"利用局部新创的术语词汇,把各领域的对象和事件重新描述一番,希望借此刺激人们采用并拓展该术语",重新描绘使人"意识到他们的终极词汇以及他们的自我是偶然的、纤弱易逝的,所以他们永远无法把自己看得很认真"②,当意识到一切语言都是暂时和权宜的,人从而变得对持异议者更加包容。罗蒂反复诉说的重新描绘,大概意旨不过是在提醒人们切莫迷信自己当下执着的意见与信念,或盲目崇拜自己所持用的词汇语言,庄子云"知无用而始可与言用矣",要不断忘掉并清理"老生常谈"词汇以及放弃陈词滥调(不再问题化),从而开启新问题和继续讨论的可能性。所以,反讽通过开启持续描绘去鼓励思想者发明新主题,探索思考的条件和氛围。

科勒·布鲁克认为,对罗蒂而言,反讽体现为哲学的自谦。③ 这一点主要体现在承认自己的语言仅是众多语言之一,强调各哲学流派与新旧词汇之间的并存和竞争。罗蒂认为哲学源于一种自由和平等的交谈,哲学带给思想者的不是单一性的限制或教条、本质与基础,而是多元和开放的聆听和交流。德勒兹和迦塔利认为,哲学之所以被认为属于希腊并始于苏格拉底,缘于三项条件:

"首先是内在性环境(milieu of immanence)的一种纯粹的交往性(sociability),'联谊活动的本质特点',它跟君临一切的态度截然相反,而且不带任何预设的利益,这相反地恰恰是竞争性本身的必含之义;其二是联谊活动所带来的某种乐趣——它形成友谊……它形成竞争;其三是一种对于定见的兴趣,对于交谈、交流意见的兴趣。"④德勒兹认为,苏格拉底式的交谈是古希腊社交活动的最高形式,自由人之间的交谈是哲学的前提和条件。罗蒂区分了哲学作为一门基础性学科或研究领域,和哲学作为一种交谈(conversation)的两种态度。罗蒂意义上的哲理反讽,是对哲学作为交谈形式的认可,因为哲学存在于交谈,交谈也是人类思想的根本处境。反讽者不确信自己的词汇比其他人词汇更靠近实在,

---

① Richard Rorty, *Consequence of Pragmatism*, Minneapolis: University of Minnesota Press, 1982, p. 92.

② 理查德·罗蒂《偶然、反讽与团结》,徐文瑞译,商务印书馆 2006 年版,第 112、106 页。

③ Claire Colebrook, *Irony in the Work of Philosophy*, Lincoln & London: University of Nebraska Press, 2002, p.31.

④ 参阅 Gilles Deleuze & Félix Guattari, *What is Philosophy?*, Trans., Hugh Tomlinson and Graham Burchell, Columbia University Press, 1994, p.87. 引文翻译稍有改动。吉尔·德勒兹、菲力克斯·迦塔利《什么是哲学?》,张祖建译,湖南文艺出版社 2007 年版,第 323 页。

各词汇之间是一种可替代的竞争关系。反讽意在暗示：只要交谈能够持续下去，就存在着达成一致的良好意愿，这里的一致不是内容的一致，不是发现既有的共同基础，而"只是达成一致的希望，或至少是达成激动人心和富有成效的不一致的希望"①。真正的哲学，是启发而非限制："我们的文化状况应是，在其中再感觉不到任何关于限制和质证的要求。"②由于"基础"或"本质"撤离所空下来思想空间不再被视为难以忍受的虚无或深渊，反而让人更渴望保持永远不确定（unstable），因为"反讽者从不自满，它源自每个特定情境的具体要求或条件"③。反讽者期待的不是象征核心或特权的祭坛，而是各种选择、描述的汇聚与展览。

哲学"发明"了由竞争和游戏组成的共通体，哲学"发明"了"'朋友'的社会——也就是由'竞争者'即自由人（公民）所组成的群体"④。反讽者不是圣人或君主，而是居无定所的异乡人、过客或朋友。换作罗蒂的词汇，即哲人不再自封"哲学王"、不再"居高临下"、要求其他人"洗耳恭听"。形而上学家厌恶交谈、回避苏格拉底式诘辩，反讽哲人则是"博学的爱好者、广泛涉猎者和各种话语间的苏格拉底式调解者"⑤。罗蒂和德勒兹这些哲人都愿意接受以下观点：推动交谈的继续是哲人的职责，在交谈中放弃自我中心意识，接受话题（topic）为主导，任由交谈引向何处，虚心守候交谈的更新和话题的改变；借助参与交谈，而非"发现"基础，建构基于人皆体察屈辱与痛苦的契分（solidarity），构建起使众多参与者互相关联，且保持各自差异的自由共通。⑥

四、反讽作为柔弱思想⑦

有人认为反讽主义或弱思想透露着虚无主义的基调，是毫无建设性的怀疑

① 理查德·罗蒂《哲学和自然之镜》，李幼蒸译，商务印书馆 2006 年版，第 299 页。

② 理查德·罗蒂《哲学和自然之镜》，李幼蒸译，商务印书馆 2006 年版，第 297 页。

③ David Jasper, *Rhetoric, Power and Community*, Hampshire & London: The Macmillan Press, 1993, p.126.

④ 吉尔·德勒兹、菲力克斯·迦塔利《什么是哲学？》，张祖建译，湖南文艺出版社 2007 年版，第 212 页。

⑤ 理查德·罗蒂《哲学和自然之镜》，李幼蒸译，商务印书馆 2006 年版，第 299 页。

⑥ 理查德·罗蒂《哲学和自然之镜》，李幼蒸译，商务印书馆 2006 年版，第 300 页。

⑦ 柔弱思想，出自 1983 年瓦蒂莫主编的意大利哲学家论文集《柔弱思想》（pensiero debole）。和解构一样，柔弱思想是后现代哲学的代名词之一。瓦蒂莫在该论文集中和其他作者都强调不要从追求确定性或基础，而是从语言、解释和有限性的角度去重新审视哲学活动自身。柔弱思想淡化了形而上学的基础主义。Richard Rorty, "Heideggerianism and Leftist Politics", in *Weakening Philosophy: Essays in Honor of Gianni Vattimo*, ed. Santiago Zabala (Montreal, Kingston and London, Ithaca: McGill-Queens's University Press, 2007), p.155.

论。甚至有人直言若"不对后现代的反讽和犬儒主义、文化多元论和相对主义加以抵制,人类就有可能彻底陷入文化毁灭"①。这样的担忧背后隐含着对于含混、风险和不确定,乃至价值危机的隐忧。反讽容易遭受一些所谓虚无化、不真诚甚至不负责任的质疑和指责。

有学者则将"'弱势的思想'(weak thought)视为'后现代主义的哲学核心'"②。而反讽意识则体现了柔弱思想的精髓。作为无限的消极性和否定性,"反讽是主体性最飘忽不定、最虚弱无力的显示"③。反讽是根本的怀疑论和相对论者,反讽是思想主体的悲伤意识和自我批判;反讽似乎携带着文化终结和社会衰落的气息和氛围。罗蒂认为,反讽之所以受谴责,是因为"她无法增强力量",无法成为进步和积极,"无法提供形而上学家所提供的那种社会希望"④。在反讽思维下,人的本质、普遍真理与知识基础或不断弱化,或动摇"化作云烟";反讽"挫败"主体,使主体疏离于自我中心;反讽使实存成为无法被同化的他者,并使超越主体的语言整体归于绝对他者,因为我们虽"从属于历史和语言;但历史和语言并不从属于我们"⑤。反讽消解和破坏了现象和本质、所指与能指、词语与意义之间的透明性、中介性和同一性。

针对强势的系统哲学,罗蒂构想的反讽主义则是宽容和启发性(edifying)的交谈哲学。⑥ 热衷交谈的柔弱哲人,跟追求系统的强势哲人之间的"竞赛",好像"复现"了苏格拉底和智者的互动关系:

智者们能回答一切问题,他(苏格拉底)能提问;智者们无所不知,他一无所知;智者们能滔滔不绝地讲话,他能沉默,即他能对话;智者们招摇过市、苛求于人,苏格拉底温文尔雅、与世无争;智者们生活奢靡、追求享受,苏格拉底生活简朴、清心寡欲;智者们的目标是左右国事,苏格拉底无意介入国家事务;智者们的课程是无价的,苏格拉底的课程在相反的意义上也是如此;智者们爱坐上席,苏格

---

① Simon Blackburn, *Truth*: *A Guide for the Perplexed*, Oxford: Oxford University Press, 2005, p. xiii.

② 柯毅霖《后现代社会与基督教福音》,《基督教文化学刊》2000 年第 4 辑,穆南译,人民日报出版社 2002 年版,第 120 页。

③ 克尔凯郭尔《论反讽的概念》,汤晨溪译,中国社会科学出版社 2005 年版,第 1 页。

④ 理查德·罗蒂《偶然、反讽与团结》,徐文瑞译,商务印书馆 2006 年版,第 129 页。

⑤ 特雷西《诠释学·宗教·希望——多元性与含混性》,冯川译,上海三联书店 1998 年版,第 47 页。

⑥ 理查德·罗蒂《哲学和自然之镜》,李幼蒸译,商务印书馆 2006 年版,第七、八章:"从认识论到解释学"与"无镜的哲学",第 297~371 页。

拉底很高兴坐在下席;智者们希求举足轻重,苏格拉底恨不得化为无物。①

　　此即对消极自由和无限否定之"苏式"反讽的集中描绘。与自负的形而上学强势思想(strong thought)相对,反讽的哲学主张宽容和谦卑的柔弱思想。作为柔弱思想,反讽是对强势和自负的形而上学的疗治与矫正。相对于追求本质、再现真实和奠定基础的强势思维,"柔弱主要意味着放弃形而上学传统之绝对性特征的自命不凡(pretension)"②。柔弱思想之弱不是与强势思想之强的抗争,而是一种对"理论家最不想要或不需要的,就是一套反讽主义理论"③的觉悟;柔弱思想之"弱"并非是辩证法里那个与'强'对立的'弱',它的关键是要解构将'强'置于优势地位的形而上学二元对立等级体系,以及形而上学带来的暴力";柔弱思想不是一种强制和命令,而是一种倾听和等待,一种由"耐心(patience)和激情(passion)所体现的消极(passivity)"④。柔弱思想之弱永远不会因为弱化形而上学体系而自身变强,它意味着完全将自己置于弱势,完全"虚己"、自我奉献与"牺牲"。

　　按照瓦蒂莫的理解,"扭转"⑤(verwindung)是柔弱思想的关键概念之一。瓦蒂莫强调扭转"该术语内涵须在柔弱概念的视域中方可被理解"⑥,"我们应该将其理解为转向新目标、超越、编织、放弃、甚至反讽地接纳"⑦。其含义大致是:治愈、恢复、扭转、更替、经受以及捱过等。反讽或柔弱之思不是反抗、对抗或克服(uberwindung),因为克服仍然是一个形而上学概念。我们"不可能像抛弃普通意见那样,也不像扔掉一个我们不再接受的教条那样,形而上学是类似于被铭刻并残留在我们身上的疾病或疼痛的痕迹"⑧。与其说是克服,不如说是顺从

---

①　克尔凯郭尔《论反讽的概念》,汤晨溪译,中国社会科学出版社 2005 年版,第 179～180 页。

②　Gianni Vattimo & Santiago Zabala, *Hermeneutic Communism: from Heidegger to Marx*, New York: Columbia University Press, 2011, p.96.

③　理查德·罗蒂《偶然、反讽与团结》,徐文瑞译,商务印书馆 2006 年版,第 138 页。

④　汪海《"迷途的文字":从布朗肖的文学空间看文学行动》,《汉语基督教学术评论》2011 年 12 月刊。

⑤　德语 Verwindung 出自海德格尔,其翻译极为困难,在瓦蒂莫的意大利文或英文版著作中,均保持为最初的德语未译。

⑥　Gianni, Vattimo, "Dialect, Difference, Weak Thought", in *Weak Thought*, ed. Gianni, Vattimo & Aldo Rovatti, trans. Peter Carravetta (Albany: State University of New York Press, 2012), p.39.

⑦　Santiago Zabala, "Gianni Vattimo and Weak Philosophy", in *Weakening Philosophy: Essays in Honor of Gianni Vattimo*, ed. Santiago Zabala (Montreal & Kingston, London, Ithaca: McGill-Queens's University Press, 2007), p.15.

⑧　Gianni Vattimo: *the End of Modernity: Nihilism and Hermeneutics in Post-modern Culture*, translated and with an introduction by Jon R. Snyder (London: Polity Press, 1988), p.172-173.

和渐愈,像从一场疾病中康复,或修复痛苦与悲伤,或更像是将形而上学作为遗产而保持距离或泰然处之,学会承担,顺其自然,使其成为过往。反讽者无法避免与形而上学的并存,它采取的是接纳、包容和重塑,甚至将自己托付给它,最终转化为记忆和叙事,"在记忆、忠诚、保存所继承的遗产之时——同时——异质性、全新的事物、与过去决裂也在起作用"①。反讽甚至"要求具有充分的自由,随意玩它的把戏。因此,神话性的历史、传说和童话"是其所热衷的;反讽玩魔术一般地将历史或过去"都变成了神话—传说—童话"②,变成遗产或剩余,保持游戏和超脱姿态,似"古董"般地品鉴把玩。罗蒂一贯坚持"思想史即隐喻史",语言和思想史转变成为隐喻的流动部队,"旧的隐喻不断死去,而变成本义(literalness),成为新隐喻得以形成的基座和衬托"③。借助反讽,哲学也渐成一个文学类型,或一场开放的交谈,而杰出哲人都是颇具诗意禀赋的天才。

作为当代哲学与诗学关键词之一:反讽是"支配着现代理解力的主要方式。反讽式的陈述或者描绘,总是包含着与直接的感知正好相反的含义"④。反讽使"一种意义整体进入游戏中,但这种意义整体同时又不可能完全地说出来"⑤,反讽涉及整体与局部的往返、言说与未言的悖谬、直接性与间接性的对照,意义之确定与不确定的并存。当代语境中的"理解力"主要表现为一种柔弱、宽容和虔敬的诠释性态度与实践。相对于形而上学的占据真理之自负、维护权威的言之凿凿和冠冕堂皇,以及自我中心主义的暴力倾向,甚至对他者与差异的不宽容,反讽则体现为交谈中的虚己、谦卑和柔弱。反讽始终践行一种柔弱:"愿意谈话、倾听别人意见和衡量我们的行为对别人的后果"⑥,并将维持交谈视为己任。在批判和质疑之前,首先"乐于倾听",不将自己的理性与观点"强加于它","对诠释对象内在需求的关照体贴与顺从迁就,尊重其本质的脆弱性"⑦。渴望友谊与交谈本身胜过达成意见一致或发现真理,无私地隐退自我,无畏地放弃确定

---

① 德里达《解构与思想的未来》,夏可君编校,吉林人民出版社2006年版,第42页。

② 克尔凯郭尔《论反讽的概念》,汤晨溪译,中国社会科学出版社2005年版,第240页。

③ 理查德·罗蒂《偶然、反讽与团结》,徐文瑞译,商务印书馆2006年版,第28页。

④ 杨慧林、耿幼壮《西方文论概览》,中国人民大学出版社2013年版,第330页。

⑤ Hans-Georg Gadamer, *Truth and Method*, Trans. Joel Weinsheimer & Donald G. Marshall, London and New York: Continuum,1975,p.454.

⑥ 理查德·罗蒂《后哲学文化》,黄勇译,上海译文出版社2007年版,第242页。

⑦ 马泰·卡林内斯库《现代性的五副面孔》,顾爱彬、李瑞华译,商务印书馆2004年版,第292页。

性的追求。"我们是一场对谈,我们能够彼此倾听"①,因为言说与倾听是同时的,甚至"说首先就是一种听"②。在人类无尽的交谈中,言说的局部性(location)与意义整体的无限性(infinity)构成交互性,其间蕴含着一个无尽的诠释学循环。苏格拉底从来没有教人如何置身于循环之外或冷眼旁观,反讽意味着鼓励人侧身于循环、虚己投入,或学会以正确方式参与其间。所以,反讽既是诠释与理解的边界,又是意义多元性的条件。反讽旨在揭示思想的悬而不决、问题性、动态性和悖论性。反讽的力量不在于二元对立之间做舍取,而在于动摇二元对立,安于悖论与矛盾、接受悖论和反转,不仅不回避思想和言说的困境、反致力于直面含混与深入困境。此即罗蒂的呼吁:"我们不应该非此即彼,必须对他们兼容并蓄,等量齐观"③。

反讽作为"助产师"和"智慧之友",并不指明或落实最终真理,而是在"暗中"促成一种新的开启或可能。寻找智慧,但尚未拥有智慧,陈旧的似已风烛残年,却仍待出现,反讽是这"虽不是新原则,但又是新原则(作为可能性,不是现实性)的中间阶段"④。作为柔弱思想,反讽未将存在、语言和意义锚定在某个稳定的结构和秩序中,它反而将"柔弱本体论(weak ontology)"带入语言、历史和实在,"所谓实存不是与边缘相对的中心,不是与表象相对的本质,也不是与偶发相对的持久,亦不是与世界视域的模糊及不明确性相对立的主客之确定"⑤。反讽是一种强调万言皆空的谦虚与虔诚。反讽是消极的、摇摆不定的,且毫无基础可以支撑。一旦形而上学的各种假设逐渐隐消,"这些范畴只有作为纪念、作为遗产、唤起我们的虔敬,面对曾经的生活所剩下的遗迹"⑥。虔敬首先使人想到德行、有限、伤逝⑦,并意味着形而上学终结之后的忍耐、交付、迎接风险而拒绝"庇护"。所以,反讽表达了一种谦虚的希望:承受和迎接发生于不同时空

① Man has learned much since morning/ For we are a conversation, and we can listen/To one another. From Holderlin's poem: "Celebration of Peace". Chris Lawn, *Gadamer: A Guide for the Perplexed*, New York: Continuum, 2006, p.85.

② 海德格尔《在通向语言的途中》,孙周兴译,商务印书馆 2004 年版,第 254 页。

③ 理查德·罗蒂《偶然、反讽与团结》,徐文瑞译,商务印书馆 2006 年版,第 4 页。

④ 克尔凯郭尔《论反讽的概念》,汤晨溪译,中国社会科学出版社 2005 年版,第 180 页。

⑤ Gianni Vattimo: *the End of Modernity: Nihilism and Hermeneutics in Post-modern Culture*, translated and with an introduction by Jon R. Snyder, London: Polity Press, 1988, p.86.

⑥ Gianni, Vattimo, "Dialect, Difference, Weak Thought", in *Weak Thought*, ed. Gianni, Vattimo & Aldo Rovatti, trans. Peter Carravetta, Albany: State University of New York Press, 2012, p.46.

⑦ Gianni, Vattimo, "Dialectics, Difference, Weak Thought", in *Weak Thought*, ed. Pier Aldo Rovatti, Trans. Peter Carravetta, New York: State University of New York Press, 2012, p.47.

和境域的交谈所携带的冲突与风险,放弃执着,投入作为真正主体的交谈当中,直面动乱与含混、不稳定,接纳新的开放和转变。

另一方面,虽看似解构,反讽亦意在重建。所谓"灭绝人的智慧,废弃聪明人的聪明"(《哥林多前书》),使愚拙胜过智慧,软弱胜于强壮。反讽既消解意义,又生产意义。反讽一方面不断摧毁充斥于思想领域的虚假"偶像崇拜",同时又把言语从自负、嬉戏、不负责任的虚无化深渊边缘解救出来。庄子道:吾丧我、寓诸庸、辩无胜。在此,作为柔弱思想的反讽可视为一种总体性反讽(general irony),即揭示了人的思想状况和生存处境:介于知与无知、善与恶、朽与不朽、丰富与贫乏之间;人的生存处境始终是悖论:没有不带误解的理解、没有不带无知的认知、没有缺少后觉的先见、没有不带死亡的诞生。在此意义上,在言说中沉默,彰显时遮蔽,舍弃反得拥有,虚空反最充实。反讽乃是人类言说、交谈和反思的可能与条件。在此意义上,反讽是真正的思想"孕育"和"呵护"。

伯纳德·威廉斯说"希腊哲学家从来就不只是西方哲学的父亲,而且还是同伴"[1]。至此可发现,如何成为一个后形而上学的哲人而同时又不"背叛"苏格拉底,是罗蒂始终关切的论题;因此,罗蒂对反讽概念的释义颇具当代意味。反讽概念的当代释义,意味着探索一条新路径:去重新思考哲学史的偶然性和意义总体的不稳定性,与先哲一起重思言语的多义性、自我与共通体的偶然性,洞察自身认识、语言与交流之限度,并重构哲学和生存、言说与意义之间的关联。

原载《中国高校社会科学》2017 年第 6 期。
殷振文:博士,中国海洋文学与新闻传播学院讲师。

---

[1] 伯纳德·威廉斯《哲学》,宋续杰译,F·I·芬利主编《希腊的遗产》,上海人民出版社 2004 年版,第 227 页。

未亡人的"生之呼喊"

——施蛰存与哈姆生、显尼志勒比较研究

徐晓红

在中国比较文学研究方兴未艾的 1978 年，施蛰存在华东师范大学中文系作"比较文学研究"的讲座时提出，文学研究必须扩大视野，打破古今中外文学的隔阂，要养成一种开阔的世界文学观念。这其实也是他自身所坚持的一种文学创作和研究的态度。在中国第一份比较文学研究刊物《中国比较文学》创刊后，施蛰存担任顾问兼副主编。他在创刊号发表的《关于比较文学的一些意见》一文[①]中指出，"两国文学的共同状况，并不由于自觉的，有意识的模仿，才是比较文学的研究对象"，提出了对世界文学共通因素进行研究的问题意识。我认为，在比较文学研究中，施蛰存的上述观点仍未过时。本文即试图基于上述观点，对施蛰存及他翻译的外国作家作一比较研究上的解读。

在施蛰存早期作品群中，题目中含有"忆""记"等字眼的追忆往昔之作不在少数，如《西湖忆语》《红禅记》《彩胜纪》等，他借用传统文学常用的倒叙、回忆等叙事手法，舒缓地抒发感伤情怀，剖析人物内心活动的细微之处，流露出东方式的哀怨情愁。处女作《廉价的面包》描写了一个乞丐饿死之前的白日梦，娴熟运用欧化语言和新式标点符号，将乞丐的幻觉、幻听及在求生和死亡线上的挣扎心理描摹得惟妙惟肖，通过"红色"和"白色"的强烈色彩对比，以及富有象征意味的"刀""血"营造出恐怖惊悚的氛围。濒临饿死的乞丐急切渴求食欲的满足并出现了诱人面包的幻象，这与中国传统梦文化的"饥人梦饭"之说不无相通之处，同时也能看到与哈姆生描写卖文作家饥饿心理的《饥》、象征性描摹出孩童的牡蛎之梦的契诃夫的《牡蛎》、安徒生的《卖火柴的小女孩》等外国文学的神似之处。当时施蛰存就读于松江的江苏省立第三中学，《饥》《牡蛎》尚未出现中文译本，虽然他已初步形成阅读英文原著的基本能力，但因地理环境制约外文书

---

① 《中国比较文学》1985 年第 1 期。

籍并未在松江形成广泛流通,他接触哈姆生等英文转译本小说的可能性不大,因此我们无法断言《廉价的面包》与上述作品的神似之处是对外国作家自觉的、有意识的模仿。就此点而言,施蛰存的处女作可作为比较文学研究的对象。

迄今为止,在对施蛰存与外国作家的比较研究中,被关注最多的是奥地利作家显尼志勒①,而另一位他颇为欣赏,也曾翻译过的挪威作家哈姆生则较少受到关注。哈姆生在 20 世纪 20 年代开始受到鲁迅、郁达夫、郑伯奇等留日作家的关注,他们回国后提携年轻译者介绍和翻译哈姆生文学作品,代表作 Sult、Pan 及 Livets rφst 等出现了多个译本,而施蛰存对哈姆生文学的翻译与他的小说创作几乎同步进行,在题材选取、文体表达等方面,不排除对哈姆生的接受的可能性。哈姆生的《恋爱三昧》曾被赞为"优美的无韵诗""充满悲哀的低音琴律"②,施蛰存的作品集《上元灯》也被认为充满"诗情画意""交织着诗的和谐"③,两者在咏叹往昔的感伤基调等方面存在不少相通之处。④ 哈姆生在创作中尤为重视"灵魂深处的那些不为人所察觉的秘密活动"⑤,施蛰存自身所作的英文造语"inside reality""visual complex",也强调了对人物内面的不安及内在空间描摹的重要性。因此,笔者在此也将哈姆生纳入施蛰存与外国作家的比较研究中做一探讨。

一、未亡人由"发乎情止于礼"到性意识的觉醒

以未亡人为题材的传统文学大多宣扬女子的贞洁,标榜女子守节、贞烈,旧道德的教化功能占了很大的比重,而较少关注未亡人内心的苦闷。清末民初时期包天笑的《一缕麻》、徐枕亚的《玉梨魂》较为细腻地描写了未亡人的内心情感世界,打破了传统文学中千篇一律的守节女子的形象。《一缕麻》的"某女士"与

---

① 施蛰存与显尼志勒的比较研究方面的论著有张东书、陈慧忠《施蛰存与显尼志勒》,《中国比较文学》1987 年第 4 期;斋藤敏康《施蛰存和显尼志勒——关于〈妇心三部曲〉、〈雾〉、〈春阳〉》,《野草》2000 年第 66 期;范劲《自我分析的技术——施尼志勒与施蛰存的心理现实主义》,收录于《德语文学符码和现代中国作家的自我问题》,华东师范大学出版社 2008 年版。

② 山室静等编《现代世界文学讲座 8:北欧、南欧、东欧篇》,讲谈社 1956 年版,第 18 页。

③ 朱湘《〈上元灯〉与我的记忆》,《新文艺》1929 年第 1 卷第 3 号;沈从文《论施蛰存与罗黑芷》,《现代学术》1930 年第 1 卷第 2 期。

④ 关于哈姆生在中国的译介情况,可参阅拙文《日本・中国におけるハムスン受容》(《日本・中国对哈姆生的接受》),《现代中国》2012 年第 86 期。

⑤ *From the Unconscious Life of the Mind*,1890(初出不详).转引自何成洲《对话北欧经典——易卜生、斯特林堡、哈姆生》,北京大学出版社 2009 年版,第 8 页。

《玉梨魂》的白梨影表现出的"隐忍""有情"备受读者的称颂,她们一方面敢于表达自己真实的情感;另一方面对追求爱情的行为又表现得极为克制,这种"发乎情,止于礼"的举动并未超越社会所容忍的范围。作者对未亡人追求情爱的举动有所肯定,对她们试图冲破因袭观念的纠结不安表示同情,但小说情节的设置并未让她们冲破传统道德观束缚、去大胆追求爱情。她们放弃了与命运的抗争,酿成凄惨的爱情悲剧,并博得了社会的同情,令众读者对她们的命运唏嘘不已。

五四新文化运动以后,围绕女性意识的觉醒、性解放等问题的讨论逐渐增多,出现了不少描写未亡人的生存状态的作品,比如杨振声的《贞女》、俞平伯的《狗的褒章》,作品中的未亡人均看重"牌坊",为坚守贞节守寡的名声而压抑自己原始的性意识,作者通过对未亡人惨淡处境的揭露,抨击了封建礼教对人性的摧残。正如鲁迅在《中国新文学大系——小说二集》导言中所言,这些作品"都是'有所为'而发,是在用改革社会的器械"①。这些被视为"器械"的作品,具有很强的批判社会的工具性,一贯的对女性形象只做粗略描写,不太注重未亡人微妙的心理感受、情感冲突,也未正视她们因情爱纠葛所受的煎熬。

在20年代后期,开始出现大胆直视女性原始欲望,对未亡人冲破旧道德的描写有较大突破的作品。章克标《秋心》中对女性内心情感波动的描摹较为细腻,丧夫的留日学生在与男同学的一次散步后,反复回味异性带给她的那种怦然心动的感觉,并开始尝试释放内心的压抑,将亡夫的照片从床头移到了箱底。刘呐鸥《残留》中的未亡人霞玲,在丧夫当夜寂寞难耐,更无心为亡夫守夜,连连呼出"我总要活着呵""我心里无聊哪!我不要孤独,我要有人爱着我呵",将未亡人渴求男性慰藉的心理暴露无遗。

二、对未亡人"生"之苦闷的叹息
——哈姆生的《生之呼声》与施蛰存的《周夫人》

在未亡人的生与性之双重苦闷受到众多作家关注时,诺贝尔文学奖作家哈姆生的《生之呼声》也出现了中文译本。该作先在《朝花》《新中华》等期刊发表,后又被收录于《挪威短篇小说选》《挪威最佳小说选》等作品集之中。日本有研究者认为,这篇描写未亡人性压抑、赞美原始生命力的小说"充分反映了哈姆生的面貌"②。《生之呼声》在中国译出后,接连出现了多个不同译者的译本,受到

---

① 鲁迅《鲁迅全集》第6卷,人民文学出版社1981年版,第239页。
② 西泽富则译《幽灵》附记,《龙南》1921年第180号。

众多作家、读者的关注,并与当时提倡女性解放的社会背景相吻合,引起社会对女性情感问题与生存状态的重视。

《生之呼声》是通过第一人称"我"的视角①,披露了与未亡人初相识并共度良宵的奇妙经历。"我"在夜间的街头上邂逅戴黑纱的女子爱伦,与她搭讪后送她回家,接受她的邀请进了她房间,立刻被她热吻,"我"感受到她难以抑制的兴奋,听她"发出一声小小的叫喊"。一夜缠绵后在凌晨她又向我索吻,"我"这才发现隔壁横放着一具年老男人的尸体,不禁感到有些惊悚,即便如此,"我"还是答应了与她的下次约会。

结尾处,"我"若有所悟地"吐了一口解放的叹息"的意思也是相当微妙,年老的丈夫已死,爱伦重获自由,可以追求性爱,"我"在了解爱伦遭遇后仿佛实现了与她的共情,同样产生出一种"解放"了的感觉。这让人想起施蛰存的《周夫人》(1926),周夫人对年幼的"我"感到强烈的兴奋和冲动,亲吻抱拥"我",而"我"却年幼不懂情事,无法给她半点回应。十多年后,步入中年的"我"穿越空间去体会当年周夫人的心情,尤其着墨描摹她诱惑性的魅力及起伏不安的情感,并不自觉地以中年男子的角度去揣测当初她对"我"的感情,追忆周夫人沉溺于妄想恍惚陶醉状,不禁感慨万千。因为"套入回忆的思念框架之内,往事是会被后来所得的经验染色"②,到了中年,"我"这才理解了一个女子无法满足情欲的苦闷,此刻才真正与周夫人隔空实现了共情,不由得对她的性苦闷叹了一口气。可以说这与《生之呼声》中"我"对爱伦的心情相呼应,经过了相似的情感变化历程,由惊讶、不解到理解和释然,最终与她们处于同一情感维度,才叹出了这口气。

相比《生之呼声》,施蛰存对周夫人强烈压抑的情欲描写,较为克制含蓄,对"我"情感流露的诠释方式也较为温和,带有东方式的含蓄和内敛,正如李商隐《锦瑟》中的名句"此情可待成追忆,只是当时已惘然"所蕴含的那种难言的韵味。当周夫人对少年时代"我"的私密举动经过时间的发酵后,"我"对周夫人的追忆也得到再次加工和变形,回想着妖媚动人的周夫人,因自己的无动于衷而

---

① 小说的德文版、日文版的开头均出现第一人称"我"披露作家朋友 H 的经历,再转变为 H 以第一人称视角进行叙述。而在中文版译文中,起到铺垫作用的对作家朋友 H 的叙述被删掉了,直接使用第一人称"我"的视角叙事。通过不同译本对小说开头处理的差异,可窥见 20 世纪 20 年代初期中日小说叙事观念的差异。

② 陈国球《从"惘然"到"惘怅"——试论〈上元灯〉中的感旧篇章》,《中国现代文学研究丛刊》1993 年第 4 期。

心存遗憾,越发感到难以忘怀。① 而随着时光的流逝,周夫人的妩媚神态越发撩起"我"的思念,宛如陈年老酒飘溢着余香,沁人心脾。在追忆中,"我"才真正走近当年周夫人的情感世界,在时光倒错中"我"对周夫人的念想,也是"我"内心情感的再次加工,"我"需要释放同样被压抑了的情欲,与周夫人的隔空相望也流露出"我"的恋爱妄想。

　　1926 年施蛰存发表了《周夫人》,当时《生之呼声》虽尚未被译成中文,但已经出现了收录该小说的英译版小说集②,通过上海的外文书店估计不难购入。当时在上海大同大学就读的施蛰存,关注世界最新文学潮流,有可能阅读过英文版的《生之呼声》,在他创作《周夫人》时,曾受到《生之呼声》的启发或影响的可能性也并非不存在。从爱伦发出的生之呼声,到周夫人在情欲压抑下对"我"发出的急促呼吸,不难看出这两位作家在对未亡人压抑情欲与情感悦动表达上的相通之处,因此,笔者认为,将之视为一种非自觉的非有意识的摹仿也并无不妥。

三、未亡人恋爱幻想的破灭
——施蛰存的《春阳》与显尼志勒的《蓓尔达·迦兰夫人》

　　在施蛰存另一篇以未亡人为主题的小说《春阳》③中,昆山婵阿姨守着亡夫牌位过活,在去上海的银行时,暖暖春阳的照射让她萌生了恋爱的念头,妄想银行员对自己有好感。陷入恋爱幻想的婵阿姨又去见了银行员,却被客气地当作顾客,并以太太相称,她的恋爱妄想顿时破灭,又回到昆山未亡人的灰暗生活之中。

　　小说开头出现的"她心里一动",为下文婵阿姨情感萌动、对爱的幻想的出现埋下了伏笔。漫步在都市街头的婵阿姨,被暖洋洋的阳光照射后,随着体温的上升肾上腺素的分泌也变得活跃,沉睡的性意识也被慢慢唤起,她渴望能在这都市里遇到点什么。"一阵很骚动的对于自己的反抗心骤然在她胸中灼热起来",这里的"反抗心"是她对过去自我的一种拒斥情绪,暗示她会做出打破乡村

---

① 收录在《上元灯》各个不同版本中的《周夫人》,在结尾处回想起周夫人时的表达各有不同,如"泪流满面""悱恻""苦闷"等呈现出不同时期情感的微妙差异。具体分析参见拙稿《从兰社到水沫社——对施蛰存文学社团活动的考察》,《现代中文学刊》2015 年第 2 期。

② 经笔者查阅,东京大学综合图书馆馆藏小说集 *Norway's best stories: an introduction to modern Norwegian fiction*, Scandinavian classics vol. 29, London: George Allen & Unwin.中收录了哈姆生的小说《生之呼声》(*The call of life*)。

③ 刊登于《良友》1933 年第 76 期。施蛰存小说中"春阳"这一预设情景,与中国传统小说常出现的"春梦""伤春悲秋""怀春"等情景有所暗合,表现出女子的春情荡漾、情欲的萌动,也流露出惆怅与惜春的情绪基调。

未亡人生活模式的举动。婵阿姨先是放弃了"昏暗"的点心店,走进了"明亮"的冠生园,从"昏暗"到"明亮"也正好与她心境的变化相暗合。坐在餐馆里,她"沉醉地眈视着"对面其乐融融的一家三口,思绪开始飘散开来,回想自己未亡人的昏暗生活,与有了孩子的同龄姐妹们相比越发感到凄惨,她后悔当初不该抱着牌位成亲。她的这种悔恨、懊恼、羡慕的情感相互交织,独白式的自怨自怜,凸显出婵阿姨情感上的巨大坑洞及爱的匮乏。手拿报纸的中年男子触发了她的恋爱妄想,在被邀请去看影戏的想象对话中,再次想起了上午遇到的银行员,觉得他对自己好像有好感,她的头发好像触到了他的脸,她的肩好像碰到了他的胸,如此具象化的肢体触觉妄想让她的思维变得更加奔逸。在这遐想中,她的情感得到了暂时的释放,并越发感到对银行员的憧憬,并且此刻她不再止于小说开头的"心中一动",而是将"一动"与"反抗心"转换成了行动,她马上折回银行,期待进一步回应银行员对自己的好感。但银行员的一声"太太",将沉溺在少女般的爱情幻想中的婵阿姨拉回了现实,她对"太太"的称呼感到了讶异,她不解怎么一下子就成了"太太"了?她不过是抱着牌位成的亲,没有享受过一天的夫妻生活,她还是一个"处女",她甚至感到一种被侮辱的愤怒。而被称为"密斯陈"的女子受到了银行员更加亲切的接待,她一厢情愿地认为自己在银行员眼里已人老珠黄,甚至对年轻女子流露出淡淡醋意,这无非是源自她对都市的认知及对男性好色心理的揣摩,这些略带强迫色彩的观念,扼制住了先前的"反抗心",她对银行员的恋爱妄想瞬间被瓦解。婵阿姨的自我防御意识再次被启动,返回到昆山的灰暗生活轨道之中。

春阳照射下的婵阿姨顺从内心发出"生之呼声",虽然对银行员的幻想和欲念最终破灭,但她毕竟为了验证自己的感觉,再次返回了银行,这何尝不是她发出在"生之呼声"后采取的大胆行为呢。其实婵阿姨并非完全生活在牌坊的囚禁中,她能较为随意地在都市中漫步,熟悉各家餐厅米饭的软硬,能识字读报观赏电影,她对百货公司、点心店、电影院、旅馆等现代都市符号并不太陌生。但这样的都市氛围也让她的原始欲望得以凸显,更加渴望有男性陪伴自己逛街、看影戏。她对消费的克制不仅因为她一贯节俭的习性,而且还因为她意识到了自己所花的每个铜圆都是青春的折换,所以更不会放开手脚进行消费,她绞尽脑汁地节省仿佛能够实现止损,或挽回她的一些损失,而使自己的青春有所保值。

施蛰存并无意通过婵阿姨抨击封建礼教对人性的摧残,特有经济状况下未亡人的性心理才是作者着力描摹之处。小说中无人逼迫婵阿姨与亡夫成亲,这是源自她自身的"卓见",也是婵阿姨对经济与生存问题掂量后的选择,她用"贞节"换来经济上的安稳。婵阿姨的举动也间接反映出当时女子生存的境遇,独自在社会求生的女子所面临的困难或许大于抱牌位成亲的痛苦,她选择守活寡,最起码基本的生存不成问题。尤其是她是在婚期之前死了丈夫,按照当时迷信的说法,这种女人被称为命硬、克夫的"望门寡"①,这种偏见对女性的伤害并不比包办婚姻小多少。婵阿姨不幸成了"望门寡",若不抱牌位成亲有可能一辈子也嫁不出去,而且娘家又无从指望,生存也就成了问题。抱牌位成亲并继承亡夫遗产,这无疑会让她产生经济上的安全感,对她而言也是一种较为稳妥的选择。

　　小说结尾出现的婵阿姨坐在黄包车上数铜板的一幕,可谓有画龙点睛的作用,也反映出她"生"的苦楚及无奈。因为一场春梦的生起与幻灭,让她在上海多逗留了几个时辰,稍微破费了些铜圆,春梦虽然已破灭,但能牢牢抓住的金钱尚在,她自然要清点清楚,这可是她用青春换来的不易之财。金钱,在她那里成了双刃剑,既可以让她过上衣食无忧的生活,又让她时刻惦记着这笔与青春的交易,"架空"了货币的消费功能,变得异常吝啬,这种观念注定了她无法成为主宰并享受生活的消费者。可以说亡夫的那笔存入银行的大额本金,何尝不是她一次性卖给亡夫的青春呢,如此而言,她每月去银行支取的利息,也是对她青春日渐远去的一种象征性的补偿。

　　显尼志勒的《蓓尔达・迦兰夫人》(*Frau Berta Garlan*,1901)讲述了未亡人压抑的情欲释放、试图冲破日常生活,最终恋爱幻想急速破灭的过程。居住在乡村的蓓尔达在丈夫去世的第三年,偶尔会感到"血的骚动",产生莫名的烦闷,当看到昔日恋人爱米尔的新闻时,勾起了她对甜蜜恋爱的追忆。当她去维也纳与旧情人幽会后,日渐沉溺于爱情妄想而无法自拔,并萌生了移居维也纳与爱米尔结婚的念头。但在得知爱米尔对她仅有肉欲而无结婚的想法后,她的幻想瞬间破灭,再次回归于乡村贞妇的生活。《蓓尔达・迦兰夫人》所出现的叙事主线,"萌动的性意识—情爱生活的向往—沉溺于爱情幻境—幻想破灭—再次回归以往生活"与《春阳》不无相似之处,自然阳光照射对女性生理欲望的唤起与涌动的性意识的描摹、视线与肢体接触的象征隐喻等也呈现出相似性,对

---

① "旧时,订婚后,如未婚夫夭亡,未婚的姑娘即使不行抱牌位成亲,再嫁也很困难,旧俗称之为'命硬''克夫',以致终身不嫁,称'望门寡'"。参见浙江民俗学会编《浙江风俗简志》,浙江人民出版社1986年版,第308页。

女性内心的挣扎和情感纠葛、打破因袭观念所做出的尝试等方面,蓓尔达与婵阿姨的形象可谓相互重叠。① 世纪末的维也纳与魔都上海,对蓓尔达与婵阿姨而言均为一种可望而不可即的存在,她们同样为都市边缘人,在都市和乡村的往返中滋生出情爱妄念,两人均未能摆脱固有的观念,无法毫不踌躇地投入实质性的情爱关系中,最终在自我囚禁中掐灭了情欲之火。

另外,在蓓尔达的爱情幻想破灭后,她意识到自己真正渴求的并非是肉体层面的"欢喜、陶醉和快感",她的这种爱的观念左右了她的行为,让她甘于封印这段毫无真爱的感情,回到过去的生活轨道。在 1900 年,显尼志勒曾对女性的社会心理情况进行了大量的研究,这些研究给他的小说女性形象塑造方面带来了很大的改变。②《蓓尔达·迦兰夫人》中,作者通过层层场景展现出未亡人的社会心理状况,从未亡人爱情观念的建构、未亡人内心矛盾所呈现的生命真实情景中,可窥出作者对人性的洞察、包容与理解。另一方面,婵阿姨身上并没有蓓尔达式的爱情观念冲突,虽然她们有相似的情欲压抑,对婵阿姨而言,逛街看影戏也就是她期待的爱情模式,她的情爱幻想基于外表的性吸引,仅从银行员的一声"太太"就中止了爱情幻想。

《蓓尔达·迦兰夫人》先后出现了多个不同的译本③,可见当时被视为德语文学圈代表作家的显尼志勒深受读者欢迎。《苦恋》被收入"通俗本文学名著"系列出版,短短时间内重印了四版,译者李志莘认为小说"含着最悲惨的妇女的问题"④,也有人针对蓓尔达的形象,指出"我们现环境的里边这样的女人是很多"的。⑤ 可见当时国内的作家和读者们,通过蓓尔达开始反思作为生存主体者的女性生存境遇和内心欲望。

另外,作为《蓓尔达·迦兰夫人》译者之一的施蛰存,早在 1926 年与戴望舒、杜衡等创办《璎珞》的时期就已开始关注显尼志勒,在经过"新旧我无成见"的早年文学创作实践后,开始进行新的文学创作方法的摸索,并同步翻译显尼

---

① "关于蓓尔达·迦兰夫人,我想过很长的时候,在我们现环境的里边这样的女人是很多的吧",参见柳西夷《显尼志勒和他的作品——关于蓓尔达迦兰夫人》,《新民报》1944 年第 11 期。
② 转引自尹岩松《解析施尼茨勒塑造女性的"内心独白"手法》,《芒种》2015 年第 8 期。
③ 《蓓尔达·迦兰夫人》的出版状况如下:施蛰存译《多情的寡妇》,尚志书屋 1929 年版;施蛰存译《妇心三部曲——孤零》,文化出版社 1941 年版;刘大杰译《苦恋》,上海中华书局出版社 1932 年版;李志莘译《苦恋》,开华书局出版社 1934 年版;哥仁译《妇心怨》,台湾正文出版社 1968 年版;杨源译《相思的苦酒》,北方妇女儿童出版社 1988 年版。
④ 李志莘译《苦恋》,开华书局出版社 1934 年版。
⑤ 柳西夷《显尼志勒和他的作品——关于蓓尔达·迦兰夫人》,《新民声》1944 年第 11 期。

志勒等外国作家的作品，其中不乏对显尼志勒的借鉴之处。当然，也不能否认在创作《春阳》等作品的过程中，题材与表现手法上也会出现偶然性的类似，即非有意识的借鉴。

四、"生之呼喊"的系谱

综上所述，因作家的禀性和素养有异，无法将施蛰存和显尼志勒纳入同一对照轴①，但他们笔下的未亡人所发出的生之呼喊，经历爱情幻想的破灭后再次回归平静生活的过程的确不乏相通之处。在 20 世纪末，出现了很多关于"人"的解放、"性"解放与随之发出"生之呼喊"类似题材的文艺作品，蒙克的画作《尖叫》(Skrik)、杰克伦敦《野性的呼声》(The Call of the Wild)流传甚广。1906年 2 月，显尼志勒的三幕剧《生的叫声》(Der Ruf des Lebens)②开始上演，女主人公玛丽长期照顾病中的父亲，越发难以忍受他的各种病态举动，并深深陷入了对军官的爱恋中，几经挣扎后她毒死父亲，"发出生的叫声"奔向了情人，展露出女性对生和性的强烈欲望。③ 此剧的题目与哈姆生《生的叫喊》(Die Stimme des Lebens)酷似，而且在内容方面同样肯定女性的生(性)意识，可见"生之呼喊"的系谱在当时世界文学中所占的重要地位。

鲁迅在《随感 40》中写道，"人之子醒了：他知道了人类间原有爱情，知道了从前一班少的老的所犯的罪恶，于是起了苦闷，张口发出这叫声"④，王晓明也指出，"在五四运动中成长起来的那一代人中间，生的苦闷和性的苦闷经常是交织在一起的"⑤。"苦闷"与"叫声"正是人性长久被压抑下的现象，当西方的精神分析等学说进入中国时，与知识界高举科学的旗帜、追求人性解放的呼声相契合，很多作家们纷纷借助作品发出了"叫声"，并批评社会以抗衡这种"苦闷"，哈姆生的《生之呼声》多个中译本的同时出现正好迎合了这一潮流。其实，哈姆生的

①　三位作家的文学创作均受到弗洛伊德精神分析理论的影响。施蛰存通过显尼志勒的小说得知弗洛伊德精神分析手法；医生出身的显尼志勒曾接受精神科医生的催眠术训练，与弗洛伊德会过面并有书简往来；哈姆生曾在 1926 年至 1927 年在奥斯陆接受精神科医生施脱姆 Johs. Irgens. Strømme(非常赞同弗洛伊德的潜意识理论)的精神分析治疗。

②　Der Ruf des Lebens 的中译本为林惠元译《生的时刻》，《北新》1929 年第 3 卷第 10 期。

③　参见岩渊达治《シュニッツラー》，清水书院 1994 年版，第 149 页；Schorske Carl. E《世纪末のウィーン》(《世纪末的维也纳——政治与文化》)，安井琢磨译，岩波书店 1983 年版，第 29 页。

④　《新青年》1919 年第 6 卷第 1 号。

⑤　王晓明《潜流与漩涡》，中国社会科学出版社 1991 年版，第 82 页。

《饥饿》也被视为意识流小说的开山之作,哈姆生也被称为"现代派文学的始祖"①,显尼志勒也对哈姆生的创作非常欣赏,在进行《生之呼声》的创作时,也有可能意识到了哈姆生的《生之呼声》。施蛰存选择翻译哈姆生与显尼志勒的作品,恐怕也是意识到两者的共通性,及与自己文学风格上的共鸣,并在与翻译同步进行的未亡人题材的小说创作中,对内面描写尝试借鉴精神分析手法,为他的创作带来了增幅,并极富有东方古典的审美情趣。② 他的小说创作也与世界文学"生之呼声"的系谱有所契合,我们不妨理解这是他在中西文学的接受中力求维系的一种均衡。

附记：

此论文与笔者的博士论文《施蛰存文学研究——1920、30 年代の創作・翻訳活動を中心に》(东京大学博士学位申请论文《施蛰存文学研究——以 1920、30 年代的创作与翻译活动为主》,2013)第四章的部分内容有所重叠。在此向博士论文答辩委员会成员藤井省三教授、尾崎文昭教授、山口守教授、斋藤敏康教授、藤田太郎副教授表示衷心的感谢。

徐晓红:博士,中国海洋大学文学与新闻传播学院讲师。

---

① 美国作家辛格(Isaac Singer)指出,"20 世纪现代派小说从哈姆生开始",参见何成洲《对话北欧经典——易卜生、斯特林堡与哈姆生》,北京大学出版社 2009 年版,第 99 页。
② 施蛰存在接受史书美的采访时指出,虽然中国不存在完善的心理分析学说,但可以在儒家"人性善"和"人性恶"中找到某种潜在的心理分析观点,在《牡丹亭》等传奇中找到某种情色传统。参见史书美《现代的诱惑——书写殖民地中国的现代主义(1917—1937)》,江苏人民出版社 2007 年版,第 397 页。

浅谈胡适的《历史的文学观念论》

孙 洁

五四新文化运动时期,科学与民主成为不可阻挡的历史潮流。留学美国的胡适自然高举科学与民主的大旗,积极介绍引进各种科学理论学说,而实用主义哲学和进化论思想也在这时进入了胡适的视域,进而影响了他在"五四"时期的文学革命和学术研究。在他看来,正确的思想应遵循一定的思维程序。第一是思想的起点是一种疑难的境地;第二是确定疑难之点究竟在何处;第三是提出种种假定的解决方法;第四是决定哪一种假设是适用的解决;最后是证明、证实这种解决使人信用,或证明这种解决的谬误,使人不信用。① 然而,知识并不是目的,只是人们适应环境和社会的一种工具。社会和环境的发展则需要遵循科学的规律,这便是"进化论"。

一、历史的文学观念论提出的学术背景和理论依据

1910 年,胡适到美国留学,先在康奈尔大学学习农科。1914 年,胡适和赵元任、胡明复、任鸿隽等发起成立"中国科学社",以提倡科学。1915 年,胡适到哥伦比亚大学师从著名实用主义哲学家杜威学习哲学。早在胡适留学美国期间,因为他所作的新诗"冒犯"了古典诗词的尊严,便在同学们之间引起了一场关于中国文学改革的争论。胡适的文学思想,也在这场争辩中日渐成熟和系统。在这一争辩过程中,胡适着意运用实用主义的思想观念和方法来思考中国文学的变革问题,并广泛借鉴西方文学的发展历史来作为中国文学改革的参照背景。所以胡适又将自己的文学理论探寻称之为"文学的实验主义","那就是从一种疑难和困惑开始,从而引起有意识有步骤的连续思考,再通过一个假设阶段,最后由实验中选择假设来加以证明……这整个的文学革命运动——至少是这一运动的初期——用实验主义的话来说,事实上便是一个有系统有结果的

---

① 王济民《"五四"时期胡适的科学思想和文学批评》,《华中师范大学学报》2005 年第 3 期,第 82 页。

思想程序,也就是个怎样运用思想去解决问题的问题"①。胡适的文学思想,从理论体系、文学观念的建设,再到理论体系、文学观念的运演和展开,都带有西方的文化思想、价值观念,特别是实用主义哲学的强烈的印痕。

进化论的翻译引进曾对近代中国人的心理产生了极大的影响。胡适曾说:"《天演论》出版以后,不上几年,便风行到全国,竟做了中学生的读物了。读这书的人,很少能了解赫胥黎在科学史和思想上的贡献。他们能了解的只是那'优胜劣汰'的公式在国际政治上的意义。在中国屡次战败以后,在庚子辛丑大耻辱之后,这个'优胜劣败,适者生存'的公式确是一种当头棒喝,给了无数人一种绝大刺激。"②在矛盾日益激化,革命一触即发的时代,注重事实,善于怀疑的胡适不忘通过学理的研究,来阐明进化论所具有的深层内涵。经过细致的研究,胡适发现进化论的思想与杜威的实用主义哲学和现代自然科学,有着密不可分的关系。杜威借用达尔文主义的"生物决定论"和"环境决定论"来解释社会发展规律,并在此基础上建立起实用主义的方法论原则,即"历史的方法"和"实验的方法"。所谓"历史的方法",即是按照生物适应环境的规律,生存竞争的规律,由低级向高级进化的规律,来衡量和判断自然与社会诸现象的地位、价值及前景;所谓"实验的方法",即是科学致知方法的直接搬用,它强调具体问题的分析和解决,它重证据、逻辑归纳和演绎,重提出假设和对于假设的实验证明。③ 胡适从变革中国旧文学的角度,在主义和理论盛行的"五四"时期,充分开掘了实验主义、进化论和存疑主义的特殊意义,将其运用于文学革命和理论的构建,从而为文学革命的发生和发展铺平了道路。

二、历史的文学观念论的内涵和各家的批评论争

每每回忆起文学革命的动机时,胡适总是将其归结为留美期间与同学们的那场持久的论战,也正是在这个时候,历史的文学观念也已经在胡适的心中落地播种。早在1916年4月5日,胡适便在日记中记下了自己对于中国文学史上文学体裁历次更迭的看法和观点:"《三百篇》变而为《骚》,一大革命也。又变为五言、七言、古诗,二大革命也。赋之变为无韵之骈文,三大革命也。古诗之变为律诗,四大革命也。诗之变为词,五大革命也。词之变为曲,为剧本,六大

---

① 葛懋春、李兴芝《胡适哲学思想资料选(上)》,华东师范大学出版社1981年版,第180页。
② 胡适《四十自述》,《胡适全集:第18卷》,安徽教育出版社2003年版,第58页。
③ 曹国旗《释胡适的"历史的文学进化观念"》,《河南教育学院学报》2001年第3期,第20页。

革命也。"①由此可见,胡适对于中国传统文学的考察俨然也成了他建构历史的文学观念的手段和基础。他说:"革命潮流即天演进化之迹。自其异者言之,谓之'革命'。自其循序渐进之迹言之,即谓之'进化'可也。"②此处之"革命"实际上便成了进化论在文学领域的运用,完全失却了先前的浓厚的意识形态色彩。

1917 年,胡适正式开始了"历史的进化的文学观念"的建构。在《文学改良刍议》这篇文章中,他说:"然以今世历史进化的眼光观之,则白话文学为中国文学之正宗,又为将来文学必用之利器,可断言也。"③他在此文中提倡"不摹仿古人",认为"文学者,随时代而变迁者也。一时代有一时代之文学",并得出了自己的结论"吾辈以历史进化之眼光观之,决不可谓古人之文学皆胜于今人也"。《文学改良刍议》把白话文学史观推到了主流文学史上的地位,同时也开启了历史的进化的文学观念的全面建构。

不久之后,胡适顺应文学革命的高潮,于 1917 年 5 月发表了《历史的文学观念论》,全面而深刻地阐释了这一理论——"一言以蔽之,曰:一时代有一时代之文学。此时代与彼时代之间,虽皆有承前启后之关系,而绝不容完全抄袭;其完全抄袭者,绝不成为真文学。愚惟深信此理,故以为古人已造古人之文学,今人当造今人之文学。至于今日之文学与今后之文学究竟当为何物,则全系于吾辈之眼光识力与笔力,而非一二人所能逆料也。"④在这一理论的建构中,"物竞天择,优胜劣败,适者生存"的生物进化论观点被胡适充分运用到了文学领域。新的取代旧的,现代的取代传统的,鲜活的取代僵死的,先进的取代落后的,这是事物发展的趋势,是历史发展的规定性,也自然成了白话文学取代旧文学的强大的理论基础。

1918 年 10 月发表的《文学进化观念与戏剧改良》,进一步强调了这种时代的演进规律。胡适在这篇文章中详尽阐述了文学进化观念的四层意义和内涵:一、文学与人类生活一样,随时代而变迁,"一时代有一时代的文学";二、每一类文学"须是从极低微的起源,慢慢的,渐渐的,进化到完全发达的地位";三、文学进化过程中,会留下许多无用的纪念品,这便是胡适所说的"遗形物";四、一国之文学的进化需在无形中受到外来文学的影响才能继续进步。

胡适将进化论植入了变革中国旧文学的"科学实验",以进化论为支点来建

① 沈卫威编《胡适日记》,山西教育出版社 1998 年版,第 36 页。
② 胡适《胡适学术文集·新文化运动》,中华书局 1993 年版,第 5 页。
③ 胡适《胡适文集》第 3 卷,人民文学出版社 1998 年版,第 28 页。
④ 胡适《胡适文集》第 3 卷,人民文学出版社 1998 年版,第 32 页。

构他的实用主义的文学革命的理论框架，从而形成了他的"历史的文学进化观念"。至此，历史的进化的文学观念已经完全建立，它给文学界带来的震动无疑是巨大且深刻的。这种历史进化的思想内核，已经演变为"五四"时期变革旧文学、建立新传统的思想利刃，文学革命的合法性得以建立，新文学运动的阻碍得以清除。

胡适自 1917 年在《新青年》发表《文学改良刍议》，倡导文学革命以来，便成为当时社会关注的人物，也成为学术界热议的对象。正如胡适自己在《建设的文学革命论》中所说的那样："我的《文学改良刍议》发表以来，已有一年多了。这十几个月之中，这个问题居然引起了许多很有价值的讨论，居然受了许多很可使人乐观的响应。"①严复是第一个站出来反对胡适的文学理念的，而他反击的工具正是胡适所信奉的，自己所引进的进化论。严复依照"优胜劣汰"的进化论公理，认为白话文学并不能取代完美的文言文学，必将被历史所淘汰。学衡派也在学理上与胡适进行过一场激烈的论争。吴宓曾说"物质科学，以积累而成，故其发达也，循直线以进，愈久愈祥，愈晚出愈精妙。然人事之学，如历史、政治、文章、美术等，则或系于社会之实境，或由于个人之天才，其发达也，无一定之轨辙，故后来者不必居上，晚上者不必胜前。"②这种观点从学科角度否定了进化论在文学领域的适用性，同时也指出了文学演变的复杂性，非是单一的进化论所能解释的。

据记载，除了严复和学衡派的质疑外，还有不少评析胡适思想的文章和论集发表和出版。余之睿的《读胡适之先生〈文学改良刍议〉》（刊发于 1917 年 5 月《新青年》3 卷 3 期），是较早发表的评析胡适白话文学主张的文章。20 世纪 20 年代后期和 30 年代，人们对胡适的《白话文学史》较为关注，也有不少评论文章。例如，素痴的《评胡适〈白话文学史〉》（刊于 1928 年 12 月 3 日《大公报·文学》副刊第 48 期），朱光潜的《替诗的音律辩护——读胡适的〈白话文学史〉后的意见》（刊于 1932 年《东方杂志》第 30 卷 1 号）。而 1933 年由上海辛垦书店出版的叶青的《胡适批判》（上、下），则在第 5 部分专门对胡适的文学思想进行了批评。这些批评虽然还没有进入文学史的系统研究阶段，但这些评议所代表的各种看法和观点，为后来的文学史研究提供了多种历史的参照和维度。

新中国成立以来，对胡适的批判转向了政治领域的思想讨伐。直到 70 年

---

① 胡适《胡适文集》第 3 卷，人民文学出版社 1998 年版，第 59 页。
② 胡适《胡适论争集》，中国社会出版社 1998 年版，第 165 页。

代末期,胡适的文学思想研究才重新被拾起。值得注意的是,这一时期出现了一些专门的研究论著和论集,涌现了一批有一定学术影响的专题研究论文。余英时《中国近代思想史上的胡适》从思想史的角度阐述了胡适白话文学思想的价值;周质平的《胡适文学理论探源》(刊于《新文学史料》1986 年第 2 期),对胡适的白话诗歌理论与西方文学理论的关系有较系统的研究;孟悦的《过去时代的"本文":评胡适的〈白话文学史〉》(刊于 1987 年《读书》第 11 期)对胡适的《白话文学史》中所采取的文言与白话、死文学与活文学这样的二元对立的文学史模式,提出了质疑。①

三、批评的方法论——科学批评与历史态度

作为一名人格外化的文学批评家,胡适非常符合韦伯对于批评家的定义:以批评为职业的人,必须据守着一种足够强劲的人格,还有与之相形的合理的批评资源,再苛刻点,甚至还要加上对文学以致对生命与存在的激情。② 胡适便是这样通过自己独具特色的批评方法和批评理念来建构起风靡一时的历史的文学进化论的。

1917 年胡适回国后,基于新的文学理念的建构,他突出地强调了杜威借用生物进化论而形成的方法论——"实验的方法"和"历史的方法",并将其归纳为"大胆的假设,小心的求证"的方法论原则。他在《实验主义》一文中曾说到,实用主义哲学派别的杰出意义之一就是"把达尔文一派的进化观念拿到哲学上来应用……这便发生了一种'历史的态度'"。这一信条,是实用主义哲学大师们对待历史所遵循的基本原则。从这一原则出发看待历史,就构成了实用主义的"历史态度"。他认为这种"历史的态度"是建立在"科学"基础上的,是客观理性的科学思维,是"研究事实如何发生,怎样来的,怎样变到现在的样子",这对于解决人类事务有着普遍的适用性。胡适主张人们也应该用这种科学精神和"历史的态度"对待人类社会历史和思想文化。

基于这样的方法论原则,胡适努力以客观的科学思维来解析中国新文学发展的前途,以纵横交错的时间和空间观念来建构现代文学的相关理念。文学批评是对于文学的认识。文学的科学批评的基本特征,即是注重作品,尤其注重作品的形式。形式使作品存在,无形式即无作品;内容在形式里。科学批评是

---

① 杨扬《胡适研究》,《文艺阶论研究》1999 年第 5 期。
② 张超《胡适的文学理论与批评新论》,《临沂师范学院学报》2008 年第 2 期,第 21 页。

有学理根据的,在日尔蒙斯基的《诗学的任务》一书中有过这样的阐释:"艺术中任何一种新内容都不可避免地表现为形式,因为,在艺术中不存在没有得到形式体现即没有给自己找到表达方式的内容。同理,任何形式上的变化都已是新内容的发掘,因为,既然根据定义来理解,形式是一定内容的表达程序,那么空洞的形式就是不可思议的。所以,这种划分的约定性使之变得苍白无力,而无法弄清纯形式因素在艺术结构中的特性。"①在胡适的眼中,文学的内容不过是社会生活加上作家的主观情感,这作为文学的源泉经过作家的综合和创造等手段的艺术加工,利用语言形式将它们缀连成文学作品,利用"美感"来打动读者,"发人猛醒",令人"奋发有为"。② 这便是胡适从实证出发所得到的历史事实,它摒弃了意气之争和社团观念对于中国文学发展的消极影响,从纯学理的角度切入了中国文学的本体,将文学泛工具化,以推进文学功效的社会化,更深入触及到了思维方法的层面,有力推动了文学观念、文学理论和文学批评的深入和发展。

对胡适白话文学主张造势的、支持力度最大的可能是《历史的文学观念论》一文。③ 面对着延续了几千年的中国文学,胡适从进化论出发,提出了"历史的态度"。他在《历史的文学观念论》中发掘了这样一股在历史中潜藏着的白话文学与时俱进的磅礴暗流:"惟愚纵观古今文学变迁之趋势,以为白话之文学种子已伏于唐人之小诗短词。及宋而语录体大盛,诗词亦多有用白话者……故白话之文学,自宋以来,虽见屏于古文家,而终一线相承,至今不绝。"④至此可见,胡适是从文学的史实一步一步推演,"大胆的假设,小心的求证",回到文学史中为文学革命的主张寻找有利依据。于是,根据"历史朝向本质目标运动"的进化观,胡适对中国文学史进行了重新叙述:他认为在"五四"这样一个新旧交替的时代里,传统意义上的文言文学已经不能适应当今时代叙述的要求,而历史的发展也对中国文学提出了变革要求。从表面看,胡适对中国文学史的叙述是一种"事实叙述",实质上却是一种前设性的"虚构叙述"。就胡适以白话为文学工具的正当性论述而言,这种表面的事实性叙述十分重要,因为正是叙述的"事实"反过来证明了内在"假设"的正确。⑤ 胡适认为应该有种新的文学形式站出

---

① 方珊《俄国形式主义文论选》,三联书店 1989 年版,第 211～212 页。
② 张超《胡适的文学理论与批评的接受意向》,《齐鲁学刊》2006 年第 6 期,第 100 页。
③ 朱德发《文学革命的核心理念——解读胡适文学进化观》,《山东师范大学学报》2007 年第 5 期,第 8 页。
④ 胡适《胡适文集》第 3 卷,人民文学出版社 1998 年版,第 32 页。
⑤ 余虹《五四新文学理论的双重现代化追求》,《文艺研究》2000 年第 1 期。

来承担新的历史任务，而依照"夫白话之文学，不足以取富贵，不足以邀声誉，不列于文学之'正宗'，而卒不能废绝者，岂无故耶?"的质疑，和胡适自问自答的"愚以深信此理，故又以为今日之文学，当以白话文学为正宗；然此但是一个假设之前提"，这种文学必然和必须是白话文学。这个假设和回答是胡适从社会发展的线性历史观入手，而提出的文学发展也是作线性直线运动的进化论观点。这种"历史的态度"也许恰恰是不公正的，因为他忽略了"生物演变既有进化，也有退化"的真正意义上的进化论观点，而历史的洪流却接受了胡适的这种对于文学史的新的叙述，这在"五四"时代是大势所趋，是"科学思维"和"历史态度"在"五四"时代的成功运用。

胡适的历史的进化的文学观念论，可以说是"五四"文学革命的核心理念。首先，它是胡适的"白话文学史观"的理论基础，从而为文学革命的发生发展提供了动力和支撑。其次，它本身所具有的丰富的思想内涵和学理依据，使其本身就成了现代文学史上的重要文学理念，从而对中国文学史的研究和叙述产生了不可估量的意义。最后，从其历史的进化的文学观念所体现出的"科学思维"和"历史态度"，成为 20 世纪中国文学史上的一种独特的批评类型和方法论原则，从而为文学批评注入了科学的动力、带来了理性的启示。

孙洁:《青岛文学》杂志社。

朱彝尊诗歌中的"穷愁"语词与其诗风演变

高莲莲

本文的写作目的是考察朱彝尊前后期诗歌内容和风格的演变。朱彝尊是清初著名的诗人和学者,他的成就涉及诗、词、文等各方面,目前学术界对他在清词方面的贡献关注较多,而忽略了他在诗歌方面的成就和影响。本文采用定量分析与定性分析相结合的办法,通过统计和分析带有较强感情色彩的"愁苦性"词语,结合朱彝尊的生平,分析其诗风前后的演变,并与中国传统文论中的"诗可以怨""穷而后工"的观点相联系进行阐释。定量和定性研究的方法目前在中国文学的研究中还运用较少,它具有直观性强,说服力大的特点,正确地运用这种方法对文学研究具有很大的帮助。

朱彝尊(1629—1709),清初著名学者和诗人,字锡鬯,号竹垞,行十,晚号小长芦钓鱼师,又号金风亭长,浙江秀水人。朱彝尊的成就涉及诗、词、文等各个方面。在诗歌方面,他和王士禛成就相埒,被称为"南朱北王"。朱彝尊一生创作了大量的诗歌,《曝书亭集》为其晚年手定本,收录诗歌二十二卷,皆编年为次,迄顺治二年至康熙四十八年。

朱彝尊是清初诗风变化较为明显的诗人,其诗歌风格的演变与其生平境遇和身份地位的变化紧密相连。笔者在阅读《曝书亭集》的过程中注意到如"愁""穷""孤"等字表达孤苦穷愁等主体情感的语词出现的频率较高,但在前期和后期诗歌中这些语词出现的数量和所表达的内容有较大的差异,与朱彝尊诗歌风格的前后演变具有一定的联系。因此,本文欲通过这些词语出现的数量和表达内容的变化对竹垞诗风的变化进行探讨。

一、定量分析与分布态势原因

定量分析是文学研究的一种方法,具体运用在本文中,即是通过对表达一定意义的某些词语出现次数的统计,来分析作者的情感和心态,考察诗歌发展的规律。

　　本文通过对带有"愁苦性"情感色彩的语素在《曝书亭集》每卷中出现的次数进行统计,加以对诗歌创作年份的考察,考察这些语素在诗歌中的运用与作者生平经历的联系,借以观照诗歌风格的变化。对于"愁"等语素具体数量的统计见表1。

表1

语素	写作时间	穷	愁	悲	孤	凄	涕	哭	泣	泪	哀
卷二	顺治二至十年	4	12	7	6	2	2	5	2	8	5
卷三	顺治十一至十四年	7	19	9	16	3	2	3	0	8	5
卷四	顺治十五至十七年	6	10	6	3	3	1	2	0	2	6
卷五	顺治十八至康熙元年	4	12	4	8	1	1	1	0	2	7
卷六	康熙二年至五年	4	19	8	10	2	2	1	3	4	9
卷七	康熙六年至九年	3	12	1	1	3	0	1	0	3	1
卷八	康熙十年至十二年	0	9	4	3	4	1	0	0	2	0
卷九	康熙十三至十四年	0	1	0	3	1	0	0	0	0	0
卷十	康熙十五至十九年	1	5	1	3	0	0	0	0	0	1
卷十一	康熙二十至二十二年	2	2	0	1	0	0	0	0	0	0
卷十二	康熙二十三至二十四年	4	6	0	3	4	0	1	0	1	1
卷十三	康熙二十五至二十六年	5	4	0	5	0	0	0	1	3	0
卷十四	康熙二十七至二十八年	1	7	1	2	1	0	0	0	1	0
卷十五	康熙二十九至三十年	0	1	0	1	0	1	0	2	1	1
卷十六	康熙三十一至三十四年	0	4	2	2	0	0	0	1	2	1
卷十七	康熙三十五至三十六年	3	1	0	1	0	0	0	0	1	0
卷十八	康熙三十七年	1	1	1	1	0	0	0	0	0	2
卷十九	康熙三十八至三十九年	3	0	1	5	0	0	0	0	3	1
卷二十	康熙四十至四十一年	3	0	0	3	0	0	2	0	0	0
卷二十一	康熙四十二至四十五年	2	3	1	1	2	1	0	0	1	1
卷二十二	康熙四十六至四十七年	2	5	0	1	0	0	0	0	0	0
卷二十三	康熙四十八年	0	5	0	2	1	0	0	0	0	0

对于表1,可以卷八为界划分为两部分。由卷二到卷八,"穷""愁""悲"等表达愁思哀怨的语词出现频率很高,次数较多。卷八以后,这些语词出现的次数明显减少。以"悲"字为例,卷二到卷八,"悲"字共出现了34次,而卷九到二十三,则一共只有7次。"愁"字在卷二到八共出现了93次,卷九到二十三则只有45次。其他语素在前半段与后半段出现的总次数见表2:

表 2

语素	穷	愁	悲	孤	凄	涕	哭	泣	泪	哀
卷二到八	28	93	34	47	18	9	13	13	29	33
卷九到二十三	27	45	7	35	8	2	1	1	16	9

这种数量的变化是与作者的诗歌创作紧密相连的,"穷""愁"这些带有明显的主体性情感色彩的语词显示了诗歌的格调。这些语词大规模地出现在卷二到八,则与朱彝尊的生平经历有着很大的关系。

康熙十八年应博学鸿词科之前,朱彝尊生活的重心在四处游幕。为生机所逼,他不得不离开家乡和亲人,旅食万里。竹垞曾在《报周青士书》中说道:"仆频年以来,驰逐万里,历游贵人之幕,岂非饥渴害之哉?"的确,朱彝尊的游历南到广东,北至山西、北京等地,"驰逐万里"可谓真实描写而非文学性的夸张。羁旅行役,异乡漂泊,生存的艰难和思乡怀人的情感给彝尊的心理造成了创伤,常使其有穷途末路之感。朱彝尊于顺治十四年(1657)所作《羊城客舍同万泰、严炜、陈子升、薛始亨醉赋》(《曝书亭集》卷三):"况今生涯羁旅中,时危得不悲途穷。丈夫三十不自立,一身漂泊随秋蓬。虽未白头成老翁,当前有酒且痛饮,明朝歧路仍西东。"顺治十三年起,朱彝尊做客岭南,为广东高要县知县杨雍建子塾师。顺治十四年,曹溶任广东布政使,朱彝尊到广东后,曾与往还。这首诗就是作者到广州访曹溶之时与万泰等人宴饮聚会时所作。诗歌描述了他醉饮后对自身处境的哀叹,运用"羁旅""危""悲""途穷""漂泊""秋蓬""歧路"等词语和意象,把异乡做客的凄楚悲怆和时危途穷的末路之感表达得淋漓尽致。"借酒消愁愁更愁",酒浇灌了竹垞的愁绪,刺激着他敏感的心灵,愁思更加强烈地侵蚀着他,生活的动荡和前途的无望使这种哀怨的情感更加无法排解。顺治十七年,朱彝尊客山阴宋琬幕,并秘密参与祁班孙、理孙兄弟的抗清活动。时年他作有《雪中得内人信》一诗曰:"河桥风雪断归航,远信沉吟只自伤。不道比来相忆苦,虚烦锦字十三行。""锦字"指妻子寄给丈夫的书信。"织成锦字纵横说,万语千言皆怨别。"①朱彝尊这首诗歌寄寓了对妻子和家人的思恋,情感细腻哀伤。

羁旅行役和异乡漂泊带给作者的是愁思和穷途之感,这是正常人的普遍反应。等到游子归乡之时诗人应该是欣喜若狂的吧,但归家却让朱彝尊更加惭愧和悲伤。顺治十五年四月,朱彝尊从广东启程归家,过大庾岭时作《庾岭三首》,其一曰:"凤驾逾秦岭,连岗势逶迤。一为愁霖唱,慨彼东山诗。沾我征衣裳,素丝以为缁。不愁裳衣湿,所嗟徒御饥。薄寒忽中人,不异三秋期。言旋虽云乐,翻使我心悲。"归家途中正值梅雨时节,连绵不断的雨阻滞了诗人的行程,弄湿了他的衣服,但这并不是竹垞所在意的,他最忧心的是如何解决当下的饥饱问题。"言旋虽云乐,翻使我心悲",自己的温饱问题都没法解决,归家之后如何面对一家老小那期待的眼神,如何负担起家庭的生活重担。归家虽然解决了朱彝尊的思乡怀人之苦,却增加了他的愧疚和哀伤。

朱彝尊的前半生贫穷奔波,无论是四处游幕还是归田家居,他的生活主调是凄愁悲苦,前方是无望的"穷途"。而抗清斗争的失败则进一步使其经历艰难困苦的环境,心理和精神上的磨炼也使其"穷"表现得更加明显。朱彝尊属于前朝的世家子弟,虽然明朝灭亡之时朱彝尊只有 15 岁,但他对故国还是有一定感情的。明亡之后,朱彝尊并无出仕的愿望,也没有参加科举考试。顺治十一年,朱彝尊在嘉兴和抗清士人魏璧相识。次年,他过访山阴梅墅访祁氏兄弟。顺治十六年,郑成功、张煌言率军大举入长江,全国震动,后郑、张兵败而退返。其年,朱彝尊曾与屈大均见面,与山阴祁氏兄弟也过从甚密。十七年,彝尊在山阴与屈大均一起秘密参加祁氏兄弟的反清活动。康熙元年,由于有人告发,"通海案"发,魏耕等人被杀,祁班孙遣戍宁古塔。十月,朱彝尊为避祸远走永嘉,经历了数月提心吊胆的"流亡"生活。他的这一阶段所作诗歌大多是描述其远走避祸的生活的,如其《鹥丹枫驿晓行,大雪,度青云岭、桃花隖诸山,暮投丽水舟中三首》其一曰:"峻岭行远出,愁人迹转孤。饥寒催暮日,风雪遍穷途。土锉须同爨,金刀可剩沽。莫辞舟楫小,今夜宿江湖。"这首诗用了"愁""孤""饥寒""穷途""风雪""江湖"等语词和意象,读者从中读到的是孤舟、风雪、行客、暮日,感受到的是寒冷、饥饿、孤独与愁苦。《山雪》:"短服装绵少,深杯入手干。今宵闻击柝,转忆北城寒。"生活的窘迫可见一斑。

在这样的生存环境下,被艰难困苦的生活所激发的穷愁情感贯注在朱彝尊的诗歌之中,促使其发出了遒劲苍凉的哀怨之音。而这些哀怨之音则是通过不

---

① 　[宋]曾慥辑《乐府雅词》,辽宁教育出版社 1997 年版。

断出现的"穷愁"语素和意象来表达出来的。"知人论世",了解了朱彝尊的前半生经历,也就不难解释为什么这样的语素以较高的频率出现在彝尊前半生所创作的诗歌中了。

以《曝书亭集》卷八为界,本文所分析的这些带有主体性情感色彩的语词出现的频率开始降低,当然这种出现次数的降低是逐步的,但从卷九(本卷诗作起于康熙十三年)开始表现得非常明显。康熙九年,朱彝尊自济南入都,十年到十一年,他出都游历扬州,还嘉兴,至福州,后还北京,寓宣武门外辑《词综》。康熙十二年,朱彝尊客潞河金事龚佳育幕中,这是锡鬯的最后一次游幕生活,这次游幕历时五年,直到康熙十七年他应博学鸿词诏入京。除了生活境遇的略微好转外,带有愁苦性情感语词的减少也说明作者的思想和心态发生了很大的变化。康熙亲政之后,社会发生了很大的变化。随着清朝统治的步步稳固,军事上的节节胜利,疆域版图进一步扩大;政治上建立了完整的行政体系,收拢了一大批汉族官员为其服务;明末残破不堪的经济得到了恢复和发展;文化上,顺治和康熙皇帝对汉族文化的接受和尊崇在很大程度上收拢了汉族文人士大夫的心。社会环境的变化必然会对朱彝尊产生一定的影响,加之抗清斗争的失败和四处游幕的生活已经消磨掉了朱彝尊的反抗意识,恢复故明的希望越来越渺茫了,他的内心开始接受清朝统治的现实。虽然朱彝尊依然不参加科举考试,不出仕,但随着社会秩序的重建,他的生活不再动荡不安,羁旅穷途的感觉和故国哀思减少了,因此其诗歌中表达这样情感的词语出现的次数也大幅减少。

自康熙三年以后,朱彝尊的生活重心所在的地点由南方转移到了北方。他游历山西、山东、天津,数次进京,虽然期间他曾回家乡葬生父,为儿子完婚,还曾南游到福州,但其大部分时间是在靠近政治中心的北方地区度过的。从康熙三年到十七年,朱彝尊的生活依然是游幕,除了客山西布政使王显祚和山东巡抚刘芳躅幕外,康熙十二年到十六年,他一直随龚佳育在通州游幕。从一定程度上来说,彝尊生活重点的转移说明他已逐步消除了对清朝的仇恨,在游幕过程中,他与幕主们即清朝的官吏有密切的联系和接触,思想观念受到他们的影响。加之朱彝尊与曹溶、徐乾学、纳兰性德等清朝大吏有较多的交往,也使其与政治、文化有了更亲密的接触和了解。这也是其诗歌中愁苦意象减少的一个重要缘由。

二、定性(内容)分析

朱彝尊诗歌中的这些带有主体情感色彩的词语,除了少数动词性语词如

"泣""哭"等,其他都是动词和形容词相兼的,如"孤""穷",这些词语作为形容词性时,常与名词搭配运用,如穷途、穷愁、孤客、孤臣等。朱彝尊的前半生在"吴越交友,岭南做客"参加秘密抗清斗争和"东西南北,寄人篱下"的游幕生活中度过。这样的经历使朱彝尊体验了生活的艰辛,也磨砺了他的气节,助其创作出了风骨遒劲、格调苍凉的诗歌。他成就较高的诗歌多创作于这一时期,到康熙十八年应博学鸿词科入仕之后,朱彝尊的诗歌风貌发生了很大的变化。他开始热衷于颂圣之作,用长篇险韵描述琐事,喋喋不休,体现了生活安逸造成的体裁空乏。数量统计已经初步显示了朱彝尊诗歌创作的演变,但要具体分析其诗风的变化,还得通过定性即内容分析来展开。以"愁"为例,在朱彝尊诗歌创作前期,"愁"主要表达的是作者漂泊四方,羁旅行役途中思乡怀人的愁苦悲思,而后期则主要是在友朋赠答中表达一种闲愁别绪。朱彝尊仕清之后,"愁"字的表述日渐单调,或为送别朋友之离愁,或为平淡生活之闲愁,是安逸生活中的调剂,不再带有主体性情感强烈的愁苦悲思。

表3具体分析了这类悲苦性词语所表达的内容和情感并列出各个语素出现的次数。

表3

语素	羁旅行役的愁苦之音		兴亡之感与故国之思		友朋赠答与生离死别		民生疾苦的咏叹		怀古与写景咏物	
阶段	前期	后期	前期	后期	前期	后期	前期	后期	前期	后期
悲	13	0	14	1	10	2	2	1	0	3
孤	12	0	3	0	11	14	0	1	23	13
泣	5	0	1	0	5	1	2	0	0	0
愁	25	1	9	0	23	32	4	1	32	13
泪	9	0	7	0	9	12	0	0	4	3
哀	9	0	4	2	8	4	1	0	4	3

注:前期指《曝书亭集》卷二到八;后期指卷九到二十三。

具体分析朱彝尊诗歌中出现的这些"愁苦"语词,可以发现它们表达的内容主要有羁旅穷途、思乡怀人,故国之思、兴亡之叹,生离死别、友朋赠答,怀古咏物、闲情愁绪这样几种情感和内容。

(一)羁旅穷途,思乡怀人

游幕是朱彝尊前半生最重要的经历,对他的生活具有深远的影响。本文所分析的这些词语,表达羁旅行役中的艰难窘迫和思乡怀人的诗歌占了较大的比例。以《曝书亭集》卷八(康熙十二年止)为界,"悲"字共出现了34次,其中表达羁旅行役中思乡怀人、穷途末路之感的有13处,"孤"字为11/47,"泣"字为4/13,"愁"字为24/93,"泪"字为9/29,"哀"字为9/33。"穷"表达羁旅行役的为8/25,表达为贫穷困厄,不得志的为9/25(斜线前面的数字为表达羁旅行役感受的次数,后面的数字为卷二到八本字出现的总次数)。

"人生最苦是飘零",顺治十三年(1656)朱彝尊往岭南做塾师,行程近万里,水陆兼程,历时几个月才到达。途中,朱彝尊触景生情,创作了很多性情之作,如《望湖亭对月》:"异乡频见月,孤客乍登台。……离心似黄鹄,中道一徘徊。"望湖亭位于杭州西湖之上,此处离嘉兴尚不算远,但诗人的思乡之情和孤独之感在月光的笼罩下变得不可遏抑,登台望月激发了作者的离愁别绪,让他在月明的夜晚徘徊不已,无法入眠。

次年正月初一日,朱彝尊作《元日阴》:"黯默穷阴合,萧条岁序迁。故乡应雨雪,绝域尚烽烟。更忆高堂上,频思远信传。辛盘空自好,谁为介樽前。""每逢佳节倍思亲",春节本该是全家团圆,共享天伦的日子,诗人却漂泊在外。中国人的重土安迁和"父母在,不远游"的传统观念让远游的彝尊更加思念故园,对父母的思念与愧疚啃啮着他的心。

除了游幕岭南外,彝尊还在抗清斗争失败后频繁地游走北方。康熙三年,朱彝尊北上山西大同投曹溶,由此拉开了新一轮旅食四方的序幕。这期间,他奔波南北,登临怀古,羁旅怀乡,诗作格调仍然是沉郁苍凉的。康熙七年(1665)在山西大同曹溶幕,彝尊曾作《滹沱河》:"滹沱河上流渐急,骑马春冰滑可怜。百尺浮桥空断板,孤城哀角动荒烟。愁颜送老饥寒日,绝塞因人雨雪边。转忆江乡多乐事,花浓齐放五湖船。"此诗作于三月与曹溶同游雁门关之时,西北地区的春冰、断板、浮桥、孤城、哀角、荒烟、雨雪和饥寒,这一切激发他回忆起江南春天美丽繁茂的快乐情景,让诗人对江乡故园的怀恋之情更加浓郁。在过滹沱河之前,彝尊曾宿崞县,作有《晚次崞县》一首曰:"百战楼烦地,三春尚朔风。雪飞寒食后,城闭夕阳中。行役身将老,艰难岁不同。流移嗟雁户,生计各西东。"首联和颔联描述了春寒料峭时节崞县黄昏的苍凉冷清。诗人身处此境,心绪万千，感慨身世，无比心酸伤感。无怪乎孙鋐评此诗曰："穷边旅况，对此凄然。"①

(二)故国之思，兴亡之叹

朱彝尊是明代世家子弟，他的曾祖朱国祚官至户部尚书兼武英殿大学士，加太傅，卒谥"文恪"，其祖父曾为云南楚雄府知府，嗣父朱茂晀荫授中书舍人，是复社的重要成员。虽然朱彝尊出生之时已经家道中落，但家庭环境对他的思想观念的影响还是很强烈的。朱彝尊在其前半生创作了大量反映故国之思、兴亡之叹的作品，有些是描写抗清斗争和民生疾苦。据统计，卷二到八，表达故国之思的语素，"悲"字出现了 14 次，"孤"字出现了 3 次，"愁"字共 9 次，"泪"字共 7 处，"哀"字为 4 处。

明清鼎革，清兵入侵给广大贫苦百姓带来了无限悲痛，彝尊置身其中，感同身受。彝尊顺治三年(1646 年)所作《晓入郡城》："轻舟乘间入，系缆坏篱根。古道横边马，孤城闭水门。星含兵气动，月傍晓烟昏。辛苦乡关路，重来断客魂。"此诗当作于清兵攻陷浙江之后，顺治二年彝尊曾避难于夏墓荡，此诗或作于他避难归来之时，作者通过"边马""孤城""兵气"写易代之际的景象，反映战乱的残酷，最后两句中的"辛苦""断魂""乡关""客"则描述避难之苦和易代之悲。这首诗歌既写出了对时代变迁的悲叹，又表达了对自身遭际的哀怨，可以说是描述兴亡之叹和羁旅穷途的结合。《同沈十二咏燕》(1649 年)："节物惊人往事非，愁看燕子又来归。春风无限伤心地，莫近乌衣巷口飞。"借燕子和乌衣巷这样具有特殊含义的意象沉痛表达亡国之痛。《雨坐文昌阁》(1655 年)："风雨他乡别，羁愁薄暮心。冬青已无树，忍向六陵寻。"以元灭南宋隐喻清灭明，怀古伤今，对明代灭亡寄寓了很深的感慨。《逢姜给事埰》末两句云："东莱廛市易沉沦，南国相逢泪满巾。青鞋布袜江湖外，谁念当时折槛人"，与故国旧臣的相逢激发了朱彝尊更为强烈的兴亡之叹和故国之思。

朱彝尊还亲自参加了秘密抗清斗争，如《梅市逢魏璧》云："前年逢君射襄城，山楼置酒欢平生。淳于一石饮未醉，孟公四坐人皆惊。今年逢君梅福市，潦倒粗疏已无比。……悲君失意成老翁，况复奔走随西东。"叙述了与魏璧的交往和魏璧在抗清斗争前后截然不同的精神面貌。他在避祸永嘉之时还作有《梦中送祁六出关》，表达了对祁班孙的同情和对其家人处境的担忧。朱彝尊在广东也结交了不少矢志抗清的有志之士，如张家珍，他是抗清名将张家玉的弟弟，彝尊有《赠张五家珍》(作于顺治十四年)："可叹张公子，流离自妙年。身孤百战

---

①　[清]孙鋐辑评《皇清诗选》30 卷，齐鲁书社 1997 年版。

后,门掩万山前。易下穷途泪,难耕负郭田。平陵松柏在,余恨满南天。"写出了这位英雄人士穷途末路的窘迫处境和故国之思。同一年所作《崧台晚眺》:"绿草炎洲巢翠羽,金鞭沙市走明驼。平蛮更忆当年事,诸将谁及马伏波。"立志抵御外族,报仇雪恨,悲凄苍凉,豪情壮志。

朱彝尊关注社会现实,很多作品描写了残酷的战争带给人民的灾难和困苦,风格激越苍凉。其《寇至二首》:"百里寒山下,萑苻远近齐。探丸分赤白,放溜各东西。都尉金争摸,蚩尤雾尤迷。今宵闻野哭,应有万行啼。"《同龚二登台作》:"不信征求急,君听野哭哀。"描述了战乱和徭役带给百姓的苦难。再如《送乔舍人莱还宝应》,"上流未筑归仁堤,千村庐舍总昏垫。可知雁户犹悲啼,漕船万斛挽不上"。朱彝尊关心民瘼,忧心于宝应的水利情况,体现了其心怀民众,悲悯天下的情怀。

(三)生离死别,友朋赠答

"悲""孤"这些抒发作者消极情感的语词到朱彝尊创作后期,即卷九特别是朱彝尊应博学鸿词科出仕以后,表达内容发生了一些倾斜和变化。由多抒发羁旅行役的穷愁悲苦和沉郁的亡国之痛,故国之思转移到友朋间的赠答酬应,在怀古咏物和日常生活中表达闲情愁绪。以"穷"为例,卷八之后,表达故国之思和羁旅行役的次数为0,只有2处"穷"的意思为贫穷困厄,不得志,其中一处为"穷兽",用于颂圣诗中,指叛乱的三藩。"穷"字用于友朋赠答和写景怀古的次数分别为9和16次,共25次,而卷八之后"穷"总共出现了27次。其他语素比例分别为,"孤"字为22/35,"愁"字为32/45,"泪"字为12/16,"哀"字为4/9。可以说,彝尊创作后期的风格由悲苦转向安闲,虽然依然多次运用了这些词语,但表达的意蕴却发生了变化。

举个例子,《王尚书崇简招同钱澄之、毛会建、陆元辅、陈祚明、严绳孙、计东宴集丰台药圃四首》:"水浅孤村外,亭开万柳中。流觞过上巳,卷幔已南风。旅话江湖别,幽期出处同。接罗拼共倒,举手对山公。"虽然此诗亦出现了"孤",但这里的"孤"是用来修饰"村"的,并非表达人的主体性情感,所以不会造成悲凄孤独的阅读感受,相反,此处用来描述春日时节药圃的风景和宴集众人的活动,轻松而舒畅。

送别诗的悲苦程度虽然较前期减轻很多,但运用了这类词语的诗歌还是带有一些凄凉哀怨的色彩。如康熙二十四年所作《送梁孝廉佩兰还南海》:"秋林卷择百卉腓,篱根细菊圆如玑。北风萧萧南雁飞,蛰虫穷鸟相因依。此时欲别不忍别,马行踟蹰循郊坼。"描述了一幅秋天的萧瑟情景,北风、南雁、蛰虫、穷鸟都给即将到来的离别笼罩上了一层浓浓的伤感,增添了一份愁绪。此诗虽为赠答诗,但作者融入了真情实感。加之当年朱彝尊被谪官,梁佩兰的还乡使其联想自身遭际,心情更加抑郁,诗歌散发出的忧伤使其区别于一般的赠答酬应之作。

除了这些送别诗外,"悲""孤"等词语还用于悼念故人,如《纳兰侍卫性德挽诗六首》其一:"别悔从前易,途伤此日穷。回肠歌哭外,搔首寂寥中。迹扫孤生竹,枝催半死桐。自今观物化,不诋释门空。"丧失知己的痛楚,生活的坎坷多艰,都让朱彝尊歌哭肠断,看空一切,悲痛沉郁。《挽钱进士廷铨》:"曲江宴后放归舻,岂谓才人禄命妨。差胜孤魂追及第,最怜无子奉高堂。门前载鹢车难得,梦里生池草未荒。不待山阳闻笛罢,西风老泪寄千行。"悲凄苍凉,令人唏嘘不已。朱彝尊前半生也创作了很多悼念朋友的挽诗,但与其后期创作的挽诗相比,前期作品悼念的人物多为抗清志士或拒不仕清的故明官吏,风格也更加的激越痛楚。如《再过倪尚书宅题池上壁》:"一自鼎湖龙去后,难期华表鹤归年。石廊细雨生春草,蒿里悲风起墓田。";《吊王义士》:"短书燕市遗丞相,余恨平陵哭义公。此地由来多烈士,千秋哀怨浙江东。"与单纯的悼亡友朋,感慨身世相比,这些诗具有更宽广的悲悯情怀和更深邃的历史兴亡思考。

(四)怀古咏物,闲情愁绪

除了用作友朋间的赠答应酬,在登临怀古或写景咏物的诗作中表达怀古思今之幽绪或者展现一种安闲的愁绪也是这类词语在朱彝尊诗歌中的重要作用。从卷九到二十三,这些悲苦性语词用作怀古咏物,或表达闲情愁绪的次数分别为,"悲"字为 4/7,"孤"字为 13/32,"穷"字为 16/27,"愁"字为 11/44。

以"穷"为例,卷八之前"穷"字多用于"穷途"这样的组合,表示贫穷困厄或是表达四处旅食末路穷愁之感,但卷八之后,"穷"多被当作动词来用,表示游览山川景物时的动作,为穷尽、探究之意。如《欲寻孔水洞不果》:"我思穷其源,惜哉无古槎";《二月朔查山探梅集六浮阁分韵得覃字》:"所憾溆浦隔,未得穷幽探"等。再就是有"穷冬""穷阴"的搭配,单纯地表示冬季,并无感情色彩。

与后期相比,朱彝尊创作前期,"穷"字出现的频率较高,但这些词语也并非全部用来表示穷途末路之感,也有用于描写景物或怀古思今的,但这些诗歌与后期相比普遍带有淡淡的哀思,如《同王二猷定登种山怀古招友人》:"相宅先谋士,成功倚霸才。扁舟一以去,高鸟至今哀。授命谁能尔,知己不易哉。古碑犹宿草,春殿几寒灰。流览穷高下,川涂足溯洄。"此处的"穷"为"穷尽"之意,作者同友人登临种山,徘徊于荒草湮没的古碑和残旧破败的殿堂,怀念哀悼越国大臣文种,借古思今,难免生故国兴亡之悲慨。再如《夜渡永嘉江入黄嶴》:"绝岸苍茫水,穷山断续风。雨归沉黑蜧,川暝失丹枫。华发垂垂短,悲歌处处同。最怜中泽里,深夜有哀鸿。"这是朱彝尊在避"通海案"远走海隅时创作,诗歌处处显示出作者的惶恐和悲苦,"穷"修饰"山",这样的搭配是与作者的心情息息相关的,灰暗的心情使平日美丽的山水都笼上了一层伤感和悲凉。

这些哀伤的情绪在朱彝尊的后期创作中都是比较少见的。彝尊创作后期写景咏物之作大都安散闲逸,体现了安定闲适的生活带来的风格的单调统一。如题画诗《题沈上舍洞庭移居图六首》(卷十五,康熙三十年作):"橘田姜棱散租符,西舍东邻兴不孤。他日相逢王泼墨,也攀生绡索横图。"虽然用到了"孤"字,但加一个"不"字,反用其意,指邻居们的好兴致。朱彝尊在仕清之后写作了很多颂圣之作和描写生活琐事的诗作,有些长篇险韵,喋喋不休,令人生厌。如其康熙二十二年正月所写诗歌就有《元日赐宴太和门》《十三日乾清宫赐宴》《是夜赐内纻表二里一》《十五日保和殿侍食》《是日再入保和殿侍宴》《二十日召入南书房供奉》《三十日上自南苑回赐所射兔》,一月之内所作诗全是记述皇室赐宴或入宫侍奉,事无巨细,简直是一本流水账。

虽然朱彝尊后期诗歌的风格趋于平和安闲,但运用了"悲""愁""孤"等字眼的诗歌,特别是朱彝尊罢官家居时期的诗歌还是具有一定的艺术价值的。《憎蝇》作于康熙二十二年(1683年):"晓梦晨光里,群飞户尚扃。惯能移白黑,非止慕膻腥。曲几思投笔,轻巾屡拂屏。北窗眠未稳,孤坐忆江亭。"这首诗运用了比兴的手法,讽刺某些人像苍蝇一样颠倒黑白,表达了对这类人的憎恶。此诗盖因彝尊仕途不顺,心情抑郁所发。《江行三首》为康熙三十一年彝尊罢官归乡时所作,诗云:"绝壁苔纹鼠尾皴,滩光书静白镕银。分明江上孤蓬客,黄鹤山樵画里人。"抒发了诗人孤独的心境和归隐山林的意愿,悠远哀怨。

三、朱彝尊的穷愁诗歌与"诗可以怨""穷而后工"

朱彝尊的诗歌创作前后期发生了很大的变化,他在《荇溪诗集序》中谈到自己的诗歌创作时说道:"一变而为骚诵,再变而为关塞之音,三变而吴伧相杂,四变而为应制之体,五变而成放歌,六变而作渔师田父之语。"本文所研究的带有"穷""愁"字眼的诗作多为前期创作,即使其后期创作的诗歌,由于这些主体性情感词语的作用,也比那些单纯的应制赠答具有较高的艺术价值。这就提出了一个问题,为什么这类诗歌多出现在朱彝尊的前半生创作中,并且此类表达穷愁情感的作品容易取得较高的艺术成就呢?这与中国传统诗歌理论中的"诗可以怨"和"穷而后工"是有一定关系的。

　　"诗可以怨"这一命题最早出现在《论语》之中,《论语·阳货》说:"小子何莫学夫《诗》?《诗》可以兴,可以观,可以群,可以怨。"这里的《诗》还是指《诗经》而言,"怨"则主要指怨刺上政。

　　钟嵘《诗品序》中谈道:"嘉会寄诗以亲,离群托诗以怨。至于楚臣去境,汉妾辞宫;或骨横朔野,魂逐飞蓬;或负戈外戍,杀气雄边,塞客衣单,孀闺泪尽;或士有解珮出朝,一去亡反,女有扬蛾入宠,再顾倾国。凡斯种种,感荡心灵,非陈诗何以展其义?非长歌何以骋其情?故曰:'诗可以群,可以怨。'使穷贱易安,幽居靡闷,莫尚于诗矣。"这里的"诗"已经变成了"诗歌"之"诗",而诗歌所"怨"者不光有国家朝政,作者罗列的各种或社会或个人的情感都可以是诗歌"怨"的对象。钟嵘的这段论述已经指出诗歌创作是为宣泄和释放,对作者的心理起着抚慰和平衡作用。

　　"穷而后工"的命题是创作论的一部分,着眼于外部环境即诗人的境遇对诗歌创作的影响。"穷而后工"深入到文学创作的内部规律之中,揭示出了作家审美情感的生成、转化,以及评价文学作品的审美标准等艺术特质方面的问题。

　　"诗穷而后工"的看法是欧阳修在《梅圣俞诗集序》中提出的,他说:"予阅世谓诗人少达而多穷。夫岂然哉?盖世所传诗者,多出于古穷人之辞也。凡士之蕴其所有而不得施于世者,多喜自放于山巅水涯,外见虫鱼草木风云鸟兽之状类,往往探其奇怪,内有忧思感愤之郁结,其兴于怨刺,以道羁臣寡妇之所叹,而写人情之难言;盖愈穷则愈工,然则非诗之能穷人,殆穷者而后工也。"欧阳修又说:"君子之学,或施之事业,或见于文章,而常患于难兼也。盖遭时之士,功烈显于朝廷,名誉光于竹帛,故其常视文章为末事,而又有不暇与不能者焉。至于失志之人,穷居隐约,苦心危虑,而极于精思,与其有所感激发愤,惟无所施于世者,皆一寓于文辞。故曰,穷者之言易工也。"[①]

　　朱彝尊的前期"愁苦性"诗歌多为怨恚愤懑之作,这与其"穷"的经历是密切相连的。锡鬯的前半生大部分时间处于物质贫乏和精神孤独双重困境中。孙枝蔚有《满江红·题朱锡鬯处士小像。锡鬯有归耕之志,因命戴葭湄为作烟雨荷耕图,索予词》曰:"万里曾游,尘扑满、东西南北。"[②]彝尊《大墙上蒿行》也说:"我悲夫转蓬,从风高下,亦复南北东西。"[③]游幕生活带给朱彝尊的是穷途末路

---

①　［宋］欧阳修《欧阳修集》,时代文艺出版社 2002 年版。

②　［清］孙枝蔚《溉堂集》,上海古籍出版社 1979 年版。

③　［清］朱彝尊《曝书亭集》,影印文渊阁四库全书本。

之感,他在《解佩令·自题词集》中自叹身世道:"十年磨剑,五陵结客,把平生、涕泪都飘尽!老去填词,一半是、空中传恨。几曾围、燕钗蝉鬓?……落拓江湖,且分付、歌筵红粉。料封侯,白头无分!""穷"是诗歌创作的动力,反过来,彝尊创作出来的诗歌又成为"怨"的载体,承载了作者的哀怨悲苦,成为发泄舒郁的途径。

对于"穷而后工"的创作论,苏轼也在其诗歌中表达过相似的意思,他作诗道:"恶衣恶食诗愈好,恰似霜松啭春鸟"①,"秀语出寒饿,身穷诗乃亨"②。与朱彝尊同时代的彭启丰在为宋琬所作《安雅堂诗序》中曰:"不及天下苦硬之环境,不能道天下秀杰之句。"③清末廖燕《丁戊诗自序》:"境遇苦而性情深,性情深而学问入。诗不能为变境遇之物,而境遇反为深情性入学问之物,故记年以验境遇之顺逆,记诗以验性情学问之深浅,又安可忽乎哉。"这些论述表达的都是"穷而后工"的意思。彝尊也说道:"天殆欲啬我遇以昌我文"④,表达了自己的身世遭遇与文学创作之间"穷而后工"的意思。本文所讨论的带有悲苦性词语的诗歌大都寄寓了作者的真情实感,发抒胸中郁结的不平之气,是真性情的结晶。这些具有较高艺术价值的诗歌多创作于彝尊"穷"之时。而其仕清之后的诗歌创作则正如欧阳修所说"盖遭时之士,功烈显于朝廷,名誉光于竹帛,故其常视文章为末事,而又有不暇与不能者焉"。朱彝尊后半生创作的诗歌,特别是在朝为官期间的诗歌,多为应制之体,或友朋间宴饮赠答唱和之辞,记述生活琐事,动辄长篇险韵,卖弄学问,一条鲋鱼也要咏上三十韵,缺乏情感和意趣,艺术价值不高。

高莲莲:博士,中共青岛市委党校文史教研部讲师。

---

① ［宋］苏轼《东坡全集》,影印文渊阁四库全书本。
② ［宋］苏轼《东坡全集》,影印文渊阁四库全书本。
③ ［清］宋琬《宋琬全集》,齐鲁书社 2003 年版。
④ ［清］朱彝尊《曝书亭集》,影印文渊阁四库全书本。

当代作家
作品研究

进入万物的道路

——莫言中短篇小说的艺术魅力

高建刚

我喜欢读莫言的中短篇小说。早在 1986 年我在上海文艺出版社和香港三联书店出版的《探索小说集》里读到了他的中篇小说《透明的红萝卜》就喜欢上了,那时我刚 20 岁出头,只是喜爱这篇作品,对这篇小说或作者的艺术水平的判断尚无能力。后来,我又通读了莫言的短篇小说集《与大师约会》,之后我便胸有成竹地认为莫言的中短篇小说艺术堪称精湛。

一、莫言创造了一个本质世界

莫言通过小说创造的世界是一个本质的世界。这个世界,不只是人类自己的,他是万物的世界,既是鸡鸭狗猫的,又是植物和石头的,这个世界万物是相通的。这个世界是本质的。而以人独有的世界是科技的世界,却未必是真理的世界。在《透明的红萝卜》中,有一只大胆的鸭子耐不住了,蹒跚着朝河里走。在蓬生的水草前,浓雾像帐子一样挡住了它,它把脖子向左向右向前伸着,浓雾像海绵一样富有伸缩性,它只好退回来"呷呷"地发着牢骚……鸭子们望见一个高个子老头挑着一卷铺盖和几件沉甸甸的铁器,沿着河边往西走去了,鸭子用高贵的目光看着他。这是鸭子的世界,与人类朴素的世界共存,与异化的世界迥然不同。在《拇指铐》中,各种各样的鬼,有的从树上跳下来,有的从地下冒出来,有牛头有马面,还有些毛茸茸的,穿着红绸小裤衩的小动物……甚至于莫言的散文写作也有《会唱歌的墙》。这个世界与技术世界是完全对立的两个世界,这个世界中有图腾有禁忌有神话有宗教,它更接近真理,有助于平衡技术世界无限的扩张。这个世界在现实当中已经被推土机铲除得所剩无几,在精神中也被物欲世界挤压得残缺不全。面临着全方位的拯救。这个世界需要莫言的小说世界。

二、独特的思维方式

莫言创作小说的思维方式很特别,他突破了所有科学文化对人的思维的束缚。他自己讲过,他多亏小学就辍学了。初中、高中控制了大多数人的思维的那些基础知识对他没起什么作用。他几乎达到了石器时代人的思维。所以他在《地道》里能说,方山怀疑自己真是老鼠转世,只要在地道里,他的感觉器官就特别灵敏,怪不得老婆说他天生爱打洞。还有,老婆说,方山为了生育用铁钩子把公社给老婆带的节育环给勾出来时,把她给弄坏了。这符合基本常识吗?包括《透明的红萝卜》中,黑孩的食指指甲盖被砸石子的锤子砸碎成好几瓣,黑孩用右手抓起一把土按到砸破的手指上。竟然能治好了。还有,黑孩硬是握住刚烧红变白的钢钎,手上冒着烟,吱啦响,给铁匠拿过来。以及《麻风的儿子》中,大力笑笑,大踏步走到土路上,挖起一块新鲜的牛屎,托在手掌里,给众人看了看,然后大口大口地吃了下去。吃完了,抹抹嘴,淡淡地一笑……这些思维,具有牢固的文化基础知识的人不可能具备,而且也无法模仿,你模仿了这个细节,换成别的细节你还是会被束缚和控制。这种思维的获得,以及以此来对付文学之事,实属莫言的命好——上帝让他辍学,又偏偏让他去从事文学。此乃天意!

三、走进万物的道路

人类虽然登上了月球、火星,但距离万物越来越远,万物正在一个个、一片片消失。而莫言的小说,向着万物越走越近,与万物一起成长、一起生活。通过莫言的小说能够进入万物的家,与万物重归于好。在《透明的红萝卜》中,上堤的小路能被一棵棵柳树扭得弯弯曲曲。柳树干上像装了磁铁,把铁皮水桶吸得摇摇摆摆。树撞了桶,桶把水洒在路上。这是一条通往柳树的路,在这里,我们与柳树是同事关系,我们与柳树一起完成了提水的过程。还要这样描述:他在梦中见过一次火车,那是一个独眼的怪物,趴着跑,比马还快,要是站着跑呢?连火车这种技术产物,莫言的小说也能进入。我们试想,难道火车不是怪物吗?我们只有进入火车的魂,才能想到它是个怪物。我们被装在怪物的肚子里奔跑。可以说这样的描述比比皆是:他的脚忽然碰到一个软绵绵热乎乎的东西,脚下响起一声叽喳,没及他想起这是只花脸鹌,这只花脸鹌就晕头转向地飞起来,像一块黑石头一样落到堤外的黄麻地里。他惋惜地用脚去摸花脸鹌适才趴窝的地方,那儿很干燥,有一簇干草,草上花还留着鸟的体温。此时作者已经走进鸟的魂。只有懂得鸟的人,才能如此体味鸟的心。再看他是如何进入红萝卜的魂的:红萝卜晶莹透明,玲珑剔透。透明的、金色的外壳里包孕着活泼的银色液体。红萝卜的线条流畅优美,从美丽的弧线上泛出一圈金色的光芒。光芒有长有短,长的如麦芒,短的如睫毛。全是金色。作者就这样轻而易举走进了红萝卜的魂。再比如：那些四棱的狗蛋子草好奇地望着他,开着紫色花朵的水芡和擎着咖啡色头颅的香附草贪婪地嗅着他满身的油烟味。这些植物的魂多么迷人,只有进入其内在,才能有所领悟。在《马语》中,更是通篇都在与马对话,马,原来是你啊,我从草垛边上一跃而起,双臂抱住了它粗壮的脖子。它脖子上热乎乎的温度和浓重的油腻气味让我心潮起伏、热泪滚滚,他耸耸削竹般的耳朵,用饱经沧桑的口气说,别这样年轻人,别这样,我不喜欢这样子,没有必要这样子。小说进入马的魂以后,这番对话便催人泪下了。就连蝗虫这样的昆虫,莫言的小说也走了进去,在《蝗虫奇谈》中,有一只小蚂蚱停留在爷爷的指甲盖上,爷爷发现这个暗红色的小精灵生长得实在是精巧无比。它那么小巧,那么玲珑,那么复杂。做出这样的东西只有老天爷……小说不只停留在表面上的描述,他要走进它的魂,蝗虫,这种小小的节肢动物,一脚就能碾死的一对小东西,一旦结成团体,竟能产生如此巨大而可怕的力量,有摧枯拉朽、毁灭一切之势。在《屠户的女儿》中,有一头小牛犊站在那里,瞪着水汪汪的大眼睛看着我,仿佛要对我说什么话,但它没说,我知道它不好意思跟我说话,它故意不跟我说话,他总有一天会对我说话……它不吃,它不饿,它叼住干枯了的牵牛花的叶子撕它们,只是为了使篱笆墙发出哗哗啦啦的好听的声音,给我听。这头小牛犊的魂多么让人感动。

平时的我们已经很难被万物所感动,我们只有通过真正的诗,真正的小说和艺术才能接近万物,才能沿着神指引的道路进入万物之魂。

四、探索无限的可能性

应该说小说的魅力就在于它无限的可能性,或者说小说本身就是在追求人类世界的无限可能性。而莫言的小说常常是达到了可能性的极致。

《奇遇》中,我在深夜回家路上走着,很紧张,吆喝着给自己壮胆,走着走着碰上了他的三大爷,三大爷给了他玛瑙烟袋嘴,说是还他爸爸的。而他回到家跟正在门口迎接他的爹娘一说这事。爹娘说他净瞎胡说,三大爷前天就死了。现实当中,有这种可能性吗？或者说从科学的角度来说成立吗？这就是小说所能达到的可能性,这个可能性在小说中那么真实,读者那么愿意相信这种可能性。事实上我们也无法否定这种可能性,你能证明彼时彼刻就没有三大爷给他玛瑙烟袋嘴的事吗？同样,在《夜渔》中我和九叔去捉蟹子。九叔摔了一跤就找不到我了。而我跟一朵荷花面对面,荷花不见了,一位年轻女人抚摸着她的头,并用一根竹竿就能让蟹子们纷纷跑进他的篓子里面。这时九叔带着一大家子人到处找他,看见他,问怎么回事,他说他一直跟九叔在一起呢。这种神秘的带有神话色彩的故事丰富了这个世界的可能性。莫言在一篇描写吃相的散文中写到,大饥荒那年,一个学生在教室里上着课吃煤块,嚼得嘎巴嘎巴响,满嘴黑乎乎的,老师说煤怎么能吃呢,学生说很好吃的,不信你尝尝,老师便拿过来尝了尝,这一尝,确实好吃,真香啊。全班同学都一起吃着煤块,整个教室齐刷刷地响。在《屠户的女儿》中女儿直接长成鱼人了,与小黑狗,与小鸟一起生活。在《拇指铐》中他看到一个小小的的赫红色孩子,从自己的身体里钻出来,就像小鸡从蛋壳里钻出来一样。那小孩身体光滑,动作灵活,宛如一条在月光中游泳的小黑鱼。……这种可能性可以说已经达到了极致,只有幻想才可能达到,这是在挑战人类的想象力。

五、无法的境界

写小说有方法吗？有,但它同时也是桎梏。方法往往限制住了作家写小说的想象力。这就像中国书法,书法的最高境界乃是无法。若中规中矩地写字,那充其量就是个书法匠,不是艺术家。写小说的最高境界当然也是无法。读莫言的小说让我感到,他处于无法的境界。

阅读莫言的小说人们会感到,他太随意了,想怎么写就怎么写,简直没有小说的规矩。其实,正因为此,其小说所流露出的那种气场,才给人大气的感觉。

在《屠户的女儿》中,下了坡就是一座小石桥,我们从县城卖肉回来时,小石桥总是伏在河上,弓着腰,歪着头,摇晃着尾巴,对我们微笑。我总担心当我们的小车到他的背上时,它会一使劲把我们甩到河里。哪有这样写石桥的？石桥能摇着尾巴,使劲把我们甩到河里去？莫言就这样写,而且让我们觉得很过瘾。类似的情节在莫言许多小说中都有,还以《屠户的女儿》为例:路两边总是一排排的树木,在只有星星的时候,我看到它们像一个个高大的、撅着嘴巴生闷气的大男人,我们的小车儿在它们的脚下咪溜溜地滑动着,像它们的玩具一样。只要它们发了怒,一抬脚就可以把我们的车、连同我的外公和我的妈妈,当然更跑不了我,踹出去好远好远,我们和我们的车儿在星星中间翻着跟头飞,有时碰到星星们那些亮晶晶的腿……真是随意到家了。但读者读到这里会感到整个世界都活了起来。

看似无法,实乃超出所有的法之上。这是艺术创作的最高境界。

高建刚:青岛市作家协会主席。

"水"边少年与"水""火""土"的汇合

——"曹文轩新小说"中"风景"新变的多重意义

徐 妍

当下的中国现当代文学研究,视角非常多样。有些学者的学术研究倾向于选取研究的大视角,如思想史、思潮史、文学史、文化研究等;有些学者的学术研究倾向于选取小切口,如意象解读、表微探寻、史料爬梳等。但"风景"的视角,特别是忠实于本土研究对象的"风景"视角,而不是从西方理论出发的"风景"视角,为我们提供了一个稀缺却重要的研究角度。① 如果以"风景"的视角来解读中国现当代小说,将会发现一个有趣的现象:有的作家喜欢以"土"为小说的核心"风景"并将其延展为表现乡土中国社会的现实题材、升华为现实主义的文学观念或文学精神;有的作家愿意以"火"为小说的核心"风景",或将"火"比喻为作家自我生命的热力或炽焰,或隐喻为个人生命的解放或私人生命的欲念,前者传递了浪漫主义的文学精神——"以增加强度来实现简化"②,后者寄予了现代主义的文学观念——"这盏现代的灯笼在一切认识对象上投下了阴影"③;也有的作家喜欢以"水"为小说的核心"风景",并将"水"理解为一种生命的本源,以此致力于对中国古典主义美学精神的建构,并由此对中国文学现代性进程中的诸多问题进行反思。2016 年"国际安徒生奖"获得者、中国当代作家曹文轩作

---

① "风景"既指自然风景,也指内心的"风景"。其一,"风景"的概念如《现代汉语词典》中的解释:"一定地域内由山水、花草、树木、建筑物以及某些自然现象(如雨、雪)形成的可供人观赏的景象。"(参见《现代汉语词典》第 5 版,商务印书馆 2005 年版,第 407 页)其二,"风景"的概念如曹文轩所说是"心灵中的风景"(参见曹文轩《小说门》,作家出版社 2002 年版,第 284~291 页)。也如柄谷行人所说:"只有在对周围外部的东西没有关心的'内在的人'(innerman)那里,风景才能得以发现。"(参见柄谷行人《日本现代文学的起源》,赵京华译,三联书店 2003 年版,第 15 页)

② 叶芝语,转引自哈罗德·布鲁姆《影响的剖析:文学作为生活方式》,金雯译,译林出版社 2016 年版,第 197 页。

③ 波特莱尔《1855 年世界博览会美术部分》,转引自贡巴尼翁《反现代派——从约瑟夫·德·迈斯特到罗兰·巴特》,郭宏安译,三联书店 2009 年版,第 61 页。

为中国古典主义美学精神的继承者和转换者,既始终致力于以"水"为核心"风景"的古典主义美学风格的写作,又在新时期至 21 世纪的不同文化背景下探索创作新变。"曹文轩新小说"①作为曹文轩的最新"成长小说",即是以重新出发的方式继续探索 21 世纪中国成长小说与 21 世纪中国文学的新路。本文试图以曹文轩新小说为例,解读并分析它们如何与为何在新时期至 21 世纪的背景下呈现出新变。

一、"水"边少年与"水"之变

　　21 世纪以来,中国当代作家逐渐将目光从对西方世界的仰望转向对本土世界的凝视,从对西方现代主义文学叙事神器的膜拜转为对本土传统文学(包括本土现当代文学传统)叙事资源的重启。在这个背景下,曹文轩新小说在经历了从新时期至 21 世纪的曹文轩"油麻地"系列小说、"大幻想文学"、都市系列小说、长篇动物小说、童话、绘本等多种体裁的文学创作后,又沿着写实的道路回返故乡"油麻地"了。曹文轩新小说又在继续讲述故乡"油麻地""水"边少年苦难与诗意并存的成长故事。但与此同时,它们又呈现出不可忽视的新变。特别是曹文轩"油麻地"系列小说中的"水"边少年与"水"风景都发生了新变。的确,曹文轩新小说中的少年主人公依旧是"水"边少年。"水"边少年依旧成长于"水"乡"油麻地"的世界里。曹文轩也依旧借助于"水"边少年的成长故事来着力塑造"水"边少年形象。当我们在曹文轩新小说中的开篇看到了《穿堂风》中的少年橡树、少女鸟童,《蝙蝠香》中的少年村哥儿、少女樱桃,《萤王》中的少年屈宝根等"水"边少年少女形象时,我们会以为又见到了那些散发着水生薄荷的香味,充满人性光亮的"油麻地"上的"水边"少男少女了!然而,曹文轩新小说中的"水"边少年橡树、村哥儿、屈宝根却与曹文轩以往"油麻地"系列中的"水"边少年很是不同:由于曾经庇护那些"水"边少年的父亲桑乔(《草房子》)、老校长王儒安(《红瓦》)、女教师梅纹(《细米》)等精神导师都不见了,小伙伴们对"水"边少年也是一脸嫌弃地离他们而去,这使得曹文轩新小说中的"水"边少年

---

① 　"曹文轩新小说"此处包括《穿堂风》《蝙蝠香》《萤王》三部小说,下文从略。事实上,"曹文轩新小说"作为曹文轩文学创作中的一个新概念,不仅指《穿堂风》《蝙蝠香》《萤王》这三部小说的总称,而且指曹文轩借这三部小说所表现出来的自 21 世纪以来渐渐发生的小至小说意象、语调、基调、色调,大至文学观念、美学观念、哲学观念等诸多方面的新变。对此,曹文轩曾如此说明:"'曹文轩新小说'中的'新'字,不只是指它们是我的新作,还有'新的思考''新的理念''新的气象'等其他含义。"(参见曹文轩《穿堂风》,天天出版社 2017 年版,第 133 页)

的成长过程相当无助，再加上成长过程中宿命的劫难，可谓充满了"被抛"的伤痛性记忆。特别是，这些"水"边少年的成长心理由原本纯真的儿童性的曦光过早地生长出人性的昏黄"暗影"，让熟悉曹文轩小说的读者不免感到熟识又陌生。

那么，曹文轩新小说中的"水"边少年如何发生了如此新变？

首先，曹文轩新小说中的"水"边少年失去了庇护他们成长的或高贵或稳靠的家庭。《穿堂风》中的"水"边少年橡树不再是曹文轩"油麻地"系列小说《草房子》《红瓦》《细米》中的龙种之子，也不再是《忧郁的田园》《大水》《青铜葵花》等小说中的良善人家之子，而是一个赌徒和盗贼之子。自橡树成为少年后，他就被迫为赌徒和盗贼之父"放风"，"再后来，橡树的手也开始痒痒了。他先是偷瓜、偷枣，接下来，开始偷同学的笔呀、本子呀什么的。他甚至偷了人家一只羊。但那只羊在半路上跑掉了"①。可见，橡树一出场就是一个宿命般"被抛"的少年。这宿命般的"被抛"对于少年橡树而言，难以承受，以至于他一个人日夜不停地在田野上奔跑、喊叫。《蝙蝠香》中的"水"边少年村哥儿"被抛"的疼痛感一点也不比橡树的轻。村哥儿自8岁起，漂亮的妈妈就同其他几个孩子的妈妈乘着一只小船离开了他。爸爸寻找妈妈未果，却因此失明又失聪。此后，村哥儿只能在梦游时见到妈妈，从而经历了在梦与醒之间的人性摇摆之痛。《萤王》中的少年屈宝根倒是拥有一个完整的家庭，但8岁时，因痴迷于一只彩色昆虫豆娘而只身进入芦苇荡并险些丧命。后来，屈宝根的一生都未能走出芦苇荡的魔咒。曹文轩新小说中的"水"边少年除了遭遇了不可承受的"被抛"于家庭的宿命外，还遭遇了"被抛"于他人的命运：曾经在曹文轩"油麻地"系列小说中为"水"边少年带来友谊、温暖、爱意的小伙伴和村邻不见了，却代之以小伙伴们及村邻们的误会、猜忌、孤立的目光。橡树是全村唯一一个不能与小伙伴一样享有少女乌童家"穿堂风"的少年；村哥儿的夜游症让鸭鸣村的小伙伴们从同情到不解再到围观和嘲笑；少年屈宝根因对救命恩人萤火虫的呵护而被小伙伴们视为"怪物"。可见，曹文轩新小说中的"水"边少年已经不同于20世纪八九十年代曹文轩"油麻地"系列小说中"水"边少年的"被抛"——那时的"水"边少年，总有精神导师庇护左右，灾变也总会适时过去；也不同于21世纪初期《青铜葵花》《叮叮当当》中的深度"被抛"——精神导师时而离散，灾变多无始无终；曹文轩新小说中的"水"边少年——橡树、村哥儿、屈宝根近乎彻底地"被抛"。或者说，在曹文轩新小说中，"水"边少年从开始到结局，都无法逃离近乎彻底"被抛"的

①　曹文轩《穿堂风》，天天出版社2017年版，第25页。

宿命。

　　在"水"边少年被重新塑造的同时，曹文轩新小说在一开篇就呈现出了曹文轩"油麻地"系列小说中的"水"风景："大大小小的河流""河堤""麦田""芦苇荡""鸭们""羊们""渡口""小船"，等等。熟悉曹文轩小说的读者同样会以为他们又来到曹文轩小说中那个温暖、诗美的"油麻地"世界了！但很快会发现，这些"水"风景的色味、形状、美感等都发生了新变。进一步说，在曹文轩新小说中，读者不见了他们已经习惯了的 20 世纪八九十年代曹文轩小说中的沉静的大水、洁净的湖水、清澈的溪水所散发的如葡萄柚与青橄榄相混合的苦涩又芳香的"水"的色味儿；不见了他们已经熟悉了的八九十年代曹文轩小说中的俊逸、轻灵的"水"的形状；还不见了他们已经铭记了的八九十年代曹文轩小说中的"水"的静谧、丰盈的美感。尤其，他们或许会诧异于"水"的意蕴的新变："水"既能够升起"水"边少年的梦想，也能够覆灭"水"边少年的梦想。

　　我们先一同辨识曹文轩新小说中"水"的色味儿。"水"原本无色无味儿。在某种意义上，"水"的色味儿其实是人物心灵的映像。正是这样，曹文轩新小说中"水"的色味儿与"水"边少年的心理形成了互为"风景"的镜像关系。"水"边少年的心理情状变了，"水"的色味儿也随之变了。《穿堂风》开篇就从"水"的色味儿写起："在这滚滚的热浪中，世界万物好像都在膨胀，躺在小船阴影里的橡树却觉得自己在缩小、变薄。"[1]但开篇就消散了曹文轩以往"油麻地"系列小说中的"水"的清澈、清凉的色味儿，而散发出曹文轩小说从未有过的沉浑、燠热的色味儿。《蝙蝠香》中的"水"风景由曹文轩以往"油麻地"系列小说中的快乐的、忧伤的色味儿变成了伤痛的、绝望的色味儿。例如，村哥儿的妈妈就是从"水"上离家的，村哥儿的爸爸就是在"水"边"咔吧"垮塌了。《萤王》中的"水"风景更是将曹文轩以往"油麻地"系列小说中的明亮的、充满生机的色味儿变成了黑色的、濒临死亡的色味儿——少年屈宝根在一望无际的芦苇荡几度濒临死亡。

　　我们再一同辨识曹文轩新小说中"水"的形状。与"水"的无色无味的色味儿相一致，"水"的形状也是无形无状的，遇圆则圆，见方则方，它也要凭人的心理情状而塑形。《穿堂风》中有一段关于橡树心理情状与"水"的形状之间的镜像关系的描写："他的身体倒映在水上。／鱼们好像很喜欢这个影子，就在影子里游来游去。忽地，它们受了惊动，都一摆尾巴不见了，他的影子被搅动了，在

_____

[1]　曹文轩《穿堂风》，天天出版社 2017 年版，第 18 页。

水面上不断地变幻着形状。"①这段对于"水"边少年橡树与"水"中鱼儿相互交流的描写，倒映着"水"边少年橡树的心理：孤寂。《蝙蝠香》《萤王》中的"水"风景同样环绕着少年村哥儿和少年屈宝根的孤寂心理而形成了多变的形状。

我们再一同辨识曹文轩新小说中"水"的美感。基于曹文轩新小说中"水"的色味儿、形状的变化，曹文轩新小说中"水"的美感同样发生了新变。其中，《穿堂风》中的"水"风景依旧具有纯净的古典美感的一面，但与此同时并置了不干净、不清爽、不舒服的另一面的现代美感。例如，《穿堂风》描写"水"的黏着感："小船像一只锅盖，下面是很闷人的。橡树已浑身是汗。"②《蝙蝠香》中的"水"风景虽然依旧具有温暖、恒常的古典主义美感的一面，但与此同时，"水"风景中又潜伏着阴冷、无常的现代主义美感。所以，村哥儿之所以一次次向"水"边梦游，是因为"水"边的小船满载着他对妈妈的美好思念，但"水"不远处田野的夜空飞舞着蝙蝠，分明隐喻了命运中惘惘的威胁，呈现出现代主义的神秘、无常的美感。《萤王》中的"水"风景在开篇让古典主义的祥和、优美的美感一闪而过，继而反复呈现出现代主义黑浪翻滚的凶险美感。总之，在曹文轩新小说中，曾经与"水"边少年纯真之心相一致的单纯、谐和的"水"风景的古典美感固然恒久不变，但同时并置了与少年"暗影"之心相一致的复杂、诡异、多变的"水"的现代美感。

值得注意的是，在曹文轩的文学词典中，"水"边少年始终与"水"一样皆被视为"风景"，因为在曹文轩看来，"小说中的人物是一棵树，小说家是一棵树，小说是一棵树③。因此，在曹文轩新小说中，"水"边少年与"水"的色味儿、形状、美感之间的关系具有生命的同构性。如果说"水声实际上天生具有清凉和清澈的各种隐喻"④，那么"水"边少年——橡树、村哥儿和少年屈宝根实际上天生具有如水一样的清凉和清澈的心声。而且，不管他们"被抛"的生命遭遇了什么，变化成什么样，一经来到"水"世界，他们都会在"被抛"之途倾听到"水"的声响，然后在幻想中沉思，在沉思中幻想，最终沿着"水"目光的引导，以"水"之子的身份回返到中国人生命之源头——古典之"水"。不仅如此，经过曹文轩新小说的创作，曹文轩从"水"的本质中不仅传递了"水"对于他个人生命和美学思想的影响，而且把握住了"水"的哲学观。换言之，"水"对于曹文轩来说："绝非仅仅是

---

① 曹文轩《穿堂风》，天天出版社 2017 年版，第 47 页。
② 曹文轩《穿堂风》，天天出版社 2017 年版，第 26 页。
③ 曹文轩《小说门》，作家出版社 2002 年版，第 319 页。
④ 加斯东·巴什拉《水与梦——论物质的想象》，顾嘉琛译，岳麓书社 2005 年版，第 37 页。

生物意义上的。它参与了我之性格，我之脾气，我之人生观，我之美学情调的构造。"①不仅如此，曹文轩更是在变化与恒常的矛盾中实现了对水的生命本质的把握。

二、"奔跑"的少年与"火"之焰

在曹文轩新小说中，"水"边少年不再是 20 世纪八九十年代曹文轩小说中的一棵树，而是一束奔跑的"火"的炽焰。"水"是光，"火"也是光。在新时期至 21 世纪的背景下，曹文轩深谙"水"的威力，也确信"火"的力量。特别是在 21 世纪背景下，曹文轩新小说在坚持以"水"风景为核心"风景"的同时，还增加了"火"风景的描写，并变化了"火"的表现形态和美学形态——由暗"火"转为明"火"，由浪漫主义之"火"转为现代主义之"火"。

在曹文轩新小说中，"水"边少年——橡树、村哥儿和屈宝根给人印象最深的除了在"水"边"沉思"的形象，就是不停地在"火"的炽焰下"奔跑"的形象。有时，"奔跑"的少年比"沉思"的少年更令人难忘。事实上也是这样：在《穿堂风》中，"水"边少年橡树一出场就如一个在"火"的炽焰中奔跑的少年形象："一个光着脊梁的男孩，头戴一顶草帽，正在没有任何遮挡的田野上穿行。仿佛要躲避阳光，他一直在跑动。那时的太阳光十分强烈，他跑动时，样子很虚幻，像是在田野上游荡的魂灵。"②随着情节的发展，在太阳光的炽焰之下，"橡树在田埂上跑动着"的画面反复出现。橡树仿佛只有在太阳光的炽焰下奔跑才能确证自身的存在，也才能完成自己的成长礼。《蝙蝠香》中的"水"边少年村哥儿倒不似橡树那样"奔跑"在太阳光的炽焰之下，相反，村哥儿总是飘荡在清凉的月光之下。《蝙蝠香》开篇便任"水"边少年村哥儿飘荡在"月光"之下："村庄还在熟睡中。／村哥儿起床了。他没有点灯，借着从窗口照射进来的月光，穿好衣服，穿上鞋，打开门，轻飘飘地走进了浸泡在月光中的世界。"③在以后的情节里，读者会得知：每当夜晚，村哥儿就飘荡在月光之下。"月"之光清凉如水，接近"水"的性质，但村哥儿恰是由于逃避白日里的太阳光之"火"而飘荡在月光之下。甚至可以说，在《蝙蝠香》中，"月"之光徘徊在"火"之光与"水"之光之间，或者，可以说，"月"之光是"火"之光的一种"倒错"。"飘荡"对于《蝙蝠香》中的村哥儿来说是

---

① 曹文轩《追随永恒》，北京大学出版社 1988 年版，第 63 页。
② 曹文轩《穿堂风》，天天出版社 2017 年版，第 10 页。
③ 曹文轩《蝙蝠香》，天天出版社 2017 年版，第 3 页。

一种隐蔽的"奔跑"。《萤王》中的"水"边少年屈宝根在小说的一开始并不似《穿堂风》《蝙蝠香》中的"水"边少年橡树和村哥儿那样带有伤痛性动因而"奔跑"。从某种意义上说,少年屈宝根只是一个被不可名状的动因所迷惑的"水"边少年,或者说,他是一个为了追赶美昆虫豆娘而一路"奔跑"的"水"边少年。而这一"奔跑"过程,就是他被"美"一路吸引、一路孤寂之"火"燃烧的过程。当"美"升华为"美育",就意味着少年屈宝根完成了他的成长礼。

至此,曹文轩新小说经由"水"边少年——橡树、村哥儿和屈宝根在各式"火"光中的"奔跑",既讲述了他们的新型成长过程,也塑造了他们的新型"水"边少年形象。在此过程中,尽管"水"边少年有时不是冒着"火"光而"奔跑",而是沿着"水"光在"奔跑"。但"水"光与"火"光不断交替,"水"边少年逐渐由"水"边沉思的少年变化为"火"光中"奔跑"的少年。

沿着曹文轩新小说中的"水"边少年变化为"火"光中"奔跑"的少年这一特异的"风景"望去,20世纪八九十年代曹文轩小说在平静如水的文字中所确立的明亮、感伤的叙述基调,恬静、冲淡的氛围和静美、怡人的"风景"淡远了,近在眼前的是:曹文轩新小说中躁动、阴郁、诡异的叙述基调,燠热、寂静、变幻不定的氛围或"风景"。

我们先看曹文轩新小说的叙述基调,即解读三部中篇小说的开头如何确立了小说的叙述基调。《穿堂风》的开头从太阳光写起:"夏天,一年比一年热了。/今年的夏天,从一开始,就来势汹汹。而到了现在,那热,越发地让人感到难以抵抗。一连许多天,不刮风,不下雨,天空没有一朵云,只有一轮那么大那么大的太阳悬挂着。哪里还是太阳嘛,分明是一只扣在头顶上的巨大火盆。"①显然,《穿堂风》开篇的太阳光仿若"火"的炽焰。接下来,作者无论如何描写"穿堂风"的清爽,恐怕都已奠定了"躁动"这一小说的叙述基调了!《蝙蝠香》表面是从清凉的月光开头,实则是从梦游少年村哥儿因思念妈妈而导致的旺盛肝火起笔,那肝火是村哥儿在白日里被压抑的思念之"火",由此确立了这部中篇小说的叙述基调——阴郁。《萤王》是以少年屈宝根被美昆虫豆娘迷惑开头,表现了少年屈宝根对美的宿命追求,也暗含了他在追求美的路途上所承受的孤寂之"火",及其他所遭遇的诸多无常的变数,进而确立了这部小说的叙述基调——诡异。通过这三部中篇小说的开头,可以看出,曹文轩新小说从一开头就改变了他以往"油麻地"系列小说中静谧、稳态的叙述基调,而以"火"的不同形式、从

---

① 曹文轩《穿堂风》,天天出版社2017年版,第3页。

"头"突围的写作策略来刷新曹文轩新小说的叙事基调,由此呈现了一位小说家的创造力和小说的活力。

与曹文轩新小说的叙述基调相一致,曹文轩新小说的氛围始终被各种"火"光所笼罩。"火"在曹文轩新小说中,铺天盖地,形态各异,聚集了明火、暗火、欲火、妒火、毒火、冷火、萤火、死火、肝火,甚至内含了鲁迅的《野草》之"火"。在此,氛围亦是曹文轩新小说的"风景","风景"反过来构成了曹文轩新小说的氛围。氛围即"风景"。无论是氛围描写,还是"风景"描写,曹文轩新小说都表明,遍布"火"光的氛围或"风景""是和孤独的内心状态紧密联接在一起的"[①]。当少年橡树处于格外焦灼的内心状态时,《穿堂风》就反复蒸腾着"火"的炽焰,营造出难耐的燠热的氛围:"太阳实在太凶猛了,让他感到皮肤热辣辣地痛。""田野上,就只有他一个人。太阳实在太烤人了,没有人敢在它下面行走。""他抬头看了一眼太阳,'走开去,快点儿走开去吧!晒死人了!'""他躺在一条田埂上。被太阳烤晒了许久的田埂是烫的,而天空,那轮太阳还在熊熊地燃烧。"[②]当少年村哥儿处于格外忧伤的内心状态时,《蝙蝠香》就反复呈现"月光"之"火",营造出咬人的寂静的氛围:"这世界清净到仿佛萤火虫的闪光、蝙蝠的飞翔,甚至是月光,倒有了声音。""妈妈的声音像月光洒在幽幽的林子里,让台下安静得像一条没有一丝风的河。""天上,月亮在走。星星看上去不走,只是在眨眼睛。"[③]当少年屈宝根处于恐惧的内心状态时,《萤王》就反复描写萤火虫明灭之间的"萤火",营造出实有与虚无相交织的变幻不定的氛围:"萤火虫安静地栖息在翘起的鼻光上,一熄一灭。""五盏小灯笼忽前忽后,忽熄忽灭地亮在爷爷的前头。风大些时,芦苇东摇西摆,会让这些小灯笼变得更加迷离恍惚。"[④]不过,曹文轩新小说对各种"火"光的描写不只是为了营造氛围,而是为了传递"水"边少年的隐秘心理。换言之,"水"边少年一点也不愿意变身为"火"光中"奔跑"的少年,但"被抛"的命运使然。

需要说明的是:曹文轩新小说如此这般让"水"边少年在"火"之炽焰中完成少年主人公的成长礼,看似突兀,实则在曹文轩小说的创作历程中有迹可循。在20世纪八九十年代曹文轩小说中,"火"大多被象征为引领"水"边少年成长的浪漫主义光焰。作为一位经历了七八十年代理想主义的青春期教育,且始终

① 柄谷行人《日本现代文学的起源》,第15页。
② 曹文轩《穿堂风》,天天出版社2017年版,第49页。
③ 曹文轩《蝙蝠香》,天天出版社2017年版,第58页。
④ 曹文轩《萤王》,天天出版社2018年版,第23页。

践行古典主义美学精神的现代思想者,曹文轩在八九十年代的小说创作中,宁愿将"火"与"水"边少年在成长阶段的信仰、激情、理想和人生哲学的某类遐想联系起来。然而,在 21 世纪曹文轩小说中,"火"则更多地与少年所承受的焦虑、隔膜、孤寂、恐惧等现代性伤痛联系在一起。例如,曹文轩于 20 世纪 90 年代末创作的长篇小说《草房子》是这样结尾的:"桑桑望着这一幢一幢草房子,泪眼蒙眬之中,它们连成了一大片金色。"①在此,"太阳"这轮巨大的天体以古典主义和浪漫主义相融合的神性之"火"让"水"边少年桑桑劫后重生。到了 2005 年出版的长篇小说《青铜葵花》,"油麻地"灾变重重,"火"的浪漫主义的光焰式微,但"水"边少年青铜没有丧失信念。这或许意味着"火"的理想主义之光正经历了某种新变。在 2005 年出版的另一部长篇小说《天瓢》中,"火"发生了裂变——由温暖、明亮的太阳之光裂变为惊悚的"火"光。如《天瓢》第 8 章中的黑雨与一团团"火"光形成对照、转换关系:"但,当太阳已沉坠到西边芦苇穗上时,一个放牛的孩子,骑在牛背上,忽地又看到了火——从另一片芦苇地里升腾起来的火。他用双手圈成喇叭,向油麻地镇大声喊叫:'又着火啦!——又着火啦! ……'"②但即便如此,曹文轩也从未让"水"边少年在成长过程中承受如曹文轩新小说中"火"的炽焰般的极限体验。尽管曹文轩新小说中被放入了"月光""迷迭香""精灵"等浪漫主义元素,但还是挥之主流文坛。此后,曹文轩虽然以多种体裁多路突围,但那种至深的孤寂感始终如影随形。2016 年,曹文轩获得了"国际安徒生奖"。获奖后的曹文轩虽然感到欣慰,但孤寂感有增无减——他与 21 世纪中国主流文坛、世界主流文坛的疏离关系非但未能改善,反而越来越远。而且,他的孤寂感并不独属于他自己,还属于 21 世纪的中国人。21 世纪的中国,在喧嚣的声音下还有多少人能够耐心地倾听他人的声音?曹文轩因他的孤寂感而深切地感知到 21 世纪中国人,包括 21 世纪中国少年的孤寂感。故此,曹文轩新小说中"水"边少年的成长过程被讲述为"水"与"火"相博弈的洗礼过程。

然而,如果一向被曹文轩视为永恒的金色天体的太阳,在曹文轩新小说中已化身为一束束令人窒息的"火"的炽焰,"水"边少年将如何被导引?

三、高贵的"人"之子和"土"之根

曹文轩新小说中的"风景"——少年、"水""火"虽发生了新变,但这些新变

---

① 曹文轩《草房子:10 年荣誉典藏纪念版》,江苏少年儿童出版社 2007 年版,第 284 页。
② 曹文轩《天瓢》,长江文艺出版社 2005 年版,第 180 页。

并不意味着曹文轩新小说的脱胎换骨，或与曹文轩以往"油麻地"系列小说划清界限。事实上，始终坚持本质论文学观①的曹文轩不论如何变化他小说中的"风景"，都始终恒定地承继了由鲁迅所确立，废名、沈从文、汪曾祺等所接续的，以"水"为核心"风景"的古典形态小说创作传统。或者说，曹文轩新小说中的"风景"固然是被他一个人所描写，但并不是他一个人行走在以"水"为核心"风景"的写作路途上。

1921年，鲁迅创作并发表了短篇小说《故乡》。② 在《故乡》中，鲁迅塑造了闰土这一经典人物形象。然而，在鲁迅研究者将目光集中在"水"边少年闰土这一"地"之子的经典形象时，却将"水"边少年闰土"水"之子的原型形象忽略了！事实上，少年闰土这一"水"之子的原型形象，不仅为文学史上的后来者提供了如何以"风景"化的方式塑造"水"边少年形象的古典诗化的人物塑造方法，而且还确立了如何将"水"之子想象为未来"人"国中的"人"之子的理想化"风景"：善良、纯真、机智、慷慨、强健……俨然是一位充满光辉的东方小英雄形象。1922年，鲁迅在《社戏》③中再度塑造了双喜、阿发等"水"边少年形象，重现了《故乡》中"水"之子即是"人"之子的理想化"风景"。这样，经由《故乡》和《社戏》中的"水"边少年形象，鲁迅寄予了一位现代启蒙思想家对"人"国中的"人"之子的理想期待。也经由鲁迅的短篇小说《故乡》和《社戏》，"水"边少年即是"人"之子的别名。此后，废名、沈从文、汪曾祺等中国现当代文学史上一批作家不约而同地以"水"为核心"风景"，相继塑造了小林（《桥》）、大老、二老（《边城》）、明海（《受戒》）等"水"边少年形象。这些"水"边少年纯真、善良、灵性、明亮、慷慨、勇武……他们虽然各有各的形象特征，但皆与鲁迅的短篇小说《故乡》《社戏》中的闰土、双喜等"水"边少年一样极具东方少年的生命气韵，既充满了"人"国中"人"之子的光辉，也具有"人"国中"水"之子的诗性"风景"。

曹文轩，作为从新时期至21世纪以"水"为核心"风景"的中国古典形态写作的代表作家，在其40年的文学创作历程中，塑造了一个个让人印象深刻的"水"边少年形象。他们是桑桑、秃鹤（《草房子》）、林冰、杜小康、赵一亮（《红

---

① 曹文轩在《混乱时代的文学选择》中指出："文学就是文学，它的性质——文学之性——文学性一贯如此。"参见《粤海风》2006年第3期。

② 最初发表于1921年5月的《新青年》第9卷第1号，参见《鲁迅全集》第1卷，人民文学出版社2005年版，第501～511页。

③ 最初发表于1922年12月《小说月报》第13卷第12号，参见《鲁迅全集》第1卷，人民文学出版社2005年版，第587～598页。

瓦》）、细米（《细米》）和青铜（《青铜葵花》），等等。而这些"水"边少年形象固然诞生于曹文轩的故乡"油麻地"纯美之"水"的深处，但同时也诞生于鲁迅的《故乡》《社戏》等短篇小说中以浙东为"风景"的"人"国之"水"的源头。而后，这些"水"边少年形象的血管里又汇聚了废名的《竹林的故事》《桥》等小说中的以黄梅为"风景"的佛性之"水"的"恬静安宁"①，沈从文的《边城》《长河》等小说中以湘西为"风景"的纯净之"水"的"淡雅"和"柔情"②，汪曾祺的《受戒》《看水》等小说中以高邮为"风景"的悠然之"水"的"淳朴"和"淡然"。③ 可以说，曹文轩小说中的"水"边少年形象正是由于"油麻地"之"水"与鲁迅、废名、沈从文、汪曾祺等小说中源流之"水"的激活和注入，才使得他笔下的"水"边少年由"水"之子成长为"人"之子。当然，作为从新时期至 21 世纪的中国古典形态写作的代表作家，曹文轩小说中的"水"边少年形象日渐呈现出与鲁迅、废名、沈从文、汪曾祺等前辈作家作品中"水"之子有所不同的新质。如果说 20 世纪八九十年代的曹文轩小说依然保有了前辈作家小说中充溢着的古典主义美学精神谐和的一面，进而让"水"边少年与"水"的怡人、自然的特性相一致，那么，21 世纪曹文轩小说则因现代主义意蕴的深化而改变了他以往小说中古典主义美学精神谐和的一面，进而让"水"边少年不断受到灼人、恣肆之"火"的侵袭。特别是，曹文轩新小说中的三位"水"边少年——橡树、村哥儿、少年屈宝根的成长过程始终处于"水"与"火"的厮杀状态，"水"边少年的心理承受力遭到严峻考验。但唯其如此，曹文轩新小说更加凸显了"水"边少年被苦难所磨砺后，由"水"之子成长为高贵的"人"之子的精神新质。

那么，曹文轩新小说中"水"边少年是如何在苦难中获救并高贵地做"人"的？或者说，曹文轩新小说中"被抛"的"水"之子如何在各种"火"光中既成为鲁迅所想象的"人"之子，又成为曹文轩所想象的高贵之子？由"水"之子通向高贵的"人"之子的所有探索都使得曹文轩新小说在 21 世纪背景下具有了思想史层面的意义。与新时期至 21 世纪曹文轩"油麻地"系列小说的主题一样，曹文轩新小说仍然讲述这样的成长主题："被抛"的"水"边少年若想获救并成为高贵的"人"之子，唯有依凭爱与美。如何理解爱与美？一般说来，在曹文轩的小说中，爱，即人间大爱；美，即古典之美。爱与美，具有"准宗教"意义。所以，每当《穿

---

① 曹文轩《圈里的美文——读废名的〈桥〉》，《北大课堂：经典作家十五讲》，中信出版社 2014 年版，第 39 页。

② 曹文轩《回到"婴儿状态"——读沈从文》，《北大课堂：经典作家十五讲》，第 47、45 页。

③ 曹文轩《水洗的文字——读汪曾祺》，《北大课堂：经典作家十五讲》，第 62、74 页。

堂风》中的"水"边少年橡树向下"坠落"的时候，奶奶都会以亲情的大爱将他托举起来。尤其，因忧伤而早逝的妈妈不仅是橡树血缘上的母亲，而且是暗中引导橡树通向高贵少年的爱美者。在小说中，橡树的妈妈超越了生死边界，具有古典之美的隐喻功能：静谧、恬淡、忧郁、圣洁……正如小说所写："妈妈很漂亮，一年四季穿着干干净净的衣服。……妈妈离开这个世界前的那几天，两颊像涂了淡淡的胭脂，眼睛又大又亮，像一个小姑娘的眼睛……"①当然，橡树的获救并高贵做"人"，至最后关头，只能依靠自身来完成。当橡树一个人在暗夜中勇敢地面对村里的盗贼瓜丘时，意味着他在爱与美的引导下重新诞生为一位高贵之子。《蝙蝠香》中的村哥儿和《萤王》中的少年屈宝根同样是在苦难的成长路途上被爱与美所引导。村哥儿每次梦游，爸爸都庇护在后，亲情被升华为人间大爱；村哥儿虽然被妈妈遗弃，但妈妈在他的记忆里一直定格为美的化身。由于爱与美的引导，村哥儿成长为一位反过来护卫爸爸的高贵之子。《萤王》中的屈宝根与其说是被萤火虫所救助、因萤火虫而忧伤，不如说是为萤火虫之爱、萤火虫之美所吸引，为其献身。但是，爱与美，在曹文轩新小说中，除了一般性的要义，还有复杂性的意旨，即爱与美固然是恒定的概念，更是变化的概念；是历史性的概念，更是现实性的概念。对于爱与美的复杂意旨，曹文轩曾经在《混乱时代的文学选择》中如是阐明："中国当下文学在善与恶、美与丑、爱与恨之间严重失衡，只剩下了恶、丑与恨。""并且文学必须有爱——大爱。文学从它被人们喜爱的那一天开始，就把'爱'赫然醒目地书写在自己的大旗上。而今这面肮脏不堪的大旗上就只有精液、唾沫与浓痰。"②可见，该文虽是曹文轩对美国当代文学批评家、文学理论家哈罗德·布鲁姆的致敬之文，但更是他对21世纪中国文学美与丑、爱与恨严重失衡的毫不妥协的批判。因此，在曹文轩新小说中，爱，固然是指支撑"水"边少年完成成长仪式的中国传统社会中人间亲情、友情等恒定的美好真情，但更是指疗救当下中国人偏狭、狂躁、焦虑等精神疾病的现代理性，还延展为对21世纪中国主流文学的一种——当下现代主义小说中仇恨之情的反拨行动。同样，美，固然是指中国传统美学思想中的古典之美，但更是指蔡元培所提出的"以美育代宗教"的现代美育思想，还延伸为对21世纪主流文学的另一种——当下现实主义小说中鄙俗化现象的批判行动。概言之，爱与美，对曹文轩新小说而言，皆是植根于变化中的中国社会现实的一种文学理想。

---

① 曹文轩《穿堂风》，天天出版社2017年版，第60页。
② 曹文轩《混乱时代的文学选择》，《粤海风》2006年第3期。

　　基于爱与美的变化性和现实性,爱与美在曹文轩新小说中,表达的是曹文轩在 21 世纪背景下对 21 世纪中国人精神生态进行挽救的"挽救性"美学思想,正如曹文轩所说:"种种迹象显示,现代化进程并非是一个尽善尽美的过程。人类今天拥有的由现代化进程带来的种种好处,是付出巨大代价的。情感的弱化就是突出一例……在这一种情状之下,文学有责任在实际上而不是在理论上做一点挽救性的工作。况且,文学在天性中本就具有这一特长,它何乐而不为呢?"①特别值得注意的是,曹文轩的"挽救性"美学思想既是建设性的"肯定性美学"②,更是反思性的批判性美学。二者比较而言,如果说 20 世纪八九十年代曹文轩多致力于建设性美学,那么 21 世纪以来,曹文轩更致力于批判性美学。这种变化集中体现在曹文轩对新时期至 21 世纪儿童文学观念的"修正":"本世纪初,我对 20 世纪 80 年代中期提出的'儿童文学作家是未来民族性格的塑造者'这一观念进行了修正,提出:文学的意义在于为人类提供良好的人性基础。"③这段话语表明,不管时代如何变化,曹文轩的儿童文学观始终内置了思想史的视角,其儿童文学创作始终承担了思想启蒙的使命。在此思想史层面的意义上,曹文轩对爱与美的坚守归根结底是在新时期至 21 世纪背景下对鲁迅所确立的启蒙主义儿童观的承继和新解。或者说,曹文轩所致力于塑造的高贵"水"之子,与鲁迅所塑造的"人"之子在思想史层面上具有源流关系。

　　这一点,在曹文轩新小说中的"风景"叙事上也有集中体现。曹文轩新小说所追忆的深具古典主义美感的"水"风景与鲁迅短篇小说《故乡》《社戏》中的"水"风景一样,并不是一个远离现实世界的桃花源之梦,而是一个与中国社会现实相互镜像的小说世界,尽管它们置身于不同的现实时空。同样,曹文轩新小说中的深具现代主义意蕴的"火"风景也与鲁迅的短篇小说《故乡》《社戏》中的现代都市"风景"相似,但并未导致美与真的失衡,而是在直视现实之真时更加确信美的力量——这一点,与鲁迅的短篇小说《故乡》《社戏》在直视现实之时更加确信"反抗绝望"有所不同。可以说,曹文轩的新小说在多大程度上坚持古典主义信念,就在多大程度上持有现实主义目光;在多大程度上探寻现代主义意蕴,就在多大程度上承担现实主义使命。

　　事实也是如此,如果以"风景"的视角来继续解读曹文轩新小说,我们就会

---

①　曹文轩《文学:为人类构筑良好的人性基础》,《文艺争鸣》2006 年第 3 期。

②　陈晓明《曹文轩的肯定性美学》,《人民日报》2016 年 5 月 6 日,第 24 版。

③　曹文轩《我的儿童文学观念史》,《文艺报》2017 年 2 月 13 日,第 3 版。

看见：古典主义形态的"水"与现代主义形态的"火"始终博弈在现实主义形态的"土"之上，且以"土"为根基。"土"既意指"土"的一般性含义——"土地"，更意指曹文轩所主张的现实主义文学观念。正如"鲁迅与乡村、与农民、与'乡村中国'的关系，确非'地之子'所能描述"①，曹文轩与"水乡"、与"油麻地"、与"乡土中国"的关系也不是新时期至 21 世纪的现实主义文学观念所能涵盖的。包括曹文轩新小说在内的"油麻地"系列小说并不凸显农民和农民之子的身份感，而是着力于展现人物的人性和儿童的儿童性。但由曹文轩的"油麻地"系列小说所体现的，也应是新时期至 21 世纪背景下的现实主义精神的一种：以个人化的方式对鲁迅的短篇小说《故乡》《社戏》所确立的现实主义精神进行承继，且以审美理想的形式来关怀现实。概要说来，曹文轩所主张的现实主义首先忠实于个人经验和中国经验，但没有文学题材的等级观念；常常选取少年为叙述者和主人公（有时也选取少年与成人相互交替的叙述视角），通过追忆的叙述方式回望成长阶段的少年水乡生活，而不选取成人视角同步地叙述当下现实生活；通常是以诗性的方式侧面展现中国社会的特定面貌，而不是以史诗化的范式、全景呈现中国社会的历史变迁。但包括曹文轩新小说在内的曹文轩"油麻地"系列小说所回望的过去、现实与未来始终是一体关系；其所讲述的个人经验、中国经验与中国社会不可剥离；其所深描的人生图景、人性构成与审美创造共生共存。因此，曹文轩所主张的现实主义既是一种精神品格，也是一种悲悯目光，还是一种叙事传统。由此，"土"在曹文轩新小说中并不是传统现实主义文学观念中的现实本身，而是指现实主义精神观照下的现实感和造物主赐予人类之根基——"大地"。

　　"土"的特别含义具体体现在曹文轩新小说的内部。曹文轩新小说的结构被设计为"水"边少年的成长过程与"水""火"在"土"之上的博弈过程具有同构关系。这是一个颇具隐喻性功能的小说结构。由"水"与"火"在"土"之上的冲突、对抗的博弈过程来推动小说情节发展，这种结构方式，很容易让人联想到 21 世纪中国文学的多种现实。其中迎面而来的现实有：当下中国古典主义与现代主义在现实主义之上此起彼伏的关系现状；当下中国人渴望安定、安居却又焦灼、悬空的精神状态；21 世纪以后作家曹文轩对中国主流文坛与世界主流文坛的双重突围、探索，以及精神困境；当下中国少年与成人之间，与少年之间的隔膜、虚弱、情感孤寂，等等。可以说，曹文轩新小说中的小说结构与小说氛围一道隐喻了 21 世纪中国人的情感和情绪的总和。但曹文轩新小说表现的是将现

----

① 赵园《地之子》，北京大学出版社 2007 年版，第 14 页。

实藏在文本深处的现实感,而不是浮现在文本外表的现实本身。它尤其体现在小说文本内部的"水""火""土"的关系描写上。如果说"土地的真正的眼睛是水"①,那么"水"这双眼睛一直在以温柔、凝重的目光对"土"进行沉思。同样,如果说"土"的真正相生相克之物是"火",那么"火"一直在以突兀、多变的方式对"土"实施生灭。但无论是"水"的流动,还是"火"的生灭,其实都在聆听"土"的召唤,全赖"土"的依托。《穿堂风》《蝙蝠香》中的少年主人公橡树和村哥儿虽然长时间在"水"中逐梦,在"火"中奔跑,但最终还是听命于"土"的呼唤,安定于"土"的依托。《穿堂风》中有一段围绕"火"与"土"关系的描写意味深长:"就在那样的烈日下,他居然睡了一觉。醒来时,太阳也没有那么凶了。他坐了起来,依然没有离开这儿的心思。"②"水"边少年橡树只有依托于"土",他的伤痛性记忆才会被修复。特别是《萤王》中的少年届宝根,在成长之后,他的使命就是看护"土"不被侵犯。最终,为了看护"土"的完整性而死亡。他死了,就像水回到水中,但最终更像土回到土里。例子不再多举。事实上,曹文轩新小说无论如何讲述少年在"水"与"火"的博弈中成长,其实都是以"土"为根基的讲述。

曹文轩新小说不仅在"水"边少年的形象塑造方面发生了新变,而且在"水"风景的古典美学风格上也发生了新变:由 20 世纪八九十年代小说中怡人、优美、明亮的"水"风景,变化为凄清、异常、灰黑的"水"风景。与此同时,曹文轩新小说深化了"火"风景的现代主义意蕴,并让"水"与"火"在"土"的根基上进行博弈。由此,曹文轩新小说实现了"水"边少年与"水""火""土"三个不同审美形态的"风景"汇合,进而探索 21 世纪中国成长小说的中国"风景",且在文学史意义上实现了古典主义、现代主义和现实主义的兼容。这些新变足以表明,曹文轩新小说中不可忽视的"'新的思考''新的理念''新的气象'等其他含义"③。而这一切新变的背后,不仅呈现了曹文轩在 21 世纪背景下个人美学风格的新变,而且传递了曹文轩小说"挽救性"美学思想的独特性:既是建设性的"肯定性美学",更是反思性的批判性美学。

原载《中国文学批评》2018 年第 2 期,《人大复印资料中国现当代文学》全文转载。

徐妍:博士,中国海洋大学文学与新闻传播学院教授。

---

① 加斯东·巴什拉《水与梦——论物质的想象》,顾嘉琛译,岳麓书社 2005 年版,第 35 页。
② 曹文轩《穿堂风》,天天出版社 2017 年版,第 49 页。
③ 曹文轩《穿堂风》,"后记",天天出版社 2017 年版,第 133 页。

从《玩笑》和《男人的一半是女人》
看米兰·昆德拉和张贤亮的"创伤书写"

刘　爽　谭晓丹

20 世纪,世界范围内严酷的生存环境导致了个体人的生存困境,极权政治摧残了人性的发展和思想的自由。张贤亮和米兰·昆德拉作为同样遭受政治运动打击的中西方作家,长时间异化和畸形的生存状态,使他们的记忆中积淀着长久而又痛彻的肉体和心灵的历史创伤,这样的创伤感受在他们的创作中日益苏醒,外化成浸透着他们感性体验和理性思考的文字,呈现出"创伤书写"的共同态势。

借由此,本文将聚焦《玩笑》和《男人的一半是女人》这样两部渗透着两位作家创伤感悟的作品,从作品中两位作家的化身路德维克和章永璘的创伤体验入手,考察在无法以一己之力摆脱极权政治强加在自身身上的钳制以及个体被剥夺了最起码的生存尊严、变成了一个主体不健全的状态时,个体将如何拯救受创伤的生命,获得主体的完整性。

目前,国内学术界对米兰·昆德拉和张贤亮"创伤书写"的平行研究并不多,基本处于空白阶段。仅有的几篇关于两位作家的平行研究或是从二者作品中的死亡意识入手,洞悉两位作家对灵—肉关系的不同见解,或是从人物透视角度分析两位作家笔下的主人公在相似的背景下,何以走向了完全不同的生活轨道等。因此,本文将通过对两位作家"创伤书写"的平行研究,来寻求中西文化某些共同的心理和情感体验,窥探文本背后的深层动因。

一、沉默的悲哀——路德维克和章永璘的创伤记忆

昆德拉在《玩笑》中设置了这样的情境:路德维克作为一个在布拉格读书的大学生,因在给想要追求的女学生玛凯塔的明信片上写了一句嘲弄政治的玩笑话,而被自己朝夕相处的同学们组成的政治联盟投票送进了惩戒营,开始了长达 15 年的黑暗生活。为申辩自己不是国家的敌人,路德维克希望通过自觉劳

动甚至是自动增加劳动强度来表明自己对国家的忠诚,但所有的努力都被证明是徒劳的。当路德维克认识到这种处境时,他就陷入了绝望和虚无的深渊,成了历史玩笑的牺牲品。多年后,重新走向社会的路德维克想要报复当年的政治迫害,却发现当年的政治联盟早已不存在,特别是当年羞辱和迫害自己的泽马内克,这个社会主义的拥护者摇身一变,成了大学校园自由的化身,成为"都属于那个'黑暗、遥远的时代'里的'一个混乱的整体'——一个'被过分的政治化思维和难理解的术语破坏了的整体'"①。历史再一次为路德维克贡献了一个响亮的玩笑,当年的创伤犹在,时代却摇身一变,毫不负责地显示出它的"无辜"。国家的专制政治轻易地决定了路德维克的命运走向和生死,他没有任何话语权,只能是默默承受时代创伤的牺牲品。

无独有偶,中国作家张贤亮笔下的章永璘在极"左"路线的摧残下,被剥夺了基本的话语自由。作为文化大革命的牺牲者,章永璘的年轻岁月几乎都在劳改营中度过,苦难带给他的不仅是肉体的痛楚,更有心灵上难以治愈的创伤,这样的创伤造成了他身心的扭曲和变形。对于为活着而活着的章永璘来说,性爱在高喊着伦理道德的年代也变得岌岌可危,甚至是不敢妄想并且遥不可及的。"这年我三十一岁了,从我发育成熟到现在,我从来没有和女人有过实实在在的接触。"②极端恶劣的政治环境直接遏制了章永璘正常的生活需求,更可悲的是,时代的尖刀致使他在新婚之夜,在美丽多情的妻子面前失去了自己的独立,失去了自己作为男人的尊严,成了被阉割一般的存在。此时的章永璘既无助又充满了羞辱感,他想奋力反抗却徒劳无功,只能默默忍受时代带来的创伤。

可以说,路德维克和章永璘在极权政治下所受的创伤离不开两位作者本身创伤体验的言说。《玩笑》中路德维克被伤害的时空背景是在 20 世纪五六十年代的捷克。1967 年的昆德拉在捷克斯洛伐克的第四次作家代表大会上发表了名为《论民族的非理所当然性》的演讲,对法西斯主义和斯大林主义进行了深入的剖析,由此拉开了"布拉格之春"的大幕,呼唤民主、自由与改革。不幸的是,捷克当局很快就对这些言行进行了制止与警告,昆德拉因此被开除党籍,剥夺了教职工作,其作品也被从图书馆清理出来,昆德拉成了政治的牺牲品,哪怕在之后的很多年里,他也无法在捷克发表文章,无奈之下移居法国,这变成了昆德

---

① 李凤亮、李艳主编《对话的灵光——米兰·昆德拉研究资料辑要》,中国友谊出版公司 1999 年版,第101 页。
② 张贤亮《男人的一半是女人》,作家出版社 2009 年版,第 27 页。

拉难以治愈的创伤。《玩笑》中被政治历史一再玩弄的青年路德维克就体现了昆德拉对集权政治的反思和对于创伤的书写。人之所以为人是因为他们有着独立的思考和自由的本质，但当这种情况变得不再可能的时候，人的斗争反抗也就显得多余起来。捷克人民当初热切欢迎的苏联解放者成了这个国家的统治者，禁锢着人们的思想，规定着人们的言行，个体的反抗行为最终都被淹没在政治历史的洪流中，就像被开除党籍和中断学业的路德维克的思考，"假设大家当初不是提出要开除我，而是要把我绞死，那么后来会怎么样。结果我得出结论只有一个，那就是在当时的情况下，大家也会把手举起来，特别是只要那份报告情真意切地鼓动一番，说那死刑是多么恰当多么有利就行"①。可见，在这个特殊的时代，唯有群体才是正确的，一旦个人的发展和言论与群体所代表的整体性文明相冲突时，个体将会被毫不犹豫地抛弃，转而去认同当时的政治价值观，那么人的存在又有何价值呢，极权国家存在的价值与意义又在何处呢？②

　　于《玩笑》出版 13 年后写出《男人的一半是女人》的中国作家张贤亮因发表《大风车》和自己无法选择的出身，被扣上了"资产阶级右派"的帽子，这两个特殊的政治身份一度压得他喘不过气来，生活步履维艰。此时的张贤亮深刻体会到了生存的困境和心理的扭曲，在牢狱中的 22 年时间里，张贤亮一次性体验都没有，肉体的需求难以得到满足，精神上的需求更是天方夜谭。内心不断积聚的愤懑促使张贤亮将苦难的创伤转化为创作的热情和动力，章永璘因此也披上了作家影子的外衣，就像张贤亮在《追求智慧》中所讲道："写文章并没有什么诀窍，是什么样的人就会写出什么样的文章，作品不过是作者人格的外化。"③"文革"时代带给章永璘的就是血淋淋的创伤。章永璘不得不与知识和文化做诀别，精神上的创伤加剧了肉体的痛楚，就连人生命的本能需要性爱也被打上了政治标码，成了资产阶级腐化堕落的标签。章永璘就生活在一个长久隐匿异性，无法揭开性爱面纱的神秘时代，对性爱的渴求禁锢了他的人性，使他从身体到心灵都开始萎缩，直至丧失了正常的性能力。人性与政治的对立致使个人无法进入正常的生活轨道，而个体的声音也被群体的口号所淹没。符合群体的意志和愿望的部分主宰了文明的进程，成了一个整体性的概念，甚至代表了一个民族国家主体，而小部分人的个体需求则成为被文明所压抑和限制的反抗力

---

① 　米兰·昆德拉《玩笑》，上海译文出版社 2011 年版，第 95 页。
② 　黎娟《浅析米兰·昆德拉与终极悖谬时期的小说》，南京师范大学，2007 年。
③ 　张贤亮《追求智慧》，北京华侨出版社 1998 年版，第 58 页。

量,因其与国家民族主体相冲突而被毅然决然地抛弃。"只有个人才与身体密切相关,民族国家是没有肉身的,个人肉身在民族国家那里只是'革命的本钱',它只有作为民族国家永恒事业的投资才有意义。"①在特殊的历史时期里,个人一直被看作与国家民族主体相悖论的危害性力量,被时代所疏离和抛弃的章永璘想要寻回整体文明的归属感,就不得不舍弃自己个人化的特质和追求,抛弃他知识分子的精神诉求和对于性爱的本能,也正是在个体性的消解和隐匿中,文本诉说的创伤开始弥漫起来。

二、性爱的欢愉——路德维克和章永璘的拯救之路

弗洛伊德在他的著作《文明极其不满》中把人类的历史看作被压抑的历史,文明的发展在一定程度上带来了对个体本能的压制,性爱作为人最本能的需求,首当其冲地与文明形成了难以弥合的鸿沟。压抑个体发展的集体性文明带来了难以愈合的创伤,而有了创伤的存在就呼唤出来拯救的欲望,就像美国社会批评家莱昂内尔·特里森所认为的,个体是可以冲破文明的束缚,以自身的思维与行动重造符合自己生活的文明环境的。因此既然文明的悖谬带来了理性对感性的屠杀,那么要纠正这种悖谬就要张扬感性的力量,性爱也就成了主体反抗社会压迫、获取自我完整的关键一步。就像马克思所说的,男女之间所构成的社会关系是最为自然直接的,而性爱则是这种关系中真挚而基本的生理需求,也是人这种生物最为普遍的生命存在形式。性爱不仅能满足人的生理需求和心理需求,而且还能促进社会的繁衍与发展。它代表了一种生命力量的涌动,含有巨大的能量,在个体的生命活力受到某种特殊力量的压抑时,个体会本能地调动性爱来反抗压抑,治愈创伤,拯救主体。所以在时代的洪荒中,性爱成了无法改变社会文明状态的个体证明自我存在的唯一方式,它所带来的抵抗力量是文明无法满足自我需求时本能的体现。因此,性爱成了昆德拉与张贤亮反抗异化文明、拯救生命主体的共同方式。

对于在虚无中不断坠落的路德维克来说,露西就是他获得拯救的天使。值得注意的是,路德维克与露西的相遇源自一部"政治正确"的叛国者和女性"拯救者"关系的电影《名誉法庭》,露西像拯救神一样出现在路德维克的面前,而那些毫无意义的时间摆动也因露西对自己的等待而获得了积极的意义,路德维克的心灵也变得充实起来。"我又被占据了;我心灵的场所是干净和整洁的;有个

① 刘小枫《现代性社会理论绪论》,上海三联书店 1998 年版,第 334 页。

人居住在那里。挂在墙上数月不响的钟突然开始滴答滴答地响起来。"①除此之外,露西也将执迷于政治上的是非和自己行为对错的路德维克引向了超越历史——政治范畴的日常生活,路德维克开始从政治的死胡同中抽离出来。

　　同样的道理,章永璘在与黄香久的性爱中获得了拯救。在一次抗险救灾后,章永璘在黄香久性感肉体的吸引下恢复了性能力,从而身体和精神得到宣泄的快感。对性爱的可操作性和把握性增加了他自我肯定的力量,并借助大青马的口使自己摆脱被阉割的心理状态,以及他恢复性能力后的自尊感。肉体上的拯救也使得精神上的压抑得到舒缓,就连平时看起来丑陋的自然环境也变得顺眼起来,"我喜欢策马涉过沼泽,让四周溅起无数银包的水花。水花洒在明镜似的水面,把蔚蓝的天空扰得支离破碎"②。因此性爱对于章永璘来说是生命力的显现。政治运动摧残了人的生活,切断了人与人之间的信任和道义,但性爱却给了人一种最温情的交往。肉与肉的接触使得自己回到了原始的混沌状态,使得异化的个体和社会无法继续生存下去,也使得个体从异化的服从状态中拯救出来,从而恢复个体乃至整个人类社会的生命活力。

　　由此可以看出,拯救是人类反抗的本能。面对异化的文明带来的创伤,人总会做出自己的本能反应,采用一定的方式来进行反抗。就像弗洛伊德在《论文明》中指出"人们试图再创造一个世界,建立一个世界代替原来的世界。在那里,现实世界中不堪忍受的东西消除了,取而代之的是符合人们愿望的东西"③。表现在昆德拉与张贤亮的作品中就是性爱的力量。虽然他们不被当时理性的文明社会所接纳,但却是主体"我"在生命受到外在力量压制时,证明主体存在与生命活力的有力工具。社会文明试图高举理性的大旗摧毁人们自然的生命情感,性爱则为主体冲破时代政治的牢笼开辟了一条出口,重现人性本来的面貌。值得注意的是,性爱所代表的感性的力量与社会文明之间并不总是处于二元对立状态,而只有在异化的病态社会里,性爱才是主体反抗的武器。主体想要通过反抗异化的社会来表达自我,展现主体生命最本真的部分,也就是不屈服于僵化政治文明的真我。

　　除此之外,性爱不仅是昆德拉与张贤亮抵抗文明压迫的手段,也反映了两人对传统两性观的颠覆。东西方历史绝大部分都是父权制的历史,西方传统文

---

① 米兰·昆德拉《玩笑》,上海译文出版社 2011 年版,第 135 页。
② 张贤亮《男人的一半是女人》,作家出版社 2009 年版,第 156 页。
③ 弗洛伊德《论文明》,孙名之译,国家文化出版公司 2000 年版,第 101 页。

化讲究一元中心论,这种思维方式把感性与理性、灵与肉、男人与女人看作矛盾对立的,男性处于统治性的绝对地位,扮演着强势群体的角色,女性则处于附属地位,没有话语权,并且被男性赋予了性别期待与想象。在这种"逻各斯中心主义"思想的影响下,男性把女性客体化,女性依靠着男性的目光与态度存活,成了男权文化下无言的他者。但在昆德拉那里,他并没有深陷在男权文化的沼泽里,反而给了女性不一样的角色。从路德维克的角度来看,露西带给了处于生命低谷的他一份安详与幸福,把他的生活从凄凉的处境里拔了出来,使得路德维克重新审视自己的生活,坦诚了自己处境的不如意,也因露西的出现重新发掘了那个被自我遗忘的生活的广阔的图景,露西(女性)对路德维克(男性)的作用从无言的他者变成了生活的拯救者。而从露西的角度出发,路德维克虽然可以填补自己的精神空虚,但是却没有打开完整的自己。只有当在经历过时间的玩笑之后,明白了自己又理解了爱人时,才能建立一种和谐的两性关系。由此对照以小农经济为主的中国古代社会,男性也拥有着绝对的控制权,哪怕是在性爱方面,女性也仅仅是男性的欲望客体,缺少主体权力,因而男性可以三妻四妾,甚至在《旧唐书》里女性可以被用来买卖,等同牲畜,从此可以看出,中国女性地位之低下。但到了张贤亮笔下,他想要建立一种对男权社会相对立的和谐的两性观,从而抵抗政治改造。章永璘的政治改造使得他像一匹被煽了的老马,缺乏性能力,也淹没在了人群里的口水之中,可以说政治改造是统治者驾驭知识分子的手段。而性爱则让他重新做回了完整的人,恢复了精神的自由和政治的抱负,黄香久(女性)成了章永璘(男性)的拯救者。值得一提的是,黄香久在章永璘面前始终摆脱不了男权社会对自己的束缚,在性爱面前有着懦弱和愚昧,无法与丈夫进行精神上的沟通,借由此,张贤亮也试图呼唤具有女性自觉意识的"黄香久"的出现,从而才可以建立一个男女两性和谐的社会。

三、"创伤书写"——米兰·昆德拉与张贤亮的叙事策略

"创伤书写"一直是文学叙事的主题,它反映了作者在遭遇了某种现实打击和精神磨难后的心灵自述,因此它也承担了作者自我的创伤治疗与抚慰。就像弗洛伊德在他早期的精神创伤研究中,就曾使用过"自由联想法"的心理治疗方法,通过患者的自我诉说来治愈患有精神创伤的病人。无疑,昆德拉和张贤亮也在以小说创作的方式,通过反复的创伤诉说来缓解内心的痛苦和焦虑,找回身心的平衡。昆德拉亲眼看见了自己的祖国在"二战"中的受难史,同胞受难的创伤记忆还没愈合,极权政治又接踵而来,个人主权逐渐丧失,个体慢慢失声,

最终在苏联的炮弹面前，捷克民族失去了它的自由，一切个体的东西都被粉碎。国破家亡，个体成员丧失独立性，昆德拉在此种情景下，用文学创作的形式再现了《玩笑》中的创伤事件，他描述这个创伤事件的过程也就是他"穿越创伤"来治愈创伤的过程，生命也因为艺术创造而获取了自救。个体的行为成了社会文明要强加干预的部分，想要建立自我的尊严，获取生命的价值简直都变成无稽之谈。张贤亮就是在这样的环境里开始了他的"创伤书写"，把社会话语权力对个体的掌控鞭打出来，用正常的性爱体验去驱逐曾经性爱带来的羞辱感与悲愤感，从而完成对自我创伤的治愈。

因此，两位作者笔下的路德维克和章永璘都不约而同地选择了以性爱的方式反抗极权政治，从而也表现了隐藏于其后的作家对于自己创伤记忆的不同言说。创伤，在昆德拉那里是一种真实的人生困境，同时也是他反抗极权统治的利器。在以绝对暴力统治的世界里，确定性变成人唯一的信奉，可能性变成绝对不允许发生的情况，因而在被已事先搭好的历史舞台上，思想和道德的终点只能有一个，就像哈维尔曾表示过的，在极权的社会里不可能存在故事。昆德拉却偏偏要在这样的世界里讲出故事，在他的小说中讲出关于世界模糊性的故事。也就是说，世界是有无限可能性的，在任何一个端点都有无数种选择，这无数种选择就是人们正在失去的丰富的存在状态，昆德拉正是通过他清醒的写作来逆时代而行，来对现实下滑的世界进行反抗。但令人遗憾的是，昆德拉不幸成了这场政治灾难首当其冲的受害者，他的具有无限可能性的丰富生活被强权政治无情地破坏了，他从此开始了无尽的流亡生活。与昆德拉不同的是，张贤亮似乎看到了反抗政治运动的希望，就像小说中章永璘所说的"我总感觉会有一次运动，一次真正属于人民的运动"①，像自己一样的知识分子会联合起来承担他们的政治责任，在沉默的群体里发声，干预国家社会的命运前途，参与一场真正的人们运动，来反抗极"左"政治路线对人们的压迫。所以章永璘在获得黄香久的性爱拯救之后，牺牲了性爱的温床，残忍地抛弃了黄香久，这也许会受到道德的责骂，但作为知识分子的社会追求的价值却是不可否认的，这个价值就在于对自由人道处境的追求，对真善美人性的追求以及对两性和谐社会的追求。

除此之外，昆德拉与张贤亮都选择了"创伤书写"的情感表达方式，这与其相似的文学心理和经验有关。就像结构主义叙事学者们所认为的，人类有着相似的深层心理结构，这种心理结构是为全人类所共有的且世代沿袭的，表现在

---

① 张贤亮《男人的一半是女人》，作家出版社 2009 年版，第 203 页。

文学创作中,就是某种叙事结构的反复出现,它积淀着、构建着一代代人相似的心理活动,以文学叙事的形式传承下来,又不断影响、固化着一代代人的思维方式与心理观念。这也就说明了即使在不同时代背景下的作者依据某种相似的叙事结构创作出了不同的文学作品,但却能反映人类共有的不变的文学创作心理。这与荣格的原型理论所推崇的"自从远古时代就存在的普遍意象,原型作为一种'种族的记忆'被保留下来,使每一个人作为个体的人先天就获得一系列意象和模式"[①]不谋而合,从而可以借助中西文学创作与心理来理解为什么在昆德拉和张贤亮的笔下会不约而同地出现"创伤—拯救"的叙事结构。

早在古希腊时期的西方,就曾出现过"完人"是由男女两性共同组成的整体。在柏拉图的寓言里,人的身体是由男人和女人组成的圆球,人是作为双性而存在的,但遗憾的是这个圆球被劈成两块,所以想要获得圆满的人就必须寻找到另一半的自己。其深层含义在于,越是完满的人,其身上的两性特质就越明显,要想获得生命的升华,就必须找到自己的另一半与之结合,共同创造,繁衍生命。由此可以看出昆德拉"创伤书写"叙事策略的心理结构,当个体受到创伤后难以恢复完整的主体时,外界异性的力量就成了主体拯救自我的途径。除此之外,女性拯救男性的传统也给了昆德拉借鉴的模板。《神曲》中诗人的情人贝雅特丽齐嘱托维吉尔带领诗人走出黑暗的森林、避开猛兽的袭击,并由自己带来诗人走进神圣的天堂;《罪与罚》中索尼雅用她女性的感召力和宗教的力量帮助男主人公投案自首,获得心理的拯救。无独有偶的是,在古老的中国也关注完整的主体的存在和女性拯救男性的叙事模式。《周易》里讲究阴阳协调,男女和谐,这构成了自然与人类社会的基本定律,也促进了两性关系的和谐。而即使在男尊女卑的时期,也出现了不少女性拯救男性的才子佳人的故事:美丽的七仙女选择了呆头呆脑的牛郎做夫婿,妖魅的狐仙选择贫弱的书生作为爱情对象,哪怕是一无所有的卖油郎也有可能被绣球砸中脑袋,成为富家小姐的上门女婿,在中国的传说故事中,女性给了男性获得更加完满自我的机会。这种才子佳人的叙事模式给了张贤亮"创伤—拯救"叙事结构一种可以借鉴和模仿的案例。由此可见,中西方对两性关系存在着相似的心理结构,即露西对路德维克的拯救和黄香久对章永璘的拯救都源自于对完整主体的确认和追求。在流放地孤独的路德维克,他缺少友情的关怀,也缺少爱情的滋养,而如神一般神秘的露西的出现拯救了他无处安放的灵魂。作为一个落魄的知识分子,章永璘

---

① 荣格《精神分析与灵魂治疗》,冯川译,译林出版社 2014 年版,第 58 页。

在"文革"中受到的创伤也需要一位温柔的女性的拯救,不同于其他的劳改妇女,黄香久是性感的、丰腴的,并且极具女性美的,她那鲜亮的色彩也点亮了章永璘的人生,使其生活逐渐步入正轨,成了一个肉体上和精神上的正常人。由此可见,当路德维克和章永璘因政治的打击而受到创伤,无法恢复完整的主体人格时,正是外界异性的力量才使得他们获得拯救,弥补了主体的不健全。

综上所述,作为同样遭受政治打击而饱受创伤袭击的作家,昆德拉和张贤亮都在他们的创伤记忆中沉淀了太多难以承受的肉体和心灵的疼痛,他们不约而同地选择了"创伤书写"的叙事结构,来批判极权政治对于个体的"异化",并将这些创伤以文字的外化形式表现出来,从而表现了各自不同的精神追求。

原载《中国海洋大学学报》2017 年第 5 期。

刘爽:博士,中国海洋大学文学与新闻传播学院副教授。谭晓丹:中国海洋大学比较文学与世界文学专业硕士研究生。

莫言与中国文学"现代传统"的历史关联性
——路径、方法与可能性的探讨

王金胜　吴义勤

一、学术考辨与意义评估

自 20 世纪 80 年代迄今,尤其是近几年,莫言与中国文学"现代传统"的关联研究逐渐获得学术自觉。关于此议题的研讨,主要在四大区域展开。

首先,关于莫言与现代主义文学的研究。学者多借助文化人类学、现代主义等知识,以福克纳、马尔克斯、尼采美学/文学为支点,阐释莫言文本中意识流动、时空交错、酒神精神、感官放纵、审丑艺术、残酷美学、魔幻现实主义等"现代"元素,肯定莫言对域外现代主义文学的借镜、转化及对传统现实主义模式的突破。此类研究实质是将莫言文本视为一种对文学现代性的整体性追求,从文学理念看,隐含将现代主义文学看作普适的、先进的文学形态/阶段的信仰;置诸现代中国文学发展脉络,莫言文本因挑战正统文化建制及其僵化美学范式,在艺术方法和审美效应上"更具价值",从而满足了"主体性""纯文学"的主体弘扬和形式至上的想象。

其次,莫言与乡土小说研究。张志忠以"看与被看""外来人讲故事"为模型勾画从鲁迅、沈从文、赵树理到莫言的乡土叙事脉络[①];程光炜以"本地人/外地人"的身份差异辨析莫言与现代农村叙事的差别[②];陈晓明以"在地性"为莫言历史观、文学观和审美修辞上"越界"的根底。[③] 刘洪涛认为莫言兼收鲁迅与沈从文的文化立场,并与西方现代主义的异域想象形成呼应。[④] 凌云岚从乡土文化

---

① 张志忠《从鲁迅到莫言:表述乡村》,《中国作家》2013 年第 4 期。

② 程光炜《颠倒的乡村——再读莫言的〈透明的红萝卜〉》,《当代文坛》2011 年第 5 期。

③ 陈晓明《"在地性"与越界——莫言小说创作的特质和意义》,《当代作家评论》2013 年第 1 期。

④ 刘洪涛《莫言小说与中国乡土文学的两个传统》,《中国作家》2013 年第 4 期。

想象的角度阐释莫言对乡土文学传统的继承与突破。① 美国学者孔海立认为莫言与端木蕻良对历史和革命的不同理解，来自其乡土文化精神的差异。② 日本学者藤井省三以《安娜·卡列尼娜》为辅助线考辨莫言与鲁迅"归乡故事"叙述的深层联系，更新了莫言研究的方法和视野。③ 将莫言置入乡土小说论域，无疑能凸显作家文化立场的差异及其在不同语境下的美学选择，也切合乡村/地域文化经验作为莫言基本经验的事实，体现着从历史深层脉络审视审美形式、由"现代传统"观照莫言的学术自觉。

再次，莫言与鲁迅等现代经典作家的比较研究。孙郁④、吴福辉⑤、王学谦⑥等学者从莫言与鲁迅精神内蕴、生命体验、感情气质和文化心理上的相近性、相通性、承传性；吴义勤⑦、温儒敏⑧、王春林⑨等探讨莫言"忏悔"和"罪感"与鲁迅的呼应；李静⑩、刘勇⑪等以国民性批判、"看/被看""魔幻与现实"模式分析莫言对鲁迅的承传与发展；葛红兵⑫、赵勇⑬等比较二者启蒙/反启蒙、作家/知识分子的角色认同差异。研究深入涉及作家个体心性等幽微层面或文化心理和立场等结实内核，是将莫言划归"现代传统"经典谱系的重要实践。鲁迅以外的其他作家，仅有沈从文、赵树理等得到少量关注，且多在乡土小说论域中涉及。

复次，以民间、古典话语阐说莫言。20 世纪 80 年代中期开始，学界也开始关注莫言创作的民族传统美学趣味，20 世纪 90 年代中后期尤其是获诺贝尔文

① 凌云岚《莫言与中国现代乡土小说传统》，《文学评论》2014 年第 6 期。

② 〔美〕孔海立《端木蕻良和莫言小说中的"乡土"精神》，范晓郁译，《当代作家评论》2013 年第 6 期。

③ 〔日〕藤井省三《莫言与鲁迅之间的归乡故事系谱——以托尔斯泰〈安娜·卡列尼娜〉为辅助线来研究》，《小说评论》2015 年 3 期。

④ 孙郁《莫言：与鲁迅相逢的歌者》，《当代作家评论》2006 年第 6 期。

⑤ 吴福辉《莫言的"'铸剑'笔意"》，《中国现代文学研究丛刊》2013 年第 4 期。

⑥ 王学谦《莫言与鲁迅的家族性相似》，《吉林大学社会科学学报》2014 年第 5 期；《魔性叙事及其自由精神——再论莫言与鲁迅的家族性相似》，《文艺争鸣》2016 年第 4 期。

⑦ 吴义勤《原罪与救赎——读莫言长篇小说〈蛙〉》，《南方文坛》2010 年第 3 期。

⑧ 温儒敏《莫言〈蛙〉的超越与缺失》，《百家评论》2013 年第 3 期。

⑨ 王春林《历史观念重构、罪感意识表达与语言形式翻新——评莫言长篇小说〈蛙〉》，《南方文坛》2010 年第 3 期。

⑩ 李静《不驯的疆土——论莫言》，《当代作家评论》2006 年第 6 期。

⑪ 刘勇、张弛《20 世纪中国文学现实与魔幻的交融——从莫言到鲁迅的文学史回望》，《北京联合大学学报》(人文社科版)2013 年第 1 期。

⑫ 葛红兵《文字对声音、言语的遗忘和压抑——从鲁迅、莫言对语言的态度说开去》，《中国现代文学研究丛刊》2003 年第 3 期。

⑬ 赵勇《从鲁迅到莫言：文学写作之外的担当》，《中国作家》2013 年第 4 期。

学奖后，伴随着"本土"对"西方"的反思，此阐释角度成为新的学术热点。自 20 世纪 90 年代陈思和提出"民间"概念，"民间"逐渐成为莫言研究的一个重要学术领域，已形成一套相对稳定的学术话语体系。陈思和①、张清华②等以民间立场作为莫言"新历史小说"区别于传统历史叙事的根本依据；王光东③、洪治纲④、张柠⑤、张闳⑥等突出其民间文化心理、传奇性、狂欢化和中国精神、本土经验；李敬泽将其还原为古典"说书人"角色⑦，王德威⑧、季红真⑨、马瑞芳⑩等探讨莫言小说对志怪、明清小说的借鉴。此研究自 80 年代中期延续至今，敞开了民族、古典、本土的广阔视域，形成独特的学术话语体系。

以上论述，涉及莫言与"现代传统"关系的不同方面，具有重要学术价值，但也遗留一些问题有待研讨。

首先，对"现代传统"作为莫言文学"本体性"构成的意义认识不足。我认为，中国文学"现代传统"而不是其他传统从根本上塑造了莫言的内质与风貌。莫言、"现代传统"倚重却不依附古典传统，是世界文学的重要构成。它有着现代历史情境中对本土性、民族性的彰显，却无法脱离中国现代性论域而封闭、孤立地存在。莫言、"现代传统"既非西方现代文学的中国翻版，也非中国民间/古典传统的现代转换。莫言文学是立足当代中国社会、政治文化的现实，以中国文学"现代思想与美学传统"为根底，汲取西方与中国古典/民间营养，传达着中国文学追求、建构现代性乃至反思现代性的价值取向和意义诉求。对于莫言，"西方""古典"主要是作为其"构成因素"被涵纳，而非与后者同等并举的范畴，探讨莫言与二者的关系自能加深对"现代传统"的理解，学术价值不言而喻，但若因此忽视莫言与"现代传统"的内在历史关联，却有可能放过了问题的根本症结。

其次，研究模式较为单维、局促。主要集中于乡土小说论域和鲁迅等经典

---

① 陈思和《莫言近年小说创作的民间叙述——莫言论之一》，《当代作家评论》2001 年第 6 期。
② 张清华《叙述的极限——论莫言》，《当代作家评论》2003 年第 2 期。
③ 王光东《民间的现代之子——重读莫言的〈红高粱家族〉》，《当代作家评论》2000 年第 5 期。
④ 洪治纲《刑场背后的历史——论〈檀香刑〉》，《南方文坛》2001 年第 6 期。
⑤ 张柠《文学与民间性——莫言小说里的中国经验》，《南方文坛》2001 年第 6 期。
⑥ 张闳《莫言小说的基本主题与文体特征》，《当代作家评论》1999 年第 5 期。
⑦ 李敬泽《莫言与中国精神》，《小说评论》2003 年第 1 期。
⑧ 〔美〕王德威《千言万语，何若莫言》，《读书》1999 年第 3 期。
⑨ 季红真《莫言小说与中国叙事传统》，《文学评论》2014 年第 2 期。
⑩ 马瑞芳《莫言的成功在于向经典致敬》，《蒲松龄研究》2013 年第 3 期。

作家,对启蒙/新启蒙/后启蒙、个人主义/人民话语、政治/美学、民间/民族、本土/西方之间缠绕互渗的关系尚欠历史性的深层的动态辨析。如常见的"传统(古典/民间或现实主义)/现代(现代主义)"二元论,忽略了古典/现代/异域文学各自的文化具体性及其交互关系的历史建构性。

　　研讨莫言文学与中国文学"现代传统"之历史相关性,对创新莫言文学本体研究有着积极意义。莫言全面、深刻地受到中国现代思想文化和文学的影响,"现代传统"作为其内在资源,在根本上形塑着莫言文学的特质与风貌。"现代传统"是莫言文学的本体性构成要素和根源性动力因素,"西方""古典"概属间接的、外发性的边际资源,而非与之同等并举的范畴,其意义在于:莫言如何借此以照见、反思"现代传统"之历史有限性,从而实现其在当代的创造性发展。

　　莫言文学作为中国新文学百年历史实践与发展的重要成果,也是理解中国文学"现代传统"之结构与肌理的一个意蕴丰厚的鲜活例证。这需要从中国文学"现代传统"实存经验"内部"着手,溯源究根,发掘莫言与"现代传统"的历史关联性及其对此传统的"发明"、创造和超克。中国文学"现代传统"诞生于西方文化与文学的冲击,造就其西方(世界)的面向;中国的历史文化语境与现实境遇,造就其民族性(本土性)面向;对个体和族群经验的摄取、体悟和精神的淬炼,形成其个体性面向。其中,西方(世界)与民族(本土)并非本质主义的对立范畴,是"中国""现代"情境下的存在,体现着中国文学的现代创造和作家的现代体验。"西方"和"古典"并非确定"现代传统"(及莫言)意义的终极权威和合法性资源,以"现代化"为基准的西方中心主义的方法论、价值论和"中/西"二元性阐释模式,无法释读其内在复杂性。因此,亟须立足中国文学的实际,由内部(中国)而非外部(西方)的历史眼光和价值尺度来寻绎"现代传统"的生成、演进,突破研究中以"现代化"为基准的西方中心主义的方法论、价值论和古/今、中/西的二元架构及对传统的本质化认知,以"了解的同情"态度,运用历史主义方法,在"现代传统"中"深描"莫言,以莫言为视点烛照、激活"现代传统"资源,彰显中国文学的内在特性与价值及其蕴含的世界性维度。

　　中国文学"现代传统"以何种路径和方式进入当代文学,在新的历史文化情境和意识形态下发生怎样的变化? 当代文学为"现代传统"造就何种新的意义等问题,一直困扰着学界,也在推动学界对这一问题展开相应的考辨。厘清"现代"与"当代"之间繁复复杂的"延续/断裂"关系在当代文化情境和历史趋势下所呈现出的关系模式和言说范式,深入辩证、掘发"当代文学"与"现代传统"之具体的历史关联性,莫言文学是一个极具典型性的有趣案例。

二、"经典化"的反思：
理解莫言与"现代传统"之历史关联性的学术前提

源于"五四"的中国文学"现代传统"构成了当代作家进行自我想象和文学书写的重要资源，同时，这一传统也深刻塑造了当代中国人对文学及其与历史、时代、现实、人性等关系的期待视野。"现代传统"一方面显示着强大的跨越时空的影响力和传承性；另一方面，它也在经历着不同历史语境下的分化、转变、离散和重组，甚至时时面临着被质疑、解构、颠覆的命运。在与"当代"不断对话的过程中，现实对"历史"提问，"传统"对现实做出回应。由此而言，作为反映或回应现代、当代处境与问题的"现代传统"，在其不间断的历史流转中，每每被历史化，成为一个有着浓重的当代（当下）问题意识的重要资源。而当被视为一个资源时，"现代传统"也同时被再次经典化。经典之成就自身，就在于它通过不断的历史化、当下化，而被视为资源或源头，无论是"积极"的建构还是充满争议的解构。僵死的、无力回应的现实介入历史，无法将人们带入某种情思状态，无法激起人们现实感的文本，不是经典，而只是一块化石或动植物标本。这就是经典化与历史化的历史辩证法。因此，"现代传统"必须被置于当代中国的经验之中，它的美学表现力和思想阐释力才能得到检验，现代/当代才能在深入的对话与磨合中，逐渐明确自身。

在此意义上，中国文学"现代传统"并非某种形式主义的规范性叙述，它在打开自身的同时，也敞开历史，与历史对话并在其中获取新的生命。也因此，本文关于莫言与"现代传统"之关联的探讨，其更准确的表述应为：莫言（当代文学）与中国文学"现代传统"的历史关联性研究。循此思路，研究的切实问题就是，在"当代"（不同于"现代"）具体的（不是在抽象意义上）历史情境（不是作为过往的已逝的，而是当下与过往交织的）中，他们如何回望"现代传统"，如何以自己的文学实践对其做出理解、阐释、评判和呈现。这些当然需要立足于现代性、市场化和全球化的基本事实，并以此为基础展开具体考察。在对"现代传统"的多重解读中，哪些因素被淡化，哪些因素被凸显，哪些因素始终"在场"，这些因素相互之间构成何种关系，它们之间是否具有内在的统一性，其具体联系如何，作家如何运用何种意识、形式和语言来接纳和表现它们。

目前关于莫言与已被"经典化"的中国文学"现代传统"之历史关联性研究，存在着一些可以反思的问题。一是，将莫言文学与"现代传统"之联系视为前者始终处于后者的笼罩与统摄之下，在这种学术视野中，莫言及其文学构成了一种始终处于"现代传统"阴影笼罩下的被动性存在。二是,与上述现象相反,将二者之间视为一种二元对立性/对抗性关系,认为莫言完全地、彻底地以对抗"现代传统"之主流思想、文化、精神及美学传统,在"反传统"中构建主体认同。在此学术视野中,莫言与"现代传统"处于文学话语的两极。最为普遍的通行范式是在现实主义/现代主义、经典历史叙事/新历史叙事之间,论述莫言的"反现代""反主流""反文化"特征。三是,将"现代传统"看作一种本质化、规范化的存在,而非一种历史实践和历史的建构过程。研究者或将"五四传统"这一"现代传统"形成与建构的源头视为后者之核心与本质,不同程度地忽视"五四传统"本身就是一个包容着种种矛盾、冲突性思想文化立场的场域,忽视这一传统在特定的具体历史情境下的转变与嬗递,而是以之为本真性、原初性、真理性的事物,将此后在具体的历史进程中展开,并逐渐成为时代主潮的"新传统"——如"革命"传统、人民性传统、农村叙事传统等对立性地讲述为对"五四传统""启蒙传统"的背叛或蜕变。在此面向的研究中,比较常见的现象是,选择、确立某一固定不变的"现代传统"命题,在历史性、社会性文化因素"缺席"的状态下对莫言与此命题进行机械、僵硬甚至模式化的比较。

在上述常见的问题中,隐藏的一个根深蒂固的核心观念是,由"现代文学"经典化、体制化所导致的思想、思维与研究范式的保守。经典化的结果,积极的一面是,它形成了一些经典性的学术观点,借助这些观点的传承、流播,经典作家作品的思想、精神、文化、美学等成为民族和人类重要的根基和资源;消极的一面是,一些程式化、模式化的研究套路,有可能借助某种权威或惯性、惰性渗透和流播,造成心态、观念的保守和思维的僵化。这就特别需要将"现代传统"建构的体系性框架性诉求与现代中国文学实践及历史进程区分开来,从而认识到"现代传统"作为一种现代建构,其阶段性内涵、特征与形态并非一种简单的自然生成的结果,而是与历史、时代对话、对抗与融合的产物,"现代传统"是历史的产物与结晶,也是历史的建构,一种拒绝被本质化的历史性存在。因此,进入莫言与"现代传统"之历史关联性的讨论议题,意味着对其各自及其相互间"历史性"因素的关注和凸显,只有在"历史"的内在视野中,关于莫言与"现代传统"之间才能形成真正有效的互动关联。

三、"历史化":莫言与"现代传统"之历史关联性研究的方法论

如上所述,被经典化的中国文学"现代传统",本身就是一种历史的生成与建构。从"新文学"以来作家评论家的资料搜集、文艺评论,到新文学史、新文学

作品选本的出版、中小学到大学各级学校的文学教育，都体现着"现代传统"作为"古典传统"的他者，对自身合法性、经典性的自觉建构。其中，由新文学运动的切身参与者、过来人，编辑出版的十卷本《中国新文学大系》对"现代传统"的阐说及其经典地位的奠基，意义不可替代："《大系》保存了新文学初期丰富的史料，也最早从历史总结的层面汇集了当时各种对新文学有代表性的评价，可以说是一次新文学史研究的'总动员'从此，新文学史研究的意识及其地位在学术界得到空前的加强。"①20世纪80年代中期以来，随着文学史研究的推进，尤其是"重写文学史"的倡言与实践，以夏志清、李欧梵、王德威为代表的海外汉学研究的冲击，包括新中国成立后以"当代"为价值标准对"现代文学经典"的遴选和文学秩序的重构，"现代传统"的话语构造性被步步深入地发现。透过这一福柯式话语权力及解构主义视角，"现代经典"与其说是由"启蒙""革命"等思想话语或由"鲁郭茅巴老曹"、张爱玲、钱锺书、赵树理、萧红等经典作家作品构成的客观存在/范畴，毋宁说是一个从历史—文化的内在视野出发才能展示其内涵的概念，即"现代传统"是一个过程——一个形成其自身、建构其历史主体位置的过程，一个将自身建构为现代中国文学本体/主体的过程，其本体/主体建构的动力、路径、方式和形态，源自这一建构得以发生的广阔历史形势和文化情境，一种能够将"新文学"转化并确认为"现代传统"的政治力量、历史意志、文化意识纠缠错动的历史过程。

需要注意的是，在强调"现代传统"的主观建构性时，也需突出这种建构性不能也无法脱离"客观性"范畴，而必须是一种既超越那种经验主义地理解"现代传统"的思维模式，强调其是由自觉的历史化乃至政治文化实践所赋予的客观性存在，又能在一种更为广阔的主客观对话关系和实质性的历史关系中，锻造、生成新的"综合视野"。

莫言文学作为历史的生成与产物，具有坚实的历史性品格。当我们把莫言文学看作个人才华、性情任意挥洒的天才式作品，当莫言文学被看作对域外文学的模仿与翻版，当莫言文学被近乎偏执地与志怪、传奇、神魔等古典小说联系起来，当莫言文学被简单地置入民间话语谱系尽情渲染时，我们似乎遗忘了莫言文学的根源性依据，缺少了以此为依据对莫言文学的整体观照和深层透视。不管从哪个角度看，无论如何对其进行价值认定和评价，一个不能否认的基本事实是——莫言是1917年新文学运动以来中国文学的一位代表性作家，其创

---

① 温儒敏等《中国现当代文学学科概要》，北京大学出版社2005年版，第46页。

新与创造是新文学发展的成果或症候,体现着"现代传统"的实绩,莫言文学通过当代性对"现代传统"的超克,成为这一传统在当代的引领者。

文学对于莫言来说,包含着对主体存在本身的理解,而不仅仅是形式和文字的自娱自乐。莫言文学并非一个纯审美或幻美的空间,其中有突出的社会和历史的维度,以及极具历史/生活实感的整体性。其营造的生命—审美乌托邦因有着现实的支撑,而具有了返归现实、介入和批判现实,进而生产现实的直接力量。其主体性的建构,因有着切实而广阔的历史维度,而具有了主体的鲜明形象。

在具有鲜明的个体创造性的莫言文学中,印刻着"现代传统"与时代的痕迹,在不无夹杂晦涩的形式和天马行空、泥沙俱下的语言中,有着与历史、时代相纠结、缠绕的心灵世界、精神结构和文化心理的典型症候。莫言文本空间图式中的看似细微的"关节",往往指向漫长时间—历史之轴,链接着丰富、复杂的历史内容。在历史主义眼光的牵引下,一个驳杂、动态的,作为潜意识和文化结构的"现代传统"得以在当代显影。

以营造生命—审美乌托邦的方式,以对现实的复杂性与内在困境及危机的敏锐体察,莫言文学对包括暴力、堕落、血腥、退化等因素在内,善恶交叠、美丑并生的具体的历史、社会的多样性与丰富性,进行了更具弹性和包容性的道义审视、纠正和美学质疑、反思,体现着文学应有的历史想象力和美学创造力,提供着关于生命个体与历史、现实的总体性理解。

莫言文学体现着"现代(文化、文学)传统"的公共性品格,它不是只关乎个体命运遭际、人生态度和幽微的内在情感或诗意感受的小摆设和装饰品,而是有着鲜明的、执着的关于现实和个体生命的理解,刻画着"人"所置身其中的总体性的历史—社会图景,在其间,饱满地蕴含着对主体生存与生命的自我理解,也建立着主体自我与社会、他人、历史、时代的积极的现象性关系。

从这个意义上讲,莫言文学体现着"现代传统"的现代性、历史化的内在品质,呼应着时代的、历史的内在需要,它延续了"现代传统"的诸多思想、文化和美学的命题与血脉,但又穿透、突破而非亦步亦趋地遵从某些惯例和成规,从而在实质上对"现代传统"进行了一种个体化,也是历史化的解读和重释。事实上,"现代传统"诞生于"现代"对"历史"("传统")的重读,当这一重读实践是在一种"当代"眼光烛照下进行时,"现代"也就成了"传统"。

在时隔大半个世纪之后,莫言等当代作家再次重读"五四"以来逐渐确立其思想文化主导地位的"现代传统",将其从被本质化、超历史、超地域的"经典化"

状态中解脱出来，从成规化、范式化的美学认知与技术规范体系中释放出来，从而为自身意图表现的历史赋予充满个体创新/创造性的形式感，将自身所处时代繁复嘈杂的现实美学化。

近而察之，莫言文学是对当代中国尤其是"新时期"的社会、历史、文化的显影与表达，体现着作家的"当代"关切和现实情怀，同时，也被后者所深刻界定和规约。对于莫言，文学/历史、文学/现实、形式/修辞/语言与意识/无意识之间，构成缠绕难解的关联。更进一步说，莫言对"现代传统"的接续、转换与超克，是在具体的历史情境和文化条件下发生的。作为"现代传统"的建构者、超克者，莫言如何选择"现代传统"并将其转化为自身的精神与艺术资源，借以传达、表述其对当代中国的体验、思考、情感，其方式与路径如何，其具体精神内蕴和美学形态如何，"现代传统"作为一种整体性存在与作家的个体化写作之间，究竟构成了何种选择/被选择、承续/转换/创造/超克之关系，这种"关系"得以发生的关节点何在？这就需要透过莫言对"现代传统"的拓展、转换或"冒犯"，突破文本静态的显层比较，发掘其中的"历史"因素；突破对"现代传统"的本质化认知，揭橥潜行其间的社会结构、历史动量与文化逻辑，以及作家言说、表现"现代传统"背后的时代语境和话语策略。同时，如何理解同样作为思想、美学"遗产"的古典传统、民间传统与域外传统，及其与"现代传统"在莫言文学中具体的结构性关系。这同样需要经由历史化的处理，并在一种总体历史—文化视野/结构中得到深层探察。

也就是说，考察莫言文学与"现代传统"之历史关联性，意味着一种对二者之间"普遍性联系"作为基本方法的强调，意味着一种百年中国文学/历史/文化经验的总体性视野。但这种总体性需要与本质主义的历史宏大叙事加以区分，也需要与某种关于"现代传统"的理论表述和理论话语体系建构区别开来。如此做法，首先是基于"现代传统"及莫言文学本身的复杂性与独特性，及由此而展开的一种历史化、批判性思想—文化实践，借此，我们可以能够在广阔的历史时空中，透视、把握置身其间的现代中国文学何以及如何生成、建构、衍变、运行、流转。也只有具备总体性视野，我们才能对形塑、规范主体及其文学表现的历史、政治、文化、体制持有一种必要的警醒和批判力，从而对此形塑、规范力量——作为历史及其现实存在形态的"现代传统"和作为总体现实和"氛围"的"去政治化"的时代思潮——如何作用于主体和知识的再生产，而后者又如何在广阔的社会—历史视野中理解自身的存在与美学实践，并借助自身强劲的思想穿透力和想象力，将此关乎自身存在及美学实践的理解，转化为创造主体及作为其表征的美学的历史催动力。

大致说来，莫言与"现代传统"之间大致包含三种不同的勾连形式：其一，以"现代传统"为典范模本的学习、借鉴与"敬仿"。其二，莫言与现代经典作家在精神与灵魂的相通或"相遇"。其三，莫言基于"当代性"对作为历史文化文本/潜文本的对立性、对抗性、解构性、超克性书写。但需要强调的是，莫言与"现代传统"之历史关联性并非不言自明。尽管莫言与鲁迅、赵树理、沈从文甚至端木蕻良等作家、莫言文学与启蒙话语、革命历史叙事、现代乡土叙事等有着可以比较的某些"客观"方面，但莫言及其文本却不应被理解为由这些"客观"因素决定的"客观"存在，也许更为合理的做法是，将其理解为一个被纳入"历史"范畴，与历史实践有机结合的"主体"范畴。莫言及其文学本身就是历史实践和历史创造的一部分，并构成"现代传统"这一始终处于历史动态运作的"历史"的创造。"历史"构成莫言文学及"现代传统"的结构性因素和动力所在。

四、"当代性"：莫言与"现代传统"
之历史关联性研究的理论前提

历史化的学术处理，意味着恢复一种历史视野，开掘历史纵深，成就研究者的历史感和现实感、当下感。一种实质性的历史关联只有在实质性的文学/历史及其交互运动中才能真正存在和展开。问题在于，如何对莫言文学、"现代传统"进行更为复杂化的处理和更为深入的推进，对不同文学话语间复杂的结构性关系进行深入的整体把握，突破泛泛而论的浅层文本比较，就二者关系提出建设性构想。这需要将"现代传统"的理论化与自我预设性阐释，置入一种"实质性的历史"之中，并将后者转化为文学流转的内在视野。在这一转化过程中，文学流转的具体情景、脉络、细节转成了重要环节。为了避免大而无当的宏大叙事，"细节"考掘是一个颇有支撑力的借助。从症候性的关节点入手，在历史与现实，与当下的不间断的、循环往复的对话、碰撞和辩诘中，破解僵化的意义模式和历史叙述，同时，避免依据当下时行的新潮理论、观点、方法做出貌似创新实则简单粗暴的裁决。这种历史感与现实感、当代性的辩证法，也内含于"现代传统"（文学史）与莫言（文学批评）的对立与对话之中。

关于"当代性"，张旭东有如此阐释："我们必须——或者说不得不——把一切有关我们自己的经验——包括文学经验、政治经验、社会经验、个人经验等——高度当代化，也就是说，作为当下的、眼前的瞬间来把握。"在他看来，当代文学从来就不是"现代文学的弃儿，被现代文学所排斥……相反，在一个更高的意义上来说,当代文学却是要有意识地把现代文学排斥出去,把它作为'历史'归入另册,从而为把作为当代经验有机组成部分的当代文学经验从'过去'分离出来,把它保持在一种特殊的思想张力和理论可能性中。通过这种非历史化的自觉意识,当代把自己变成了所有历史矛盾的聚焦点,当代文学则把自己变成了所有文学史的最前沿和问题的集中体现"①。更进一步说,"现代文学是被当代文学生产出来的,正如历史是被当代生产出来的:一切历史都是当代史,一切文学其实最终都是当代文学……最好的现代文学乃至古代文学研究,应该是当代文学经验和当代文学判断力的一个分支,因为只有搞当代文学的人才能真正地把握现代文学,这是在批评和批判(这既是康德'判断力批判'意义上的批判,也是马克思'意识形态批判'意义上的批判)意义上的把握,而不是历史主义、经验主义和学科专业主义的把握"②。很难想象一个对当代文学经验陌生、无话可说的人能做好现代文学和古代文学研究,因为"文学"来自其当代性而非文学史,"只有在一种'当代'的意义上,文学的存在才成为可能"③。因此,张旭东认为,"批评是第一性的,文学史是第二性的",而进行批评的最基本的前提,"就是存在的政治性",在"各种经验的、趣味的、知识的、理论的、甚至技巧的训练和准备"等技术性前提之上,"存在本身的政治性,是激发和推动批评活动的最根本的前提和动力"④。这些观点或许不无讨论余地,但其关于"批评"内质与动力的言说,无疑对莫言文学与"现代传统"之历史关联性的研究,极具启发性。

在此议题上,张旭东本人与吴义勤等人关于莫言《酒国》的批评,可为资鉴。张旭东的批评立足当代中国政治经济经验,将小说视为中国社会主义市场经济的寓言。在他看来,小说"形式"(妖精现实主义)与"内容"(作为政治经济学意义上的当下中国现实的后社会主义中国市场经济)具有内在的对应性和统一性。《酒国》虽然没有提供对这一时代中国的精细清晰的写实性刻画,但"在《酒国》中,所有与当代中国联系在一起的幽暗、矛盾、混沌,尽管在分析理性看来非常令人费解,但在一种叙事艺术品的界定中,则变为一种'诗学规范',它以或然

---

① 〔美〕张旭东《文化政治与中国道路》,上海人民出版社 2015 年版,第 361~362 页。
② 〔美〕张旭东《文化政治与中国道路》,上海人民出版社 2015 年版,第 366 页。
③ 〔美〕张旭东《文化政治与中国道路》,上海人民出版社 2015 年版,第 367 页。
④ 〔美〕张旭东《文化政治与中国道路》,上海人民出版社 2015 年版,第 369~370 页。

性(the probable)同'实然性'(the actual)形成对照"①。作者将作品的形式、技巧实验等文学"内部"问题置于"当代"生产关系内部,而同时,生产关系又在文学"内部"被重新生产出来。作为形式的"妖精现实主义",是后社会主义时代中国市场经济"最本真的经验",而恰恰是后者"决定了我们这个时代的经验方式和感受方式"②。《酒国》与鲁迅《狂人日记》的互文性引起了学术界的关注。吴义勤将"吃人"叙事放在"现代"("五四"时代)与"当代"(20 世纪 80 年代末 90 年代初)两种不同的历史情境下,阐释其叙事肌质变异的形式表征及隐含其后的主体精神结构。③ 吴文与常见的影响研究和平行研究最大不同之处是,首先,由形式(元小说、戏仿、多层文本交错等)切入内容("现代""当代"作家精神结构),将形式等文学内部问题置入"现代""当代"思想生产系统之中,而"现代""当代"思想又在其时代的典型文本中被重新组织、生产。其次,在充分历史化的基础上,立足当代性。批评不是在传统的"影响"或"流变"意义上阐释两个文本,将当代文本《酒国》覆盖于现代文本《狂人日记》的荫庇或阴影之下(如前所述,这样做的后果只会同时封闭两个文本丰富的意义域),而是直面当代中国经验(不同于张旭东的后社会主义市场经济经验,而是特定历史转型期的中国文化经验),直面当代文本的形式感、新异性和特殊性,以《酒国》作为莫言个性化的当代美学创制对现代文本的超克为论述基点,实现现代/当代、历史化/当代性之间的同等对话。

文学的"当代性"品质,"当代性"对"文学"定义与存在的规定性意义,对于目前此议题研讨中存在的一些问题具有强烈的批判性启示。当我们以"现代传统"来涵盖莫言,以此为意义前提和价值标准来阐释、评判莫言的思想与美学时,存在着一个似乎不成问题的认识——作为当代文学的代表作家,莫言隶属于"现代传统"并从后者获得合法性和经典性认定。同时,作为对莫言文学的阐释,当代文学批评之价值准则应该从"现代传统"获得。这种认识,不仅以前置意义模式限定、封闭了莫言及当代文学的丰富性、敞开性和可能性,而且几乎完全漠视进行批评的前提——"存在的政治性"。最终导致的结果就是"现代传

① 〔美〕张旭东《全球化与文化政治:90 年代中国与 20 世纪的终结》,朱羽等译,北京大学出版社 2014 年版,第 257 页。
② 〔美〕张旭东《〈酒国〉读书会》,张旭东、莫言《我们时代的写作:对话〈酒国〉〈生死疲劳〉》,上海文艺出版社 2013 年版,第 38~39 页。
③ 吴义勤、王金胜《"吃人"叙事的历史变形记——从〈狂人日记〉到〈酒国〉》,《文艺研究》2014 年第 4 期。

统"的丰富性、敞开性、可能性被封闭,蜕变为自我内部的封闭循环、话语空转、纯知识传授或资料累积。"现代传统"的生命性存在,不在自我因循,而在自我克服和自我超越。莫言文学即是"现代传统"的超克,二者的意义、价值及其历史关联性,需在当代社会思想文化的错动、矛盾的政治性整体结构中得以阐释和评判。

原载《小说评论》2018 年第 4 期。
王金胜:博士,青岛大学文学院教授。吴义勤:中国作协书记处书记、博士生导师。

男性气质、发展主义与改革文学

马春花

引言:"明天他更忙"

"他不是诗人,他再没有时间抒情、缅怀和遐想。他必须像牛一样地、像拖拉机一样地工作。……明天他更忙。"①

这是王蒙小说《蝴蝶》结尾的内容。主人公张思远官复原职,即将开始新的生活。以"没有时间抒情、缅怀和遐想"为托词,他否定了感时忧怀的必要,终而"化蛹为蝶",毫无负担地走向明天。作为伤痕文学的典型作品,《蝴蝶》表征了20世纪80年代中国的诡谲状况:一个纠结着记忆与失忆、死亡与新生、历史与未来的伟大开端。书写伤痕是为重建主体,钩沉历史则是展望未来。在各样伤痕文学文本中,通过讲述"文革"创伤记忆、诉说政治苦难,"张思远们"完成了个人主体身份建构,确立了展开新的现代性实践的历史合法性。至于新的现代性实践到底是什么,伤痕文学只是点到为止,我们只知道"明天他更忙",至于"忙什么""怎么忙",显然并不是伤痕文学试图关注的问题。

关注明天"忙什么"的是改革文学。当"张思远们"终于可以重新"像牛一样、像拖拉机一样地工作"时,"他们"就一变而为《乔厂长上任记》中的乔光朴、《沉重的翅膀》中的郑子云、《花园街五号》中的刘钊、《新星》中年轻的李向南。"改革者"或曰"开拓者",则是这些"归来者"的新称谓。与伤痕文学不同,改革文学体现出完全不同的叙事节奏、美学风格。缅怀过去、记忆创伤的伤痕文学,往往体现出一种幽怨感伤的阴柔气质,而锐意进取、面向未来的改革文学,则与阳刚强硬的男性气质的历史形构紧密联系在一起。改革文学出现伊始,就被认为"揭开了'男性文学'的序幕,发出男性的呐喊","刮起了气势磅礴的雄风",

---

① 王蒙《蝴蝶》,《十月》1980 年第 4 期。

"改革的热情、铁的手腕与男子汉的气魄紧密地胶粘在一起"①。却原来,改革文学就是"男性文学",就是"他们"改革的文学。

新时期中国的"男子汉话语"在改革文学中体现得尤为突出,几乎所有的改革者都被塑造为具有强烈男性气质的"硬汉"形象,而在男性气质的文艺生产与改革意识形态的确立、崭新现代性项目的设定之间,则存在着一种近乎直接对应的关系。实际上,就致力于反映社会转型时刻的历史诉求的改革文学来说,形塑新的男性气质就是重建新政体意识形态,并再造后革命时代中的中国主体镜像。因此,当我们重新考察20世纪80年代的改革文学时,男性气质必然是一个极为有效的分析范畴。本文对改革文学的考察,将集中在对以下问题的思考与分析:改革文学形塑了怎样的男性气质,在怎样的时空关系中塑造,调用了哪些文化资源,又传达了怎样的改革意识形态?理解性别重构在新时期中国社会转型中的文化政治机能,则是本文要解决的中心问题。

一、归来的"男干部"

1979年7月,《人民文学》刊发蒋子龙的《乔厂长上任记》。小说发表后,引起广泛关注和好评:"最可贵之处,在于通过工作着重点转移到四化建设以后工业战线的矛盾斗争,塑造了体现时代精神的英雄人物"②,乔厂长有能力"扮演时代的'主角'"③,"他同许许多多老干部一样,虽然满头白发,但心头却燃烧着青春的火焰"④。《人民日报》等主流报刊都发文肯定"乔厂长"的时代意义,而这部小说也被追认为是"改革文学"的发轫之作。乔厂长的形象并非横空出世。1976年,蒋子龙就在《人民文学》复刊号上发表《机电局长的一天》,塑造了一位致力于工业现代化的机电局长霍大道。不过,与《乔厂长上任记》给蒋子龙带来的巨大声誉相比,《机电局长的一天》的遭际却一波三折,刚发表时受到"热烈欢迎",然后因为政治形势逆转而受到批判,蒋子龙被迫作出公开检查,并发表一篇阶级斗争小说《铁锹传》⑤,才得以过关。当然,《机电局长的一天》日后重获文学史关注,而《铁锹传》则名不见经传。蒋子龙这三篇小说的历史沉浮,与当代

---

① 王干、费振钟《"男性"的声音——新时期小说漫谈》,《文艺评论》1986年第4期。

② 《鼓励业余创作,端正文艺批评——〈文学评论〉和〈工人日报〉联合召开优秀短篇小说〈乔厂长上任记〉座谈会》,《工人日报》1979年10月15日。

③ 马献廷、方伯敬《工业战线上的新人谱——蒋子龙作品新人形象琐议》,《红旗》1982年第14期。

④ 马威《为献身四化的个别塑象——短篇小说〈乔厂长上任记〉读后》,《光明日报》1979年9月12日。

⑤ 蒋子龙《铁锹传》,《人民文学》1976年第4期,第39~55页。

中国政治风向的变化息息相关。其中,在历史中"消失"的《铁锨传》,所传达出来的微妙性别政治意涵,则构成重估改革文学的参照系。

在蒋子龙小说系列中,《铁锨传》是一个异数。一个长期生活在工厂、以工业题材见长的工人作家,写的却是农村的阶级斗争,并且还塑造了一个农村女英雄形象。事关农村、女性、阶级斗争的《铁锨传》,与蒋子龙作品标志性的工业、男性、生产管理主体,形成有趣对照。蒋子龙擅长塑造"体现时代精神的英雄人物",但是什么性别、身份的人凭借何种实践登上"英雄"位置,却因时代而不同。《机电局长的一天》塑造了一位"老干部英雄",《铁锨传》则以"小将""新生力量"①为时代主体,这个时代主体性别化为一个农村女性。革命激进主义年代以"女性小将"为历史代言,而改革时代却必须由一个重担现代化重任的"男性干部"引领,社会主体的历史转移在性别话语的建构中悄然完成。从《机电局长的一天》中霍大道开始,"男干部"形象出现在《乔厂长上任记》以及之后几乎所有的改革小说中,并形成中国当代文学史中的"改革者"家族系列。新时代的"新人物"——改革者,必是一个男性(老)干部,确切地说,基本上是从历史中"归来"的男性(老)干部,改革文学实际上就是关于"男干部"们如何重整男性气质、进行改革实践的文学。

用"干部"而不是"领导""经理"等称谓,来突出新时期改革者的主体身份,首先是因为"干部"这个群体在当代中国社会主义政治经济结构中具有特殊的历史地位。"'干部'既是一个特殊的群体,也是一个特殊的结构,更是一个重要的系统性和制度性的体系。"②干部对当代中国的政治生态和社会生活的影响巨大,以至于可以用"干部国家"来指认当代中国社会状况。另一个原因则与20世纪七八十年代之交的改革背景有关。国有企业的私有化以及市场经济并未提上改革日程,企业家、老板等与市场经济运行相关的称谓还未普及,而改革者主要还以革命干部为主体,依然符合"干部是献身于革命目标和革命理想的人"③的定义。有鉴于此,强调"归来的改革者"的干部身份就十分必要。但考虑到干部的外延相当广泛,其分类也没有一个统一的标准,何种干部可以成为改革实践的历史主体,即对改革者干部内涵的考察,是首先需要厘清的问题。

①　蒋子龙《道是无情却有情——〈蒋子龙选集〉自序》,上海文艺出版社1984年版,第21页。

②　王海峰《干部国家与中国建设:一个新的分析概念和框架》,《上海行政学院学报》2012年第4期。

③　莫里斯·迈斯纳《毛泽东的中国及其发展》,社会科学文献出版社1992年版,第148页。

《机电局长的一天》中的霍大道，是"党培养的第一批工业干部"①。小说特意插入一节来介绍他的革命小史，原来"大道"之名是红军营长给起的，表示"大道上参军，永远跟着共产党，在胜利的大道上前进"②。"红小鬼"出身的"老干部"身份，无疑是霍大道领导改革的政治资本。

实际上，主导改革的天然合法者似乎只能是曾经被迫害的"男干部"，这在《乔厂长上任记》中表露得非常明显。乔厂长重回电机厂后，厂里实际上并存"三种干部"：一是刚被任命的乔光朴，"文革"前的"老厂长"，小说原来的题目就是《老厂长的新事》，典型的"归来的老干部"；二是"文革"刚结束后任命的新干部冀申，"文革"中他是干校副校长，当老干部归来时，他也搭上了顺风车，这是一个投机的官僚形象；三是刚被解职的"火箭干部"郗望北，"文革"中的"造反派"，曾斗争过乔光朴。不懂业务的官僚干部冀申成为乔厂长改革的对立面，而"火箭干部"郗望北在被解职后很快又开始工作，这主要原因则在于他的业务能力，当然也与当时"揭批查"运动的结束以及工作重心向经济转移的背景有关。不过，"火箭干部"必须通过熟练的业务能力、能上能下的工作态度来证明他可以成为新的历史实践的辅助者。但即便如此，郗望北的再次启用，不仅在文本之内受到乔光朴曾经的领导班底的质疑，在文本之外，也受到了广泛的批判和质疑。③

受迫害的历史赋予"归来的老干部"在政治上的合法性，但要成为改革实践的主体，他们还必须具有专业知识。霍大道虽"对组织机电工业生产有着丰富的经验和广博的专业知识"④，但"他的某些专业知识并不精深"⑤。而乔光朴则留学过苏联专门学习了机电生产和管理，他"精通业务，抓起生产来仿佛每个汗毛孔里都是心眼"，20世纪50年代就"把电机厂搞成了一朵花"⑥。《花园街五号》中的刘钊的专业是土木工程，"文革"后没正式恢复工作前，自费到一所大学

---

① 小说在《人民文学》最初发表时是："你我都是革命战士。过去，跟着毛主席南征北战；现在，跟着毛主席移山填海。"后来改成"你我都是'老工业'，党培养的第一批工业干部"，见蒋子龙《乔厂长上任记》，《蒋子龙文集》第8卷，人民文学出版社2013年版，第8页。

② 蒋子龙《机电局长的一天》，《人民文学》1976年第1期，第47页。

③ 召珂《评小说〈乔厂长上任记〉》，《天津日报》1979年9月12日，第3版。宋乃谦、滑富强《乔厂长能领导工人实现四化吗？——评小说〈乔厂长上任记〉》，《天津日报》1979年9月19日，第3版。

④ 蒋子龙《机电局长的一天》，《人民文学》1976年第1期，第54页。

⑤ 小说最初在《人民文学》发表时并无这句，后来修改时添加。见蒋子龙《乔厂长上任记》，《蒋子龙文集》（第8卷），人民文学出版社2013年版，第17页。

⑥ 蒋子龙《乔厂长上任记》，《人民文学》1979年第7期，第5页。

旁听了企业管理课程。《新星》里的李向南一到古陵就订了《经济战略学》《中国经济问题研究》《经济动态》《中国社会科学》等刊物。这样，从霍大道到乔光朴再到李向南，知识分子气质、专业技术与现代管理背景，越来越受到推重，并成为改革实践的基本条件。张洁《条件尚未成熟》(1983年)中政治圆熟为人可靠的岳拓夫，在副局长的角逐中最终不敌连党员也不是的大学同学蔡德培，一个重要的原因，蔡是具有专业能力的工程技术人员。由此看来，"归来"的干部，还必须是具有现代管理经验和专业技术能力的知识型干部，而非行政型干部。

更具意味的是，这些小说中的主人公几乎都是具有超级男性气质的"男干部"，改革家族也是男性家族，其活动空间也主要被集中于极端男性化的重工业部门，以及地方政府中位高权重需要决断力的第一二把手这种权威位置。唯一例外的，也许是蒋子龙的小说《赤橙黄绿青蓝紫》。小说主人公解净是一个女干部，而且是年轻的政工干部，但当她决定跟上改革步伐，下到车间干实事以证明自我时，选择的竟是汽车运输队，一个几乎清一色男性的空间。这似乎暗示，女性要具备改革者的资格，必须首先进入男性世界。当解净以队长身份进入这个世界，女性身份却消解了她的领导权力，而要获得拥有男性特权的司机们的认可，她就必须学会开能体现男性力量的重型卡车，而且要比一般男性更有智慧、勇气和毅力。于是在小说中，当解净毫不犹豫地冲向即将爆炸的油罐车时，她才最终获得了以刘思佳为代表的男性世界的认可。也就是说，解净必须证明自己比男性更具男性气质，才可以跻身于这个男性气质的改革者行列之中。《赤橙黄绿青蓝紫》于是也不能例外，照例是这个改革文学的"男干部"系谱中的一员。

小说女主人公解净的遭遇再次说明，只有具有历史权威的"男干部"，才能成为改革实践的主角。如果不是个"男干部"，那她必须通过证明自己的男性气质，才有可能成为改革时代的参与者。作为新时期政经改革项目的文学表征，改革文学在其伊始就被极端男性/男权化了，至于集历史权威、理性精神和雄性气质于一身的"男干部"，则成为文学创作刻意聚焦的对象。而且，围绕着"男干部"这一形象，"改革文学"亦想象性地建构起一个新的社会关系图景。

二、对手、同志与女友

改革文学的叙事主线是改革派与保守派间的较量，而两派的代表在文本中几乎全是男性，改革文学也因此主要是男性之间互相欣赏与厌憎、结盟与斗争的故事。其完全不同于"知识分子落难，民间女子拯救"的伤痕文学，后者更注

重在异性关系框架中结构创伤叙事。当然,这并不意味着改革文学不关注异性
关系,因为塑造男女有别的两性关系、温柔贤惠的女性气质亦是建构男性气质
的基础。相对于伤痕文学,改革文学呈现的社会性别关系更为复杂,围绕在改
革者周围的对手、同志与女友,成为凸显其男性气质的参照系。

　　政治对手与改革者的权力位阶基本对等,但在政治理念、个人生活、外在形
象等方面却与改革者互相对立。改革文学几乎都有对立的人物设置,以"开拓
者"与"保守者"为对立两极。冀申"在政治上太精通、太敏感了"①,丁晓"患有严
重的官场病"②,顾荣"是'标准'的领导干部"③……这些保守派都是典型的官僚
形象,政治老练,为人圆滑,皆是工于权谋的权术客。改革者则是志怀高远、忧
国忧民的实干家。权术家中庸灵活,深谙权谋之道,又精通"陶冶性情、延年益
寿等等养生之道"④,而且似乎也往往家庭和睦,夫妻融洽,倒是那些改革者,或
因历史政治,或因个人追求而处于情感困境之中,生活也大都潦草马虎。保守
派对手们一般精通绘画、园艺、太极拳,而改革者更喜欢具有身体对抗性的现代
体育运动,比如篮球、冰球等等。总之,保守派对手主要呈现出一种与中国传统
文化和政治方式相关的相对阴柔的男性面向,善于以柔克刚,以退为进,以静制
动,以阴柔无形的关系网络纠缠、消解改革者之阳刚可见的改革实践。

　　改革者与其保守派对手的截然不同,在小说中往往被呈现为动静、攻守的
对立面:"郑子云与田守诚,一个好比是打守球的,软磨硬泡;一个好比是打攻球
的,一个劲儿地猛抽"⑤;"丁晓是各种球类比赛最热烈的观众,而刘钊是各种球
赛的一个尽管不是最好、但也不是最孬的运动员。他俩的区别恐怕就是一个在
场内,一个在场外;一个真刀真枪实干,一个指手画脚评论而已"⑥。在此,强攻
与软守,场内与场外,破局与循例,正是两种不同类型的男性气质,而只有激进向
前、锐意革新的前者,才被认为是 20 世纪 80 年代改革者应该具有的男性气质。

　　真正的男人首先是自然的男人。男性气质需要落实到身体上,因为真正的
男性气质总是被认为是一种自然本能。《新星》主人公李向南的"铁腕",即是自
然而真正的男性形态:"腕子很粗,关节很大,强硬地凸起着;手掌很大,手背青

---

①　蒋子龙《乔厂长上任记》,《人民文学》1979 年第 7 期,第 15 页。

②　李国文《花园街五号》,北京十月文艺出版社 1984 年版,第 154 页。

③　柯云路《新星》,人民文学出版社 1985 年版,第 117 页。

④　李国文《花园街五号》,北京十月文艺出版社 1984 年版,第 59 页。

⑤　张洁《沉重的翅膀》,人民文学出版社 1981 年版,第 149 页。

⑥　李国文《花园街五号》,北京十月文艺出版社 1984 年版,第 29 页。

筋裸露着,手指瘦长干硬,像钢筋棍一样。没有一丝柔和的地方。让人想起'铁腕'","他的手很热,很强硬,铁一般有力地一握。小胡当时觉得自己很薄很小的手被握得生疼。"①以自然之名,"改革文学"中的政治对手之间的较量,于是往往被转化为身体的较量,变成大手与小手(李向南与小胡),高大魁伟与五短身材(刘钊与丁晓)的对比。将改革者塑造成高大魁梧的硬汉,始于乔光朴:"这是一张有着矿石般颜色和猎人般粗犷特征的脸:石岸般突出的眉弓,饿虎般深藏的双眼;颧骨略高的双颊,肌肉厚重的阔脸……饱满的嘴唇铁闸一般紧闭着,里面坚硬的牙齿却在不断地咬着牙帮骨,左颊上的肌肉鼓起一道道棱子。"②知识干部乔光朴,竟近似美国西部电影中的牛仔肌肉男!在此,身体状况与精神力量和政治潜能互相指涉,从而建构起"改革者是硬汉,硬汉是改革者"的刻板化的男性想象。

当然,在与男性对手周旋较量中爆发出的男性力量,最终需要在两性关系结构中得以确证。与保守派甚少被置于男女性别框架中进行再现不同,改革文学中的每个改革者身边几乎都有一个女友/红颜知己,像叶知秋之于郑子云,童贞之于乔光朴,吕莎之于刘钊,顾小莉、林虹之于李向南等。在小说中,男性气质与女性气质被定位于性别结构的两端,男性气质的形构主要有两个策略:一是通过抵抗女性气质来保护自身的男性气质;二是通过书写女性的崇拜来确证男性气质。改革家的女友们,除张洁笔下男性化的丑女叶知秋外,大都具有所谓现代女性气质。她们漂亮聪明、独立自信,与伤痕文学中温柔善良、奉献牺牲的传统女性形象截然不同,因为她们是改革者的红颜知己——另一个自我,所以也必是个性十足、特立独行的现代女性。几乎没有例外,这些优秀的女性在小说中都深爱着改革者:童贞为乔光朴不嫁,守"童贞"20多年;吕莎从少女时代就爱着刘钊;顾小莉爱李向南也是不管不顾,而林虹之所以压抑自己的情感,不是不再爱李向南了,而是自身的污点……何以如此?因为这些女性眼中的改革者都是"男子汉",一个充满雄性气质、进取精神的现代中国男人。

然而有意思的是,虽然女友眼中的男性改革者总是永远年轻,但是她们自身却已经被描述成"未老先衰"。在《乔厂长上任记》中,40多岁的童贞在56岁的乔光朴眼中已然衰老,以致他感慨"雄心是不取决于年岁的","这使他突然意

---

① 柯云路《新星》,人民文学出版社1985年版,第393页。
② 蒋子龙《乔厂长上任记》,《人民文学》1979年第7期,第4页。

识到自己的责任。他几乎用小伙子般的热情抱住童贞的双肩"①。作为前市长的女儿、现市长的儿媳、个性十足的漂亮女性,《花园街五号》中吕莎也几乎完全听命于刘钊。在男女情感关系中,改革者比女友更具有理性精神和自制能力,而拥有不受情感和本能控制的理性精神,一直是定义男性气质的基础。女友形象的设置一方面确认了改革者的男性气质,说明只有改革者才是"男子汉",从而能够赢得众多女性崇拜;另一方面,女友的高干或高知的身份,使她成为联结改革者与上级、改革者与对手之间关系的重要纽带,她们对改革者的爱慕、理解与欣赏,往往可以使改革者的想法直接反映到高层并获得支持。另外还有一个不能忽视的细节,即改革者的女友们往往是记者或作家,并在书写关于改革者的报告文学或通讯。书写即是权力。这种女性写手的身份设置,既可看成男性改革者的另类自我———一个被男性气质所压抑的女性化自我,也可看成小说作者在文本中的代言者,表达了改革年代的作家在文本内外介入改革的政治冲动。

不过,改革文学中的男女爱情叙事并不指向情爱本身。对于要建功立业的男性英雄来说,美人江山、爱情事业孰重孰轻,根本不用多加考虑便可抉择,就像《三国演义》与《水浒传》中的古典英雄们一样,他们其实更关注的是兄弟间的手足之情,因为江山事业总是兄弟们的事业。总体上,改革文学也不脱离这个英雄兄弟的叙事传统。乔光朴与童贞情感纠葛了 20 多年,他第一次回厂就单方面宣布结婚,根本无须考虑童贞的诉求,因为这样可以快速消除影响改革计划的闲言碎语;刘钊一再拖延吕莎的情感要求,既是不愿伤害韩潮夫妻,更是怕改革分心,两人江边散步的情节如此漫长不安,根本不及他与韩潮掰手腕、与高峰"半夜里爬起来喝白干、嚼狗肉"②的同志情谊来得自然动人。在古典文学中,那些男性"千古风流人物",往往在同性同道的"谈笑间"树立起"雄姿英发"的浪漫形象③,改革文学也是如此。女友即生活,同志则是历史。如果说女友们的存在确认了改革者的男性气质,那么对手、同志的出现,则促成了这种男性气质的最终生成。

同志情谊写得最动人的小说是《花园街五号》,作者在其中让韩潮与刘钊各自回忆他们之间的革命战斗情谊,同志情谊远远超越了血缘亲情,甚至一开始必须以斩断血缘亲情的方式来建构。不过,在 20 世纪 80 年代,当刘钊重新回

---

① 蒋子龙《乔厂长上任记》,《人民文学》1979 年第 7 期,第 10 页。
② 李国文《花园街五号》,北京十月文艺出版社 1984 年版,第 126 页。
③ 雷金庆《男性特质论》,刘婷译,江苏人民出版社 2006 年版,第 51 页。

顾与韩潮的友谊时,这种同志情谊并非仅仅由并肩战斗的革命历史所造就,而是混合了浪漫主义与功利主义、江湖义气与权力等级等二元背反要素,但其核心要素则是主导改革进程的功利主义诉求。20世纪80年代中国文学否定阶级斗争文艺的一个重要表现,就是重新恢复革命斗争的人道内涵与同志之间的情感联系,进而重建被激进主义革命所破坏的基本社会关系和情感结构。因此,改革文学一方面继续以类似50～70年代"两条路线"斗争的形式来展开改革叙事;另一方面也以改革者与其同志间的互相欣赏、理解与支持,来重建改革者之间的革命兄弟情谊。从革命年代到改革年代,由对手和同志构成的简单敌我政治关系,似乎一直不曾改变,这就是毛泽东对于革命政治的极简主义描述:"谁是我们的敌人,谁是我们的朋友,这个问题是革命的首要问题。"这个问题看来也是改革的首要问题。

通过制造对手、设置女友与召唤同志,改革文学围绕作为改革者的"男干部",建构起一个"虽新尤旧"的社会关系构图,进而不断放大改革者的男性气质。"劫波渡尽兄弟在。"男性气质的再生产也是男权结构的再生产,当代中国的男性同志们历经革命磨砺之后,在改革时代再次相遇、分化或联手,上演了一场新男权争霸戏剧。改革文学似乎再一次证明"不论是富人还是穷人,是精英抑或平民,男人之间的纽带在中国历史上从来都是成功和生存的关键"[1]。与此同时,女性在这场关于主导改革权力的男性角逐战中,却再次扮演了一个(男性)历史的连接点与他者角色,她的存在似乎只是为了证明:只有这个具有支配性男性气质的男子汉,才有资格成为改革时代的历史主体。

三、男性气质的中西源流

从基于断裂论的"新时期历史意识"来看,新时期改革文学塑造的男性改革者形象,系接续了"五四"个人主义话语,并与20世纪50～70年代的主流男性想象形成对立关系。[2] 不过在笔者看来,新时期改革者男性气质的文学形塑,起码来自以下三个文化资源:①对革命社会主义时代塑造的经典男性英雄形象的继承与转化;②对西方现代资本主义文化中的雄性风格的接纳和吸收;③中国儒教传统文化中之"天行健,君子以自强不息"的男性精神的潜在影响。因此,分析男性气质在20世纪80年代的文化重构,不仅需要在——从革命到后革

---

[1]　曼素恩《中国历史与文化中的兄弟义气》,转引自雷金庆《男性特质论:中国的社会与性别》,第4页。

[2]　王宇《新时期之初的"男子汉"话语——一个性别政治视角的考察》,《文艺研究》2006年第5期。

命——当代中国背景中来考察，也应该在一个全球本土化，历史现实化的视野中衡量。

从苏联的保尔到"十七年"中国的雷锋，世界范围内的社会主义文化实践，向来注重塑造男性英雄典范。王进喜、雷锋等是现实典范，朱老忠、梁生宝等则是文艺英雄。刚勇质朴的气质，无私奉献的精神以及对党和领袖的无限忠诚，则是革命时代的男性气质的终极体现。① "十七年"工农兵文艺场域中极具代表性的演员崔嵬，即被认为"是中国式的阳刚之美的化身"②。不过，阶级革命干将朱老忠，社会主义新农民梁生宝等英雄形象，在后革命书写中却被集体阉割。在小说《芙蓉镇》中，以杀猪为业的农村屠夫黎桂桂，被塑造得胆小如鼠；"文革"中登上公社书记位置的流氓无产者王秋赦，在电影中也是一个有些所谓"女性气质"的扭捏形象。电影《二嫫》中的二嫫丈夫，昔日曾经是风光无限的老村主任，但在电影一开始就"被性无能"。被革命赋予强烈男性气质的工农形象，在后革命时代被知识分子"男干部"所取代，改革时代的男性气质将拥有新的特质。

男性气质的变化事关社会结构的调整。知识分子男干部取代工农英雄，成为此一时代男性气质的主流载体，预示着社会权力转移的趋势，以及新的社会差序结构的再生成。不过，"颠倒"的历史却有其内在连续性。改革文学的男性气质再生产，往往首先汲取革命时代的遗产。与革命年代的清教主义英雄典范一样，改革英雄亦具浪漫主义激情、民族国家情怀，以及克制自我情感的清教精神。另外，改革者也往往以"战士"身份自诩，乔光朴说"我不过像个战士一样"③；刘钊问"难道，我们这个时代，不需要激情，不需要浪漫主义，不需要冲锋陷阵的战士了么"④；年轻的李向南也认为"我们这一代人都是理想主义者"⑤。当小说中的改革者一次次以战士自居时，便在改革与革命之间架起一座精神桥梁。从历史连续性的角度看，改革的原动力其实源自革命精神的复兴。

虽然以革命话语为重要资源，但是新时期中国男性气质的重构，更有其现实性的背景。这些致力于经济改革的知识分子男干部，实际上还是极为不同于工农兵英雄，前者甚至需要通过策略性的贬低后者而确立自身的历史主体性。20 世纪 70 年代后期，中国社会的重心由阶级斗争转向经济建设，在引进西方技

---

① 刘传霞《1950—1970 年代中国文学的男性想象》，《中国图书评论》2016 年第 7 期。
② 戴锦华《由社会象征到政治神话——崔嵬艺术世界一隅》，《电影艺术》1989 年第 8 期。
③ 蒋子龙《乔厂长上任记》，《人民文学》1979 年第 7 期，第 7 页。
④ 李国文《花园街五号》，北京十月文艺出版社 1984 年版，第 169～170 页。
⑤ 柯云路《新星》，人民文学出版社 1985 年版，第 692 页。

术、资本、经验,逐步融入全球市场的同时,亦在文化观念等层面以西方社会为范本,一种在市场丛林中冒险开拓、追逐财富的个人主义男性想象,也一并被接受并认同下来。故此,"盲从、驯服、工具这些旧观念已不能纳入当今改革家的性格内涵之中"①,而独立、叛逆、竞争、效率、开拓等新观念深入人心,文学中的改革者于是往往是时代的冒险家。冒险与开拓精神是现代男性气质的核心内涵。康奈尔认为,在男性气质的形成过程中,四项发展至关重要:一是文化变迁,它导致欧洲大城市对性和人格的新理解;二是跨洋帝国的建立,帝国作为男性职业——从军和贸易的产物,从一开始就是男性领地;三是商业中心城市的成长,企业家文化和商业资本主义的工作场所将男性气质形式制度化;四是大规模欧洲内战的发生以及职业军队的建立。② 在此,康奈尔将马克思·韦伯的"资本主义精神"性别化了。康奈尔认为的现代资本主义经济与男性气质的复杂关联,也可以用于讨论改革文学中的男性气质再现。当中国逐步重回全球资本市场,有关男性气质的历史想象和文艺生产,也就自然带有与自由资本主义精神相契合的地方。

正是由于对所谓资本主义精神的钦羡,改革文学开始出现正面形象的西方男性。《乔厂长上任记》中"能干会玩""工作态度好"的西德小伙子台尔,既是工业化改革所需要的劳动者模板,也是资本主义理性精神的象征。另一个重要的外国男人形象是《花园街五号》中的澳大利亚商人奥立维。作为白俄后裔、国际财团的投资经理,以及花园街五号老主人的孙子,这个精明的外国商人不仅唤起花园街五号的现代历史,而且也对资本主义市场竞争关系进行了现身说法:他曾经是父亲的雇员,父亲后来又成为他的雇员。台尔、奥立维等在改革文学中出现的西方人形象,其实都是中国改革所需要的男性气质的西方参照。实际上,自20世纪70年代末以来,日本、欧美电影被大量引入中国,《追捕》中的高仓健、《佐罗》中的阿兰德龙等硬汉形象,直接影响了中国大众的男性气质想象。西方正面男性形象在改革文学中的出现,至少体现了如下几个层面的意涵:①全球化中国始露端倪;②资本主义精神的本土化;③经济改革的市场化倾向;④西方在改革时代的巨大影响。改革时代中国的男性气质的重构,在很大程度上就是塑造一个中国鲁滨孙:在一片空白的经济荒原中再造现代中国。

---

① 江少川《改革的时代呼唤"改革文学"——评三部反映城市改革题材的长篇小说》,《华中师院学报》1985年第2期。
② R·W·康奈尔《男性气质》,社会科学文献出版社2003年版,第260~265页。

改革是介于激进与保守之间的一种革命形式,复古往往也会在改革中拥有一席之地。因此,在指出西方现代性造成影响的焦虑之外,改革时代的中国男性气质的再生产中,也不能忽略来自儒家文化传统的潜移默化。改革文学塑造的男性改革者形象一方面拥有激进冒险的开拓精神,另一方面也不乏文质彬彬的知识者气质。"武志既扬,文教亦熙","一张一弛,文武之道也",这个"文武双全"的当代中国男性气质想象,还是相当不同于鲁滨孙之类的西方拓殖者形象。实际上,现代中国在理解西方世界时,也往往会刻意强调其工具理性、功利主义的方面,而忽略现代资本主义精神中的基督教普世关怀,而后者恰恰与中国儒家知识者的家国天下情怀有内在相似之处①,"文治天下"即是一种普世主义的中国传统理性精神的张扬。在中国传统文化中,"文"是更为精英的男性表征,而"武"则往往与底层男性特质联系在一起。不过,文胜于武的男性气质传统,在现代暴力革命中发生了极大改变,致力于"武功"的男性特质层面,在进行阶级革命的男性英雄身上得到创造性承继,而倾向"文治"的男性特质则受到不断贬抑,将知识分子贬低为所谓"臭老九",即是对于中国知识分子的歧视性指认。

至改革年代,"文"的男性气质被重新肯定,雷金庆就认为改革者"非常具有儒家风范:受过教育、有官方职位,有孩子"②。在改革文学中,受过良好教育,有文化素养,被称为或自称为知识分子,是改革英雄与革命英雄、改革派与保守派的重要区别,而后者往往被刻意突出其教育不足、农民出身或粗鲁气质。例如,《沉重的翅膀》中"似乎和刚进城时差不多"的冯效先和《新星》中粗俗的潘苟世,都是农村出身,在穿衣打扮和生活习惯上依然带有所谓农民习气的干部。当然,在20世纪80年代的中国语境中,事情的复杂之处在于,男性气质中理性智慧的"文治"传统,也包含着"政治老练""人情练达""中庸无为"的消极面向,并在那些玩弄权术的保守干部身上得到体现,这显然与"冒险""开拓"的主流改革精神不符。不过,在后来的小说《新星》中,情况则有所变化。在回答西方的问题:"既富有理论力量,又富有实践力量,你的这些才干是如何造就的呢",《新星》的主人公李向南谈的最后一点就是中国传统政治智慧:"在这样一个复杂的几千年来就充满政治智慧的国家里,不断地实际干事情,自然就磨炼出了政治才干"③。至于小说作者将李向南塑造为"青天",当然还是继承了传统的"清官"

---

① 余英时《中国近世宗教伦理与商人精神》,联经出版事业股份有限公司2004年版。
② 雷金庆《男性特质论》,刘婷译,江苏人民出版社2012年版,第133页。
③ 柯云路《新星》,人民文学出版社1985年版,第692~693页。

想象,其对传统儒家的理想男性气质的复归———一个在格物致知中修齐平治的文人典范,李向南等改革者因此也都是"文质彬彬"的中国式男子汉。

塑造充满男性气质的改革者形象,是新时期改革文学的主旨之一,其显示了一个追求变革的转折年代,对于某种时代"新人"的意识形态召唤。不过,这个"男干部"主体的男子汉并非横空出世,而是缘来有自。革命年代的无畏战士、西方世界的市场硬汉与传统中国的彬彬文士,是建构这个男子汉形象的三个主要文化资源。当然,改革时代中国建构男性气质的驳杂源流,也凸显出"改革"本身的复杂性:现代与传统、革命与保守、西方与本土等背反因素皆混杂其中。

四、"男子汉"与发展主义

从革命年代到改革时期,男性气质在时代变迁中的移形换影,深刻反映了主流意识形态的历史转换。改革文学中的企业管理者形象,其实早在 20 世纪 50 年代工业题材的小说中就已经出现,只不过是作为革命年代的"落伍者"身份在场。草明小说《乘风破浪》中的厂长宋紫峰,就是这样一个典型的小说人物。那么,为什么之前的革命落伍者得以"重新上任",并成为改革时代的"男子汉"典范? 为什么拥有经济意识、专业知识、科学精神的理性管理人,成为新时代极力呼唤的理想男性形象? 更进一步的问题是,从历史中归来的男子汉们的改革实验,到底是在一种什么样的"新意识形态"的基础上,去解决中国追求现代性的"旧焦虑"的呢?

在解读《乘风破浪》中的宋紫峰时,李杨认为这个人物形象反映了中国社会主义的内生性危机,即与工业化相伴生的官僚制与强调工人阶级的积极性与创造性,以及群众广泛参与"政治生活"的社会主义诉求之间的矛盾。① 需要指出的是,这个社会主义的内生性危机仅仅是上层建筑的危机,其是社会主义实践更深层的危机的一个表征。激进社会主义实践更为核心性的矛盾或者在于其手段与目的之间的矛盾:它无法通过政经制度的激进革命而达成"超现代性"的目的。罗丽莎认为,社会主义革命也是一种另类的现代性,它远非希望抛弃现代性,社会主义运动是在现代性的下面,即现代马克思主义的名义下进行的一场斗争。德里克甚至认为正是社会主义使中国得以将自己定位为激进革命的

---

① 李杨《工业题材、工业主义与"社会主义现代性"———〈乘风破浪〉再解读》,《文学评论》2010 年第 6 期。

全球先锋，因而超前于而不是落后于腐朽的欧洲。① 这就意味着，除却通过制度、文化层面的社会主义改造而试图形成一个更为平等、民主的社会之外，社会主义中国还必须在经济进步、社会发展层面完成对资本主义的全面超越，以成就自己"超现代性"的历史诉求。因此，"抓革命"——阶级斗争、思想改造、妇女解放、政治学习——的最终目的还是促生产——经济发展、社会进步、工业化、现代化，塑造"铁姑娘"典范的激进社会主义性别政治想象的根本诉求，还是在于鼓励妇女参与到社会大生产中去，从而全民动员促进中国的现代化建设。也就是说，如果不能达成更快的促生产、获发展、得进步的"现代化"目的，社会主义革命就无法从根本上确立其建立在线性进步历史观基础上的合法性。实际上，激进社会主义时代的"铁人""铁姑娘"的性别意识形态建构，在展示出一系列空前的社会主义新人形象的同时，也隐约表达了一种"未能达成的超现代性焦虑"。即如小说《乘风破浪》在其开端就提出的问题是：如何进一步增加钢铁产量。至于整个小说，则完全围绕着"增产多少"的数目字问题展开矛盾和推进叙事。

青年炼钢工人李少祥是《乘风破浪》的主人公。这个英雄人物集工农兵身份于一体：曾经的渔村农民、海防民兵，如今是炼钢工人。李少祥得以成为时代工人典范的原因，在《乘风破浪》中被主要集中在两个叙事节点上：一是为抢救钢水而烧伤；二是带领工友最终超额完成钢产量。这里需要指出的是，有关钢产量的数目字焦虑是推动这部小说发展的核心动力，而李少祥自我牺牲的目的也是为保证钢产量能够超额完成，因此小说最后需要结束于"比预定指标还超额500多吨"的祝捷大会的召开。来自以李少祥为代表的无产阶级钢铁工人的智慧、勇气与牺牲，是这个社会主义钢产量得以完成的关键。小说结尾处，工人们坐上大卡车，在"数目字"的引领下，驶向报捷大会现场：

深夜一点了，他们坐上了大卡车，打头的大卡车摆了大幅的红纸黄字的捷报，上面写着："七天完成55,000吨。"②

《乘风破浪》中的工人男子汉们最终完成了钢产量的目标，这一叙事想象地达成了社会主义历史实践与其超现代性目的之间的"圆满"，至少在意识形态层面有效地缓解了社会主义国家之"未能达成的超现代性焦虑"。有意味的是，与

① 罗丽莎《另类的现代性——改革开放时代中国性别化的渴望》，黄新译，江苏人民出版社2006年版，第25页。
② 草明《乘风破浪》，人民文学出版社1959年版，第467页。

激进社会主义时代的工业题材小说相比，虽然改革文学中的男子汉典范发生了颠倒，从英雄主义的钢铁工人变成开拓进取的知识干部，但是那种聚焦于效率、产量等"数目字"的现代性焦虑却延续了下来，只不过从"未能达成的超现代性焦虑"转换成"被（革命）延迟的现代性焦虑"。于是，与《乘风破浪》中狂热追求增产的工人老大哥们一样，几乎所有改革文学中的改革者人物，无不痴迷于辩证时间、数字与效率的发展主义想象：

　　时间和数字是冷酷无情的，像两条鞭子，悬在我们的背上。

　　先讲时间。如果说国家实现现代化的时间是二十三年，那么咱们这个给国家提供机电设备的厂子，自身的现代化必八到十年内完成……

　　再看数字。日本日立公司电机厂，五千五百人，年产一千二百万千瓦；咱们厂，八千九百人，年产一百二十万千瓦。这说明什么？要求我们干什么？

　　紧迫的时间设定、悬殊的数字对比以及强烈追求"国家现代化"的渴望，成为改革者力排众疑甚至独断专权的合法性依据。霍大道说："我们要的是实现现代化的'时间和数字'，这才是人民根本的和长远的利益所在。"①"时间和数字"作为一种事关现代经济理性的想象，赋予现代化以抽象的可感知性，谁能掌控这个抽象"时间和数字"的想象、规划与设计，谁就最具有说服力，谁就可以掌控以科学发展为名的权力："统计数字是最有说服力的。它和那些吹牛皮、卖狗皮膏药的文章的最大不同之处，就是实实在在。"②不过，与激进社会主义时代对于产量的单纯痴迷不同，改革时代有关"时间和数字"的经济现代化实践，则需要进一步落实到"货币"这一抽象数字符号上，物质奖励、金钱刺激成为推动工人劳动的最大动力，而出口创汇、市场效益则变成生产的根本目的。这个以货币为最终衡量标准的经济发展导向，被小说中的保守主义者视为对马克思主义的"背叛"："我真害怕，要像你们这样搞下去，会不会被外国人的钱迷得连姓什么都忘了？咱们姓马，马克思的马；咱们还姓共，共产党的共，别把老祖宗给丢了。"③通过两个时代之文艺作品的比较研究可以看到，虽然都以经济数目字的想象、设计与实现为衡量发展的指标，但革命时代与改革时代的最大不同在于，

----

① 蒋子龙《乔厂长上任记》，《人民文学》1979 年第 7 期，第 26 页。

② 李国文《花园街五号》，北京十月文艺出版社 1984 年版，第 23 页。

③ 韩潮的焦虑在改革时代已经遭到嘲讽，韩潮妻子吴玮批评他"所有主张闭关锁国的人，都爱把老祖宗抬出来，大清慈禧就是一个。你是三中全会以后才担任市委书记的，讲这样的话，泼这样的冷水，合适吗？"见李国文《花园街五号》，北京十月文艺出版社 1984 年版，第 50 页。

前者可谓"时间和数字就是产品",后者则是"时间和数字就是金钱"。

作为现代化之目的性指标的"数目字"性质的变化——从产品数量到货币数量变化,实际上就是让产品与工人、劳动彻底分离,变成在市场关系中用货币衡量的商品。也许正是这个原因,导致了中国当代文学再现中的另一个转变的出现:工人及其政治斗争、生产劳动的退场与干部及其权力运作、经济管理的张扬,激进社会主义时代文学极力表现的工人政治革命、生产劳动场景,在"改革文学"中变成了难得出现的稀有景观,而知识者干部启蒙大众、运筹帷幄、改革发展的曲折历程,则成为此一文学思潮表现的核心主题。"抓革命,促生产",社会主义革命试图用政治运动的方式来解决发展问题,但这种解决方式在改革时代遭到否定。在1976年发表的《机电局长的一天》中,"抓革命、促生产"的动员方式依然存在:"矿山机械厂更像开了锅。装配工靳师傅正往车间东墙上贴标语。鲜红的大标语似雨后彩虹:'把丢掉的时间抢回来!''把落下的任务补回来!'"[1]而到了《乔厂长上任记》和《花园街五号》,这种政治动员方式已经是改革者讽刺批判的对象:"靠大轰大嗡搞一通政治动员,靠热热闹闹搞几场大会战,是搞不好现代化的。"[2]在改革者看来,"以革命促生产"是应被摒弃的形式主义,而改革在很大程度上就是分离政治和经济、生产与商品、思想与身体。因此,乔光朴要用评比考核、减员增效、物质奖励等措施造成竞争气氛并促进发展。

表面看来,改革话语试图制造出政治和经济的分离,但实质上同样是一种政治话语。改革意识形态也要创造出一系列想象,"这些想象使经济话语不可能与关于什么样的主体和社会关系被认为是适合于发展的政治话语分开"[3]。在改革文学中,具有知识者背景的男干部被赋予了一种理想的男性气质,并理所当然地成为主导改革进程的历史主体,其强悍的男子汉气质令他可以成为发号施令的人,而由对手、女友和同志构成的新社会关系完全以他为中心。这是一个不热衷于政治生活的主动政治人,因为其所孜孜以求的经济发展,在新时代就是最大的政治。至于革命年代的历史主体工人阶级,在改革文学中则被消除阶级意识、政治觉悟与创造精神,变成了被物质金钱驱动的去政治化的被动经济人,是被改革者的魔棒任意驱使的无主体性个人,而且是作为一个数目字存在的经济单位——劳动力。在这里需要说明的是,虽然历史地位发生了彻底

---

① 蒋子龙《机电局长的一天》,《人民文学》1976年第1期,第61页。

② 蒋子龙《乔厂长上任记》,《人民文学》1979年第7期,第16页。

③ 罗丽莎《另类的现代性——改革开放时代中国性别化的渴望》,黄新译,江苏人民出版社2006年版,第29页。

的颠倒,但是无论是革命工业题材小说中的工人英雄,还是改革文学中的男干部,他们都共享着一种发展主义的现代性意识形态,理想主义、工具理性和民族主义是二者共同的特征,而"现代性焦虑"则构成了二者共同的追求进步发展的历史动力。至于二者的根本不同之处则在于,工人老大哥是一个集体主义的男性气质的表征,而改革男干部则是一个个人主义的男性气质的代表,后者实际上更类似于那个海外冒险、荒岛殖民的资本主义的个人主义文学典范——鲁滨孙。这些改革时代的中国鲁滨孙,集权力资本、知识资本与经济资本于一身,势必成为时代的主导者。

作为一种具有历史限定性的社会发明,男性气质却往往被修饰为一种自然状态,这是男权社会证明"天赋男权"的意识形态策略,其试图通过男性/女性、男性气质/女性气质的二元关系的刻板化设定,确立男性主导整体性的社会关系的历史合法性。男子汉话语在 20 世纪 80 年代初期的兴起,或者正反映了"改革开放时代中国性别化的渴望"。改革者是男子汉,男子汉也是改革者,性别化的男子汉/改革者实际上是重新融入世界资本主义体系的中国对自我的重新想象和定位,而男性气质与发展主义意识形态也在此互相塑造并互相成就。

余论：历史的"雷峰塔"

在小说《新星》的开篇,改革新星李向南参观古陵的千年木塔。九层木塔喻意绵延不绝的中国历史,"如今,他决心要来揭开它的新的一页","这是几十年来要揭都没真正揭开的艰难的现代文明的一页"①。立志"揭开现代文明"历史新篇章的李向南,在 20 世纪 80 年代的改革文学中具有相当的代表性。通过将几十年来的社会主义革命隐晦地表达为没真正揭开现代文明的"前现代",《新星》及改革文学建构起一种"时间重新开始"的历史发展意识,从而为正在展开的改革实践提供意识形态支撑。与历史上那些男权叙事一样,《新星》伊始就建构起一个"塔状"的费勒斯中心主义的历史图景,并认为李向南样的男子汉将注定创造出更高层次的现代性历史。这将改革文学的男性气质想象推向极致:过去、现代和未来都将是由"他"来主导并书写的"他的历史"(His-tory)。然而,即便是在最乐观的时刻,新时期中国的改革实践及其男子汉文化表征也面临着难以克服的内在悖论:建立在发展基础上改革政治的合法性总是面临着发展停滞的挑战,似乎可以无限膨胀的男性气质终归具有其历史性限度和想象力极限。

---

① 柯云路《新星》,人民文学出版社 1985 年版,第 8 页。

今天,当我们从女性主义视角重估改革文学的男性气质书写时,或者能够更为客观地认识到所谓"千年九层木塔"的男权本质与历史局限。鲁迅在《论雷峰塔的倒掉》一文的结尾处提出的疑问,亦可以用来表达我们的批判性反思:

莫非他造塔的时候,竟没有想到塔是终究要倒的么?①

原载《文艺研究》2018 年 4 期,文章题目为《男性气质与发展主义——性别视阈中的改革文学》。

马春花:博士,中国海洋大学文学与新闻传播学院副教授。

---

① 鲁迅《坟·论雷峰塔的倒掉》,《鲁迅全集》第 1 卷,人民文学出版社 2005 年版,第 181 页。

传奇、虚无与历史意识

——有关《独药师》的几个面向

赵 坤

也许从《楔子》中抖散掉的"一百多年前的尘埃"开始,就注定了这将是一个"流逝与追忆"的故事。被尘封在图书馆里的古久档案,平面的残纸断页,在小说的文本形式里变得立体,索引出百余年前的革命故事,更勾连出始自秦皇的东方长生秘术。这样的故事,一定不会因为《楔子》和附录的齐全,就被那些布满历史缝隙的材料定义为揭秘历史真相的文本。它有更广阔的、关于当代的历史真实,在书写传奇、虚无与历史中,有对理性主义的批判,对已经消失了的仁善观的恢复,以及绝望的年代里对希望的重建。

一、传奇,或"类神话"叙事

在中国传统小说的叙事视野里,《独药师》近于传奇,也类似神话。它有传奇小说的"记述奇人奇事"①,也有神话小说的"初民自造众说,以解释天地万物、变异不常"②。从古代小说的源流看,传奇或神话,在内容和主题上实无太大的差别,如果说是上古神话和先秦寓言孕育了志人志怪小说,那么"传奇者流,盖源于志怪"也就在系谱上连通了传奇与神话。但具体到叙事的边界,美学属性上相交叉的两者还是存在细微的不同。传奇以现实中生长的人事为基础,多有英雄、爱情和冒险故事;神话则更多的取材于天地自然,草木禽人万物都是可描述的对象,整体上追求玄幻超验的审美体验。以这样的角度来看,《独药师》中的革命加恋爱的历险故事,是当代的传奇叙事,而书中大量的长生、修持与仙化故事,则可算作神话的范畴。

只是,《独药师》中的"神话"叙事无论从描述对象、篇幅比例、玄幻程度还是

---

① 李剑国《唐稗思考录——代前言》,《唐五代志怪传奇叙录》,南开大学出版社 1993 年版,第 6 页。

② 鲁迅《中国小说史略》,东方出版社 199 年版,第 7 页。

主题结构的设置，都算不上严格意义上的神话。它不似《帝王世纪》对华胥之洲的诞生及人类来源的细节想象，或《山海经》明确地"记海内外山川神祇异物及祭祀所宜"，也不像《聊斋志异》制造了一个不同于人间的鬼狐花妖的新世界，《独药师》更像是接近于神话的"类神话"。尽管从半岛的仙源说起，也由"长生"贯穿全篇，但修持仙化的故事始终是镶嵌在人世之间。书中可追溯的最早的神话始自秦皇，是有据可考的历史，"几千年前西去咸阳献宝的方士并非精华人物，这当中最深奥的人士都留在了半岛，秘笈得以保存。季府中存下的大量樟匣中的就有这一部分"①。将神话传说的起源置于可证历史之中，相比上古神话的去时间化，时空的距离缩略了故事的悠远绵长，虽然加深了传说的可靠性，却也削弱了作为神话本身的光彩。此外，小说《独药师》虽然对养生秘术与羽化成仙多有描述，但大多点到即止，并不直接地参与作品的叙事或表意的功能。比如，对于小说中最为神秘的、支撑季府成为半岛世家的"独药"，作者常常顾左右而言他，只强调该药丸药效神奇，配方绝密，甚至历代炼丹过程的严苛，众人梦寐以求的程度等等，对该药的诞生过程却始终粗略带过，"季府的秘传独方是由祖上一位'独药师'创制，历经五代，日臻完美"。这完全不同于西王母出现时的"通体华光"，或老君炼丹炉出丹时的璀璨烟霞。所以我们认为，以"类神话"进行文体上的表述，或许比神话更准确。

因为即使是在人间，即使是玄幻程度描述得有限，那些带着东方神秘主义的、超出我们审美经验之外的故事，比如曾祖父宴请海上仙、诸神醉酒升天，邱琪芝的淫邪秘术，或日常修炼中的"目色""遥思"，及气水运行等等，也已然通向了一个我们从未曾涉猎的、新的想象世界。

相比之下，作为"当代传奇"的《独药师》，则有着较为完整的传奇式结构，一个革命加恋爱的冒险故事。以真实革命者为原型的季府养子徐竟，是席卷了半岛、江北甚至整个中国的革命活动中的重要领导者。他每一次秘密的归来或远走，都是20世纪初中国革命可追寻的轨迹，他偶然流露的思想和革命诉求也可视为中国早期革命的行动主张。由他一点点透露出的关于革命的有限信息，最终以管窥的形式描述出整个起势、酝酿、暴动、流血、失败，再起势的完整过程。直至将季府也卷入时代的涡心，成为"革命的银庄"，甚至季昨非这样一个并不理解革命、从长生的角度质疑暴力革命道德性的人，也被革命的浪潮裹挟。同时，革命叙事还推动了季昨非的爱情，在屡次追求陶文贝未果的情况下，是对革

---

① 张炜《独药师》，人民文学出版社2016年版，第16页。

命人士的营救事件再次将两人联系到了一起，并最终促成二人的好事，完成了一系列的冒险故事，并将恋爱嵌入革命的叙事里。此外，小说大量的奇人奇事也是构成传奇文体的要素，比如革命要人的隐秘身份，激烈的刺杀行动，暗藏玄机的小白花胡同，以及陶文贝的身世之谜，等等。

在当代文学的视野里，传奇与"类神话"文体的复活，是小说《独药师》的特殊贡献。它意味着被新文学斩断的中国古代传统小说文体形式在当代写作中的重建。尤其是"类神话"叙事。如果说"五四"之后，传奇还可以在通俗小说或革命文学中偶然觅得踪迹，神话叙事却几乎在启蒙话语的覆盖下完全消失了。虽然也有借势西方的宗教传说，或科幻故事等文学类型，但其西式的、宗教的，甚至以科学理性主义为基础的写作，根本无法置换成蕴藏中国古老幽思、意绪、天地想象和人事归途的"玄幻"故事。那些"浓缩、凝聚，形成艺术上可见的东西"（巴赫金语），提供了超越世俗生活和理性逻辑的景观，是只有中国人的语境里才能水落石出的原始想象，也是只有中国人的经验才能理解的千古玄思，和万古况渺。

二、"生活世界"的危机与虚无主义者的诞生

作为季府第六代继承人，新一代的"独药师"季昨非似乎已经很难复现祖辈们的修持神话。那些流传了半个世纪的仙化传说，盛行于半岛和整个江北地区的神秘丹药，以及百年季府的养生秘笈，在季府新主人、19 岁少年季昨非这一代，渐渐露出不可遏止的倾颓之势。尽管自少年时代起，季昨非就在对先祖的瞻仰与怀念中立志，要绵延家族的荣耀，以传家秘仪实现"阻止生命的终结"的"人类历史上至大的事业"，却不得不在每况愈下的力不从心中承认一个事实，那些始自秦皇的经史典籍，流传千年的历史经验，根本应付不了人类自身的精神孱弱、分崩离析的转型期社会，和半岛盛极转衰的历史命运等现世的问题。

对季昨非来说，先辈祖训和父亲遗言里的"养生"，是季府乃至半岛地区长久以来回应世事万变的"不变"。"我们遇上了数一数二的乱世，人在这时候最值得做的其实只有一件事：养生。"生逢乱世，更需养生，季家的祖训显然是在无数次的生存危机中得出的结论，以一种认识论上的理性主义，追求老庄式"内心的虚静"，在超验的形气修持里，唤起旷古的玄思，以"道之无名，所假而行"（《庄子·则阳》）的"无名之名，不在之在"，应对世事莫测的变幻。

然而认识论上的极端理性主义，却很容易折损于行走在人间的实践。原本应该追求"无己"的季家人，却是连根本的"克己"都无法守持。进入半岛传说的

两位季家先祖，从海蚀崖上纵身一跃羽化登仙的真相，竟然是为了女人跳崖身亡；而季昨非的父亲季践，也因为与世事纠缠过度才早夭。如果说从"无己"到"克己"，是承认欲望的"无"和"有"，那么，历代独药师所信奉的超然于物，遁形于世的"内心的虚静"，落实到实践上，更像是一种被理性主义抽空了意义与价值的"虚无主义"，因为动摇了"生活世界"的意义，而阻碍了人物的自我认同。

小说中的主人公季昨非，正是这样一个从始至终都无法完成自我认同的虚无主义者。在尼采的一般虚无主义观里，"那种历史过程，在其中，占统治地位的'超感性领域'失效了，变得空无所有，以至于存在者本身丧失了价值和意义"①。如果说这里的超感性领域来源于柏拉图对现实世界和超感性的理念世界的划分，那么对季昨非来说，他的"理念世界"无疑是流淌在家族集体无意识中的关于"长生"的种种假设。从 19 岁到 26 岁，"长生"的修持带给他的只有不断地陷入欲望的深渊，在数次沉沦中几近濒死，直到蚀筋抽骨耗尽精血，也没有从中得出丝毫的意义或价值。他甚至没有因此获得任何自救的能力，无论是小白花胡同、朱兰的深闺还是陶文贝的阁楼，季昨非结束一段关系的方式永远是开始一段新的关系，在自以为是的修持中，永远等不到来自理念世界的半点提示，"我可能永远都搞不明白：这是命中必有的一个关卡，还是无比老辣奸诈的江湖术士设下的圈套？"②

被抽掉价值和意义的存在天然地缺乏主体的自觉性，在季昨非身上，有宿命的悲剧，也有自身精神的孱弱。作为半岛最显赫的季府主人，拥有巨大的物质财富和众人梦寐以求的长生秘术，生活在食物链顶端的季昨非似乎生来就被命运锁定了，被赋予荣耀，也被授以家族使命。务虚的宿命让他脱离真实存在，更在"生活世界"里丧失了主体性。在胡塞尔对"生活世界"的阐释里，"现存生活世界的存在意义是主体的构造，是经验的，前科学的生活的成果。世界的意义和世界存有的认定是在这种生活中自我形成的。每一时期的世界都被每一时期的经验者实际地认定。置于'客观真的'世界，科学的世界，是在较高层次上的构成物，是用前科学的经验和思想为基础的，或者说，是以它的对意义和存有的认定的成果为基础的。只有彻底地追问这种主体性，我们才能理解客观真理和弄清楚世界最终的存在意义。因此，世界的存有（客观主义对此不加提问，把它视为不言自喻的）并不是自在的第一性的东西，因而不应该只问什么东西

---

① 〔德〕海德格尔《尼采》下，孙周兴译，商务印书馆 2002 年版，第 671 页。
② 张炜《独药师》，人民文学出版社 2016 年版，第 12 页。

客观地属于这种存有意义。实际上,自在的第一性的东西是主体性,是它在起初素朴地预先给定世界的存有,然后把它理性化,这也就是说,把它客观化"①。可见,"生活世界"并不是简单的日常生活的经验,而是超验的主体性的产物。被理性主义抽空意义的虚无观,正是因为动摇了"生活世界"的基础,主体性的建构就变成了一件颇为困难的事。比如小说中的季昨非,一方面他自少年时代起就不断提醒自己(不断提醒也意味着他并没有完成认同)是半岛上第六代独药师,肩负着家族和人类的使命;另一方面,他却永远在现实的存在里被欲望所挟持,无力自拔。因此,他既自负于家族的独药秘方,却又禁不住对方鹤发童颜的诱惑,向亦敌亦师的邱琪芝学习方术。刻苦钻研修持方法,却从不思考清修的意义,以精细膳食滋养脏腑,却又几度陷于欲望,任由情欲和粗粝的饮食销蚀身体。他甚至无法自主地结束任何一段不伦的关系,所谓斩断欲望的闭关自囚,也在尚未出关时就陷入新一轮的欲望深渊。如果说承认杀了清廷的特派专员是他唯一一次行为上的自觉,那也是虚弱灵魂里的自毁冲动,或一时的心血来潮,而不是对某种意义或价值的允诺。

因此,当兄长徐竟以"革命为最大的养生"与其辩驳时,他"回答不上来",觉得"一言难尽……说不好";当心仪的女子陶文贝问及他的信仰时,他觉得"惭愧",认为"自己好像没有什么信仰",只能"嗫嚅"地、"小心谨慎地"求证:"关于独药师的坚毅和事业,算不算一种信仰呢?"②说到底,季昨非并没有完成任何形式上的自我认同。对此,附录里的《管家手记》最能说明问题,季府的少主人季昨非,与其说是他保护了季府,不如说是季府一直在庇佑他。

三、历史意识的思辨及其他

无论是养生还是革命,《独药师》中描写的主体群象,都处于社会顶层。或者说,无论是旧时代的逻辑,还是新时代的话语,《独药师》关注的,始终是直接参与社会变革的群体,包括半岛巨富"独药师"季昨非,革命党的直接领导者徐竟,首创新学的王保鹤,隶属美国南方教会的麒麟医院,以及革命党要人、清廷太子少保、海防营总兵等等。按照黑格尔的历史哲学观,张炜的历史书写是传统历史的写法,而藏于其中的,是作者极具思辨性的历史意识。一方面,"长生"的态度是追求与天地自然"齐物",那么以个体的生命长度丈量历史,也就是以

---

① 〔德〕胡塞尔《欧洲科学危机和超验现象学》,张庆熊译,上海译文出版社 1988 年版,第 81~82 页。
② 张炜《独药师》,人民文学出版社 2016 年版,第 225 页。

无限的自然生命丈量有限的社会历史,是生命本体论的历史意识。而另一方面,改变社会属性的革命运动,以少数人的牺牲换天下的大同,是作者对社会本体论的历史观。这两相思考,具体到小说中,是季昨非以个体生命的立场质疑暴力革命的非道德性,与徐竟"革命目的论"的道德性之间的论争:

> 既然要死那么多人,而且提前知道,那为什么还要光复? 这值得吗? ……要不是因为你,是不会死那么多人的!
>
> 你可以这样想。这是必要付出的代价,我们不能做个胆小鬼。
>
> 我想问,你们这些策划者、首领们,有几个死在这次行动中?
>
> 暂时还没有。
>
> 也就是说,那一千多个年轻人里没有一个策划者,他们都不是胆小鬼,也不能做胆小鬼,而首领们却安全多了,你们……
>
> 老弟,你想说我们这些策划者指挥者是胆小鬼。不过我要告诉你,你错了。

如果说这场讨论是生命本体论的小胜,面对民族内部的厮斗和杀伐,作者肯定了生命本体论的历史态度。那么作为一线伏笔,小说结尾处徐竟的被捕行刑,作者又将革命的正义性放到最大,"最令我震惊的是兄长,他居然放弃了我送去的药,直赴刑场,面对满河滩的人大声宣讲革命,直到喊哑了嗓子。……这让我想起了耶稣受难日"①。徐竟的历史责任感,在神学的意义上唤起了作者关于"启蒙"与"力抗时俗"的精英意识,是偏于社会本体论的历史认识。也就是说,在《独药师》的历史思辨里,生命本体论的"长生"已经淹没在更广大民众的福祉之中,可民族内部战争语境中析出的社会本体论又显出了吊诡的一面。也许这就是作者张炜历史意识的生成机密,在二元的思辨中先否定二元。

类似的思辨方式还发生在新旧社会的转型期,关于传统与现代、本土与西方、旧世界与新时代等等。例如与新学创办人王保鹤的讨论,"我想知道新学与教会学校的分野何在? 二者是否殊途同归? 王保鹤说究其实质还是不同的,那所学校完全是洋化教育,而我们的新学只是吸纳当今世界新知,仍以国学为本。'这其中尚有体和用之别'"。对中西医的讨论就更有趣了,麒麟医院治好了季府药局主人的牙疼,季府药局治好了麒麟医院院长的眩晕,从前剑拔弩张的中西医关系,在彼此的互助合作中岁月静好了。虽然作者似乎并不喜欢二元对立的思路,但他又常常将自己置于二元结构之中,以否定的形式不断生成主体的

---

① 张炜《独药师》,人民文学出版社 2016 年版,第 334、87 页。

认识论。最能表明作者立场的也许就是季昨非和麒麟医院的女医生陶文贝的关系。在教会医院出生、受洋化教育长大的陶文贝是典型的西方文明的符号，与季昨非的结合也象征了中西方文明的交汇。颇为有趣的是，在季昨非的苦苦追求下，他与陶文贝的结合冲动是在一场"再晚就来不及了"的社会变革前完成的，如果说这具有某种暗示性，指向的就是作者对 20 世纪初的西方文明的态度了。

当然，拥抱西方文明并不意味着放弃传统精神。在批判理性主义和多元化的视野中，依然遭遇了现代性的心理危机，外部世界迅速变化导致时空感错乱，内部的"长生"信仰又急速衰落，在"死去元知万事空"的大虚无中丧失了自我意识的季昨非，还是依靠内在的修持重新唤起了对未来的追求。尽管我们并不知道最终是对革命还是对爱人的追求重建了他走下楼的勇气，因为燕京这个地方既是爱人所在之地，又是政治漩涡的中心。但可以肯定的是，无论哪一种，这"追求"都关联着对现世、对至爱、对理想和一切美好的能指链。显然，惯于思辨的作者并不在意再一次在二元的结构中敞开选择，走下楼去的季昨非，似乎有无数的可能性。

原载《当代作家评论》2017 年第 1 期。
赵坤：博士，青岛科技大学传媒学院副教授。

时空临界点上的优雅舞蹈

——细读戴小栋诗作《冷香》

黎 权

就从诗的"粉颈"开始吧。"花瓣如雨纷纷落下,继而成路/大团的柳絮摩肩接踵飞过来。"岁月化作花瓣,如雨水般泻下而又流逝,流成一条河,一条路,往事如同两畔的柳絮飞扬在脑海,飘忽于眼前。我们注定要在时空的临界点驻足,此刻,诗人敏感的神经末梢已经清晰地触摸到了从雨夜到月夜,从五月到十一月,从正午到下午,继而进入黄昏过渡的辙迹。他在时间与空间变幻莫测的流转中捕捉,像一位张舞着手网的少年,在长满繁花异草与彩蝶纷飞的原野上奔跑。《冷香》就是一副高倍成像的镜头,引领读者界临人生的时空临界点,跟踪这位捕蝶的少年,品味诗人优雅而清香的迷人情怀。我认为这就是作者在本诗中设定的言语环境。

回到诗的"香鬓"。当人群散去,广场变得空旷,海上已经升起一弯明月,在河汉无声之处,记忆的渔火开始闪灭。不!何止是闪灭,此刻五月的风劲吹,思念如潮水轰然作响。诗人的"思念"宛如万顷波涛,那是对水晶般的五月、雪白而优雅的槐花的思念;那是对来来往往的青春与年华的思念;那是对岁月往事的淘洗与理想世界念念不忘的情怀。雨夜的浸淫与高潮迭起的闪电都只不过是过眼云烟,唯有水晶的质地和槐花的清香能够在诗人心间常留,其余的繁华皆为虚妄任其吹散。诗人远离热闹与喧嚣的雨夜,退回到清亮的月光之下,退归于平静,在心灵的大山深处,诗人又与五月以及正午的槐花拥抱。

"五月正午的槐花,雪白而优雅的香气/其实一直在我心中不停地疯长。"这是诗人内心追求的世界,也正是诗人的品格操守之所在,第二节诗句节奏舒缓,语言温润,清雅,隽永而平和,透露出诗人的理性与智慧。"正午"不可长留,就让那片清香与优雅在心灵深处生根,发芽,疯长;就让我们冷静地迎接风暴前的塌陷。当诗人怀抱一片清香,站在那风的路口,回望昨日的檐角,即便有苍老的闪电飞过来又如何?即便进入草色烟光的黄昏世界又能怎样?发生过什么?

又有什么将会发生？诗人似乎早已了然，且无动于心。

　　进入诗的第三节。告别了五月，迎来了十一月，虽然身处"温暖与寒冷的临界点"，诗人内心的槐花却依然在滋长。在人生的长河中，在情感的天桥上，女人如槐花，是这个世界上青春与美好的象征，在诗人的理想世界当中，这些才是时光的花朵，年华的水晶，岁月因此而美丽。在《冷香》里，"花瓣"被赋予了时光的象征意义，花瓣飘落如岁月之河在流淌，而"情感的天桥"与"慧美的眼睛"不仅是一种拯救，更是一份慰藉。那是因为诗人拥有一座品格的大山，她被安厝在灵魂深处，那里开满了五月正午的槐花，雪白而优雅地散发着幽幽清香。作为读者，我不知道如果将那些逝去的岁月，映射到一位妙曼女性慧美的眼瞳之上的时候，望着她，心中将会产生何种情怀？是否也会像诗人那样情不自禁地伸手拽住。但是那毕竟只是一幕虚像，"华丽的转身"无疑是最为智慧的选择，何况还有"冷香"——精神与品格的干邑飘升上来。此处正是诗人无穷的魅力之所在，理想世界的青春与美好必将永驻。

　　我说这是一首令人陶醉的小诗，是因为它散发着现代诗中诗意的美，宛如一片意象的花园。譬如：海上明月，无声河汉，闪灭渔火，丰沛夜雨，如雨花瓣，飞扬柳絮，雪白、优雅、清香的槐花，一碧万顷的洋面，轻捷无声的飞鸟，慧美的眼睛等等，无不给人以幻觉中的美景和怡人的活色生香之感受。即便是苍老的闪电，风暴中的塌陷，甚至是 Burberry 手袋，同样也能给读者带来无限遐思，折射出戴小栋在情感世界和现实生活中对美好事物与诗意境界的追求，他透过这些意象的构造，又将语言与意境上的美传递并感染到了读者的心灵。

　　其次戴小栋通过结构与形式上的巧妙构思，让读者从诗歌的反复沉吟中，感受到诗人"岁月见证品质"的优美情怀。诗人将三段时空的过渡（如本文第一段中所述）陈列与穿梭在短短二十八行诗句当中，配以丰富而优美的意象，读起来如同享受一部三重奏交响乐章的节律与韵味，诗中时间与空间的不断转换，又形成了一种让人迷恋的循回往复的节奏之美。第二节第六行末尾的"这个下午"，是本诗结构上的一处妙笔，明明处在时空转换的临界点上，却偏偏要与"正午"的意象迭接在一起，不但不分节，反而还留在上一行诗句当中，让读者感受到了交响乐当中欲罢不能，藕断丝连的重奏与往复的旋律之美。

　　我说这首诗是人生某个临界点上的舞蹈，而诗中的"风暴（风）"所具备的象征意义，恰如穿在舞者灵巧双脚上的玻璃舞鞋，它在雨夜与月夜，在正午与下午，在五月与十一月，在草色烟光的黄昏的临界点上来回跳跃，与"苍老的闪电"一起迸发出跳动的节奏之美。"风暴（风）"这双诗歌舞鞋的创造，正是诗人最高明与精妙的创造。

　　而除了象征艺术手法的运用外，诗中还遍布着隐喻的修辞方法，包括"五月正午的槐花""风暴前的塌陷""华丽的转身"等，而最为精彩的莫过于诗人对"冷香"的隐喻，这也正是诗人人格品质与精神世界的表征。这个复合词的辩证意义到底代表了什么？——外在世界的香氛与内心世界的冷静？物质世界的香艳与精神世界的冷峻？还是人生临界点上的抉择与坚守？……在一首内涵丰满的诗歌面前，作为读者来说从来都是"《诗》无达诂"，本人也不可妄自取义，那就让我们去反复回味吧！总之，当周围的一切都渐渐黯淡下去的时候，"冷香"，它是会飘升上来的。

　　黎权：崂山区作协副主席、山东省作协会员。

艺术理论
与批评

康有为的艺术创造和后世价值

宋文京

2018 年，是康有为诞辰 160 周年，也是他逝世 91 周年，回眸这一个多世纪，正是中国社会和世界大势发生深刻变更的岁月。单就中国而言，19 世纪中下叶正逢"数千年未有之大变局"（李鸿章语），康有为横空出世，于政坛文界叱咤风云，同时在书法创作和书学思想方面成为开宗立派的一代巨擘。转眼即是百年，从晚清到民国再到当代，从科举时代的毛笔一统天下到钢笔简化字到电脑手机键盘横行，康有为的身影、话语、墨迹依然清晰。反思百年书学，康氏的影响巨大，迈越国际，他的理论和实践也开启了 20 世纪中国的碑学新面貌，引领了风气之先，在时空双维中显示出巨大的存在感。

———

沙孟海先生在《近三百年的书学》中指出：从前的人，本来并没有所谓"碑学"，嘉道以后，汉魏碑志，出土渐多，一方面固然供给几位经史学家去做考证经史的资料；另一方面便在书学界开个光明灿烂的新纪元。有人说，"碑学乘帖学之微，入缵大统"，这话说得固然过分些，然而清代的下半叶，学碑的人的确比学帖的人多了，这是宋元明人所梦想不到的一回事。[1]

在康有为之前，清代已经有诸多书家进行了碑学探索。理论上，阮元和包世臣先后举起大旗。书法实践上，近 300 年来，邓石如、伊秉绶、翁方纲、何绍基，张裕钊，赵之谦等名家已有多方面、多书体的探索。连康有为也感叹："迄于咸、同，碑学大播，三尺之童，十室之社，莫不口北碑，写魏体，盖俗尚成矣。"[2]

康有为继包世臣《艺舟双楫》后著《广艺舟双楫》，强化并推崇"碑学"概念，且直接打出旗号，"备魏""本汉""取隋""卑唐"。

---

① 沙孟海《近三百年的书学》，《沙孟海全集》，西泠印社出版社 2010 年版，第 21 页。
② 康有为《广艺舟双楫》，《历代书法论文选》，上海书画出版社 1979 年版，第 756 页。

如何"卑唐"？因为"……不复能变，专讲结构，几若算子，截鹤续凫，整齐过甚。……浇淳散朴，古意已漓……"主要因为不变化，太整齐，失古意。

那么为何"尊碑"？有五个原因："笔画完好，精神流露，易于临摹，一也；可以考隶楷之变，二也；可以考后世之源流，三也；唐言结构，宋言意态，六朝碑各体毕备，四也；笔法舒长刻入，雄奇角出，迎接不暇，实为唐宋之所无有，五也。"①"尊碑"在康氏看来，就是尊"北碑""魏碑"，而且他更是总结出"魏碑十美"，将"碑"置于顶端。

如何"抑帖"？因为"晋人之书，流传曰帖，其真迹至明犹有存者，故宋元明人之为帖学宜也。夫纸寿不过千年……故今日所传诸帖，无论何家，无论何帖，大抵宋明人重钩屡翻之本，名虽羲、献，面目全非，精神尤不待论"②。

简言之，尊碑因为形态多变化精神特丰沛，抑帖则是因为屡次翻刻失真走形无精神，卑唐则是因为结构无变化无古意。康氏在这些论述中多有被人指责自相矛盾和偷换概念，但回望历史，确实他的偏执和局限跃然纸上，但毕竟这是一个19世纪而立之年的人用17天写就的文字，却开启了"碑学"大道。

其实，今天看来，无论碑与帖，佳书为标准；无论南与北，好书为基本。钱锺书先生谓："东海西海，心理攸同，南学北学，道术未裂。"康氏年轻时"尊碑"，及至晚年，却又回归碑帖融合，即为明证。不待叶昌炽、刘咸炘批评，自己就已经扬弃否定了自己。

他在《与朱师晦论书》时云："仆若再续《书镜》，又当赞帖矣。观其会通，而行其典礼，一切皆然，无偏无过。"③

沙孟海指出："他（康有为）……太侧重碑学了。经过多次翻刻的帖，固然已不是二王的真面目，但经过石工大刀阔斧锥凿过的碑，难道不失原书的分寸吗？我知道南海先生也无以解嘲了。"④

此一一是非，彼一一是非，当其年轻论书时，欲以"碑学"大旗倡"变法"，欲以"碑学"面目颠覆传统"正脉"。

"碑学书派的取法对象可以认为是非名家书法，这与帖学书派的取法对象是名家书法相对立的，这是两派的本质区别。"⑤华人德的这一说，也是碑帖之别

①　康有为《广艺舟双楫》，《历代书法论文选》，上海书画出版社1979年版，第756页。
②　康有为《广艺舟双楫》，《历代书法论文选》，上海书画出版社1979年版，第754页。
③　范国强《康有为书法研究》，西泠印社出版社，第88页。
④　沙孟海《近三百年的书学》，《沙孟海全集》，西泠印社出版社2010年版，第32页。
⑤　华人德《华人德书学文集》，荣宝斋出版社2008年版，第219页。

的一解。

无论碑帖，只要有"坚质浩气，高韵深情"（刘熙载语），都是佳书，都须融合师法。

二

《剑桥中国晚清史》指出："到 19 世纪 80 年代初，康有为已经在家传的理学之外，受到多种知识的陶冶，即受到非儒家的中国大典哲学、大乘佛教和西方思想（基督教的和世俗的）的影响，到 19 世纪 80 年代中期，在这个新世界里，他到处看到的混乱、痛苦和不公正，将为道德的和谐与心灵的愉快所代替。这种'普'渡众生的宏愿，明显是受到他所研究的儒家、道家、大乘佛教和基督教等宗教经典的影响。"①

积贫积弱的国运，中西社会的对比，让康有为决心"变法"，无疑，他有着常人所无的忧患意识、担当精神和国际视野。变法失败后，他出国多年，回国后曾让吴昌硕治多字印，印文曰：

维新百日，出亡十六年，三周大地，游遍四洲，经三十一国，行六十万里。②

康有为接触域外文化或曰西学由来自幼，这也许与其成长身处广东大环境与整个时代有关，在他的《自编年谱》中多次提及他的西学体悟：

咸丰十一年四岁。时已有知识，伯祖教之，公抱余观洋人镜画。

同治十三年十七岁。……然涉猎群书为多，始见《瀛寰志略》，《地球图》，知万国之故，地球之理。

光绪二年十九岁。……而主济人经世，不为无用之空谈高论。

光绪四年二十一岁。……既而得《西国近事汇编》……及西书数种览之。薄游香港，览西人宫室之环丽，道路之整洁，巡捕之严密，乃始知西人治国有法度，不得以古旧之夷狄视之。乃复阅《海国图志》《瀛寰志略》等书，渐收西学之书，为讲西学之基矣。③

此后康氏又分别于 25 岁、32 岁，逐年记录他于西学之收集学习感悟，涉及广泛，"尽释故见"，举凡声光化电、乐律地图、各国史志、诸人游记乃至算学西药

① 《剑桥中国晚清史》下卷，中国社会科学出版社 1993 年版，第 334 页。
② 范国强《康有为书法研究》，西泠印社出版社，第 299 页。
③ 康有为《康有为自编年谱（外二种）》，中华书局 1992 年版，第 2、6、7、8、9、10 页。

之学等,他还感叹:"中国西书太少,傅兰雅所译西书,皆兵医不切之学,其政书甚要,西学甚多新理,皆中国所无,宜开局译之,为最要事。"甚而"欲立地球万音院之说,以考语言文字。……以为合地球之计"。可谓具远志大志,颇多"山河人民之感"。此间他听从"沈子培劝勿言国事,宜以金石陶遣",始"日以读碑为事,尽观京师藏家之金石凡数千种",撰成《广艺舟双楫》。

可以说,在此书著成之前,他已较为全面地接触过西方的政治、社会、文化、艺术乃至科学方面的思想影响,在他论书法的过程中,也是把依碑学以变化放在国际大文化的背景下进行比较衡量,他的视野不局限在碑帖之争中,不局限在中国书法史,不局限在以往的讨论之中。

他在《广艺舟双楫》中"原书第一"开宗明义,即云"文字何以生也,生于人之智也","凡地中之物,峙立之身,积之岁年,必有文字"。整篇中,他大量举例:

不独中国有之,印度有之,欧洲有之,亚非利加洲之黑人,澳大利亚之土人,亦必有文字焉。

至其古者,有阿拉伯文字,变为犹太文字焉;有叙利亚文字,巴比伦文字,埃及文字,希利尼文字,变为拉丁文字焉;又变为今法、英通行之文字焉。[①]

由此,他进而指出:"外国之字,无声不备,故极简而意义亦可得。盖中国用目,外国贵耳。然声则地球皆同,义则风俗各异。致远之道,以声为便,然合音之字,其音不备,牵强为多,不如中国文字之美备矣。"[②]

回到"中国文字之美",回到书法,并由之推出"书学与治法,势变略同"[③]。

李泽厚认为:"康有为他们是承继了中国'气'一元论的传统和形式,加添了他们当时新了解的近代科学的新内容,而这正是当时哲学思想发展中的一个主要事实、现象和倾向,也是康有为他们的哲学思想的特点"[④]。

虽然也还依然是"中学为体,西学为用"。但毕竟他如同前辈魏源等人一样开始"睁开眼睛看世界"了,而且回过头来看书法,之所以《广艺舟双楫》影响如此巨大,被禁前短短几年,连印十八版次,与他的变法壮举有关,更与他站在中西世纪交汇口的大视野有关。

当时的一些外交官如郭嵩焘、曾纪泽、李鸿章也都曾走出过国门,但他们又

---

① 康有为《广艺舟双楫》,《历代书法论文选》,上海书画出版社 1979 年版,第 748 页。
② 康有为《广艺舟双楫》,《历代书法论文选》,上海书画出版社 1979 年版,第 753 页。
③ 康有为《广艺舟双楫》,《历代书法论文选》,上海书画出版社 1979 年版,第 753 页。
④ 李泽厚《中国近代思想史论》,人民出版社 1979 年版,第 100 页。

较少书法论述,不擅书名。杨守敬到过日本,影响甚大,张裕钊、赵之谦、吴昌硕、齐白石的书画在日本广为流传,但又未曾履及东瀛,而康有为不光写书法,撰书论,且先后到过 40 余国(按今日之国别区划),这在现代书法史上差不多是空前的和绝无仅有的。

他的书法创作也由此不事细节雕琢,大气磅礴,"当其下笔风雨快,笔未到时气已吞"。这与他的全球视野,周游经历,开张胸襟,现代立场恐怕都不无关系吧!

三

熊秉明先生在他的名著《中国书法理论体系》中谈到伦理派,亦即儒家书法理论另一种理想时,用了"发强刚毅"这个词,并且指出:

清朝碑派书家也可以算作代表儒家这一种积极精神。乾嘉间,金石学,考据学大兴,钟鼎碑版在知识分子间激发起来的,不仅是考古兴趣,也有造型艺术的兴趣,而在这种造型兴趣下,还有民族意识的萌动。已达 100 年的清朝恐怖统治,迫使文人走入考据训诂之学,但反抗的心并不因此绝灭,在钻到古代金石训诂的牛角尖的同时,他们发现了古朴,道健的艺术形象。……这些雄有力的形象,拓宽文人的视野,打动他们的心弦,给予了他们一个新的美的标准,有深远的道德意义高标,于是碑派书法蓬蓬勃勃的发展起来。①

"碑学"及至康有为,更是推到极致,他似乎比他的前辈发现更多的形式美,而这形式美,又往往是名不见经传的庶民创造的,在这一点上,康氏似乎也离开了儒家理学心学的"正统"。

他甚至偏激地认为:

魏碑无有不佳者,虽穷乡儿女造像,而骨血峻宕,拙厚中皆有异态,构字亦紧密非常,岂与晋世当书之会邪,何其工也!②

对于魏碑作者,他算是"有书无类",赞赏有加:

吾见六朝造像数百种。中间虽野人之所书。笔法亦浑朴奇丽有异态。③

---

① 熊秉明《中国书法理论体系》,人民美术出版社 2017 年版,第 154 页。
② 康有为《广艺舟双楫》,《历代书法论文选》,上海书画出版社 1979 年版,第 827 页。
③ 康有为《广艺舟双楫》,《历代书法论文选》,上海书画出版社 1979 年版,第 800 页。

又是"异态"，康氏出奇地喜爱"异态"一词，并对"新理异态"有着独特的诠释：

> 故先贵存想，驰思造化古今之故，寓情深郁豪放之间，象物于飞潜动植流峙之奇，以涩一通八法之则，以阴阳备四时之气。新理异态，自然佚出。①

与政治变法的"托古改制"一脉相承，康有为在书法的学理和创作上着眼于汲古创新，虽是"法古"，意在"求新"，他一方面说"新理异态，古人所贵"，另一方面说"新意妙理"，"古"与"新"实质上是他的一体两面，他是谋"复兴"，他是"借古人的酒杯，浇自己的块垒"，通过尚古，着意创新。

> 秦分本圆，而汉人变之以方；汉分本方，而晋字变之以圆。凡书贵有新意妙理，以方作秦分，以圆作汉分。以章程作草，笔笔皆留；以飞动作楷，笔笔皆舞，未有不工者也。②

诸体相参互用，方圆结合，乃至后来崇尚碑帖融合，阴阳相渗，是康氏"新理异态"的实质。他甚至与沈曾植略有分歧：

> 嘉兴沈刑部子培，当代通人也。谓吾书转折多圆，六朝转笔无圆者，吾以《郑文公》证之。然由此现六朝碑，悟方笔无笔不断之法，画必平长，又有波折，于《朱君山碑》得之。③

六朝的转笔有方有圆，且方笔无笔不断，却是康氏独特的得悟，由此可见他对形态的丰富性都有所把握。

而且他说"盖书，形学也"，这一次已超越了儒家的事事皆"心学"的判断，而是进入形式审美或曰形态美感的把握，而且这一"形""态"来源常常是非"正统"，有"正变"，且务于"变"，追求"变"，所谓的"异态""奇趣""奇变"，均为"新理""妙理"。

四

康有为好大言，好极言，好用全称判断，好下猛药。

对于自己的书法，他是非常自信，非常得意的。

他曾在自书"天青竹石待峭蒨，室白鱼鸟从相羊"一联跋语中写道：

---

① 康有为《广艺舟双楫》，《历代书法论文选》，上海书画出版社 1979 年版，第 846 页。

② 康有为《广艺舟双楫》，《历代书法论文选》，上海书画出版社 1979 年版，第 788 页。

③ 康有为《广艺舟双楫》，《历代书法论文选》，上海书画出版社 1979 年版，第 852 页。

　　自宋后千年皆帖学，至近百年始讲北碑，然张廉卿集北碑之大成，邓完白写南碑汉隶而无帖，包慎伯全南帖而无碑，千年以来，未有集北碑南帖之成者，况兼汉分、秦篆、周籀而陶冶之哉，鄙人不敏，谬欲兼之。

　　又跋曰：

　　鄙人创此千年未有之新体，沈布政子培望而识之。①

　　康有为如此自得也不无来由。

　　刘熙载在《文概》中称赞王充的《论衡》："独抒己见，思力绝人，虽时有激而近僻者，然不掩其卓诣。"②以之形容康氏之《广艺舟双楫》，乃至他的书法亦可。前人又云："才不胜今人，不足以为才；学不胜古人，不足以为学。"康有为在才、学乃至识见方面均能超越古人和当时的今人，所以常常口出"狂"言，睥睨群雄。而这种高度，也折射在他的书法上。

　　他曾经把《爨龙颜碑》列为神品第一，并且形容为"茂美雄强"。

　　"茂美雄强"，也是康有为的书法追求，他多取横平之势，多用"斜画紧结"的结构，如《石门颂》和《爨龙颜碑》，中宫紧收且置于左上。显得字形茂朴密实，这一点也吸取了他所服膺的邓石如的"密不透风"的观点。

　　沙孟海在《近三百年的书法》将康氏列入"碑学"诸人之"紧圆笔的"，并说"康有为说张廉卿（裕钊）集碑学之成，我可又不敢服输他了"，因为六朝人的书法"又会团结，又会开张，又会镇重，又会跌宕"，张裕钊则只占了"团结镇重"，是不能担起康氏对他的极为推重的。沙孟海言康有为个人的书法：

　　他虽然遍写各碑，但也有偏重的处所。他在《述学篇》里只说一泡冠冕堂皇的话儿，不曾道出真的历史来，然而我们总可以揣测得之。他对《石门铭》得力最深，其次是《经石峪》《六十人造像》及云峰山各种。他善作"擘窠大字"，固然由于他的意量宽博，但其姿态，则纯从王远得来（也有几成颜字），众目可共看也。邓石如、张裕钊是他所最倾倒的，作书时，常常参入他们的笔意。但还有一家是他写大字写小字以及点画使转种种方法之所出，而他自己不曾明白说过的，就是伊秉绶。试看他们两人的随便写作，画必平长，转折多圆，何等近似。潇洒自然，不夹入几许人间烟火气，这种神情，又何其仿佛。③

---

① 范国强《康有为书法研究》，西泠印社出版社，第 116 页。
② 刘熙载《文概》，《艺概》，上海古籍出版社 1978 年版，第 16 页。
③ 沙孟海《近三百年的书学》，《沙孟海全集》书学卷，西泠印社出版社 2010 年版，第 32 页。

在字态造型和用笔偏长方面,康有为的字与伊秉绶的行草颇为相似乃尔,沙先生当时就独具慧眼看出来了。

康有为的一生经历丰富,风云叱咤,谋国变法,治学为文,占据了他大量的时间,即使在逃亡海外的 16 年中,也常常处在奔波之中,这当然也使得他的书法有了常人所没有的大气象,加之他学通古今,博观中西,因而书法也闳约深美,堂庑阔大,不事雕琢,放笔直取。

康有为的诗文直抒胸臆,排挞而出,气势磅礴,我们也细察过他所书写的自撰诗和联句,多是慷慨悲歌,感怀家国,参合天地,不涉绮丽萎靡,这一切也与他的立身主张与书法相谐和。

除了"茂美雄强"外,"开张奇逸"(语出陈抟"开张天岸马,奇逸人中龙"龙门题刻)似也可形容康氏的书法样貌。

黄山谷有两诗形容苏东坡画枯木和墨竹,其中有此两句:"胸中元自有丘壑,故作老木蟠风霜。""因知幻物出无象,问取人间老斫轮。"①似乎都可移用描述康有为,他担得起"老木蟠风霜"和"人间老斫轮"。

康有为的书法也时时被人称为"荒率""粗疏""不斤斤于点画,纯以神运",有人曾评之:"气势虽好,然点划不太讲究,未免失于草率。"康有为自己也说"吾眼有神,吾腕有鬼"。而且也常常笔墨狼藉,淋漓满纸,这一点可能也与之性格与经历有关。《周易》之乾卦爻辞依次为"潜龙勿用(初九);见龙在田,利见大人(九二);君子终日乾乾,夕惕若厉,无咎(九三);或跃在渊,无咎(九四);飞龙在天,利见大人(九五);亢龙有悔(上九)"。窃以为,冥冥之中,似也形容了康氏的人生,也形容了他的书法艺术。

"康体"之横空出世,"康学"之百年遗风,有其天时地利人和之合处。

五

无疑,康有为及其书论和书法创作对当时与后世的影响是巨大的,而且超越国界,甚至时至今日,他的艺术光辉犹未为减。

范国强认为:"康有为《广艺舟双楫》尊碑,卑唐,托古改制,从理论和实践两个方面总结完善了清代碑学运动,同时确立了以魏碑为典型的北派书法创作法则,其理论得到了广泛的认同,特别是当依附于科举制度的馆阁体随着清廷而消亡后,客观上消除了对书法艺术的禁锢,加之新的考古成果的刺激,遂使碑派

---

① 《东坡画论》,山东画报出版社 2012 年版,第 166、167 页。

书法呈现出前所未有个性化发展的局面。……碑派书法占据了近代书坛的主流,由此可见碑学理论的深入人心。"他还进一步强调:"当代书法创作是建立在碑派书法的形式法则基础之上,且比它更丰富,更深刻。"同时,"康有为提出碑帖兼容的艺术主张,对于促进艺术风尚的转变,多元化风格的形成,推动现代书坛乃至当代书坛的创新发展,意义深远"①。

甚至可以毫不夸张地说,能从书学理论和书法创作两方面双重影响书坛和书法发展的,20 世纪中,无出康有为其右。

沙孟海只见过康有为一次,而且非常短暂,他回忆道:"廿三岁,初冬到上海,沈子培先生(曾植)刚去世。我一向喜爱他的书迹,为其多用方笔翻转,诡变多姿。……这便是我'转益多师'的开始。上海是书法家荟萃的地方,沈老虽过,吴昌硕(俊卿),康更生(有为)两先生还健在,我经人介绍分头访谒请教,康老住愚园路,我只去过一趟,进门便见'游存庐'三大字匾额,白板墨书,不加髹漆,笔力峻拔开张,叹为平生稀见。"②他还在《书学师承交游姓氏》中将许多老师"依照年辈胪举如左",且分为私淑,亲炙,问业,服膺等关系类型,于"南海康更生有为"则为"私淑",并称之为"北碑圆笔宗师"。

康有为对直接受业的弟子更是影响甚巨,他的弟子众多,桃李满园,著名者如梁启超,徐悲鸿,刘海粟,萧娴等,在书法上均有极大建树,并且终生感谢乃师的教诲。

"戊戌变法"又称"康梁变法",由此看出梁启超追随康有为之近之紧。在"变法"方面,梁氏也追求"上下千岁,无时不变,无事不变",包括书法,与乃师一脉相承。

陈传席曾谓:"徐悲鸿的书风,深沉浑厚,魄力雄大,无人可比",给予极高评价。1922 年,徐悲鸿经人介绍拜识康有为,旋即拜康氏为师,据徐氏回忆:"吾乃执弟子礼居门下,得纵观其所藏。如书画碑版之属,殊有佳者。相与论画,尤具卓见,如真卑薄四王,推崇宋法,务精华深妙……吾固学书,若《经石峪》《爨龙颜》《张猛龙》《石门铭》等石碑,皆数过。"③这些碑刻,均为康氏极为推崇,徐悲鸿的书法面目基础,大抵出于此。

刘海粟曾为青岛康有为新坟撰书墓志铭,铭曰:

① 范国强《康有为书法研究》,西泠印社出版社,第 84 页。
② 沙孟海《我的学书经历和体会》,《沙孟海全集》书学卷,西泠印社出版社 2010 年版,第 6 页。
③ 王震编《徐悲鸿文集》,上海画报出版社 2005 年版,第 33 页。

公生南海,归之黄海。吾从公兮上海,吾铭公兮历沧海,文章功业,彪炳千秋。

他还在《忆康有为先生》一文中多处记述康有为对他的勉励、教诲、示范、具体指导,如"选碑""用笔""用墨"等方面,面授机宜,如"康老要我先练二寸对方大字,写小字也强调悬腕,这种从严要求,使我终生获益非浅"①。刘氏的书法老笔纷披,苍茫古劲,颇得康氏遗韵。

萧娴15岁时其篆书就受到康有为的赞赏,他在其书后跋曰:"笄女萧娴写散盘,雄深苍浑此才难。应惊长老咸避舍,卫管重来主坫坛。"②康有为对她青睐有加,后又收入入室弟子。萧娴"一生以《广艺舟双楫》为本遵循师教,弘扬师法。凡有向萧娴先生请教书法的,不论老少,她均授之以南海先生四指抵笔法"。萧娴好写擘窠大字,笔力扛鼎,不让须眉。

除此而外,章士钊、祝嘉、游寿等人追随康氏在书法创作和书学方面均有声名。

20世纪上半叶,康有为《广艺舟双楫》在书界内外影响极大,且清廷愈禁愈流布广泛。

康有为嫡系弟子之外,碑学思想深入人心,清末民初,李瑞清、曾熙、郑孝胥、吴昌硕、于右任、弘一等名家大家蔚成碑学一时之盛。此后,谢无量、徐生翁乃至画家齐白石、黄宾虹、张大千、李可染等人均以碑学为基,形成个人书法面目,从而在整体上大大超过帖学的规模。

康有为和《广艺舟双楫》名闻遐迩,逐渐影响日本和韩国。

1914年,中村不折和井土灵山将《广艺舟双楫》引进翻译介绍到日本,由东京二松堂出版,书名改为《六朝书道论》,竟在短时间内翻印六版,碑学书法大行于东瀛,直至今天。其实在此之前,日本书法家日下部鸣鹤在19世纪末已在诗文中多次引用康有为《广艺舟双楫》中的观点。此外,另一名书法家内藤湖南等对于中国六朝书法以及康氏著作等进行过讨论。康氏影响,可见一斑。

康有为的书风和《广艺舟双楫》思想也深刻影响了韩国书风,20世纪前半叶亦随日本书风的风靡带入韩国,这其中亦是碑派当家。后半叶,韩国书法大师名家柳熙纲,金膺显,权昌伦等也都无不以碑学为根基,至今,韩国整体书风中,篆隶、魏碑仍然是主流构成。这些,追根溯源,康有为是重要的奠基者和思想提供者。

回眸当代,虽然近年新帖学大兴,举目二王晋唐,但放之整体,碑学常常扮

---

① 刘海粟《齐鲁谈艺录》,山东美术出版社1985年版,第92页。
② 刘海粟《齐鲁谈艺录》,山东美术出版社1985年版,第108页。

演创新路径角色,新时期 40 年书坛,碑帖融合是主流,碑学范畴的形态令人有历久弥新之感,在回眸复兴时,恰有新得,这一点,非常奇妙。也因此,康有为和他的艺术创造成了不过时的产生效应的"场"。

2018 年 9 月

宋文京:中国书法协会会员,青岛市书法协会副主席,中国海洋大学特邀研究员。

也谈郑道昭及其《郑文公碑》

杨乃瑞

云峰、大基、天柱、玲珑四山的北魏摩崖刻石，地处胶东半岛，系崂山山脉余脉。北魏时属光州治下，其辖所今属山东莱州。云峰山在其辖所南约 15 里路地，亦可谓近郊。三山刻石长期浸淫于风、雨、阳光和冰雪中，静穆而忧伤地诠释着凿石刻碑者当时喧哗和静穆的场面。直到清代中叶，这块冷僻、寂静了一千多年的魏碑才由包世臣等人的极力推崇大显于世。她很像一场歌舞晚会的主角一样，虽出场晚，但却使场上达到高潮，成为压轴角色，从而被观者所瞩目、所传颂。多年来人们一直沿袭《郑文公碑》（上、下）为郑道昭所书。甚至有歌者说：此书者可以同书圣王羲之相媲美，亦可以获"北方书圣"之美誉。谁是书丹人？郑道昭善书否？郑道昭的为官履历是何种状态？他为何选在光州为父郑羲立碑，而不是在原葬地荥阳？真耶？非耶？一时扑朔迷离，让我们披开荆棘，走进历史的隧道来体察一下郑道昭及其《郑文公碑》的种种情结再发表意见也不迟。

书丹者质疑

该碑未署款为郑道昭所书，《魏书》《北史》及书法史均未找到道昭工书之充足理由，那么对该碑的书丹者的争议还将会继续进行下去。

经对近现代人研究成果粗略地进行梳理归纳，大致有如下几种情形：

有的称"为郑道昭书的"，有的称"疑为郑道昭书的"，还有认为"传为郑道昭书的"，有的认为应是"郑道昭主持的"。刘海粟倾向于于书亭的说法"传为郑道昭书"。

笔者倾向于由"郑道昭主持的"，也想把自己的一些观点说出来并求教于诸位专家学者。

包世臣《艺舟双楫》载"郑文公季子道昭，自称中岳先生，有支峰山五言及题名十余处，字势巧妙俊丽……""北碑体多旁出，《郑文公碑》字独真正，而篆势、分韵、草清毕具。其中布白本《乙瑛》,措画本《石鼓》,与草同源,故自署草篆,不言分者,体近易见也。以《中明坛》题名,《云峰山五言》验之,为中岳先生无疑。碑称其才冠秘颖,研图注篆,不虚耳。"此后研究者往往持此说举证。

郑道昭善书但书名不显

查史书未见有载郑道昭为书家者。而郑道昭作为世袭显赫望族,饱学诗书之家,其本人自天安元年,11 岁即随其已是中书博士的父亲郑羲到中书学学习,中书学即国子学,应是望门贵戚且"少而好学"有可造就之才的学生入学。"中书博士郑羲参石军事随军南下,道昭与兄懿等经博士子弟身份与中书学学习,拜中书学生。……中书学生须在此学习十几年后方能登仕。"①十几年的中书学学习所修习的无非经史子集,断少不了书学一科。

太和三年,道昭 24 岁,"郑羲以'当时名士'而补聘为傅,父贵子荣,道昭当与此时担任了职位虽不太高,但却是经'甲族起家之选'的美职——秘书郎,踏上了仕途"②。

《魏书·郑羲传》载:郑道昭"字僖伯,少而好学,综览群言,初为中书学生,迁秘书郎、拜主文中散,徙员外散骑常侍郎,秘书丞兼中书侍郎"。并还任过中书郎、国子祭酒等官职,其后,又"迁秘书监,荥阳邑中正,出为平东将军、光州刺史,转为青州刺史,将军如故。复入为秘书监……谥号文恭"。

史料载郑道昭曾担任过一系列"秘书"类职务。如秘书郎、秘书丞、秘书监等要职。经查《中国历代官制》以上职务北朝时属秘书省管理。我们想包世臣所结论为"为中岳先生无疑"是否与"才冠秘颖,研图注篆"有关。"秘颖"者,秘书行列之业务精通者。"篆"乃"引书也",小学也。可能与善书有密切关系,当时的善书者乃后来称之为书法家也。据汉魏典集所载:秘书一职却属善书者才能升任。倘不善书也必定晓书,否则怕不能累官至秘书监一职。如刘宋时羊欣在《采古来能书人名》中有"今秘书八分,皆传弘法"。而南齐书家王僧虔《论书》中说锺繇之书有三体"一曰铭不书,最妙者也;二曰章程书,世传秘书教小学者也,三曰行押书,行书也。三法皆世人所善"。由此可见秘书一职,应善书者。此非"秘书"者是不能"教小学者也",小学也好,行书也罢,但不善书恐不能做

①　张从军《郑道昭年谱》,山东石刻艺术博物馆《云峰诸山北朝刻石讨论会论文选集》,齐鲁书社 1985 年版,第 285 页。

②　张从军《郑道昭年谱》,山东石刻艺术博物馆《云峰诸山北朝刻石讨论会论文选集》,齐鲁书社 1985 年版,第 285 页。

"秘书",而做"秘书"必善书。

郑道昭从秘书郎任上累官秘书监,推而论之在朝应为善书者。而史书为何不载为书家呢?一说为政名所掩,翻开《魏书》及《郑文公碑》也仅提到"道昭好为诗赋,凡数十篇,其在二州,政务宽厚,不任威刑,为吏民所爱"。及碑云:"季子道昭,博学明隽,才冠秘颖,研图注篆",从正史看郑道昭的书名好无踪迹,其所谓的政绩,从55岁到光州任上的次年就忙着为其父刊造《郑文公碑》,至死的前一年复为秘书监但滞留青州仍痴迷刻石造碑,主持刊造刻石6处,《登北峰山诗》(原石已失)。在光州任上总共5年刊石42处(云峰山北朝刻石17处,大基山北朝刻石14处,天柱山北朝刻石7处,青州玲珑山北朝刻石4处)①。这些刻石不应全部记在郑道昭的"政绩簿"上,也不能让其父子同享,所谓"政务宽厚"仅说明因刊石所累,而疏于正业,无暇搜刮民膏,吸收其父教训,未惹民怨,口碑尚好。又远离皇帝,任上较顺,未起民乱而已。假如书名声名远播,如此政绩,何以掩书名?在北朝政绩蔚然而又以书名显的崔浩虽被诛,但史家仍能在追述他的政绩时没有忘记其书法艺术上的造诣。而唯郑道昭政绩显而掩书名?结论只能是郑道昭善书但书名不显。

郑道昭为何在光州为父刊石造碑?

郑道昭之所以在到任的次年便忙着为其父造功德碑,之所以选择地处沿海荒疏僻远的云峰诸山凿山刻石,除在其治下有了充足的条件外,其实他要为其父翻案。目的是挽救、维护岌岌可危的世族名望。

太和十一年"郑羲在西兖州'多所受纳,政以贿成'。且还兼做商业生意,'东门受羊酒,西门酤卖之'"②。和现在的贪官如出一辙。因为与李冲是亲戚"法官不之纠"(李冲官至内秘书令,南部给事中,朝中大事皆决于其手。道昭娶李冲女长妃为妻)。但终因名声不佳而去职还朝,与秘书令高祐对调,高出任西兖州刺史,郑羲为秘书监,不久冯太后为孝文帝纳郑羲女为妃,郑家不仅是当时的名门望族,而且也成了国戚。这一年郑道昭32岁。

太和十五,郑道昭36岁,由于皇帝国戚的这层关系"道昭当于此迁升元外

---

①　《云峰刻石调查情况介绍》,山东石刻艺术博物馆《云峰诸山北朝刻石讨论会论文选集》,齐鲁书社1985年版,第286页。

②　张从军《郑道昭年谱》,山东石刻艺术博物馆《云峰诸山北朝刻石讨论会论文选集》,齐鲁书社1985年版,第287页。

散骑侍郎,秘书丞,兼中书侍郎"①。自太和三年,郑道昭24岁借父贵子荣之势出任秘书郎,至36岁借姊妹纳为孝文帝妃为荣迁为秘书丞,兼中书侍郎。12年间郑道昭已是朝野近臣,秘书丞一职掌管国家最高机密、典藏、图书、档案,又是宫廷近臣,可谓炙手可热。郑羲可谓老谋深算之辈,为其子的升迁铺平道路。其一,高学历,中书学习十几年;其二,出身名门望族,又是皇亲国戚,这叫政治过硬;这些条件日后升迁就会无人挑剔。

郑羲凭借着望族、朝廷要人、皇亲国戚一路使道昭官场得意,就在道昭升迁秘书丞的次年道昭37岁,秘书监郑羲卒于平城。"在拟定谥号时,孝文帝驳回尚书拟认的谥号'文宣',以羲'虽宿有文业,而治阙廉清'之故,改赐'文灵'。"②作为孝文帝妃之父郑羲又是国朝大儒、重臣其死后盖棺定论时尚书拟定的谥号也可称为治丧委员会会拟定的讣告、悼词,孝文帝既不顺水推舟而是否定并更改,可谓功过是非,盖棺定论,孝文帝是北魏王朝比较清明的一个帝王,由此也可窥一斑。可见郑羲的为人和功德品行之低劣。

郑羲其人并非《郑文公碑》所记其功德卓然。当然其子为父立碑不言父过,文过饰非,实属封建士大夫之德政,但也是郑文公对孝文帝所谥"文灵"的翻案,也是择远离皇帝、皇室、皇亲,选僻远、荒疏的云峰诸山刻石之原因。

从郑羲家族看,大都声名狼藉"羲五兄……并恃豪门,多行无礼,乡党之内,疾之若仇"③。其实郑道昭也有五子,其长子严祖、次子敬祖也是鱼肉乡里的祸根。"严祖颇有风仪,粗观文史……轻躁薄行,不修士业,倾到势家,乾没荣利,闺门秽乱,声满天下。"④郑羲本人不但是"多所受纳,政以贿成,性有吝啬,民有礼饷者皆不与杯酒肉"。身为国朝重臣在乡党举办的喜事丧亡等宴席上竟无人同他喝杯酒更不消说敬杯酒了,听来让人费解,但却是史实。谥是按他生平事迹斟酌而定的,谥"灵"指无道。果真如此恶业和口碑的秘书监,清明之主孝文帝对悼词的圈改自是尊重事实,客观公正,以正视听。

在道昭家族中只有道昭及三子述祖尚能反醒,出于从维护世家大家族利益

---

① 张从军《郑道昭年谱》,山东石刻艺术博物馆《云峰诸山北朝刻石讨论会论文选集》,齐鲁书社1985年版,第287页。

② 张从军《郑道昭年谱》,山东石刻艺术博物馆《云峰诸山北朝刻石讨论会论文选集》,齐鲁书社1985年版,第283页。

③ 刘海粟《读郑道昭碑刻五记》,山东石刻艺术博物馆《云峰诸山北朝刻石讨论会论文选集》,齐鲁书社1985年版,第13页。

④ 刘海粟《读郑道昭碑刻五记》,山东石刻艺术博物馆《云峰诸山北朝刻石讨论会论文选集》,齐鲁书社1985年版,第17页。

考虑,应当说他不能不对其祖上及子孙的种种恶业有所了解,而对孝文帝所谥"文灵"的结论耿耿于怀而又很无奈,为挽救其名望大族计肯定要动一番脑筋。

郑羲死后,道昭岳丈李冲卒,连续服丧守制也能清醒一下头脑。至太和二十三年(公元 499 年)孝文帝崩卒,道昭职位虽然还稳固,但却大不如以前了。此一时期,他因从兄郑思和参与谋反伏诛受到牵连,由炙手可热的黄门侍郎降为咨议参军,走了十几年的坎坷仕途。但其进取之心仍盛,为求得新主欢颜,道昭曾连续上表都未被帝纳,道昭出身文职上表也只能是"崇尚文治"云云,期间虽与同朝官员水涨船高的晋升一级,官至秘书监,也总是闲散清流之职。

永平三年,(公元 510 年)道昭时年 55 岁,因光州刺史王琼受贿被免职,携家眷赴光州治所任光州刺史、平东将军。永平四年(511 年)道昭到任后次年,"遍行诸郡县,在天柱山(今山东省平度市北)为其父主持刊造《郑文公碑》(上碑),并作《东堪石室铭》诗一首,题记二处。此外,并与云峰山作《论经书诗》《观海童诗》等诗、题记多处"。在《郑文公碑》中,孝文帝钦定的谥号"文灵"最终被篡改为"文公"。其他诗文中则流露了自己思想中的消极情绪。

结　论

笔者通过史料,叙述郑道昭生前的形迹,其目的是找出郑道昭为何刊《郑文公碑》的踪迹和根据,不难看出道昭为何刊碑的思想根源和动机。

一是魏晋时世家大族长期操纵政权,他们控制了品评人物的大权,当然不会真正按才能选官,而只会单纯以世家名望的高低决定取舍。史论说,崔、卢、王、郑几大士族子弟胎毛未褪,就已身列为侯。所谓"上品无寒门,下品无士族",因而对谱牒、家乘、铭志、血统极其重视,孝文帝钦定的谥号已成道昭心病,郑羲死后一直未能立碑,郑羲死后孝文帝崩,帝在位时立碑,自然不敢犯上,不立碑则没有手柄,为一个"灵"字道昭可谓煞费苦心,从长计议,子子孙孙,定要篡改。时代不同,国家、地区不一。但目的相同,即篡改美化历史。

至永平四年(511 年)郑道昭到任的次年就刊石造碑,为其父歌功颂德,可是碑文中只称"文"公,只字不提"灵"字。距郑羲死后的 73 年,其孙郑述祖秉承父训,又在撰《天柱山铭》中直接称其祖父羲之谥为"文贞"。此时已是时过境迁。至此郑氏大族已修补完成了谱牒、家乘、铭志。

二是光州山高皇帝远,此时的道昭几经官场失意,儒家入世思想渐退,又逢道教盛行的光州地区,黄老思想渐行。年事已高,坐而论道,寄情山林。远离故乡,痛不能按时祭奠先祖,刊碑奠祖,"于是故吏主薄东郡程天赐等六十人……"

60人中程天赐是撰稿人，余者书丹人、刻工等工作人员——经总主持人敲定，各司其职。期间作为善书者的郑道昭也有题刻，但道昭断不能去题《郑文公碑》，一旦朝廷怪罪，那还了得。"我们认为，云峰山北魏刻石的书丹者，不可能就是郑道昭一人。"①山东平度博物馆的于书亭先生坚持"传道昭书"一说可信。笔者更倾向于郑道昭为《郑文公碑》的总主持人，正于现代的总编、总监同一道理。

杨乃瑞：青岛市文艺评论家协会副主席。

---

① 王思礼《对云峰刻石诗文作者及书丹人的几点看法》，山东石刻艺术博物馆《云峰诸山北朝刻石讨论会论文选集》，齐鲁书社1985年版，第35页。

书法，在学术与艺术之间

李慧斌

人的一生，如果与书法结缘，
是很幸运、很幸福的一件事。
因为
书中有"文"，
书中有"道"，
书中有"人"，
书中有"德"。

自近代学术分科以来，中国传统学术的很多门类在与西方学科的对应中，并以西学为参照，逐渐找到了自己的学科属性和位置，进而完成了近代学术史上由"四部之学"向"七科之学"的学术转变。随着"美术"概念的引进，中西方绘画尽管有着不同的体系和表现手法，但总是可以进行学科对应的，在"一切以实用为目的"的学术背景下，中国传统绘画很快就找到并确立了自己的学科地位。遗憾的是，中国书法因西方学科体系中无此一门，在"西洋无者，吾国有之，则曰：'此无用之物也，宜亟淘汰之矣'"观念的影响下，书法的学科之路是渐进而又漫长的，这直接影响到了近代书法的学科化进程，也造成书法学术研究整体滞后的现实。在研究领域、学术思维、研究方法等方面都存在明显的不足。后来，经过 30 多年"书法热"的推进，当代书法研究出现了繁荣景象，一批批新成果不断涌现，随之而来的新观念、新思想、新方法不断呈现，书法研究进入了一个"百花齐放"的时代。

然而，面对古代书法，面对古人留下的书法遗产，我们应以两种态度来审视和对待，一是学术的态度，二是艺术的态度。学术的态度包括书法本身所具有的历史价值和文化属性，以及通过学术研究和学科建设而获得的古今书法的价值认同。艺术的态度主要包含两个方面：一是书法在古代在满足社会实用基础上不断形成发展起来的艺术美感和内涵，这是书法所具有的艺术属性的根本和基础。二是书法作为当代艺术门类之一，受到种种艺术思想影响之后，拓展和附加出来的新的"艺术成分"。所以，我们今天审视、研究书法亦应从这两个方面着眼，这也是我的书法观——书法，当在学术与艺术之间探求。

一、心路

跟很多人一样，在读书识字的年龄就开始了汉字的书写。所不同的是，在我的写字教育中较早地接触到了毛笔书写。从小学到初中，从高中又到大学，从乡村到县城再到省城，随着年龄的不断增长，我的书法学习，逐渐完成了从"家学"到"师范"的转变。大学毕业之际，在校团委老师的鼓励下，我举办了一次个人书法作品展，为大学生活留下了浓墨重彩的一笔。但现在想起来，那时写的"字"和"作品"，离真正意义上的"书法"还差之千里，只能说我在大学阶段，对于书法的认识才渐渐清晰，对于书法的诸多内容与形式的认知才刚刚开始。

古人云："莫问收获，但问耕耘。"靠着不懈的努力和执着的追求，凭借坚强的意志，我终于在大学毕业之际考取了吉林大学古籍研究所历史文献学书法文献与书法史方向的硕士研究生，有幸跟随著名学者、书法家、书法理论家、书法教育家丛文俊先生学书问业，这开启了我的书法专业学习之门。读书期间，丛师对我读书做人、做学问和写字的诸多教诲，是我在这条路上走下去的坚实信念。尝言："书法研究要肯下笨功夫，能耐得住寂寞，从一点一滴做起"；"书法的学问不只在书法本身，更在书法之外"；"搞研究既要能专精，又要能广博，从而达到尽精微而致广大的境界"；"写字做学问跟做人一样，要脚踏实地，一步一个脚印，切莫空浮"；"在书法上要学会两条腿走路，既要把研究搞好，也要把字写好，这样才能配得上书法研究生的称号"。我想，这些朴实而深刻的话语，已然成为我的治学法宝和人生财富。尽管吉大的书法研究生教育不以创作为主，但丛师对我的书法学习是有特殊要求的，那就是为了与研究同步，以便更好地理解古代书论特别是笔法理论和审美批评，让我从三代金文一直到唐宋名家经典作品都要有一定的临习和体会，如此才能更好地为研究服务，少说外行话。这样一来，我在读书研究课题之余，把闲散的时间大都留给了临帖，于古代传世经典作品多有涉猎，在研究书法史的基础上，尽量做到对各种书体都有一定的临习和心得。最初以唐楷入手，后上追北朝楷书和魏晋法帖，隶书以汉碑摩崖为主，倾心于汉篆，尽管有广泛临摹的基础，但我的书法却是诸体皆不精善。我以欧阳修所倡导的"学书为乐""学书消日"为主旨，以不计工拙和不轻易创作为旨趣，长期以来，这种习惯一直影响着我，这使得我对传统书法有了更深刻的理解。

2003年研究生毕业后，我来到青岛农业大学艺术学院从事教学科研工作。算起来，从2000年正式跨入书法艺术殿堂，跟随丛文俊先生学书问业，如今已17个年头了。若再以2006年在《书法研究》发表的第一篇学术论文《米芾〈书史〉所论宋初科举"誊录"制度与"趣时贵书"现象之真实关系的考证》为标志，我的书法学术研究之路也走了11年了。这期间有寂寞、有困惑、有苦恼，但更多的是坚持。当勤奋读书有感悟的时候，刻苦钻研有发现的时候，文章受到导师认可的时候，那份喜悦又有谁能体会得到？在书法学术研究之路上，当我把时间紧紧地攥在自己手里的时候，那种"富有"亦是别一样的感觉。

其实，在时间面前我们每个人都是平等的。只有那些把时间掌控在自己手里的人，在时间里不断地坚持理想和追求，真正成了时间主人的时候，成功也就不远了。我经常跟我的学生讲，我比他们用功，我家的灯夜里12点以前关的时候很少，很多时候某个课题的研究以及文章的写作，赶到兴头时经常通宵，虽然身体觉得累，但精神却是极其充实的。有时跟朋友聊天，我说我没有QQ，更没有"微信"，他们都不信，甚至我的学生说我是"老古董"。不过，我有的却是真真切切属于自己的时间——读书、思考、写字、做学问。这个时代，我们更多的是把本该属于自己的时间"分享"给了别人，所见者不真，所思者不深，慢慢地那些自己的时间财富就不知不觉地"流走"了，最后只剩下"贫瘠"。这对于一个做学问的人来说是最大的忌讳。

二、心得

搞学术研究是很苦的。当我真正步入书法研究的大门时，才发现它的门槛很高，特别是想做出点成绩很难，更不用说有一定的突破和贡献了。范文澜撰联"板凳要坐十年冷，文章不写一句空"，就是我的座右铭。

几年下来，我在书法研究上渐渐地积累了一些成果，也慢慢地形成了自己的一点学术认识和心得。主要有这么几点：首先是"研究兴趣"与"研究领域"的结合，需长期不断地坚持，切不可"三天打鱼两天晒网"，这最不利于学术研究的持续和深入。其次是"问题意识"与"学术思维"的养成。问题意识是学术研究的"敲门砖"，需要在已确定的研究领域中通过大量的文献阅读和思考不断地提出问题，分析问题，最终确立要研究的问题。学术思维是学术能力的体现，是在长期的学术研究中逐渐形成的学术思考、研究思路、辩证逻辑等综合学术素养。

三是学术规范与研究方法。学术规范是开展学术研究的一个基础,主要是对已确立的研究问题的既有研究成果的追溯和掌握,并有进行学术概括和综述的能力,否则就会陷入"盲人摸象""一叶障目"的困境。研究方法是开展学术研究的有效手段,体现着学术眼界和学术创新,所以在研究方法上要不断地探索适合自己和课题研究的方法,并不断借鉴相关学科领域新的研究方法,拓展学术研究的视野。最后是学术研究中的理论认识与总结,我觉得这是学术研究中最难的。一个学者需要不断地总结自己的学术研究,总结其中所蕴含的理论问题,在不断凝练和抽绎中进行提升,最终形成自己的学术理论,如此才会对学术、学科的发展起到积极的推动作用。下面,就以上四点具体谈谈我的体会和心得。

在我的历史文化认知上,我一直比较喜欢唐宋时期的文化艺术,这一直影响着我的书法研究领域和选题。硕士阶段,我研究的是"宋代的书法题跋和题跋书法",博士阶段,选的是"宋代制度层面的书法史研究"。所以,就断代书法史而言,我的兴趣点一直在宋代,有时上溯到唐代。主要是通过对已有成果的了解和研读,知道哪些问题已经研究并得到解决,哪些问题还没有研究是空白,哪些问题是可以再深入研究的,等等。再就是自己要不断地去阅读宋代的各种文献,从中发现可用、可研究的史料和问题,这样积攒多了,文章也就好写了。目前,在"问题意识"的引导下,我对宋代书法史的研究主要关注了三个大问题:一是站在"尚意之外"的视角,深入探讨宋代政治制度和宋代书法的关系。政治制度对书法产生了哪些影响?哪些是前代所没有的新变化?等等。二是对书家的研究,在苏、黄、米、蔡名家之外,其他的"一般"书家如何研究?"名家"与"一般"书家有着怎样的关系?如何站在宋代书法史的高度对"一般"书家进行客观评价?三是相关书法理论问题的思考与总结,主要是对"唐宋书学转型"理论和宋代书法中"斯文"价值的研究,特别是"唐宋书学转型"是我提出的一个唐宋书法史研究的新视角、新理论。这些问题都是宋代书法研究中的新课题。

这里,我想先就宋代政治制度对于宋代书法发展的影响谈一下自己的认识。宋代书法史的研究,我们受既有观念的影响比较大,尤其是在清人明确提出"宋尚意"之概论后,几乎所有研究宋代书法史者言必称"宋尚意"已然成为定式。很多研究成果也是以此为着眼点得出结论的。试问,宋代书法史是真的尚意吗?如果说"宋尚意"的论点成立的话,那么"宋尚意"就是宋代书法史的全部吗?在"尚意"之外,宋代书法史是否还有其他的内容和问题?比如宋代政治制度与书法的关系?这一问题如果客观存在的话,我们又该如何去认识与研究?它又和传统认知上的以名家为代表、以"尚意"为主流的宋代书法史有着怎样的关系？等等。这些都需要打破传统的宋代书法史认知与研究范式去进行新的思考与探索。所以，我提出"在中国古代，政治制度本身也是书法史的重要组成部分，是古代书法不断向前发展的有力保障，甚至有时起到了决定性的作用"的这一理论认识。如此一来，古代的政治制度也就被纳入了书法史研究的视野中，很多新认识新结论也将随之出现。

　　比较而言，以往的宋代书法史研究过多地关注名家和作品，这固然重要，但对于宋代书法发展中出现的很多新问题却缺少深入的思考，尤其是书论中很多有价值的问题。比如，为什么宋代的行书发达，楷书水平不高，从欧阳修开始宋代一系列新的书法观念、书法理论开始提出，宋代是否真的像唐代那样实行着以书取士的制度，等等。所有这些问题都和宋代新的政治制度有关。比如我最先发现并提出了宋代科举誊录制度与宋代书法的一种特殊关系：宋代科举实行着全面的"誊录制度"，考生的试卷由誊录人员重新抄一遍，然后交给审阅官评判，这样一来，试卷上的书法再好考官也看不到，书法于科举无用。所以，读书人从小就没必要在书法上下太多的功夫，而是把精力放在儒家经典和诗词文赋上，书法与科举背道而驰。因此，欧阳修才说"士大夫忽书为不足学""多学书于晚年"，石介之流的儒者才会认为学书是无用的。不只是这些，如果深入研究的话，宋代政治制度的一系列新变化对于宋代书法史的影响也是深远的，比如铨选制度、书法职官制度、书法机构、书学制度等都有着重要的书法史研究价值。

　　书史上一直存在着一些被历史遗忘和抛弃的"一般"书家，但这不等于他们对于艺术史没有贡献，只是贡献大小的问题。首先，他们是在"名家"之外构成书法史不可或缺的重要组成部分，是那个时代书法史的一部分，如果仅有名家的话，那书法史就变简单了。历史本身就是很复杂的，只是后来记录历史的人，在撰述的过程中有所取舍，而且这种取舍的观念也有一定的惯性，所以有很多不知名的书家没能被纳入传统书法史的体系中。其次，历史是有选择性的，书法史也是如此，无论是对书家，还是作品，都存在着这一问题。书法史是通过不断的历史选择才建立起它的体系和框架。因此，研究书家不仅要重点关注名家，更要重视"一般"，把二者很好地结合起来，不断充实完善书法史。

　　我对周越、杨南仲的研究就是很好的一例。周越无疑是宋仁宗时期一位重要的书家，对当时的书法发展也做出过贡献，却未受到重视。我的研究主要是在已有成果的基础上，深入地探讨了别人没有关注到的问题。比如对周越书迹的发掘，发现了新资料，通过对其署官"判吏部南曹"的考证与《续书断》所记"天圣庆历间，子发以书显，学者翕然宗尚之"的书法史现象的结合，推论其书法在当时产生一定影响的原因。再者是以与周越同时期的几幅石刻书迹作品为证，比较直观地考察了周越书法的影响。曹宝麟先生认为"周越是处在自宋初崇王过渡到中期尚颜的交汇点上"。对此，我在这一观点上，又发掘出了宋仁宗时期的另一位国子监书学杨南仲，恰恰杨南仲的书法就是颜体面目。而周、杨二人正好在仁宗朝的一前一后任国子监书学。这样一来，由周越引申出杨南仲，再由杨南仲引申出北宋中后期的"颜体"书风，这样一来课题研究的价值就变大了，也丰富了。

在研究思路和研究方法上，我感受最深的有两点：一是要有"问题意识"。通过阅读文献发现问题，进而通过思考提出问题，分析问题，把握问题，回应问题，最后去解决问题。"问题"决定于眼光和视野，体现出切入角度和研究导向，寓含着创新点。强调"问题意识"，有利于寻找学术前沿，减少浅层次的重复，有利于论点的提炼与研究的深入，也有利于多领域甚至跨学科的交叉合作。突出"问题意识"，就要以直指中心的一系列问题来引导并且组织自己的研究过程。二是要有"视阈转换"的能力。学会多视角、多角度去思考研究问题，尤其是在发掘史料上，发现传统研究领域之外的新领地、新史料，甚至是长期以来一直没有引起研究者重视的"荒地"。简言之，就是要打破传统观念和研究领域的束缚，通过学科交叉，以新的视角、视阈去进行思考研究，从而发现新课题。这一点，我对"院体"书法的研究颇具代表性。对这一课题的研究有一个从文献到作品再到理论思考的过程。在晚唐五代宋初的 200 多年中，院体书法一直没有间断过，在宫廷的官方用字中流行着，有着比较固定的书家群体——翰林书待诏，有着清晰的书法史发展脉络；更为重要的是我以大量新出土的碑志书迹图像客观真实地勾画出了院体书法的发展历程，填补了唐宋书法史研究的空白。如果不是把对作品的关注从墨迹转移到出土碑志书迹的话，院体书法真是无迹可寻！

书法是个小学科、新学科，起步比较晚。但随着书法学科的不断发展，以及新发现、新出土资料的不断丰富，书法史研究的领域不断扩大，方法不断拓展，成果不断出新。这些无不得益于书法史研究者的学术视野与学术能力，特别是书法史研究与其他学科的交叉，使得新的研究不断向纵深迈进。这也是目前书法史研究的一个大方向。如果以 30 多年来古代书法史的研究为例进行评述的话，"学科交叉"将是一个大议题。在研究方法上，书法与其他学科比如史学、文献学、文字学、考古学、社会学、艺术学、美术学等的交叉就是一大亮点。书法学科不断成熟的一个主要标志，就是向文史哲等传统优势学科学习，在思想方法与学术理路上有所借鉴,并在相关领域进行交叉。这样,一方面书法的学科意识得到了加强,学术规范逐渐确立;另一方面书法研究的视阈与方法也得到了拓展。

我对"唐宋书学转型"理论和宋代书法中"斯文"价值的研究,算是我在宋代书法史研究基础上的一点理论认识和提升。在深入研读唐宋书法史时,会有一种很明显的感受,就是唐宋两代的书法发展有着极其鲜明的时代特色,而且形成了强烈的对比,不是简单的"唐尚法、宋尚意"之概括就能涵盖了的。虽然在书法史发展的时间序列上,唐宋历五代而相连,且宋人多取法于唐,但宋代书法却出现了很多新变化、新内容,不仅表现在风格形式上,而且在观念、批评及理论等诸多方面亦然。所以,我借鉴史学理论的研究成果,在书法史研究中最先提出了"唐宋书学转型"的理论问题。也就是说,唐宋书法史的发展存在着一个历史性的转变。如果"唐宋书学转型"这一命题成立的话,理论上的依据是什么? 又是什么引发了唐宋书学的转型? 当我们以政治制度的视角去考察的时候,是否发现了由之产生和带来的书法上的诸多影响和新变? 围绕着这一新变,宋代书学又在哪些方面出现了转型? 各有着怎样的具体表现? 宋代书学的这一转型,又具有怎样的理论价值和意义? 在提出这一理论问题之后,我发现宋代书家特别重视书法中"文"的价值,并借此提出了宋代书法中的"斯文"价值问题,由此进一步认为,宋代书法史的价值选择与历史转向,是一个以社会制度的转型为根本,以"字、书、文、道"的价值同构为核心,以"斯文"价值的选择与重建为基础,以文人士大夫身份的确认和历史地位的获得为前提,以欧阳修的一系列新观念为先导,在宋型文化的大背景下,在书法领域建立起了一个符合并满足于士大夫审美需求的全新的书法世界。对后世书法而言,这也正是宋代书法史发生历史嬗变的最大贡献和意义。这样一来,宋代书法史的研究在理论层面就更丰富和深入了。

三、书法,在学问与艺术之间

古人云:"学问无止境。工夫浅薄,得半为足,能执笔便谓过人,终身无进益。故学书要虚心,评书亦要虚心。"就是说,书法,当在学问与艺术间探求。多年的求学和探索,我一直思考的问题是:书法到底是什么? 怎样给它一个界定? 在古今书法的历史转变中,我们应该持怎样的观念去看待书法? 难道今天我们一谈到"书法"就仅仅是指"写字"和"创作"吗? 它的指向就只是"艺术"吗? 书法是否还应包含其他方面的内容?

在当代社会环境、艺术观念以及美术化的影响下,古今书法的价值发生了巨大变化,书法多被人们当成一种"艺术"来看待,这使得传统书法的文化属性、历史价值和教化意义等诸多内容被不断弱化,甚至是被剥离和抛弃,致使书法逐渐走上了以炫技为主的纯粹的"艺术"之路——书法成了一种简单的"有意味的形式"。一句话,今天我们把古代书法所承载的很多东西都丢掉了,只留下作为"造型艺术"甚至是"视觉艺术"的"形式"——简化的线条。如此一来,书法不仅变得简单,而且越来越远离滋养它的文化沃土,甚至走上纯粹的美术化的道路。

所以,我认为,书法,是在学问与艺术之间的一种汉字书写与文化表达,兼具语言和视觉形式的双重特性。

在中国古代,书法不仅仅是"写",还要"载道""传道",这就要求书家必须站在传统文化的高度去面对书法。历史地看,许多"大家"都具有深厚的文化涵养乃至造诣。对此,宋代的书家就已提出了很多新理论,如欧阳修就曾批评过那些专门服务于宫廷书写而以书法为职业的技术官,黄庭坚评苏东坡的书法有"学问文章之气",并强调学书要能"广之以圣哲之学"等,皆发前人所未发,这不仅丰富了书法的内涵,而且凸显了书法的文化价值。以古观今,就当代书法而言,"国学"是提升书家涵养的本质与核心。一方面是对书法的历史及相关理论的学习与了解,另一方面是国学经典特别是诗词文赋的学习。只有以"文"化"书","文气"通"书气"的时候,在追求书法艺术性的同时,它的文化内涵才能得到表现,但这却是一个比较漫长的过程。对我而言,不但要能"书",还得对"书"有关的一些理论作深入的探讨和研究,以求得门径,登堂入室,洞知其奥。

当一个书家的技法娴熟到一定水平的时候,如何通过国学进一步提升他的书法的层次与境界?换句话说,就是国学经典如何才能够转换成书法的价值和书写感悟?路径是什么?这不仅是我的困惑,更是当代书家所探求的。民国时人丁康保说得非常好:"书虽小道,然非识力高于腕力,则终身学书亦不能得其妙义。若逐日读书倍于读帖,读帖倍于临池,则心领神会,意到笔随。虽日有进益,终觉生涩,断不至流于俗骨,而市野之气更无从来吾腕底。作书亦不可无夙慧,若多写有益经典,亦能随时增慧,盖经义湛深,写时自消俗虑,俗虑日减,则慧业日增。"黄庭坚也认为:"今士大夫喜书,当不但学其(古人)笔法,观其所以教戒故旧亲戚,皆天下长者之言也。深爱其书,则深味其义,推而涉世,不为古人志士,吾不信也。"古人智言,可为学书者指点迷津。一言以蔽之,曰:"当在学问与艺术之间探求。"此亦吾多年书法思索之感悟也!

古人云"十年磨一剑",意在坚持。书法研究之苦与乐,唯有真正置身其中者方能感受。想来,我辈正逢书法研究之最好时代,须静心凝思,扎扎实实搞研究,做真学问。如此,方不会辜负时代之期望。此亦吾辈之人生与学术理想。

原载《中国书法》2017年第9期。

李慧斌:博士,青岛农业大学艺术学院副教授。

睹《芳华》，忆《小花》

谢新华

《芳华》(2017年上映)作为高票房部队(军事、战争)背景题材的电影，对于中国当代战争(背景、题材)电影的发展究竟有何影响，笔者有另文做专门论述，而它向前辈经典电影的致敬之举却首先引起了笔者的兴趣。在《芳华》中，有两处这种致敬的表现很可能为熟悉中国当代战争电影的中老年受众所关注：第一，它将20世纪60年代(1964年)拍摄的经典电影《英雄儿女》中"英雄赞歌"场面进行了完整的复现(只是按照时代的发展，将背景环境变成了1979年的"对越自卫反击战")；第二，恰巧也是在1979年，改革开放新时期以来首部探索性战争电影佳作《小花》拍摄并上映，《芳华》复现了《小花》的代表性歌曲之一《绒花》(另一首歌曲则是著名的《妹妹找哥泪花流》)，而且《芳华》的电影名称也应该是取自《绒花》中的一句歌词"世上有朵美丽的花，那是青春吐芳华"。这就令人自然回想起54年前的战争电影《英雄儿女》和近40年前的探索电影《小花》，《英雄儿女》的价值意义及地位已经盖棺论定，不必赘言，但2018年适逢我国改革开放四十周年，在改革开放初期开创了国内战争电影新气象的探索性战争电影《小花》似乎还有值得挖掘之处，不应该被完全忘记。

近40年来，《小花》经过电影(文学)评论界的研究，取得了一些成果，少量改革开放新时期以来出版的中国电影史著作涉及了这部影片，但在论文方面的成果似乎不太充分(在中国知网进行相关搜索，与电影《小花》直接相关的论文并不多)。笔者愿借《芳华》的热映，回顾一下改革开放初期的电影《小花》，这既是一种探讨，更是一种纪念。

一

《小花》，北京电影制片厂1979年出品，是改革开放后具有探索和创新意义的电影作品，由(前涉执笔)长篇小说《桐柏英雄》改编，编剧前涉，导演张铮，摄影陈国樑、云文耀，作曲王酩，独唱李谷一，主演唐国强、陈冲、刘晓庆、葛存壮等。

影片讲述的故事是从 1930 年开始的,桐柏山区的一家赵姓夫妇因为贫穷饥饿卖掉了自己的亲生女儿赵小花,村里干部老何却送来了红军留下的女儿董红果和两块银圆,赵家收养了这个孩子并将她改名为小花。后来,赵家夫妇被敌人杀害,兄妹相依为命,哥哥长大后也参加了革命军队。在发现赵家夫妇卖掉女儿后,老何赶去唐河县,经过 4 年的辗转寻找,将赵家夫妇卖掉的亲生女儿小花赎回养大,取名何翠姑。17 年后,兄妹、母女分别相认,经过几次战斗,杀敌、复仇,解放了本地区,这就是电影的主要故事情节。

从题材上说,由于是改编作品,《小花》按照原著小说所描写的内容,选择 20 世纪 40 年代末的内战这一战争题材,属于常规题材。但内容描写的是刘邓大军挺进大别山在桐柏山区的战斗,前人涉及较少,有一定的创新和独特性。

从主题上说,影片除了像既往的当代战争电影那样,歌颂赞美以赵永生、何翠姑为代表的英雄,展示亲如一家的军民友谊,揭露以丁叔恒、介茂春、丁四为代表的国民党反动势力的凶残外,突出地表现了人情(亲情)这一在“文革”年代的文艺作品里被淡化的内容。

影片在表现主题方面的第一个情节突破,就是赵永生最后释放了战斗中的国民党士兵张江。这个带有人情味的举动在之前的时代可能要惹麻烦,可能会被扣上违反纪律,阶级立场不鲜明,在对敌斗争中讲温情主义等大帽子。

赵永生的连队掩护大部队撤退,被敌人咬住,他在跟敌人的搏斗中和敌人共同摔下山崖负伤,后苏醒,这时他发现跟他一起摔下的国民党士兵也苏醒了,两人都负了重伤,没有了武器。按照过去此类电影的故事安排,一般是以他赵永生用尽最后力气消灭敌人为结局。但在这部电影中却安排了一个既符合纪律、也合乎情理的过程:赵永生开始也是要颤抖着双手用一根木棍打死这个敌人的,但敌人发现赵永生要打他后立刻举起了双手投降。按照我军的原则,对方举手投降了,就属于俘虏,不得杀害俘虏,何况对方在举起了双手的一刹那后就又昏迷了过去,赵永生的做法是符合纪律的。在情理跟阶级属性方面,电影安排了赵永生观察到“敌人”张江身体上被敌军官鞭子抽打的痕迹,显示出张江也是一个受苦人(这为后来张江的起义做好了铺垫),很可能是被抓壮丁抓去的(后证实这一点),这才有了赵永生在其手背上留字,教育其转变立场的细节,合情合理。

影片当时在主题上最大的贡献,就是用了很大的篇幅,充分鲜明地表现了“亲情”二字。

在改革开放之前那个特殊的年代里,文艺作品中的任何感情都必须是先讲阶级立场、阶级关系的，正所谓"亲不亲，阶级分"。在那样的环境和氛围下，单纯血缘关系的亲情很少在文艺作品中被表现，通常也只能淹没在阶级感情的汪洋大海中。而《小花》诞生在改革开放的新时期，历史正经历着从"以阶级斗争为纲"到"以经济建设为中心"的时代大转折，中央对过去那种"阶级斗争扩大化、绝对化、庸俗化"的做法进行了制止。得益于新时期的这种外部政策环境的改变，《小花》才能、也才敢大胆地描写人情人性。

古人云，"感人心者莫先乎情"，以情动人本来是文艺作品常用的手段，只是在过去的特殊年代里，它才几乎成了"禁区"。《小花》恢复了以情动人这一传统，并做出了自己的贡献。

影片所表现的亲情主要是兄妹情和母女情。

关于兄妹情，影片一开始就表现了少年赵永生埋怨父母把妹妹卖了的事情，紧接着就自然过渡到"妹妹找哥泪花流"的经典场景里，用李谷一深情的、缠绵动人的歌声和小花（董红果，陈冲饰）深切期盼的眼神，表达出妹妹对被迫外出的哥哥的无尽思念。在中间部分，影片也多次用闪回镜头展示兄妹之间相依为命的往事，用快速旋转的镜头刻画兄妹相见的欢愉。也穿插了兄妹由于观念不同（小花为报仇要杀丁四）而发生的龃龉和争执，这些争执的解决更加深了兄妹情谊。

影片对另一个妹妹何翠姑与哥哥的关系也做了恰当的表现。何翠姑（赵小花，刘晓庆饰）从小被卖给了别人，哥哥赵永生一直很思念她。几次相处，赵永生发现她的年龄符合被卖掉的妹妹的情况，特别是她的长相很像自己去世的母亲。而在电影开始不久赵永生负伤后，正是何翠姑不惜磨破膝盖跪着爬山，用担架护送赵永生到地下军医院的。虽然那时翠姑不知道对方是自己的哥哥，不知道兄妹的身份，但好像上天在冥冥之中的有意安排一样，是妹妹无意中拼死救了哥哥，像救任何一个负伤的解放军战士一样，鲜血浇灌的绒花，芬芳满天涯。当老何告诉翠姑真相，"两个妹妹抢哥哥"和兄妹的幸福团聚就是大家所期盼的最温馨的事情。

而最后的战斗场景，两个妹妹跟哥哥一起并肩作战，姐姐救护妹妹，并光荣负伤。哥哥赵永生一时在病床前深情地看护着一个妹妹（翠姑），另一时则抽时间教另一个妹妹（红果）学习射击，也把兄妹感情推向了高潮。

至于母女感情，主要是通过表现周医生与亲生女儿董红果的关系来展示的。

在战争年代，我军一些干部夫妇由于要追随大部队行军打仗，带着孩子不方便，就会把孩子留给当地党组织安排，通常是送到政治上靠得住的村民家里抚养。在本片中,赵永生的父母虽然由于贫困刚卖掉了自己的女儿,却服从党组织的安排,收养了红军的孩子作女儿,后来双双遇难。周医生虽然按照丈夫的意思,把女儿留给了当地党组织,却无时不在思念着女儿。直到17年后,母女缘分再续,遇到了已经改名为赵小花的亲生女儿。当周医生遇到小花时,并不知道她是自己的女儿,小花当然也不知道周医生是自己的生母,但也许母女之间有一种天然的情感和心理的联系,周医生跟小花、小花跟周医生之间都感觉特别亲切依恋,很快就认了干娘和干闺女的关系。影片用很多闪回镜头表现周医生对当初留下女儿的回忆和留恋,难以忘怀。最后,母女、父女家庭团圆,干闺女变成亲闺女,董红果拥有了爸爸妈妈和哥哥两个家庭,皆大欢喜。

二

《小花》塑造了很多当时看起来比较新颖的人物形象,其中最重要的就是主人公兄妹三人。

小花(董红果)是一个在坎坷和不幸中长大的女孩子,红果的名字暗示着她是红色(革命)家庭结出的果实(后代),不到一岁就离开了亲生父母,年纪稍长养父母又被害死,自己和哥哥也受到丁叔恒一家的欺压,报仇就是她最强烈的愿望和目标。为了报仇,她和哥哥都要参加革命军队,在敌人即将破门而入时她选择让哥哥出逃,自己留下来抵住门阻挡那些抓壮丁的坏人。为了报仇,她在介茂春的煽动下要杀了昔日的仇人丁四,指责哥哥把爹娘的仇都忘记了。在哥哥的劝说和现实的教育下,最终明白了政策和革命的道理,理解了哥哥的做法。在最后的决战中勇敢地和哥哥一起战斗,扛起浮桥,光荣负伤,尽了自己的一分力。除了寻找哥哥、思念哥哥、帮助哥哥打坏人外,在成长中遇到生身母亲,与生母共同战斗并最后相认也是她应得的福分。总起来说,红果还是一个比较单纯,有时候意气用事,比较依恋哥哥,最终成长进步为革命战士的女孩子,比起同龄的何翠姑来,心理年龄略显幼稚。

何翠姑(赵小花)的经历比起董红果来说更为不幸和悲惨,性格也更为坚强。翠姑从小就被卖掉,离开了父母,被转卖多次,直到4岁时被老何收养。在养父老何的教育下,较早地参加了革命工作,18岁就成了区长。也许是经历过太多的苦难,她比起董红果来更加成熟和理性,也更加坚韧。她在地方游击队,常常用担架救护在战斗中负伤的同志。为了营救赵永生,不惜翻山越岭,在高坡度的台阶上甚至跪着抬担架,石阶磨破了裤子,也磨破了膝盖,滴滴鲜血洒在走过的石阶上,那种舍己为人、坚忍不拔的精神感人至深。后来知道自己的身世,没有埋怨父母,而是跟哥哥一起并肩战斗,扛起浮桥,直到为救护负伤的红果而中弹负重伤,病床上美丽的笑颜永远印刻在哥哥、红果和观众的心中。

赵永生是一个能文能武、智勇双全、有情有义的英雄(哥哥)形象。他战斗勇敢,带领大家掩护大部队撤退时跟敌人战斗到最后,抱着敌人不幸摔下山崖,还要跟敌人搏斗。在最后的战斗中,他冒着枪林弹雨,第一个跳进河流里扛起浮桥,为部队顺利进攻搭起了胜利的桥梁。他政策意识强,当在山崖下发现和他一起摔下的、已经投降的敌军也是一个受苦人出身时,就在他手背上留了字,教育感化他弃暗投明,回到人民的怀抱,事后这个士兵果然进入了我军的行列。当妹妹小花出于义愤要杀丁四时,他压抑着自己对丁四的愤怒,坚决地阻止了小花的冒失行为,执行了党的政策,没有上丁叔恒的当。他还是一个有情有义的哥哥形象,在家时对小花关怀照顾,随部队回来时对小花时时教导,避免她走弯路。对亲妹妹翠姑也是常常涌起思念之情,一有机会就打听寻找。翠姑负伤,他痛苦地大喊,看着躺在床上的妹妹,他难掩关切神色,时常来看护。总起来看,赵永生是影片力图塑造得比较完满的一个角色。

三

在艺术上,《小花》展示出对美的追求,充满诗情画意。无论是一开始就成功渲染了小花思念哥哥、寻找哥哥情绪的歌声,或是翠姑跪着抬担架时留下的殷红血迹和伴随的激昂歌声,还是五颜六色、美丽炫目的光晕镜头,都营造着一个洋溢着诗画之美的意境。

影片的镜头和色彩运用在当时非常突出,非常具有创新意义。影片刚一开始,就使用了一个隐喻(象征)式蒙太奇镜头组合。一个雷电交加、风雨飘摇的夜晚,树上的一个鸟巢(特写)暴露在雨中,巢中的小鸟惊恐不安地鸣叫着,没有看见大鸟的踪影。紧接着,镜头转换到赵家,小永生哭泣并埋怨妈妈卖了妹妹,何向东抱着江西红军留下来的一个孩子来到赵家,知晓了他们卖了孩子的境况,中间镜头再拉回到鸟窝上不停跳动的两只小鸟,最后,在大风的吹拂下鸟巢掉到了地下,两只小鸟在泥水中挣扎。那两只小鸟就象征着董红果和赵小花两个孩子的坎坷命运。

在何翠姑用担架运送赵永生一幕中,途中何翠姑给赵永生喂水,赵永生朦胧间看到翠姑给自己喂水,仿佛看到了母亲给少年的自己喂水,又很快昏迷过去(此处电影给翠姑用了特写镜头,给永生用了主观镜头)。为了躲避敌人的盘查(敌人发现人影时开枪射击,影片用前导镜头抓拍翠姑紧张的面庞和急促的呼吸），他们不得不走偏僻的山路，但山路台阶颇陡，担架前高后低不能平衡，伤员赵永生差点滑下来。看到这种情况，翠姑毅然在前面跪着前行。他们走过的石板路上留下了翠姑被磨破的双膝留下的斑斑血迹，《绒花》的歌声唱出翠姑的内心精神世界和英勇壮举，也把翠姑象征为绒花那样娇艳秀美，"世上有朵美丽的花，那是青春吐芳华，铮铮硬骨绽花开，滴滴鲜血染红它，啊，绒花，一路芬芳满山崖"。影片用旋转的仰（空）镜头展示大山的青黛和阳光的五颜六色，令人目眩。

除了常规的推拉摇移跟、特写镜头外，影片多次使用闪回蒙太奇镜头和仰拍的旋转镜头制造艺术效果。闪回镜头用黑白色拍摄，多次的闪回镜头起到了迅速补充情节和渲染气氛的双重作用，也打破了惯常的叙事节奏，使影片的叙事进程及手法显得灵活。旋转镜头展示环境的阔大或者人物兴奋、幸福的情绪，达到很好的效果。色彩方面，彩色与黑白交织是其特点，彩色表示了现实镜头，黑白表示回忆镜头。在这部影片中，编导赋予彩色以幸福和激烈情绪的意义，赋予黑白色以痛苦和悲惨情绪的意义，对比鲜明强烈，给人留下深刻印象。黑白、彩色交织并不是影片《小花》的独创，苏联在 1972 年拍摄的经典战争电影《这里的黎明静悄悄》就使用了这种方法，不过《这里的黎明静悄悄》是用黑白表示战争的现实生活，用彩色表示记忆中的幸福生活。

在配乐方面，影片是改革开放后最早使用电声乐队伴奏的电影之一，电子琴的伴奏让观众耳目一新。《妹妹找哥泪花流》《绒花》也是时代歌手李谷一出道时使用轻声、气声演唱的代表性歌曲，是杰出的才情作曲家王酩早期的代表作品。两首歌都成为传世的音乐经典作品，直到今天还时常出现在各类音乐或综艺晚会上。

表演方面，影片是唐国强、陈冲、刘晓庆等人青春时期刚出道的代表作，虽偶有不成熟的痕迹，却难掩青春的美丽风采。

结构方面，影片打破传统的单一的戏剧式结构，成为中国新时期电影戏剧与心理式复合结构的探索之作。

2017 年热映的《芳华》，由一首歌曲，一个关键词，让我们重新认识了当年热映的《小花》，也体会到了中国当代战争题材（背景）电影的新发展。在某种意义上，《芳华》的内涵及现实关怀当然比当年的《小花》丰富且深刻，但是，《小花》毕竟站在了历史的节点上，它在自己的时代里放射出了自己能发出的炫目光芒，必然在中国改革开放以来的电影史上具有无可替代的地位，值得继续深入研讨。

谢新华：硕士，青岛大学文学院副教授。

音乐笔记（三则）

张　彤

听穆蒂指挥"柴四"

　　年初去北京公干,恰逢穆蒂大师携芝加哥交响乐团来访,朋友送我一张票,很幸运地观赏了这场演出。

　　说是幸运并非虚言,我每年都会看一些音乐会,大师名团也曾看过几场。最值得一说的是 2012 年去柏林时,看了西蒙·拉特指挥的柏林爱乐。那天演了三部作品,分别是海顿的《C 小调第 95 交响曲》《贝多芬第七交响曲》和一部由 70 后作曲家写的长笛协奏曲。此后也在青岛看过两个规格比较高的乐团演出。第一次是阿什肯纳齐率领的悉尼交响乐团,那天演出的肖斯塔科维奇是很棒的。去年,BBC 爱乐来访,也算师出有名,随团前来的莎拉·张更是国际乐坛上的小提琴圣手。上述三场音乐会都是令我难忘的,但比较起来,我还是最喜欢芝加哥的这场。

　　我算不上是"发烧友",交响乐也仅仅是我众多的爱好之一,但是看到这场音乐会我仍感到十分振奋,以至于从国家大剧院走回住处后,心绪还久久不能平静,最后独自喝了两听燕京啤酒后,才勉强入睡。

　　芝加哥乐团的这场音乐会,也是有三首,第一首是普罗科菲耶夫的《古典交响曲》,普氏的作品我听过几首钢琴协奏曲,毕竟是 20 世纪的作曲家,风格较为现代。但是这首被冠以"古典"的交响曲却是真的古典,评论说它有海顿的风格,我也觉得挺对,总体上,是轻巧、柔美的路子。其中有一段木管与贝司的对比演奏让我觉得巴松、双簧管等乐器的音色很美,似乎是以前没有体会过的。

　　上半场的第二首,是欣德米特的《铜管与弦乐协奏曲》。这是我闻所未闻的一部作品,中间也一度听得走神,但是我也注意到,长号的表现力极强,亦是以前不太能体会到的。

　　如果音乐会到此为止,那我觉得也算是中规中矩了,每一个声部的音色都很棒,指挥穆蒂又很有范儿。在我刚接触古典音乐的那几年,他接连指挥过两三年的维也纳新年音乐会,故一看到他就觉得挺熟悉。大师率领名团,演奏了一些不太熟悉的作品,体会到了某些乐器的美,一场音乐会有这样的收获也算是正常。

然而我想说的却是下半场。下半场演的是柴可夫斯基的《第四交响曲》。我对这部作品非常熟悉,原因是有一年随青岛交响乐团在三四个城市巡演,这部作品演了好几遍,而我随团采访,无处可去,排练也听,演出也听,就喜欢上了。后来我又在上海买了几个版本的"柴四"的碟片,放在车上。有一次,我一边听,一边唱,第四乐章有四句旋律较为复杂的乐句,当我唱出来时,太太十分惊讶,她说这么难的句子,你也能唱出来!因她是专业文艺工作者,对我这方面的表扬并不常见,所以这个小小的得意我也一直记着——那也是十年前的事了。

芝加哥演的"柴四",当然好过任何一张唱片。我以为这部作品的第一二乐章,是忧郁,甚至有些孤寂的,尽管第二乐章是"如歌的行板"。第三乐章的拨弦比较少见,密密麻麻,嘈嘈切切的感觉,却又是轻快的。第四乐章是大开大合的气象,及至乐章之尾,巨大的能量瞬间释放,达到轰鸣一般的高潮,我也罕见的尖叫起来——而且,非常不好意思的是,居然双眼充满了泪水。

巨大的轰鸣之后,音乐厅里掌声迭起。数次返场,乐团的中提琴首席、华裔音乐家张立国代替穆蒂致辞,他说,乐团非常欣慰中国观众对他们的喜爱,所以少见地加演了一首。居然是根据《大海啊故乡》改编的交响曲。

听到张立国的致辞,我想起多年前采访上海音乐学院的郑石生教授,他曾自豪地说自己的几位学生在美国的大牌乐团里都有很好的位置。用手机查了一下,居然就是这个团。在芝加哥除了张立国外,还有于苑青、侯雷、唐荣彦三位,同样来自上海音乐学院。芝加哥此次访华,在北京演出之前还有上海一站,可惜的是,郑石生先生已经于一年前辞世,无法看到这场演出了。

在柴可夫斯基的交响乐作品中,第四交响曲当然不能算是最好,甚至可能连柴氏的代表作也算不上。人们更多地会谈"第五"和"第六"(《悲怆》),这两部作品能够代表柴氏的创作水准,尤其是《悲怆》更可以名列世界经典之林。"柴四"并不十分受欢迎,在乐迷们推崇的音乐学巨著《西方文明中的音乐》一书中,甚至评价柴可夫斯基的《第四交响曲》"大体上还是非交响乐的,虽然有些主题素材很美,呈示得很好,整个的配器也很有趣,但是毫无交响发展的痕迹,只不过是一连串的重复和一系列的高潮进行,常常几近歇斯底里"。这当然是专业的评判,值得乐迷们重视,而芝加哥乐团一向以大开大阖著称,演奏风格称得上夸张,故选择这首"歇斯底里"的"柴四"作为访华演出曲目,或也有他们的道理。而对我来说,或许是当日特别的心境,这首乐曲竟让我张皇失措,走出音乐厅时,头还是晕的。

音乐会结束后,我步行回到住处,心绪还是久久不能平静。除了耳边回荡的旋律外,还杂七杂八地想起十数年间的一些生活琐事。就好像完成了一次完美的旅行,回到平静的生活中,一时无法面对一样。

贝多芬,独一无二的"三重协奏曲"

在上海市复兴中路上曾经有许多唱片店,有那么几年,我常去附近的音乐学院查资料、访朋友,工作之余也买了许多唱片。因附近既有音乐学院又有上海交响乐团,古典音乐的唱片需要比较大,唱片的种类也就比较多。

忘记是哪一年,朋友向我推荐了一张贝多芬的三重协奏曲,封面上是卡拉扬和马友友、穆特、马克·泽尔瑟,穿着很随意,是录音时候的照片。录音的时间为1980年,当时穆特才只有17岁,照片上看还略有点"婴儿肥",而72岁的卡拉扬还丝毫没有苍老的样子,马友友穿了一件牛仔衬衣,很谦恭地坐着,像个大学生。因为这张唱片上全是大牌,我也偶尔听过几次,并且装进了IPOD里,在车上循环播放,没过几天就会播到这首。三重协奏曲是钢琴、小提琴、大提琴三种乐器与乐队合作演奏,每一个主题出来,三种乐器轮番演奏,再相互对话,交响乐队映衬呼应,演奏的过程相当富于戏剧性,我也渐渐地喜欢上了这部作品。

2012年3月,我当年出版的新书《曲终人不见》做了一个首发音乐会,邀请了小提琴家吕思清来演奏,演出完庆功时,突然有了一个想法——假如哪天来做一个现场版的三重协奏曲,该有多好。那时与吕思清老师曾提到邀请青岛籍音乐家回乡办系列演出的事,青岛大剧院方面也非常积极,思清老师提示我们有一首巴赫的小提琴和双簧管协奏曲,十分动听,可等在纽约爱乐任双簧管首席的王亮回国时谋划这样一场演出。

暑期时音乐家们都常来青岛,我连续参加了几次聚会,结识了大提琴家俞明青,俞老师当时是中央音乐学院管弦系副主任,国内大提琴教育的领军人物,他是20世纪70年代从青岛考到北京的。那天遇到俞老师后,我又重燃起这个想法,我的同事、《青岛晚报》文化部主任刘延军恰好在这时帮助青岛籍钢琴家逄勃和她的婆婆周广仁教授策划讲座与演出。有一天他来找我,商量青岛籍音乐家的系列演出,我说,三重奏已经齐了,可以演那首贝多芬的三重协奏曲了。也就是在这时候,大剧院那边决定,要把青岛籍音乐家的演出作为当年艺术节的一场。延军提议这个音乐会系列叫作"天骄",我们都觉得这名字很响亮。

商定要做这场演出要演三重协奏曲时是当年的 8 月份。那年我接到一个任务,要去欧洲采访一个月,所以后来筹备音乐会的诸多事务都没有参与。在去欧洲前,刘延军拿走了我车上的那张唱片,这下我也就踏实了,我觉得,这张唱片还是挺好听的,延军听了,会对这部作品很感兴趣,也就会尽力促成。

返回国内后,这场音乐会最后的阵容与曲目已经确定,俞明青老师力荐女儿俞佳演三重奏,他们父女合作一首双大提琴协奏曲,逢勃换了曲目,演奏《拉赫玛尼诺夫第二钢琴协奏曲》。还有一位小天才,13 岁的何子毓也参加演出,合乐定在当年的 10 月 31 日。

合乐那天,我去机场接到吕思清老师,吃过中饭后,就去了青岛交响乐团的排练厅。定的下午排三重奏,此前,他们三人在北京排了一次,因为这部协奏曲比较麻烦,"青交"又没有演过,所以排练过程中不时就要停下来。我曾问思清老师,在北京排得怎么样,他说因为这个作品是用 C 大调写的,而小提琴曲一般都是 D 大调,所以他拉起来很别扭。但是,他说,大提琴的难度更大些。我又问过逢勃,她说,这部作品的大提琴与小提琴基本上是一体的,钢琴基本上是单出来的,因为这是贝多芬给他的学生鲁道夫大公写的,这位大公是钢琴家,贝多芬大概在初写时比较照顾自己的学生,绕过了许多复杂的乐句。后来虽然经过了改进,但钢琴部分仍然有点别扭。对逢勃来说,难题不在于演什么,她在十几岁的时候就已经有超高的技巧,她的难题在于,已经差不多 20 年不开音乐会了。

音乐会终于上演了,俞氏父女的双大提琴是维瓦尔第的作品,第二乐章的前半部分只有三把大提琴在演奏,相当柔美。何子毓的演奏完全出乎我们的预料,他在不拉琴的时候很安静,但是琴一上手,马上就变得自信了,他也成为这场音乐会上的一个亮点。后来的事实也证明,我们对于何子毓的期待并没有落空,他于 2016 年获得了梅纽因小提琴大赛的金奖,成为获得此奖最年轻的一位演奏家,也成为中国小提琴史上的又一个骄傲。

说起三重协奏曲,我相信当晚的观众大部分都没有听过,虽然配合仍有需要改进的地方,但整体上气氛上佳。即使是对外行听众来说,大提琴、小提琴与钢琴不断地重复同一个主题,然后三种乐器互相纠缠,再加上乐队热烈的烘托,这是一首足够精彩的曲目。

音乐会后的庆功宴,大家都很兴奋,逢勃说在上学时就认识吕思清老师,可是从来都没有合作过,俞明青老师 1973 年考上中央音乐学院,现在已经是管弦系的副主任,但他也从来没有在家乡开过音乐会,从这一意义上,"天骄"简直成了"天桥"，给音乐家之间搭了一座桥，也给音乐家和青岛观众之间搭了一座桥。

此后几年的"天骄"音乐会，又陆续促成了王亮与李传韵的首次合作、栾树的第一场个人作品音乐会、吴灵芬教授的合唱音乐会，"天骄"几乎成了一年一度的青岛音乐家嘉年华。这是我记者生涯中值得回忆的事，我虽非"乐迷"，但因工作原因，既可以欣赏到许多高品质的音乐会，又有机会与音乐家们在剧场内外交流，能够以有限的学识，对音乐家们的交流活动起到一丁点的促进作用，还是深感荣幸与欣喜的。

就"天骄"系列音乐会来说，一切都始自贝多芬的三重协奏曲。这同样不是一首能够代表贝多芬的作品，在音乐史上，它的意义或许仅在于"独一无二"，而对我个人来说，对此有着独一无二的记忆与情感。所以我每遇到三重协奏曲的唱片，就会毫不犹豫地买下来，除了上述柏林爱乐的版本外，目前，我已经拥有另外两个不错的版本，一张是奥伊斯特拉赫、罗斯特罗波维奇、里赫特 1970 年的版本，还有一张是郑京和、郑明和、郑明勋姐弟三人合作的版本。而在内心深处，我仍然期待着能够在现场再次欣赏到这首名作。

莫扎特，一首温暖的小提琴协奏曲

前不久小提琴家刘扬回青岛休假，他现在在美国芝加哥的一所大学教学，几年前我们曾操持过一场他的音乐会，故彼此熟悉，一帮音乐界的朋友们三天两头组织聚会，我也很荣幸地"叨陪末座"。有一次聊得高兴，大家就撺掇他与其太太、钢琴家蔡宜璇一起再开一场音乐会，那天青岛音乐厅交响乐团的团长、我们的朋友老肖也在，乘着酒兴，就约定了这样一场音乐会。因为音乐厅乐团是一支业余乐团，并没有常任指挥，现请指挥来不及，就商量演奏一首规模不大的曲子，这样刘扬可以一边演奏一边指挥，而这种形式其实也不少见，帕尔曼等好多小提琴家都曾做过这样的演出。

"那就演莫扎特的第三小提琴协奏曲吧？行不行？"刘扬问肖团长。老肖一口应下来，这样，我们就在饭桌上策划了一场演出。

我一听到要演奏这个曲目，心中格外高兴，因为这首协奏曲是我最早喜爱的一首，不仅熟悉，还有着特别的感受。

最早听这首协奏曲是在那部获得过奥斯卡奖的电影《从毛泽东到莫扎特》中。这是记录大卫·斯特恩 1979 年 6 月中国之行的电影。改革开放初期，多位国际音乐大师来到神秘的中国，而斯特因访华又有所不同，他除了演出外，还访问了北京和上海的两所音乐学院，大提琴家王健几位少年天才也受到了他的帮助。在北京演出时,斯特恩与中央乐团合作的曲目便是这首"第三协奏曲"。演出地点在首都体育馆,排练时体育馆里也坐满了人,在此之前,中央乐团曾中断多年排演西方古典音乐,更鲜与国际演奏家合作,故在排练现场可以看到斯特恩多次中断演奏,向弦乐声部的演奏员演示,如何可以把音乐演奏得更富有感情。

在那部纪录片中有两位音乐大师是我"熟悉"的,一位是中央乐团的指挥李德伦,一位是时任上海音乐学院副院长的小提琴家谭抒真。在北京和上海,这一对老朋友距离斯特恩最近,出镜也最多。在我开始做文化记者时,两位大师均年事已高,我只是匆匆采访过一次李德伦先生,问过几个问题,谭抒真先生则无缘得见。但我又真的对两位大师非常熟悉。我曾写作过谭抒真先生的小传,与谭先生的儿子谭国璋老师相熟,并于上海音乐学院 85 周年校庆之际了参加关于谭先生的研讨会。我曾两次造访谭家在上海南汇路上的旧宅,虽然谭抒真先生已于 2002 年去世,但那里的陈设一直还是原来的样子,那间狭窄的做琴的小工作室也与我在纪录片中看到的一般无二。在《从毛泽东到莫扎特》的 DVD 中还有一个谭抒真先生的访谈,名曰"来自上海绅士",访谈中谭先生全程用英语,而他所说的第一句话便是"我出生在青岛"。

2013 年,我又受李洁老师之托,开始为李德伦先生的遗孀李珏女士做口述。那年我几次去北京,到地坛附近的李家做采访。李珏女士是中央乐团的第一位首席小提琴家,又是一位大家闺秀。她与李德伦先生的家是一个著名的音乐交流的场所,在一楼阳台改造的小客厅里,梅纽因、斯特恩、小泽征尔都曾留影,而我也曾有几天的时间,在这里聆听李珏女士讲述她的传奇故事。

因为有这些采访的经历,我反复观看了《从毛泽东到莫扎特》的影片,贯穿始终的莫扎特第三小提琴协奏曲也成了我一段时期反复聆听的音乐。某些时候,我甚至觉得这首乐曲就像一剂药,让我在疲惫、沮丧的现实生活中看到远方的光亮。现在的人提倡"活在当下",很多时候,当我听到这首乐曲的时候,就深感自己已经不再庸俗地活在当下,而能够穿越时空,来到辽远的未知世界。

莫扎特一生写过五首小提琴协奏曲,与后来者相比,这些作品当然算不上宏大。说到小提琴协奏曲,当然是柴可夫斯基、勃拉姆斯的作品更宏大一些。在莫扎特的时代,小提琴协奏曲还远没有形成宏篇巨制,乐队的编制也很小。经典的唱片中,就有梅纽因演奏并指挥的莫扎特的协奏曲,我们所熟悉的华人音乐家林昭亮,也曾与英国室内乐团合作过莫扎特的几首协奏曲。像莫扎特其他的作品一样,他的小提琴协奏曲里没有哀鸣,只有欢唱,像天使,似乎无法转译人生之悲凉。

刘扬的音乐会是我近来聆听过的最温暖的一场。上半场,他与夫人蔡宜璇合作,演奏了几首奏鸣曲,下半场则是莫扎特的这首名作。刘扬演奏用的是瓜奈里 1741 年制作的名琴,音色柔美,特别适宜这首柔声细语的作品。特别是其中的慢乐章,有青春的朝气,甚至令人联想起恋人的耳语。

我一直认为,欣赏真正的艺术是需要经年累月的训练,一个未经训练的人,多半无法体会一场演出、一幅画所能带来的愉悦。许多年来,在音乐会中耳濡目染,我自认为练成了一样本事,能够以严肃高深的艺术作为桥梁,抵达精神愉悦的彼岸。乘复杂之物游庸常之心,这总算是一个收获吧。

原载《山东作家作品年选 2016·综合卷》,泰山出版社 2017 年版。
张彤:资深媒体人。

全球化视野下的宋代画论研究图景
——以 20 世纪上半叶欧美文化圈的研究为例 *

殷晓蕾

自 19 世纪汉学在欧洲正式确立,成为专门之学,历经一百年左右的发展,至 20 世纪,对其"研究之兴味,日趋浓厚"①。此时,也正值西方世界收藏中国艺术的黄金时代,从公私机构到收藏家,都把视野更多地聚焦中国画,尤其是宋画。为了更深入认识和了解中国画,海外汉学家也开始翻译和介绍中国历代画论著作。因为"对中国绘画的历史和意义的真正认识必须以历史记录和中国评论家的著作为基础,而不是那些幸存下来的相对较少的样本"(a true knowledge of the history and significance of Chinese painting must be based on historical records and the works of Chinese critics rather than on the comparatively few specimens which survive)②。于是,从世纪之初至 20 世纪 40 年代"二战"爆发前,从欧洲大陆至美国,对于中国画论尤其是宋代画论的译介,从摘译部分章节到翻译全文、评论、阐释,乃至进行专题性研究,逐渐构成了一抹绚丽的研究图景。

一、1900 至 1920 年的研究状况

自 1900 年至 1920 年,西方学界对中国画论乃至宋代画论的研究基本处在零星译介状态,不仅存有一些认知上的偏差,很多时候是依据来自日本等国的二手文献予以翻译。

最早对于宋代画论有所涉及的是英国汉学家翟理斯(Herbt Allen Giles,

---

* 本文系 2015 年度教育部人文社科项目"20 世纪海外汉学家的中国古代画论研究——以英语文化圈为中心"的阶段性成果。

① 莫东寅《汉学发达史》,上海书店 1989 年版,第 142 页。

② E. Edwards,The Chinese on the Art of Painting by Osvald Sirén,in the Bulletin of the School of Oriental Studies,Vol. 8,No. 4(1937),pp. 1137.

1845—1935）。翟理斯出生于英国牛津，其父亲约翰·艾伦·翟理斯（John Allen Giles）就是一位著作等身、颇具盛名的古典学者。这样的家庭使得翟理斯从小就接受了严谨的英国式古典教育。1867 年，翟理斯通过了英国外交部的选拔考试，成为英国驻华使馆的一名翻译学生，并于该年 5 月到达北京。此后，他辗转各地，长期担任驻华使馆翻译 20 余年，这为他从事汉学研究奠定了坚实的基础。1897 年，翟理斯继威妥玛（Thomas Francis Wade）之后开始担任剑桥大学的汉学教授，此后更致力于汉学研究 30 余年，并出版汉学著作多本。

1905 年，翟理斯出版了《中国绘画艺术史导论》(*An Introduction to the History of Chinese Pictorial Art*)，该书译介了中国从远古至明末（1644 年）的艺术评论家、画家的著作和作品。在书中，作者也引述了不少画论思想和著述，其目的也是为了更好地介绍画家的创作及作品，以便于读者对中国画有更完整深入的认识和了解。诚如翟理斯在该书序言中所述，"这是迄今为止第一次尝试用任何一种欧洲的语言，甚至粗略地去论述中国绘画史"①(This is the first attempt which has been made so far, in any European language, to deal, even cursorily, with the history of Chinese pictorial art.)，但是它"从中国人的视角揭示了中国绘画的一些理论"(exhibiting something of the theory of Chinese Pictorial art from the point of view of the Chinese themselves)②，并且这一展现是建立在摘录和翻译中国权威性的著作（authoritative works）基础上。

书中对于宋代画论的译介主要集中在第五章"宋代"，先后论及的有沈括、李成、郭熙、苏轼、韩拙、欧阳修、郭若虚、米芾、李廌、邓椿等人，几乎囊括了宋代重要的画论家及其主要思想。

对于沈括，书中有关其画论的介绍涉及三处，均出自《梦溪笔谈·卷十七》"书画"部分，但与宋代艺术直接有关的，则是其所述"以大观小"之法。从"画马不画毛"直至批评李成山水画不知"以大观小"之法，在对沈括原文逐字逐句的翻译中，翟理斯也将之前对于宗教画的介绍转到对山水画的阐述。

对于李成的《山水诀》，他仅翻译了其中一段，即"凡画山水：先立宾主之位，次定远近之形，然后穿凿景物，摆布高低。落笔无令太重，重则浊而不清，不可太轻，轻则燥而不润"，翻译的目的也是为了说明李成的山水画成就，因为李成

① Herbt Allen Giles. *An introduction to the History of Chinese pictorial Art*. London：Bernard Quaritch，1918，p.1.

② Herbt Allen Giles. *An introduction to the History of Chinese pictorial Art*. London：Bernard Quaritch，1918，p.1.

虽博学多才，其志向却未得以施展。

在介绍画家郭熙时，翟理斯自然提及了《林泉高致》（*An Essay on Landscape Painting*）一书。他首先扼要介绍此书的总体情况，然后选译了其中四则，均出于"山水训"一章。

随后，他引用英国作家兼记者阿瑟·莫里斯对日本艺术的评论，"日本人告诉我们，用一句谚语解释他们艺术中的哲学，那就是诗是有声画，画是无声诗"（The Japanese tell us，in a proverb that explains the philosophy of their art in a sentence，that a poem is a picture with a voice；a picture a voiceless poem）①。而对照《林泉高致》中，郭熙曾说："更如前人言'诗是无形画，画是有形诗'，哲人多谈此言，吾人所师"②，翟理斯敏锐地意识到，"找寻这句话的源头必须在中国而不是日本"（It seems certain that the original germ of the saying must be looked for in China rather than in Japan）③，这一点殊为可贵。

翟理斯认为，苏轼是伟大的政治家、诗人和哲学家，也是卓越的艺术家，米芾《画史》中曾记载其向苏轼询问画竹之事，米芾问苏轼："何不逐节分？"苏轼答："竹生时何尝逐节生？"接下来，翟理斯以寥寥数语介绍了苏轼"高人岂学画，用笔乃其天""心手不自知""不践古人"的思想，最后，他又全文翻译了"传神记"一文。

韩拙是北宋后期画家兼画论家，撰写有画论著作《山水纯全集》，但翟理斯仅提纲挈领式地介绍了该书整体内容，包括对山、水、林木、石、云雾、岚光、风雨、人物、桥杓、关城、寺观、舟船等画法的论述，以及如何观画，对书名却并未提及。

在介绍了韩拙的山水画论后，翟理斯对郭若虚《图画见闻志·高丽国》一段做了译介，意在说明北宋绘画的对外影响。在文中，他同样未指明作者，而是将郭若虚隐名为一名著者（one writer）。

北宋文人欧阳修曾谈及"萧条淡泊"为难以画成的境界。翟理斯在文中对这一段文字也做了译介。他首先指出，绘画中描摹客观物象比表现精神和心理状态更容易，然后翻译了"故飞走迟速，意浅之物易见而闲和严静，趣远之心难形"。

在阐述理论后，翟理斯对郭若虚《图画见闻志》"论妇人形相"一段文字做了

---

① Herbt Allen Giles. *An introduction to the History of Chinese pictorial Art*. London：Bernard Quaritch，1918，p.115.

② 郭熙《林泉高致·画意》，见卢辅圣主编《中国书画全书》第 1 册，上海书画出版社 1993 年版，第 500 页。

③ Herbt Allen Giles. *An introduction to the History of Chinese pictorial Art*. London：Bernard Quaritch，1918，p.115.

简要翻译,然后又节译了"故事拾遗"中的"八骏图"和"黄筌写《六鹤》"。

翟理斯认为,《宣和画谱》是一本重要的书,虽然不知著者是谁,但里面记录了宣和年间 230 多位画家和 6192 件绘画作品,这些艺术家分别被归入道释、人物、宫室、番族(番族附)、龙鱼、山水、畜兽、花鸟、墨竹、蔬果等十门之下,并且也是各自门类中最卓越的画家。

至于米芾的《画史》,翟理斯认为这是一本有趣的漫谈式的书,内容驳杂,包括如何装裱古画、与朋友的交游、收藏、品评优劣、鉴别真伪以及纸绢的材料特点等。

《得隅斋画品》写于公元 11 至 12 世纪,这是一本专业评论著作,作者李廌是一位得到苏轼嘉许的杰出文人。该书评论了许多重要的作品并指出其优劣得失。

邓椿的《画继》不仅收录了画家及作品,而且还有一些散乱的评论,翟理斯之前在书中也引用过其内容。

综上所述,翟理斯书中对于宋代的主要画论典籍均有所涉猎,但其这种寥寥数语的点评,以及片段式的摘译甚至隐匿著者姓名的方式,充其量也仅能使西方读者对于中国画学文献和画论思想浅尝辄止。而他对于画学文献内容的选择,也似有进一步加深西方读者神秘化中国绘画的倾向。

然而在当时,西方学界对于翟理斯的著作则是赞赏有加。1905 年 8 月,《伯灵顿杂志》(*The Burlington Magzine for Connoisseurs*)上刊登了对翟理斯此书的书评,文章首先提到,"尤其是在英国,由于缺乏任何可靠的有关中国艺术的叙述,对于中国艺术仍然表现出很多无知,也缺少欣赏"(Much of the ignorance and want of appreciation that is still shown towards Chinese Art, especially in England, is due to the lack of any trustworthy account of it)[1],因此,翟理斯该书的出版,在当时的欧美各国广受欢迎,它不仅向西方世界传播了中国绘画论著,也推进了此后相关研究的进程。1918 年,翟理斯在对其内容进行了修订扩充后又推出了第二版。

同样是在《伯灵顿杂志》对翟理斯书评一文中,还有这样一段论述,"卜士礼博士即将推出的新书毫无疑问将弥补这一空白"(Dr. Bushell's forthcoming work will doubtless do much to fill the gap)[2],而"新书"是指卜士礼(Stephen

---

① The Burlington Magazine for Connoisseurs, Vol. 7, No. 29 (Aug., 1905), p. 405.
② The Burlington Magazine for Connoisseurs, Vol. 7, No. 29 (Aug., 1905), p. 405.

W. Bushell)分别于 1905 和 1906 年在伦敦出版的《中国艺术》(*Chinese Art*)一书。卜士礼于 1867 年后开始担任英国驻华使馆医师,此后在华工作和生活了 32 年,对于中国文化和艺术有较为深入的了解和认识。该书分为上下两册,其实是作者为维多利亚与艾伯特博物馆藏品撰写的导览手册,故其内容包罗万象,涉及雕塑、建筑、陶瓷、青铜器、漆器、玉器、珐琅器、纺织品、绘画等中国艺术的各个门类。在"绘画"部分,谈到的画学文献仅有《佩文斋书画谱》和《宣和画谱》两部。除在介绍陆探微、阎立德、阎立本、吴道子等画家时引用了《宣和画谱》的内容外,卜士礼还在后文对该书做了较为全面专门的介绍,他首先介绍了全书卷数、刊行时间、收录画家及作品总数、撰写体例等,后又对道释、人物等十个门类内容均做提要式介绍,并指出该书是"画谱中之重要者,当以此为最"①,"十二世纪前之中国绘画,阅《宣和画谱》可略知其梗概"(This rough sketch of the field of Chinese pictorial art up to the twelfth century of our era might be filled in from the records,but there is no space here and one must hurry on)②。由此,《伯灵顿杂志》所载书评中提及的"填补空白",其实是更多地是指作者从史学意义上对"中国艺术"研究范围的扩展。

　　1910 年,法国汉学家、《芥子园画传》的研究者佩初兹(Raphael Petrucci,1872—1917)在法国出版了《远东艺术中的自然哲学》(*La Philosophie de la Nature dans l'Art d'Extrême Orient*)一书,该书以法文的形式从哲学的角度阐释和解读了中国和日本绘画,不仅推动了法国汉学界对中国绘画的研究,也使之对中国画论有了零星认识。其中,与宋代画论有关的有"宋迪论画山水"(沈括《梦溪笔谈》)、苏东坡《书李伯时山庄画后》、郭熙"山水训"中"身即山川而取之"及"三远法"、韩拙"论山"、饶自然《绘宗十二忌》等内容,均为摘译要点,而根据佩初兹本人的注释,可知其主要参阅了翟理斯 1905 年出版的《中国绘画艺术史导论》一书。

　　1912 年,美国的东方学者费诺罗萨(Ernest F. Fenollosa)的《中日艺术的源流:东亚设计史纲》(*Epochs of Chinese and Japanese Art:An Outline History of East Asiatic Design*)一书在伦敦、纽约同时出版,在该书的第二卷,费诺罗萨对于北宋、南宋分别论述,并将之誉为"理想主义艺术"(Idealist Art)。他首先提出,禅宗在北宋艺术变革中发挥了显著的作用,接着对郭熙的《林泉高致》

---

① 戴岳译《中国美术》卷下,商务印书馆 1924 年版,第 231 页。
② 戴岳译《中国美术》卷下,商务印书馆 1924 年版,第 234 页。

做了全文翻译。根据编者的注释可知，在译文收入该书之前的数年，费诺罗萨在日本任职期间，即已将《林泉高致》全文译出，并在其讲演中多次引用和提及，因此，对郭熙《林泉高致》的翻译也被列入费诺罗萨最有价值的论文之中（This essay has always been kept among the most valued papers of the writer of his book，and has been by him frequently quoted and referred to in lectures）①。该书曾被学界誉为"以深邃之美学知识，阐明东方美术之特质，亦美国东方学者中一异彩"②。后来，坂西志保在翻译郭熙《林泉高致》过程中所参照的日译本，或亦为费诺伦萨的译本。

　　1919年，著名的中国古文物收藏家福开森（John Ferguson）在美国芝加哥出版了《中国艺术讲演录》（*Outlines of Chinese Art*）一书，全书包括导论、青铜器与玉器、石刻与陶瓷、书法与绘画、绘画六章，这其实是他前一年在芝加哥艺术学院所做演讲的汇集。尽管福开森对于一些画家和作品的认识存有偏差，对于中国画创作特点把握不准，但是在那个时候全面介绍中国的金石书画，有开拓意义。在论及中国绘画给人留下平面印象时，福开森引用了郭若虚的用笔"三病说"，并指出"三病"之首的"腕弱"会导致用笔笨拙，失去平衡，物象平扁，不能表现立体浑圆的效果。很显然，福开森对"三病说"的引用并未能切中中西方画面表现差异的肯綮，

　　在论及郭熙山水画创作理念时，福开森谈及《林泉高致》中"山水训"一文，并特别指出，泷精一曾经意译了其中一部分内容。③ 在文中，福开森将"山水训"译为"画训"，并摘译了"君子之所以爱夫山水者……此世之所以贵夫画山之本意"一段文字。

　　对于《宣和画谱》，福开森文中提及两次，均认识有误。首先，他认为《宣和画谱》将道释和人物区分开是任意武断，而且也没有被其他著作普遍接受。由于对中国绘画史的认识尚浅，福开森的这一判断明显"武断"。直至宋代，中国画门类才逐渐专门化，《宣和画谱》上承唐代张彦远的《历代名画记》，下启南宋陶宗仪的《辍耕录》，将绘画分为道释、人物、山水等十门，对于中国画的分科具

---

①　Ernest F. Fenollosa, Epochs of Chinese and Japanese Art. Volumes Ⅱ. Berkeley, California：Stone Bridge Press，2007，p.312.

②　莫东寅《汉学发达史》，上海书店1989年版，第142页。

③　1910年，泷精一在伦敦以英文出版了《东方绘画三论》（*Three Essays on Oriental Painting*）一书，分别探讨了日本绘画、中国山水画和印度的水墨画。三文原均发表于日本的《国华》杂志，而"中国山水画"一文实为其原作《支那山水画的南北二宗》（《国华》196）。

有开创意义。此外,福开森因发现《宣和画谱》中著录有张萱画的一幅《日本女骑图》,就此认为这是中国绘画文献中第一次提到日本。其实,早在郭若虚《图画见闻志》"高丽国"中就已谈及日本。

从 1920 年起,英国汉学家和汉语、日语翻译家魏理(Arthur waley,1889—1966)在《伯灵顿杂志》上连续刊载了《中国艺术中的哲学》(*Chinese Philosophy of Art*,Ⅰ-Ⅸ),分别译介了谢赫、王维等人的绘画艺术思想。

虽然与宋代画论有关的内容,仅限于郭熙。但魏理显然很重视,将对其名著《林泉高致》的译介分两次予以发表。文中,魏理首先介绍了欧美学者的相关研究。由于费诺罗萨翻译的《林泉高致》是借助日本友人提供的文本所完成的,魏理指出这正像众多在日语文本基础上翻译成英文的中文一样,不仅翻译得很不准确,还存在一些谬误。除了费诺罗萨外,魏理还介绍了法国汉学家佩初兹的成果,指出其曾在《东亚杂志》(*Ostasiatische Zeitschrift*)上翻译并注释了《林泉高致》中的两个章节。

在此基础上,魏理对《林泉高致》做了重新翻译,分别翻译了"山水训""画意"两章。

不过,其翻译并非逐字逐句地对照进行,而是适当融入了个人的认识和理解,有时,也会对其他学者的翻译予以评论,比如翻译《山水训》时,他指出佩初兹的法文译文中多出了"immobilité d'esprit"一词,却在中文文本中找不到对应的原词。在翻译"画意"时,他强调尽管读者很期待其能继续翻译文中这些郭熙很喜爱的诗句,他却很不情愿这样做,担心这会破坏全诗的美感。因为郭熙摘录的都是诗句,而不是完整的诗。

1923 年,魏理的《中国绘画史导论》(*A Introduction to the Study of Chinese Painting*)一书由伦敦的欧内斯特·本有限公司(Ernest Benn Ltd.)出版。作为一本绘画史,该书主要介绍了从远古至元代的中国绘画。书中,魏理引述了大量中国艺术家的评论阐释中国绘画,其中即融入了《中国艺术中的哲学》的内容。"在他所有对中国艺术著者的引述中,魏理先生的学识是最伟大的贡献"(In all his citations from Chinese writers on art, Mr. Waley's scholarship is of the greatest service)①。此书在西方学界影响很大,包括罗杰·弗莱(Roger Fry)、翟理斯之子翟林奈(Lionel Giles)、格罗塞(Ernst Grosse)、李雪曼

---

① Roger Fry, An Introduction to the Study of Chinese Painting by Arthur Waley, in The Journal of The Burlington Magazine for Connoisseurs,Vol. 44,No. 250 (Jan.,1924),pp. 47.

(Sherman E. Lee)在内的一些权威学者均写过相关评论。

自 20 世纪 20～30 年代,西方世界对于中国绘画的认识依然有隔膜。尽管此时有更多的博物馆和收藏家都收藏有中国画,先后以德语、英语等出版了一些有关中国画的著作,比如德国汉学家奥托·菲舍尔(Otto Fischer)的《中国山水画研究》(*Chinesische Landschafts Malerei*,1921)、福开森的《中国绘画》(*Chinese Painting*,1927)等,但是"西方人很少试着了解这些图画的真实背景,也很少尝试去掌握它们的技术,有鉴别力的鉴赏家相应地也少"(Western people have seldom tried to understand the true background of these pictures, and very rarely attempted to master their technique. Discriminating appreciators are correspondingly few)①。这是蒋彝(Chiang Yee)于 1933 年来到英国后的感受,这感受深切而真实。

至于西方世界对中国画论的认识和了解,则如滕固留学德国时所言,"欧洲对于中国艺术理论的研究迄今收获不丰"②,虽然翟理斯、魏理等做了一些译介,但"他们并非艺术史家,因此与其说他们在进行这类研究,不如说他们在书中鼓励这项研究"③。但也正因为这"鼓励",20 世纪初期以来翟理斯、费诺罗萨、魏理这一代学者对于中国画学开拓性的介绍,才为后来画论译介和研究工作的进一步推进奠定了基础。"不仅如此,作为未来研究的基础,这一系列由很多权威汉学家摘录的工作有着难以估量的价值"(Nevertheless, this series of extracts by so great an authority on Chinese literature is of inestimable value as the base of future study)④。

二、1930—1940 年的研究状况

进入 20 世纪 30 年代后,对中国画论这种浅尝辄止、零星译介的状况很快得到了改善,相关研究则是由滕固、坂西志保、喜龙仁等学者共同完成的。

1929 年,滕固赴柏林大学攻读美术史和考古学博士学位,在读期间,他先后

---

① Chiang Yee. *The Chinese Eye*:*An interpretation of Chinese Painting*. Bloomington:Indiana University Press,1964, p. 2-3.

② 滕固《唐宋画论:一次尝试性的史学考察》,沈宁编《滕固美术史论著三种》,商务印书馆 2011 年版,第 156 页。

③ 滕固《唐宋画论:一次尝试性的史学考察》,沈宁编《滕固美术史论著三种》,商务印书馆 2011 年版,第 155 页。

④ An Introduction to the History of Chinese Pictorial Art by Herbert A. Giles,in The Journal of the burlington magzine for connoisseurs,Vol. 7, No. 29 (Aug., 1905),p. 405.

以德文发表了《诗书画三种艺术的连带关系》《论中国山水画中南宗的意义》《作为艺术批评家的苏东坡》和《唐宋画论》等文，尤其是《唐宋画论》，是其1932年提交的博士论文。在该文"弁言"部分，他对当时中国、日本、欧美诸国的画论研究状况均做了概要介绍。

虽然历代画学典籍甚多，但在当时的中国，由于缺乏对历代画论文献的辑佚整理和校订汇集，故而有关画论的书籍不易搜求得到。"数年之前，我在金陵大学的唐宋绘画讲座上对这个课题作过深入研究，当时我同样了解这个时期的艺术理论。但我在研究时遇到了诸多困难，最终没有取得令人满意的结果"[1]。滕固所言，大抵反映了20世纪30年代前后国内古代画论整理和研究的状貌。

基于此，滕固选择继续研究"唐宋画论"并最终将之撰写成博士论文。该文引入了西方风格学理论方法，从画家、士大夫、馆阁画家（宫廷画家）三个群体入手，所论及的有郭熙、黄休复、刘道醇、郭若虚、苏轼、米芾、董逌、韩拙、邓椿等人，从而对宋代画论做了较为系统深入的研究。虽然该文是以德文的形式发表，这种研究方式未能使读者看到相关画学文献的原文全貌，但是滕固在剖析说理的同时，既有专业评述，也对文献及作者的真伪做了辨析，使西方对中国画学文献及画论思想有了更为准确的认识，因此，将之誉为海外中国古代画论研究的新标杆毫不为过。他的研究，也代表了西语研究中国画学的最高水平，在西方学界产生了重要影响。

1935年，柏林的沃尔特·德·格鲁伊特出版公司（Walter de Gruyter）出版了《唐宋画论》德文版的单行本。1936年，日本翻译家、评论家坂西志保（Shio Sakanishi）博士在美国发表了对该书的评论，她说"本研究论据充分。作者非常熟悉西方和日本的学术，正如其在弁言中所言，书中的很多重点遵循了金原省吾（在文中误读为 S. Kanahara）的著作"（The present study is well documented. The author is well acquainted with Western as well as Japanese scholarship, and as he states in the introduction, he follows in many important points the work of Shogo Kinbara's（misread as S. Kanahara in the text）work.）[2]。坂西志保在文末又说，"然而，作为一本唐宋画论概要，这本著作是重要的"（The work,

---

[1] 滕固《唐宋画论：一次尝试性的史学考察》，沈宁编《滕固美术史论著三种》，商务印书馆2011年版，第156页。

[2] Shio Sakanishi, Chinesische Malkunsttheorie in der T'ang- und Sungzeit: Versuch einer eschichtlichen Betrachtung by Ku Teng, in The Journal of the American Oriental Society, Vol. 56, No. 4（Dec., 1936），pp. 531.

however，is important as a resume of the theory of painting of the T'ang and Sung periods）①。

1935年，坂西志保博士利用在美国国会图书馆工作之余，用英文翻译并出版了郭熙的《林泉高致》。"尽管西方世界常见对它的引用，但这却是《林泉高致》第一次以独立的形式被完整和充分地翻译"（Quotations from it are familiar in the west，but this is the first time it has appeared in separate form in complete and adequate translation）②。

同时，坂西志保简洁明晰的翻译风格也为其赢得了良好的学术声誉。根据坂西志保书中自序，其翻译主要依据了《王氏画苑》和《美术丛书》两个版本，并且从《画学心印》中摘选了一小段。在将《林泉高致》译为英文的过程中，坂西志保则参阅了一个全本的日译本，以及几个仅翻译了片段的英文本和法文本。③该书前言由英国汉学家克兰默·宾（L.Cranmer-Byng）所撰写。坂西志保指出，《林泉高致》包括"画山水训""画意""画诀"和"画格拾遗"四个部分，而"画格拾遗"中所述郭熙创作轶事与画论没有联系，加之评论者认为此系后人添加，所以她仅仅翻译了书中"序""画山水训""画意"和"画诀"四章内容。

四年之后，坂西志保又翻译了《神来之笔》（*The Spirit of the Brush*），该书辑录了东晋至五代时期的画论，从顾恺之开始，至李成结束。对于李成，书中辑录的是《山水诀》。对于此文的作者是否真为李成，学界尚有争议。如俞建华就认定其为"后人伪托"，"大抵庸俗画工，有是口诀，辗转相传，互有损益，随意伪题古人耳"④。但从行文内容来看，即便其非李成所作，亦是山水画创作进入成熟期后的经验总结和理论概括。而坂西志保的译介，依然加深了西方读者对中国古代画论的认识和了解。因此，此书出版后，在西方影响很大，也进一步激发了欧美汉学界研究中国绘画和理论的兴趣。

《神来之笔》书后附有30余种画学参考书目，其中包括《王氏画苑》《佩文斋

---

① Shio Sakanishi, Chinesische Malkunsttheorie in der T'ang- und Sungzeit：Versuch einer eschichtlichen Betrachtung by Ku Teng, in The Journal of the American Oriental Society, Vol. 56, No. 4 (Dec.，1936)，pp. 531.

② Helen E, Fernald, An Essay on Landscape Painting, in The journal of The Royal Asiatic Society，Volume 68,Issue 4 (October 1936)，pp.681.

③ 根据 A. Philip McMahon 的书评"An Essay on Landscape Painting by Kuo Hsi and Shio Sakanishi"，见"Parnassus"，Vol. 8, No. 2（Feb.，1936），pp. 38-39,此书参阅了 Siren, Fenollosa, Waley, Petrucci and Giles 等学者的翻译和释义。

④ 俞建华《中国古代画论类编》修订本（上），人民美术出版社1998年版，第618页。

书画谱》、郑昶《中国画学全史》和滕固的《唐宋画论》(德文本)。和"An Essay on Landscape Painting"一样,《神来之笔》同样是由伦敦的约翰·默里公司(John Murray)出版,并且这两本书均属于由克兰默·宾和阿伦·瓦兹(Alan. W. Watts)共同策划的"东方智慧"(The Wisdom of the East)丛书系列。这套丛书有明确的宗旨,就是通过编选最精粹的东方文献,借助其智慧、哲学、诗歌和理想,本着相互赞同、善意和理解的精神以会通中西。其编选的地域范围包括印度、中国、日本、波斯、阿拉伯、巴勒斯坦和埃及等国家和地区。

1935 年,瑞典学者喜龙仁在瑞典的《地理志》(*Geografiska Annaler*)上发表了《作为艺术批评家的苏东坡》(*Su Tung-p'o as an Art Critic*)一文,对苏轼的生平经历、绘画创作及画论思想做了较系统全面的介绍。

1936 年,喜龙仁在北平的亨利·魏智公司(Henri Vetch)出版了《中国画论》(*The Chinese on the Art of Painting*)一书,全书分为六章,汇集了汉代至清代的画学文献。其中,"宋代画论"是该书探讨的重点之一,喜龙仁分别从"山水与诗画""史学家和理论家"的角度切入,译介了荆浩、郭熙、苏东坡、沈括、米芾、刘道醇、郭若虚、韩拙、邓椿等人的画论思想。

在"山水与诗画"中,喜龙仁首先指出,北宋初期有两篇山水画论应该引起关注,因为它们包含了普遍的美学趣味要素。它们就是荆浩的《笔法记》和郭熙的《林泉高致》。

喜龙仁虽对《笔法记》做了完整翻译,却将全译本置于附录中,正文中仅围绕荆浩提出的"六要""神、妙、奇、巧"和"二病"说问题予以讨论。

至于《林泉高致》,早在喜龙仁 1933 年出版的《早期中国绘画史》(*A History of Early Chinese Painting*)第二卷中就已经做了全文翻译,所以在该书中,他仅译介了山水训、画意和画诀三个篇目。而在具体行文时,喜龙仁自感有些内容与艺术中的美学问题关系不大,也只是摘译了部分内容。如对"山水训",分别摘译了其中"铺舒为宏图而无余……水之渔艇钓竿以足人意","春山烟云绵绵人欣欣……此画之意外妙也","奇崛神秀莫可穷……杳杳漠漠,莫非吾画"三段文字。对于"画意",也仅翻译了前半部分,没有收入郭熙于后文中所摘录的古人诗句。对于"画诀",则摘译了"凡经营下笔,必合天地……见情於高大哉","一种使笔不可反为笔使……不一而足,不一而得"两段文字。喜龙仁不仅翻译原文,还对郭熙的画论思想做了评述,并赞誉说:"郭熙把中国山水画中这些常被强调的原理的重要性用文字描述出来,反映出了一个伟大艺术家的创造性想象力"(The importance of these elements in Chinese landscape painting has often been emphasized，but Kuo Hsi does it in words which reflect the creative imagination of a great artist)①。

喜龙仁指出,北宋时期一个最具特色的文化成果就是士人画家,他们的画论深具诗意,特别是苏轼,故而喜龙仁首先引用其《文说》中"吾文如万斛泉源,不择地皆可出……常止于不可不止"②一段文字说明这一点。接下来,在介绍了苏轼的文化造诣、旨趣爱好后,他主要通过苏轼论文与可画竹、《书朱象先画后》《书李伯时山庄图后》《跋宋汉杰画山》《书鄢陵王主簿所画折枝二首》《跋赵云子画》《跋艾宣画》《跋蒲传正燕公山水》《传神记》《净因院画记》等文全面而系统地介绍了苏轼的绘画思想。

苏轼的旨趣爱好也影响了其交游圈的朋友们,如沈括、董逌、米芾和黄庭坚等人,他们的艺术思想也丝毫不亚于那些伟大的诗人。于是,喜龙仁分别介绍了沈括《梦溪笔谈》中"书画之妙,当以神会";董逌《广川画跋》中"生意与自然""无心于画者,求于造物之先""画当脱去辙迹";米芾《画史》中"米元章道'惭愧杀人'""今人绝不画故事""论赏鉴次第""牛马、人物一模便似,山水摹皆不成";米友仁"画之所以为画";黄庭坚"参禅而识画理"的思想。相较于苏轼,"他们更关注形式的相似和精神价值的相对重要性"(They too concentrated their main attention on the relative importance of formal likeness and spiritual value)③,但是他们的主张也更加突出了苏轼的画论思想。值得注意的是,苏轼画论的内容基本来自于其 1935 年发表的《作为艺术评论家的苏轼》一文。

至北宋后期,宋徽宗组织人力将宫廷收藏编撰成《宣和画谱》,"山水序论"中"岳镇川灵,海涵地负……且自唐至本朝,以画山水得名者,类非画家者流,而多出于缙绅士大夫"一段文字再次说明"山水画仍然是最独特的绘画形式,主要被士人们作为一种浪漫表现主义或视觉诗歌而奉行"(landscape painting was still one of the most exclusive kinds of painting，practised mainly by gentleman-scholars as a kind of romantic expressionism or visual poetry)④。

---

① Osvald Sirén. *The Chinese on the Art of Painting*. Mineola ，New York：Dover Publications，2005，p.52.

② 孔凡礼点校《苏轼文集》卷 66,中华书局 1986 年版,第 2069 页。

③ Osvald Sirén. *The Chinese on the Art of Painting*. Mineola ，New York：Dover Publications，2005，p.63.

④ Osvald Sirén. *The Chinese on the Art of Painting*. Mineola ，New York：Dover Publications，2005，p.72.

这是最高级别的天才的艺术，"在某些情况下，作为画家，他们的杰出不亚于文学家、诗人和评论家。对于我们，他们的话语必然成为那些很多已被佚失作品的替代"（who in some instance were no less prominent as writers，poets and critics than as painters. Their words must for us serve as substitutes for much that has been lost with their pictures）①。

　　在"史学家和理论家"部分，喜龙仁首先指出这些著者是从另外一个视角陈述问题，他们不再仅细说画家的心理态度、启发灵感的力量和用笔，并且开始定义优劣得失并探讨绘画中传统的"四品"和"六法"（They do not dwell only on the Psychological attitude of painters，the inspiring force and its transmission by brush-strokes，But enter also into definitions of faults and merits and discussion of the traditional four classes and six principles of painting）②。

　　喜龙仁认为，宋代的史学家和理论家应包括刘道醇、郭若虚、韩拙和邓椿。按照历史发展的线索，他首先介绍了刘道醇及《圣朝名画评》，并全文翻译了其中的"序"。在翻译的同时，喜龙仁也对刘道醇文中所述之"六要""六长"做了相应的阐释和评价，如他认为刘道醇的"气韵兼力"是对"气韵生动"和"骨法用笔"的融合，"格制俱老"也适于用笔，而他对于谢赫"六法"的这种改变（modifications）也显示出了对传统问题的一种新智性探讨（a fresh intellectual approach to the traditional problems），这是一种新尝试。"尽管后世的评论家经常使用与'六长'对立的相似措辞来评论，但是这种影响还应追溯至刘道醇"（We will find that later critics often used similar antithetical terms，and it may well be that Liu Tao-ch'un was the first who introduced them）③。

　　对于郭若虚的《图画见闻志》，喜龙仁认为这是宋代最被称赏的画论著作之一，在介绍了该书的体例、内容后，他译介了其中的"论气韵非师"一文，指出"郭若虚对'气韵'的解释并没有根本上的新思想，但却阐明了以往讨论中所涉及的问题"（exposition of ch'i yün contains no fundamentally new ideas，but it

① Osvald Sirén. *The Chinese on the Art of Painting*. Mineola，New York：Dover Publications，2005，p.72.

② Osvald Sirén. *The Chinese on the Art of Painting*. Mineola，New York：Dover Publications，2005，p.73.

③ Osvald Sirén. *The Chinese on the Art of Painting*. Mineola，New York：Dover Publications，2005，p.76.

throws more light on the subject than do any of the earlier discussion)①，比如心印（seals of the heart）、心画（painting of the heart）、道德标准（ethical standards）和审美表现（aesthetic expression）。接下来，喜龙仁翻译了"论用笔得失"一文并予以阐释，郭若虚认为笔法的奥秘就在于它的连绵不断，能自然灵活地传达画家的思想和情感，只有古代最伟大的书法家和最伟大的画家所创作的一笔书、一笔画能达到这一艺术的顶峰。他们心手相应。而郭若虚提出的用笔"三病说"也被后来的评论家所接受，并总结出了其他弊病。

基于郭若虚对"气韵"问题的阐发和对用笔"三病说"的总结，喜龙仁认为，"尽管郭若虚对中国美学史的贡献比前人更有限，但是作为一位绘画史家和绘画评论家，其地位也像谢赫或张彦远一样逐渐根深蒂固"（His position as a critic and historian of painting became gradually almost as well established as that of Hsieh Ho or Chang Yen-yüan, even though his contributions to the history of Chinese aesthetic were more limited than were those of his predecessors)②。

至北宋后期，与郭若虚著作密切相关的一些评述又见于韩拙的《山水纯全集》，比如其中对于笔法、气韵和如何观画的认识。喜龙仁翻译了其中的"用笔墨格法气韵之病"和"论观画别识"二文。韩拙供奉于宋徽宗画院，故其强调规矩格法，注重遵循自然的写实，其画论通篇都体现出了画院的绘画观念。"韩拙不像苏轼、郭若虚等人那样强烈要求自发性和超越法则，而是强调要谨遵格法"（The demand was not for spontaneity and superiority to binding rules, as with Kuo Hsi and Su Shih, but for careful observance of the rules)③。在谈笔法弊病时，韩拙在"版、结、刻"三病之外，又提出了"礭病"，喜龙仁由此认为这可能在当时院画家中普遍存在。在"论观画别识"中，韩拙继续强调了"气韵"和"正确的风格"（proper style）的重要性。自然，他所谓"正确的风格"，其实就是"符合格法"的风格。韩拙也谈及了画法"六要"，但其对于"气、韵、思、景、笔、墨"等的描述远大于阐释，因此，喜龙仁指出这"并没有太多美学意义上的贡献"（does

---

① Osvald Sirén. *The Chinese on the Art of Painting*. Mineola，New York：Dover Publications，2005，p.78.

② Osvald Sirén. *The Chinese on the Art of Painting*. Mineola，New York：Dover Publications，2005，p.81.

③ Osvald Sirén. *The Chinese on the Art of Painting*. Mineola，New York：Dover Publications，2005，p.85.

not contribute very much to their aesthetic significance)①,而他对于各要点(指六要)的解释也没有带来任何新知识。与郭若虚相较,韩拙在《山水纯全集》对于画家的作品有了更清晰的阐述,扩展了郭若虚所述相关问题的内容,显示了技法运用与灵感冲动之间的密切关系,"其著述在很大程度上仍是资料的汇编,但却是宋代画院典型的学术潮流,因而具有重要的历史意义"(His treatise is to a large extent a compilation, but quite characteristic of the academic trend in Sung painting and consequently of considerable historical importance)②。

因感郭若虚《图画见闻志》仅收录了自唐会昌元年(841年)至宋熙宁七年(1074年)时的画家信息,邓椿于1167年编撰完成《画继》一书,辑录了1074年后90余年间的画家传记。喜龙仁不仅翻译了该书的"序",还特别注意到了"杂说"部分,他认为这部分通过点评传统的品第划分而特别详述了绘画与文学文化间的密切联系,以及早先评论的优点。与那些杰出的前辈完全保持一致,邓椿很少参与他们那些精彩的讨论,他对绘画与文学文化紧密联系的坚持也不过是对苏轼所说"诗画本一律,天工与清新"的发展。

通过对刘道醇、郭若虚、韩拙和邓椿等人画论著作中主要观点的译介和阐释,喜龙仁认为他们都是宋代最有见识的评论家,他们对于"六要""六长"、法则和品第的论述仅是对艺术的阐释,但"这对于他们来说是必要的,甚至可以说是最高的创新精神和兼容并包的精神文化的一种表达"(which to them was the essential, not to say the highest, expression of the creative mind and of an all-inclusive spiritual culture)③。

根据喜龙仁书中序言,可知其翻译所依据的版本主要有《津逮秘书》《王氏画苑》《佩文斋书画谱》《画学心印》《美术丛书》等,书后附录分为两部分,其一是对《古画品录》《续画品》《历代名画记》和《笔法记》的摘译,其二是中英文姓名索引。

作为西方"最早系统翻译介绍中国绘画理论的著作"④,《中国画论》对汉学界的卓越贡献自不待言。喜龙仁之所以编译此书,原因是多方面的。首先,这

---

① Osvald Sirén. *The Chinese on the Art of Painting*. Mineola ,New York:Dover Publications, 2005, p.86.

② Osvald Sirén. *The Chinese on the Art of Painting*. Mineola ,New York:Dover Publications, 2005, p.87.

③ Osvald Sirén. *The Chinese on the Art of Painting*. Mineola, New York:Dover Publications, 2005, p.90.

④ 罗世平《回望张彦远——张彦远〈历代名画记〉的整理与研究》(下),《中国美术》2010年3期,第91页。

本《中国画论》是对其 1933 年出版的《早期中国绘画史》的延续和补充,因为后者只论述了元代之前的中国绘画。其次,此书的出版也是对西方世界收藏和欣赏中国绘画风气日渐浓厚的回应。"特别是自从伯灵顿宫的重要展览以来,欧洲人对我们的绘画越来越感兴趣"(Especially since the important exhibition at Burlington House, Europeans are becoming increasingly interested in our paintings)①。1935 年 11 月至 1936 年 3 月,英国皇家艺术学院举办了为期 4 个月的伦敦中国艺术品展览会,这也是西方世界有史以来第一次大规模地向普通人集中展示中国艺术品,展览不仅吸引了众多民众,也吸引了许多皇室成员、富商、收藏家、艺术家及学者前往参观。西方人已不再局限于欣赏绘画的主题、材质和用笔等,"而是正在接近内在的意义,试图发掘我们画家灵感的源泉,并且意识到了产生作品的心灵本质"(But Westerners now do approach the inward meaning, trying to tap the source of our painter's inspiration, and to realize the nature of the mind which produced the work of art)②。喜龙仁书中对"宋代画论"的翻译和阐释,虽然按照历史发展的线索来安排,但从其对译介材料的选择至对郭熙、苏轼等人画论思想的褒扬再至其对诗画关系、灵感、气韵等问题的着意强调,都体现出了喜龙仁对时代学术脉搏的敏锐把握。再次,喜龙仁是一位素养全面的艺术史学者,至 1935 年止,曾五次来中国访问考察,对于中国绘画、雕塑、建筑等均有较为深刻的领悟,因此在该书中,他也尽量按照中国艺术家自身的标准选择材料、翻译、评论和阐释。"喜龙仁博士并没有像以往众多西方学者那样屈从于从一个主观的和西方人的视角批评和阐释我们的艺术的诱惑,不可否认,后者的方法可能更易于一般读者明白和理解,但是喜龙仁博士选取的是对真正的艺术学生或鉴赏家正确的方法"(Dr. Siren has not succumbed to the temptation of giving criticism and interpretation of our art from a subjective and Western standpoint-the practise of so many Western writers in the past; the latter method may be more illuminating and comprehensible to the general reader, to be sure, but Dr. Siren's is the right

---

① Chiang Yee, The Chinese on the Art of Painting by Osvald Sirén, in The Journal of The Burlington Magazine for Connoisseurs, Vol. 69, No. 401 (Aug., 1936), pp. 94.

② Chiang Yee, The Chinese on the Art of Painting by Osvald Sirén, in The Journal of The Burlington Magazine for Connoisseurs, Vol. 69, No. 401 (Aug., 1936), pp. 94.

approach for the genuine art-student or connoisseur)①。如在宋代画论部分,他对诗画关系、"六要""六长"、气韵、用笔弊病等问题的评论与阐释,既考虑到问题产生的文化与历史背景,也注意到问题之间的相互联系和发展变化。

喜龙仁本为西方艺术史学者,对古汉语并不熟悉,因此在翻译的过程中,他不得不依赖中国助手的帮助。根据喜龙仁《中国画论》在"导言"部分的自序,可知在翻译该书所选的文献材料时,他先后找了两名中国助手予以协助,他们分别于1933年和1934年在斯德哥尔摩和喜龙仁相伴了好几个月。由于这两名中国助手并不熟悉英语,因此该书仍然存有一些翻译不准确甚至讹误之处。这其实也是西方学者翻译汉学文献和著作的通病。但是考虑到时代和文化背景、语言转译和喜龙仁本人的局限等多重原因,对此也不应苛责太多。

回顾欧美汉学界整个20世纪30年代的宋代画论研究,既有针对重要著作的全译本,如坂西志保的《林泉高致》,也有专题研究,如滕固的《唐宋画论》;既有较为系统的画论译著,如喜龙仁的《中国画论》,也有单篇论文,如滕固与喜龙仁分别撰写的《作为艺术评论家的苏东坡》;既有试图站在中国人的视角译介并做深入阐释的西方学者之作,也有中国学者以西方风格学方法解读中国画论的研究,他们既相互倚重,又能从学术的角度相互批评,共同建构起了以宋代画论为重心的研究图景。"尽管滕固贬低了西方国家在中国美学研究上的重要性,我感到欧洲这些具有优良批判性传统的学者做了大量开拓性工作"(Although Ku Teng minimizes the importance of the Western scholarship in Chinese aesthetics, I feel that a good deal of pioneer work was done by the European scholars who were well equipped with critical tradition.)②。

1939年9月后随着英、法等国对德宣战,整个欧洲卷入了"二战",这也使得已渐入佳境的中国画论研究被迫戛然中止,惋惜之余,后人亦当从欧美汉学界于20世纪上半叶对中国画论分别以英语、法语、德语等形式对之持续不断的研究中汲取力量,以成就大陆学界于未来更多地影响海外汉学研究之理想。

殷晓蕾:博士,青岛科技大学艺术学院教授。

---

① Chiang Yee, The Chinese on the Art of Painting by Osvald Sirén, in The Journal of The Burlington Magazine for Connoisseurs, Vol. 69, No. 401 (Aug., 1936), pp. 94.

② Shio Sakanishi, The Chinese on the Art of Painting: Translations and Comments by Osvald Sirén, In The Journal of the American Oriental Society, Vol. 56, No. 4 (Dec., 1936), pp. 531.

论冯小刚影视作品中女性形象的嬗变

李艳英　张姿璇

综观中国影视作品中的女性形象，往往被置于"被看""被观赏"的境地，即便是在女性主体意识觉醒的作品中，表现的也是被窥视下的女性形象。冯小刚早期影视作品《一地鸡毛》《月亮背面》《情殇》中的女性形象即是如此。之后冯小刚喜剧贺岁片中的女性形象，社会角色进一步消隐，为观众带来了轻松的氛围。而《手机》《天下无贼》《唐山大地震》《一九四二》等影片则完成了对婚姻、爱情、亲情和人生进行思考的女性形象塑造的转向。《我不是潘金莲》则通过一个女性在社会环境的重重压力下，坚持为自己发声，这标志着冯小刚影视作品中女性主体意识的觉醒。

一、冯小刚影视作品中女性形象的变迁

系统回顾梳理冯小刚影视作品中的女性形象，主要表现为屈从现实、等待拯救和自我救赎三种类型。

（一）屈从现实的女性形象

冯小刚早期影视作品中的女性形象，大多被生活磨掉了原本的棱角，被动地接受生活所给予的安排。《月亮背面》中，李苗作为一位知识女性，想要出人头地的同时，也想收获一份爱情。感情上她被牟尼的文人气息吸引，渐渐爱上了这个有妇之夫，两人最终一起下海骗取不义之财，来满足他们的金钱欲望。《一地鸡毛》里，李靖在生活中渐渐地把当初的激情消磨掉，与小林的爱情归于平淡，全身心投入了家庭；老乔则是摆着一副老资格，一直想教育年轻人，但是年轻人都不买账，有些"更年期"的老乔在办公室也是八卦的传递者，但却不允许别人说自己的闲话，这样的角色让观众哭笑不得。《情殇》中的林幻，三年未曾放弃成为植物人的丈夫，面对祖强的追求最终也是动了心的，但是为了凑够丈夫的医药费她走进了梁天成的别墅。梁天成感动于祖强对她的用心，又将她

放走。她看上去是为了成为植物人的丈夫一次次做出抉择,其实都是里面的男性形象推动着她的选择。林幻的这种被动选择,也是基于现状不得不做的选择。

(二)等待拯救的女性形象

冯小刚的喜剧片中,女性总是在情感上摇摆不定,无论是处于婚姻中的、还是处在恋爱中的女性。这一时期的女性形象遇到困难,总是寻求男性形象的帮助,自身缺少解决问题的意识和能力,《非诚勿扰》中的梁笑笑,尽管有一份体面的工作,但是在感情上,爱上一个有妇之夫,选择等待这份没有结果的爱情。她对男性有一份依赖存在,她宁愿选择结束自己的生命,却不愿意自己去面对生活中的问题,反而想借着秦奋去弥补那份感情带来的伤害。《手机》中严守一的妻子于文娟,即使与出轨的丈夫离了婚,但是还接受着丈夫对她工作上的帮助,男性的话语权在这里表现得淋漓尽致。这里的男性角色都表现出卓越的能力,成为能为女性角色解决问题的“万能角色”。再如《不见不散》的李清,尽管她靠自己的能力不断成长,但是刘元在她的背后起到了一个支柱的作用,没有刘元的帮助,她也不会做到这个地步。同样在《甲方乙方》里,周北雁也是依靠姚远才能有那样一套房子,并不是说周北雁的人设有多么世故,而是这一切都是在姚远的身后完成的。而她在“好梦一日游”里的角色也是非常尊重姚远等人的意见,是一个完美的执行者。而这一切,还是摆脱不了被男性决定的命运。这类女性形象在失意时,不会主动把握机会拯救自己,只会被动等待着男性抛来橄榄枝,为她们营造更好的生活环境,从而丢失掉主动权,沦为男性的附庸。

(三)自我救赎的女性形象

冯小刚以往导演的影视作品,主要以男性叙事为主。在“男权社会”,女性一直处在被支配、从属的地位。即使《夜宴》中的皇后,也是生活在帝制的阴影下,皇权凌驾于她之上,有些事情她便无法选择《唐山大地震》中的母亲,时代带给她的“重男轻女的枷锁,让她愧疚余生。只有到《我不是潘金莲》这部影片,李雪莲才成为叙事的主体,她为了维护自己的权利和名声不断上访。新上任的官员为了防止她再去告状,阻断自己的仕途,用尽各种手段去阻止她。秦玉河的死,让这件事暂时画上了一个句号,但李雪莲的冤屈并没有洗掉,她一开始是证明假离婚,最后她想证明的是她不是“潘金莲”,但是秦玉河的死让她的自我救赎戛然而止。在李雪莲一层层的向上告状的过程中,反映出了层层官员的百态。李雪莲纵然被夹在其中没有发言权,但是她还是在自己的能力范围内,尽力去改变现状。她想证明离婚是假的,她就去一层层地告状;她想证明自己不是"潘金莲",就去亲自用尽方法去证明。即使不得其法,但是她要捍卫自己权利的意识已经凸显,她选择自己帮助自己讨回公道。这个女性形象与《秋菊打官司》中的秋菊是不一样的,秋菊是为了自己男人而告状,李雪莲是为了自己告状。前者为了男权而发声,后者为了女性权益发声。两者要表现的完全不同,李雪莲要讨回的并不是个说法,而是争一口气,她的动机在一定程度上是自觉的。自此,导演让女性走出了制度的牢笼,用这个女性形象近乎偏执的做法让女性真正地发声,虽然结果并没有冲出制度牢笼但这无疑是女性自我主体意识的苏醒,完成了一次并不成功的自我救赎。

二、变迁的内因与外因:叙述视角与市场诉求

冯小刚影视作品中塑造的女性形象,随着时代的发展不断留下烙印,每个阶段都有着鲜明的时代特征。从叙述视角上看,女性作为一个被观赏者直处在"被看"的状态。导演会把自己眼中的女性"包装"好,获得心理上、视觉上的快感。这属于男性意识掌控下的一种表现。而在市场的呈现上,冯小刚会依据大众的诉求进行选择,塑造更接近市场的形象。结合着冯小刚的作品,可以看出,作品变迁的内在动因是叙述主体的主动选择,以社会文化的消费化为外在呈现。

(一)内因:叙述主体的主动选择

随着时代的不断进步,现实中"男女平等"的呼声越来越高,女性主体意识的觉醒已经成为必然。在冯小刚的电影《我不是潘金莲》中,女性意识开始萌芽,尽管仍然是在男性的"看"中进行的。这种变化的内因,源于导演自身的主动选择。

1. 自身创作背景

冯小刚导演在早期拍摄的电视剧中,都是选取的现实生活中小人物身上的平凡小事,以此来反映当时整个社会的大环境,女性在其中又充当了一定的角色。导演用拍电影的手法拍摄了电视剧,因此在创作初期,他的作品饱受业内赞誉,但是观众却不买账。自从由成龙主演的贺岁片《红番区》引进之后,冯小刚看到了大众对贺岁片的期待,于是《甲方乙方》诞生,高居当年单片票房之首,1997 年的《甲方乙方》的成功,使得冯小刚打赢了冯氏贺岁片在中国电影市场的第一仗。观众用走进影院的方式表现了对"冯氏喜剧"的支持。"冯氏喜剧"作为个人品牌开始存在,其商业性毋庸置疑,更多的投资商在电影中发现了商机,兴起的"冯氏品牌"便首当其冲,各种各样的民办企业、投资商,都将目光投向了冯小刚。高票房给导演带来了自信,但同时他也面临着学界的批评和质疑。后

来,冯小刚导演了《夜宴》《集结号》《唐山大地震》等电影,以此来证明自己并不只是会拍喜剧。导演逐渐找回本心,不再过度追求高票房、高收益,更多的是拍摄自己想拍的东西。女性形象在剧中的主体地位渐显,尤其是对母亲的这一形象的塑造,可能与导演自身的生活经历有关。冯小刚从小在母亲的关爱下长大,所以影片中母亲形象的呈现,导演把控起来比较灵活自由。

2. 叙述主体的视角

冯小刚导演在选择叙述主体的时候,大部分都会选择男性形象。无论是《一地鸡毛》的小林,《甲方乙方》的姚远,还是《集结号》的谷子地,他将这些男性形象都刻画得淋漓尽致。而在以女性为叙述主体的时候,导演加在其中的男权思想依旧是存在的。冯小刚导演的《集结号》,主要以男性形象来描画不一样的战场,女性形象几乎是缺席的。在这部男性为主的史诗片里,女性形象坚强善良、大方得体、勤劳质朴、任劳任怨。孙桂琴新婚不久的丈夫去参军,将母亲和她扔在家里,渐渐失去音讯,村里人认为丈夫是叛徒,孙桂琴默默承受着这种流言的伤害,她倔强地认为丈夫没有背叛,丈夫是勇敢的,等到婆婆去世后才踏上了寻找丈夫的路程。这个女性形象也许只是当时环境下芸芸众生中的一个很普通的女性,她们近乎固执地守护着自己的小家庭,但是却映射了战争年代的社会现实。孙桂琴这个女性形象在和平时期的短暂出现,也是为给谷子地的寻找提供动力。《我不是潘金莲》从片名到故事,都看似是部以女性为中心的电影,李雪莲虽然承担着叙事主体的功能,但按导演的意图,真正的主角应是围绕着她出现的一群男人,从她的前夫、情人、街坊,到她告状所接触的形形色色的各级官员,这些男人的群像才是整部电影的核心。在男权的围绕下,李雪莲的抗争变得极其赢弱。

(二)外因:社会文化的消费化

电影作为一种艺术表达形式和娱乐方式,在一定程度上解构着原有的消费模式,适时融合着现代生活的前卫元素,不断建构新的消费文化,迎合不断变化的市场需求。

1. 大众消费主义下意识形态的符号

社会文化的消费需求,在影视作品中呈现出大众化的特点。导演总是尽自己所能展现影片对以男性话语为中心的大众审美文化,冯小刚影视作品中的女性形象都是美丽的,无论是作为空姐的梁笑笑,还是作为私人助理的露西,她们的美都是毋庸置疑的,极大迎合了男性们的观看欲望。女性形象整体而言是作为一种符号被观赏,被消费的,导演往往依据观众的心理诉求进行角色设置。

譬如《甲方乙方》中的周北雁,被牢牢框在男性眼光的牢笼里,人设必定是一个接近完美女性的角色,有姣好的面容,知性中带着大气,扮得了妖媚,装得了地主婆,最重要的是这个女性还很善良,是男性眼中的大众情人。

2. 文化消费对社会环境的影响

不同叙事视角和不同情感表达影视作品的消费,状况在很大程度上影响着社会环境。"快餐文化"盛行,既有的消费观念受到挑战和调整,快节奏的生活促使大众去选择通俗易懂的片子进行压力释放,艺术价值高的片子有可能越来越没有市场。近年电影工业为了迎合九零后"浅阅读"的观影口味,呈现出"轻创作"的整体倾向,大量影片远离现实,远离生活,九零后观众在电影镜像世界与现实世界之间的认同度降低。从长远看,这势必影响到九零后对社会环境的认同。冯小刚导演没有随波逐流,没有无原则地去迎合受众,而是通过自己的艺术作品,对人们的生活产生着积极影响,冯小刚导演认为,"大家平时都受了太多的委屈,有委屈都忍着,但李雪莲就是一个有委屈不忍着的人,我们都有武松的情结但没有打虎的勇气,平时假装成武大过日子,却都想看到武松的英雄事迹。《我不是潘金莲》就提供了这么一个机会"。

三、变迁的价值:女性主体意识的觉醒与实现

观众在看到冯小刚导演从贺岁片到正剧的转型后,对导演充满了期待。在《我不是潘金莲》中,导演用一种圆形的窥探式的方式,让观众去看发生在这个女性身上的故事。这部影片最具代表性的一点就是导演让观众看到了女性主体意识的觉醒。之前的影片,纵然也有以女性为主要叙述对象的,但是她们在一定程度上或是为了男性,或是为了自己的孩子而挣扎,并不是为了她们自己本身,而李雪莲打破了这一禁忌。女性勇敢的发声,敢于捍卫自己的权利塑造了独立自主的女性形象,通过对男性形象的反观,让大众走出女性"被看"的误区。

1. 自我:独立自主的女性

"自我"这个词语最初是詹姆斯将它从意识活动中提炼出来的,这让很多人在一定程度上用自己的意识去看待世界,也是将一个个体社会化了。在影片《我不是潘金莲》中,李雪莲这个角色就打破藩篱用自己的意识去捍卫自己的权利。一开始的假离婚是为了自己肚子里那个未成形的孩子,到后来,她就开始为自己的名声而战,这一路可谓是一波未平波又起。其实李雪莲告状的这件事,就是一个妇女遭受了感情上的欺骗,她觉得自己受到了委屈,想用上访的手段让自己的想法合法化。从法律层面上说,李雪莲的事确实咎由自取;但在道

德层面上,李雪莲是该得到同情的。作为一个执拗的农村妇女,她不愿意忍受那份委屈,她把自己的名声看得很重不能允许别人将自己与风流成性、谋杀亲夫的潘金莲看作一样的人。所以,李雪莲要把这顶帽子拿掉,她要洗刷冤屈。在男权社会中,男人将女人的行为都看作可有可无的,女人在做的都是没有意义的事,女人是自己身后的跟随者,她们不该为自己发声,但是李雪莲的发声打破了这个禁忌,她不顾所有人看她的眼光,执意上访,要洗刷掉自己的冤屈,"潘金莲"对于她而言是个标签,她想撕掉这个标签维护自己的名声和尊严。这时,女性的主体意识开始苏醒。尽管这个苏醒的人是一个固执、执拗、不懂法的妇女,但却明显区别于以往冯小刚影视作品中的女性形象。

2. 他者:对男性形象的反观

对于冯小刚导演的作品来说,男性形象的塑造轻车熟路,在观众看来,无论是《甲方乙方》的姚远,还是《非诚勿扰》的秦奋,这些喜剧的男性形象无一例外都是诙谐幽默,充满朝气的,对全剧起到一定的引领作用,纵观冯小刚各个时期的作品,女性形象呈现出多元化的特征的同时,却又无一例外地证明着男性时刻掌握着主导权。男权是"男人凭借他们的性别及与他人的血缘关系确立的男性统治是以男尊女卑的意识形态确立和保护男性普遍优先权的性别关系秩序",男性用权威性的话语决定着女性的生活和命运,在《一地鸡毛》中,小林扮演的是家庭支柱的角色,在家里妻子会无条件支持小林的决定;在《甲方乙方》中,姚远也总在扮演着智囊的角色,周北雁每次做事之前都会看一眼姚远,征求姚远的意见;在《一九四二》中,老东家的话语权也是没有人质疑的,他的妻子和女儿一直不会反驳他的决定;哪怕在最能体现出女性主体意识觉醒的《我不是潘金莲》中,各个职位上的官员对李雪莲的案子相互推诿,实际上就是将李雪莲的案件采取不闻不问,自生自灭的态度。男性还是掌握着权力,掌握着"压垮李雪莲的最后一根稻草"。女人依然是权力的附属品,在女人选择捍卫权利的时候,社会却不能真正的让女性拥有权力。

3. 社会角色:走出女性"被看"的误区

女性的"被看"体现在方方面面,一是爱情,二是事业。在冯小刚的影视作品中,男性总是"看着"女性,窥探着她们的生活,主导着她们的事业,引导着她们的爱情,弗洛伊德曾说:"女性,特别是外貌好看的女性,分外会借由自恋来寻求自我满足,因为社会对于她们可以选择的爱恋对象实在是强加了太多限制;她们不但因此特别有自恋的倾向,而且在感情模式中也是需要被爱,而不是主动去爱。"现代社会女性在爱情中的选择依然是有限的,依靠父母丈夫才能活得光鲜亮丽的固化思维依然大行其道。外貌好看的女性在人们的潜意识里,容易被贴上"花瓶""小三"等标签,这些偏见在于,深陷女性"被看"的误区,仅仅凭借一个女性的外貌就判断出女性的人格,这样的评价未免有失偏颇。冯小刚有三部电影涉及了"第三者"这个题材,他曾在一个采访里说:"存在即合理"人的感情无法预测,因此他在影片《非诚勿扰》《一声叹息》和《手机》中表现了三种无法预测的情感走向。李小丹在《一声叹息》里完成了从本科毕业生到用理智结束错误感情的女性,她作为一个介入别人婚姻的女性,陷入泥潭而不自知,好在最终看清现实放过了自己;梁笑笑在《非诚勿扰》里作为一个第三者,傻傻地等待一个已婚男人为她放弃一切,用三年换来的却是自杀的念头,好在被秦奋所拯救;武月在《手机》中发现无法得到爱情,便退而求其次利用严守一为自己谋取利益。这些女性形象,极易让观众走入一个漂亮女人容易作第三者的误区。影片为了摆脱这种既定的刻板印象,便有了梁笑笑的职业是空姐、宋晓英的职业是医生、露西是私人助理等等职业设定,她们自己都有体面的工作,完全可以自己赚钱养活自己。

综上,冯小刚影视作品中的女性经历了"屈从现实"到"等待拯救"再到"自我救赎"的形象变迁。这种变迁源于冯小刚导演自身内在创作追求的主动选择和外在环境影响的双重因素的推动,凸显了女性主体意识的觉醒与自我价值的实现。在 2017 年国庆上映的影片《芳华》中,冯小刚导演在女性数量选择上更进一步,精心讲述了文工团中六位女性的爱情及充斥着变数的人生命运的故事。这部影片某种意义上用女性的绝美青春,唤醒了大众关于 20 世纪 70~80 年代期间的集体回忆。

原载《青岛农业大学学报》2017 年第 3 期。
李艳英:博士,青岛大学新闻与传播学院副教授。

传统作曲与电子音乐作曲观念及技法比较研究

颜　飚

一、传统作曲与电子音乐作曲的现状

作曲是一种创作音乐的行动和行为，也可以说是创作音乐的一种过程和经历，也可表示音乐作品的创作者。

传统音乐就是运用中国古老的丝竹管弦等乐器，通过独奏、合奏、和音等音律结构，谱写和弹奏出令后世传唱的曲谱，传统音乐的作曲是十分复杂的，对乐器的要求以及各个乐器之间的衔接有着很高的要求。中国历史悠久，从古代的宫廷礼乐来看，乐与礼是联系在一起的，在古代的王庭音乐是礼法的代表与根基，这些传统的音乐，都是根据目的、人群以及历史时期的不同而创作的。例如《二泉映月》，把诗词谱曲传唱的《橘颂》等。总结来说传统音乐就是符合时代特征，运用固有的丝竹管弦等乐器，结合自己的词曲进行创作而形成的曲谱。电子音乐作曲就是通过对计算机软件进行编程，从而通过编写的各类数码对各种乐器的音色进行模拟，进而使用这些数码谱写出一部部音乐作品。电子音乐作曲的形式，主要表现为两种：一种是通过数码编程，将文件进一步通过录制制作成为现有的视频播放形式，例如 MP3 和 MP4；也可以通过一系列的程序，进行唱片 CD 的制作和发行。另一种就是合成器，电子音乐合成器是比较常见也是运用范围最为广泛的，通过电子合成器模拟乐器的声音进行完整的曲谱创作。

传统作曲与电子音乐作曲具有不同的艺术特点。传统音乐作曲的特点主要表现为：第一，群众性，乡土气息严重。传统音乐起源于民间，通过各个地域文化、民族生活习俗，创作出适合民族或民间人们记忆和传唱的乐曲，传统音乐的音律、音阶、节拍、节奏以及结构布局等都传承了中国民间的歌谣，与我国悠久的文化历史存在相当大的关系。中国的传统音乐沿袭了中国古代音乐，采用古老的散漫、中速、中快等频率，以前是在民间红白喜事的时候，采用喇叭、锣鼓等乐器，敲奏出喜庆或悲伤的曲调。例如《百鸟朝凤》，用唢呐吹出对逝者的尊敬。这种传统音律在民间是广为人知的,也是传统音乐在作曲方面一个重大的特点,就是比较接地气,能广泛地传播,受到大众的喜爱。第二,地域区别清楚,传承习惯浓厚。在我国古代音乐创作中,宫廷有宫廷礼乐,民间有歌谣,还有边塞歌曲,西域文化等,也有一些少数民族的歌曲,这些歌曲的创作都属于传统音乐的作曲范围。因为音乐是表达个人心情、民族情怀,以及宗教信仰的一种方式,所以根据人们生存的环境,遭受的经历以及文化底蕴的不同,对音乐的创作,所产生的风格也是迥异的。其主要是由于我们的生活环境以及生活习惯上存在差别,所以传统音乐的创作在一定程度上也是文明习惯的递进与传承。

电子音乐作曲的艺术特点主要表现为以下三个方面:第一,作曲风格更加前卫、时尚、潮流。电子音乐作曲,运用电子软件合成,能够合成出各种各样的声音,经过后期加工,能够创作出各种圆润、动听的音调,而且这种高科技的电子信息软件,是随着我们这一代年轻人的兴起而不断兴起的,主要面对的群体也是年轻人,所以电子音乐的创作远比传统音乐节奏更加快速,且更加动感。第二,具有创新性。电子音乐作曲沿袭了传统音乐作曲中乐器的音调和音色以及作曲方法,同时又结合了电子信息软件,将由乐器弹奏出的声音进行合成,从而生成了纯粹的乐器弹奏不出的声音,例如电音。利用电子合成进行音乐创作,所创作的曲谱,既能在一定程度上符合喜爱传统音乐风格的人,也能通过创新,给新一代的音乐注入活力。第三,使用电子合成器。电子音乐作曲从形式上最明显的特点,就是摒弃了传统音乐作曲中使用的乐器,也去除了传统音乐作曲中复杂的音律、音符、结构等过程,根据电子音乐的概念,我们可以知道,电子音乐创作采用的是电子软件合成器,将传统音乐创作中吹拉弹唱等步骤简化为一个英文字母,进行网络编程,使机器能够高精度地模拟各种乐器所发出的声音,从而为电子音乐的发展提供物质基础。

二、传统作曲与电子音乐作曲的观念

传统作曲与电子音乐作曲的相同点主要有以下几点。首先,都具有一定的教育功能。对于创作传统音乐的人来说,在音乐创造的时候会考虑到很多方面,其中多数都是考虑到民族的情怀和民族大义,同时具有很强的爱国精神和大义凛然、义字当先的气势,表现出一种人文情怀。相比较之下,电子音乐大大地改变了传统创造的理念,改变了传统的审美观念;电子音乐也有着对国家的爱国情怀,电子音乐讲究的是与时俱进学习先进的理念和方式方法;在一定的程度上开阔了创作者对音乐的理解;打开了创作者的视野,但是两者对社会和人们都有着很大的教育意义。其次,符合艺术审美。电子音乐的创造在很大程度上提高了原有传统音乐不足的一面,但是它对待音乐上的审美艺术有着很大的相同之处,这两者的曲目都具有积极向上的态度和审美要求,所有曲目的创作都源于我们的生活和对待生活的态度;同时这两种音乐类别都是为了服务于社会、造福于社会,给我们提供美的享受。再次,二者相辅相成,互相影响。在获取创作灵感上无论是传统的音乐还是电子音乐都是源于生活和我们身边的事物的。作曲的创作者对身边的事物具有很高的观察力,传统的音乐和电子音乐都是将我们自己对生活的认知编成曲子,将我们的感情体现得淋漓尽致。

两者的不同点主要表现为:首先,二者的传播方式不同。我们在欣赏传统音乐的时候要去音乐的大剧院欣赏,这样在很大程度上会减慢音乐的传播速度,而电子音乐的传播速度波及范围也很大。传统音乐是依靠媒体网络来进行传播的,人们在任何地点和任何领域通过网络就能对音乐进行欣赏。两者的传播媒介有很大的区别,这样就导致两者之间的传播广度和速度产生了一定的差距。其次,作曲的目标不同,传统音乐作曲的目标很大一部分是为了表达某种感情或者揭露某种现实,也可能是代表一种礼仪或者仪式。很明显,当我们升国旗的时候,要奏唱国歌,不仅是展现庄严的气氛,更是让我们铭记一个时代或一段历史。而电子音乐作曲,往往都表现出节奏激昂、音调欢快等风格,在作曲中应用较多的也是电子和音,例如 DJ、喊麦、电音等,这些电子音乐作曲在一定程度上表现了一个时代发展的趋势和一个群体对音乐的追求,更多的是对音乐的喜爱和享受。

三、传统作曲与电子音乐作曲的创作技巧

首先,从二者音乐创作的组织方式上看。传统作曲对音乐的要求是通过一种线性思维来改变音乐的组织结构,但是电子音乐创作与传统作曲有着不同的非线性思维方式,这也正是传统作曲相对电子音乐有着自己独特的风格的原因。

其次,从音乐创作的技术手法看。电子音乐的出现将传统音乐带到了一个新的领域,传统音乐创作中注重的是音乐的编曲和曲目的筛选上,而电子音乐创作上注重的是音乐的旋律和所配置的音乐之间音效的搭配程度;电子音乐是先创造出旋律后再将所需要搭配的乐器的配声加入进去形成更好的效果。所以在音乐的处理手法上传统音乐和电子音乐有着很大的差异。

传统作曲和电子音乐作曲两者都属于音乐创作范围之内。无论是在创作的思想上还是在创作的技巧上,它们都有着一定的区别也有着一定的联系,两

者在教育意义上都有着积极向上的理念。在创作技法上两者都在寻求新的声音素材,并且各自拥有独特的技术手法和音乐组织方式,两者创作的来源都是生活和大自然。

总　结

传统作曲在中国的古典音乐中,表现得淋漓尽致,本文主要讨论的就是传统作曲与电子音乐作曲在创作观念和技法上的差别。对传统音乐作曲和电子音乐作曲在概念上有一个了解,再通过对两者作曲风格和特点的分析,得出在作曲观念上,两者具有同样的教育意义,且符合艺术的审美,并且二者相辅相成,共同丰富了音乐艺术行业。然而在传统作曲和电子音乐作曲的传播方式和作曲目的方面存在差异。在从作曲技法上进行分析,二者的作曲音乐组织存在差异,分别采用了线性和非线性思维。电子音乐作曲在继承传统音乐作曲的基础上,进行创新,做到了古典和现代的融合。

颜飙:青岛农业大学动漫与传媒学院副教授。

论电视剧对白的个性化

逄格炜

一、在理想与现实之间

我们知道,塑造人物是电视剧的根本任务之一。而人物与人物之间应该是有所不同的。金圣叹在褒扬《水浒传》时说:"三十六个人,便有三十六样出身,三十六样面孔,三十六样性格。"①又说:"《水浒传》写一百八个人性格,真是一百八样。若别一部书,任他写一千个人,也只是一样。便只写得两个人,也只是一样。"②这就是说,好的文艺作品,一个人一个样,人物之间不带有重样的。简言之,在好的文艺作品中人物应是个性化的。

当然,人物往往是立体的。人物的个性化体现在人物的各个侧面。在《编剧的艺术》一书中,拉约什·埃里格把人物划分为三个维度:生理、社会和心理。③ 在每一个维度上人与人之间都可以出现差异,从而形成个性。语言,作为人物形象的重要侧面,也应该是个性化的。电视剧《贫嘴张大民的幸福生活》中的张大民的嘴贫、电视剧《亮剑》中的李云龙的大大咧咧、电视剧《激情燃烧的岁月》中的石光荣语言的铿锵有力都给我们留下了深刻的印象,使我们闻其言如见其人。语言的个性化对人物个性化起到了积极的作用。

所谓电视剧对白的个性化,就是人物在语言上的类的共同特征的叠加。人物在语言上的类的共同特征叠加得越多,其个性化程度也越高。如男人的声音往往是低沉浑厚的,相较于抽象意义上的人的声音,是个性化的;北京人给人的印象是嘴贫,相较于其他地方的人是个性化的;生活在底层的小市民爱斤斤计

---

① 金圣叹《读第五才子书法》,引自施耐庵《金批水浒传》,金圣叹批改,三秦出版社 1998 年版。
② 金圣叹《读第五才子书法》,引自施耐庵《金批水浒传》,金圣叹批改,三秦出版社 1998 年版。
③ 〔美〕拉约什·埃格里《编剧的艺术》,高远译,北京联合出版公司 2013 年版,第 2 章。

较,相较于生活富裕的人是个性化的;在生活中乐观的人,相较于悲观的人是个性化的……当这么多语言上的类的共同特征集合到张大民身上时,他在语言上就是高度个性化的。

然而,在近年来的中国电视剧里,像张大民这样的语言高度个性化的真是太少了,个性化程度很低,或者说,缺乏个性化的人物真是太多了。君不闻,一些青春偶像剧中的人物说话都一个样,张三的话由李四来说也不违背性格逻辑。君不闻,在某些抗战电视剧中,日本鬼子说的中国话都是一个味。还有古装剧,文绉绉的语言泛滥成灾……我们经常听到"人"在说话,但是听不出来是什么样的人在说话。

二、原因分析

语言是人物说的。电视剧对白的问题往往是说话者的问题。创作者在塑造说话者的人物形象的时候,忽视了人物彼此之间的个性差异,以至于塑造出了高度同质化的人物形象。当他们说话的时候,当然就是一个腔调了。如在某些电视剧中,不管是谁,遇到不公正的待遇,动辄声嘶力竭地咆哮起来;遇到悲伤的事情,都要有大段大段地倾诉……既然遇事的语言反应很相似,我们只能把他们理解成是个性差异不大的人。然而问题是,既然人物都大同小异,那么剧中还要那么多人干什么。

在中国跟风的现象很严重。这也助长了千人一腔的现象。一个石光荣成功了,好多个石光荣式的人物鱼贯而出。他们的一举手,一投足,一言一行都是石光荣的范儿。这后面的还有什么个性可言? 一个李云龙成功了,又有一拨儿李云龙式的人物出现。在刻意模仿李云龙的过程中,他们的语言便失去了自己的个性,徒增了似曾相识的感觉。

千人一腔实质上是人物语言的概念化、教条化、定型化。其背后是创作者相关生活经验的匮乏。当创作者相关生活经验丰富时,要在电视剧里塑造什么样的人物形象,就可以到自己丰富的相关生活经验中去选择,去提炼。如果相关生活经历是匮乏的,创作者选择的余地很小。他势必要依赖大量的二手、三手资料,包括已经成功的类似的人物形象。这样塑造出来的人物形象,其独创性就大打折扣了,遑论他们的语言的个性化。

当然,看事情不能太过片面化。在一定的时期,某些类型的电视剧中人的语言还要受到社会规制的影响。如革命领袖怎么说话、古人怎么说话、日本鬼子怎么说话……虽然作为特定人物类别的语言,他们的语言可以与其他类别的人物形象的语言形成差异,显现个性特点,但是在本人物类型语言内部,他们又是共性化的,从彻底意义上讲是缺乏个性化的。

三、危害及对策

语言是人物的重要构成部分。如果语言千人一腔,那么剧中人物的性格就会趋同,人物之间的反差就小了。其后果是:第一,观众在欣赏的时候,不容易看出来谁是谁,极易造成人物识别上的混乱。如很多抗日神剧中的日本指挥官,大都操着一口蹩脚的中国话,胜则不可一世,败则气急败坏,几个日本指挥官放在一起观众根本分不出谁是谁来。这样,观众就难以把握剧情,进而得到应有的艺术享受。第二,把相同类型的人物放在一起不容易出戏,即使创作者使出浑身解数弄出戏来,由于人物缺乏独特性,那么戏剧性也很难是独特的。于是乎,平庸的电视剧就产生了。

有鉴于千人一腔的危害,我们要尽量避免千人一腔的创作倾向,努力追求人物语言的个性化,实现一人一腔的理想状况。具体方法如下。

一是要深入生活。二手、三手资料固然可供编剧参考,但是毕竟是别人已经用过的了。再用的话,除非有创新,不然很容易陷入模仿和抄袭的泥淖,给人似曾相识的感觉。而一手资料,也就是深入生活得来的资料则不一样。因为深入生活的人不一样,发现生活、加工提炼生活的角度不一样,获取的资料也就不一样。当创作者把自己深入生活得来的人物语言写入电视剧中,电视剧中人的语言也不会是千人一腔的,而是充满个性化的。

二是找到并写出每个人物语言表达上的特点。在生活中,很多人都有自己语言表达上的特点。如有人口吃,有人声如洪钟,有人说话有气无力,有人说话带有方言腔或洋腔……在创作的时候,我们要找到并写出每个人物语言表达上的特点。这样,人物一开口,人们就能把他与其他人区分开。电视剧《生死线》的对白个性化程度很高,让人一听就知道是谁在说话,其秘诀就在于人物在语言表达上是极富个性特点的。四道风说话带有几分痞气,却很仗义。欧阳山川说话爱抠字眼,透露着一股书呆子气,却又透射出睿智的思想光芒。高三宝有点口吃,而又可以隐藏,以至于说话时有迟滞。窦六品耳朵不好使,再加上为人木讷,因此他很少说话。长谷川在耳朵不好使之后说话声音比普通人大一些。在转变之前的何莫修说汉语带有浓重的美国腔。被八斤刺坏喉咙之后李六野说话声音沙哑、低沉。龙文章说话干脆利落,从不拖泥带水……美国剧作教授珍妮特·内布里斯说:"让每个角色都有一个他最喜欢的表达方式。"①当每个角色以他自己最喜欢的表达方式说话时,他的个性特点就会出现。比如,费城的社会底层人群爱说"你知道吗……你知道吗……你知道吗……"电影《洛奇》中的洛奇是个工人,就来自费城的社会底层。在电影中他经常说:"你知道吗……你知道吗……你知道吗……"这就体现了洛奇的自身特点。而倪学礼先生则发现,电视剧《辘轳、女人和井》中的巧姑说话时多用歇后语,对于刻画巧姑的机智伶俐而又尖酸刻薄的性格特点大有裨益。因此他指出,为了彰显人物及其对白的个性化,可以为某些人物设计一些歇后语或者是独特的"口头禅"②。这不失为一法。

三是要拉开剧中人物之间的差距。语言是人物的语言。如果电视剧中的人物之间是有差距的,那么他们的语言也势必有差距,否则,再好的编剧也不容易编出他们之间的差距来。虽然剧中人物之间的差距不用太大,也可以编戏,但是著名编剧余飞甚至说,剧中人物之间的差距越大越好,因为这样更容易出戏,更容易大开大合,更能让观众轻易把握。这一经验之谈是很受用的。

总而言之,在一部剧作里,当其他人都不这样说话的时候,某一个人这样说话,他的对白就实现了个性化,他的形象就是与众不同的,就容易给人留下了深刻的印象。

逄格炜:青岛农业大学动漫与传媒学院副教授。

---

① 〔美〕珍妮特·内布里斯《电影剧本的对话》,引自许还山、罗雪莹主编《敞开的门——中美现代剧作理论与技巧》,中国电影出版社 2009 年版,第 42 页。
② 倪学礼《电视剧剧作人物论》,中国广播电视出版社 2005 年版,第 255～256 页。

被影子隐藏的秘密

——观张艺谋新作《影》有感

王国梁

在看张艺谋新作《影》之前,先领略的是网上对于《影》这部影片的末轮炒作。从各大媒体的宣传不难猜测和预估,这次的"谋式"影片将不会太让人失望。曾经《三枪拍案惊奇》《长城》等大开大放、恶搞荒诞的商业片让人们一度质疑老谋子的艺术水准,《影》的上映无疑打消了人们的质疑,让人们看到了"国师"的回归。

拍古装片张艺谋是不陌生的,甚至可以说驾轻就熟。《英雄》《满城尽带黄金甲》等影片都是成功的范例,抛开故事性不谈,单从市场票房来看,也足以证明张艺谋的品牌实力。或许因为是摄像出身,张艺谋的影片大都十分注重色彩的调配,《英雄》里的绿色基调,《红高粱》里的砖红色气氛,《黄金甲》里的黄菊铺满大殿,《黄土地》里一望无垠的黄褐色……这些深入人心的色彩渲染让人们对影片印象深刻。而此次在《影》中,张艺谋采用了水墨的肌理,较《刺客聂隐娘》更加朦胧,仿佛始终有一层让人看不清楚的雾气笼罩在镜头前。从某种程度上讲,导演此番也应是刻意为之,希望借此强化"影子"这一概念在观众心目中的主体地位。

《影》的故事线较为单一,沛国与敌国因争夺境州交恶,沛国君王主和,而几乎要功高盖主的都督却主战,势要收回境州。当然,他收回境州的目的不仅于此,还希望借收回境州笼络群臣,进而实现篡权谋位的野心。都督这一角色便是"影子"的由来。影片开篇即介绍,"影子"实际上即是替身,很多君主权臣、达官贵人害怕遭人算计,便暗地里寻觅一个或多个跟自己长相酷似的人,供他生养,训练他仪态习惯、学识武功等各种细节,以达到以假乱真的程度,一旦发生紧急情况,可以丢卒保车。

在《影》中,真都督由于跟敌方大将杨苍决斗时受伤,伤病复发,病入膏肓。但他野心不死,一直躲在幕后操控假都督,也就是他的影子——境州。他妄图通过影子瞒过沛主，然后偷偷在密室研究破解杨家刀法的办法，一旦研究成功，借助天时地利，便攻城略地，直捣黄龙。可他的如意算盘被沛主识破，沛主发现了影子的秘密，但秘而不宣，将计就计，待收复了境州之后，他除掉真都督，便可以坐享渔翁之利。在这样利用与反利用的大戏中，谁都不能有任何闪失，一旦哪个环节出现了问题，都会满盘皆输。最后剧情的反转让人唏嘘，沛主用计笼络了收复境州的"影子"，在派人锄杀都督时中了都督的圈套，被都督反杀。已经命悬一线的都督还想继续诱骗影子，除掉影子他就能安心做君主。但已经陪伴都督多年的影子对都督的伎俩心知肚明，于是抢先一步杀了都督，并伪造了刺客弑君，而他斩杀了刺客的场面。从此，"影子可以不用依附真身而存在"，影子就是真身。

值得称道的是片中几位主演的演技，尤其是邓超，在一人分饰两角的情况下，将真假都督演绎得入木三分，让观众印象深刻。另外，郑恺、孙俪也对各自的角色把握得十分到位。让人不禁反思的一个镜头是影片最后，孙俪饰演的都督夫人小艾在看到自己夫君被杀、影子伪造了杀人现场一幕时，都督夫人即将夺门而出，好像要揭穿他，但她转而又犹豫了。一直陪伴一个活死人，都督的心狠毒辣和影子的心地善良让她的天平慢慢发生了偏移，直到都督死去，她也似乎忽然觉醒，其实她也不过是都督其中的一个影子而已。

国产影片，尤其是第五代导演的代表作品，大都遵循着一条铁律，那就是对人性的高度关注。从电影本身来讲，电影无外乎讲故事，而故事的构成离不开人的参与。正如"有人的地方就有江湖"，有人的地方就会有故事。电影艺术是通过对人物的刻画、对故事的讲述，为我们营造一个个可能存在也可能是虚构的场景和故事，并借由故事情节的推进将一个个鲜活的人物立于银幕中。

"人"，对于一部影片的成败是关键因素。在《影》中，几位关键角色的设计以及以他们为原点辐射出来的关系脉络，构成了电影的主体框架，也进而形成了一个完整的故事整体。我们说的是故事当中的人，这个"人"和角色本身的关系存在一定的距离。究其原因，我们可以从斯坦尼斯拉夫斯基的理论中窥见一斑。从观众的角度看，可以说角色更重要，而真正能够从角色回归到关注人本身的却寥寥无几。这决定我们从哪个角度去鉴赏一部影片。

诚然，在市场经济高度发展，电影高度产业化的今天，任何一部作品的产生都不可能单纯地抛开市场谈影片。我们既要兼顾市场的反馈，这个市场又是复杂的，它既包括票房成绩，也有观众对影片的反馈。但真正的反馈并不是众家之言的集合，而是要反过来思考，即作为电影的主导——电影导演的坚持。我们看贾樟柯的电影有着很深的个人特点，从《小武》到《山河故人》，再到《江湖儿女》，贾樟柯一直用一种冷静得令人不由肃立的理智在把控着自己对影片的理解，以及通过影片所传递出来的思想。与陈凯歌、姜文、冯小刚等导演不同，张艺谋的影片也存在复杂多变性。从他之前的作品就能很好地印证这一点。张艺谋的最大贡献莫过于对于电影的探索性。电影本身是一门高度灵活性的工作，如果在条条框框内进行创作，势必会产生止步不前甚至退步的现象。而探索与创新是一个导演对自己的基本要求。探索的道路并不是一路平坦的，往往会产生各种障碍，虽然有些障碍是自我设立的，但如果没有之前的有益尝试，就不会有新的突破，这是颠扑不破的真理。类型片发展至今，题材的雷同和故事的老套已经为所有的导演所认同，如何发展，如何突破，是摆在所有导演面前的课题。在对自我的思考、对社会的观察、对人性的追寻过程中，我们很可喜地看到了《影》的诞生。

《影》的故事，让人联想到著名的悖论——薛定谔的猫，一只猫可以处于既活着又死去的状态吗？在《影》中，似乎得到了印证。沛国君主醉心声色，不理朝政，甚至不惜让自己的亲妹妹下嫁联姻也不愿收复失地；都督迷恋权力，即使病入膏肓也要完成自己的野心，最终自食恶果；影子一直单纯地认为，只要自己帮都督完成夙愿就能获得自由，回到母亲身边，可最后时势所迫，他不得不从黑暗中挣脱出来，为了能够真正地为自己活着；小艾一直深爱着自己的夫君，希望帮他完成大业，可她一直不知道的是，她对于自己的夫君来说只是一颗微不足道的棋子。《影》中所有的人都有着自己曲折的命运和摇摆不定的人生，那种自己无法掌控自己人生的感觉像极了影子。每个人都有自己的影子，但如果每个人有多个影子呢？导演在深层次里为所有观众设立了这样一个命题，所有看过电影的观众或许都会自问，如果我是影子我会如何选择？

《影》探讨的是人性中的善恶，与《我不是药神》有异曲同工之妙。前者是通过群体的无意识来昭示个体的迷茫，而后者则是通过个体的觉醒来警示群体的未来。两个故事，一旧一新，分别代表了不同的状态下人的不用反应。从他们所折射出来的人性的多面这个角度来看，每个人都是矛盾的混合体，每个人都跟自己的影子结伴同行。

《影》《我不是药神》等国产优秀影片获得票房和口碑双丰收，足以证明，如今的电影市场，不再是一味追求观感刺激的口水片、爆米花片。观众的审美已经在几代电影人的影响下和个人综合素质的不断提升下得到了大幅度的提高。很多影迷的自主意识在加强，他们对某一类或者某种题材的影片具有超群的鉴赏能力,得益于网络时代的便捷讯息,很多观众甚至成了影评人。这对于电影的发展来说可谓是一件幸事,电影和人的碰撞就如同对的食材遇到了对的大厨,瞬间电光火石。

通过《影》,我们不仅看到了电影,也透过电影看到了人影和人性,《影》的故事也让我们不禁思索,人和影子,这一对相生相伴、互为因果的命运共同体,如何平衡与共存? 人与影,恰如人与自我、人与他人、人与自然、人与社会,而影子的秘密是什么,影子永远不会告诉你。

原载 2018 年 12 月《青岛早报》"文艺评论"。
王国梁:《青岛文学》编辑。

愿能去往镰仓，看那花开花落

——《镰仓物语》影评

冯星如

刚结束新婚旅行的作家一色正和，与小 21 岁的妻子亚纪子回到了家乡镰仓。四处乱窜的奇异小妖怪，与妖怪们和谐共处的镰仓居民，还有与妖怪鬼魂交易的夜市，这里的一切都令初来的亚纪子既害怕又好奇。日本电影《镰仓物语》就是从这里展开的。

亚纪子因喝了一个心怀不轨的妖怪卖给她的毒松茸所做的汤，致使灵魂极易跑出身体。在一次寻找一色的过程中，亚纪子匆忙间灵魂出窍，丢失了自己的身体。没有了身体的依附，亚纪子的灵魂只能靠缩短一色的生命来做延续，因此亚纪子最终选择离开，与死神一同登上了开往黄泉的列车。心碎的一色决定找回亚纪子的身体，帮助她回到现世。他先是在警察的帮助下，找到了被一位已亡故灵魂所占用的亚纪子的身体；而后又只身踏上了前往黄泉的列车，来到黄泉世界，见到了自己的父母，对母亲的误会也得以消除。在父亲的指导下，一色找到了亚纪子，并用想象的力量与幕后真凶——天头鬼展开较量，在贫穷

之神所赠物品的帮助下,战胜了天头鬼,将亚纪子带回到现世。

亚纪子和一色的日常生活看似平淡却充满了幸福;本田为了妻女甘愿做妖怪而最后又接受另一个男人的守护;贫穷之神看似强大而令人厌烦,却在接受一点温暖后感动得痛哭流涕,并在关键时刻给予了回报;老保姆阿金对一色家的守护;一位热情友好而又带着一点小迷糊的死神⋯⋯这些人物及场景的塑造让人难忘。

总的说来,影片在以下几个方面上较为成功。

一、将原本阴森恐怖的死亡、鬼怪元素与
人类日常生活的平和温馨相结合

在与黄泉列车相接的镰仓,死亡成了像出行一样平常的事情,没有悲痛——优子太太与丈夫在车站与一色夫妻的挥手告别,不仅平静,还着重展现出了相伴的幸福;黄泉也成了一个世外桃源般的空中城市,一色父亲追随其妻来到黄泉世界,并选择了留下与妻相伴;变成青蛙妖怪的本田依然有着对亲人执着的爱;人与妖怪均可参加的和谐夜市⋯⋯这样的主色调让人会情不自禁去思考人生价值、生命形式。

二、整部影片贯穿着诙谐的气氛

这主要体现在以下几个方面。

第一,一色正和弯弯的眼形,给人一种微笑、轻松的感觉,即使在其愤怒的时候也能给人一种微笑的错觉。如在亚纪子追问其父母间的关系时,一色正和稍微停顿了一下后开始对亚纪子发火,此时的一色从面部表情看来似乎依然在微笑。

　　第二，场景、语言安排的诙谐。如影片开始时在汽车内亚纪子让一色再说一次"我也幸福得像在做梦一样"，场面温馨、幸福、诙谐；再如优子太太与一色夫妇第二次见面，并向亚纪子述说自己已经死了的时候，亚纪子吓得躲到了一色的背后，场面诙谐；再如贫穷之神被一色用棍子捅了出来，在场四人的表情，特别是贫穷之神，吃惊中夹杂着诙谐；再有贫穷之神在一色家第一次吃饭落泪、一色在黄泉与父母相见、天头鬼将一色夫妇围住后侃侃而谈时却被一色重重敲了一棒……这些场景的主格调有的欢快、有的尴尬、有的紧张，但也都透着诙谐。

　　第三，妖怪的形象处理得很有喜感：如本田死后成了一个青蛙样子妖怪、天头鬼脸上的刀疤……

　　第四，音乐的巧妙烘托，例如一色与亚纪子逛夜市的背景音乐、贫穷之神掉泪时的配音等。

　　这种诙谐让人在观影中感觉轻松的同时，使影片的温馨感也能贯穿始终，这或许正是导演所想要给予观众的！

三、影片成功地融入了日本风格及元素

　　具体有：①影片中妖怪的形象与西方影片中的塑造是截然不同的，而是带有鲜明的东方特色，这一点很值得我国影界人的思考与借鉴，电影作为一种文化形式，可以通过模仿然后实现超越。②黄泉的概念、死神的形象等与西方影片也是有区别的，让国人有种认同感，这一方面说明历史上日本文化受我国文化影响之深，另一方面也体现出影片所表达的正是东方文明的元素。③大量镰仓景色、日本百姓家庭生活的融入，使影片具有浓浓的日本气息。

当然,影片不足的地方也是存在的。例如,影片中有一些逻辑似乎讲不太通——既然将黄泉塑造得这般温馨、美好,与现实并没有太大的差别,那一色就没有必要非得将亚纪子带回现世了,只要粉碎天头鬼的阴谋,生活在黄泉也是一样的幸福;还有,从天头鬼的跟班在夜市及黄泉的出现可推断,妖怪似乎可以自由出入现世和黄泉两界,如果是这样,天头鬼完全可以到现实来对付一色的,而影片展示的却并不是这样。

总的来说,影片还是成功的,它向我们展示了爱的守护、爱的力量,提醒我们要珍惜当下,珍惜亲人。另外,影片中所营造的场景,也让人心驰神往——谁不想拥有一个妖怪奔走的后花园?谁不想亲眼见一见现世车站、黄泉车站?谁不想在温馨的小店中温一壶酒,与妖怪畅谈?

真希望能去次镰仓,看那花开花落,看那人间至深的沧海桑田……

冯星如:中国海洋大学海洋科学专业学生。

青萍・新势力

在追慕传统与反思现代之间

——戴小栋诗歌创作简论

祁昭昭

读戴小栋的诗歌，耳目所感的首先是秋日黄昏下斜阳倦怠、寒潭影绰的寂静之色，也是云朵翻飞，春雨绵绵的清丽之境。戴小栋的诗韵味温婉，内蕴繁密，既有"新古典主义诗歌"一脉的蕴蓄内藉，绵长凄艳之古韵，又充斥着现代人类所面临的困惑与反思。在戴小栋的诗歌世界中，矛盾与二元对立是显见的特征。正如戴小栋在身份上既是官员，又是诗人；既是理科出身，又投身文学；既有北方人的硬朗激越，又带有南方儒雅的血脉；在诗歌中既关照自然山水，又致力描绘现代都市图景；既有古典的情怀，又有现代诗歌的哲思意念；既有书卷的雅致，又有偶尔尖锐的凌迟。戴小栋的诗歌世界充满了各个元素相互对立融合的张力，正如立足于阴影与阳光的灰暗地带之中，参差不齐，虚实相生，错落有致。诗人从容徜徉于历史与现在，传统与现代，中国与西方的各个界限，游刃有余地将各种元素糅合在自己的诗歌写作中，使诗歌质地丰润，满溢着深刻而和谐的诗性美感。

一、在诗歌中救赎与超越

戴小栋特殊而多面的身份往往让人忽视了其温柔儒雅的外表下深层的诗性与才情，很多人在读过戴小栋的诗歌时都会表示惊讶："没想到小栋的诗歌写得如此优雅、安静、从容而略带隐藏极深的宿命般的感伤和痛。"（安琪语）诗歌在众多文学体裁中是最纯粹、最高贵的一种，也最贴近人的精神本质。安琪曾在初识戴小栋时感慨，读戴小栋的诗就像读他的人，只有性情上温文尔雅，才能让他在如今物欲横流、喧嚣浮华的社会中，选择以沉潜的方式进入诗歌写作。他不止一次感叹："行走在空旷的天地之间，只有诗能教我在喧嚣中保持安宁，绝不随波逐流。"①戴小栋选择向沉潜的生命状态转变,他总能够深深地潜入生活而又不时地浮出水面,用诗性的文字探微世俗红尘。因而,诗歌已经成为戴小栋最重要的生命的方式,是生命存在的依据和明证。

山东诗人雪松在谈到写诗的理由说:"寻找一种方式,对抗生命的虚空。如果哪天感受不到虚空了,也就不再写诗了,人也就不存在了,这是对生命最大的毁灭。"②诗歌成为诗人在现代社会对抗虚无,进而完成自我拯救的力量。在一定意义上,诗人是自由出入于现实与虚空之境的圣人,诗歌也永远是孤独者、疏离者、反叛者的事业。戴小栋用诗的语言,诗的思想和诗的灵魂去与现实对话,进而在芜杂的世界中开辟出一片极为纯粹的精神花园。诗人的笔触细腻湿冷,一如《寂静》中狂飙过后女人脸上冷漠的刺,还有"泊于命定的""虚空的""微型汽车""无助的纸花盛开"③,铁灰寒冷与凄清是一切最原初的底色。再如《散开的涟漪》一篇中,"阳光下众鸟喧嚣""黄昏里依然会听到鸣蝉聒噪"④,昨天却成了岑寂的、硕大无比的黑洞,在戴小栋的诗歌语言中,生活空间是静态的,而在写到蜻蜓、鸽子等生灵时,其生命空间又呈现出与静态美感相平衡的动态。教授张艳梅曾评论道:"这种悬崖边上的平衡感,仿佛一朵花初开,又似乎最后一片花瓣摇摇欲坠,就这样微妙的瞬间获得无限延展。"⑤戴小栋诗歌内部的平衡与张力,也是诗人内心在现实世界中因为精神的虚空所进行的自我救赎行为的延伸,戴小栋曾自白:"诗人其实只靠自己的作品说话。"诗歌中的"伤感""生疼""刺痛"等体验,都是诗人贴近生活,潜入生命所达到的最为真实的生命关照。

在《内心流动的崂山》中,诗人发出了直击灵魂的叩问:"我们究竟是谁,救赎之路何在?"⑥诗人从来都是善于思考的哲学家,而"我们是谁"这一永恒的命题,反过来却也确证了"人"的存在的合理。人类存在的高贵之处在于,我们热衷于思考我们的存在。"没有一个感受人活着到底为什么的这样的精神气氛,人们读不了诗。"⑦诗歌是诗人在思考世界时哲思迸发瞬间的留存,也是诗人对自我存在的确证与追索。通过诗歌,戴小栋完成了肉体和自身的救赎,救赎从

---

① 戴小栋《冷香》,人民文学出版社 2013 年版,第 145 页。
② 江丹《诗歌,一直未曾远去》,《济南时报》2015 年 10 月 28 日,B09 版。
③ 戴小栋《冷香》,人民文学出版社 2013 年版,第 5 页。
④ 戴小栋《冷香》,人民文学出版社 2013 年版,第 11 页。
⑤ 张艳梅《一个人的诗歌简史——戴小栋诗歌读记》,《青岛文学》2017 年第 12 期。
⑥ 戴小栋《冷香》,人民文学出版社 2013 年版,第 15 页。
⑦ 顾城《顾城哲思录》,重庆出版社 2015 年版,第 46 页。

来需要勇气，自我救赎更需要超乎常人的锐意。在《敲打》一诗中："敲打，持续的敲打/如屋檐上的春雨不绝于耳。停放/在春天的路口，这些赤条条的生灵……/敲打，叫魂一般的敲打/继续着生死的敲打。"①敲打是最有力的语词动作，伴随着持续、叫魂一般的敲打，诗人仿佛敲响了充满命运的仪式感的生命之钟，每一声都厚重沉郁。诗中诠释着世俗化的生存之景，洗浴大厅里赤条条的生灵，浆果般鲜嫩的身子，交织着肉体欲望的现实图景下，是诗人在世俗社会保持着的清醒而自觉的审视。"在省会写作，小栋要不由自主地抵制来自两个层级的喧嚣：一面是本地的正襟危坐式的庙堂煽情；另一方面是国家疆域到处流窜的将新闻事实看作诗性现实的江湖调情。"②格式鲜明地指出了戴小栋的诗歌创作处境，而在其诗歌作品中，不论是《咖啡厅》中"蝇一般穿梭的""卑微的侍者"，还是"从容袒着双乳"的"叫燕子的女孩"，诗人的目光不断沉入，关照的是最为真实，不作伪饰的生活原貌，贴近现实，进入现实，进而超越现实，是每个诗人都试图追求并达到的写作图景。"也许只有极少数的伟大诗人能够超越现实，但是对于更多的诗人而言，重要的是出于现实的漩涡将之转换成为诗歌的现实、语言的现实和想象的现实。"③而戴小栋的诗也正是以其华美沛丽的诗歌语言，描绘出了一幅幅典型的富有"现实感"的生活场景。通过诗歌，戴小栋完成了对现实的超越。

二、喧嚣中的现代性

诗歌是诗人借助生命体验，自我沉潜的过程，是在诗性的语言表达中，释放倾诉欲望的过程。戴小栋在 20 世纪 80 年代初就已经表现出他在诗歌创作上的禀赋，而在 2000 年的一场大病，无疑是一次其人生的重要拐点。与疾病命悬一线的较量，让戴小栋在绝地求生以后，诗歌的创作更有了对生命的体察与温度。在诗集《冷香》中，戴小栋并没有停留在表面性的书写，而能够直逼生命的威严；诗歌中也没有那种常见的掩饰不住的沾沾自喜的优越感，没有浅薄的酬和和唱答，而充盈的是对生命在时空上质的困惑与感知。一个现代的灵魂，在面对无法把握的生命形态时，必然出现困惑、焦虑，乃至迷茫的心境。在《丢失

---

① 戴小栋《冷香》，人民文学出版社 2013 年版，第 7 页。
② 格式《徜徉是一场绝地反讽——戴小栋诗歌印象》，摘录于 http://blog.sina.com.cn/s/blog_46f2d00f0102w0lt.html。
③ 霍俊明《没有诗歌，就没有未来——二〇一三年诗歌创作与现象考察》，《当代作家评论》2014 年第 1 期。

原色》中："当同龄的女子/变换步履后成为母亲/又一茬女孩子开始用朦胧的目光/注视男人。我翻开日记/陌生的恐惧/袭遍全身。"①诗人将目光放到女子从女孩到母亲的身份转换上，隐喻着生命生生不息的轮回与接替。事实上生活的真实与否，诗人在此已不可分辨，面对生命的飘忽和不确定性，"笼中的困兽"成了唯一的实在，诗人这种现代性的感受，既有对生命反诘式的追问，更有对自我存在的内省与剖析。这里不免让人想起里尔克后期"事物诗"的代表作《豹》："它的目光被那走不完的铁栏杆/缠得这么疲倦，什么也不能收留。/它好像只有千条的铁栏杆，/千条的铁栏后便没有宇宙。"②里尔克忠实而客观地描写了一头困在千条铁栏杆下的豹的神态，它的目光疲倦，意志晕眩，四肢紧张，拟人化的手法渲染出人的生命力在受到压迫围剿时最无力的生存处境，"笼中的困兽"因而也是诗人对生命的一种悲剧性表达。

　　诗歌是需要情感浇灌的理性之花，戴小栋的诗集中同样不乏对爱情的描写。戴小栋在将笔墨转而描摹爱情这一图层时，也并非选取的是亮丽的色彩进行构图，诗歌中更多表现的是现代人对于爱情的距离感和隔膜感，替代海誓山盟的，是彼此的游离和怀疑，碎裂是诗歌中爱情无形的形状，料峭冰冷的氛围下，爱情本身的存在也就成了一种不被信任的虚妄。在《碎裂》一诗中："现在熟稔的灯光下已没有了心仪的诗人/成为碎片的博尔赫斯正无辜地躺在另一间屋子/像凌乱的胡须，抛洒得到处都是/总是在这样的时刻会看到童年/那面结婚的镜子，从我的父母/一直碎裂到我的余生。"③古典意象中的"破镜重圆"在诗人这里得到化用和消解，现代人的婚姻脆弱得不堪一击，情感的裂痕不仅无法修补，甚至会给下一代带来持续的情感缺失。"诗歌中的戴小栋也像南方一样柔软、敏感、善解人意，这样的人内心必是充满着爱与关怀，也必因为敏感而使观察视角更为细微独特。"④戴小栋对于爱情的体察是细致的，裂痕是现代人面对的共同的情感困惑与危机，他能够聚焦于人类在面对各种抉择时与世界、与自我完成撕裂的疼痛，而在他自足的诗歌世界中不加掩饰的揭露出存在于人与人之间的阻碍信任建立的藩篱。诗人在"粗劣的情欲""持续痉挛的名利场"还有"相似的肉体"中再次体验到情感的虚无，爱情在"叠加的死亡"意象中发出空洞

---

① 戴小栋《冷香》，人民文学出版社 2013 年版，第 40 页。
② 里尔克著，林笳编《里尔克集》，花城出版社 2010 年版，第 41 页。
③ 戴小栋《冷香》，人民文学出版社 2013 年版，第 27 页。
④ 安琪《悲喜人生中诗意隐者——戴小栋〈我必然返回这个春天〉简读》，摘录于 http://blog.sina.com. cn/s/blog_46f2d00f0102w0lt.html。

而灵异的声音,在黑云压城之际便戛然而止。诗人对节气的转换有着尖锐的感知能力,"秋天是离天国最近的季节",寒凉死灰般的氛围下,诗人试图"在前生和今世巨大的峡谷中间"握紧一些什么,然而巨大的虚妄感已经吞噬了诗人,而使这种握紧变得不可能。诗人面对情感的困惑犹疑,正如在《致 C.N》中无力的告白那样:"我的心被羔羊般的眼睛/洞穿得千疮百孔/但却不知如何蜕变/走进新的感情季节。"①

　　戴小栋的诗歌始终忠于个人的生命感受,体现出强烈的生命意识。在诗集《冷香》中,诗人用现代化的语词构建出隐喻性的空间,传达出现代人普遍经历的孤独感、异己感、虚无感。如《吹拂》一诗中:"幸福是孤独的,极度的幸福更加孤独/万物复苏后,旗杆,花匠,布谷鸟/和其他一些春天的事物散落在另外的棋盘上/一些树吐出新蕊,一些鸟顾自飞翔。"②诗人一方面坚守了他对古典诗歌意境的追慕,而在诗歌中关照自然,"春光""鸟鸣""树"等意象构成了诗歌"柔软"的一面,而在其背面,诗人却又选取了极富现代性的图像:"沃根葡萄酒""破冰蚀骨之刀",割裂了本应该空灵迷离的古典意境,而把人带入极度不安的空虚之中。现代人内心的喧嚣并不会因为自然界的文学化的风景得到驱散,相反,愈是寂静的地方,喧嚣的躁动便愈清晰,诗人在诗歌中所欲寻求的僻静的心灵之所,事实上表现在诗歌中,便成了"荡涤席卷"的另一场风暴。《散开的涟漪》中有这样的诗句:"不断飞升的天空/越来越清晰地把我遗弃在更为深远的大地上"③,现代人的生存境遇就是一种无法究其缘由的失落感,在无所依傍的社会中,每个人都是独立的个体,却又在与他人相连结时,迫切地需要认同感与依附感。渺小的个体只有在认识到时空的虚无时,才能确证自我存在的无所凭依。

　　戴小栋诗歌中强烈的生命意识,还体现在其对时间的敏感。诗人在将近知命之年完成了第一本个人书集的出版,"回首走过的人生,已历经太多的世事更替和悲喜沧桑"④。诗集中的作品大多写于诗人中年期间,黄昏斜阳的意象占据了诗集的大量篇幅,诗人写作时的心情也由高昂变得低沉。欧阳江河在谈到诗歌写作的"中年特征"时说:"中年写作与罗兰·巴尔特所说的写作的秋天状态极其相似:'写作者的心情在累累果实与迟暮秋风之间、在已逝之物与将逝之物之间、在深信和质疑之间、在关于责任的关系神话和关于自由的个人神话之间、

---

① 戴小栋《冷香》,人民文学出版社 2013 年版,第 57 页。
② 戴小栋《冷香》,人民文学出版社 2013 年版,第 33 页。
③ 戴小栋《冷香》,人民文学出版社 2013 年版,第 12 页。
④ 戴小栋《冷香》,人民文学出版社 2013 年版,第 144 页。

在词与物的广泛联系和精微考究的幽独行文之间转换不已。"①诗人往往会以回忆性的目光去看待已有的事物,往事成为诗人执着的呢喃。转为中年的写作,诗人开始从时间的维度上去探微生命的厚度与速度,时间在诗歌中成了意念性的存在。诗集中很多诗都表现了戴小栋作为一个现代诗人对时间最深刻的体验,如《黄昏》一诗:"沉重的积雪惨白地映照着止血钳/美丽的晚秋是半截飘忽不定的影子/更远处,往事正孤独地踽踽流浪"②诗人对时间的感知的直观感知是"飘忽不定",站在黄昏的街头,诗人回忆中的往事带有令人着迷的梦幻性质,而"流浪"之于往事,其实更是诗人在当下生活中一种精神放逐的姿态。流浪是诗人生命存在的方式,更是读不确定的时间观念的一种证实。再如《视觉:减速》一诗:"再慢一些,让更多的花花草草进入眼帘/其实,在加速递减的生命面前还有多少更重要的事情呢。"③诗人在此明显表达出对时间在流逝,生命在缩短的真切感受,"我"与蜻蜓的对视让我忘记了时间,但时间是不会停滞的长河,任何生命都在时间中被不断地洗涤、浸染。诗人所要寻求的不过是时间能够慢一些,生命递减的加速度能够小一些,这是人到中年后不可避免的在时光飞逝中所产生的怅惘和焦虑。《咖啡厅》中:"望着那片静止的秋日天空/许多年已经流水般远去/总也走不出流水割腕的声响/即使在安逸的下午,在风清的咖啡厅。"④诗人将时光隐喻成流水,更将流水动作化,"割腕"一词将生命在时间流逝中一点一点消解毁灭的画面以令人触目惊心的场景进行了展示,更能让人感受到诗人凌迟般的生命体验。岁月在诗人眼中"成为一把随手扬起的纸屑"⑤,居无定型,时间更是一把尖锐的刻刀,而"使许多事物面目全非",诗人即便听到汩汩水声,也能联想到年华似水般的消逝,诗人的伤感是深刻的,忧伤更似"洪水一般席卷而来",无法抑制。

三、在古典与现代之间

很多人在谈到戴小栋的诗歌时,都说他是一个既追慕古典,又能兼备现代主义才情的诗人。戴小栋是正统的北方人,但身上带有细腻婉约的南方血脉,

---

① 欧阳江河《1989 年后国内诗歌写作:本土气质、中年特征与知识分子身份》,《如此博学的饥饿:欧阳江河集 1983～2012》,作家出版社 2013 年版,第 293 页。
② 戴小栋《冷香》,人民文学出版社 2013 年版,第 20～21 页。
③ 戴小栋《冷香》,人民文学出版社 2013 年版,第 35 页。
④ 戴小栋《冷香》,人民文学出版社 2013 年版,第 26 页。
⑤ 戴小栋《洇湿的冬日》,《冷香》,人民文学出版社 2013 年版,第 19 页。

这不仅源自其母亲是南方人的家族血缘，也与其大学时代在复旦校园中受到江南文化的熏陶有关。张清华曾在评论中概括道："小栋诗歌的特别之处，许多内行读者都有强烈同感，就是其语词的华美丰沛、以及语式的绵长所导致的缓慢的速度，与稠密而富有韵律的节奏。"①戴小栋华美的诗歌风格有着宋词的韵味，其富有独创性的"连绵体"给读者以不同于现代诗歌的审美观感，另外，现代性的内涵和意念又借助古典美的形式表达出来，戴小栋的诗歌很好地实现了古典与现代异质元素的结合。

古典与现代的糅合，首先与戴小栋在诗歌中对古典诗词的完美化用有关。郑敏曾在长文《中国诗歌的古典与现代》中，从中国古典诗歌与西方现代性的的渊源关系角度探讨了中国现代新诗发展的方向问题，她指出："现代性包含古典性，古典性丰富现代性，似乎是今后中国诗歌创新之路。"②戴小栋在"新古典主义"诗歌上融合传统与现代的努力，为现代汉语诗歌的发展注入了新的活力。从他的诗歌中，能够明显看到与中国古典诗歌的内在联系。《谁叫岁岁红莲夜》的诗歌题目取自姜夔的《鹧鸪天·元夕有所梦》中的诗句："谁教岁岁红莲夜，两处沉吟各自知。"③诗歌中营造的依旧是充满古典化诗情的氛围，在遣词造句，诗行排列中，诗人都精心打磨："平庸的日子必然被狂野的初雪重新修改/理智的车灯亮了，泪水像风一样把我从紧握的往事吹落。"特定绵长的句式加重了诗歌语句的沉重感，诗歌的节奏缓慢，与姜夔诗句中所要传达的缱绻的深情不同，诗人在诗歌中选用了多个富有现代气息的意象组合，如"荒原""两条红鱼""冰凉的长方形餐桌""直角沙发"等，诗人将意象去情感化、零度化，由此传达出在爱情破碎以后，激情冷却，世界消亡的荒芜之感。诗人最后发出诚挚的感叹："我忍得住眼泪，却不能忍住空空荡荡的余生。"幽独黯淡的诗歌意境，给诗人带来了情感上的一次释放。

诗人十分擅长将古典化的意境同诗人现代化感受相弥合，一方面中国古典诗歌的迷离幽深之境深化了诗人现代性体验的内涵；另一方面，现代意象的组合创新也带来了中国古典诗学在现代汉语诗歌中的重生。诗歌《冷香》中，诗人借助感官作用，闻的是"咸腥依旧"的海风；听到"河汉无声"，灵敏的触觉感知到"草色烟光的黄昏下""风的抵达"；也能敏锐地捕捉到"温暖与寒冷的临界点"，

① 张清华《屋檐上的春雨不绝于耳》，《百家评论》2015 年第 5 期。
② 郑敏《中国诗歌的古典与现代》，《文学评论》1995 年第 6 期。
③ 姜夔著，陈书良笺注《姜白石词笺注》，中华书局出版社 2013 年版，第 142 页。

诗歌最后："当周围的一切渐渐黯淡下去/冷香，一阵紧似一阵/飘升上来。"①诗人在诗歌中将听觉、视觉、触觉、嗅觉等感官相契合，对"通感"进行自如的运用，营造出可感的空灵之境，诗人在诗歌中选取了"明月""河汉""夜雨"等富含隐喻性的意象，透露出诗人在时间的过渡性中不断挖掘出的爱情体味。诗歌的审美意趣具有典型的本土性，它在本质上是中国的审美意趣。在中国古典诗歌中，诗人总是用意象来表达难以言传的感受，意象在一定意义上，是只属于诗人的天才的妙想。"冷香"的意象早在姜夔的《暗香》一词中偶有印证："但怪得、竹外疏花，香冷入瑶席。"②这首词意境空灵，遣词造句温润儒雅，委婉情深。一如戴小栋诗歌中的古雅含蓄，余韵无穷。

戴小栋的诗歌世界中，语言既华美清丽，又有着现代化的词序词源；审美表达上既追慕古典的颓废洇染之意，又有现代诗歌所渴求的简达的理性。诗人在从宋词中习染了世俗气息的同时，还在奥地利诗人里尔克那里找到了如何处理诗歌中事物与经验的答案。"在里尔克那里，'物'指的是作为淳朴基础的自然，是显现着自身的物，是存在的整体。"③戴小栋诗歌中来自自然的意象非常多，无论是静态的梧桐、槐花、杨树等植物，还是鸽子、鹊、土拔鼠、猫等动物，诗人在诗歌中表达了对物的诗意呼唤，从而才能不断涉及人的存在本身。

诗人对生命的体察极致入微，《过去的事物在黑暗中闪耀》创作于 2012 年，诗人此时的艺术手法日趋成熟。诗歌呈现出更浓郁的思辨意味，诗人的思绪带有极强的跳跃性和流动性，很多现代性图层的勾勒，在诗歌语境中，构成了内在反讽的张力。"鸳鸯火锅"划出"两种质地的夏天"，这种紧张的对峙在诗歌中构成了一种焦灼的状态，"喧声鼎沸""敏感的神经""汹涌的欲海"等词语，被诗人用写意画的笔法绘制成一幅现代人备受煎熬的精神图画。诗人十分善于化用古典诗歌的元素，再以现代诗形表达出来，从而使得诗歌既有古典的内在经脉的支撑，又兼具现代诗歌的隐喻与哲思。现代人所特有的浮躁、困惑、迷茫无措等精神病症，被诗人糅进古典化的审美风格之中，体现出现代汉语深厚的表现力。

诗集《冷香》集中代表了戴小栋对现代汉语诗歌古典美的探索成就，这不仅是诗人对于传统诗词文化的执着追慕的产物，也是古典意境与现代精神异质融

---

① 戴小栋《冷香》，人民文学出版社 2013 年版，第 10 页。
② 姜夔著，陈书良笺注《姜白石词笺注》，中华书局出版社 2013 年版，第 89 页。
③ 李永平《里尔克的艺术难题：诗与物》，《外国文学评论》1991 年第 3 期。

合的印证。诗人阿多尼斯曾说：没有诗，就没有未来。没有诗歌的民族是没有未来的民族，诗歌在戴小栋的世界，早已成为其超越现实，救赎自我的有力凭借。也是在追慕与反思之间，诗人完成了自身对民族文化和现代文明的认知与表达。

祈昭昭：中国海洋大学中国现当代文学专业硕士研究生。

创伤·拒绝·幻境

——《软埋》中丁子桃的"空白"存在书写

霰忠欣

方方小说《软埋》发表于 2016 年《人民文学》第 2 期。这部小说呈现了独具一格的历史关怀,其作品存在时空与精神的关系思辨,她带着现实痕迹探寻人与历史、女性与生存的关系,当沉重的往事推开历史之门深入,这部小说吸引了很多文学评论家以及文学爱好者的关注,目前的研究主要从历史、文化、悲剧等角度进行分析,这些评论无疑丰富了作者赋予《软埋》的意义空间。在"土改"这一重大历史背景下,刻画了那些身不由己的被历史裹挟着的人们的精神、心态、命运,其中历史留下的被遗忘的证人丁子桃从一个乡绅的儿媳到一个勤勉的保姆,从一个有失忆症的女人到一个沉溺于往事而失去知觉的人,她成为一个"空白"的沉默言说者。沉重的记忆和遗忘都深埋于这个女人,从原初的创伤、拒绝与回忆、想象的置换中的层层深入而变得清晰,其间伴随着丁子桃的自我寻找、自我选择的旅程。"空白"是一种姿态,也是一种美学效果和思想,丁子桃的失忆与后来的沉默是一种历史在场者缺失的空白也是一种语言的空白,它发出静寂的声音却可以阐释有声的书写,在丁子桃身上所沉潜的力量以一种惊人的重回方式将历史向我们重现。作者独树一帜的介入方式、时空之思、精神透视将那段被"浓缩"的历史在一个女性的身上"敞开",正如里尔克经典的《第八哀歌》中的片段,"以一切眼睛,受造之物看见/敞开。仅仅我们的眼睛仿佛/掉转过来,作为陷阱全然置于/它们周围,围着它们自由的出口"①。时空所在的局限也在瞬间被"敞开",通过隐痛在河上的点滴印记追寻至原初创伤,将历史被束缚的沉默、伤疤、幻想的所有时刻放飞,虚构的空间成为人们心灵看外界的一个跨越方式。方方在一种大我的关怀中从自我与生命的体验出发,用倒叙的方式,通过对历史的追寻和回忆,对仅存历史经历者的考察,引发对历史事件的反思,

---

① 〔奥〕赖纳·马利亚·里尔克《里尔克诗全集》,陈宁译,商务印书馆 2016 年版,第 883 页。

给我们以当代生活的启示。

一、原初创伤——从胡黛云到丁子桃

《软埋》中的罪恶与苦难的记忆像影子一样伴随着生活的前进。"软埋",这个带有民间神秘色彩的词被打上历史的烙印,这种土葬方式是将逝者不经棺木的装殓而直接入土,死后被"软埋"的人是没有来世的,这一词本身就具有一份原初的沉重创伤而存在,苦难创伤根源于历史,在遭遇这一沉重打击之后,胡黛云在这一历史背景之下背负着沉重的家庭、婚姻、心理等严重的创伤,在一系列打击之后,胡黛云已经从一个乡绅的儿媳、富家的小姐沦为一个历史边缘人物,在社会中成为一个他者的身份,而这也成为她以"空白"姿态存在的初始根源。弗洛伊德认为"遗忘的动机都来源于一个方面,这些材料可以唤起人们痛苦的情感,因此,人们就不希望这些材料出现在他们的记忆中"①。记忆本来只是一种作为感知的存在,是一种沉淀后的形式,而历史这种相对真假虚实的颠倒所造成的每一次灾难后果都将所有放置在个人的自我意识之上,丁子桃遗忘的身份胡黛云经历了两个家族的毁灭,历史创伤蔓延至一个个家庭,死亡的悲剧将所有沉重的伤痕都施加在一个女性身上,当她以失忆的方式存活下来,也必将经历内心世界的死亡思考,她需要的不是呼救也不是惋惜,而是灵魂可以接援的地方。

弗洛伊德在提到压抑这一问题时认为"压抑的实质在于拒绝以及把某些东西排除在意识之外的机能"②。这种被压抑的东西是在无意识中存在的,矛盾的情绪通过反动形成而产生一种压抑的状态,消失的情感转变为对社会的拒绝、意识的痛苦或自我消失,有时通常在梦中才能把压抑的精神发泄,当情感遭受到毁灭性的境遇,遗忘便成了一种最理想的选择方式,胡黛云到丁子桃的身份转变经过了巨大的变故,与其说主人公选择遗忘,不如说她是因为沉重的创伤本能地选择遗忘,吴家名的主动选择遗忘,青林对父母过去的寻找,寻找后难以承受真相的放弃,成为另一种忽视的遗忘,人们在选择遗忘的方式来逃避现实、躲避伤痕时,便将自己"软埋",也将历史"软埋",而此时的历史便在承载创伤重量的心中被屏蔽和消解。

感知的记忆无法一直深埋,它总是通过片段进行本原的、非连续性的、断裂

---

① 〔奥〕弗洛伊德《弗洛伊德说梦境与意识》,高适编译,华中科技大学出版社 2012 年版,第 294 页。
② 〔奥〕弗洛伊德《弗洛伊德说梦境与意识》,高适编译,华中科技大学出版社 2012 年版,第 21 页。

的空间进行返回,方方建构着独特的空间反思过去,对经历者的隐忍生活进行直接的剖析,以另一种方式折射历史在人们心中的烙印,在被密封的历史寻找解决精神危机的一切方式,而作者的情感成为精神的一个基点,《镜与灯》中的一段文字用"面纱"阐释情感,"它常常不是去掩饰作者的隐秘情感,而是把这些情感一概公布于众;那层面纱似乎被突然揭去,于是灵魂中一切喜怒哀乐,一切突发的冲动,一切仓促的情感迸发和反常心绪,便都展露无遗了"①。丁子桃对于胡、陆两家惨烈的死亡悲剧本能地选择了遗忘,看似普通的生活但在内心却时常面对着沉重的恐惧与自我审判,当生活中呈现出于历史的相似时内心的记忆总是会不经意地出现。丁子桃搬到新家时,在大门口想起了且忍庐还是三知堂,看到墙边的竹子便回忆起谢朓的诗,看到瓷瓶上的图案想起鬼谷子下山图,"瓷瓶上图案古色古香。丁子桃的心里又咚一声,这次像是被人用重手击打。她说:'这不是鬼谷子下山图吗?'她说话时,声音颤抖。她不知道自己为什么会有惊吓感"②。当回忆被现实中与往日有关的某些情景所激活时,因为无法承载的重量所以陷入了昏迷的状态,从心灵深处发出呼喊,对历史的悲痛体验,使人产生一种对生命的深刻体悟,此时丁子桃是真正地进入梦中去寻找曾经丢失的一切。

二、拒绝——记忆的沉默与割裂

小说的核心人物丁子桃,从持久性的生命失忆到痴呆的状态转换成为一种记忆的潜伏,表现为记忆的沉默与割裂,对创伤记忆的拒绝成为"空白"的存在方式。"作品的未定性和意义空白使读者去寻找作品的意义,从而赋予他参与作品意义构成的权利"③,伊瑟尔从接受美学的角度分析"空白",而存在于丁子桃身上的"空白"则成为读者与她自己共同寻觅的出发点,方方在小说中对生活的流动、命运的变迁、今昔的反差进行沉思,她在小说的开始便抛出了一个问题,"这个女人一直在跟自己做斗争",一句无源头的开始却勾起所有尘封的往事,读者在不经意间获得了一个隐性的空间,而"为什么"也成为存在的"拒绝"。海德格尔在《存在与时间》中提到,"'现身原本奠基在曾在状态中'这一命题等

---

① 〔美〕M·H·艾布拉姆斯《镜与灯 浪漫主义文论及批评传统》,郦稚牛、张照进、童庆生译,北京大学出版社 1989 年版,第 117～118 页。

② 方方《软埋》,人民文学出版社 2016 年版,第 27 页。

③ 〔德〕沃尔夫冈·伊瑟尔《阅读活动——审美反应理论》,金元浦等译,中国社会科学出版社 1991 年版,第 11 页。

于说:情绪的基本生存性质是'带回到……'。这一'带回到……'并非才刚产生出曾在状态,而是:现身为生存论分析公开出曾在的一种样式。从而,现身的时间性阐释不可能意在从时间性演绎出诸种情绪并使它们消散到纯粹的到时现象中"①。丁子桃在开篇回想自己一生似乎都在与某种隐秘的过去作斗争,那些模糊存在的记忆是丁子桃断裂的人生,她被动的遗忘和下意识的回想都展现出她难以去承受记忆中的那种痛苦和不安,这是主人公面对历史和过去的挣扎,潜意识里的拒绝表现在对过去的拒绝承认,"她的抵抗,有如一张大网,密不透风,仿佛笼罩和绑缚着一群随时奔突而出的魔鬼。她这一生,始终都拎着这张网,与它们搏斗"。丁子桃压抑在潜意识中的与记忆产生冲突,这是因为不愿回忆那些痛苦的东西而引发,是心理活动中拒绝的冲动,为了阻止那些能够引发不愉快情绪的意念的产生,因此会本能地拒绝时常萦绕着的痛苦往事。

　　吴家名在日记中拒绝过去,"过去的一切都可以过去,我要重新开始人生。这个人生将与我的过去一刀两断。我永远不再回去,我要把自己的过去永远埋葬"②。吴家名希望将过去永远忘记,而青林则在有意遗忘,丁子桃用丁子桃的一生来拒绝过去的胡黛云,甚至想要放弃任何与过去的联系。黑格尔曾提到,"智力在复现表象的途径上是要使直接性向内,使它自己在自己里面具有直觉的动作,而同时除去内部性的主观性,在内部脱去它,以致在其自己的外在性里能变为自己在自己的里面"③。这种方式以一种不在意的自由灵感传递,方方的"拒绝"并未拒绝这段历史,而是在介入中对现实生活乃至人性进行一种深刻鞭笞及反思。无论是有意识地封存往事还是无意识地抵抗都是对过去的拒绝方式,有意识地遗忘是以一种类似于自我催眠的暗示将记忆消解,但当触碰到一些伤痕的临界处时便会立马被勾起曾经的记忆,强迫性地被唤醒,即使一直反抗被留下创伤的记忆,但是面对如此沉重的回忆,愈是反对便愈加接近它。丁子桃以一种毁灭肉体精神的方式对往事进行彻底的摧毁,"土改"中的暴力残酷不仅在历史上对人产生压迫,在现在的生活中仍然留有曾经的影子和痕迹,她本能地对记忆的抵抗成为一种掩埋,在表面上她与正常人一样过着简单的生活,然而在她的心底深处或是精神的空白区域却存在着黑暗的对她致命的打击,在痴呆的状态中,曾经真实的暴露创伤并未消失,反而持续对她进行伤害,

① 〔德〕海德格尔《存在与时间》,陈嘉映、王庆节译,生活·读书·新知三联书店 2012 年版,第 388 页。

② 方方《软埋》,人民文学出版社 2016 年版,第 177 页。

③ 〔德〕黑格尔《储昭华整理·精神哲学》,韦卓民译,华中师范大学出版社 2006 年版,第 56 页。

她一面抵抗这些存在,但是记忆却在潜意识中慢慢浮现。

丁子桃从"沉睡"的状态中醒来后发出的微弱而又清晰的声音是"我不要软埋"①,因为曾经的记忆实在太沉重而难以承受,即使当丁子桃在地狱中一步步走向了历史的当时,走向胡黛云,在回忆中实现救赎,可以在"没有挣扎没有痛苦"②中离开人世,却依然在拒绝,拒绝的源头则来源于创伤性的存在。当苦难已经发生并留下痕迹时,这份感觉便难以忘却,即使是丁子桃遗忘了胡黛云的身份,但关于之前的记忆仍然不经意地出现在她的面前,更不用说仍然保有记忆的得以存活下来的人,这种断裂性的存在记忆以沉默的方式存在于脑海之中,在被触碰到的时刻被唤醒而产生。记忆本身是一种维持人际关系的连接方式,而当我们选择遗忘则是对曾经发生事情的忽略,这种忽略绝非原谅或是和解,而是一种特殊的拒绝选择的方式。丁子桃作为一个个体,当她目睹曾经发生的一切,看到自己不经意的推波助澜,家人一个个死去,又亲手一个个埋葬,历史已经与丁子桃处于对立的难以和解的紧张状态之中,她唯一继续生存下去的方式便是遗忘。即使是青林,这个与那段历史本无多少关联的旁观者,也无法亲手揭开围绕在她母亲身上的残酷的历史之谜,他也明白为何父亲努力忘记、母亲拒绝进行回想,只能将历史"软埋",与它本身所赋予的含义一样不再有来世,受害者希望忘记苦难的曾经以使自己和他人免遭伤害,一个人实在难以承受历史的重担与反思,而创伤的存在成为最原初的不可更改的历史记录。

三、幻境——现实与历史的置换

"'空白之处',女性的内部世界,代表了对灵感和创造的准备状态,自我对潜在于自我之中的神的奉献和接受"③,貌似隐藏在历史背后的女性已经在通过自己独特的创造力发出自己的声音,而自始至终女性的这种力量便是存在的。丁子桃的"空白"存在方式通过构建的幻境——地域,将现实与历史进行置换,在这一延伸的空间将创伤与拒绝的回忆在连接中实现和解。对于胡黛云来说,因为"汀子"的存在,在家庭面临重大变故时,整个家庭要求她必须存活下来,在失忆之后她从一个小姐变为一个勤恳的保姆,她自身承受的是家庭、社会、历史、记忆的压抑,她自身的存在已经是潜在话语的存在。尼采认为人和树的情

---

① 方方《软埋》,人民文学出版社 2016 年版,第 283 页。
② 方方《软埋》,人民文学出版社 2016 年版,第 283 页。
③ 〔美〕苏珊·格巴《"空白之页"与女性创造力问题》,张京媛主编《当代女性主义文学批评》,北京大学出版社 1992 年版,第 180 页。

况一样,它越向往高处温暖而光明的阳光,它的根就越要伸向黑暗而潮湿的土地①,这个比喻赋予人们深重的内心承受力,也概括了胡黛云到丁子桃转变的状态,在整个大家族分崩离析之际,胡黛云主动也是被动地将自己遗忘,尽管这一过程充满了矛盾、挣扎、痛苦,但是不得不将过去的自己遗忘,只不过这并不是真正的遗忘,历史被附着在文学上就成为一段独有的历史刻度,在这一女性身上所带有的历史痕迹却只能是抽象的影响的延伸,它是一种弥漫的轨迹,思索着生命的本真,关怀着生态与人,如在听到丧钟发出的哀叹后,"在安息日露出微笑"②,在《软埋》小说中,丁子桃通过回忆创伤,重新建立起自己的身份并展开创伤的复原,陷入痴呆昏迷的丁子桃以另一种超现实的状态进入了另一个空间,"地狱"这个被世人所恐怖躲避的地方成为丁子桃灵魂得以救赎的地方,通过一层层地狱之门的攀爬。

在历经幻想、追求、希望、失望、悲愤、隐忍、无奈直到回归之后,丁子桃在选择遗忘后又弥补了荒芜的距离断层,只是此时已无法再单纯地歌颂明丽的春天,生活、思想、往事的隔断加深了苦闷和忧郁,她对过去的追问因此延伸,沉醉于朦胧的回忆之中,她对过去存在的陌生与恐惧,其实延伸着对回忆反思的渴望。方方用冷静的笔触将人生苦难进行最大限度的历史还原,倒叙这一方式如同一场漫长的自我救赎,在这一空间中使得想象、现实、心理三者的共同存在成为可能,也实现着丁子桃到胡黛云的返回,从一个人的视角去观察血雨腥风的历史巨轮,人心也在每一层虚构的空间中被再一次进行着艰难的回溯。地狱之门在"被河水淹没"的地方开始追溯,最初的存在是作为母亲的存在,回忆中"汀子"是她存活下去的理由,当发现自己已经孤身一人在水流中时便失去了活着的意义,被水流卷走也让记忆远去,在"地域"空间中的寻找让我们窥见历史,而她自己作为历史的经历者却无法呈现历史,成为一个缺失者、不在场者。波德莱尔认为我们所有的独特性几乎都来自时间打在我们感觉上的烙印,被不幸或痛苦折磨着的人比那些生活在欢乐和幸福中的人更容易从生活的时间之流中游离出来,在回溯中绵延着时间的存在,这种回溯有如波德莱尔通过忘情地沉浸于当下以走出历史之流,将内心的阵痛与撕裂的伤痕表达得淋漓尽致,痛苦后的无奈已经失去了知觉。

①　〔德〕尼采《查拉图斯特拉如是说》,巫静译,湖南文艺出版社 2006 年版。
②　〔美〕M·H·艾布拉姆斯《镜与灯　浪漫主义文论及批评传统》,郦稚牛、张照进、童庆生译,北京大学出版社 1989 年版,第 466 页。

经历历史的人们在选择遗忘,对历史罪恶的书写则成为创伤的再现,这种隐忍的再述是一种对特定历史阶段的再解读,"空白"与"沉默"也绝不是被动的符号,它是一种神秘且富有潜在性的抵抗行为,其中蕴含着富有生命力存在的力量。鲁迅指出厨川白村《苦闷的象征》中的主旨是:"生命力受压抑而生的苦闷懊恼乃是文艺的根柢,而其表现法乃是广义的象征主义。文艺是纯然的生命的表现,是能够全然离了外界的压抑和强制,站在绝对自由的心境上,表现出个性来的唯一的世界。"①方方的创作正是凝聚了"严肃而且沉痛的人间苦的象征"②,在历史的漩涡中,在不断回望与必须前行的困境中,方方以一种独特的徘徊面对着现实的苛刻和偏见,以一个历史见证者,丁子桃成为作者给予的希望,使她带着一种责任与使命对逝去却永恒的进行书写,饱经沧桑而深沉。与同时代的作家相比,小说里呈现出另类的情感,以一种独特的视角进行传递,作品中的节奏、反复、强调或疑问也只是一种假设,那些无法忘却的人,那些无法复制的灵魂颤动的时刻在感知的瞬间成为永恒,重新燃起对往事的记忆,历史苦难的承受者在真正的觉醒后,当她艰难爬出地狱空间时,也在找回记忆中失去生命。遗忘后的丁子桃在选择回忆时便走向了一条向往光明之路,她的内心深处越是拒绝便越是要唤醒,在生活中"空壳"般的存在于找回记忆的刹那间被瓦解,她终于在光明处得到解脱,不是回避而是面对,即使是死亡,丁子桃在走出"地狱"之后,仿佛"感受到了阳光普照。"光芒明亮得刺到了她的眼睛"③,当失去的历史返归之后,面对成为一种平静的解脱方式,但是重返的过程太过艰难,甚至是以生命为代价,吴家名早早被车撞死,富童已经成为疯子,并不是所有人都可以走出承受的痛苦,而结尾处的留白,历史的记录,也在真实与虚假中被戴上虚无的帽子,若隐若现地呈现在世人面前,而当我们去面对曾经发生的往事时也会多一些看问题的角度与方式,以更加客观的角度面对历史的存在

四、结语

苏珊·格巴在《"空白之页"与妇女创造力问题》一文中以伊萨克·迪尼森的小说《空白之页》的故事,生动地说明了妇女的创造力问题,在无数条带有血迹的床单前,朝圣者和修女们最感兴趣的却是一条如空白纸张一样雪白的床

---

① 〔日〕厨川白村《苦闷的象征》,鲁迅译,江苏文艺出版社 2008 年版。
② 〔日〕厨川白村《苦闷的象征》,鲁迅译,江苏文艺出版社 200 年版,第 19 页。
③ 方方《软埋》,人民大学出版社 2016 年版,第 282 页。

单。这个空白床单所蕴含的却不是一个空白的故事，正如苏珊·格巴所赋予的，空白并不是一无所有的存在，它意味着一种反抗，在父权制文化下对女性要求的有意反抗，方方笔下的主人公丁子桃，一个追寻记忆的沉默者和隐忍者面对着未知的恐惧，那种努力抵挡记忆的无意识，仍然选择探索，似乎也在唤醒我们去看清那段已经"残缺的面孔"，并寻求着阴影背后的光源，在沉睡与清醒之间的过渡领域，在临界的觉醒边缘，以自我的力量将精神置于开放的无处不在、无处皆可的空间之中，也消解了过去的隐秘而忧伤的声音，在反思的沉重与苦难之中不仅唤醒着人们的意识，还给予自己和他人无限的可能，在有限的寻找中呈现精神与空间存在的平衡，当所有的人物、故事、片段再一次在脑海中重新找回时，在回不去的时间里，生命进行再次的重度，也实现着自我的独特的创造性。在权利和资本绑架信仰的当下社会，浅表层次的哭和笑比比皆是，真正插入历史根部的独立思考却寥寥可数，方方通过小说将生存者敞开、历史呈现，一步步通向历史反思之路，完成对生命、生存、历史的追问，方方在时间之历史中打捞着记忆和往事，河流是可以一直向前方流动的，它成为作者精神反思延伸至外的窗口，见证着历史存在的建立和破灭，当丁子桃历经千难万苦走到自己所创造的幻境门口时，她跨出了最终的一步，在寻找的同时也将自己进行放逐。作家方方的思考正如卡尔维诺在《看不见的城市》结尾处借助马克·波罗之口做出的回答，"生者的地狱是不会出现的；如果真有，那就是这里已经有的，是我们天天生活在其中的，是我们在一起集结而形成的。存在着两种免遭痛苦的法子，对于许多人，第一种很容易：接受地狱，直至感觉不到它的存在。第二种有风险，要求持久的警惕和学习：在地狱里寻找非地狱的人和物，学会辨别他们，使他们持续下去，赋予他们空间"①。卡尔维诺的后现代叙事景观根源于一种更深刻的后现代精神，将宇宙万物纳入生命的存在，在对人对物的观照中反思，而作家方方的创作也正如卡尔维诺笔下的帕洛马尔的眼睛一样，观察、冥思、反思，在忘我的注视中解构历史，实现重建，方方在一种想象的过程中选取自己需要的素材进行加工，将自己放置于不可能实现的处境之中，穿透现实的穹顶接近内心的真实，在生命的熔炉里沉浮的方方在短暂的伫立中超越着时间的刻度，她以另一种方式在历史中跨过时空限制追寻着真实和记忆。

　　霰忠欣：中国海洋大学中国现当代文学专业硕士研究生。

---

①　〔意〕卡尔维诺《看不见的城市》，张宓译，译林出版社 2006 年版，第 166 页。

福克纳与毕飞宇小说女性形象比较论

海译友

福克纳在他卷帙浩繁的"约克纳帕塔法世系"中描绘了形形色色的女性。《喧哗与骚动》中集善良与堕落于一身的凯蒂;自私冷酷、毫无人情的康普生太太;乐观勇敢的黑人女仆迪尔希。《献给艾米丽的一朵玫瑰》中阴森、怪异的艾米丽;《押沙龙,押沙龙》中凄凉与失落的洛莎等。而毕飞宇这位擅长描绘女性的中国作家,其笔下的女性同样各有千秋。在地球上的一个叫作王家庄的地方,有坚忍不拔却又不得不认命的玉米;有"铁娘子"之称,丧失了女性特质的吴蔓玲;有敢于与世俗抗争,一心一意追求真爱的三丫。看似各具风情的女性,然而她们的命运却是殊途同归。

一、福克纳与毕飞宇笔下的女性形象概观

福克纳和毕飞宇的作品都通过塑造悲剧女性形象来表现其悲剧意识。她们的悲剧多半是由她们所处的社会环境所决定的,她们在男权社会中丧失了自我意识、自我身份以及基本的话语权,从而沦为了男权社会的牺牲品、受害者。

福克纳笔下的女性形象要么是不称职的母亲或者精神扭曲的老处女,要么是堕落的女性或是完美的家庭天使。她们在作品中虽然扮演着重要的角色,然而她们的存在却如同影子一般若有似无。《喧哗与骚动》中的凯蒂无疑是该部作品中的主角,甚至分别从班吉、昆丁、杰生三个人的视角来全面地描写她,然而凯蒂却未曾真正在场过。她所有的故事基本是通过男性的声音来传达,某种程度而言,她几乎处于"失语"状态,她被剥夺了言说的权利。在《去吧,摩西》当中,女性这种被作为"影子"的存在更加明显。除了莫莉婶婶和她的女儿奈特有少数几句话的描写外,尤尼莎、奈德的妻子,艾克的母亲辛芭小姐以及艾克的妻子等女性,她们只是间接地存在于作品里男性的记忆里,被作者一笔带过。然而,这"影子"般的女性存在却是解读福克纳作品中黑人与白人种族关系的重要线索之一;同时,这"影子"般的女性,她们的个人价值、地位、命运就是整个南方

地区妇女生活和命运的缩影。① 这样的写法注定了这些女性形象的最终宿命——成为男性的附属品并最终成为男权社会的受害者与牺牲者。

美国文学评论家朱迪斯·弗莱在初版于 1976 年的女权主义专著《夏娃的面貌——十九世纪美国小说中的妇女》一书的序言中阐述了妇女在美国社会中受歧视、遭压迫的地位。"夏娃以诱人的妖妇、美国公主、强有力的母性和新女性这四个面貌出现在 19 世纪的美国小说中。"②福克纳在其小说中虽然描绘了形形色色的南方女性,其形象的范式却大多是弗莱在那部力作中总结的第一种范式"诱人的妖妇"的变种——被毁灭的女性。③ 这些女性各个性格扭曲,有的疯癫、有的堕落、有的行为古怪、有的与世隔绝。南方传统使她们陷进一张无形的大网、在这张网中,她们痛苦挣扎,灵魂受到毒害,人性被扭曲,精神遭受摧残。④

被毁灭的女性形象在毕飞宇的小说中更是屡见不鲜。大体上看,毕飞宇笔下的女性分为两类,一类是传统规约下的贤女形象,另一类便是消费文化中的叛女形象。⑤ 这两种女性形象的结局和福克纳笔下的女性人物的宿命具有很大的同质性。玉米、吴蔓玲是贤女形象的代表,筱燕秋、三丫是叛女形象的典型。她们的结局或死或疯,或者陷入权力的大网中苦苦挣扎。

与福克纳作品中女性"影子"般的存在不同,毕飞宇小说中的女性形象不仅生动地"在场",而且个性鲜明,充满活力。《玉米》中有形象丰富的各色女性,然而对于男性的书写却捉襟见肘。不仅男性人物数量少,而且对男性的描述更少。甚至有一种对男性人物的去势书写。一方面,作品中的男性从外貌上都比较丑陋,比如对飞行员彭国良的描述:"从照片上看,彭国良的长相不好。瘦,有些老相,滑边眼,眯眯的,眼皮还厚……门牙前倾……拱嘴。"⑥在精神层面上被丑化的男性更多。比如王有庆,娶了怀了别人孩子的柳粉香,还认为自己赚了。还有外表和心灵都丑陋不堪的王连方。另一方面,对男性的阉割还体现在小说的整体结构中。《玉米》中设置了两个呈对立姿态的男女主人公(王连方与玉米),两种呈对立状态的书写:王连方如何从权力体系、家庭和两性关系中败退、

① 赵伟《"影子"并非影子——论〈去吧,摩西〉中的女性形象》,《世界文学评论》2008 年第 5 期。

② 赵宪章《二十世纪外国美学文艺学精义》,江苏文艺出版社 1987 年版,第 184 页。

③ 朱振武《夏娃的毁灭:福克纳小说创作的女性范式》,《外国文学研究》2003 年第 4 期。

④ 吴晓云《毁灭与扭曲:福克纳笔下南方女性形象解析》,《三峡大学学报》2006 年第 28 卷。

⑤ 李娟《试论毕飞宇小说中的女性形象》,《文学评论》2009 年第 6 期。

⑥ 毕飞宇《玉米》,江苏文艺出版社 2003 年版,第 17 页。

逃离①；而玉米为了挽救家庭的颓废，最终用青春、婚姻换得权力和话语权。这一"退"一"进"，不仅确立了玉米的中心在场地位，而且似乎把男性置于了"阴影"地位。

其实不然，玉米强大的外表下掩盖着另一层面纱——潜意识当中对男权的崇拜与认同。这也是玉米走向悲剧的关键因素。玉米对宿命、对人生、对生活的反抗使她成为男权意识形态的推动者与强化者，这种失败的反抗与福克纳笔下的"影子女性"相比更具有悲剧性。

二、父权阴影下的女性之痛

无论是西方女性还是东方女性，他们在历史的舞台上从来都没有过真正的主体地位。女性一直处于附庸、从属的地位。然而在表现这种父权对女性的压迫上，福克纳笔下的女性更具有一种反抗意识，她们用自己的方式对抗父权制。与之不同，毕飞宇在刻画悲剧女性形象时，女性往往将男性作为改变自己命运的救命稻草。

南方女性的典型形象是淑女形象，这是在两百余年特定的历史条件下逐渐形成的。南北战争宣告了南方奴隶制种植园经济的结束，否定了建立在这种经济基础之上的南方传统和价值观念。接受失败是痛苦和尴尬的，而接受新的价值观念更非一朝一夕之事。男人们被绝望和挫折吞噬着，而生活在这些男人世界中的女性们则趋向于内向爆发。于是，她们采取了几乎完全拒绝新价值的态度。为了维护她们自身的完整性，她们对变化了的现实和正在变化的现实往往视而不见，又无法改变客观世界来适应主观世界，只好筹划一个小小的孤岛来孤芳自赏，满足自己的心理需要。在《押沙龙，押沙龙！》中，福克纳借昆丁的父亲康普生之口说："多年以前，我们在南方把妇女变为淑女，战争来了，把淑女变成鬼魂。"②小说中的洛莎·科德弗尔就是这样的一个鬼魂。战争开始之时，洛莎还是个孩童，由于当了孤儿，无家可归，便住到姐夫赛德潘的农场，以求果腹。赛德潘回来后以一种极不体面的方式向她求婚，使她那从小在体面的南方家庭中养成的女性自尊受到了无法愈合的伤害。20年来，赛德潘在她心目中一直是个魔鬼。在她看来，接受这样一个人的求婚本身已是一件错事。而最让她难以忍受的是，赛德潘竟厚颜无耻地建议在婚前先确定一下她能生个儿子。这种侮

---

① 孙莹《〈玉米〉中男性人物的去势书写》，《苏州教育学院学报》2012 年第 8 期。
② 转引自朱振武《夏娃的毁灭：福克纳小说创作的女性范式》，《外国文学研究》2003 第 4 期。

辱性的提议对一个南方淑女来说实在有些过分,因为南方女性的贞操甚至大于她们的性命。赛德潘从来不以绅士作为自己的标准,可洛莎却是作为淑女养大的,赛德潘的言行使她愤怒到极点。一气之下,她返回父亲的故宅,将自己关闭起来,隐士似地度其余生。她用自己与世隔绝的行动拒绝了沦为生育机器的从属地位。

　　同属一类然而更加让人惊心动魄的女性是《献给艾米丽的一朵玫瑰》中的女主人公艾米丽·格利森。这是一篇匠心独运的短篇小说,可谓字字珠玑。如果说洛莎至少还有一点要对人倾诉的愿望,那么艾米丽则干脆拒人于千里之外。难怪福克纳在被人问及他是否喜欢艾米丽时,他答道,"我怕她"①。这是个耸人听闻的老处女的故事。艾米丽是格利森家族的最后一员。在过去,她身材苗条,浑身素白,而30多岁时候出现在大家面前的艾米丽则完全失去了光泽,"看上去虚浮臃肿,活像在死水里浸久了的尸体"②,她于74岁时死去。"活着的时候,艾米丽小姐已经成为一种传统、一种责任、一种操心;一项镇上世传的义务。"现在,这块南方淑女骄傲与尊严之碑倒下了。即使是为了帮助她,前镇长萨托瑞斯上校也只能迂回地找借口,以免伤及她的自尊心。艾米丽在父亲去世和未婚夫失踪之后与世隔绝达40年之久。"这个地方唯一的生命迹象是那个提着个篮子进进出出的黑人。"偶尔,人们能隔着窗子看见她,只见"她那挺直的躯干一动不动,活像尊偶像"。直到她的葬礼之后,人们在一间紧锁的房间里发现了她未婚夫的骸骨,谜底才得以揭开。显然,这位体面的艾米丽小姐处心积虑地策划并掩盖了一起谋杀案。南方绅士一直致力于在女性身旁筑起高墙,在自己心目中塑造偶像,为的是使她们永远处于被男子控制的地位,并具有迎合男权世界的一套本领。③ 然而,艾米丽的谋杀行为却彻底粉碎了南方绅士的理想。她不仅勇敢地追求幸福,更是以不择手段的方式让那个北方男人成为被她控制的对象。评论家们认为,由于那个北方人拒绝和艾米丽结婚,作为报复,艾米丽将他毒死。艾米莉的行为是为了确定自己的优越性、自己的尊严和作为一个南方淑女的完整性,同时她精心策划的谋杀案更是对父权制的一种顽强反抗。

　　与此不同的是在毕飞宇笔下,女性的悲惨正是因为她们对父权的无条件妥

---

① 转引自朱振武《夏娃的毁灭:福克纳小说创作的女性范式》,《外国文学研究》2003 第 4 期。

② 〔美〕威廉·福克纳《献给艾米丽的一朵玫瑰花》,李文俊、陶洁译,译林出版社 2015 年版,第 41 页。

③ 钟京伟、郭继德《福克纳小说中南方女性神话的破灭》,《当代外国文学》2011 年第 3 期。

协。《玉米》中的玉米成熟有主见,她小小的年纪就懂得为母亲的屈辱抗争,与自己的父亲势不两立,然而让玉米挺直腰杆去抗争的有力武器却不过还是弟弟——王家这个传宗接代的小男人！这又让人感到深深的悲哀——女性利用男性争取所谓的尊严,说到底依然是无意识地皈依了男权的统治。玉米的高姿态是仰仗父亲王连方在村中的男权专制为支撑平台的,她的相对优越地位与王连方的父权处于异体同构的状态。① 当父亲倒台之后,她明白"嫁个有权势的男人才是改变她命运的良方,为此她怀着'视死如归'的悲壮,心甘情愿的屈服了依附政治权利的男性霸权,最终走向了女人隐忍屈辱的命运"②。然而她的命运更加悲戚,她没有为郭家兴生下儿子,她指望的命运的翻盘没有实现。"从小到大,玉米都在奋斗,都在抗争,而这只不过是为了争得一个'女儿',一个'恋人',一个'妻子'——总起来看是一个女人的基本权利和应有的尊严和地位,可这对于她竟是那么的艰难,那么的遥远,那么的不可企及。"③在中国这样渊源流长的男权社会,在一个男性话语占绝对统治地位的语境中,玉米的挣扎,玉米的渴盼,看起来是那么的卑微而无助,可怜又可叹。在毕飞宇表现的女性世界中,女性的心理一方面表现为对权利的崇拜,渴望依附,另一方面,在男权文化与礼教观念的长期压迫下,又承袭了男尊女卑,夫荣妻贵等腐朽的封建思想,丧失了女性自我应有的女性意识。④ 上述的玉米就是这两方的结合体。

三、"复杂的妇道观"与"人在人上的鬼文化"

福克纳和毕飞宇在塑造女性形象时都赋予了她们深沉的悲剧意识。然而由于作家文化背景的差异,宗教观与妇道观的不同,奠定了两位作家在叙写女性悲剧命运的根源上大不相同。

美国南方女性深受清教主义与父权制的双重压迫。福克纳受人道主义思想洗礼,沉重反思南方历史及传统道德对人性的枷锁,尖锐地批评社会对女性的禁锢和压制。然而"美国南方特殊的地理和历史环境,清教主义的传统,南方的文化氛围,南方的妇道观,也影响了他对妇女的态度"⑤。所以作者对女性的态度总是介于怜悯与浓厚的南方情节之间。福克纳一边珍视南方传统的价值

---

① 张晓燕《匍匐在男权阴影下的乡村女性》,《山东师范大学学报》2010 年第 5 期。
② 李生滨《叙述带给我们的亲切精致和心灵伤痛——细读〈玉米〉》,《名作欣赏》2004 年第 7 期。
③ 白烨《营造女性形象的能手——毕飞宇小说印象》,《中国青年》2004 年第 7 期。
④ 丁蕙燕《析毕飞宇青衣女性生存困境与救赎》,《沈阳农业大学学报》2014 年第 1 期。
⑤ 刘道全《论福克纳笔下的妇女形象》,《许昌学院学报(社会科学版)》2009 年第 6 期。

观念,另一边他的人道主义思想又在理智上对清教思想毁灭人性的恶行深恶痛绝,对南方落后的妇道观也充满批判。① 他对女性矛盾的态度也为他塑造女性人物增添了不一样的活力。《喧哗与骚动》的凯蒂,集天使与魔鬼于一身。青年时期的凯蒂拥有着一切美好的品质:热情、善良富于同情心,是维系家里关系最重要的一根纽带。然而她最终冲破了南方淑女规范的藩篱,走向了"堕落"的境地,离南方淑女的标准渐行渐远。《押沙龙,押沙龙!》中的朱迪斯也是一位敢于同传统斗争的勇敢女性,她从小就对黑人搏斗的场景毫无畏惧,她的坚毅沉着更表现在得知查尔斯邦被杀害时。她敢于承受生命中的一切不顺,自动承担起女性的责任,甚至不顾种族、世俗的眼光去照看她的混血妹妹。她在世的时候拼命维护黑人的利益,然而自己却因染上了黑人病症而亡。

凯蒂和朱迪斯是福克纳笔下具有反叛性质的女性形象,凯蒂最终成为纳粹军官的情妇——一个罪恶至极的角色。而朱迪斯死于黑人病症,作者对她们的结局的安排,恰恰体现了福克纳复杂且不彻底的女性观。她们的反抗归根到底是失败的。事实上,她们的塑造是为了满足特定男性的利益。为了维护男性欲望和利益占主导的父权统治,女性的主体性必然受到控制。因此,福克纳对于女性的态度并没有摆脱传统思想的影响。

福克纳对于女性的看法往往引发争议。一些批评家认为他患有"厌女症",如菲德勒、吉尔哈德和豪都持这种观点,因为从道德层面看,他作品中几乎所有的女人都得不到赞许。凯迪、艾迪、莉娜等都无一例外地遭遇悲剧结局。而瓦格纳和布鲁克斯等批评家则认为他对女性并无敌意,而是充满了同情。他关于女性的谈话也自相矛盾,在一次座谈会上当被问及写男人还是写女人容易时,他回答:"写女人更有趣味,因为我认为女人了不起,女人令人惊叹……"②而在另一次接受采访时,他却说:"成功是阴性的,像女人,你要是在她面前卑躬屈膝,她就会对你不理不睬,看不起你。因此,对待她的最好办法是看不起她,叫她滚开。那样,她也许会匍匐前来巴结。"不难看出他对女性的贬损甚至侮辱的态度。

从以上讨论可以看出:福克纳厌女或者至少对待女性的态度前后不一,他认为在爱情中被抛弃的女性是咎由自取。不难理解,为什么在他的作品中大多

---

① 吴玲英、刘一鸿《论福克纳具有悖论性的妇女观》,《湖南科技大学学报》2017 年第 20 卷第 2 期。

② Frederick L Gwynn, Joseph L. Blotner, eds. Faulkner in the University. New York:Vintage.1965, P45.

数女性总是遭遇悲剧性的结局：大多数母亲对自己的婚姻不满，既不爱丈夫也不关心子女，整天衣食无忧却无病呻吟、牢骚满腹，还时不时红杏出墙、不守妇道；大多数年轻女性被男人始乱终弃，甚至未婚先孕，最终难逃悲剧结局。

而毕飞宇笔下的女性形象形成悲剧的根源也需要放到中国传统的文化视野中来看待。毕飞宇曾言："在我们身上一直有一个鬼，这个鬼就叫作'人在人上'，它成为我们最基本、最日常梦。这个鬼不仅仅依附在平民、大众、下层、大多数、民建、弱势群体乃至'被侮辱与被损害者'身上。"①这所谓的"人在人上"其实就是一种权力带来的优越感。这种权力对社会的支配力是每一个中国人都有的体会，崇拜权力和谋取权力，不论是意识层面还是潜意识层面，都是我们民族的基本心态。权力对于男女都具有非凡的诱惑力。出人头地，做人上人，是人们难以割舍的情节和不懈的追求。

女人与女人之间总是相互嫉恨，相互伤害，明争暗斗，这是女人为了寻求"人在人上"的快乐。筱燕秋的悲剧正是来自内心中最大的痛——不甘。她说："人是自己的敌人，人一心不想做人，人一心就想成仙。"这是嫦娥的内心独白，更是筱燕秋自己的人生理想，然而"仙"是什么？就是"人上人"，为此她与自己的老师为敌，把开水浇到老师身上，与自己的学生较劲，连个上台的机会都不肯让给春来。玉米的悲剧更是在于对权力的过度追逐，中国封建思想中的男尊女卑在玉米的脑子里根深蒂固，她一边反抗男权，一边又不自知地成为男权的忠实推动者。她在追求权力的路上丧失了作为女性的特质，她甚至与自己的亲妹妹较劲。

男性本身就具备巨大的"性权力"，因为女性要想改变命运，只能通过婚姻这一条路。《玉米》中的柳粉香对"嫁人"有着一针见血的精辟论述："做女人可以心高，却不能气傲，天大的本事也只有嫁人这么一个机会。"②这真理般的总结却也道出了中国女性的无奈与悲哀。有古训云："妇人，从人者也，幼从父兄，嫁从夫，夫死从子。"女人的一生似乎只有一个"从"字。女人一落地，便注定了她的一生，她能是也只能是从精神到肉体的天然奴役对象。王家庄的女人在男人眼里并非是具有尊严的女性，而是被凝视为子宫的符号，"可供满足男性家长的两项基本幸福要素，即欲望与子嗣的追求"③。最可怕的是，传统的生育观念，男

---

①　毕飞宇《我们身上的鬼》，《小说选刊》2001 年第 6 期，第 5 页。

②　毕飞宇《玉米》，江苏文艺出版社 2003 年版，第 24 页。

③　林幸谦《荒野中的女体》，广西师范大学出版社 2003 年版，第 266 页。

尊女卑的思想也已经融入女人的血液，沉淀在女性的灵魂里，成为其人格的一部分。她们受到来自男权的毒害却不自知。

结　语

同其他作家不同，这两位作家都着墨于普通人的普通生活，并且他们对于女性悲惨命运的书写有了某些相似的地方。在那个动荡的年代里，处于弱势地位的女性本来就很难把握自己的命运，然而她们或者与命运斗争，或者默默承受命运，但是最后的结果却都是一致的：使自己陷入更加凄惨的境地。通过分析导致她们悲剧的原因，我们得出一个较为公允的结论就是作家的女性观的差异以及传统的性别歧视使得作家在塑造人物的时候难免会有差异。当然文章仍有可以补充的地方，笔者将在以后的研究中继续展开。

海译友：中国海洋大学比较文学与世界文学专业硕士研究生。

网络化时代的诗歌的艺术

王云龙

进入互联网时代以来，网络诗歌已发展成为网络文学的一个重要分支。网络诗歌诞生于 1993 年 3 月，诗阳①首次使用电脑大量创作诗歌并通过互联网发表，成为当代中国文学史上第一位网络诗人。1997 年，杨晓民②最早提出"网络诗歌"的概念，从理论上揭开了中国大陆网络诗歌甚至是网络文学的序幕。互联网成了民间诗人新的聚集地，网络诗人在互联网上交流诗歌创作、创建诗歌论坛，并且形成了自己的流派，不少网络诗人还出版了纸质作品集，影响已不再局限于网络空间，甚至很多传统诗人也开始在互联网诗歌网站发表自己的新作。网络诗歌形成了线上线下的良性互动，网络诗人开始谋求纸质出版，网络诗歌影响了传统的诗歌创作；传统诗人也开始转变创作思路，学习借鉴网络诗歌自由的体裁和格式，并在网上发表自己的作品。

从网络新媒体与抒情诗学的关系上来看，这是两种不同的文化形态，新媒体是现实的、世俗的、平民的、大众化的，而抒情诗学则是幻想的、超越世俗的、贵族的、个人化的。正是这样，现代抒情诗学与网络新媒体呈现出极为不协调的关系。但是，网络新媒体又与抒情诗学在某些方面达成了一致，或者说，网络新媒体以他自己的方式对文学中的抒情方式进行了改造，使之传统的抒情诗学发生了本质性的变化。

---

① 诗阳（1963— ），中国首位网络诗人。原名吴阳，曾旅居法国、美国，并获得博士学位。1993 年 3 月开始通过电子邮件网络大量发表诗歌作品，1994 年在互联网中文新闻组和中文诗歌网上刊登了数百篇诗歌，被学术文献确认为历史上第一位中国网络诗人。诗阳于 1995 年创办了世界上首份中文网络诗刊《橄榄树》并担任第一、二届主编，现任《时代诗刊》和《网络诗人》名誉主编。他曾提出"信息主义"的网络诗歌创作手法。

② 杨晓民（1966— ），武汉大学中文系学士，北京广播学院新闻系硕士，一级文学编辑，中国作家协会会员。

一、网络与诗歌的亲密接触

网络对于诗歌的影响较之于小说、散文等其他的文体形式更加深远，更加明显。进入市场经济时代以来特别是进入 21 世纪以来，飞速发展的社会中，诗人、诗歌逐渐处于边缘化的境地。在网络诗歌兴盛以前，传统诗歌创作是呈现极其严重的衰败态势的，诗歌的创作、出版都遇到了瓶颈，在市场的挤压下，诗歌成了消费社会的弃儿，专业的创作诗人越来越少，20 世纪 80 年代的诗歌狂热也渐渐退去，传统诗歌已经难以寻找一片发展的空间，甚至有人讥讽当代写诗比读诗的还要多，新诗已到了穷途末路。而正是这时候，互联网的出现和迅猛发展，使诗歌创作迎来了新生。互联网的发展极大地降低了诗歌创作的门槛，王国维、梁实秋等人所说的诗是少数人的事情已经被扔在一边，网络诗歌不需要天才式的人物就可以写作，因为网络诗歌不需要主流话语的承认，不需要花费资金出版印刷，只要你愿意，只要你有一台电脑和一根网线，不管你有没有名气，不管你有没有创作经验，只要诗兴大发，甚至只要会写字，只要能把文字写成分行的，都可以被称为诗，都可以以诗会友。如果说诗是具有贵族气质的，歌是平民化的，那么网络彻彻底底地把诗歌大众化甚至商业化了。也可以说，网络诗歌是一次平民文化的狂欢，诗歌重新回到了民间。

互联网自由包容的精神与诗歌相契合。网络被称为自由精神的家园，为诗歌插上自由的翅膀。自由精神是现代诗歌的基本追求，自由书写一直是诗人追求的目标，也是优秀诗歌创作的关键。新文化运动时期，现代报刊为现代新诗创作提供了载体。现代报刊的自由在某种程度上促进了新诗的自由书写，这些在《诗刊》《新月》等杂志上发表的自由体新诗，是诗体解放的产儿，而现代报刊就是自由体新诗的摇篮。自由是诗歌的灵魂，自由的诗歌需要自由的载体。网络空间为诗歌创作交流提供了自由，网络实现了诗歌创作主体的虚拟化，你只需要一个 ID 和一个 IP 地址，就可以自由自在地表达，自由自在地交流，互联网为诗人自由表达提供了最为理想的空间。

网络空间的开放性为新诗歌社群的出现提供了可能，促进了诗歌创作群体的扩大。原有的诗社需要成员定期集会，人员大多生活居住在一地，阶层间的差距相对较小。而现有的网络诗歌论坛打破了空间的限制，无论你身处何地，无论你是什么阶层，大家可以自由地写作或品读诗歌，交流写作经验，切磋诗歌创作技巧。网络社区极强的互动性和反馈性为新诗歌社群的组成与壮大提供了契机。在互联网兴盛以前，诗歌创作大多只能是诗人自己的狂欢，人们可以通过沙龙、酒吧等读诗会进行诗歌交流,而在网络文学论坛里,大家可以在一个虚拟的空间里随意发表自己的作品,对任何一个人的作品自由进行评论解读,凭借这种读者和诗人的直接双向沟通,诗人可以第一时间接收到读者的反馈。这使得诗歌社群的参与者越来越多,诗歌不再是诗人自己的狂欢,众多的诗歌爱好者得以聚集在一起,极大地促进了诗歌创作群体的壮大。

多媒体诗歌的创作丰富了网络诗歌的表现形式。多媒体诗歌又被称为超文本诗歌,民间将这种诗歌都称为电子诗,除了语言文字之外,综合利用图像、声音等各种手段,多媒体诗歌综合诗配画、诗配乐,集合声光电之美,为读者营造了一个真实的诗境。多媒体诗歌是以 HTML、ASP、GIF、JAVA 等程式语言为基础创作出来的诗歌,多媒体诗歌完全不同于传统纸介书写的最大特征是多媒体性、多向性和互动性,这种诗歌一旦脱离网络媒体,其艺术性就将大打折扣。多媒体诗歌的创作越来越简单,一些网站提供超文本诗歌的制作模板,诗人只需上传自己的诗歌文本以及要插入的图片和声音,选择自己诗歌的意境模式,系统便会自动生成多媒体诗歌。多媒体诗歌的出现为诗人更加充分的情感表达提供了可能。

互联网技术的发展,让写作手段越来越丰富。随着互联网技术的成就与发展,人工智能越来越多地应用在文学创作领域,最先进的新闻写作软件已经应用在新闻创作领域,2014 年 7 月 4 日,美联社表示开始采用新闻写作软件来进行例行新闻稿的创作。而早在十多年前,网络上就已经出现了一些改变传统诗歌写作方式的诗歌写作软件。这些软件通过导入大量的古典诗词和现代诗歌,分析其共通性,总结出自己的模板,原有的语言变成了二进制代码,计算机处理的是数位和字节的解码,使得诗歌这一创作过程发生了根本性的变化。比较有代表性的是猎户星写诗机(http://www.dopoem.com)和稻香居电脑写作机(http://www.poeming.com/web/indexs.htm)。猎户星写诗机宣称在线"国家级"写诗软件,口号是:在没有大师的年代,我们,让所谓的诗人滚开!现在,我们自己也会写诗!猎户星写诗机为用户提供了上千种诗歌写作模板,用户只需选择自己喜欢的诗歌风格,按要求填入关键词,几秒内即可生成一首诗歌。而且生成的诗歌风格多样,天马行空,无拘无束。模板套用了大量诗人的名作,甚至是时下流行歌词的翻版,虽然运用写诗机生成的作品质量良莠不齐,但经过软件的不断优化修改,很多比较出色的作品已经很难看到机器书写的痕迹。

猎户星写诗机生成的一首诗歌:

12 月

天空众神死亡的原野上荒草一片

远在遥远的地方的风比遥远的地方更远

我的琴声呜咽泪水全无

我把这遥远的地方的远归还原野

一个叫西瓜一个叫葫芦

我的琴声呜咽泪水全无

遥远的地方只有在死亡中

凝聚荒草一片

明月如镜高悬原野

映照千年岁月

我的琴声呜咽泪水全无

只身打马过原野

以下这组实验,来自清华大学语音与语言实验中心(CSLT)。清华大学语音和语言技术研究中心面向移动互联时代人类对信息处理个性化的需求,通过先进的语音和语言处理技术在任何时间、任何地点,实现任何方式的人机交互。他们的作诗机器人"薇薇"通过社科院等唐诗专家评定,并且通过了"图灵测试"①。

实际上,所谓诗歌机器的写作,仍然是建立在人工操作的基础上的。一般来说,机器写作的诗歌,其题材和情感抒情都是传统诗词的重要主题,是已经被传统诗人书写过而且具有丰富诗歌意象的基础上的写作。如上面这五首诗歌,分别写的是"云峰""画松""悲秋""春雪"和"落花",这些或是诗词意象,或是诗词主题,机器写手仅仅是将一个或几个主题词输入电脑程序中,机器就可以根据电脑储存的大量相关词汇进行重新编排组合,从而生产出上述网络诗歌作品。这些作品也成为对传统诗词的高级重复,是对传统诗词中的意象、词汇的重复。随着高级智能机器人的出现,电脑机器写诗也许会成为现实,但无论怎样的电脑写诗,都无法取代人类诗歌写作的精神文化活动。

尽管写诗机、写诗软件生成的诗歌更多形式下是一种文字游戏在存在,但是这些诗歌的出现还是引起了网络诗界的极大震动。网络诗歌创作改变了诗

---

① "图灵测试"是指通过对话分辨真实人类和人工智能的试验,通过"图灵测试"意味着人类无法通过语言对话分辨出人类和人工智能。

歌创作、交流模式,但是写诗机、写诗软件的出现使创作主体发生了转变。其实写诗机或者写诗软件,是对当前网络诗歌创作的一种反叛。网络诗歌界疯狂地摹写,文字组合颠倒错乱,意象堆积纷乱不堪,各种创作乱象层出不穷,下半身写作、垃圾派大行其道,而写诗机、写诗软件的出现无疑是对当前这种乱象的最好反讽。但是"诗者,志之所之也。在心为志,发言为诗"。诗歌如果成了一种单纯的填词游戏,无论机器写出多么优美动人的诗句,终究是冰冷而没有温度的。

二、网络新媒体对诗的批判与破坏

当报纸杂志这种新媒体出现的时候,首先选择的是小说文体,而对诗则一直采取了冷漠、拒绝的态度。这一方面说明小说是最适合于新媒体这一文化载体的,另一方面也说明诗歌与新媒体的疏远与隔阂。《新小说》的出场是对小说文体功能的极大提升,而诗歌则退居于次要位置。同样,在网络化时代,网络小说成为新媒体的骄子,诗歌则是经过长时间的探索与试验,才逐渐被接受的。《新青年》创刊后,开始也对诗歌视而不见。当陈独秀在《新青年》上发表了谢无量的旧体诗时,立刻遭到了远在美国的胡适的激烈批评:"足下之言曰:'吾国文艺犹在古典主义理想主义时代,今后当趋向写实主义。'此言是也。然贵报三号登某君长律一首,附有记者按语,推为'希世之音'。……细检谢君此诗,至少凡用古典套语一百事,稍读元白柳刘之长律者,皆将谓贵报案语之为厚诬工部而过誉谢君也。"胡适断言:"此种诗在排律中,但可称下驷。"①随后,胡适、陈独秀在其发动的"文学革命"中,也首当其冲地对旧体诗词展开了猛烈的批判。胡适的《文学改良刍议》所提及的"八事"主要是针对中国古典诗词而言,因为中国古典文学向来是诗文传统,尤其是旧体诗词所表现的文学精神与报刊新媒体是格格不入的。中国古典诗词所表现的是士大夫阶级的思想情感,是文人墨客的思想情感,这种思想情感与报刊新媒体传达出来的平民精神是不相适应的,也与胡适所提倡的白话文是不相适应的。而且也只有创作出了白话新诗并取得成功,文学革命才算上真正的成功。实际上,在网络化时代也是如此,当网络诗歌出现的时候,人们不是去探究网络与诗歌的内在关系,不是去反思网络诗歌的文体特征及其诗歌精神,而是对于新的文体形式的狂欢式呐喊,是毫无保留地接受与助威,而且往往以各种姿态创造不同形态的网络文体。诸如甄嬛体、梨

---

① 胡适《通信》,《新青年》第2卷第2号。

花体、淘宝体、纺纱体、咆哮体、羊羔体、装 13 体等，人们满足的不是如何抒发情感，表达自己对人生的认识，如何通过诗歌创作表现诗的精神，而更多的是满足于流行文体的创立，追求时尚、流行。

"五四"以来，对于古典诗词采取了批判态度，中国传统的古典诗词从主流地位跌落下来，成为边缘化文体。但是，网络这一新媒体出现之后，对古典诗词却采取了一种非常暧昧的态度，一方面是对古典诗词艺术精神遭到破坏，古典诗词不能完全适应网络的媒体要求；另一方面却又以宽容的姿态接受了古典诗词，甚至古典诗词或旧体诗词的网站比较及时地出现在新媒体面前。在一些诗歌网站开辟古典诗词专栏，或者创立古典诗词网站，借助于网络的传播力量大量张贴古典诗词，扩大古典诗词影响力。如"中国网络诗歌"就开辟了"旧体诗推荐"和"旧体诗最新"专栏，定期或不定期地发表网络古典诗词。这恰恰反映出网络平台的宽容性，与报纸期刊这些传统媒体对古典诗词的拒绝比较起来，网络具有了更多的可能性。

但是，网络这一新媒体与古典诗词并不是同一文化范畴的。中国古典诗词是文人化的，具有严格的诗词格律，表达了诗人深远的文化情怀。当古典诗词这种文体形态纳入网络媒体中时，其艺术精神可能遭到破坏。这里表现不可回避的矛盾，现代印刷文化发展拒绝了古典诗词，但却仍然将古典诗词作为出版物大量印发，甚至一些古典诗词经典文本被不断重复出版，大量印刷，成为文化商业化的宠儿。如《诗经》《楚辞》《唐诗三百首》《宋词三百首》等，已经是多家出版社套利的经典文本。网络媒体也是如此，一方面是古典诗词在艺术精神上与网络格格不入；另一方面却是古典诗词的网络阅读海量出现，对于古典诗词的网络阅读成为当代人学习古典诗词的首选途径。不可否认，古典诗词作为一种抒情方式不适应于网络新媒体时代的抒情，并不是说人们不能接受古典诗词。正如安德森在论述欧洲资本主义印刷文化时所说的："由于人文主义者不辞辛劳地复兴了涵盖范围甚广的前基督教时期的古代文学作品，并且通过出版市场加以传播，一种对古代人繁复的文体成就的新理解在全欧洲的知识阶层当中已经明显可见。"[①]或者说，古典文学会随着印刷工业的发展而出现变化，过去被文化统治者控制的文学，在网络新媒体时期可以被更多的读者所接受"新教和印刷资本主义的结盟，通过廉价的普及版书籍，迅速地创造出为数众多的新的阅读群众——不仅限于一般只懂得一点点、或完全不懂拉丁文的商人和妇女——

---

① 〔美〕本尼迪克特·安德森《想象的共同体》，吴叡人译，上海人民出版社 2003 年版，第 47 页。

并且同时对他们进行政治或宗教目的的动员"①。这时,作为古代传播方式而存在的古典诗词只是作为具有商品特征的产品出现,同时古典诗词已经逸出于文人骚客的美学范畴而成为大众文化的一种存在方式。因此,作为古代诗学体系中的诗词艺术;同样在网络这种更加开放和包容的新媒体面前,诗词却恰恰由于人们特殊的需要而得到了意想不到的接受,并成为影响现代文化和大众日常生活的文化商品。即使在网络新媒体阶段创作旧体诗词的人能够自如地运用这种新媒体,通过新媒体进行创作和传播。当然,这种创作已经不能与古代诗人同日而语了。

三、诗歌文体的媒体试验及其变体

还需要进一步解决一个看似矛盾的问题。网络新媒体是对抒情诗学精神的一次破坏,但是网络新媒体还是接受了诗歌这一文体。问题是,网络诗歌往往打着诗的旗号,以诗的方式,但却实行了反叛诗的精神的实质。从文体的角度讲,同样被称为诗的作品,网络传播媒体已经从本质上修改了诗的精神,那些同样分行传播的作品,很多时候与"五四"以来的新诗一样不能属于诗的艺术品。究其原因,主要由于以下两个方面:

新诗可以被网络新媒体所接受,首先在于现代抒情诗学的转化。"五四"以来,人们在使用"诗"与"诗歌"这两个概念时,并没有考虑他们之间的差别,也没有进行概念上的考证。以"五四"以来的诗歌取代中国传统的或者西方文体学上的"诗",或者说把"诗歌"与"诗"混为一谈,模糊了诗与诗歌的文体学范畴,也消解了二者之间的美学意义。尤其在网络化时代,网络诗歌已经不能与诗同日而语,甚至也不能与"五四"以来的"新诗"同日而语。网络诗歌已经成为一个专属概念。其实,"诗歌"与"诗"是两个具有本质差别的概念。西方文学中的"诗"是一个专有概念,就是文学的专有名词。依据梁实秋的观点,诗是贵族的,"因为诗不是人人能作,人人能了解的。诗是供一部分的人的娱乐安慰","诗是向上的,诗人的生活是超于民间的普遍的真实的生活的"②。这种来自于西方文学理论的诗学概念,显然与现代传媒是极不合调的,同时更与网络新媒体相去甚远。西方文学有着悠久的诗学传统,从古希腊亚里士多德的《诗学》、贺拉斯的

①　〔美〕本尼迪克特·安德森《想象的共同体》,吴叡人译,上海人民出版社2003年版,第49页。

②　梁启超《读〈诗底进化的还原论〉》,唐金海等主编《新文学的里程碑——评论卷》,文汇出版社1997年版,第252、256页。

《诗艺》到锡德尼的《为诗辩护》、布瓦洛的《诗的艺术》，再到黑格尔的《美学》，都对诗的艺术进行了比较系统的理论阐释，形成了独特的诗学体系。这套诗学体系讲究理性以及高尚的精神，正如亚里士多德所说："诗由于固有的性质不同而分为身份种：比较严肃的人摹仿高尚的行动，即高尚的人的行动，比较轻浮的人则摹仿下劣的人的行动，他们最初写的是讽刺诗，正如前一种人最初写的是颂神诗和赞美诗……荷马从他的严肃的诗说来，是个真正的诗人，因为唯有他的摹仿尽善尽美，又有戏剧性并且因为他最先勾画出喜剧的形式，写出戏剧化的滑稽诗，不是讽刺诗。"①西方诗学的发展逐渐成为贵族社会中的艺术，成为沙龙里的经典节目。中国古典诗与西方诗有较大的差别，它没有荷马史诗那样的文学传统，也没有沿着贵族艺术向前发展，它"是一个抒情的传统而非史诗或叙事诗的传统"②，这也就说明中国诗讲究抒情性，通过一定的语言构成特定的画面和境界，传达出诗人的感情世界。同时，中国古典诗词又特别讲究在格律中完成抒情，或者说通过一定的格律完成感情的抒发。在这一方面又与西方诗有其一致性。网络新媒体时期的文学往往把格律看成束缚诗思想感情的"桎梏"，而只有自由体诗才能真正传达出诗人的思想感情来。这里实际上反映了两种不同的文化观念。网络新媒体要求的自由平等，是大众文化的精神体现，而古典诗则要求文人情感的抒发，要求在格律中表现出思想情感。正如梁实秋所说："其实情不在多，而在有无节制。"③或者如新月派诗人所理解的那样，"感情不经理智的清滤是一注恶浊的乱泉"④，所以他们要求戴着镣铐跳舞，或者说要求诗的格律，在诗的形式的美中完成感情的表达。但是，无论是中国古典诗词，还是新月派的新格律诗，都不是网络新媒体所能够接受的文体，它只属于诗这一概念，与现代新诗或者诗歌并不属于同一概念。

因此，"诗歌"虽然不是专属于网络新媒体的文体概念，但是，这一概念却是随着传播媒体的变化而发生了质的变化。"诗"转化为"诗歌"，不仅是文体上的变化，而主要是艺术精神上的转化。诗歌不再是诗，而是一种新的适应于报纸、网络等新的媒体而产生的文体。如果说古代诗词是以古代的歌唱节奏或者格律的诵读或歌唱艺术，那么，网络诗歌则是以网络这一新媒体的需要而出现的

---

① 〔希腊〕亚里士多德《诗学》，伍蠡甫、胡经之主编《西方文艺理论名著选编》（上卷），北京大学出版社1985年版，第49～50页。

② 叶维廉《中国诗学》，三联书店1992年版，第1页。

③ 梁实秋《浪漫的与古典的·文学的纪律》，人民文学出版社1988年版，第15页。

④ 徐志摩《新月的态度》，《新月》第1卷第1期。

一种新型艺术,所谓诗歌并不能"歌",而只是诗歌写作者的写作行为。如果说古典诗词是咏唱的艺术,现代诗歌及其网络诗歌则是书写的艺术,唱的艺术需要一定的韵律,而写的艺术则主要考虑报刊、网络的版面要求和读者的阅读需要。无论唱的艺术还是写作的艺术,都是要表达诗人的感情世界的,但唱的艺术是在一定的秩序内按照一定的规则表达,写作的艺术则是"我们心中的诗意诗境底纯真的表现,命泉里流来的 Strain,心琴上弹出来的 Melody,生底颤动,灵底喊叫"①。从梁启超的"诗界革命"到胡适的"诗体大解放",诗歌完全从中国古典诗词艺术中解放出来,演变成了大众文化的平民艺术。诗—诗歌,这是一次巨大的革命性的转化,也是文学向泛文学的转化,在这次艺术转化的过程中,文学的精神已经发生了彻底的改变。所以,现代并没有诗人,而只有诗歌人,或者只有诗歌写作者,诗人的称号并不能随意戴在头上的。网络化时代的诗人转向两种不同的身份,一种是借助于网络媒体进行写作者,一种是借助网络媒体进行传播者,前者更直接地使用了网络,而后者则仅仅是把网络作为传播载体。借助网络进行写作者,从美学精神上就接受了网络的美学原则,打破了贵族与平民的界线,也打破了纯诗与诗的大众化的界线。一首诗的出现,往往不是以得到人们的欣赏与批评为荣,而是以网民吐口水的多少或者引发网络的关注度自豪。如果一首诗被广泛传播,哪怕是负面性的传播,也会带来写作者极大的荣誉与实惠。"脑残诗人"并不在乎被人称之为"脑残",而是在乎其作品有无市场,装 13 体也并不在意被人骂"13",而是在意"13"背后的利益,于是,无论是"梨花体"还是"羊羔体"都可以在一夜爆红的过程中,获得更多的效益。

宏观来看,网络诗歌具有鲜明的时代特点,具有网络文化的平民性、娱乐性,从根本上改变了传统的古典诗词与现代新诗的艺术物质。

首先,网络化时代,诗歌再次发生了文体上的变化,文体的美学范畴与审美方式已经不同于古典诗词,也不同于"五四"以来的新诗。一方面,网络诗歌延续了现代诗歌的平民化大众化特征,是一种更加大众化的文体,它与网络新媒体相符合,以更加快捷和广泛的传播为网民们所接受。也正是现代诗歌的写作特征与网络的互应,使得诗歌这种文体得到了网络新媒体的认可,成为在西方诗歌和古代诗词艺术基础上的一种新的变体。

其次,网络新媒体正是借对新诗艺术的传播,传播了一种现代的平民文化精神。网络新媒体对某一文体的承载和传播,不仅要符合媒体的文化精神和文

---

① 郭沫若《论诗》,《文艺论集》,光华书局 1925 年版,第 330 页。

体特征的要求,而且它在传播某一文体时,更多的考虑这一文体能够被读者接受,能够传播网络新媒体需要传播的文化。网络新媒体之所以能够选择诗歌,还在于诗歌能够承载现代文化精神。为什么说网络诗歌可以承载现代文化精神呢? 一是诗歌是现代的、平民的,它是为大众的,也是为现实的,不但人人可以读,而且还人人都可以写。另一方面,诗歌文体也是平民的,它来自于民间,充分结合了民谣与民歌的艺术特点。这一文体将民间的文化精神通过"歌"的形式表现出来,并引导人们的精神走向民间与世俗。

四、网络新媒体与诗歌发展的两难处境

也许,现代任何一种文体都没有诗歌那样面临着极为困难的处境。某种程度上说,网络媒体对诗歌文体的选择是无可奈何的行为,而在网络新媒体基础上生成的当代诗歌,自从出现之后,就面临着一个尴尬的局面,这种尴尬的两难处境使其发展过程中左右为难,无法真正寻找到诗歌作为一种现代抒情诗学的出路。

首先,是面向大众还是回到象牙之塔,是诗歌抒情之路的两难选择。从梁启超的"诗界革命"到胡适的诗体大解放,现代诗歌所走的就是大众平民化的道路,胡适率先将白话诗歌引入现代报刊,其目的也是为了让更多的读者能够读到诗歌,以证明白话也可以写作诗歌。网络新媒体诞生以来,在嫁接网络与诗歌的努力方面做了大量工作,尤其是诗歌口语化以及各种适应网络的各种体式,迅速抬升了网络诗歌在大众阅读中的地位。

从网络新媒体所接受的诗歌文体来说,网络诗歌这种新文体的文化生产,是一种面向大众的平民化的艺术形式。承继现代诗歌而发展起来的网络诗歌已经不再需要考虑诗歌大众化的问题,或者说,网络诗歌是在大众文化基础上产生的,具有大众文化甚至世俗文化的普遍特征,新月派所关心的问题甚至胡适、俞平伯关注的问题,已经不再是问题,对现代诗歌的解构成为网络诗歌的常态。网络世界中的"草根文学""平民主义""平面化写作"等充斥了诗歌界。如"梨花体"的代表作《我爱你的寂寞如同你爱我的孤独》,以超级写实和口语化的表达,引起了诗歌界的关注:"赵又霖和刘又源/一个是我侄子/七岁半/一个是我外甥/五岁/现在他们两个出去玩了。"这首诗的主体是"我",但"我"被隐藏在了"我"眼中的两个孩子身后,传达出"寂寞"与"孤独"的情感世界。这个本来具有一定哲学内涵的抒情表达,在极端口语中,却被消解了,诗歌成为大众世界文化的表征。

其次，是书写现实还是个人抒情，是诗歌抒情方式的两难选择。现代传媒诞生以来，文学与现实关系就成为一个纠缠不断的话题。现代诗歌也曾在这一话题中充当了不可或缺的对话者。现代诗歌的写实性被提到了重要位置。尤其 20 世纪 20 年代《小说月报》《文学旬刊》提倡"为人生的文学""血和泪的文学"之后，诗歌面向现实，写出劳苦大众的不幸人生，就成为现代诗歌必须要解决的一个问题。网络诗歌似乎已经不再关注这个现实性的话题，诗歌回到现实世界，书写真实的可感的世界及其生活，成为网络诗歌或网络化时代的诗歌的主要特征。网络化时代，人们不再完全需要报刊媒体的"发表"，写作者可以通过微博、微信公众号甚至朋友圈广泛传播自己的"作品"，人们的表达欲、发表欲可以通过多种方式获得实现。因此，只有写作者体验到的、看到的、感受到的，都可以随时赋为诗歌，都可以随时贴在网上，人们随时随地都可以书写自我的情感与生活。正是如此，诗歌对现实的摹写似乎被越来越多的书写者所接受。

再次，如何回到汉语的美，是网络诗歌语言的两难选择。较之于其他文体，诗是一种对语言要求最高的艺术。所以，即使是在"文学革命"倡导时期，也有人认为白话文可以写小说、散文，但不可以写诗。胡适本人后来在《建设的文学革命论》中也提出了"文学的国语"以修正白话文带来的问题。诗的美在于格律，也在于语言，尤其汉语诗因其汉语自身的特质而具有其他语言的诗所不能及的美。问题是，当诗歌这一世俗文体以白话作为抒情语言时，越来越滑向低俗，甚至为了迎合"大众"而降低诗歌的语言美，语言粗鄙化现象成为新诗一大弊端。当年胡先骕就已经意识到，"中国文言与白话之别，非古今之别，而雅俗之别也"[①]，在他看来，诗是一种雅的艺术，而汉语则是一种"既达且雅"的文字，"苟能运用得宜，则吾国文字，自可适时达意，固无须更张其一定之文法，摧残其优美之形质也"[②]。汉语的形质美被摧残，当然汉语诗的美也无从谈起。网络化时代的语言是最值得人们忧虑的，不仅仅是恶搞、火星文等粗俗语言对诗歌语言的美形成伤害，而且人们有意追求诗的粗鄙的时候，诗的语言将会远离美，口语诗会成为口水诗。某诗歌网站上刊登的口语诗《难题》："昨天，一个喜欢诗歌的女孩/在 QQ 上问我/——为什么好多诗人/都喜欢/把性器官写进诗里呢？/看得我，挺不好意思的/对于这个有点棘手的问题/我一时语塞/毕竟对方是个

---

① 胡先骕《评胡适〈五十年来中国之文学〉》，《学衡》1923 年第 16 期。
② 《学衡杂志简章》，《学衡》1922 年第 1 期。

异性/我也同样挺不好意思/告诉她/十七八岁那会儿/动不动就/勃起的样子/像极了一些/脸红脖子粗的/诗人。"这首诗同样具有口语诗一贯的反讽意味,但将诗的写作者都感到"脸红"的词汇写进诗歌中,就不再是一个"难题",而是诗歌语言的粗鄙的问题。

王云龙:青岛大学中国现当代文学专业硕士研究生。

浅析梁实秋对《繁星》《春水》的评述

朱丽萍

一、小说天才跌落在诗歌里的悲哀

风起云涌的"五四"文学革命运动,在中国这段承前启后的历史上,掀起了一段惊涛骇浪。在白话诗创作方面,层出不穷的新诗创作者,在文坛上竞相绽放,出现了以胡适为代表的早期白话新诗群,像郭沫若这样高歌《女神》的自由诗派,以闻一多为首的新格律诗派,以李金发为代表的早期象征诗派,还有讴歌爱情绽放青春的湖畔诗人等等。此时才华横溢的冰心,已经小有名气,在不断的投稿写作中享受着文字的铺陈开来,带给她精神上的满足和愉悦。当时担任《晨报》记者的孙伏园,在收到冰心的《宇宙的爱》和《山中杂感》时,给予了中肯的评价,"这篇小文,很饶有诗趣"①,寥寥数语,却给在诗歌领域怯手怯脚,信心不足的冰心在精神上极大的鼓舞。从此,冰心笔耕不辍,凭借着她温婉多情的文笔和细腻优美的文字,创作了由商务印书馆 1923 年 1 月出版的《繁星》和由新潮社 1923 年 5 月出版的《春水》,行云流水,一语惊人。

随着《繁星》《春水》的身影渐渐走入公众的视野,人们开始为这种闪亮出现的小诗体欣然欢喜。此时留德在外的宗白华,在他新近创作的《流云》诗篇前面,写了这样一段话,"读冰心女士繁星诗,拨动了久已沉默的心弦,成小诗数首,聊寄共鸣"②;赵景深也对冰心的这两本诗集赞美有加,"夏日炎热,读她的《繁星》,便如饮清凉芬洌的泉水,令人陶醉"③。可以看出,冰心出版的《繁星》与《春水》,在当时引起了很大的反响,加上宗白华的《流云小诗》,不仅引起了人们对"小诗体"的兴趣和关注,并且获得了高度的评价。

① 陈恕主编《冰心全传》,中国青年出版社 2011 年版,第 86 页。
② 陈恕主编《冰心全传》,中国青年出版社 2011 年版,第 89 页。
③ 陈恕主编《冰心全传》,中国青年出版社 2011 年版,第 90 页。

　　然而,此时在文坛初出茅庐的梁实秋,在捧读冰心的这两本诗集时,却有着完全不同的看法。1923 年 7 月 29 日,在《创造周报》第 1 卷第 12 号上,梁实秋发表《"繁星"与"春水"》一文,洋洋洒洒,泼文弄墨,对冰心的这两本诗集进行了与众多赞赏之声截然不同的评价。文章开门见山,诚恳地指出,"冰心女士是一位天才的作家,但是她的天才似乎是限于小说一方面"①,梁实秋认为,冰心满腹的才华却只在小说中绽放得天衣无缝,譬如"她的小说时常像一块锦绣,上面缀满了斑斓的彩绘"②,在这五彩斑斓的世界里,给万千读者留下了深厚的印象,意犹未尽,同时"她的小说又像是一碗八宝粥,里面掺满了各样的干果"③,酸甜苦辣,五味杂陈的感情在冰心的小说里展现得淋漓尽致。的确,冰心倚仗着她敏锐的捕捉能力和洞察的眼光,在新旧思想交锋冲撞的"五四"时代捕捉到现实社会中的各类社会问题。她在《晨报》副刊中发表的《斯人独憔悴》,开创了"问题小说"的先河;她的《秋雨秋风秋煞人》,巧妙地取自张说的"试上铜台歌舞处,唯有秋风秋煞人",揭露出封建势力的魔爪扼杀新生命的残忍与罪恶;《一个军官的笔记》,老泪纵横,"哪里是荣誉的军人,分明是军阀走狗",看透人情冷暖,世态炎凉;《超人》试图用晶莹剔透的母爱与童心,唤醒沉睡麻木的灵魂,情深意重,煞费苦心。但是,我觉得冰心的小说里始终藏着一股沉闷的气息和哀痛的情绪,当你游走在她所编织的问题社会中,面对满眼的荆棘和残暴势力对生命的荼毒,有心无力,望而却步,满目萧瑟秋景。

　　当然,梁实秋在文章开头由衷地赞赏冰心的小说,绝不只是来谈论她在小说方面的独特造诣,而是通过她的小说与诗的综合比较,从而对她的《繁星》和《春水》做出比趋之若鹜的作家和评论家更加客观公正的批评。"她在诗的一方面,截至现在为止,没有成就过什么比较成功的作品,并且没有显露过什么将要成功的征兆"④,这是梁实秋对冰心在小说和诗歌方面比较之后的看法,而且一再强调,他的批评"是不会轶出正当批评的范围之外"⑤,言辞恳切,语重心长,本着批评固有的道德模式在进行批评。他认为冰心长于小说而短于诗,大概是因为缺乏天马行空的想象,炉火纯青的韵文技术,以及稍为浅薄的感情分子。"变戏法的总要念几句咒,故弄玄虚,增加他的神秘,诗人也不免几分江湖气,不是

① 范伯群《冰心研究资料》,知识产权出版社 2009 年版,第 328 页。
② 范伯群《冰心研究资料》,知识产权出版社 2009 年版,第 328 页。
③ 范伯群《冰心研究资料》,知识产权出版社 2009 年版,第 328 页。
④ 范伯群《冰心研究资料》,知识产权出版社 2009 年版,第 328 页。
⑤ 范伯群《冰心研究资料》,知识产权出版社 2009 年版,第 329 页。

谪仙,就是鬼才,再不就是梦笔生花,总有几分阴阳怪气"①,这就是诗人具备的体魄,如此来看,这些被认为具有诗意的文字组合在冰心的诗歌里却表现得并未得力。相反,她超乎寻常的表现力,优美自然的散文格调,以及富于操控的理智让她在小说领域出类拔萃,不同凡响,而在需要想象和情感的诗歌层面就逊于一筹了,所以梁实秋毫不客气地说冰心"在诗的花园里恐怕难于长成葳蕤的花丛,难于结出硕大的果实"②。继而,他提出批评家的任务不只是启发作家的优长,更重要的是"指示作家以对他或她最有希望的道路,纠正时俗肤浅的鉴赏的风尚"③。

　　诚然,《繁星》《春水》缺乏诗歌的真正味道,这一点冰心在《我是怎样写〈繁星〉和〈春水〉的》中也曾指出,"我自己写《繁星》和《春水》的时候,并不是在写诗,只是受了泰戈尔《飞鸟集》的影响,把自己许多'零碎的思想',收在一个集子里而已"④。诗人有自知之明,并未把《繁星》和《春水》称为严格意义上的诗歌,梁实秋所言虽有可取之处,但是绝决地认为冰心的这两本诗集是"现在的一般时髦的作家与评论家都趋之若鹜"的作品,则显得稍微言过其实,存在着偏颇的地方。梁实秋在《论批评的态度》中说,"批评的态度之最高的理想,说起来很简单,只是'严正'二字"⑤,的确,他是按着"严正"的态度来品评冰心的《繁星》和《春水》的,"故此我觉得我写这篇评论,是不会轶出正当批评的范围之外"⑥,这种秉公执正的批评态度也是值得称赞的,但是在批评的内容方面仍存在着不足之处。在我看来,冰心的诗歌,虽然比不上小说的风华,却在新诗创作浪潮波澜起伏的关键时刻,在诗歌的长廊上增加了一处清秀亮丽的风景。它作为一种全新自然的体裁,给一度死气沉沉,血雨腥风的诗坛,带来了小巧轻灵的美感与哲思俱存的深刻审美体验。

二、气力缺乏,舍长取短

　　自古以来,男女有别,在文艺创作中也不失有一种明显的体现。"据我们平常的推测,女子的情感较男子为丰美,女子的心境较男子为静幽,女子的言行较

---

① 梁实秋《诗人》,《生活的艺术》,北京联合出版公司 2012 年版,第 27 页。
② 范伯群《冰心研究资料》,知识产权出版社 2009 年版,第 328 页。
③ 范伯群《冰心研究资料》,知识产权出版社 2009 年版,第 328 页。
④ 范伯群《冰心研究资料》,知识产权出版社 2009 年版,第 138 页。
⑤ 黎照《论批评的态度》,《鲁迅梁实秋论战实录》,华龄出版社 1997 年版,第 256 页。
⑥ 范伯群《冰心研究资料》,知识产权出版社 2009 年版,第 328~329 页。

男子为韵雅,遂常以为女子似乎比较的易于在文艺,尤其是诗上发展"①。事实上,现实中的男女作者并非按此循序渐进,冰心作为一名优秀女作家的代表,她或许应该是敏感的,柔情似水,内心丰美,流淌于她笔尖的文字也应该具备一种女性独特表达方式的美感的。然而梁实秋认为,在《繁星》《春水》中,女性的柔情丰美,韵雅清丽,并没有那样深刻地表达出来。那是因为冰心缺乏对气力的适度把握和熟练操控,她的小诗"或由轻灵而流于纤巧,或由浓厚而流于萎靡,不能大气流行,卓然独立"②,此番评论,正是在萎靡之处一语中的,同时,也应该承认这种纤巧也会带给人一种新颖别致的审美体验。

冰心虽不是出身书香门第,但也是富家儿女,优越的家庭条件让她在女性颇受歧视的旧社会中仍可以受到良好的教育,特别是她的童年,是她人生中浓墨重彩的一笔。童年里的冰心,以山东烟台的大海为开端展开了绚丽的画卷和自由的涂染。开明慈爱的父亲,用他宽大的手掌托起了她对生活的热切渴望,也让她在军人的气概中养成了男儿的血气方刚。"我的游踪所及,是旗台、炮台、海军码头、火药库、龙王庙,我的谈伴是修理炮台的工人,看守火药库的残废兵士、水手、军官。"③这一方面在冰心的性格中浸染了刚强的气概,另一方面,那些和蔼质朴的家常,海上新奇的故事,也陶冶了他丰富的想象,同时以海为伴,随之而来的是漫长的孤独。"黄昏时,休息的军号吹起,四山回响,声音凄壮而悠长,那熟识的调子,也使我莫名其妙的要下泪,我不觉得自己的'闷',只觉得自己的'小'"④,这种幽闭又开阔的环境,对冰心的性格塑造产生了很大的影响。大海以它奇幻多彩的晨昏朝夕,陶冶了他跳动的想象,而一望无际的辽阔,也终将带来袭满一身的孤单,幸好家庭的温暖弥补了这难以避免的缺憾,她记得父亲说过,"在海上迷路的时候,看见星星就如同看见家人一样"⑤,海阔天高,爱意飞扬,这大概就孕育了她诗人的气质。

所以,这种自幼习得的男儿热情,在她的作品中难免情不自禁地流露出来,如《繁星》中的第一六首:

> 青年人呵!
> 为着后来的回忆,

① 范伯群《冰心研究资料》,知识产权出版社 2009 年版,第 329 页。
② 范伯群《冰心研究资料》,知识产权出版社 2009 年版,第 329 页。
③ 范伯群《冰心研究资料》,知识产权出版社 2009 年版,第 38 页。
④ 范伯群《冰心研究资料》,知识产权出版社 2009 年版,第 38 页。
⑤ 范伯群《冰心研究资料》,知识产权出版社 2009 年版,第 39 页。

小心着意的描你现在的图画。

她鼓励青年壮志凌云，胸怀抱负，从现在开始努力勾画一片锦绣山河，情真意切，感人肺腑。那么，这样的教育背景必然使冰心身上缺乏那种典型的女性阴柔之美，但是又由于女性特有的情感敏感性，流淌在她诗篇中的感情难免会在伤感处一时难以自拔，不自觉地陷入萎靡，或轻灵的地方就飘飘然，不知所云。这一点，梁实秋在文中指出，"我读冰心诗，最大的失望便是她完全袭受了女流作家之短，而几无女流作家之长"①，这或许是一种缺憾，或许也是冰心身上独具的一种美，刚柔相济，缓缓流淌。

三、冷若冰霜的筑诗园地

梁实秋在《诗人》一文曾说，"在历史里一个诗人似乎是神圣的，但是一个诗人在隔壁便是笑话，看看古代诗人画像，一个个的都是宽衣博带，飘飘欲仙，好像不食人间烟火的样子"②，那么诗人也许具有千百种模样和千万种吟诗的姿态。诗仙李白，"仰天大笑出门去，我辈岂是蓬蒿人"，演绎出一种豪迈的情怀；诗圣杜甫，"大庇天下寒士俱欢颜，吾庐独破受冻死亦足"，书写一段忧民历史；与冰心同处一个时代的胡适，"两个黄蝴蝶，双双飞上天"，宣告一种直白的态度；徐志摩，"她身上有朱砂梅的清香，那时的我凭借我的身轻，盈盈的，沾住了她的衣襟"，吟唱一曲眷眷情深；而冰心的《繁星》《春水》，那也是一种美丽的姿态，行云流水，瞬息感慨，字里行间，掩藏着诗人的内在情感。冰心早期的文学作品，一直秉承着她早期的文学观，即文字要能"表现自己"，才是有创造性的有个性的"真的文学"。而她的这些短诗，虽然她自叙为是零碎的东西拼凑起来的，但也是最能"表现自己"对人生探索，对自然赞颂，乃至心灵深处的矛盾，烦闷的真的文学。

当我们来解读这些饱含诗人深情的文字，就必须透过这些文字的表面，深入到诗歌所塑造的精神世界内部，试图靠近诗人那颗跳动的心脏，去感受这些冗杂的情感踏步的节奏。梁实秋在论《文艺与道德》一文中说，"文艺作品有情感，有思想，可是里面的思想往往是很难捉摸的，因为那是思想与情感交织在一起，而且常是不自觉偶然流露出来的"③，那么，解读《繁星》《春水》时，他读到的

---

① 范伯群《冰心研究资料》，知识产权出版社 2009 年版，第 329 页。
② 梁实秋《诗人》，《生活的艺术》，北京联合出版公司 2012 年版，第 25 页。
③ 梁实秋《文艺与道德》，《生活的艺术》，北京联合出版公司 2012 年版，第 76 页。

情感又是怎样的呢？

"我从《繁星》与《春水》里认识的冰心女士，是一位冰冷到零度以下的女作家"①，诗人总会情不自禁流露出自己的情感在诗的字里行间，试看《繁星》中的第二九首：

> 我的朋友，
> 对不住你；
> 我所能付出的慰安，
> 只是严冷的微笑。

他认为，这样零度冰点的感情爬满了诗集的全部，在冰心的诗里获取不了悲悯的同情，即使是片刻的温柔与爱抚，等剥开了这层包装的皮肉后，那里面却是一颗破碎的心，恰似黄莲。她苦心经营的这片诗歌的园地，不见明艳的鲜花，湛蓝的天空，清澈的溪流和微醺的清风。在那片园子里行走的灵魂是落寞的，他抬眼满目冰霜，寒冷的气息穿过空气的阻隔狠狠地刺透人们的心脏，那里暗藏着难以启齿的悲苦，它往往在夜半无人的时候，凝结聚拢，塑成一道冰冷的铁窗，封住春天的太阳和活力的绽放。

其实，在《繁星》《春水》中，这种冰冷的情绪随处可见，试看《繁星》中的第一九首：

> 我的心，
> 孤舟似的，
> 穿过了起伏不定的时间的海。

再看《春水》中的第六五首：

> 只是一颗孤星罢了！
> 在无边的黑暗里，
> 已写尽了宇宙的寂寞。

我想，冰心的这种冷色调，也许是一种特殊的方式唤醒那些麻木不仁的灵魂。她在《我做小说何曾悲观呢》一文中谈到过这种悲观的情绪，当读者写信向她反映她小说中弥漫的悲观情绪仿佛满纸秋声时，她在这篇文章中说出冰心的母亲对此的看法，"你所做的小说，总带些悲惨，叫人看着心里不好过，你这样小

---

① 范伯群《冰心研究资料》，知识产权出版社 2009 年版，第 329 页。

小的年纪，不应该学这个样子，你要知道一个人的文字，和他的前途，是很有关系的"①；她的父亲也说，"我倒不是说什么忌讳，只怕多做这种文字，思想不免渐渐地趋到消极一方面去，你平日的壮志，终久要消磨的"②，她低头继续扫那地上飘落的秋叶，等到日落月上柳梢头的时候，"抬起头来，只见淡淡的云片，拥着半轮明月，从落叶萧疏的树隙里，射将过来，一阵一阵的暮鸦咿咿哑哑的掠月南飞，院子里的菊花，与初生的月影相掩映"③，这是她思考这些话时候的图景。同时，冰心描写出了自己写作的眼前背景，"我的书斋窗前，常常不断的栽着花草，庭院里是最幽静不过的"④，而且说笔下的文字往往与眼前的风景有着千丝万缕的联系，我想她在写《繁星》《春水》的时候，或许也有这样的因素掺杂在里面吧。

至于冰冷情调，她在解释创作小说时说，"我做小说的目的，是想感化社会，所以极力描写那旧社会旧家庭的不良现状，好叫人看了有所警觉，方能想去改良，若不说得沉痛悲惨，就难引起阅者的注意"⑤，我在想，流淌在她诗歌中的这些低沉的音符，难道也是用一种悲伤的调子来激励苍茫人世浮沉的人们看淡荣辱沉浮？因为一百个读者，就有一百个哈姆雷特，梁实秋所言哀婉的情调也只是其中一种，于我同样如此。对于这番随处流露的忧伤和苦闷，冰心若是别有用心，铺陈开来，固然是一种独特的疗伤工具，但是如果不加控制，到处弥漫，收放难以自如，就难免事倍功半，难以如愿以偿，反而助长了这种悲伤的风气。

或许这种零度的情绪与当时的社会背景和文学运动也有一定的关系，1921年，新诗站稳脚跟的时候，同时面临着新的内部危机和新的突破的内在要求。这一年6月，周作人在一篇《新诗》的文章中，在指出"现在的新诗坛"的"消沉"现象之后，又恳切提出，诗的改造，到现在实在只能算是说到了一半，这其实是提出了一个关系到新诗发展前途的战略性任务，而响应这一历史号召的恰恰是一批青年诗人，他们从不同的艺术角度，探讨充分发挥各种可能性，挥洒出热血豪情。冰心的《繁星》《春水》也是一种新诗创作的尝试，加上她在小说中勾勒的黑暗社会在她内心的投影，以及"爱"的哲学对她的完美熏陶，她把目光投向了暂时无人问津的母爱、自然、童真，企图在诗歌中开垦出一片美丽的园地，但是仍摆脱不了现实社会中受到的冰冷因素的渲染，不免在诗歌中一边流露出对光

---

① 林乐齐、郁华主编《冰心自述》，团结出版社1996年版，第164页。
② 林乐齐、郁华主编《冰心自述》，团结出版社1996年版，第164页。
③ 林乐齐、郁华主编《冰心自述》，团结出版社1996年版，第164页。
④ 林乐齐、郁华主编《冰心自述》，团结出版社1996年版，第164页。
⑤ 林乐齐、郁华主编《冰心自述》，团结出版社1996年版，第165页。

明的向往，对爱的渴望，对青年的希冀，一边释放着这种隐藏在内心深处的悲伤。

四、推至风口浪尖处的体裁

小诗体是从外国输入的，是在周作人翻译的日本短歌、俳句和郑振铎翻译的泰戈尔《飞鸟集》影响下产生的，同时也有历史的渊源，如中国古代的歌谣《诗经》中的短小篇什。小诗是一种即兴式的短诗，一般以三五行为一首，表现作者刹那间的感兴，寄寓一种人生哲理或美的情思。冰心在创作这两本诗集的时候，并不是以诗为目的进行创作的。这给梁实秋一种感觉，"《繁星》、《春水》这种体裁，在诗国里面，终归不能登大雅之堂的"[1]，"这些的许是最容易做的，把捉到一个似是而非的诗意，选几个美丽的字句调度一番，便成一首，句积月聚的便成一集"[2]，可见，梁实秋并不赞同这种小诗体，认为只是随手一挥，有点自由组合的味道，没有诗的情感和诗的结构。他认为"单纯的诗意若不是在质里含着浓密的情绪，不能成为一首好诗，因为这种诗只能在读者心里留下一个淡淡的印象，甚或印象全无"[3]。他觉得冰心的这两本诗集，很多被认为具有诗意的文字，组合在一起，其实并不能称作真正的诗歌，它没有诗歌的情绪和结构，显得过于随意。

同时，冰心也认为"当时我之所以不肯称《繁星》、《春水》为诗的缘故，因为我心里实在是有诗的标准的"[4]，诚然，诗有自己严密的结构和自己特有的韵律，《繁星》《春水》也称不上严格意义上的诗。但是，作为一种寄寓瞬间哲思和感受万千气象的方式，它本身就藏着浓厚的诗意。当它们以短小精悍的文字来表达一种哲思审美，当它们含着某种情绪和瞬间的感慨自由地组合起来，便有了独特的历史意义和不拘一格的文学价值。《繁星》《春水》作为一种小诗体的典型代表，不仅丰富了新诗创作的体裁，而且拓展了文学作品展开的方式，它用一种全新的视角和新颖的方式，表达着诗人对人生对自然独特的想法，纤巧轻灵，行云流水，意味深长，撼人心扉。

"现在我自己重翻这两本东西，觉得里面有不少是有韵的，诗意也不算缺乏，主要的缺点——和我的其他作品一样——正如周扬所说的，新诗也有很大的缺点，最根本的缺点就是还没有和劳动群众很好的结合，也就是说当时的我，

---

① 范伯群《冰心研究资料》，知识产权出版社 2009 年版，第 331 页。
② 范伯群《冰心研究资料》，知识产权出版社 2009 年版，第 331 页。
③ 范伯群《冰心研究资料》，知识产权出版社 2009 年版，第 331 页。
④ 范伯群《冰心研究资料》，知识产权出版社 2009 年版，第 139 页。

在轰轰烈烈的反帝反封建的伟大斗争时代,却只注意到描写身边琐事,个人的经验与感受,既没有表现劳动群众的情感思想,也没有用劳动群众所喜爱熟悉的语言形式"①,冰心承认了自己诗篇中的不足之处,而且这种描写身边琐事,人格经验与感受,恰好用小诗体的方式淋淋尽职的表现出来,不失为是一种量体裁衣的行为。"至于形式的短小,却不是一个缺点,现在绝大数的民歌,不就是在短小的四句之中,表现出伟大的革命气魄和崇高的共产主义精神么"②,所以,我认为梁实秋对这种体裁的否定存在着偏颇的地方,纵然没有较大的篇幅和长度,但是却丰富了新诗的体裁,而且她的小诗体本身具有一种小巧轻灵的美感和富有一定的哲理性,这是值得肯定的。

五、字句的美丽,差强人意

梁实秋关于《繁星》与《春水》唯一的肯定就是,"在艺术方面最差强人意的便是诗的字句的美丽,在这一点,这是近来无数仿效《繁星》《春水》的人们所不能企及的"③。他引用郑振铎在《飞鸟集》例言中的话来阐明什么叫诗是美的,即"有许多诗中特用的美丽文句,差不多是不能移动的,在一种文字里,这种字眼是'诗的',是'美的',如果把他移植到第二种文字中,不是找不到相当的好字,便是把原意丑化了,变成非'诗的'了"④,他对这种诗句的美丽的说法是极为认同的,认为只有美的语言才能入诗。所以他才讽刺俞平伯在《小说月报》中提到的反对丑恶的字面入诗的观点,并以此提出在冰心的这两本诗集中看到的亮点所在,"我最喜欢读《繁星》《春水》的所在,便是她的字句选择的谨严美丽"⑤。

的确,在《繁星》《春水》中浑洒自如的语言,清丽典雅,短小精悍,在这行云流水般的文字里,潜藏着冰心提炼语言的良苦用心,有的凝练明快,清新婉丽,试看《繁星》中的第三十八首:

> 井栏上,听潺潺山下的河流——
> 料峭的天风,吹着头发,
> 天边——地上,
> 一回头又添了几颗光明,

---

① 范伯群《冰心研究资料》,知识产权出版社 2009 年版,第 140 页。
② 范伯群《冰心研究资料》,知识产权出版社 2009 年版,第 140 页。
③ 范伯群《冰心研究资料》,知识产权出版社 2009 年版,第 332 页。
④ 范伯群《冰心研究资料》,知识产权出版社 2009 年版,第 332 页。
⑤ 范伯群《冰心研究资料》,知识产权出版社 2009 年版,第 332 页。

是星儿，还是灯儿

有的深入浅出，发人深省，如《繁星》中第一百二十一首：

露珠，宁可在深夜中，
和寒花作伴——
却不容那灿烂的朝阳，
给她丝毫暖意。

有的悲歌如泣，断人肠心，如《繁星》中的第五十五首：

成功的花，
人们只惊慕她现时的明艳！
然而当初她的芽儿，
浸透了奋斗的泪泉，
洒遍了牺牲的血雨。

有的严阵以待，等待前赴后继，如《春水》中的第六十四首：

婴儿，
在他颤动的啼声中，
有无限神秘的言语，
从最初的灵魂里带来，
要告诉世界。

这些美丽的字句，变化多端，让人耳目一新，这也是梁实秋读《繁星》《春水》最为之动容的地方。短小简练的话语，却勾勒出一个庞大的世界，有对人生的感悟，有对自然的讴歌，有对青年的鼓舞，有对落寞的控诉，有童真的渴望，也有对宇宙的探讨，光明的追逐，细微之处，感人肺腑。

但是，这种自由跳动的文字，也不免存在一些不足之处，梁实秋既看到这些语言文字严谨美丽的一面，也毫不保留地指出它的缺憾，那就是句法太近于散文，例如《繁星》中第一一零首：

青年人呵！
你要和老年人比起来，
就知道你的烦闷，
是温柔的。

假如这四行紧着写做一行，便是很流畅的一句散文，的确，这也是冰心的诗集存在的缺憾之处。"我以为诗的重心，在内容而不在形式，同时无韵而冗长的诗，若不是分行来写，又容易与诗的散文相混"①，所以，《繁星》《春水》中的字句，很容易就流于散文的形式。"至于词法，我认为是尽善尽美，无可非议，在现今作家中是很难得的"，所以，在从各个方面剖析了冰心的这两本诗集后，梁实秋给冰心的最后总结是"冰心女士是一个散文作家，小说作家，不适宜于诗"②。

如今看来，《繁星》《春水》固然存在着些许的不足之处，同时梁实秋的评述也有可取的地方，我们不要一叶障目，就看不到彼此的闪光点。总体来说，这两本诗集的文学价值是不可取代的，纵然存在着缺憾，却在文坛上占据着举足轻重的地位。那是一个时代的镜子，探照出人们内心的万千情绪；那是一种新的写诗方式，勾画着一种亮丽的风景，涂染上不同的心情；那也是一个作家呕心沥血的精心之作，流淌着一片眷眷深情。

朱丽萍：青岛市西海岸新区第七中学教师。

① 范伯群《冰心研究资料》，知识产权出版社 2009 年版，第 139 页。
② 范伯群《冰心研究资料》，知识产权出版社 2009 年版，第 333 页。

编后记

　　《青岛文艺评论年鉴》是每一位青岛文艺评论家自己的家园，此前已出版过两期，分别是《审美与寻美》（青岛出版社 2014 年版）、《青岛文艺评论选辑》（中国海洋大学出版社 2017 年版），为了更好地展示我市文艺评论的最新研究成果，从今年开始更名为《青岛文艺评论年鉴》（以下简称《年鉴》），拟每年出版一辑。

　　本《年鉴》收录了 2017—2018 年青岛市文艺评论家们创作、发表的代表性研究成果。《年鉴》中的文章绝大多数在学术刊物上发表过，也有少数未发表的，一并收录。在这里要特别感谢冯光廉、刘增人、徐鹏绪等诸位学术前辈的关怀和厚爱，感谢周海波、刘怀荣、薛永武、张胜冰、姜振昌等专家的鼎力支持，他们体现了青岛文艺评论的风范。同时，为了鼓励年轻一代学者快速成长，《年鉴》特辟"青萍·新势力"专栏，以体现他们的研究成果。

　　感谢中共青岛市委宣传部、青岛市文联的大力支持，本《年鉴》是"2018 年度青岛市社会科学规划研究项目"资助成果。感谢中国海洋大学出版社编辑的认真和严谨。由于水平有限，在编辑过程中，难免有错漏之处，请各位作者、读者朋友谅解。

温奉桥

2019 年 1 月 30 日

稿　约

《青岛文艺评论年鉴》由青岛市文艺评论家协会主办，每年一辑，欢迎每位青岛市文艺评论家协会会员不吝赐稿（最好是当年发表的代表性的文章，个别未发表的代表性文章也可）。

一、论文格式要求：

（1）论文信息包括：题目、作者，文末注明论文原载刊物，以及作者工作单位、学历、职称等信息。

（2）论文请用 word 格式。

（3）论文注释采用脚注形式，具体格式为：

著作类：作者、出处、出版社及版次、页码。如王蒙《王蒙文存》第 21 卷，人民文学出版社 2003 年版，第 278 页。

论文类：作者、文章名、出处及期次。如严家炎《论金庸小说的现代精神》，《文学评论》1996 年第 3 期。

（4）论文请遵循学术规范，文责自负。

二、投搞方式、联系人：

投稿信箱：qdswyplj@163.com

联系人：孙洁

《青岛文艺评论年鉴》编辑部